닥터 지바고

닥터 지바고 (하)

Доктор Живаго

보리스 파스테르나크 장편소설 홍대화 옮김

DOCTOR ZHIVAGO
by BORIS PASTERNAK (1957)

이 책은 실로 꿰매어 제본하는 정통적인 사철 방식으로 만들어졌습니다.
사철 방식으로 제본된 책은 오랫동안 보관해도 손상되지 않습니다.

제2권

『닥터 지바고』 등장인물

유리(유라, 유로치카) **안드레예비치 지바고** 작품의 주인공으로 의사이자 작가이다.

옙그라프(그라냐) **지바고** 유리 지바고의 이복동생으로 늘 위기의 순간에 유리 지바고의 가정에 나타나 그들에게 도움을 주고 사라진다.

알렉산드르(사셴카, 슈라, 슈로치카) **유리예비치 지바고** 유리 지바고와 안토니나 알렉산드로브나의 아들이다.

니콜라이(콜랴) **니콜라예비치 베데냐핀** 유리 지바고의 외삼촌이다. 스스로 성직을 내려놓은 신부로 철학자이다. 유리 지바고 사상의 원류이다.

안토니나(토냐, 토네치카, 톤카) **알렉산드로브나 그로메코** 유리 지바고의 부인이다. 유랴틴의 부호이자 귀족인 크류게르 집안의 상속녀이다.

알렉산드르 알렉산드로비치 그로메코 페트롭스카야 아카데미에 근무하는 화학과 교수이다.

안나 이바노브나 그로메코 알렉산드르 알렉산드로비치 그로메코의 아내로, 결혼 전 성은 크류게르이다. 내전이 일어나자 유리 지바고 가족이 그녀의 친정이 있는 바리키노로 피난을 간다.

인노켄티(니카) **두도로프** 유리 지바고의 친구이다. 혁명가인 부모 밑에서 사회주의 혁명을 받아들이고 찬미하지만, 유형을 다녀온 후 대학교수로 활동한다.

미하일(미샤) **고르돈** 유리 지바고의 친구로 유대인이다. 유리 지바고의 아버지의 자살을 목격한다. 어린 시절을 유리 지바고와 함께 보내며 기회가 있을 때마다 코마롭스키의 정체를 유리에게 알려 준다. 그도 유형을 당한다.

라리사(라라, 라루샤, 라로치카) **기샤로바** 작품의 여주인공이다. 유리 지바고의 혼외 부인이자 진실한 사랑의 대상이다. 수난당하는 러시아를 상징한다.

아말리야 카를로브나 기샤로바 라라의 어머니이다. 남편이 일찍 죽고 남매와 함께 모스크바에 와서 코마롭스키의 후원하에 양장점을 한다.

로디온(로쟈, 로디카) **기샤르** 라라의 오빠로 사관학교 생도이다. 사관생도들이 교장에게 졸업 기념 선물을 하기 위해 맡긴 돈을 도박으로 탕진한 후 라라를 찾아가 코마롭스키에게 도움을 청해 달라고 부탁한다.

파벨(파툴랴, 파시카, 파블루시카, 파샤, 파센카, 파툴레치카) **파블로비치 안티포프** 라라 기샤로바의 남편이다.

카튜샤(카텐카, 카탸) **안티포바** 라라와 파벨 안티포프의 딸이다.

타티야나(타냐, 탄카, 타뉴샤) **베조체례도바** 라라와 유리 지바고 사이에 태어난 딸이다. 고아가 되어 유리 방랑하며 살아가다가 우연히 고르돈, 두도로프, 옙그라프 지바고를 만난다.

마리나(마린카) **마르켈로비치 시챠포프** 그로메코 집의 경비원이던 마르켈의 막내딸이다. 유리 지바고의 세 번째 부인이 된다.

빅토르 이폴리토비치 코마롭스키 유리 지바고의 아버지의 죽음에 영향을 미친 타락하고 정치적인 변호사이다. 소녀인 라라를 성적으로 유린하고, 유리와 라라를 헤어지게 만드는 직접적인 원인 제공자이다.

라브렌티 미하일로비치 콜로그리보프 대단한 부호이자 사업가이지만, 볼셰비키의 사상에 공명하는 진보적인 인사이다. 유리 지바고가 어릴 때 니콜라이 니콜라예비치 베데냐핀이 데려간 집의 주인이다. 라라가 나중에 재정적으로 정서적으로 그의 큰 도움을 받는다. 나댜 콜로그리보바의 아버지이다. 유리 지바고의 아버지는 콜로그리보프 역 근처에서 사망한다.

나제즈다(나댜) **콜로그리보바** 라라와 같은 학교를 다닌 동급생이다. 라라는 코마롭스키를 피하기 위해 나댜의 동생 리파의 가정 교사로 들어간다. 나댜와 니카는 어린 시절 콜로그리보프의 집에서 함께 지내며 논다.

올림피아다(리파, 리포치카) **콜로그리보바** 라라가 가정 교사로 돌본 나댜의 여동생이다.

파벨 페라폰토비치 안티포프 파벨 안티포프의 아버지이다. 철도 노동자로 혁명가이며, 혁명 재판소에서 일한다.

키프리얀(쿠프린카) **사벨리예비치 티베르진** 철도 노동자이자 안티포프의 혁명적 동지이다. 아버지도 철도 노동자인데 사고로 사망한다. 혁명 재판소에서 일한다.

표트르 후돌레예프 티베르진의 어머니에게 두 번 청혼했다가 거절당한 후 어린 철도 직원을 학대하는 데 재미를 붙이고 산다. 유숩카 갈리울린이 있는 병영에 병사로 들어와 갈리울린에게 학대를 당하는데, 갈리울린 스스로가 그러한 자신의 모습을 견딜 수 없어 최전방으로 자원해서 떠난다.

기마제트딘 갈리울린 티베르진이 살던 건물의 경비원으로 유숩카 갈리울린의 아버지이다. 전쟁터에서 아들과 유리 지바고, 라라 기샤로바가 우연히 함께 있게 된 장소에서 사망하는데, 아무도 그를 알아보지 못한다.

유숩카 기마제트디노비치 갈리울린 후돌레예프에게 학대를 당하는 소년 철도공으로 기마제트딘의 아들이다. 제1차 세계 대전 때 전장에 나가 멜류제예보에서 유리 지바고 및 라라와 함께 근무한다. 나중에 백군의 대장이 되어 유랴틴에서 라라를 많이 도와준다. 유숩카의 어머니인 갈리울리나는 티베르진이 살던 건물의 관리인으로 주택 위원회의 일원이 되고, 유리 지바고와 우연히 만나게 된다.

올가(올랴) **데미나** 라라 어머니의 양장점에서 일하는 여직공이자 라라의 친구이다. 올랴 데미나의 할머니가 티베르지나이다. 어릴 때 라라는 올랴 데미나의 집에 가서 파벨 안티포프와 알게 된다. 10월 혁명 이후 티베르진이 살았던 브레스츠카야 지역 소비에트의 대표가 된다.

바실리(바샤, 바시카, 바센카) **브리킨** 지바고 가족들이 유랴틴으로 가는 난방 화차에서 만난 소년이다. 삼촌 대신 속아서 강제 노역에 동원되어 끌려가다가 탈출한다. 훗날 다시 모스크바로 돌아가는 유리 지바고와 만난다. 모스크바에서 인쇄 기술을 배워 유리 지바고의 소책자 출판에 도움을 준다.

코스토예트–아무스르키 사회 혁명당원이자 협동조합주의자이다. 유리 지바고의 가족이 유랴틴으로 가던 열차에 같이 타고 있던 사람이다. 파르티잔 부대에서 이들은 다시 만난다.

펠라게야(폴랴, 팔라샤) **닐로브나 탸구노바** 브리킨과 더불어 난방 화차에 타고 있던 여인이다. 프리툴리예프의 내연녀로, 바샤 브리킨과 함께 도주한다. 유리 지바고가 파르티잔에 포로로 있을 때, 우연히 그녀를 만나게 된다. 탸구노바는 테렌티 갈루진의 이모인 올가 갈루지나의 집에서 신세를 지며 살아간다.

안핌 예피모비치 삼데뱌토프 유랴틴의 유력한 사업가이자 볼셰비키 지지자이다. 유리와 라라가 바리키노에서 살 수 있도록 돌봐 준다.

아베르키 스테파노비치 미쿨리친 유랴틴에 정치범으로 유형을 와서 크류게르 집안의 관리인이 되어 정착한다. 사회 혁명당원으로 2월 혁명 후 제헌의회에 선출된다.

리베리(레스니, 립카) **미쿨리친** 아베르키 미쿨리친의 큰아들로 파르티잔 대장이다.

아그라페나 세베리노브나 툰체바 유랴틴의 유명한 네 자매 중 첫째이다. 아베르키 미쿨리친의 첫 부인이자 리베리의 엄마로, 리베리가 전쟁에 뛰어든 직후 사망한다.

옙도키야 세베리노브나 툰체바 아그라페나의 바로 아래 동생으로 도서관 사서이다.

글라피라 세베리노브나 툰체바 재주가 많은 셋째로, 미용사로 재봉사로 일한다. 유리 지바고가 파르티잔에서 돌아왔을 때 그의 머리를 깎아 준다.

세라피마(시무시카, 시마, 시모치카) **세베리노브나 툰체바** 유리 지바고의 사상을 민중의 언어로 표현하는 여인이다. 라라의 친구이다.

옐레나(레노치카, 레노크) **프로클로브나** 아베르키 미쿨리친의 두 번째 부인이다.

테렌티(테료시카, 테료샤) **갈루진** 백군 지역에서 탈출한 망나니이다. 유리 지바고가 있던 파르티잔에 들어왔다가 배신행위로 총살당하지만, 살아남아 떠돌던 중 스트렐니코프, 즉 안티포프를 철길에서 만나 고발하여 그의 목숨을 위험하게 만든다.

팜필 팔리흐 유리 지바고와 라라, 갈리울린이 함께 있던 멜류제예보에서 군사 정치 위원이었던 긴츠를 총으로 쏴 죽인다. 파르티잔 부대에서 유리 지바고와 만난다.

마드무아젤 플레리 멜류제예보의 자브린스카야 집안에서 가정 교사로 일하던 스위스인이다. 유리 지바고와 라라를 엮어 주려고 애쓴다. 유리 지바고가 사망할 때, 그가 탄 전차 옆을 지나간다.

마르파(마르푸샤, 마르푸시카) 타냐를 잠시 키운 여자 전철수이다.

제2권

제8부

도착

1

지바고의 가족을 이곳까지 싣고 온 기차는 다른 차량들에 가려진 채 아직 역의 뒤쪽 선로에 서 있었지만, 여정 내내 이어져 왔던 모스크바와의 연결 고리는 이날 아침에 끊어지고 종결되었다는 느낌이 들었다.

여기에서부터 영토의 또 다른 지대, 즉 자기만의 자기력의 중심으로 끌어당기는 다른 지방의 세계가 열렸다.

이곳 사람들은 수도 사람들보다 서로를 더 가깝게 알고 지냈다. 유랴틴-라즈빌리예 구간의 철도 지역은 외지 사람들의 접근이 금지되고 적군 부대에 포위되었음에도 불구하고 교외에서 오는 승객들은 불가해한 방법으로 선로에 파고들어, 요즘 말 그대로 〈침투해 들어왔다.〉 그들은 이미 객차를 꽉 채웠음은 물론이고, 난방 화차들의 출입구 계단까지 들어차 있었으며, 기차를 따라 선로 위에서 이리저리 다니거나 자기 객차 입구 옆 제방에 서 있기도 했다.

그들은 하나같이 다 아는 사이였으므로 멀리서 이야기를 주고받기도 하고, 나란히 서게 되면 서로 인사를 나누기도 했다. 그들은 수도의 사람들과는 옷차림과 대화를 나누는 방식이 조금 달랐고, 먹는 것도 습관도 달랐다.

그들이 무엇으로 살아가는지, 어떤 도덕적, 물질적 자양분을 섭취하는지, 어떻게 어려움을 이겨 내는지, 어떻게 법망을 피하는지 알아보는 것은 흥미로운 일이었다.

그 대답은 지체할 것 없이 가장 생생한 형태로 나타났다.

2

소총을 땅에 질질 끌며 지팡이처럼 짚고 걷는 경비병의 호송을 받으며 의사는 자신의 열차로 돌아왔다.

찌는 듯이 무더웠다. 태양이 선로와 차량 지붕을 달구었다. 기름이 스며들어 검게 된 땅은 도금을 입힌 듯 노란 빛깔로 이글거렸다.

경비병은 자기 뒤에 흔적을 남기며 개머리판으로 진흙에 이랑을 냈다. 소총은 침목에 부딪치며 툭툭 소리를 냈다. 경비병이 말했다.

「날씨가 무르익었어요. 봄갈이 농작물을 파종할 때죠. 귀리, 봄밀이나 수수를 파종하기에 가장 좋은 때예요. 메밀을 파종하기에는 이르지만. 우리 지역에서는 아쿨리나[1]의 날에 메

1 러시아의 성녀로 메밀 수확의 수호자이다. 6월 13일(그레고리력 6월

밀을 심죠. 우리는 이곳이 아니라 탐보프 주의 모르샨스크 사람이에요. 어이, 의사 동지! 만일 내전이 아니었다면, 그리고 전염병 같은 반혁명이 아니었다면, 내가 왜 지금 이때 이 낯선 땅에 있겠어요? 계급이니 뭐니 하는 검은 고양이가 우리 사이를 가로질렀으니,[2] 보세요, 이게 뭔 짓인지!」

3

「고맙습니다, 혼자 하겠습니다.」 유리 안드레예비치는 도와주겠다는 손길을 거절했다. 난방 화차에서 사람들이 그를 잡아 주려고 몸을 굽혀 손을 내밀었다. 그는 몸을 쭉 편 후 펄쩍 뛰어 객차에 올라 두 다리로 서고는 아내와 포옹했다.

「마침내 왔네. 다행이야, 정말 다행이야, 모든 게 이렇게 끝나서.」 안토니나 알렉산드로브나가 같은 말을 되풀이했다. 「하지만 이 행복한 결말이 우리에게 새로운 소식이 아니었어.」

「새로운 소식이 아니라니?」

「우리는 모두 알고 있었어.」

「어떻게?」

「경비병들이 알려 줬어. 그렇지 않았다면 우리가 감감무소식을 견뎌 낼 수 있었을까? 아빠와 나는 거의 미치는 줄 알았

26일)에 기념한다.
2 검은 고양이가 가로지르면 싸움이 일어난다는 미신에서 나온 속담이다. 마르크스주의에 근거한 계급 투쟁, 혁명과 내전을 이렇게 표현한 것이다.

어. 저쪽에서 주무시고 계신데 깨워도 못 일어나실 거야. 너무 걱정하신 나머지 짚단처럼 쓰러지셨어. 아무리 흔들어도 못 깨워. 새로운 승객들이 들어왔어. 당신에게 누군가를 소개해 줄게. 하지만 먼저 주위에서 무슨 말을 하는지부터 들어봐. 객차 전체가 당신이 무사하게 빠져나온 걸 축하하고 있어. 바로 저기 그분이야!」 그녀는 느닷없이 화제를 바꾸고는 고개를 돌려서 어깨 너머로 남편을, 다시 앉은 승객들 중에서 이웃에 밀려 뒤쪽 난방 화차 한구석에 앉은 한 승객에게 소개해 주었다.

「삼데뱌토프입니다.」 그쪽에서 소리가 들렸고, 첩첩이 쌓인 다른 사람들의 머리 위로 부드러운 모자가 올라갔다. 자기 이름을 댄 사람은 빽빽이 서서 그를 짓누르는 사람들을 헤치고 의사를 향해 다가왔다.

〈삼데뱌토프라고.〉 유리 안드레예비치는 그사이에 생각했다. 〈난 뭔가 고대 루시적인 것, 영웅담에나 나올 것 같은 빽빽이 자란 수염에 외투, 장식용 벨트를 상상했는데. 이 사람은 무슨 예술 애호가 협회 사람처럼 희끗한 고수머리에 콧수염, 입술 밑에 작은 삼각 수염이 난 사람이로군.〉

「어땠습니까, 스트렐니코프가 두려움을 주던가요? 고백하세요.」

「아니요, 어째서요? 대화는 진지했습니다. 아무려나 강인하고 빼어난 사람입니다.」

「물론 그렇겠지요. 그 사람에 대해서는 어느 정도 알고 있습니다. 우리 지역 출신이 아닙니다. 여러분 지역 사람이에

18

요, 모스크바 출신이요. 최근 우리 나라의 신체제와 꼭 마찬가지지요. 역시 우리 수도에서 수입해 온 겁니다. 우리 머리로는 그렇게까지 생각이 미치지 못할 겁니다.」

「이분은 안핌 예피모비치라고 해, 유로치카, 모르는 게 없고, 모르는 사람이 없으셔. 당신에 대해서도, 당신 아버지에 대해서도 들으셨대, 내 할아버지도 아시고, 모든 사람을, 모든 사람을 알고 계셔. 인사하세요.」 그리고 안토니나 알렉산드로브나는 표정 없이 지나치듯 물어보았다. 「아마도 이곳의 안티포바에 대해서도 아시겠네요?」 이 질문에 삼데뱌토프 역시 밋밋하게 대답했다. 「안티포바는 또 무슨 관계이시죠?」 유리 안드레예비치는 그 말을 듣고 대화를 진척시키지 않았고, 안토니나 알렉산드로브나는 계속해서 말했다.

「안핌 예피모비치는 볼셰비키야, 조심해, 유로치카. 저분과 있을 때는 정신을 바짝 차려야 해.」

「저런, 정말입니까? 생각지도 못했는걸요. 겉으로 보기에는 뭔가 귀족적인 면이 더 많으신데.」

「아버지가 여인숙을 하셨습니다. 일곱 대의 삼두마차를 관리하셨죠. 저는 고등 교육을 받았습니다. 그리고 정말로 사회 민주당원입니다.」

「안핌 예피모비치가 무슨 말을 하는지 잘 들어 봐. 그런데 당신 이름과 부칭을 발음하다가 혀가 꼬인다고 화를 내진 마세요. 그건 그렇고, 유로치카, 내가 하는 말을 들어 봐. 우리는 정말로 운이 좋았어. 유랴틴 시는 우리를 들여보낼 수 없대. 시내에 화재가 났고, 다리가 끊어져서 통과할 수가 없다는 거야. 기차는 연결 노선을 따라 다른 선으로 우회해서 이동할 거래. 그런데 그게 마침 우리가 가야 하는, 토르뺘냐야 역이 있는 바로 그 노선이라네. 생각 좀 해봐! 열차를 갈아탈 필요도 없고, 짐을 잔뜩 지고 역에서 역으로 시내를 가로질러 갈 필요도 없어. 다만 열차가 진짜로 출발하기까지는 피곤하게 이리저리 흔들려야 할 거야. 조차하는 데 시간이 오래 걸린다네. 모두 안핌 예피모비치께서 설명해 주셨어.」

4

안토니나 알렉산드로브나의 예언은 적중했다. 객차를 다시 연결하고 새 객차를 추가하면서 기차는 꽉 찬 선로들을 따라 앞뒤로 끝없이 움직였고, 그 선로들을 따라 오가는 다른 차량들로 인해 탁 트인 들판으로 나가는 것이 오랫동안 가로막혔다.

도시는 지역의 경사면에 가려져 멀리서 절반 정도는 보이지 않았다. 지평선 위로 도시의 건물 지붕과 공장 굴뚝의 꼬트머리, 종탑의 십자가들이 가끔 모습을 드러내곤 했다. 그곳 도시 외곽이 불타고 있었다. 화재로 인한 연기가 바람을 타고 펄럭이는 말갈기처럼 하늘 전체로 퍼져 나갔다.

의사와 삼데뱌토프는 난방 화차 바닥 끝에 앉아 다리를 문지방 밖으로 내놓고 있었다. 삼데뱌토프는 계속해서 손으로 먼 곳을 가리키며 유리 안드레예비치에게 뭔가를 설명했다.

시간이 지남에 따라 속력을 내는 난방 화차의 요란한 소음이 그의 귀를 멍하게 해서 아무 말도 들을 수 없었다. 유리 안드레예비치는 연거푸 물었다. 안핌 예피모비치는 얼굴을 의사에게 가까이 대고 지칠 정도로 소리를 지르며 그의 귀에다 한 말을 하고 또 했다.

「저건 영화관 〈자이언트〉가 불탄 겁니다. 육군 사관생도들이 저기 주둔했었지요. 하지만 생도들이 먼저 항복했어요. 전체적으로 전쟁은 아직 끝나지 않았습니다. 종탑 위에 검은 점들이 보이죠. 저건 아군입니다. 체코인들을 소탕하고 있는 겁니다.」

「아무것도 보이지 않는데요. 그런 걸 어떻게 다 분간하십니까?」

「저건 호호리키가 타고 있는 겁니다. 수공업 지대이지요. 상가들이 있는 콜로데예보는 그 옆에 있어요. 왜 제가 거기에 관심을 가지냐면요. 그 상가에 저희 여인숙이 있거든요. 큰 화재는 아니에요. 아직 중심가까지는 건드리지 못했으니까요.」

「다시 한번 말해 주세요. 들리지 않아서요.」

「제 말은 중심가, 도시 중심가요. 성당, 도서관이 있는 곳이요. 제 성인 삼데뱌토프는 산도나토를 러시아식으로 바꾼 겁니다. 데미도프 집안[3]에서 나온 것이라고 해요.」

「또다시 아무 말도 알아듣지 못했어요.」

3 러시아에서 부와 자선 활동에 관한 한 황실 다음가는 유명한 가문이다. 아나톨리 니콜라예비치 데미도프(1813~1870)는 이탈리아에서 산도나토 공작이라는 칭호를 얻었고, 피렌체에 빌라를 지었다.

「삼데뱌토프가 산도나토라는 이름을 고친 거라고요. 데미도프 가문이라든가. 데미도프 산도나토 공작 가문요. 어쩌면 거짓말일 수도 있고요. 가족 전설이지요. 이 지역은 스피르킨니스⁴라고 불립니다. 별장들이 있고, 기분 전환하러 놀러 가는 지역이지요. 정말 이상한 이름 아닙니까?」

그들 앞에 들판이 펼쳐졌다. 철도망이 여러 방향으로 들판을 가로지르고 있었다. 들판을 따라 전신주들이 쏜살같이 멀어지며 지평선 뒤로 사라졌다. 넓은 포장도로는 선로와 아름다움을 겨루며 리본처럼 굽이치고 있었다. 포장도로는 지평선 뒤로 사라지는가 하면, 방향을 돌 때 활 모양으로 잠시 다시 나타나곤 했다. 그리고 또다시 사라졌다.

「우리의 유명한 대로이지요. 시베리아 전역을 지납니다. 죄수들의 민요에도 나오지요. 지금은 파르티잔의 작전 근거지입니다. 대체로 이 지역에는 아무것도 없어요. 살다 보면 익숙해지실 겁니다. 도시의 진기한 것도 좋아하게 되실 거고요. 우리 도시 급수전 같은 거요. 교차로마다 있지요. 겨울에는 야외에서 열리는 여인들의 수다 모임 장소가 됩니다.」

「저희는 시내에 자리 잡지 않을 겁니다. 바리키노에서 살 겁니다.」

「압니다. 아내분께서 말씀하시더군요. 상관없습니다. 일을 보러 시내로 가게 되실 겁니다. 처음 보자마자 아내분이 누구신지 알아챘습니다. 눈동자, 코, 이마. 딱 크뤼게르 씨 판박이더군요. 완전히 할아버지를 빼닮았어요. 이 지역에서는

4 〈하층, 하류, 저지대〉라는 뜻이다.

모두가 크뤼게르 씨를 기억하고 있습니다.」

들판 끝을 따라 높이 솟은 원형의 석유 탱크가 붉게 보였다. 높은 기둥 위에는 회사 광고들이 비죽이 걸려 있었다. 의사의 눈에 들어온 광고 중 하나에는 이런 말이 적혀 있었다.

〈모로와 베트친킨. 파종기. 탈곡기.〉

「튼튼한 회사였지요. 훌륭한 농기구를 생산했습니다.」

「잘 알아듣지 못했습니다. 뭐라고 말씀하셨지요?」

「회사 얘기를 했습니다. 아시겠습니까, 회사요. 농기구를 생산했습니다. 주식회사였어요. 아버지가 주주였지요.」

「선생 말씀이 여인숙을 하셨다고 했는데.」

「여인숙은 여인숙이고요. 서로 방해되지 않습니다. 아버지께서는 바보가 아니셨으니 더 좋은 회사에 자금을 투자하셨던 거지요. 영화관 〈자이언트〉에도 돈을 투자하셨어요.」

「그걸 자랑스럽게 생각하시는 것 같군요?」

「아버지의 영리함을요? 물론이지요!」

「그럼 선생의 그 사회 민주당은 어찌 되는 겁니까?」

「그것과 이게 무슨 상관인가요? 마르크스적으로 논하는 사람이 물렁팥죽에 침이나 질질 흘리는 바보라고 어디 나와 있던가요? 마르크스주의는 완전한 과학이고, 현실에 대한 가르침이며, 역사적 상황의 철학입니다.」

「마르크스주의와 과학이라고요? 잘 알지 못하는 분과 이런 문제에 대해 논한다는 것은 무모한 짓이지요. 하지만 아무리 그렇다고 해도 할 말은 해야겠군요. 마르크스주의는 과학이 되기에는 지나치게 자제심이 부족합니다. 과학은 균형 감각이 있지요. 마르크스주의와 객관성이요? 저는 마르크스주의보다 더 자기 안에 고립되어 있고 사실에서 먼 경향을 본 적이 없습니다. 각자가 경험 위에 자신을 검증하려고 애쓰는데, 자신의 무오성(無誤性)에 대한 우화를 만들기 위해 권력에 앉은 자들이 온 힘을 다해 진실을 외면하고 있습니다. 정치는 제게 아무것도 말해 주지 않습니다. 저는 진리에 무관심한 사람들이 싫습니다.」

삼데뱌토프는 의사의 말을 괴짜 독설가의 엉뚱한 발언으로 취급했다. 그는 빙그레 웃고는 그의 말에 반박하지 않았다.

그러는 사이에 기차가 선로를 바꾸었다. 기차가 신호기가 있는 출구 전철기까지 갈 때마다, 가죽 혁대에 양철 우유 통을 찬 중년의 여자 전철수는 뜨개질감을 한 손에서 다른 손으로 옮기고 몸을 굽혀 전환 스위치의 원판을 넘겨 기차를 다시 후진시켰다. 기차가 조금씩 후진하는 동안 그녀는 몸을 펴고는 기차에 대고 위협하듯 주먹질을 했다.

삼데뱌토프는 그녀의 행동이 자기를 향한 것이라고 생각했다. 〈누구한테 저러는 거야?〉 그는 생각에 잠겼다. 〈낯익은 얼굴인데. 툰체바인가? 닮았는데, 그 여자다. 하지만 내가 어쨌다고? 그럴 리가. 그런데 글라시카치고는 너무 늙었어. 내가 무슨 상관이람? 어머니 러시아가 대변혁 중이라 철로도 엉망이고, 그러니 저런 여자들도 아마 힘들겠지. 뭔가 잘못했으니 나한테 주먹질을 했겠지. 그러든 말든 무슨 상관이람, 저런 여자 때문에 골머리를 앓다니!〉

마침내 여자 전철수는 깃발을 흔들며 뭐라고 기관사에게

크게 외친 후, 기차를 신호기 뒤의 광활한 길로 통과시켰다. 열네 번째의 난방 화차가 그녀의 옆을 지날 때, 그녀는 객차 바닥에서 그녀를 놀려 대는 수다쟁이들에게 혀를 비쭉 내밀었다. 그러자 또 삼데뱌토프가 생각에 잠겼다.

5

불타는 도시의 교외 지역, 원통형 석유 탱크, 전신주, 광고탑이 뒤로 물러나면서 사라지고 다른 광경, 그러니까 어린나무 숲, 낮은 산, 그 사이로 굽이치며 자주 얼굴을 드러내는 길이 지나가자, 삼데뱌토프가 말했다.

「일어나서 이제 헤어집시다. 저는 곧 내려야 합니다. 선생도 한 정거장 더 가서 내리셔야 하고요. 정거장을 놓치지 않게 조심하십시오.」

「이 지역을 샅샅이 잘 알고 계신 모양이에요?」

「엄청나게 잘 알고 있지요. 반경 1백 킬로미터 정도는. 저는 법률가입니다. 20년간 실무에 종사해 왔죠. 소송들로 이리저리 돌아다녔고요.」

「지금까지도요?」

「그렇고말고요.」

「현재 재판에서는 어떤 종류의 소송이 가능한가요?」

「온갖 종류의 소송이요. 완결되지 않은 옛 계약과 거래, 이행되지 않은 채무 등 끔찍할 정도로 꽉 차 있습니다.」

「그런 종류의 관계들이 무효가 된 게 아니란 말씀입니까?」

「명목상으로는 그렇습니다. 하지만 실제로는 서로 양립할 수 없는 일들이 동시에 요구되고 있습니다. 기업은 국유화되고, 연료는 도시 소비에트에, 우마차는 주 인민경제 소비에트에. 그러는 동시에 모두들 살고 싶어 하죠. 전환기의 특징은 아직 이론이 현실과 맞지 않는다는 겁니다. 이런 때는 저처럼 판단력이 빠르고 의지가 굳고 영리한 사람들이 필요합니다. 악인의 꾀를 따르지 않는 사람이 복이 있다고,[5] 잘 몰라도 거액을 취합니다. 우연히 뺨을 맞는 경우가 있다고 부친께서 말씀하시곤 했지요. 주(州)의 절반이 저로 인해 먹고삽니다. 목재 조달 업무로 선생 댁도 자주 가서 뵐 겁니다. 물론 말을 타고 가게 되겠지요. 마지막 말이 절름발이가 되었습니다. 그렇지 않고 그 말이 건강했으면, 이 오래된 퇴물을 타고 달달거리며 가고 있겠습니까! 제기랄, 겨우 가고 있는데, 아직 기차라고 불리다니. 제가 바리키노에 방문하는 게 여러분께 도움이 될 겁니다. 당신들의 미쿨리친을 저는 제 손가락 보듯이 잘 알고 있지요.」

「저희들의 여행 목적, 저희들의 의도를 알고 계십니까?」

「대략은요. 짐작은 하고 있지요. 어느 정도는 알고 있습니다. 태고 때부터 내려오는 사람의 흙을 향한 끌림이지요. 자기 손으로 먹고살고자 하는 꿈이요.」

「어떤가요? 찬성하시지 않는 것 같은데요? 무슨 말씀을 하

---

5 『구약 성경』, 「시편」 1편 1절의 절반을 인용한 구절이다. 〈복되어라. 악을 꾸미는 자리에 가지 아니하고.〉

시겠습니까?」

「순진하고 목가적인 꿈이지요. 하지만 도대체 무엇 때문인가요? 주께서 여러분을 도와주시기를. 그러나 저는 믿지 않습니다. 유토피아적이에요. 원시적인 가내 공업이죠.」

「미쿨리친은 우리를 어떻게 대할까요?」

「문지방으로 들이지 않고 빗자루로 내쫓아도 그 사람이 옳습니다. 여러분이 없어도 이곳에서 그 사람의 삶은 소돔이고 천일 야화예요. 멈춰 버린 공장에, 달아난 노동자에, 생존 수단이라는 의미에서 먹을 것도 아무것도 없어요, 사료도 없죠. 그런데 불쑥 나타나면, 맙소사, 쉽지 않지요. 만일 그 사람이 여러분을 죽인다고 해도 저는 그 사람을 변호할 겁니다.」

「그런데 보세요, 선생은 볼셰비키인데도 이게 삶이 아니라 뭔가 유례가 없는 것이고, 환영처럼 황당무계한 일이라는 것을 부정하시지 않는군요.」

「물론이지요. 그러나 이건 역사적으로 피할 수 없는 일입니다. 이 과정을 통과해야만 합니다.」

「왜 피할 수 없다는 건가요?」

「선생은 어린아이라도 되십니까, 아니면 그런 척하시는 겁니까? 달에서 뚝 떨어지기라도 하신 건가요? 식충이 기생충들이 굶주린 노동자들 위에 올라타서 죽도록 혹사시켰는데, 그런 채로 그대로 있어야 했단 말입니까? 다른 종류의 모욕과 전횡은요? 민중 분노의 정당성, 공정함에 따라 살고자 하는 열망, 진실의 추구가 참으로 이해되지 않는단 말인가요? 아니면 근본적인 변혁이 두마에서 의회 정치의 방법으로 성취될 수 있고, 독재 없이 가능하다고 생각하시는 겁니까?」

「우리는 서로 다른 이야기를 하고 있군요. 한 세기 동안 논쟁을 한다고 할지라도 일치점을 찾을 수 없을 겁니다. 저는 아주 혁명적인 감정을 가지고 있지만, 지금은 강압으로는 아무것도 취할 수 없다고 생각합니다. 선을 위해서는 선으로 나가야 하죠. 그렇지만 지금은 그게 문제가 아니에요. 미쿨리친 얘기로 돌아갑시다. 만일 우리를 기다리는 것이 그런 일이라면, 우리가 갈 필요가 있을까요? 빈손으로 돌아가야겠군요.」

「무슨 어리석은 소리. 첫째, 이 세상에 미쿨리친 한 사람밖에 없는 건 아니지요? 둘째, 미쿨리친은 죄가 될 정도로 지극히 선한 사람입니다. 소란을 피우고 완강히 버티다가는 마음이 약해져서 자기 옷도 벗어 주고, 마지막 빵 껍질까지도 나누어 줄 겁니다.」그러고는 삼데뱌토프가 이야기해 주었다.

6

「미쿨리친은 25년 전에 기술 대학교 학생으로 페테르부르크에서 왔습니다. 그는 경찰의 감시하에 이곳으로 유형을 당한 것이지요. 미쿨리친은 이곳에 와서 크류게르 집에서 관리인의 자리를 얻고, 결혼도 했습니다. 이곳 우리 지역에는 체호프의 극[6]보다 한 명 더 많은 네 명의 툰체바 자매들이 있었는데, 유랴틴의 모든 학생이 그 자매들의 꽁무니를 쫓아다녔

6 안톤 체호프의 희곡 「세 자매」를 염두에 둔 말이다.

습니다. 아그립피나,[7] 옙도키야, 글라피라, 세라피마 세베리노브나였지요. 부칭을 따서 사람들은 이 아가씨들을 세베랸카[8]들이라고 불렀어요. 미쿨리친은 세베랸카의 첫째와 결혼했습니다.

부부에게서 곧 아들이 태어났지요. 자유사상을 숭배하던 바보 아버지는 아들에게 리베리라는 드문 이름을 지어 주었습니다. 약칭으로 립카[9]라고 불린 리베리는 심한 장난꾸러기로 자라면서 다방면에 특출한 재능을 드러냈습니다. 그리고 전쟁이 발발했죠. 립카는 호적 나이를 속이고 열다섯 살이라는 어린 나이에 자원입대하여 전선으로 내빼고 말았습니다. 본래 몸이 약했던 아그라페나 세베리노브나는 이 충격을 감당하지 못하고 몸져누워 더 이상 일어나지 못했고, 혁명 바로 직전인 재작년 겨울에 사망했습니다.

전쟁이 끝났지요. 리베리가 돌아왔습니다. 그가 누구입니까? 그는 훈장을 세 개나 받은 소위보였고, 물론 전선에서 선전 선동으로 신념이 굳어진 빛나는 볼셰비키 대의원이었습니다. 〈숲의 형제단〉에 대해 들어 보신 적이 있나요?」

「아니요, 죄송합니다.」

「그럼 얘기해도 의미가 없겠군요. 효과가 반감되니까요. 선생이 차량에서 국도를 바라볼 이유도 없고요. 국도는 어떤 면에서 대단한 걸까요? 현재로서는 파르티잔 운동이죠. 파르

---

7 아그라페나의 라틴식 이름이다.
8 이들의 부칭 세베리노브나를 줄여 세베랸카로 부른 것이다.
9 리베리의 애칭이다. 리베리는 〈자유〉라는 뜻의 라틴어 liber에서 따온 이름이다.

티잔이 뭔가요? 이들은 내전의 주요 병력이지요. 이 병력의 창설에 두 기원이 참여했습니다. 그것은 혁명 지도력을 떠맡은 정치적 조직과 전쟁에서 패한 후 낡은 권력에 순종하기를 거부한 하급 병사들입니다. 이 두 세력의 제휴로 파르티잔 군대가 만들어졌습니다. 그 구성원은 잡다합니다. 기본적으로 그들은 평범한 농부들입니다. 하지만 그들과 함께 온갖 사람을 다 만날 수 있습니다. 그곳에는 빈농도 있고, 수도사 직분을 박탈당한 수도사도 있고, 아버지와 다툰 부농의 아들도 있습니다. 사상적 무정부주의자도 있고, 신분증이 없는 부랑자들도 있고, 중등 교육 기관에서 쫓겨났지만 결혼할 시기가 훨씬 지난 건달 신랑감들도 있고요. 자유를 주고 고향으로 돌려보내 주겠다는 약속에 넘어간 오스트리아–독일 전쟁 포로도 있습니다. 〈숲의 형제단〉이라고 불리는 수천의 이 민중군 부대 중 하나를 형제단의 친구인 립카, 아베르키 스테파노비치 미쿨리친의 아들인 리베리 아베르키예비치가 지휘하고 있다는 겁니다.」

「정말인가요?」

「들으신 대로입니다. 그러나 계속해서 말씀드리죠. 아내가 죽은 후 아베르키 스테파노비치는 재혼했습니다. 후처인 옐레나 프로클로브나는 학교 의자에서 곧바로 결혼식장에 들어가다시피 한 여학생이었습니다. 천성적으로 순진하지만 계산에 따라 순진한 척하고, 아직 젊은데도 벌써부터 젊은 척하는 여자입니다. 그 여자는 그럴 때면 평원의 종달새처럼 조잘대고 재재거리며 얼굴을 찡그리고 순진한 척 바보짓을 합니다. 그런데 사람을 보면 바로 시험을 하려 들지요. 〈수보로프[10]는 어제 태어났나요?〉〈이등변 삼각형의 경우의 수를 열거해 보세요.〉 선생이 대답을 못 하면 웃음거리로 만들고는 아주 기뻐할 겁니다. 몇 시간 후면 그 부인을 직접 보게 될 테니 제 말을 확인하실 수 있을 겁니다.

노인에게는 다른 취약점이 있습니다. 파이프와 신학교에서나 쓸 법한 교회 슬라브어입니다. 〈그러한 고로 조금도 의심치 말지니〉, 그의 활동 무대는 바다였어야 합니다. 대학에서 그는 조선학과를 다녔지요. 그게 외모나 버릇에도 남아 있어요. 면도를 하고, 하루 종일 파이프를 입에서 떼지 않고, 상냥하지만 느긋하게 잇새로 씹듯이 단어를 내뱉습니다. 애연가들한테서 흔히 보이는 모습으로 아래턱이 앞으로 튀어나와 있고, 눈은 냉정한 회색빛입니다. 제헌 의회[11]에서 지역 대표로 뽑힌 사회 혁명당원입니다.」

「아주 중요한 말씀이군요. 그 뜻은 아버지와 아들이 서로 싸운다는 말씀인가요? 정치적인 적으로서요?」

「물론 명목상으로는 그렇지요. 실제로 타이가는 바리키노와 싸우지 않습니다. 어쨌든 얘기를 계속하죠. 나머지 툰체바들, 그러니까 아베르키 스테파노비치의 처제들은 지금도 유

10 Aleksandr Suvorov(1729~1800). 한 번도 패배해 본 적이 없는 장군으로 유명하다. 러시아 역사에서 네 번째로 가장 최상의 지위인 총사령관의 칭호를 받았다. 다섯 번째이자 마지막 총사령관은 스탈린이었다.
11 러시아의 헌법 제정을 위해 1917년 11월에 선출된 국민 대표 기구이다. 사회 혁명당은 볼셰비키보다 두 배나 많은 의석을 차지했고 1918년 1월 5일 단 하루만 소집되었으며, 레닌의 명령에 따라 해산되었다.

랴틴에 있습니다. 영원한 처녀들이지요. 시대가 바뀌고 아가씨들도 바뀌었습니다.

남은 자매들 중 제일 큰 동생인 옙도키야 세베리노브나는 시내 도서관 사서입니다. 사랑스럽고 극도로 수줍음이 많은 가무잡잡한 아가씨죠. 아무 이유도 없이 작약처럼 얼굴이 빨개집니다. 도서관 홀에는 죽음처럼 긴장감 넘치는 정적이 흐르죠. 늘 습관성 코감기에 걸려 스무 번 정도 연거푸 재채기를 하고는 부끄러워서 쥐구멍으로라도 들어갈 기세죠. 하지만 어쩌겠습니까? 신경이 예민해서 그런걸요.

가운데인 글라피라 세베리노브나는 자매들 중 축복 자체입니다. 씩씩하기 짝이 없고 기적처럼 일을 잘하는 아가씨예요. 어떤 노동도 피하지 않아요. 파르티잔 숲의 형제단 대장이 이 이모를 닮았다는 데 이구동성으로 동의합니다. 얼마 전에 양장점 혹은 양말 공장에서 보았다 싶은데, 미처 그 모습에 익숙해지기도 전에 벌써 미용사가 되어 있습니다. 유랴틴으로 가는 길에 우리한테 주먹질을 하던 여자 전철수를 주목해 보셨나요? 그걸 보고 길목을 지키는 파수꾼으로 글라피라가 임명되었나 했네요. 그런데 그 여자가 아닌 것 같아요. 너무 늙었어요.

제일 막내인 시무시카[12]는 가족의 십자가, 골칫거리예요. 공부하는 걸 좋아하고 책을 많이 읽는 아가씨죠. 철학을 공부했고, 시를 좋아했습니다. 그리고 혁명이 일어나자 전반적인 활기와 거리 행진, 광장의 연단의 연설에 영향을 받았는지 정

12 세라피마의 애칭이다.

신이 이상해져서 광신도가 되었습니다. 자매들이 일하러 가면서 문을 잠그면 창으로 빠져나가 거리를 누비고 다니며 사람들을 모아 놓고 재림이 가까웠다고, 세상의 끝이 다 되었다고 설교를 합니다. 그런데 제가 지나치게 말을 많이 했네요, 제가 내릴 역에 다 와갑니다. 선생은 다음 역에서 내리시면 됩니다. 준비해 두세요.」

안핌 예피모비치가 기차에서 내리자, 안토니나 알렉산드로브나가 말했다.

「당신이 어떻게 생각할지 모르겠지만, 내 생각에 저분은 운명이 우리에게 보내 준 사람 같아. 저 사람은 우리가 살아가는 데 도움을 많이 줄 것 같거든.」

「정말 그럴지도 모르지, 토네치카. 외조부와 닮았다고 사람들이 당신을 알아보고, 이곳에서 외조부를 아주 잘 기억하고 있는 것이 기쁘지만은 않네. 스트렐니코프만 해도 그래, 내가 바리키노라고 말하니까, 빈정거리듯이 한마디 하더라고. 〈바리키노요? 크류게르의 공장이 있었지요. 혹시 친척은 아니십니까? 상속인은요?〉

나는 모스크바에서보다 아무도 모르는 곳을 찾아 떠나온 이곳에서 우리가 더 눈에 띈다는 것이 두려워.

물론 지금으로서는 어쩔 수 없지. 이미 엎질러진 물이니. 눈에 띄지 않게 숨어 살면서 좀 더 조심하는 게 좋겠어. 어쨌든 좋지 않은 예감이 드는군. 식구들을 깨우고, 짐들을 챙겨 끈으로 묶고 내릴 준비를 하자고.」

7

안토니나 알렉산드로브나는 토르퍄나야 역 플랫폼에 서서 객차에 아무것도 잊고 내린 것이 없다는 것을 확인하기 위해 사람과 가방의 수를 수도 없이 셌다. 그녀는 발밑으로 하도 밟아서 단단해진 플랫폼의 모래를 느꼈지만, 다른 한편으로는 정거장을 놓칠지도 모른다는 두려움에서 벗어나지 못했고, 기차가 그녀 앞 플랫폼 옆에 미동도 없이 서 있는 것을 눈으로 확인하면서도 그녀의 귓전에는 여전히 달리는 기차 소리가 울렸다. 그로 인해 그녀는 뭐든 제대로 보고 듣고 생각할 수 없었다.

오랫동안 함께 여행했던 사람들이 위쪽 높은 난방 화차에서 그녀에게 작별 인사를 했다. 그녀는 기차가 떠나는 것을 알아채지 못했고, 기차가 떠난 후에 드러난 두 번째 선로와 저편의 녹색 초원, 푸른 하늘을 보고서야 기차가 사라진 것을 알아차렸다.

기차역은 석조 건물이었다. 건물 입구에는 양쪽으로 두 개의 벤치가 놓여 있었다. 토르퍄나야에서 내린 승객들은 십체프에서 온 모스크바의 여행객들이 전부였다. 그들은 짐을 내려놓고 한쪽 벤치에 앉았다.

도착한 이들은 역을 지배하는 정적과 한적함과 산뜻함에 놀랐다. 주변에 인파가 많지 않고 욕설도 들리지 않는 것이 그들에게는 생소하게 느껴졌다. 이곳 벽지의 삶은 역사에서 뒤처져 지체되고 있었다. 이곳도 곧 수도처럼 야만 상태에 도달할 터였다.

　역은 자작나무 숲에 둘러싸여 있었다. 그래서 기차가 역에 다가갔을 때 기차 안이 어두워졌던 것이다. 살짝 흔들리는 자작자무 꼭대기의 그림자가 손과 얼굴, 플랫폼의 축축하고 깨끗한 노란 모래, 땅, 역의 지붕 위에서 살랑거렸다. 숲속에서 지저귀는 새소리는 수풀의 신선한 공기에 잘 어울렸다. 무지몽매하리만큼 분명하고 순수하며 충만한 소리들이 숲 전체에 울려 퍼지면서 구석구석으로 파고들었다. 두 개의 길, 선로와 비포장도로가 수풀 사이로 나 있고, 수풀은 바닥까지 늘어진 넓은 소매 끝처럼 고개를 아래로 푹 숙이고 사방으로 뻗은 가지들을 두 길에 똑같이 드리우고 있었다.

　갑자기 안토니나 알렉산드로브나의 눈과 귀가 열렸다. 모든 것이 한꺼번에 그녀의 의식 속으로 들어왔다. 낭랑한 새소리, 고립된 숲의 순수함, 주변에 흐르는 고요와 평온함. 그녀의 머리에 이런 문구가 만들어졌다. 〈우리가 무사히 도착했다는 것이 믿어지지 않아. 스트렐니코프가 당신 앞에서는 관대하게 굴어 당신을 놓아주었지만, 이곳에 전보를 보내어 우리가 내리자마자 모두를 잡아 가두라고 명령할 수도 있어. 여보, 나는 그들의 고결함을 믿지 않아. 모든 게 겉보기에만 그런 거야.〉 그런데 이렇게 준비된 말 대신 그녀는 전혀 다른 말을 했다. 「너무 멋지다!」 주변의 매혹적인 광경을 보자 그녀의 입에서 이런 말이 튀어나왔다. 그녀는 더 이상 아무 말도 할 수 없었다. 눈물이 북받쳤다. 그녀는 큰 소리로 울음을 터뜨렸다.

그녀가 흐느끼는 소리를 듣고 건물에서 역장인 노인이 바깥으로 나왔다. 그는 잰걸음으로 벤치에 다가와 윗부분이 빨간 제모의 챙에 공손하게 손을 대고 물었다.

「부인께 진정제를 드릴까요? 역의 구급함에 있는데요.」

「별일 아닙니다. 감사합니다. 곧 괜찮아질 겁니다.」

「여행을 하다 보면 걱정과 불안이 많아지지요. 누구나 다 아는 흔한 일입니다. 더구나 아프리카 같은 이런 무더위는 우리처럼 광활한 지역에서는 드문 일이지요. 게다가 유랴틴에서 큰일이 있었어요.」

「지나는 길에 객차에서 화재를 보았습니다.」

「제가 틀리지 않았다면 러시아[13] 쪽에서 오신 건가요?」

「하얀 석조 도시[14]에서 왔습니다.」

「모스크바 분들이시군요? 그렇다면 부인의 신경이 예민하신 게 전혀 놀랄 일도 아닙니다. 사람들 말로 돌 위에 돌이 하나도 남지 않았다[15]고 하던데요.」

「과장입니다. 그렇지만 사실 온갖 일을 겪었지요. 얘는 제 딸이고, 이 사람은 제 사위입니다. 이 둘의 아이고요. 그리고 이쪽은 우리 집의 젊은 유모 뉴샤입니다.」

「안녕하십니까, 안녕하십니까. 대단히 반갑습니다. 어느 정도 알고 있었습니다. 안핌 예피모비치 삼데뱌토프가 사크

---

13 우랄산맥 서쪽의 유럽 러시아를 의미한다.

14 모스크바를 의미한다. 크렘린의 교회 건물이 하얀 석조로 되어 있어서 이렇게 불린다.

15 「마태오의 복음서」 24장 2절, 「루가의 복음서」 21장 6절에서 따온 구절이다.

마에서 내린 후 철도 전화로 알려 줬습니다. 의사 지바고와 그 가족이 모스크바에서 왔는데, 그분 말씀이 될 수 있는 한 도와드리라고 하더군요. 그러니까 어르신께서 바로 그 의사 지바고이신가요?」

「아닙니다, 의사 지바고는 저 사람, 내 사위입니다. 나는 분야가 달라요. 농업 분야죠. 농학 교수인 그로메코입니다.」

「실례했습니다. 잘못 알았군요. 죄송합니다. 알게 되어 정말 기쁩니다.」

「역장님 말씀을 들어 보니 삼데뱌토프를 아시는군요?」

「마법사 같은 그분을 어떻게 모를 수 있을까요. 우리의 희망이자 우리를 벌어 먹이는 분이시죠. 그분이 없었다면 우리는 오래전에 죽었을 겁니다. 네, 그분이 될 수 있는 한 도와드리라고 하셨습니다. 〈알겠습니다〉라고 답했지요. 약속을 했습니다. 그러니 필요하다면 말이라도, 아니면 뭐 다른 것이라도 도와드리겠습니다. 어디로 가실 계획인가요?」

「저희는 바리키노로 갑니다. 여기서 먼가요?」

「바리키노요? 따님께서 누구를 닮기는 했는데, 얼른 기억이 떠오르지 않았거든요. 그런데 바리키노로 가신다고요! 이제야 모든 것이 설명되네요. 사실 제가 이반 예르네스토비치[16]와 함께 이 길을 깔았답니다. 이제 바삐 움직여 채비를 해드리겠습니다. 사람을 불러 어렵지만 짐마차를 구해 보죠. 도나트! 도나트! 준비하는 동안 짐들을 대합실로 옮기게. 말은 어떻겠나? 얼른 찻집에 뛰어가서 가능한지 물어보게! 아침에 바

16 토냐의 외할아버지 크뤼게르의 이름과 부칭이다.

크흐를 여기서 잠간 봤던 것 같은데. 떠나지 않았는지 물어보게. 바리키노에 짐 네 개를 실어 줘야 하고, 짐은 없는 거나 마찬가지라고 말해 주게. 새로 오신 분들이야. 어서 서두르게. 아버지 같은 마음으로 충고를 하나 드리지요, 부인. 일부러 부인과 이반 예르네스토비치의 친척 관계에 대해 묻지 않았지만, 이 문제에 관한 한 조금 더 조심하세요. 모든 사람과 터놓고 지내지는 마세요. 시대가 그런지라, 잘 생각하십시오.」

타지방 손님들은 바크흐라는 이름에 놀라 서로를 쳐다보았다. 그들은 쇠로 내장을 만들어 끼웠다는 옛날이야기 속의 대장장이에 대한 고(故) 안나 이바노브나의 이야기와, 지역의 다른 허풍스럽고 밑도 끝도 없는 이야기들을 아직도 기억하고 있었다.

8

귀가 처지고 털이 덥수룩하며 잿빛 매처럼 머리가 하얗게 센 노인이 새끼를 낳은 하얀 암말을 타고 그들을 데리고 갔다. 그가 걸친 모든 것이 여러 이유에서 하얀색이었다. 그의 새 짚신은 신은 지 얼마 되지 않아 아직 더럽지 않았고, 바지와 셔츠는 오래 입어 빛이 바래 하얬다.

하얀 암말 뒤로 손으로 깎아 만든 장난감 같은, 밤처럼 까만 망아지가 곱실거리는 갈기를 나부끼며 아직 단단히 여물지 않은 다리를 박차면서 까마귀처럼 달리고 있었다.

웅덩이에서 튀어 오를 때마다 짐마차의 끝에 앉은 여행객들은 밖으로 떨어지지 않으려고 가로대를 꼭 붙잡고 있었다. 그들의 마음은 평온했다. 꿈이 이루어져 그들은 여행의 목적지에 다가가고 있었던 것이다. 신비롭고 맑은 하루의 해 질 녘 시간이 아낌없는 광활함과 화려함을 뽐내며 천천히 늦장을 부리고 있었다.

길은 숲으로 나 있는가 하면, 확 트인 들판으로 나 있기도 했다. 숲속에서 구불구불한 나무뿌리에 걸려 덜컹 반동이 일어나면 타고 가던 사람들이 한 무더기로 넘겨졌고, 그러면 그들은 몸을 웅크리고 얼굴을 찡그린 채 서로에게 바싹 붙어 앉았다. 공간 자체가 마음을 꽉 채워 모자를 벗길 것만 같은 탁 트인 장소에서는 여행객들도 등을 펴고 자리를 더 넓게 잡고 앉아 고개를 흔들었다.

산이 많은 곳이었다. 언제나 그렇듯이 산은 자기만의 외양과 표정이 있었다. 그 산들은 짐마차를 타고 가는 사람들을 말없이 바라보며 위엄 있고 오만한 그림자처럼 멀리 거뭇하게 서 있었다. 기분 좋게 하는 분홍빛이 여행객들을 뒤따르며 그들에게 위안과 희망을 주었다.

모든 것이 마음에 들었고, 모든 것이 놀라웠지만, 무엇보다 그들을 놀라게 한 것은 그들의 나이 든 괴짜 마부의 수다였는데, 그 안에는 사라진 고대 러시아어의 흔적, 타타르어의 특징과 지역적 특색이 마부 자신이 고안해 낸 난해한 말들과 뒤섞여 있었다.

망아지가 뒤처지면 암말이 멈춰 서서 망아지를 기다렸다.

그러면 망아지는 파도치듯 폴짝폴짝 도약하여 암말을 유유히 따라잡았다. 긴 다리를 가까이 붙인 채 서툴게 걸으며 망아지는 짐마차에 바짝 다가가 긴 목에 작은 머리를 끌채 뒤로 들이밀고 어미젖을 빨았다.

「나는 아무래도 이해를 못 하겠어.」 안토니나 알렉산드로브나는 흔들림에 이를 부딪치면서 예측할 수 없는 충격에 혀끝을 깨물지 않으려고 남편에게 띄엄띄엄 외쳤다. 「이 사람이 우리 엄마가 말하던 바로 그 바크흐라는 게 가능한 일일까? 기억하잖아, 온갖 종류의 황당무계한 얘기들 말이야. 대장장이가 싸우다가 창자가 떨어져 나갔고, 새 창자를 만들어 집어넣었다고. 한마디로 말해 대장장이 바크흐는 무쇠 창자잖아. 나는 모든 게 옛이야기라고만 생각하는데. 정말로 그 이야기들이 전부 이 사람 이야기일까? 정말로 이 사람이 바로 그 바크흐일까?」

「물론 아니야. 첫째, 당신 스스로도 말했잖아. 그건 옛이야기야, 민담이라고. 둘째, 장모님이 말씀했다시피 장모님 시대에도 그 민담은 벌써 백 년도 더 된 거였어. 그런데 왜 그렇게 크게 말해? 노인이 들으면 기분 나쁘시겠어.」

「아무 소리도 못 들으셔. 귀가 잘 들리지 않거든. 그리고 또 들린다고 해도 이해하지 못할 거야, 좀 둔하시거든.」

「어이, 표도르 네페디치!」 노인은 왜인지는 모르지만 암말이라는 것을 승객들보다 더 잘 알면서도 암말을 남자 이름으로 거창하게 부르면서 재촉했다. 「저주스러울 정도로 얼마나 더운지! 페르시아의 아궁이에 들어간 아브라함의 후손[17] 같

40

구먼! 제길, 먹여도 소용없는 것! 너 말이다, 마제파!」[18]

  그는 느닷없이 이곳 공장에서 옛날에 만들어진 속요 한 절을 구성지게 부르기 시작했다.

  안녕, 주 사무소야,
  안녕, 갱도야, 광산아,
  주인님 빵도 질리도록 먹었고
  연못 물도 실컷 마셨지.
  백조가 물 밑에서 발을 저으며
  강가로 헤엄치는데,
  내가 비틀대는 건 술 때문이 아니라
  바냐를 징집에 내주어서야.
  하지만 나는, 마샤, 실수하지 않아,
  하지만 나는, 마샤, 바보가 아니야.
  나는 도시 셀랴바에 가서
  센테튜리하한테 가서 일하련다.

「어이, 암말아, 하늘 무서운 줄 모르는가! 이보소, 사람들이여, 저 시체 같은 짐승 좀 보소! 채찍을 휘두르면 보란 듯

---

  17 『구약 성경』, 「다니엘서」 3장 8~30절의 내용이다. 금신상에게 절하지 않았다고 하여 바벨론의 왕에 의해 불가마에 던져진 세 명의 유대인이 살아난 이야기이다.
  18 Ivan Mazeppa(1644~1709). 처음에는 표트르 대제를 섬겼지만, 나중에는 그에게 쳐들어간 스웨덴인과 동맹을 맺은 우크라이나의 카자크 대장의 이름이다. 일반적으로 경멸적인 별칭에 사용된다.

이 주저앉는다오. 그런데 페댜-네페댜, 어디로 가노? 이 숲 별명이 타이가인데, 끝이 보이지 않는다. 저곳에 농민의 힘이 있지, 우우! 저기 숲의 형제단이 있지. 어이, 페댜-네페댜, 제길, 또다시 불량배가 되었구나!」

그가 갑자기 몸을 돌려 안토니나 알렉산드로브나를 뚫어지게 쳐다보더니 말했다.

「젊은 아지매, 어디 누군지 내가 모르는 줄 아는갑소? 내보니 아지매 생각이 단순쿠만. 발밑으로 땅이 꺼진대도 난 알아본다니까! 알고말고! 내 깜빡이를 믿지 못하겠다니까, 그리고프가 살아왔는가 해서!(노인은 눈을 깜빡이, 크류게르를 그리고프라고 불렀다) 손녀 아닌감? 내가 그리고프를 못 알아볼까? 그 집 주변에서 평생 살면서 산전수전을 다 겪었는데. 온갖 수작업에, 온갖 직업에! 갱목 박는 일꾼으로도, 벌목할 때도, 마구간에서도. 자, 움직여라! 다리병신아! 중국 천사들이냐, 내 말 안 들리냐? 어?

그런데 아지매, 그 바크흐가 혹 대장장이가 아니냐고 물었소? 참 단순한 아지매네, 눈은 매서운데 바보야. 댁의 바크흐는 말이오, 별명이 포스타노고프요. 무쇠 창자 포스타노고프. 벌써 반세기 전에 땅속 관으로 들어갔소. 반대로 나는 메호노신이지. 이름은 같아, 동명이인, 그런데 성이 달라, 페도트요, 그 사람이 아니오.」

노인은 미쿨리친에 대한 이야기를 차츰차츰 자기 말로 조금씩 해주었는데, 모두 삼데뱌토프로부터 이미 들은 말이었다. 그는 그를 미쿨리차라고 불렀고, 부인을 미쿨리치나라고

불렀다. 관리인의 현 부인을 재혼녀라고 불렀고, 〈죽은 조강
지처〉에 대해서는 꿀처럼 단 여자에 하얀 천사라고 말했다. 파
르티잔 두목 리베리 얘기에 이르러서는, 그에 대한 소문이 모
스크바까지 나지 않았고, 그들이 숲의 형제단 얘기를 들은 적
이 없다는 것을 알자, 있을 수 없는 일이라고 여기는 것 같았다.

「못 들었다고요? 숲의 형제단에 대해 듣지 못했다고요? 중
국 천사들이여, 모스크바 사람들의 귀는 다 어디 갔나요?」

날이 저물기 시작했다. 승객들 앞에서 그들의 그림자들이
점점 더 길어지며 달려갔다. 그들이 가는 길은 넓고 텅 빈 광
야 위에 누워 있었다. 여기저기에 나무 크기만큼 높이 솟은
명아주, 지느러미엉겅퀴, 분홍바늘꽃 줄기들이 끄트머리에
꽃이 활짝 핀 외로운 꽃다발처럼 한껏 자라 있었다. 아래쪽
지면에서 석양빛을 받은 줄기들은 순찰하기 위해 들판에 드
문드문 배치된 부동의 말 탄 보초병처럼 그 윤곽을 희미하게
드러냈다.

평지는 저 멀리 앞쪽 끝에서 횡단으로 산더미처럼 솟은 구
릉지에 막혀 있었다. 구릉은 벽처럼 길을 가로막았고, 그 아
래쪽에는 계곡이나 강이 있을 것 같았다. 그곳의 하늘은 마치
울타리에 에워싸인 것 같았고, 비포장도로는 그 울타리의 문
까지 이어지고 있었다.

낭떠러지 위에 기다란 흰색 단층집이 보였다.

「산꼭대기에 망루가 보이시오?」 바크호가 물었다. 「댁들
이 찾는 미쿨리치와 미쿨리치나요. 그 밑에 슈티마라고 불리
는 좁은 계곡, 산골짜기가 있소.」

저편에서 소총이 두 발 발사되는 소리가 연이어 나면서 부서지듯 메아리가 울려 퍼졌다. 「이게 무슨 일이지요? 파르티잔 아닌가요, 할아버지? 우리를 겨눈 게 아닐까요?」

「그리스도의 가호가 있기를. 파르티잔은 무슨. 슈티마에서 스테파니치가 늑대를 겁주는 중이지.」

9

도착한 사람들과 주인 내외 간의 첫 만남은 관리인의 작은 집 마당에서 이루어졌다. 처음에는 괴로운 침묵이 이어졌지만, 나중에는 앞뒤가 맞지 않고 시끌벅적하며 당혹스러운 장면이 연출되었다.

옐레나 프로클로브나는 저녁 산책을 마치고 숲에서 마당으로 돌아오고 있었다. 그녀의 황금빛 머리카락과 거의 꼭 닮은 석양빛이 그녀의 흔적을 따라 숲 전체를 관통하며 나무에서 나무까지 죽 뻗어 있었다. 옐레나 프로클로브나는 가벼운 여름옷을 입고 있었다. 그녀는 걷느라 발갛게 상기되어 달아오른 얼굴을 손수건으로 닦고 있었다. 그녀의 드러난 목 앞쪽에 고무줄이 걸려 있고, 거기에 달린 그녀의 밀짚모자가 젖혀진 채 등에서 흔들리고 있었다.

골짜기에서 그녀 쪽으로 올라온 남편이 소총을 들고 집으로 걸어왔다. 그는 사격 시 발견한 결함을 보고 그을림에 뒤덮인 총신을 곧바로 닦을 작정이었다.

갑자기 어디서 나타났는지 돌이 깔린 입구를 따라 선물을 실은 바크호가 시끄러운 소리를 내며 마당 안으로 날쌔게 굴러 들어왔다.

나머지 식구들과 함께 얼른 짐마차에서 내린 알렉산드르 알렉산드로비치는 모자를 썼다 벗었다 하고 말을 더듬으면서 제일 처음으로 변명을 늘어놓았다.

당황한 주인 부부는 겉보기만이 아니라 정말로 망연자실해했고, 수치심에 마음이 다 타버린 불쌍한 손님들도 거짓이 아니라 진심으로 어찌할 바를 몰라 했으며, 그런 상태가 몇 분간 지속되었다. 당사자들뿐만 아니라 바크호, 뉴샤, 슈로치카에게 설명하지 않아도 상황을 이해할 수 있었다. 가슴을 짓누르는 듯한 분위기는 암말과 망아지, 황금빛 석양과 옐레나 프로클로브나의 주변을 맴돌다가 그녀의 얼굴과 어깨에 앉은 모기에게도 전해졌다.

「무슨 말씀인지 이해할 수 없습니다.」 아베르키 스테파노비치가 마침내 침묵을 깼다. 「아무것도 이해할 수 없고, 또 앞으로도 이해하지 않을 겁니다. 우리 나라 남쪽은 백군 편이고 곡물도 풍부한 주(州)이죠? 그런데 어째서 우리 집이 선택되었는지, 어째서 여기, 이곳 우리 집으로 오게 되셨는지요?」

「아베르키 스테파노비치에게 얼마나 부담이 될지 생각은 해보셨는지 궁금하군요?」

「레노치카,[19] 끼어들지 마. 바로 그 말입니다. 아내 말이 전적으로 옳아요. 이게 얼마나 제게 짐이 될지 생각은 해보셨습

19 옐레나의 애칭이다.

니까?」

「그렇지 않습니다. 저희를 잘못 이해하신 겁니다. 무슨 얘기냐고요? 아주 작고 보잘것없는 걸 말하고 있는 겁니다. 여러분과 여러분의 평안을 조금도 침해하지 않을 겁니다. 허물어진 빈 건물의 한구석, 아무한테도 필요하지 않아 텃밭 아래 그냥 버려진 자그만 땅 한 뙈기면 됩니다. 그리고 아무 눈에 띄지 않게 숲에서 장작을 실어 올 달구지 하나면 되고요. 이게 그렇게 많은 걸 요구하는 걸까요? 그렇게 큰 침해가 될까요?」

「알겠습니다. 하지만 세상은 넓잖아요. 그런데 왜 하필 우리입니까? 어째서 다른 누가 아니라, 바로 우리가 그런 영예를 누려야 하지요?」

「우리가 당신을 알았고, 당신도 우리 얘기를 들은 적이 있으리라고 기대했지요. 우리가 완전 남은 아니고, 우리 스스로도 완전 남에게 가는 것이 아니라고 기대했고요.」

「문제는 크류게르에게 있군요, 여러분이 그분 친척이라는 거요? 요즘 시대에 어떻게 그런 걸 인정하라고 말씀하실 수 있나요?」

아베르키 스테파노비치는 이목구비가 반듯한 사람으로, 머리카락을 뒤로 넘기고 큰 보폭으로 성큼성큼 걸었으며, 여름에는 맨 셔츠에 술 달린 끈 허리띠를 매고 다녔다. 고대에는 우시쿠이니크[20]였을 사람들이 현대에는 만년 대학생, 교

---

20 노브고로드의 해적들이다. 연대기에서 백해와 볼가강 유역의 친위병을 이렇게 부른다. 무장한 친위군에 들어오는 자유민으로 노브고로드 상인 및 대귀족과 함께 조각배를 타고 이곳저곳으로 다니며 상거래도 하고 볼가강과 카마강에서 약탈도 했다.

편을 잡은 몽상가 유형을 이루고 있었다.

아베르키 스테파노비치는 자신의 젊음을 해방 운동, 즉 혁명에 헌신했고, 자신이 혁명이 일어날 때까지 살지 못하거나, 혁명이 발발해도 너무 온건해서 자신의 급진적이고 피에 굶주린 열망을 만족시키지 못할까 봐 그것만을 두려워하고 있었다. 그러던 와중에 그의 가장 대담한 예상마저 바닥에서부터 뒤집어 놓은 혁명이 일어났다. 그는 선천적으로 끊임없이 노동자를 사랑해 왔고, 〈스뱌토고르 보가티르〉에 최초의 공장 위원회 중 하나를 설치하고 노동자 통제를 확립했는데, 정작 핵심적인 위치에 서지 못하고, 일부 멘셰비키를 추종하던 노동자들이 다 달아나 버린 황량한 마을에 빈손으로 처박혀 살게 된 것이었다. 그리고 이제 이 어리석은 상황, 청하지도 않았는데 찾아온 크류게르의 떨거지들은 그에게 운명의 조롱으로, 운명의 의도적인 함정으로 여겨져서 그의 인내심을 바닥나게 했다.

「아니요, 이건 있을 수 없는 일입니다. 도저히 납득이 가지 않습니다. 여러분이 저를 얼마나 위험하게 만드는지, 저를 어떤 상황으로 몰아넣는지 이해는 하고 계십니까? 전 정말 미쳐 버릴 것만 같습니다. 이해가 안 되고, 전혀 이해하지 못하겠고, 절대로 이해하지 못할 겁니다.」

「정말 궁금한데요, 여러분이 아니더라도 우리가 이곳에서 얼마나 곤란한 처지인지 이해하지 못하시겠다는 건가요?」

「가만있어, 레노치카. 아내 말이 전적으로 옳습니다. 여러분이 없어도 이곳의 삶은 달콤하지 않아요. 저희는 개처럼 살고 있고, 정신 병동이나 마찬가지입니다. 계속해서 두 포화 사이에 있고, 출구가 없어요. 한쪽에서는 계속 왜 그런 붉은 아들, 볼셰비키, 인민의 영웅을 낳았냐고 비난하죠. 다른 쪽에서는 왜 네가 제헌 의회에 선출되었느냐고 마음에 들어 하지 않습니다. 두 쪽 다 마음에 들어 하지 않아서 억지로 사느라 몸부림치는 중인데. 그런데 거기다 또 여러분까지 오니. 여러분으로 인해 총살이라도 당하면 참으로 좋겠군요.」

「무슨 말씀을 그렇게 하십니까! 정신을 차리세요! 제발!」

시간이 조금 지나자, 미쿨리친은 마음을 풀고 화를 누그러뜨리고는 이렇게 말했다.

「자, 마당에서 너무 소리를 질렀네요. 됐습니다. 집에서도 계속할 수 있으니까요. 물론 앞으로 좋은 일이 일어나리라고는 전혀 장담할 수 없지만, 그것도 열 길 물속처럼, 칠흑 같은 운수 맞히기처럼 알 수 없는 일이지요. 그러나 우리가 터키병도 아니고, 이교도도 아니니. 미하일로 포타피차[21]에게 잡아먹히라고 숲으로 보낼 수야 없겠지요. 내 생각에 레노크,[22] 이분들을 서재 옆에 있는 종려나무 방으로 모시는 게 낫겠어. 그곳에서 이분들을 어디서 살게 할지 얘기해 보자고. 내 생각에는 공원에 자리를 잡게 하면 좋을 것 같은데. 집으로 들어가시죠. 들어오세요. 물건을 가지고 들어오게, 바크흐. 오신분들을 도와드리게.」

바크흐는 명령을 수행하면서 한숨만 내쉴 뿐이었다.

21 곰을 의인화해 붙인 이름과 부칭이다.
22 옐레나의 애칭이다.

「맙소사! 꼭 순례자들 같군. 보따리 짐뿐이니. 제대로 된 가방도 하나 없네!」

10

추운 밤이 찾아왔다. 도착한 이들은 세수를 했다. 여인들은 제공된 방에서 잘 준비를 했다. 어른들이 그의 혀짤배기 어린애 말투를 아주 좋아한다는 데 무의식적으로 익숙해진 슈로치카는 그들의 취향에 맞게 기꺼운 마음으로 열심히 조잘대 보긴 했지만 영 기분이 좋지 않았다. 오늘은 아무도 그에게 관심을 기울이지 않아 그의 수다스러움은 성공을 거두지 못했다. 그는 검은 망아지를 집 안으로 들이지 않는 것이 불만스러웠지만, 이제 그만 조용히 자라고 어른들이 소리를 지르자, 그의 상상에 따르면 못되고 말 안 듣는 소년인 자신을 세상에 태어날 때 부모님의 집에 배달해 준 아기 상점에 다시 보내 버리지 않을까 하는 두려운 마음에 울부짖기 시작했다. 그는 자신의 진심 어린 두려움을 주변 사람들에게 큰 소리로 표현했지만, 그의 사랑스럽고 엉뚱한 소리는 익숙한 반응을 불러일으키지 못했다. 낯선 집에 머문다는 데 주눅이 든 어른들은 평소보다 서둘러 움직였고, 말없이 저마다 근심에 잠겨 있었다. 슈로치카는 기분이 상해서 유모들이 말하듯 칭얼댔다. 그에게 밥을 먹이고 어렵사리 잠자리에 들게 했다. 마침내 그가 잠들었다. 미쿨리친 집의 하녀 우스티냐가 뉴샤를 자기 방으로 데려가 저녁을 먹이고 집안의 비밀 얘기를 해주었다. 안토니나 알렉산드로브나와 남자들은 저녁 차를 마시는 자리에 초대를 받았다.

알렉산드르 알렉산드로비치와 유리 안드레예비치는 잠깐 나갔다 오겠다는 허락을 받고 신선한 공기를 쐬러 현관 계단으로 나갔다.

「별이 참 많군!」 알렉산드르 알렉산드로비치가 말했다.

어두웠다. 장인과 사위는 현관 계단 위에 두 걸음 떨어져 있는데도 서로를 볼 수 없었다. 집 뒤편의 구석 창에서 흘러나오는 램프의 불빛이 계곡으로 떨어지고 있었다. 그 불빛 기둥 속에서 축축한 냉기에 젖은 관목과 수목들, 그리고 희미한 물체들이 어렴풋이 드러났다. 불빛은 담소를 나누는 두 사람에게까지 미치지 않아 그들 주변의 어둠을 더 짙게 만들었다.

「내일은 아침부터 미쿨리친이 우리에게 말한 별채를 보러 가야겠네. 만일 살 만하면 바로 손을 봐야지. 그곳을 정비하는 동안 토양도 복원되고 땅도 녹을 걸세. 그러면 때를 놓치지 말고 이랑을 파야지. 미쿨리친이 말하던 중에 씨감자를 줄 수 있다고 했던 것 같은데. 내가 잘못 들은 건가?」

「약속했습니다, 약속했어요. 다른 종자들도요. 제 귀로 똑똑히 들었어요. 미쿨리친이 제안한 그 집은 우리가 공원을 지날 때 오면서 봤던 곳입니다. 어디인지 아세요? 영주 저택 뒤채던데, 엉겅퀴에 휩싸여 있었어요. 뒤채는 목조인데, 영주 집은 석조더라고요. 수레를 타고 오면서 보라고 말씀드렸는데, 기억나세요? 그곳에 이랑을 팔 수 있으면 좋을 텐데요.

제 생각에는 그곳에 화단의 흔적이 있었어요. 멀리서 그렇게 보였어요. 어쩌면 제가 잘못 본 것일 수도 있고요. 길은 돌아가야 하고 건너뛰어야 하지만, 옛 꽃밭이었던 땅은 아마도 거름을 제대로 주었을 거고, 부식토가 풍부할 겁니다.」

「내일 봄세. 난 모르겠네. 토양은 아무래도 잡초가 무섭도록 무성하고 돌처럼 단단할 거야. 대저택에는 틀림없이 텃밭이 있었겠지. 그 부지가 보존된 채로 비어 있을지도 몰라. 내일 다 알 수 있을 거네. 이곳은 아직 아침마다 서리가 내릴 거야. 밤에는 아마 대단히 추울 걸세. 우리가 벌써 여기 목적지에 와 있다는 것이 얼마나 행운인지. 이것만으로도 서로를 축하해 줄 만한 일이네. 여기가 좋아. 나는 마음에 드네.」

「아주 좋은 사람들이에요. 특히 미쿨리친이요. 부인은 약간 새침데기지만요. 왠지 자기가 마음에 들지 않는 것 같아요. 자기 모습이 뭔가 불만스러운 듯해요. 그래서 지칠 줄 모르고 꾸민 듯 쓸데없이 수다를 떠는 것 같아요. 나쁜 인상을 주기 전에 미리 서둘러 관심을 외모에서 다른 데로 돌리려고요. 모자 벗는 것을 깜빡 잊고 어깨에 달고 다닌 것도 역시 부주의해서 그런 게 아니에요. 그게 그 여자의 얼굴에 잘 어울렸거든요.」

「그나저나 방으로 들어가세. 여기 너무 오래 머물렀어. 마음이 불편하네.」

식당에서는 주인 부부와 안토니나 알렉산드로브나가 매달린 램프 아래 둥근 탁자 위에 사모바르를 놓고 앉아 함께 차를 마시고 있었고, 사위와 장인은 불이 밝혀진 식당으로 가는 길에 관리인의 어두운 서재를 지나갔다.

서재 안에는 계곡 위에 우뚝 솟은 넓은 통유리창이 벽 전체에 끼워져 있었다. 아직 밝을 때 의사가 처음 발견한 바로는 그 창밖으로 저 멀리 바크흐가 그들을 데려온 평원과 계곡의 풍경이 펼쳐져 있었다. 창문 옆에는 설계자 혹은 제도사용 책상이 역시 벽 전체를 차지하고 있었다. 책상을 따라 사냥용 엽총이 놓여 있었는데, 좌우 가장자리가 많이 남아 그것으로 책상이 얼마나 넓은지 가늠할 수 있었다.

지금 서재를 지나면서 유리 안드레예비치는 툭 트인 풍경을 담은 창문, 책상의 크기와 위치, 잘 정돈된 널찍한 방을 다시 부러운 마음으로 바라보았고, 알렉산드르 알렉산드로비치와 함께 식당에 들어가 차가 차려진 식탁으로 다가가자, 유리 안드레예비치의 입에서는 이런 찬사의 말이 제일 먼저 튀어나왔다.

「집이 정말 훌륭합니다. 서재는 일을 하도록 부추기고 영감을 주는 정말로 멋진 곳입니다.」

「유리잔에 드릴까요, 아니면 찻잔에 드릴까요? 어떻게 해 드릴까요, 약하게, 아니면 진하게?」

「이것 좀 봐, 유로치카, 아베르키 스테파노비치의 아드님이 어릴 때 어떤 입체경을 만들었는지.」

「그 녀석은 아직도 덜 자라서 학위를 받지 못했어요. 하긴 코무치[23]에게서 지역들을 빼앗느라 소비에트 권력을 위해

<hr />

23 전 러시아 제헌 의회 의원 위원회(Komitet chlenov Vcerossiiskogo Uchreditel'nogo sobraniya, 축약하여 코무치)는 1918년 6월 8일에 제헌 의회

싸우고 있지만요.」

「뭐라고 하셨죠?」

「코무치요.」

「그게 뭔가요?」

「제헌 의회가 권력을 회복하기 위해 세운 시베리아 정부군입니다.」

「우리는 하루 종일 멈추지 않고 아드님에 대한 칭송 소리를 들었습니다. 아드님을 자랑스러워하시는 게 당연합니다.」

「우랄의 풍경들, 이중의 입체 사진도 역시 아드님이 직접 만든 렌즈로 찍은 거래.」

「팬케이크에는 사카린을 넣은 건가요? 정말 맛있게 구우셨네요.」

「무슨 말씀을! 이 촌구석에 사카린이라니요! 어디서 그런 게 나겠습니까! 순수한 설탕입니다. 방금 차에 설탕을 넣었는데요. 정말로 알아차리지 못하셨군요.」

「네, 정말 몰랐습니다. 사진을 보고 있었어요. 차도 천연인가요?」

「당연하지요. 꽃을 넣었어요.」

「어디서 난 건가요?」

「마술 보자기 같은 분이 있어요. 아는 분이지요. 현대적인

의원들에 의해 사마라에서 최초로 조직된 반(反)볼셰비키 전(全) 러시아 정부이다. 체코 군단의 지지로 가능했다. 9월 23일에 전 러시아 임시 정부의 조직에 참여하지만, 1918년 11월과 12월에 군사 쿠데타로 최고 지배자인 해군 제독 콜차크의 손에 권력이 넘어가면서 이 위원회는 완전히 철폐된다. 코무치의 실질적인 권력은 볼가강 유역과 남우랄 지역에 한정되었다.

활동가예요. 상당히 좌익적인 확신을 가진 분이죠. 주의 인민 경제 위원회의 공식 대표입니다. 여기에서 목재를 도시로 가져가고, 지인을 통해 우리에게 곡물, 버터, 밀가루를 보내 줍니다. 시베르카(그녀는 아베르키를 그렇게 불렀다), 시베르카, 설탕 그릇 좀 주세요. 그런데 궁금하네요, 몇 년에 그리 보예도프[24]가 사망했는지 대답해 주실래요?」

「1795년에 태어난 것 같은데요. 언제 죽었는지는 정확하게 기억나지 않는군요.」

「차를 더 드세요.」

「아닙니다, 괜찮습니다.」

「이번에는 이런 질문이에요. 언제 어떤 나라들 사이에서 네이메헌 평화 조약[25]이 체결되었는지 말씀해 주시겠어요?」

「이제 그만 좀 괴롭히지 그래, 레노치카. 긴 여행에서 휴식을 좀 취하게 해드려야지.」

「또 지금 제가 궁금한 건 이건데요. 확대경에는 어떤 종류들이 있는지 열거해 보세요, 어떠한 경우에 실사, 도립상, 직립상, 허상 이미지가 나타나게 되는지요?」

「어디서 그런 물리학에 대한 지식을 갖게 되셨는지요?」

「우리 유랴틴에 훌륭한 수학 선생님이 계셨어요. 두 군데 김나지움에서 가르치셨는데, 남학교와 우리 학교였지요. 얼

---

24 Aleksandr Griboedov(1795~1829). 러시아의 시인이자 극작가이며 외교관이다.「지혜로 인한 슬픔」이라는 희극을 썼다. 페르시아 외교관으로 갔다가 그곳에서 살해당했다.

25 1672년부터 1678년까지 일어난 프랑스-네덜란드 전쟁을 종식시키기 위해 체결되었다.

마나 설명을 잘하셨는지, 정말 대단하셨어요! 꼭 신 같았다니까요! 모두 꼭꼭 씹어서 입에 넣어 주는 것처럼 가르쳐 주셨지요. 안티포프 선생님이셨어요. 이곳 여선생님과 결혼하셨지요. 여학생들은 그 선생님한테 쏙 반해서 모두가 그분을 짝사랑했답니다. 자원병으로 전쟁터에 나가서서 더 이상 돌아오지 못하셨어요, 사망했지요. 사람들 말로는 신의 채찍이자 하늘의 심판인 정치 위원 스트렐니코프가 살아 돌아온 안티포프 같다고들 하는데요. 물론 뜬소문이에요. 전혀 비슷하지 않아요. 하지만 누가 그분을 알겠어요. 모든 게 다 가능한 일이지요. 차를 좀 더 드세요.」

제9부

바리키노

1

겨울에 시간이 조금 더 많아지자, 유리 지바고는 여러 종류의 수기를 남기기 시작했다.

여름에는 튜체프[1]와 함께 얼마나 자주 이런 말을 하고 싶었던가.

이 얼마나 아름다운 여름인가!
이건 정말 마법이로구나.
어찌 아무 까닭 없이
이런 것이 주어졌는지 묻고 싶구나.

---

1 Fyodor Tyutchev(1803~1873). 러시아의 시인으로 파스테르나크는 튜체프와 강한 동질감을 느낀다. 「1854년의 여름」이라는 튜체프의 시를 약간 잘못 인용하고 있다.

새벽부터 석양이 질 때까지 자신과 가족을 위해 일하고, 지붕을 이고, 양식 걱정에 땅을 경작하고, 로빈슨[2]처럼 천지를 창조한 창조주를 모방하여 어머니의 뒤를 따라 자기 자신을 세상에 새로이 태어나게 하며 자신의 세계를 창조한다는 것은 얼마나 행복한 일인가!

두 손이 근육을 써야 하는 육체노동, 막일 혹은 목공 일에 바쁠 때, 육체적으로 할 만한 합리적 과제를 스스로에게 부과하고 수행하여 기쁨과 성공으로 보상받을 때, 여섯 시간 동안 연속적으로 뭔가를 도끼로 깎거나 혹은 은혜로운 숨결로 살갗을 태우는 탁 트인 하늘 아래서 땅을 일굴 때, 얼마나 수많은 상념이 의식을 스쳐 지나가고, 얼마나 새로운 상념을 곱씹었든지. 이런 상념, 추론과 유추가 종이에 옮겨지지 않고 지나가듯 한순간에 잊힌다는 것은 잃는 것이 아니라 얻는 것이다. 진한 블랙커피 혹은 담배로 감퇴한 신경과 상상력을 채찍질하는 도시의 은자(隱者)는 거짓 없는 궁핍과 튼튼한 체력으로 만든 가장 강력한 마약을 알지 못한다.

위에 말한 것 이상으로 더 말하지 않고, 톨스토이적인 소박한 삶과 땅으로 돌아가라는 설교도 하지 않으리라. 나는 농업 문제와 관련된 사회주의를 수정할 생각도 없다. 다만 사실을 확인할 뿐, 뜻밖에 나타난 우리의 운명을 체계화하지도 않을 것이다. 우리의 예는 논란의 여지가 많고 결론을 내기에 적합하지도 않다. 우리의 집안 경제는 지나칠 정도로 이질적인 것으로 구성되어 있다. 작은 일부만, 채소와 감

2 대니얼 디포의 장편소설 『로빈슨 크루소』의 주인공.

자의 저장고만 우리의 노동에 의존하고 있다. 나머지 모든 것은 다른 데서 나온다.

우리의 토지 사용은 불법이다. 이것은 국가 권력이 정한 실사에서 자의적으로 은폐되었다. 우리의 목재 벌목은 과거라면 크류게르의 주머니에서였겠지만, 지금은 국가의 주머니에서 훔치는 것이므로 용서받을 수 없는 도둑질이다. 얼추 비슷한 방식으로 살고 있는 미쿨리친이 묵인해 줘서 우리가 숨을 수 있고 거리, 즉 도시와 멀리 떨어져 있기 때문에 아직 아무도 우리가 한 짓을 모르므로 우리는 구원을 받고 있는 것이다.

나는 의료 행위를 하지 않고, 자유를 구속받는 게 싫어서 의사라는 걸 말하지 않았다. 그러나 세상 한구석에는 항상 바리키노에 의사가 살고 있다는 소문을 듣고 진찰을 받으러 암탉이나 달걀이나 버터나, 다른 무엇이라도 들고 30킬로미터의 거리를 걸어 찾아오는 선량한 영혼이 있게 마련이다. 아무리 사례비를 받지 않으려고 해도 사람들은 보상을 주지 않은, 공짜로 받은 진찰의 효력을 믿지 않기 때문에 받지 않을 수가 없다. 그래서 나는 의료 행위로 뭐든 버는 것이 있다. 그러나 우리와 미쿨리친의 중요한 지주는 삼데뱌토프이다.

이 사람이 자신 안에 얼마나 상호 대립되는 것을 갖고 있는지는 이성으로 이해할 수 없을 정도이다. 그는 진실로 혁명을 지지하고, 유랴틴의 도시 소비에트가 그에게 주는 신뢰를 충분히 받을 만한 사람이다. 그는 무소불위의 전권을 이용하여 우리와 미쿨리친에게 한마디도 하지 않고 바리키노의 목재를 몰수해 가져갈 수 있으며, 그렇게 한다고 해도 우리는 손가락 하나 까딱하지 못했을 것이다. 다른 한편으로 그는 국고를 도둑질할 마음만 먹으면 아주 평온하게 원하는 만큼 주머니에 담을 수 있고, 그렇게 한다고 해도 역시 누구 하나 그걸 비난하지 못했을 것이다. 그에게는 함께 나누어 가질 사람, 선물로 환심을 살 사람도 없다. 그래서 그가 우리를 돌보고, 미쿨리친 집안을 도와주고, 예를 들면 토르퍄나야 역의 역장과 같은 주변의 모든 사람을 지원해 주고 있는 것일까? 그는 내내 이곳저곳을 돌아다니며 뭔가를 얻어다 가져다주고 도스토옙스키의 『악령』[3]과 『공산당 선언』[4]을 동일하게 심취한 듯이 분석하며 논하는데, 내가 보기에 이렇게 쓸데없이 낭비적으로 자신의 삶을 복잡하게 만들지 않았다면, 그는 지루해서 죽었을지도 모른다.

2

조금 더 나중에 의사는 이렇게 기록했다.

　　우리는 옛 지주 집 뒤편에 있는 목조 별채의 방 두 칸에

3　도스토옙스키의 소설 『악령』은 사회 혁명을 꿈꾸던 19세기의 급진주의자들과 니힐리스트들에 대한 공격을 담고 있다.
4　카를 마르크스와 엥겔스의 선언문으로 1848년에 출판되었다. 독일 공산주의자 연맹을 위한 혁명 계획과 강령을 담고 있다.

자리를 잡았다. 별채는 안나 이바노브나가 어릴 때 크류게르가 선택한 하인들, 집안 세탁부와 여자 집사, 그리고 은퇴한 유모가 쓰도록 마련한 장소였다.

이 구석진 곳은 낡아서 무너질 것만 같았다. 우리는 상당히 빨리 그곳을 수리했다. 난로에 대해 잘 아는 사람들의 도움을 받아 두 방으로 통하는 벽난로를 새로 놓았다. 굴뚝을 지금처럼 놓으니 벽난로는 더 따뜻하다.

이 자리에 있던 예전 정원 배치의 흔적은 무성하게 뒤덮인 새 식물들 밑으로 사라져 보이지 않는다. 지금처럼 주변의 모든 것이 죽어서, 산 것이 죽은 것을 가리지 못하는 겨울에는 눈 덮인 예전의 윤곽이 더 또렷이 드러난다.

우리는 운이 좋았다. 가을은 건조하고 따뜻했다. 감자는 비가 오고 추위가 엄습하기 전에 제때 캐놓을 수 있었다. 미쿨리친에게 빌린 것을 갚고도 감자는 스무 자루나 되었고, 그것을 모두 지하실의 중요 곡물 창고에 넣어 위쪽에서, 그러니까 마룻바닥 위까지 건초와 낡고 찢어진 담요로 덮어 놓았다. 토냐가 소금에 절여 놓은 오이 두 병을 그곳 지하실로 내려보냈고, 발효 양배추 두 병도 넣어 두었다. 신선한 양배추는 두 통씩 쌍으로 묶어 대들보 기둥에 매달아 놓았다. 마른 모래에는 저장용 당근들을 묻어 두었다. 여기에 채집한 무, 붉은 무, 순무도 충분한 양을 묻어 두었고, 집 다락에는 강낭콩과 콩도 꽤 많이 넣어 두었다. 헛간에 실어 놓은 장작도 봄까지 넉넉하다. 겨울의 새벽이 오기 전 이른 시간에 꺼질 듯 깜빡거리는 약한 등불을 손에 들고 지하 창고의 문을 살짝 올려 보라. 나는 뿌리와 흙, 눈으로 코를 찌르는 겨울 지하 창고의 그 따뜻한 기운을 사랑한다.

창고 밖에 나와도 아직 날이 밝기 전이다. 문이 삐걱대는 소리를 내거나 우연찮게 재채기를 하거나 혹은 그냥 발 아래 눈이 뽀드득 소리를 내면, 눈 밑으로 양배추 줄기가 튀어나온 먼 텃밭 이랑에서 토끼가 눈을 사방으로 헤치면서 이리저리 발자국을 남기며 허둥지둥 달아나기 시작한다. 그러면 주변에서 개들이 한 마리씩 연이어 오랫동안 짖어 댄다. 마지막 수탉들은 이미 조금 전에 울어 젖혔기 때문에 더 이상 울지 않는다. 그러면 날이 밝기 시작한다.

토끼 발자국 말고도 굴에서 굴로 조심스럽게 이어지는 여우 발자국이 실처럼 아득하게 멀어지며 눈의 초원을 가로지른다. 사람들 말로는 여우는 밤사이에 고양이처럼 한 발 한 발 내디뎌 수 킬로미터를 이동한다고 한다.

이들을 잡기 위해 덫, 여기 사람들 말로는 아가리를 놓아 둔다. 여우 대신에 가련한 회색 토끼가 함정에 빠지면, 반쯤은 눈에 덮여 꽁꽁 얼어붙은 토끼들을 덫에서 빼내야 한다.

초창기의 봄과 여름에는 아주 힘겨웠다. 우리는 기진맥진했다. 이제 겨울에는 저녁마다 휴식을 취한다. 등유를 공급해 준 안핌 덕분에 우리는 램프 주변에 모여 앉는다. 여자들이 바느질을 하거나 뜨개질을 하면, 나 혹은 알렉산드르 알렉산드로비치가 소리 내어 책을 낭독한다. 벽난로에 불을 때면 예전부터 인정받은 벽난로 담당인 나는, 제시간에 조절판을 닫아 열기를 빼앗기지 않으려고 난로를 살핀

다. 만일 다 타지 않아 숯이 되어 버린 장작이 연소를 방해하면 그것을 꺼내어 달려 나가 온통 연기에 휩싸인 장작을 문틀 너머 멀리 눈 속으로 던져 버린다. 장작은 불꽃을 이리저리 튀기면서 타오르는 횃불처럼 공기 중에 날아가 쉭소리를 내며 눈 더미에 떨어진 후 꺼져 버린다.

우리는 『전쟁과 평화』,[5] 『예브게니 오네긴』[6]과 모든 서사시를 끝도 없이 되풀이해서 읽고, 러시아어 번역으로 스탕달의 『적과 흑』,[7] 디킨스의 『두 도시 이야기』[8]와 클라이스트[9]의 짧은 단편들을 읽는다.

3

봄이 가까워졌을 때 의사는 기록했다.

내가 보기에 토냐가 임신한 것 같다. 그녀에게 이 이야기를 했다. 그녀는 내 가정에 동의하지 않았지만, 나는 확신한다. 보다 확실한 징후가 나타나기 전 지각되기 어려운 이전의 징후들도 나를 속일 수는 없다.

5 톨스토이의 장편소설로 나폴레옹 전쟁을 다루고 있다.
6 푸시킨의 시로 된 소설로 〈푸시킨 시대의 삶의 백과사전〉이라고 불린다.
7 스탕달의 장편소설로 청년 줄리앙 소렐의 야심과 사랑의 비극을 다루고 있다.
8 찰스 디킨스의 장편소설로 프랑스 혁명기의 파리와 런던의 삶을 다루고 있다.
9 Heinrich von Kleist(1777~1811). 독일의 극작가이자 소설가로, 부패 재판관을 풍자한 걸작 희극 「깨진 항아리」를 비롯하여 많은 작품을 남겼다.

여자는 얼굴이 변한다. 그녀가 매력을 잃었다고 말할 수는 없다. 그러나 이전에는 완전히 그녀의 관리하에 있던 외모가 통제에서 벗어난다. 그녀로부터 나오지만, 더 이상 그녀 자신이 아닌 미래가 그녀를 관장하는 것이다. 통제력에서 벗어난 여성의 외모는 육체적으로 허물어져 얼굴에서 윤기가 사라지고 피부도 거칠어지며, 눈동자도 그녀가 원하는 식이 아니라 다르게 빛나기 시작한다. 마치 그녀가 그 모든 것을 조종하지 못하고 내버려 두는 듯 보인다.

나와 토냐는 한 번도 서로 멀어진 적이 없었다. 그러나 노동으로 충만했던 이해는 우리를 더욱 가깝게 만들었다. 나는 토냐가 얼마나 민첩하고 강하고 지칠 줄 모르는지, 일을 교체할 때 가능한 한 시간을 덜 낭비하기 위해 일의 선별에서 얼마나 지혜로운지를 보았다.

내게는 언제나 매번의 임신이 순결하게 느껴졌다. 성모 마리아와 관련된 교리에는 모성에 대한 일반적인 생각이 표현되어 있는 것 같다.

해산하는 모든 여성에게는 고독감, 소외감, 혼자에게만 맡겨진 책임감의 그림자가 드리워진다. 남성은 수많은 순간 중 가장 긴요한 바로 그 순간에 마치 전혀 존재하지 않는 것처럼, 모든 것이 하늘에서 뚝 떨어진 것처럼 그 일의 근처에 얼씬도 하지 못한다.

여성은 혼자 후손을 낳고 그 아이와 함께 더 조용한 곳, 두려움 없이 요람을 놓을 수 있는 곳인 존재의 후면으로 들어간다. 그녀 혼자 말없이 겸손함으로 아이를 먹이고 키우는 것이다.

　성모 마리아는 이런 간구를 듣는다. 「아들과 당신의 하느님께 열심히 기도해 주세요.」[10] 찬송의 한 소절이 그녀의 입에서 흘러나온다. 「내 구세주 하느님을 생각하는 기쁨에 이 마음 설렙니다. 주께서 여종의 비천한 신세를 돌보셨습니다. 이제부터는 온 백성이 나를 복되다 하리니.」[11] 그녀는 자신의 아기를 말하고 있고, 아기는 그녀를 높일 것이고(「전능하신 분께서 나에게 큰일을 해주신 덕분입니다」),[12] 그는 그녀의 영광이다. 모든 여자에 대해 같은 말을 할 수 있을 것이다. 그녀의 하느님은 어린아이 안에 있는 것이다. 위대한 사람들의 어머니들은 이런 감촉이 익숙한 것임에 틀림없다. 그러나 단연코 모든 어머니는 위대한 사람들의 어머니이고, 나중에 삶이 그들을 속일지라도 그건 그들의 잘못이 아니다.

4

　끝없이 『예브게니 오네긴』과 서사시들을 읽고 또 읽는다. 어제는 안쯤이 선물을 싣고 왔다. 맛있는 음식을 먹고 불을 밝힌다. 예술에 대해 끝없이 대화를 나눈다.

---

10 성모 마리아에게 드리는 러시아 정교의 기도문 중 첫 구절이다.
11 「루가의 복음서」 1장 47~48절.
12 「루가의 복음서」 1장 49절.

예술은 무한히 많은 개념과 파생되는 현상을 포괄하는 어떤 범주 혹은 영역의 명칭이 아니라, 그와는 반대로 뭔가 한정적이고 집중된 것, 예술 작품의 구성에 포함되는 요소의 기호이고, 그 안에 적용된 힘 혹은 다듬어진 진리의 명칭이라는 것이 오래전부터의 내 생각이다. 그리고 예술은 내게 결코 형식의 대상이나 한 측면이 아니라, 오히려 내용의 신비스럽고 은밀한 일부이다. 이것은 내게 대낮처럼 분명해서 온몸으로 그렇게 느끼는데, 이 생각을 어떻게 표현하고 명료화할지 모르겠다.

작품은 주제, 상황, 플롯, 주인공 등 많은 것을 통해 말한다. 그러나 작품은 다른 무엇보다 더 많이 그 안에 담긴 예술성을 통해 말한다. 『죄와 벌』의 페이지들에 담긴 예술성은 라스콜니코프[13]의 범죄보다 더 충격적이다.

원시 예술, 이집트 예술, 그리스 예술, 우리의 예술은 아마 수천 년이 흘러도 한결같은 예술, 즉 언제나 단수로 남는 예술일 것이다. 그것은 삶에 대한 사유이고, 모든 것을 아우르는 포괄성에서 개별적인 단어로 해체되지 않는 일종의 삶에 대한 주장이다. 이 힘의 부스러기가 보다 복잡한 혼합의 구성으로 들어가면 섞여 들어간 예술은 나머지 모든 것의 의미를 능가하여 표현된 것의 본질이자 영혼이자 토대가 되어 버린다.

13 도스토옙스키의 『죄와 벌』의 주인공이다.

5

약간 감기가 들어 기침을 하고 미열도 있는 것 같다. 하루 종일 목구멍 쪽으로 덩어리가 굴러다니며 울대 어딘가에서 숨이 막힌다. 이것은 좋지 않은 증상이다. 대동맥이 문제인 것이다. 살아생전 심장병 환자였던 가련한 엄마로부터 유전된 병의 첫 경고이다. 이게 정말 사실일까? 이렇게 빨리? 이런 경우 밝은 세상에서 내가 살날도 길지 않을 것이다.

방 안에서 약한 탄내가 난다. 다리미질 냄새이다. 다리미질을 하면서 따뜻해지지 않은 벽난로에서 빨갛게 타는 숯불을 꺼내어, 이가 부딪치듯 뚜껑이 딸각 닫히는 다리미 화덕에 집어넣는다. 뭔가 떠오르는 것이 있다. 그런데 그게 무엇인지 기억할 수가 없다. 건강이 좋지 않아 잘 잊어버린다.

기쁘게도 안핌이 고형 비누를 가져왔고, 대대적으로 빨래를 하는 바람에 슈로치카는 돌봄을 받지 못한 채 이틀을 보냈다. 슈로치카는 내가 글을 쓸 때마다 책상 밑으로 들어와 책상 다리 사이에 있는 가로대에 앉아서, 매번 올 때마다 썰매를 태워 주는 안핌을 흉내 내면서 마치 나를 썰매에 태워 데리고 나가는 것처럼 논다.

건강이 나아지면 시내로 나가서 지역의 민속과 역사에 대한 책을 읽어 봐야겠다. 몇 번에 걸쳐 풍부한 장서를 기증받았기 때문에 이곳 시내 도서관은 훌륭하다고들 한다. 글을 쓰고 싶다. 서둘러야만 한다. 미적거릴 틈도 없이 봄이다. 그러면 책을 읽을 시간도, 글을 쓸 시간도 없을 것이다.

두통이 계속 심해지고 있다. 잠을 잘 자지 못한다. 혼란스러운 꿈을 꾸었는데, 깬 후에는 곧바로 그 자리에서 잊어버리고 마는 그런 꿈 중 하나였다. 꿈은 머리에서 날아가 버리고, 의식에는 깬 이유만이 남았다. 나를 깨운 것은 꿈속에서 들린, 꿈속에서 공기를 가득 채운 한 여성의 목소리였다. 나는 그 목소리를 기억해 두었다가 다시 떠올리고는 머릿속으로 아는 여자들을 하나하나 헤아리며, 가슴에서 울리는 듯 조용하고 촉촉한 목소리를 소유한 여자가 그들 중 누구일지 곰곰이 생각해 보았다. 그 목소리는 그들 중 어느 누구의 것도 아니었다. 토냐에게 지나치게 익숙해져서 그녀를 대할 때 청력이 둔감해진 것일 수도 있다는 생각이 들었다. 나는 그녀가 내 아내라는 사실을 잠시 잊고, 진실을 판명하기에 충분한 거리에서 그녀의 이미지를 떠올려 보았다. 아니었다, 역시 그녀의 목소리가 아니었다. 그렇게 그일은 확인되지 못한 채로 남았다.

참, 꿈에 대해 말해 보자. 일반적으로 낮에 깨어 있을 때 가장 강렬한 인상을 받은 것이 밤에 꿈으로 나오는 것이라고 생각한다. 그러나 내 관찰에 따르면 정반대이다. 낮에 거의 눈치채지 못한 물건과 명확하게 인식하지 못한 생각들, 생각 없이 말하고 관심 없이 던진 말들이 밤에 뼈와 살이 되어 되살아나, 마치 낮에 겪은 무시에 복수라도 하듯 꿈의 주제가 되는 경우를 나는 여러 번 관찰했다.

6

청명하게 얼어붙은 밤이다. 모든 게 특별히 선명하고 완전무결하게 보인다. 땅과 공기, 달과 별들이 한데 묶여 서리로 못 박아 놓은 것 같다. 공원에는 양각으로 다듬은 듯 또렷한 나무 그림자들이 가로수 길을 가로지르며 누워 있다. 내내 어떤 검은 형상들이 여러 장소에서 끝없이 길을 가로질러 다니는 것 같다. 거대한 별들이 푸른 운모의 가로등처럼 숲속 가지 사이에 걸려 있다. 여름 초원에 핀 들꽃처럼 작은 별들이 하늘 전체에 퍼져 있다.

저녁마다 푸시킨에 대해 대화가 이어진다. 제1권, 리세 시절의 시[14]를 논했다. 시 운율의 선택에 따라 얼마나 많은 것이 달라지는가!

행이 긴 시들에 드러난 유년기의 야망은 아르자마스[15]에 도달하는 것이었고, 연장자들보다 뒤처지지 않고 신화와 화려함, 꾸며 낸 퇴폐와 에피쿠로스주의,[16] 조숙하고 거짓된 분별력으로 삼촌의 눈을 속이겠다는 열망뿐이었다.

---

14 푸시킨의 시집 제1권을 말한다. 푸시킨은 1811년부터 1817년까지 러시아 남자 귀족 학교인 리세에 재학하면서 많은 시를 남겼다. 이를 〈리세 시절의 서정시〉라고 부른다.

15 페테르부르크에서 1815년에 창설된 단체로, 15세였던 푸시킨도 들어갔던 문학 그룹이다.

16 고대 그리스의 철학자 에피쿠로스에 의해 확산된 에피쿠로스 학파의 사상. 에피쿠로스주의는 흔히 쾌락주의라고 일컬어진다. 그 쾌락이란 〈신체의 건강(고통이 없는 것)과 영혼의 평정(아타락시아)〉을 의미하고 검소함을 통해 실현된다.

그러나 오시안,[17] 파르니[18]에 대한 모방, 혹은 「차르스코예 셀로에서의 회상」 때부터 젊은이는 「소도시」, 「누이에게 보내는 서한」 혹은 가장 뒤늦게 쓰인 키시뇨프 시절의 시[19] 「나의 잉크병에게」에서 보이는 짧은 행이나 「유딘에게 보내는 서한」의 리듬을 공략했다. 청소년기 때 이미 미래의 푸시킨이 깨어 일어났던 것이다.

창문을 통해 방으로 들어오듯, 빛과 공기, 삶의 소음, 물체, 본질이 거리에서 시 속으로 난입해 들어왔다. 외부 세계의 대상, 일상의 대상, 명사들이 몸을 부대끼고 서로를 밀어붙이면서 덜 명확한 품사들을 내쫓으며 시행을 지배했다. 대상, 대상, 대상이 압운의 기둥을 이루며 시의 끝마다 정렬하곤 했다.

훗날 유명해진 이 푸시킨의 4음보 시[20]는 러시아 삶의 측량 단위이자 척도가 되었고, 그것은 마치 장화 본을 위해 발의 형태를 그려 보든지, 혹은 손이 꼭 맞는 것을 찾으려고 장갑에 호수를 붙이는 것처럼 러시아 전 존재에서 본뜬 표준이 되었다.

마찬가지로 더 훗날 러시아어 구어의 리듬, 그 회화체의

17 Ossian(?~?). 3세기경 고대 켈트족의 전설적인 시인이자 용사이다.
18 Évariste de Parny(1753~1814). 프랑스의 시인으로 푸시킨이 그를 스승이라 말하곤 했다.
19 푸시킨은 1821년부터 1823년까지 현재의 베사라비아인 키시뇨프에서 군 복무를 한다.
20 운율을 이루는 기본 단위로 4음보 시란 〈강약〉 혹은 〈약강〉의 음보가 한 행에 네 개인 시이다.

가락은 네크라소프[21]식의 3음절 율격 시나 네크라소프의 강약약격의 긴 길이의 시행에서 표현되었다.

7

일을 보거나 농사일을 하거나 진료 행위를 하면서도 나는 그것이 무엇이든 오래 남을 만한 일, 중요한 일을 구상하고, 무엇이든 학문적인 작업 혹은 예술적인 글을 얼마나 쓰고 싶은지 모른다.

사람은 누구나 모든 것을 품고, 모든 것을 겪고, 모든 것을 표현할 수 있는 파우스트[22]로 태어난다. 파우스트가 학자가 된 것은 이전 사람과 동시대인의 실수가 있었기 때문이다. 과학에서의 진보는 반발의 법칙, 지배적이던 실수와 거짓된 이론의 전복으로 이루어진다.

파우스트가 예술가가 된 것은 스승의 본받기 쉬운 실례 덕분이었다. 예술에서의 진보는 끌림의 법칙, 사랑하는 선구자에 대한 모방, 추종, 숭배로 이루어진다.

무엇이 내가 일하고 치료하고 글을 쓰는 것을 방해하는가? 나는 상실과 편력, 불안정과 잦은 변화가 아니라 우리 시대를 지배하고 너무도 멀리까지 퍼진, 소리만 큰 구호의

---

21 Nikolai Nekrasov(1821~1877). 도스토옙스키와 톨스토이의 〈산문 시대〉의 시인이다. 사회의식이 강하고 급진적 경향이 있으며, 민속 스타일을 종종 사용했다.

22 괴테의 작품 『파우스트』의 주인공을 말한다.

정신이라고 생각한다. 그것은 바로 미래의 서광, 새 세계의 건설, 인류의 횃불 같은 구호이다. 이런 말을 들으면 처음에는 얼마나 광대한 환상인가, 얼마나 풍부한가, 라는 생각이 든다. 그러나 사실은 재능이 부족해서 그렇게 과장이 큰 것이다.

천재의 손이 닿을 때에야 평범한 것도 환상적인 것이 된다. 그런 면에서 푸시킨이 가장 좋은 스승이다. 일상의 정직한 노동과 의무, 풍습이 얼마나 멋지게 찬미되었던가! 이제 우리 나라에서는 소시민, 평범한 주민이 비난의 말로 들리게 되었다. 이런 비난은 「계보」[23]에서 미리 예고되었다.

나는 소시민, 나는 소시민.

그리고 「오네긴의 여행」에도 나온다.

이제 나의 이상은 안주인,
나의 소망은 평안,
그리고 야채 국 한 접시, 더구나 제일 큰 그릇으로.[24]

나는 러시아의 모든 것 중에서 푸시킨과 체호프의 러시아적인 어린아이다움, 인류의 궁극적인 목적과 구원 같은 거대한 주제에 관한 한 수줍은 듯 걱정하지 않는 그들의 태

---

23 푸시킨의 시 「나의 계보」를 말한다.
24 「나의 계보」에 반복적으로 나오는 구절이다.

평함이 다른 무엇보다도 좋다. 그들도 그런 문제를 모조리 잘 알았지만, 거만함은 그들과 거리가 멀었고, 그러고 싶은 마음도 없었으며, 또 그들에게 맞지도 않았다! 고골, 톨스토이, 도스토옙스키는 죽음을 준비하며 의미를 찾으려고 고군분투하여 결론을 이끌어 냈지만, 이들은 끝까지 예술적인 소명이 부여한 개별적인 부분에 주의를 돌렸고, 그것이 교체되는 동안 아무도 상관하지 않는 개인적이고 개별적인 삶을 살았으며, 그 개별적인 삶이 지금은 모두의 소유물이 되어 나무에서 딴 잘 익은 사과처럼 그 자체가 점점 더 달콤함과 의미를 후대까지 전하게 되었다.

8

봄의 첫 전조는 해빙이다. 달력 자체가 마치 말장난을 하듯 공기는 마슬레니차 때처럼 블린과 보드카 냄새를 풍긴다. 졸린 듯 숲에서는 태양이 버터 바른 눈을 가늘게 뜨고, 숲은 졸린 듯 바늘 같은 속눈썹으로 실눈을 뜨며, 한낮에 웅덩이는 버터를 바른 듯 빛을 반사한다. 자연은 하품을 하며 기지개를 켜고 몸을 뒤척인 후 다시 잠에 빠져든다.

『예브게니 오네긴』의 제7장에는 봄, 오네긴이 떠난 후 텅 빈 주인의 집, 산 아래 샘물 옆 렌스키의 무덤이 나온다.

봄의 연인 꾀꼬리가

밤새도록 노래를 한다. 들장미가 꽃을 피운다.

어째서 연인일까? 대체로 이 수식어는 자연스럽고 적절
하다. 사실 연인이 맞다. 그 외에도 〈들장미〉라는 단어와 압
운이 맞는다.[25] 하지만 영웅담의 〈꾀꼬리-도둑〉[26] 또한 소리
이미지로 드러난 것은 아닐까?

영웅담에서 그는 꾀꼬리-도둑, 오디흐만티예프의 아들이
라고 불린다. 그에 대해서 얼마나 훌륭하게 말하고 있는가!

그의 탓, 꾀꼬리의 휘파람 탓이려나,
그의 탓, 짐승의 울음소리 탓이려나,
여리디여린 풀잎들이 돌돌 말려 서로 얽히고
하늘색 꽃잎이 떨어진다.
어두운 숲이 땅에 온몸을 웅크린다.
사람이 있어도, 모두 죽어 넘어져 있구나.

우리는 이른 봄에 바리키노에 도착했다. 곧바로 벗나무,
오리나무, 개암나무 등 모든 나무가 특히 미쿨리친의 집 아
래에 있는 계곡 슈티마에서 푸르러지기 시작했다. 몇 밤이
지나자 꾀꼬리가 울기 시작했다.

25 각 시행의 끝이 lyubovnik와 shipovnik로 [vnik]라는 같은 소리로 압
운을 이룬다.
26 러시아의 중세 서사시 『일리야 무로메츠』, 『꾀꼬리-도둑』에 나오는 절
반은 새, 절반은 사람인 괴물이다. 이 꾀꼬리-도둑은 큰 울음소리로 사람들
을 죽인다.

그리고 나는 그 소리를 마치 처음 들은 사람처럼 그 노랫소리가 다른 새들이 지저귀는 소리에서 도드라지는 모습에, 자연이 점진적인 전이 없이 이 풍요롭고 독특한 지저귐을 향해 도약하는 모습에 놀라고 말았다. 그 굴곡의 변화는 얼마나 화려하며, 또렷하게 멀리까지 퍼지는 소리는 또 얼마나 강렬한가! 이 휘파람 소리, 숲 정령의 피리 소리, 파편이 튀는 듯한 지저귐이 투르게네프의 작품 어딘가에 묘사되어 있다.[27] 특히 두 종류의 지저귐 소리가 특이하다. 때로는 세 번 강하게 〈쪼흐-쪼흐-쪼흐〉, 때로는 셀 수도 없이 탐욕스럽고 화려하게 잦아지는 지저귐이었는데, 그 소리에 응답하듯 이슬에 흠뻑 젖은 수풀은 간지럼을 타는 듯 온몸을 떨며 몸치장을 했다. 귀청을 찢을 듯 울리는 다른 두 음절의 지저귐은 〈기-상! 기-상! 기-상!〉이라고 부탁하거나 혹은 명령하는 소리 같았다.

9

봄이다. 농사일을 준비 중이다. 일기를 쓸 여력이 없다. 이 수기를 쓰는 건 즐거운 일이다. 겨울까지는 이 작업을 미뤄야 한다.

며칠 전 이번에는 진짜 마슬레니차 기간에 진창을 뚫고

---

27 투르게네프의 후기 작품 『문학적 인용』에 「꾀꼬리에 대하여」라는 작품이 실려 있다.

병든 농부 한 명이 물과 진흙을 튀기며 썰매를 타고 마당으로 들어왔다. 당연히 진찰하는 것을 거부했다. 「강요하지 마십시오, 저는 이제 이 일을 하지 않습니다. 제대로 된 약도 없고, 필요한 기구도 없습니다.」 아무리 그래도 벗어날 수 없다. 「도와주세요, 피부가 갈라집니다. 불쌍히 여겨 주세요. 몸에 병이 났어요.」

어쩌겠는가? 심장이 돌이 아닌 이상. 진찰하기로 했다. 「옷을 벗으세요.」 진찰을 해본다. 「낭창이군요.」 그를 진찰하며 창가에 놓인 석탄산 병을 곁눈질한다(그 병이, 그리고 또 그것 말고도 가장 필수 불가결한 물건들이 어디서 났는지는 제발 묻지 말아 달라! 모두 삼데뱌토프가 구해 준 것이다). 마당 안으로 다른 썰매가 들어오는 것이 보였고, 첫눈에 새로운 환자를 싣고 온 줄 알았다. 그런데 마치 하늘에서 뚝 떨어진 것처럼 동생 옙그라프가 들어왔다. 집안 식구들, 그러니까 토냐, 슈로치카, 알렉산드르 알렉산드로비치가 그를 맞이한다. 잠시 후 환자에게서 자유로워지자 나도 그들 사이에 끼어들었다. 심문이 시작되었다. 어떻게 된 일이냐, 어디서 왔느냐? 늘 그렇듯이 그는 대답을 회피하며 한 번도 제대로 된 답을 하지 않는다. 미소만 짓고, 기적과 수수께끼 같은 짓만 한다.

그는 자주 유랴틴을 드나들며 2주가량 집에 머물다가 땅으로 꺼진 듯 갑자기 사라져 버렸다. 그사이 나는 그가 삼데뱌토프보다 훨씬 더 영향력이 있고, 그의 업무와 인맥이 더 설명하기 힘들다는 것을 알아챌 수 있었다. 그는 어디서 온 걸까? 그의 힘은 어디서 난 걸까? 그는 무슨 일을 하고 있는 걸까? 사라지기 전에 그는 토냐가 슈로치카를 양육할 시간을 가질 수 있도록, 그리고 나는 의술과 문학에 전념할 수 있도록 살림을 좀 편하게 해주겠다고 약속했다. 그러기 위해 어떻게 할 거냐고 호기심을 갖고 물어보았다. 또다시 침묵하고 미소만 지을 뿐이었다. 그러나 그가 거짓말을 한 것은 아니었다. 우리의 형편이 정말로 변하고 있는 조짐이 보인다.

놀라운 일이다! 그가 내 이복동생이라니. 그는 나와 성이 같다. 솔직히 말해 나는 그를 그 누구보다도 더 잘 모른다.

그는 내 인생에서 벌써 두 번이나 모든 어려움을 해결해주는 선한 수호신, 구원자로 개입했다. 어쩌면 각 사람의 삶이 이어지는 데는 살면서 만나는 등장인물들과 나란히 알 수 없는 비밀스러운 힘, 그러니까 부르지 않았는데도 도와주기 위해 나타나는 거의 상징적인 인물의 참여 역시 필요한 건지도 모른다. 내 삶에서 그 은혜를 베푸는 원동력의 역할을 해주는 사람이 바로 나의 동생 옙그라프이다.

이것으로 유리 안드레예비치의 수기는 끝이 났다. 그는 더 이상 계속 쓰지 못했다.

10

　유리 안드레예비치는 유랴틴 시립 도서관 열람실에서 주
문한 책들을 살펴보고 있었다. 백 명 정도 들어갈 수 있는, 창
문이 많은 열람실은 폭이 좁은 쪽이 창 쪽에 면한 책상 몇 줄
로 이루어져 있었다. 어두움이 내리면 열람실 문을 닫았다.
봄철에는 저녁마다 시내에 불이 들어오지 않았다. 그러나 유
리 안드레예비치는 한 번도 해 질 녘까지 앉아 있어 본 적이
없었고, 점심시간이 지나도록 시내에서 지체한 적도 없었다.
그는 미쿨리친 가족이 그에게 내준 말을 삼데뱌토프의 여인
숙 마당에 묶어 놓고, 아침 내내 책을 읽다가 한낮이 되면 바
리키노 집으로 말을 타고 돌아왔다.

　이렇게 도서관에 다니기 전에는 유리 안드레예비치가 유
랴틴에 간 적이 별로 없었다. 시내에 특별히 볼일이 없었던
것이다. 의사는 시내를 잘 몰랐다. 유랴틴의 주민들이 그의
눈앞에서 때로는 멀리, 때로는 바로 이웃해 앉으며 열람실을
점차 채우면, 유리 안드레예비치의 마음에는 마치 그가 혼잡
한 교차로 한 곳에 서서 도시와 사귀는 듯한 느낌이 들었다.
그리고 열람실 안에는 책을 읽는 유랴틴의 사람들이 모인 것
이 아니라, 그들이 사는 집과 거리들이 빨려 들어온 것 같은
느낌이 들었다.

　그러나 허구가 아닌 진짜 실제적인 유랴틴이 열람실의 창
문에 비치고 있었다. 중간의 가장 큰 창문 옆에는 끓는 물이
담긴 통이 있었다. 책 읽는 사람들은 쉬기 위한 일환으로 담

배를 피우러 계단에 나가 물통 주변에 둘러서서는 물을 마시거나 남은 물을 개수통에 부으며, 창문 옆에 모여 도시 풍경을 바라보았다.

책 읽는 사람들은 두 부류였는데, 한 부류는 대부분 본토박이 지역 인텔리겐치아였고, 다른 부류는 평민들이었다.

첫 번째 부류의 사람들은 초라한 옷차림에 자기 몸을 돌보기 어려워진 무심한 여성들이 대부분으로, 여러 가지 이유, 그러니까 배고픔, 울화통, 부종으로 인해 탄력을 잃어서 건강해 보이지 않는 핼쑥한 얼굴을 하고 있었다. 이들은 열람실에 자주 오는 사람들로, 도서관 직원들과 개인적으로 잘 알고 지내며 이곳을 집처럼 느끼고 있었다.

축제일처럼 말끔하게 옷을 차려입고 건강하고 아름다운 얼굴을 한 평민들은 교회에 들어온 듯 당황한 모습으로 수줍어하며 열람실에 들어와, 통상 받아들여지는 것보다 좀 더 시끄럽게 굴었는데, 그것은 규율을 몰라서가 아니라 완전히 소리 없이 들어오려는 열망을 가졌지만, 자신의 건강한 발걸음과 목소리를 조절할 줄 몰라서인 듯했다.

창문들 맞은편 벽에는 움푹 들어간 장소가 있었다. 높은 칸막이로 홀의 나머지 부분과 분리된 연단 위의 이 벽감에서 열람실 직원들과 제일 연장자인 사서, 그리고 그의 여자 조수 두 명이 일을 보고 있었다. 그들 중 한 명은 비단 숄을 두르고 화를 내면서 코안경을 끊임없이 썼다 벗었다 했는데, 시력이 나빠서가 아니라 불안정한 정신 상태 때문에 그러는 것 같았다. 검은 비단 재킷을 입은 다른 여자 조수는 손수건을 입과 코에서 거의 떼지 않고 그것을 통해 숨을 쉬는 것으로 보아, 아마도 폐 질환이 있는 것 같았다.

도서관 직원들 또한 책 읽는 사람들의 절반과 마찬가지로 핼쑥하고 부석하게 부은 얼굴이었고, 흐늘흐늘 아래로 축 처진 피부는 흙색과 짙은 녹색, 소금에 절인 오이와 회색 곰팡이 색을 띠고 있었다. 그들 세 사람은 번갈아 가면서 모두 똑같은 일을 하고 있었다. 속삭이는 소리로 새로운 사람에게 도서 이용 규칙을 설명해 주고, 도서 청구 카드를 살펴보며 책을 내주거나 돌려준 책을 받으면서, 중간중간에 연차 보고서 작성에 열중하곤 했다.

창밖에 있는 실제적인 도시와 열람실 안에 있는 가상 도시의 얼굴을 눈앞에 보면서 불가해한 상념이 꼬리를 물며 떠올라서인지, 또 모두 갑상선 종양을 앓는 듯 전체적으로 핏기 없는 부기가 불러일으키는 유사성 때문인지, 유리 안드레예비치는 그들이 도착한 날 아침에 유랴틴 철도에서 본 불만투성이의 여자 전철수와 차량 바닥에 나란히 앉은 삼데뱌토프, 그리고 그의 설명이 이상하게도 생각났다. 지역의 경계에서 아주 멀리 떨어진 곳에서 들은 설명을 유리 안드레예비치는 지금 이 장면의 한복판에서 가장 가까이에서 보이는 것과 연결시키고 싶었다. 그러나 그는 삼데뱌토프가 말하고자 했던 바를 기억하지 못했고, 그래서 아무 결론도 내릴 수 없었다.

11

유리 안드레예비치는 책으로 둘러싸여 열람실 제일 끝에 앉아 있었다. 그의 앞에는 지역 의회에서 낸 통계를 다룬 여러 권의 잡지와 지역 민속학을 다룬 책 몇 권이 놓여 있었다. 그는 푸가초프의 역사 관련 책 두 권을 더 요청하려고 했지만, 비단 재킷을 입은 여자 사서가 입술에 붙인 손수건을 통해 속삭이는 소리로 그렇게 많은 책을 한 사람에게 한꺼번에 내주지는 않는다고, 그가 흥미를 느끼는 책을 받으려면 가져간 편람과 잡지들의 일부를 돌려줘야 한다고 알려 주었다.

그래서 유리 안드레예비치는 쌓여 있는 자료들 중에서 가장 필요한 것만 따로 빼놓고, 나머지는 그가 흥미를 느끼는 자료와 바꾸려고 아직 보지 않은 책들을 서둘러 열심히 살펴보기 시작했다. 그는 주의를 다른 데로 돌리지도, 한눈을 팔지도 않고서 재빨리 책갈피를 넘기면서 눈으로 목차를 읽어 내려갔다. 열람실에 사람이 많은 것이 그를 방해하지도, 그의 주의를 분산시키지도 못했다. 그는 이웃을 잘 파악하고 있었고, 책에서 눈을 들지 않고서도 오른쪽과 왼쪽에 앉은 이들을 마음의 시선으로 바라보며, 창밖으로 보이는 교회와 도시의 건물이 자리에서 움직이지 않듯이 그가 떠나기 직전까지 그 구성원들이 바뀌지 않을 것이라고 느꼈다.

그러는 사이에 태양은 가만히 서 있지 않았다. 태양은 계속 자리를 이동해 그동안 도서관의 오른쪽 모퉁이를 돌았다. 이제 태양은 가장 가까이에 앉은 사람의 눈을 부시게 해서 그들이 책 읽는 것을 방해하며 남쪽 벽 창문 안으로 빛을 비추었다.

감기가 든 여자 사서는 칸막이로 가려진 연단에서 내려와 창문 쪽으로 다가갔다. 창문에는 주름 장식이 된 흰색 천 커튼이 달려 있어 햇빛을 기분 좋게 누그러뜨려 주었다. 여자 사서는 하나만 제외하고 창문에 있는 커튼을 전부 쳤다. 구석에 있는 이 창문은 그늘이 져 있어서 커튼을 치지 않고 내버려 두었다. 그녀는 가는 줄을 당겨 그 창문에 있는 통풍창을 열고 재채기를 했다. 그녀가 열 번째 혹은 열두 번째로 재채기를 했을 때, 유리 안드레예비치는 그 사서가 미쿨리친의 처제이자 삼데뱌토프가 얘기해 주었던 툰체바 자매들 중 한 명이라는 것을 짐작할 수 있었다. 책을 읽는 다른 사람들의 뒤를 따라 유리 안드레예비치는 고개를 들어 그녀 쪽을 바라보았다.

그때 그는 열람실에서 일어난 변화를 알아차렸다. 반대편 끝에 새로운 열람자가 앉아 있었다. 유리 안드레예비치는 곧바로 안티포바를 알아보았다. 그녀는 의사가 자리 잡은 앞쪽 책상에 등을 돌리고 앉아서 작은 목소리로 감기에 걸린 여자 사서와 대화를 나누고 있었다. 여자 사서는 서서 라리사 표도로브나 쪽으로 몸을 굽힌 채 그녀와 속닥거렸다. 아마도 이 대화가 사서에게 좋은 영향을 준 것 같았다. 그녀는 순식간에 성가신 코감기뿐만 아니라 날카롭게 곤두선 신경도 치유를 받았다. 안티포바에게 감사를 표하는 따뜻한 시선을 보낸 후, 그녀는 내내 막고 있던 손수건을 입술에서 떼어 주머니에 넣은 다음, 자신감에 찬 모습으로 미소를 지으며 칸막이 뒤의 자기 자리로 돌아갔다.

이 사소하지만 감동적인 장면을 몇 사람이 지켜보았다. 열람실의 여러 곳에서 사람들이 공감한다는 듯이 안티포바를 바라보며 역시 미소를 지었다. 이 사소한 징후를 보고 유리 안드레예비치는 시내의 사람들이 그녀를 잘 알고 있으며, 좋아한다는 것을 확인할 수 있었다.

12

처음에 유리 안드레예비치는 일어나 라리사 표도로브나에게 다가가려고 했다. 그러나 곧 그의 천성에 맞지 않는, 그녀와의 관계에서 생긴 어색함과 단순치 않음이 그의 마음에 우위를 점했다. 그는 그녀를 방해하지 않기로, 그리고 또 자신의 작업도 중단하지 않기로 했다. 그녀 쪽을 보려는 유혹에 빠지지 않기 위해 그는 책 읽는 사람들 쪽으로 등이 보이도록 의자를 책상에 비스듬히 놓은 후 한 손에 책 한 권을 쥐고, 다른 책은 무릎에 펼친 채로 책에 몰두했다.

그러나 그의 생각은 그가 공부하는 대상과는 상관없는 저먼 곳을 헤매었다. 그 상념들과 상관없이 그는 문득 겨울밤의 바리키노에서 언젠가 꿈에 들었던 목소리가 안티포바의 목소리였음을 깨달았다. 이 발견에 놀란 그는 주위 사람들의 주의를 끌면서 그의 자리에서 안티포바가 보이도록 의자를 급하게 원래 자리로 돌리고는 그녀를 바라보기 시작했다.

그는 거의 뒤편에서 반쯤 몸을 돌린 그녀의 뒷모습을 보았다. 그녀는 허리띠를 두른 밝은 체크 블라우스 차림이었는데, 아이처럼 머리를 살짝 오른쪽 어깨 쪽으로 기울이고는 무아경에 가깝도록 몰두해서 책을 읽고 있었다. 그녀는 가끔 눈을 들어 천장을 올려다보며 생각에 잠기거나, 아니면 눈을 찡그리고 앞쪽 어딘가를 보다가 나중에는 다시 팔꿈치를 괴고 한 손에 턱을 받치고는 빠르고 대범한 움직임으로 노트에 책의 내용을 기록하곤 했다.

　유리 안드레예비치는 자신의 오래된 멜류제예보 때의 관찰을 또다시 확인할 수 있었다. 그는 생각했다. 〈사람들의 마음에 들고 싶지 않은 거야, 예쁘게 매력적으로 보이고 싶지 않은 거야. 여성적인 면을 경멸하고 저렇게 예쁜 자신을 마치 징계하고 있는 것 같군. 자신에게 품은 이 오만한 적의가 매력을 열 배나 배가시키고 있어.

　하는 모든 행동이 얼마나 훌륭한지. 책을 읽는데, 마치 인간의 가장 고상한 활동이 아니라 동물도 할 수 있는 가장 단순한 행동이라도 되는 듯이 읽고 있군. 마치 물을 길어 가거나 감자를 씻는 것같이 말이야.〉

　이런 상념에 젖으며 의사는 마음이 평안해졌다. 간만에 그의 마음에 평화가 스며들었다. 그의 생각은 이 대상에서 저 대상으로 널뛰듯이 돌아다니기를 멈추었다. 그는 자기도 모르는 사이에 미소를 지었다. 안티포바가 있다는 사실이 신경질적이던 여자 사서에게 미쳤던 것과 똑같은 효과를 불러일으켰다.

그는 자기 의자가 어떻게 놓여 있는지 걱정하지 않고, 방해와 산만함을 두려워하지 않으며, 안티포바가 오기 전보다 더 끈기 있게 집중해서 한 시간 반 정도 책을 더 읽었다. 그는 앞에 높이 솟은 책들을 뒤져서 가장 필요한 것만 골랐고, 그 가운데서 핵심적인 논문 두 개를 내친김에 허겁지겁 읽어 내려갔다. 작업 성과에 만족하며 그는 책을 반납용 책상으로 가져가기 위해 주섬주섬 모았다. 의식을 복잡하게 만들던 쓸데없는 온갖 상념이 사라졌다. 그는 깨끗한 양심으로 다른 의도 없이 정직하게 공부한 것에 대한 보상으로 선한 옛 지인과 만날 권리가 있다고, 그 기쁨을 누릴 정당한 이유가 있다고 생각했다. 그러나 일어나서 열람실로 시선을 돌렸을 때 그는 안티포바를 볼 수 없었다. 열람실 안에는 더 이상 그녀가 없었다.

의사가 자신의 두꺼운 책과 팸플릿을 옮겨 놓은 카운터에는 안티포바가 돌려준 책이 아직 치워지지 않은 채 놓여 있었다. 모든 책이 마르크스주의 입문서였다. 아마도 여선생으로 다시 발령을 받은 그녀는 혼자 힘으로 집에서 정치적 재학습을 진행 중인 모양이었다.

책갈피에는 라리사 표도로브나의 도서 목록 요청서가 끼워져 있었다. 카드의 끝이 바깥으로 튀어나와 있었다. 카드에는 라리사 표도로브나의 주소가 적혀 있었다. 그 주소를 읽는 건 쉬운 일이었다. 유리 안드레예비치는 주소가 이상해서 놀라며 그것을 베껴 썼다. 〈조각상들이 있는 집 맞은편 상인의 거리.〉

그 자리에서 누군가에게 물어본 결과, 유리 안드레예비치는 〈조각상들이 있는 집〉이 모스크바의 교구에 따른 지역 명칭 혹은 페테르부르크에서 〈다섯 모퉁이〉라는 명칭만큼이나 흔하다는 것을 알게 되었다.

지난 세기에 연극 애호가였던 상인이 자신의 가내 극장을 위해 지은 강철의 짙은 회색 집을 그렇게 부르는 것이었다. 그 집에는 여인상 기둥과, 손에 탬버린과 수금과 가면을 든 고대 뮤즈의 조각상들이 있었다. 상인의 상속인들이 상인 조합에 집을 팔았고, 그들이 거리에 이름을 붙인 것이었으며, 그 거리의 한 모퉁이에 집이 있었던 것이다. 집이 면해 있는 모든 지역이 조각상들이 있는 이 집 이름으로 불리게 되었다. 이제 조각상들이 있는 집에는 당의 도시 위원회가 자리를 잡았고, 예전에는 극장과 서커스 광고가 붙었던, 비탈길을 따라 비스듬히 내려가는 기초석의 벽에는 이제 정부의 포고와 법령이 붙어 있었다.

13

5월 초, 바람이 많이 부는 추운 날이었다. 시내에 일을 보러 나갔다가 잠시 도서관에 들른 유리 안드레예비치는 느닷없이 모든 계획을 취소하고 안티포바를 찾으러 갔다.

바람이 모래와 먼지구름을 일으키며 길을 가로막는 바람에 그는 도중에 자주 멈추지 않을 수 없었다. 의사는 몸을 돌리고 눈을 가늘게 뜨며 고개를 숙여서 먼지가 지나가기를 기다렸다가 다시 앞으로 나아갔다.

안티포바는 쿠페체스카야 거리와 노보스발로치니 골목길의 모퉁이에 살았다. 그곳은 의사가 제일 먼저 본, 푸른빛이 나고 동상으로 장식된 어두운 집 맞은편에 있었다. 집은 정말로 자신의 별칭에 걸맞게 이상하고 불안한 인상을 불러일으켰다.

집의 상층부 전체는 사람의 1.5배 크기의 신화적인 여성의 조각상들로 둘러싸여 있었다. 두 번의 돌풍이 집의 전면을 뒤덮는 사이에 의사는 순간적으로 집의 모든 여성 주민이 발코니로 나와 난간에 기대어 그와 아래에 펼쳐진 쿠페체스카야 거리를 바라보는 것 같다는 느낌이 들었다.

안티포바의 집으로 가는 통로는 두 군데로, 거리에서 정문을 통해, 그리고 골목에서 마당을 통해 들어갈 수 있었다. 첫 번째 길이 있다는 것을 몰랐던 유리 안드레예비치는 두 번째 통로를 선택했다.

그가 골목에서 대문 안으로 몸을 웅크리고 들어갔을 때, 바람은 마당 전체에 있는 흙과 쓰레기를 하늘로 날아 올려 의사가 마당으로 들어가는 것을 가로막았다. 이 검은 장막 뒤로 암탉들이 쫓아오는 수탉을 피해 그의 발밑에서 꼬꼬댁거리며 달려갔다.

먼지기둥이 흩어졌을 때, 의사는 우물 옆에 있는 안티포바를 보았다. 왼쪽 어깨에 멜대를 메고 두 개의 물통에 이미 물을 길은 그녀를 회오리가 잡아채고 있었다. 그녀는 머리카락이 흩날리지 않도록 머릿수건을 〈뻐꾸기〉처럼 이마에 매듭을 지어 묶고, 바람에 날리지 않도록 바람으로 빵빵해진 옷자락을 무릎 사이에 꼭 끼고 있었다. 그녀는 물통을 지고 집으로 가려고 했지만, 다시 바람이 불자 그 자리에 멈춰 섰다. 바람은 그녀의 머릿수건을 벗겨 내어 머리카락을 헝클어 놓으며 그것을 멀리 울타리 끝에서 꼬꼬댁거리고 있는 암탉들 쪽으로 날려 보냈다.

유리 안드레예비치는 머릿수건을 가지러 달려가 그것을 집어서는 우물 옆에서 어리둥절해하는 안티포바에게 가져다주었다. 그녀는 놀라고 당황했어도 변함없이 자연스러운 태도로 소리 한 번 지르지 않았다. 그녀의 입에서 이런 말만 튀어나왔을 뿐이다.

「지바고!」

「라리사 표도로브나!」

「어쩐 일이세요? 이게 무슨 일이에요?」

「물통을 땅에 내려놓으세요. 내가 갖다드리죠.」

「절대로 가던 중간에 돌아서지 않고, 절대로 시작한 일은 그만두지 않아요. 만일 제게로 오시던 거면 같이 가세요.」

「그렇지 않으면 누구에게 가는 거겠습니까?」

「그걸 누가 알겠어요.」

「그래도 멜대를 내 어깨로 옮기겠습니다. 애쓰고 계신데, 가만히 있을 수는 없네요.」

「이게 일이라고 생각하시는군요. 그냥 두세요. 계단에 물을 흘리실 거예요. 무슨 일로 오셨는지 말씀하시는 게 더 나을걸요? 1년 넘게 이곳에 계셨으면서 여기에 짬을 내서 오지 못하셨잖아요?」

「그걸 어떻게 아셨습니까?」

「사방에 소문이 다 났던데요. 그리고 저도 도서관에서 봤고요.」

「왜 저를 부르지 않으셨어요?」

「저를 보지 못했다고 설득하려고 하면 안 돼요.」

흔들리는 물통으로 인해 약간 비틀거리는 라리사 표도로브나를 따라 의사는 낮은 천장 밑으로 들어갔다. 그곳은 낮은 층의 어두운 현관이었다. 거기서 라리사 표도로브나는 재빨리 몸을 웅크려 땅바닥에 물통을 내려놓고 어깨에서 멜대를 푼 후, 몸을 똑바로 펴더니 어디서 났는지 알 수 없는 작은 손수건으로 손을 닦기 시작했다.

「같이 가세요, 내부 통로를 통해 본채로 모시고 갈게요. 그곳은 밝아요. 거기서 잠시 기다려 주세요. 저는 어두운 통로를 통해 물을 들여놓고 위층을 조금 치우고 옷도 좀 갈아입을게요. 우리 집 계단이 어떤지 좀 보세요. 문양이 들어간 주철 계단이에요. 위에서 저 계단을 통해 다 보여요. 오래된 집이지요. 포격이 있던 날 집이 약간 부서졌어요. 대포 때문에요. 보세요, 돌들이 흩어져 있잖아요. 벽돌 사이에 구멍과 틈이 났지요. 저와 카텐카는 나갈 때 바로 이 구멍 안에 아파트 열쇠를 숨기고 벽돌로 메워 둔답니다. 이걸 기억해 두세요. 언제든 저를 보러 왔다가 제가 없거든 이걸 벗겨 열쇠를 꺼내 들어오셔서 내 집이라고 생각하시고 편히 계세요. 그럼, 그 사이 제가 돌아올 겁니다. 자, 지금 여기 이게 열쇠예요. 하지만 저는 이게 필요 없어요. 뒤로 들어가서 문을 안에서 열게요. 한 가지 슬픈 건 쥐들이에요. 너무 깜깜해서 쥐들이 도망가지를 않네요. 머리 위를 뛰어다녀요. 오래된 건물에 벽들이 흔들리고, 여기저기 구멍투성이예요. 할 수 있는 한 구멍을 메우고 쥐들과 싸우고 있어요. 하지만 별로 도움이 되지 않네요. 혹시 언제 한번 들러서 도와주실 수 있을까요? 함께 바닥에 널빤지를 박는 건요. 어떠세요? 층계참에서 기다리며 뭐든 좀 생각해 보세요. 하지만 오래 기다리시게 하지 않고 곧 부를게요.」

불러 주기를 기다리는 사이에 유리 안드레예비치는 눈으로 입구의 칠이 벗겨진 벽과 주철을 씌운 계단을 이리저리 바라보았다. 그는 생각했다. 〈열람실에서 나는 저 여인이 열중해서 책 읽는 모습을 진짜 일, 즉 육체적인 노동을 할 때의 열정과 비교했었다. 그런데 반대로 저 여인은 물을 긷는 것도 꼭 책 읽을 때와 마찬가지로 아무런 어려움 없이 가볍게 해내는구나. 유연함은 모든 일을 할 때 드러난다. 마치 저 여인은 삶을 위한 질주를 오래전 어린 시절부터 해온 것 같고, 이제는 모든 것이 그녀에게서, 달리다가 자연스럽게 가볍게 흘러나오는 결과처럼 이루어지는 것 같다. 그건 몸을 굽힐 때 등의 선에도, 턱을 동그랗게 만들며 입술을 벌리게 하는 그녀의 미소에도, 그녀의 말에도, 생각에도 드러난다.〉

「지바고 씨!」 위층 층계참에 있는 집의 문지방에서 소리가 울렸다. 의사는 계단을 따라 올라갔다.

14

「손을 주고 고분고분하게 나를 따라오세요. 이곳에는 방이 두 칸 있는데, 어두운 데다가 천장까지 물건이 쌓여 있어요. 부딪치면 다쳐요.」

「정말 무슨 미로 같군요. 길을 못 찾겠어요. 어째서 이렇지요? 집을 수리 중인가요?」

「아니요, 전혀요. 그게 문제가 아니라요. 남의 집인데, 심지어 누구 건지도 몰라요. 우리는 김나지움 건물에 국가에서 받은 방을 갖고 있었어요. 유랴틴 소비에트의 주택부가 김나지움을 접수했을 때, 저와 딸은 버려진 이곳으로 이주당했죠. 이곳에는 옛 주인의 가구가 있었어요. 가구가 많아요. 전 다른 사람의 물건은 필요 없답니다. 그 사람들의 물건을 이 방 두 곳에 모아 놓고 흰 도료를 발랐어요. 제 손을 놓지 마세요, 그렇지 않으면 길을 잃을 거예요. 자, 이렇게요. 오른쪽이요. 이제 미로는 지났어요. 여기가 저희 집으로 들어가는 문이에요. 이제 더 밝아질 거예요. 문지방이요. 발을 헛디디지 마세요.」

유리 안드레예비치가 안내자와 함께 방으로 들어가자, 문 맞은편에 창문이 있었다. 의사는 그 안에서 본 것에 놀랐다. 창문은 집의 마당, 이웃 건물의 후미와 강 옆의 공터를 향해 나 있었다. 그 공터에서는 방목된 염소와 양들이 단추를 푼 외투의 아랫자락처럼 긴 털로 먼지를 쓸고 있었다. 그 외에도 그곳에는 두 개의 기둥이 창을 향해 얼굴을 들이밀고 있었는데, 그것은 의사에게 익숙한 간판이었다. 〈모로와 베트

친킨. 파종기. 탈곡기.〉

　보이는 간판에 영향을 받아 의사는 제일 먼저 가족들이 우랄에 온 날을 라리사 표도로브나에게 묘사하기 시작했다. 그는 스트렐니코프와 그녀의 남편이 같은 사람이라는 소문에 대해서는 잊은 채 깊이 생각해 보지도 않고 객차에서 정치위원과 만난 이야기를 했다. 이야기의 이 부분이 라리사 표도로브나에게 특별한 감흥을 불러일으켰다.

　「스트렐니코프를 보셨군요?」그녀는 생기를 띠고 다시 물었다. 「일단은 더 이상 아무 말씀도 드리지 않을게요. 그런데 얼마나 의미심장한 일인가요! 그냥 두 사람이 만나는 게 예정되어 있었던 거예요. 언젠가 나중에 설명해 드릴게요, 아마 탄식하게 되실 거예요. 제가 정확하게 이해했다면, 그 사람한테서 불쾌한 인상보다는 훨씬 호의적인 인상을 받으셨네요?」

　「네, 맞아요. 그 사람에게 반감을 느꼈어야만 했는데요. 우리는 그가 징벌하고 파괴한 장소들을 지나왔으니까요. 거친 징벌자 혹은 광적인 압제자를 만나리라고 기대했는데, 이도저도 아니었어요. 어떤 사람이 우리의 기대를 저버릴 경우, 이전에 만들어진 관념과 다를 경우는 좋습니다. 유형에 속한다는 것은 사람에겐 종말이고, 그에 대한 최종 언도입니다. 만일 어떤 유형에 넣을 수 없다면, 즉 만일 그가 확정적이지 않다면 그는 일의 절반은 성취한 겁니다. 그는 자신에게서 자유로운 것이고, 불멸의 작은 조각을 얻은 것이지요.」

　「사람들 말로 그는 당원이 아니라고 하던데요.」

　「네, 그런 것 같습니다. 그가 자신에게 무엇을 준비하고 있는 걸까요? 그는 파멸할 운명이에요. 끝이 좋지 않을 거라고 생각합니다. 그가 저지른 악의 대가를 치를 겁니다. 혁명의 폭군은 악한이라서가 아니라 기계의 궤도에서 미끄러져 내리듯 조종할 수 없는 메커니즘이기 때문에 끔찍한 겁니다. 스트렐니코프가 다른 사람들처럼 미친 건 맞지만, 책을 보고서가 아니라 고통과 괴로움을 겪은 나머지 그렇게 된 겁니다. 저는 그 사람의 비밀이 무엇인지는 모르지만, 그게 있다고 확신해요. 그가 볼셰비키와 연합한 건 우연이에요. 볼셰비키는 필요한 동안 저 사람을 받아들일 테지만, 당분간일 겁니다. 하지만 필요 없다 싶은 생각이 들자마자 안타까워하는 마음도 없이 그를 멀리 내동댕이치고, 그 이전의 많은 군사 전문가에게 했던 것처럼 그를 짓밟아 버릴 겁니다.」

「그렇게 생각하세요?」

「그렇고말고요.」

「그이가 살아날 방법은 없을까요? 예를 들면 도망친다든가?」

「어디로요, 라리사 표도로브나? 그건 예전에 차르 시대에나 가능했지요. 시도나 할 수 있을지 모르겠네요.」

「안타깝네요. 그 이야기를 들으니 그 사람에게 동정이 가네요. 선생님은 변하셨어요. 예전에는 혁명에 대해 이렇게까지 날카롭게 논하지는 않으셨는데요, 분노하는 마음이 없으셨어요.」

「사실 라리사 표도로브나, 모든 것에는 정도가 있는 겁니다. 시간이 이만큼 지났으면 무언가에는 도달할 때가 되었지요. 그런데 드러난 것이라고는 혁명의 교사자들에게 변혁과 재배치의 혼란만이 유일하게 친숙한 환경이고, 빵으로는 만족할 수 없으니 지구적인 범위의 어떤 것을 달라는 식이잖아요. 세계의 건설, 전환기가 그들의 목적 자체입니다. 그들은 다른 아무것도 가르치지 않고, 아무것도 할 능력이 없어요. 그런데 이 영원한 준비의 야단법석이 어디서 온 줄 아십니까? 일정하게 준비된 능력의 부재, 재능 없음에서 온 거예요. 사람은 삶을 준비하기 위해서가 아니라 살기 위해서 태어난 겁니다. 삶 자체, 삶의 현상, 삶의 은사는 놀라울 정도로 엄숙한 것이지요! 그런데 어째서 삶을 영글지 않은 허구의 어린애 장난, 체호프식 학생들[28]의 미국 도주로 대체하는 걸까요? 그나저나 그만하죠. 이제 제가 물어볼 차례입니다. 우리는 이 도시에 격변이 있던 날 아침에 도착했습니다. 그 큰 격변이 있었을 당시 당신도 이곳에 있었나요?」

「오, 그렇고말고요! 주변이 온통 불바다였어요. 저도 거의 타죽을 뻔했지요. 말씀드렸듯이, 집이 흔들렸어요! 마당 대문 옆에 아직까지 폭발하지 않은 포탄이 있어요. 약탈에, 포격에, 추태에. 권력이 바뀔 때마다 항상 그렇죠. 그즈음에는 벌써 알 만큼 알고 익숙해졌지요. 처음 있던 일이 아니니까요. 백군이 장악했을 때는 어떤 일이 일어났는데요! 몰래 개인적으로 복수하겠다는 동기로 죽이고, 협박하고, 술에 취해 야단법석이었어요! 맞아요, 제가 중요한 걸 말씀드리지 않았

28 체호프는 초기작 「소년들」에서 미국으로 도주해 인디언이 되려는 두 소년의 계획을 담고 있다.

네요. 우리가 아는 그 갈리울린이요! 체코 사람들이 들어왔을 때 아주 중요한 인물이었어요. 무슨 도지사급 장군 같은 직위였어요!」

「알아요, 들었어요. 그 사람을 만났습니까?」

「아주 자주요. 그 사람 덕분에 몇 사람이 목숨을 건졌는지 몰라요! 몇 사람이나 숨겨 줬는지 모르고요! 그를 정당하게 평가해 줘야 해요. 그는 흠 없이 기사처럼 굴었어요. 여느 저속한 똘마니나 카자크 대위나 하급 경찰하고는 달랐어요! 그런데 당시 영향력 있는 사람들이 머리가 제대로 박힌 사람이 아니라 송사리 같은 인물들이었으니. 갈리울린은 저를 많이 도와주었고, 저는 그가 고마워요. 우리는 오랫동안 알아 온 사이거든요. 저는 어릴 때 그가 자란 마당에 자주 놀러 가곤 했답니다. 그 집에는 철도 노동자들이 살았어요. 저는 어렸을 때 가난과 노동을 가까이서 봤어요. 그렇기 때문에 혁명을 대하는 제 태도는 선생님과는 조금 달라요. 혁명은 제게 더 가까워요. 혁명에는 뭔가 친근한 것이 있어요. 그리고 갑자기 경비원의 아들이었던 소년이 사령관이 된 거예요. 아니, 심지어 백군 장교까지요. 저는 문관 출신 집안에서 자랐기 때문에 계급에는 어둡답니다. 하지만 제 직업이 역사 교사예요. 맞아요, 바로 그래요, 지바고 씨. 저는 많은 사람을 도와주었어요. 그에게 찾아갔지요. 선생님을 추억했답니다. 저에게는 모든 정부에 연줄과 후원자가 있고, 모든 정권에서 슬픔과 상실을 겪었어요. 사람들이 양 진영으로 나뉘어 접촉하지 않는다는 건 나쁜 책들에서나 나올 법한 얘기예요. 현실에서는 이렇게 모든 게 연결되어 있는데요! 살면서 오직 한 가지 역할만 하고, 사회에서 오직 한 자리만 차지하고, 똑같은 의미나 가리키려면 얼마나 돌이킬 수 없이 하찮아져야만 하는 것일까요!」

「아, 너 여기 있었구나?」

머리를 양 갈래로 땋은 여덟 살가량의 소녀가 방 안으로 들어왔다. 가늘게 찢어진 눈 사이가 좀 떨어진 아이의 눈동자는 소녀를 장난스럽고 영리해 보이게 했다. 미소를 지으면 그녀의 눈꼬리가 올라갔다. 그녀는 문밖에서 어머니에게 손님이 있다는 것을 알았지만, 문지방에 나타났을 때는 뜻밖이라는 듯 놀란 표정을 짓는 것이 마땅하다고 느끼고는 무릎을 굽혀 인사한 뒤, 생각이 깊고 외롭게 자라난 아이가 지닐 수 있는 대범한 시선을 눈도 깜박이지 않고 의사에게 지그시 던졌다.

「제 딸 카텐카예요. 예뻐하고 귀여워해 주시기를 부탁드려요.」

「멜류제예보에서 사진을 보여 주신 적이 있지요. 정말 많이 크고 많이 변했네요!」

「집에 있었던 거구나? 놀러 나갔다고 생각했는데. 네가 들어오는 소리를 듣지 못했어.」

「구멍에서 열쇠를 꺼내는데, 거기 엄청나게 큰 쥐가 있었어! 비명을 지르고 도망쳤어. 무서워서 죽는 줄 알았어.」

카텐카는 아주 사랑스러운 표정을 지으며 장난기 가득한 눈을 크게 뜨고, 물에서 나온 물고기처럼 작은 입을 동그랗게 만들며 말했다.

「이제 네 방으로 가렴. 아저씨께 식사하고 가시라고 할 거야. 화덕에서 죽을 꺼낸 후 부르마.」

「고맙지만 거절해야겠군요. 시내를 다녀온 후부터 6시에 식사하게 되어 있거든요. 늦지 않는 데 익숙하고, 가는 데 꼬박 네 시간은 안 걸려도 세 시간 이상은 걸립니다. 그래서 이렇게 일찍 찾아온 겁니다. 미안합니다. 곧 일어나야겠습니다.」

「30분만 더 계세요.」

「기꺼이 그렇게 하지요.」

15

「솔직하게 말씀하셨으니, 이제 저도 솔직히 말씀드릴게요. 선생님께서 말씀하신 스트렐니코프는, 죽었다는 소식을 도저히 믿을 수 없어서 제가 전선으로 찾으러 다녔던 제 남편 파샤, 파벨 파블로비치 안티포프예요.」

「놀랍지 않아요, 그럴 줄 알았습니다. 그 얘기를 듣고 헛소문이라고 생각했습니다. 그래서 그 소문을 완전히 잊고는 마치 존재하지 않은 것처럼 조심성도 없이 아주 자유롭게 부군 얘기를 하고 말았군요. 하지만 그 소문들은 의미 없는 얘기입니다. 저는 부군을 직접 봤습니다. 어떻게 그와 맺어질 수 있었지요? 두 사람 사이에 무슨 공통점이 있다고요?」

「그래도 그게 사실이에요, 유리 안드레예비치. 스트렐니코프는 안티포프, 제 남편이에요. 저는 사람들의 일반적인 의견에 동의해요. 카텐카 역시 알고 있고, 아버지를 자랑스러워하고 있어요. 스트렐니코프는 모든 혁명가가 그렇듯이 가짜 이름, 별명이에요. 무슨 이유가 있으니 그이가 다른 사람의 이름으로 살면서 활동해야 하는 거겠지요.

이곳 유랴틴을 점령해서 폭탄을 퍼부었을 때, 그 사람은 우리가 있다는 것을 알았지만, 자기 비밀이 탄로날까 봐 단 한 번도 우리가 살아 있는지 알아본 적이 없어요. 물론 그건 그 사람의 의무였어요. 만일 그이가 우리에게 어떻게 해야겠냐고 물었다면, 우리도 똑같은 말로 충고했을 거예요. 제 안전, 도시 소비에트에서 제공한 안전하고 참을 수 있을 만한 주거 조건 등이 바로 남편이 몰래 우리를 보살피고 있다는 간접적인 증거라고 당신도 역시 말씀하실 테지요! 아무리 그래도 선생님께서는 제게 그걸 납득시키지 못하실 거예요. 이곳에, 아주 가까이에 있으면서 우리를 보고 싶다는 유혹을 이겨 낸다는 거요! 이건 제 머리로는 도무지 납득이 되지 않네요. 제 이해력을 넘어서는 일이에요. 저로서는 도저히 도달할 수 없는 무엇인가이고, 삶이 아니라 무슨 로마 시민의 덕행, 최근의 지혜 중 하나 같은 거예요. 그런데 저는 선생님의 영향을 받아 어느새 선생님의 말을 따라 하기 시작하네요. 저라면 그걸 원하지 않을 거예요. 저는 선생님과 생각이 달라요. 뭔가 중요하지 않은 미묘한 부분을 우리는 비슷하게 이해하고 있죠. 그러나 폭넓은 의미를 지닌 문제들, 삶의 철학에서는 우리가 적이라고 하는 게 더 맞아요. 그나저나 스트렐니코프 얘기로 돌아가죠.

그이는 지금 시베리아에 있고, 선생님 말씀이 옳아요. 제게도 그이를 비난한다는 소문이 들렸고, 그로 인해 제 마음이 다 서늘하답니다. 지금 그이는 시베리아의 아주 진보적인 구역 중 한 곳에서, 한 마당에서 놀던 옛 친구이자 나중에는 전선에서도 전우였던 가련한 갈리울린에게 패배를 안기고 있어요. 그이의 이름과 우리가 결혼한 사이라는 것을 갈리울린이 모르지 않았어요. 갈리울린은 스트렐니코프라는 이름만 듣고도 불같이 화를 내고 흥분하면서도 이루 말할 수 없는 섬세함으로 제게는 그걸 안다는 걸 눈치채지 않게 했답니다. 그러니까 지금 그이는 시베리아에 있어요.

　남편이 여기 있을 때(남편은 이곳에 오래 머물렀고, 그동안 선생님이 보았던 바로 그 철도 객차에서 살았답니다) 저는 우연히 예기치 않게, 어떻게 해서든 그이와 마주쳐 보려고 온갖 애를 다 써봤답니다. 예전에 제헌 의회 군대, 그러니까 코무치의 군사 관리국이 있던 곳에 자리 잡은 사령부에 그이가 가끔 들른 적이 있었어요. 이상한 운명의 장난이지요. 사령부로 들어가는 입구는, 제가 다른 사람을 봐달라고 부탁하러 다닐 때 갈리울린이 저를 맞이하던 바로 그 별채에 있었어요. 예를 들면 사관 학교 건물에서 떠들썩한 사건이 있었는데, 사관생도들이 매복해 있다가 마음에 들지 않는 선생들을 볼셰비즘을 추종한다는 이유로 총살했어요. 혹은 유대인에게 박해와 구타가 시작될 때였어요. 그런데 도시 주민이고 지적 노동을 하는 사람이라면, 우리 지인의 절반이 유대인이잖아요. 끔찍하고 추악한 일이 시작된 유대인 학대 지역에서 당황과 수치와 안타까움 외에 무거운 이중성의 감각이 우리를 쫓아다녔는데, 우리가 품은 동정심은 절반은 머리로만 느낀 것이었고, 진실하지 않은 불쾌한 앙금을 남기는 것이었어요.

우상 숭배의 멍에에서 인류를 해방시키고, 이제 사회악에서 인류를 해방시키는 데 자신을 헌신하는 수많은 사람이 자신으로부터 자신을 해방시키는 데는, 그리고 의미를 상실하고 시대를 다한 명분에 충성하는 것으로부터 자신을 해방시키는 데는 무기력하네요. 자기 자신을 극복하지도 못하고요. 그들 자신이 나머지 사람들의 종교적 기초를 놓았으니, 만일 나머지 사람들을 더 잘 안다면 더 가까울 텐데도 그들은 흔적 없이 그들 사이에 녹아들지도 못하네요.

아마도 탄압과 박해가 무익하고 파멸적인 허세, 재앙만 가져오는 이 수치스럽고 사욕 없는 고립을 어쩔 수 없이 강요할 테지만, 이 안에는 내적인 노쇠, 수 세기에 걸친 역사적 피로감이 있는 거예요. 저는 이 사람들의 아이러니한 자기 격려, 빈한하고 평범한 이해력, 대범하지 않은 상상력이 싫어요. 늙었다고 말하는 노인, 병 이야기를 하는 환자의 대화처럼 짜증스럽네요. 제 말에 동의하세요?」

「그런 생각은 해보지 않았습니다. 제게 고르돈이라는 친구가 있는데, 그 친구가 같은 견해를 가졌지요.」

「저는 파샤를 보려고 찾아갔어요. 그이가 들어가거나 나갈 때 보겠다는 희망으로요. 한때 그 별채에 주지사급 장군의 사무실이 있었어요. 지금은 문에 〈민원실〉이라는 팻말이 적혀 있더군요. 혹시 보셨나요? 우리 도시에서 가장 아름다운 장소예요. 문 앞 광장에는 포석이 깔려 있지요. 광장을 지나면 도시 공원이 있고요. 불두화나무, 단풍나무, 산사나무가 심어져 있고요. 인도 위 민원인들 사이에 서서 한참을 기다리곤 했어요. 물론 막무가내로 접수 창구로 쳐들어가지도 않았고, 아내라고 말하지도 않았어요. 성이 다르니까요. 그래요, 이럴 때 마음의 목소리가 무슨 소용이 있겠어요? 그들에게는 전혀 다른 원칙이 있는데요. 예를 들면 그의 친아버지는 파벨 페란폰토비치 안티포프인데, 노동자 출신으로 과거에 정치범으로 유형을 당했었죠. 어딘가 이곳 국도에서 가까운 재판부에서 일하고 있어요. 자기가 예전에 유형 생활을 했던 장소에서요. 그분의 친구인 티베르진도 똑같아요. 혁명 재판소의 일원이지요. 그러니 어떻게 생각하세요? 아들은 아버지에게도 자신을 밝히지 않고, 아버지도 마땅히 그래야 한다고 생각하면서 기분 나빠하지 않아요. 일단 아들이 자신을 숨긴다면 그걸 알려고 해서는 안 된다는 거지요. 그들은 목석이지 사람이 아니에요. 원칙과 규율뿐인.

그리고 마침내 제가 아내라는 것을 증명한다손 치더라도 그게 중요하다고 생각할까요? 아내에게 관심이나 있을까요? 그런 게 가능한 시대인가요? 세계의 프롤레타리아트니 우주의 개조니 하는 건 차원이 다른 이야기이니, 저는 이해가 돼요. 거기서는 아내처럼 두 발을 가진 개별적인 어떤 것은, 휴, 가장 하찮은 벼룩이나 마찬가지인 거예요.

부관이 돌아다니면서 심문을 했어요. 몇 사람은 들여보내더군요. 저는 성을 대지 않았고, 무슨 일이냐는 질문에 개인적인 일이라고 대답했어요. 가망 없는 일로 거절당할 게 뻔했어요. 부관은 의심쩍다는 듯이 훑어보면서 어깨를 으쓱하더라고요. 그렇게 남편을 한 번도 보지 못했어요.

남편이 우리를 싫어해서 피한다고, 기억하지 못한다고 생각하세요? 오, 정반대예요! 저는 그 사람을 잘 알아요! 감정이 너무 넘쳐서 그러는 거예요! 그는 빈손으로 돌아오지 않고 모든 영광 가운데 승리자로 돌아오기 위해 모든 전쟁의 월계관을 우리 발밑에 바쳐야 한다고 생각하는 거예요. 우리에게 불멸을 선사하려고, 우리의 눈을 부시게 하려고! 꼭 아이 같아요!」

카텐카가 다시 방 안으로 들어오자, 라리사 표도로브나는 곤혹스러워하는 소녀를 들어 올려 흔들며 간지럼도 태우고 숨이 막히게 꼭 안아 주기도 했다.

16

유리 안드레예비치는 말을 타고 시내에서 바리키노로 돌아왔다. 그는 이 장소를 수도 없이 지나다녔다. 그는 길에 익숙하다 보니 무감각해져서 심지어는 신경도 쓰지 않았다.

그는 바리키노로 이어지는 직로와 사크마강 어촌 바실리엡스코예 쪽 샛길이 갈리는 숲의 교차로로 다가갔다. 길이 갈라지는 지점에 농기구 광고가 걸린, 주변에서 세 번째 기둥이 서 있었다. 이 교차로 근처에서 의사는 늘 석양을 맞이하곤 했다. 지금도 역시 저녁이 되어 가고 있었다.

시내를 다니던 어느 날 저녁에 그는 집으로 돌아가지 않고 라리사 표도로브나의 집에 머문 후, 집에는 일이 있어서 시내에 남아 삼데뱌토프의 여인숙에 머물렀다고 말한 지가 벌써 두 달도 더 되었다. 그가 안티포바와 말을 놓고 그녀를 라라라고 부르고, 그녀가 그를 지바고라고 부르게 된 지도 이미 오래전이었다. 유리 안드레예비치는 토냐를 속이고, 점점 더 심각하고 용납되지 않는 일을 그녀에게 숨겼다. 이것은 정말 있을 수 없는 일이었다.

그는 토냐를 숭배할 정도로 사랑했다. 그녀의 평화로운 영혼, 그녀의 평온은 그에게 세상의 그 무엇보다도 소중했다. 그는 그녀의 친아버지보다, 그녀 자신보다도 더 그녀의 명예를 지켜 주기 위해 산처럼 버티고 서 있었다. 그녀의 상처받은 자존심을 지키기 위해 그는 그녀를 모욕한 사람을 자기 손으로 찢어 죽일 수도 있었다. 그런데 자신이 바로 그런 사람이었다.

집에서 가족과 함께 있을 때면 그는 자신이 들키지 않은 범죄자처럼 느껴졌다. 식구들이 모른다는 것이, 그들의 익숙한 상냥함이 그를 죽도록 힘들게 만들었다. 담소가 한창일 때면 문득 자신의 죄가 생각나서 그는 몸이 굳어지고, 주변에서 무슨 말을 하는지 듣지도 이해하지도 못할 때가 있었다.

만일 밥을 먹다가 그런 마음이 들면 넘긴 음식물 조각이 목에 걸려 수저를 옆에 내려놓고 그릇을 밀어 냈다. 눈물이 그를 숨막히게 했다. 「무슨 일이야?」 토냐가 당혹스러워했다. 「시내에서 무슨 나쁜 소식을 들은 거야? 누가 잡혀갔대? 아니면 총살을 당했대? 말해 봐. 내가 좌절할까 봐 걱정하지 말고. 당신 마음이 나아질 거야.」

토냐보다 누군가를 더 좋아해서 그가 토냐를 배신한 것일까? 아니다, 그는 아무도 선택하지 않았고, 비교하지도 않았다. 〈자유연애〉 사상, 〈감정의 권리와 요구〉 같은 단어들은 그에게 낯선 것이었다. 그런 것을 말하고 생각한다는 것이 저속하게 여겨졌다. 살면서 그는 〈쾌락의 꽃〉을 꺾은 적도, 자신을 반은 신적인 존재나 초인으로 여긴 적도 없었으며,[29] 자신을 위해 특혜와 특권을 요구한 적도 없었다. 그는 더러워진 양심의 가책으로 인해 기운을 잃어 갔다.

앞으로 무슨 일이 일어날까? 그는 때때로 자신에게 이렇게 묻고는 답을 찾을 수 없어서 뭔가 있을 수 없는 일, 예견할 수 없지만 해결책을 줄 상황의 개입에 희망을 걸었다.

하지만 지금은 그렇지 않았다. 그는 억지로 묶인 타래를 끊기로 결심했다. 그는 준비된 해결 방안을 집으로 가져가고 있었다. 그는 토냐에게 모든 것을 고백하고 용서를 구한 후, 라라와 더 이상 만나지 않을 작정이었다.

사실 모든 일이 순조롭지만은 않았다. 그가 보기에 라라와 영원히, 앞으로 영영 관계를 끊는다는 게 충분히 명확하게 전달되지 않은 것 같았다. 오늘 아침에 그는 모든 것을 토냐에게 밝히고 싶다는 바람과 그들이 더 이상 만날 수 없다고 라라에게 선언했지만, 어쩐지 지금 그는 지나치게 약하게, 충분히 단호하게 말하지 않은 것 같다는 생각이 들었다.

29 레르몬토프의 소설 『우리 시대의 영웅』에 나오는 모티브이다.

라리사 표도로브나는 고통스러운 장면으로 유리 안드레
예비치를 괴롭히고 싶지 않았다. 그녀는 그렇지 않아도 그가
얼마나 힘들어하는지 잘 알고 있었다. 그녀는 가능한 한 침
착하게 그가 하는 말을 들으려고 애썼다. 그들의 대화는 쿠
페체스카야 거리 쪽으로 난, 라리사 표도로브나가 쓰지 않는
옛 주인의 빈방에서 이루어졌다. 그 시각에 반대편 조각상들
이 있는 집의 석상 조각 얼굴에서 빗물이 흘러내리듯, 라라
의 뺨에도 그녀가 자각하지도 의식하지도 못하는 눈물이 흘
러내렸다. 그녀는 너그러움을 전혀 가장하지 않고 진심으로
이렇게 조용히 말했다. 「당신이 더 낫다고 생각하는 대로 해
요, 나는 상관하지 말고. 난 다 이겨 낼 거예요.」 그녀는 자신
이 우는 것도 몰랐고, 눈물을 닦지도 않았다.

라리사 표도로브나가 자신의 말을 잘못 이해하고 있고 거
짓된 희망을 품도록 그녀를 오해 속에 남겨 두고 왔다는 생각
에, 다 하지 못한 말을 마저 하고, 무엇보다 현재의 헤어짐이
평생에 걸친 영원한 이별인 것에 더 어울리도록 더 열정적으
로 더 부드럽게 그녀와 헤어지기 위해 그는 방향을 돌려 시내
로 말을 몰고 가고 싶었다. 그러나 그는 억지로 마음을 다잡
고 계속 앞으로 나아갔다.

해가 저물어 감에 따라 숲은 추위와 어두움으로 가득 채워
졌다. 숲에는 목욕탕 탈의실 입구에 들어갔을 때 나는 증기
를 머금은 싸리비의 습한 낙엽 냄새가 진동했다. 모기 떼가
똑같은 음으로 귀청을 쑤시듯 가늘게 윙윙 합창을 하며, 마
치 물 위에 뜬 부유물처럼 공기 중에 길게 죽 매달려 있었다.

유리 안드레예비치는 이마와 얼굴을 셀 수 없이 두드려 모기를 잡았는데, 손바닥으로 땀에 젖은 몸을 철썩철썩 때리는 낭랑한 소리는 말을 탈 때 나는 나머지 소리들, 즉 말안장 가죽이 삐걱대는 소리, 질퍽거리는 진창을 달리는 무거운 말발굽 소리, 말의 창자에서 방출되는 마른 방구 소리와 놀라울 정도로 잘 어우러졌다. 석양이 머문 저 먼 곳에서 문득 꾀꼬리 소리가 울렸다.

〈기상! 기상!〉 꾀꼬리가 외치며 설득했고, 그 소리는 거의 부활절 전에 〈나의 영혼아, 나의 영혼아! 일어나라, 어째서 잠들어 있는가!〉[30]라고 찬송하는 소리와 비슷했다.

문득 아주 단순한 생각이 유리 안드레예비치의 마음에 떠올랐다. 무엇 때문에 서두르지? 그는 자신에게 한 약속을 번복하지 않을 것이다. 털어놓기는 할 것이다. 그렇지만 그게 오늘이어야 한다고 어디에 나와 있는가? 아직 토냐에게는 아무 말도 하지 않았다. 다음번까지 설명을 미룬다고 해서 늦는 것도 아니다. 그동안 다시 한번 시내를 다녀오면 된다. 라라와의 대화는 모든 고통을 상쇄할 만큼 하고픈 말을 깊게 진심으로 다 하는 것이 될 것이다. 오, 얼마나 좋은 일인가! 얼마나 멋진 일인가! 이런 생각이 이전에 그의 머리에 떠오르지 않았다는 게 놀라울 정도이다!

안티포바를 또다시 만날 수 있다는 생각에 유리 안드레예비치는 기뻐서 정신을 잃을 지경이었다. 그의 심장이 요동치기 시작했다. 다시 그는 온통 상상의 나래를 펼쳤다.

30 사순절에 러시아 정교회에서 부르는 찬송이다.

교외의 통나무로 만들어진 골목길과 목재 보도블록. 그는 그녀에게 간다. 이제 노보스발로치니, 그 텅 빈 공터에서 도시의 목재 보도블록 구역이 끝나고, 석재 보도블록이 시작된다. 책장을 빨리 넘길 때 검지가 아니라 책의 절단면을 따라 엄지로 책 전체를 죽 넘길 때처럼 교외의 작은 집들이 옆을 휙휙 스쳐 지나간다. 호흡이 가빠진다! 바로 저곳에 저 끝에 그녀가 산다! 저녁이 되자 비 갠 하늘에서 하얀 빛줄기가 내려온다. 그녀에게 가는 길옆에 낯익은 이 작은 집들을 그가 얼마나 사랑하는지! 땅에서 그 집들을 두 손으로 들어 올려 키스를 퍼붓고 싶구나! 지붕을 가로질러 모자를 푹 눌러쓴 듯 외눈박이가 된 다락방들! 웅덩이에 딸기처럼 투영된 램프의 불빛들! 거리에 비구름을 품은 하늘을 가로지른 저 하얀 띠 아래! 그곳에서 그는 또다시 하느님이 창조한 그 아름답고 하얀 여인을 창조주의 손에서 선물로 받게 될 것이다. 어두운 옷을 입은 사람이 문을 열 것이다. 그리고 북녘의 밝은 밤처럼 어느 누구에게도 속하지 않는 침착하고 냉정한 그녀가 가까이 있다는 기대가 어둠 속에서 모래사장을 향해 달려오는 첫 파도처럼 그를 맞으러 달려올 것이다.

유리 안드레예비치는 고삐를 버리고 안장에서 몸을 앞으로 굽혀 말의 어깨를 안고는 갈기에 머리를 파묻었다. 이 부드러운 동작을 힘껏 달리라는 뜻으로 받아들인 말은 전속력으로 달리기 시작했다.

말발굽이 땅에 닿을 듯 말 듯하며 유연하게 질주하고, 땅이 계속해서 말발굽에서 떨어지며 뒤로 멀어지는 사이, 유리 안드레예비치의 귀에는 기쁨으로 고동치는 심장 박동 말고도 환청이 아닌가 싶은 어떤 비명 소리가 들려왔다.

가까이에서 들리는 총성이 그의 귀를 멍하게 만들었다. 의사는 고개를 들어 고삐를 잡아당겼다. 전속력으로 달리던 말은 안짱다리를 하며 옆으로 몇 걸음 도약하더니 뒷걸음질을 치고 뒷발로 서려는 듯 엉덩이를 내리고 섰다.

앞에서 길은 두 갈래로 나뉘었다. 길 근처에서 광고 간판 〈모로와 베트친킨, 파종기, 탈곡기〉가 석양을 받으며 빛났다. 무장한 세 사람이 길을 가로막으며 말을 타고 서 있었다. 기관총 총알 띠를 십자 모양으로 두르고 교복 모자에 재킷을 입은 김나지움 학생과, 장교 외투를 입고 차양 없는 모자를 쓴 유격대원, 가면무도회 변장처럼 누빈 바지와 솜옷을 입고 테가 넓은 신부 모자를 낮게 눌러쓴 뚱보가 그들이었다.

「꼼짝 마시오, 의사 동지.」 세 사람 중에서 제일 나이가 많은 양피 모자를 쓴 유격대원이 또렷하고 평온하게 말했다. 「말을 잘 들으면 전혀 해를 당하지 않는다고 보장하죠. 반항하는 경우엔, 화내지 마시오, 총을 쏠 겁니다. 우리 부대의 간호사가 죽었소. 선생을 의료 종사자로 강제 동원합니다. 말에서 내려 젊은 친구에게 고삐를 주시오. 다시 상기시켜 드리죠. 도주할 생각을 조금이라도 하면 봐주지 않을 겁니다.」

「당신은 미쿨리친의 아들 리베리, 레스니흐 동지인가요?」

「아니요, 나는 그 사람의 연락 담당인 카멘노드보르스키요.」

제10부

가도(街道)에서

1

도시와 마을, 역참 마을¹이 있었다. 크레스토보즈드비젠스크 시, 오멜치노 카자크 마을,² 파진스크, 티샤츠코예, 야글린스코예 신촌(新村),³ 즈보나르스카야 상공 마을,⁴ 볼노예 역참 마을, 구르톱시키, 케젬스카야 개간지, 카제예보촌, 쿠테이니 시장 마을, 말리 예르몰라이 마을.

아주 오래된, 시베리아에서 가장 오래된 우편 마차 가도(街道)가 이 도시들을 가로질러 깔려 있었다. 이 가도는 마치 빵을 칼로 자르듯 주요 도로로 도시를 갈랐고, 바둑판 모양으로 늘어선 오두막들을 멀리 뒤에 던져 놓고 궁형 혹은 갈고리 모

---

1 여행객들이 묵으며 말을 갈아타던 시골 마을을 일컫는다.
2 카자크병들이 모여 사는 마을이다.
3 큰 마을을 떠난 이주민들이 새로 만든 마을이다.
4 영주로부터 해방되어 국가가 부여하는 직업에 종사하게 된 마을이다. 상업, 도자기, 대장장이 마을 등으로 나뉜다. 20세기 초에는 성당이 하나 이상이고 시장이 있고, 상공에 종사하는 마을로 경작하는 농민이 없는 마을을 일컬었다.

양으로 갑작스럽게 휘돌며 뒤도 돌아보지 않고 촌락들을 가로질렀다.

호다츠코예를 지나는 철도가 건설되기 전, 먼 옛날에는 세 필의 말이 끄는 역마차가 이 가도를 질주했다. 한편으로는 차와 빵, 공장에서 만든 철제 공예품을 실은 짐마차가 다녔고, 다른 한편으로는 죄수의 일단이 도보로 호송되었다. 철로 된 수갑이 일제히 철컹거리는 소리를 울리며 파멸한 사람, 절망한 사람, 하늘의 번개처럼 무시무시한 사람들이 보조를 맞추어 걸었다. 인적을 허락하지 않는 어두운 숲이 사방에서 웅성거리는 소리를 냈다.

가도는 한 가족처럼 살았다. 도시끼리, 마을끼리 서로를 잘 알았고, 서로 인척 관계였다. 철도와 가도가 만나는 호다츠코예에는 증기 기관차 수리소, 철도 부속 기계 시설이 있었고, 노동자 숙소에서 조밀하게 살던 가난한 빈민들은 불행한 삶을 살다가 병들어 죽어 갔다. 기술 지식이 있는 정치 유형수들은 노역장을 벗어난 후 수리소에 들어가서 이곳에 정착했다.

이 선로를 따라 처음에 만들어졌던 소비에트는 오래전에 전복되었다. 시베리아 임시 정부가 잠시 권력을 잡았지만, 지금은 전 지역이 최고 통치자인 콜차크[5]의 권력하에 넘어간 상태였다.

5 Aleksandr Kolchak(1874~1920). 러시아 제국의 군인이자 정치가. 1917년 2월 혁명 후 임시 정부를 지지하고 볼셰비키에 반대했다. 1918년 시베리아 지역 정부(백군)의 일원이 되고, 군사 쿠데타로 독재 권력을 지닌 국가의 수장으로 임명되어 최고 통치자의 칭호를 얻었다. 지역 정부가 친볼셰비키 진영에 접수된 후 처형당했다.

2

선로 구간 중 한 곳의 길은 한참 동안 산으로 올라갔다. 멀리까지 펼쳐진 전망이 점점 더 넓어졌다. 오르막과 넓어지는 지평선은 끝이 보이지 않는 것 같았다. 말과 사람들이 지쳐서 숨을 고르기 위해 멈췄을 때는 오르막도 끝이 났다. 앞에 있는 다리 아래로 케즈마강이 빠르게 질주했다.

강 너머 더 가파른 정상에는 보즈드비젠스키 수도원의 벽돌담이 보였다. 아래쪽 길은 수도원의 산비탈을 휘감아 외진 뒷마당 사이의 모퉁이를 몇 바퀴 돌아 도시로 파고들었다.

그곳에서 길은 중앙 광장에 있는 수도원 소유지의 한 귀퉁이를 다시 한번 점유했고, 녹색 칠이 된 철제 대문은 중앙 광장을 향해 활짝 열려 있었다. 반원형 화환으로 장식된 정문 입구 아치에는 금박의 글씨로 새겨 놓은 글이 성상화(聖像畵)를 테두리처럼 두르고 있었다. 〈생명을 주시는 십자가를 즐거워하라, 패배를 모르는 경건함의 승리여.〉

겨울이 끝나 가고, 사순절[6]의 막바지인 수난 주간[7]이었다. 해빙의 시작을 알리며 길에 쌓인 눈이 검은빛을 띠었고, 지붕에는 아직 하얀 눈이 높은 모자처럼 빽빽이 쌓여 있었다.

보즈드비젠스키 종탑의 종지기에게 올라간 소년들에게 아

---

6 예수 그리스도의 수난을 기억하며 육류와 유제품 등을 먹지 않는, 부활절 전 40일간의 금식 주간을 말한다.

7 사순절의 마지막 주간으로 예수 그리스도의 수난, 십자가에 못 박힘을 기억하는 일주일을 말한다. 수난 주간이 끝나는 날 바로 다음 날 주일이 부활절이다.

래에 있는 집들은 뒤집어진 한 무더기의 작은 성냥갑과 궤짝처럼 보였다. 점처럼 작고 검은 사람들이 그 집을 향해 다가갔다. 종탑에서는 움직이는 모습을 보고도 몇 사람을 알아볼 수 있었다. 집으로 다가간 사람들은 벽에 나붙은, 세 가지 순번 연령층의 징집에 관한 최고 통치자의 칙령을 읽고 있었다.

3

밤은 예기치 못한 변화를 많이 가져왔다. 이 시기에 흔치 않게 날씨가 따뜻해졌다. 보슬비가 내렸는데, 어찌나 빗줄기가 가늘던지 빗방울이 땅에 닿지 않고, 마치 습기를 가득 머금은 안개가 공기 중에 떠다니는 것 같았다. 그러나 그렇게만 보일 뿐이었다. 주룩주룩 흘러내리는 따뜻한 물줄기만으로도 땀이라도 흘리듯 온통 번들거리며 까매진 흙에서 눈을 깨끗이 씻어 내기에 충분했다.

새싹으로 뒤덮인 키 작은 사과나무는 신비한 모습으로 정원 밖 담장 너머 거리로 가지를 내밀었다. 빗방울이 그 가지에서 앞다퉈 목재 보도로 떨어졌다. 북을 치듯 떨어지는 빗방울 소리가 도시 전체에 울려 퍼졌다.

사진관 앞마당에서 쇠사슬에 묶인 강아지 토미크가 아침까지 낑낑거리며 크게 짖어 댔다. 개 짖는 소리에 예민해졌는지 갈루진 집의 정원에서는 까마귀들이 깍깍 울어 댔다.

도시 아랫동네에 있는 상인 류베즈노프 집으로 짐마차 세대가 들어갔다. 그는 이것은 실수라고, 자기는 이런 물건을 주문한 적이 없다고 마차 들이기를 거부했다. 영리한 마부들은 시간이 늦었다는 이유를 대며 하룻밤 자게 해달라고 간청했다. 상인은 욕설을 퍼부으며 그들을 내치고 문도 열어 주지 않았다. 그들의 말다툼 소리 역시 온 도시에 울려 퍼졌다.

교회 시계[8]에 따르면 제7시, 일반 시계에 따르면 새벽 1시에 보즈드비젠스키 수도원의 가장 무겁고 거의 흔들림 없는 종에서 조용하고 희미하고 달콤한 종소리가 흘러나와 습한 빗물과 뒤섞이며 공기 중에 파도처럼 밀려 나갔다. 파도가 강가에서 밀려 나와 가라앉듯, 그리고 범람 시기에 물에 씻긴 땅덩어리가 강에 녹아내리듯 종소리가 종을 떠났다.

성목요일의 밤, 열두 복음서의 예배[9]가 있는 날이었다. 그물 조직의 장막 같은 빗물 깊은 곳에서 거의 보일 듯 말 듯한 불빛과, 그 불빛을 받은 이마와 코, 얼굴들이 움직이며 떠다녔다. 경배하러 온 이들이 아침 예배에 들어왔다.

15분이 지나자 보도를 따라 가까이 다가오는 발자국 소리가 들리기 시작했다. 그것은 이제 막 시작된 아침 예배에서 집으로 돌아가던 상점 여주인 갈루지나였다. 그녀는 머리에 스카프를 두르고 외투 단추를 푼 채 이리저리 뛰어가기도 하고 멈춰 서기도 하면서 고르지 못한 발걸음으로 걷고 있었다.

---

8 교회에서의 시간표는 유대인의 관례에 따라 정해진다. 하루는 해 질 녘인 오후 6시에 시작된다.

9 성목요일은 최후의 만찬, 가롯 유다의 배반, 예수 그리스도의 체포를 기억하는 날이다. 성목요일 밤에는 성금요일 아침 예배 때 예수 그리스도의 수난과 십자가에 못 박힘을 담은 4복음서의 열두 곳을 읽는다.

그녀는 몸이 좋지 않아 숨 막힐 듯한 교회에서 바깥으로 나왔지만, 미사 시간 끝까지 있지 못하고 2년째 예배를 제대로 드리지 못한 것에 부끄러움과 안타까움을 느꼈다. 그러나 그것 때문에 슬픈 것은 아니었다. 병력 강제 동원에 대해 여기저기 붙어 있는 칙령이 그녀를 괴롭혔다. 그녀의 불쌍한 바보 아들 테레샤가 그 칙령에 해당되는 나이였던 것이다. 그녀는 머리에서 그 불만을 털어 냈지만, 어둠 속에서 여기저기 하얗게 붙어 있는 공고문이 아들을 기억나게 했다.

집은 모퉁이 너머 손 닿을 거리에 있었지만, 그녀는 바깥에 있는 것이 더 나았다. 그녀는 바깥에 더 있고 싶었고, 갑갑한 집에 들어가고 싶지 않았다.

슬픈 생각이 그녀를 사로잡았다. 만일 그녀가 그 생각들을 순서대로 소리 내어 되뇔 마음이었다면 새벽이 될 때까지 말도 시간도 부족했을 것이다. 이곳 거리에 나오자 불쾌한 생각들이 한 덩어리가 되어 그녀에게 날아들었지만, 수도원의 한 구석에서 광장의 한 모퉁이까지 두세 번 정도 도는 몇 분 사이에 그녀는 모든 생각을 털어 버릴 수 있었다.

부활절이 코앞이었지만 집에는 한 사람도 없었고, 그녀를 혼자 남겨 두고 모두 밖으로 나갔다. 이런 게 혼자가 아니면 뭐란 말인가? 물론 혼자였다. 양녀인 크슈샤를 염두에 두지 않으면 그랬다. 과연 그 아이는 누구인가? 아무도 모르는 남이 아닌가. 어쩌면 그 아이는 친구일 수도, 적일 수도, 비밀의 경쟁자일 수도 있었다. 그 아이는 남편이 첫 결혼에서 얻은 딸로, 남편 블라수시카의 양녀였다. 그런데 혹시 양녀가 아니라 사생아라면? 혹여 딸이 아니라 전혀 다른 종류일 수도 있다! 과연 남자의 영혼을 어떻게 알 수 있단 말인가? 하지만 아이는 흠잡을 만한 것이 전혀 없었다. 똑똑하고 아름답고 모범적인 아이다. 바보 테레시카[10]보다도 양부보다도 훨씬 더 똑똑하다.

모두들 어디로 갔는지 그녀를 버리고 뿔뿔이 흩어져서 그녀는 부활절 전야에 이렇게 홀로 있게 되었다.

남편 블라수시카는 역로를 따라 신병들에게 연설을 하며 전쟁터의 위업에 부름 받은 자들에게 송별사를 하러 돌아다녔다. 바보 같으니, 친아들이나 좀 더 신경 쓰고 치명적인 위험에서 보호해 주면 좋으련만.

아들 테레샤 역시 대축일 전야에 참다못해 도주하고 말았다. 그는 이런저런 일을 겪은 후에 좀 놀면서 위안을 찾으려고 쿠테이니 시가지에 사는 친척집으로 황급히 달아났다. 소년은 실업 학교[11]에서 쫓겨났다. 학업 중 2년에 한 번씩 유급을 했고, 8학년 때는 가차 없이 제적을 당한 것이다.

아, 이 얼마나 답답한 노릇인가! 오, 주여! 어째서 이렇게 형편이 없는지, 그냥 맥이 탁 풀린다. 아무것도 손에 잡히지 않고, 살고 싶지도 않다! 어째서 일이 이렇게 되어 버린단 말인가? 이게 혁명 탓인가? 아니다, 아, 아니다! 이 모든 게 전쟁 탓이다. 전쟁으로 꽃다운 남자들은 다 죽고 하나같이 아

10 테레시카, 테레샤는 테렌티라는 이름의 애칭이다.
11 1864년부터 실업 중학교가 창설되었고, 1872년부터 실업 학교로 개편되었다. 수학, 물리, 생물 교육을 위주로 했다.

무짝에도 쓸모없는 퇴물만 남았다.

청부업자인 아버지, 아버지의 집에서도 그랬던가? 아버지는 술도 마시지 않고, 학식도 있고, 가산도 풍족했다. 그리고 두 자매 폴랴와 올랴가 있었다. 둘은 이름이 서로 잘 어울리듯 사이도 좋았으며, 그에 못지않게 미인들이었다. 풍채 좋고 늘씬하고 눈에 띄는 목공 십장들이 아버지에게 찾아왔다. 그리고 집에서 아무 부족함을 모르고 자란 재간둥이였던 그들은 갑자기 여섯 개의 털실로 목도리를 짜기로 마음먹었다. 어찌나 목도리를 잘 짰던지, 목도리는 읍 전역에 명성이 자자했다. 그때는 모든 것, 그러니까 교회 예배, 춤, 사람들, 예의범절이 그 밀도와 정연함에서 얼마나 기쁨을 주었던지, 가족이 평범한 농부와 노동자 신분인 소시민이라는 게 어울리지 않을 정도였다. 러시아 역시 아가씨들처럼 꽃다운 시절이었기에 진짜 숭배자, 진짜 수호자들이 있었으므로 지금과는 비교도 되지 않았었다. 이제는 모든 것에서 그 빛이 사라지고, 오직 변호사와 유대인인 일반 쓰레기 같은 작자들만 지치는 기색도 없이 밤낮으로 혀를 놀려 댄다. 블라수시카와 친구들은 샴페인을 마시며 선량한 소망을 품고 옛 황금기를 되돌릴 생각을 한다. 과연 잃어버린 사랑을 되찾을 수 있을까? 그러기 위해서는 돌을 뒤집고, 산을 움직이고, 땅을 파야만 한다!

4

갈루지나는 벌써 여러 번 크레스토보즈드비젠스크 시장의 집하장까지 갔다 왔다. 거기서 그녀의 집은 왼쪽에 있었다. 그러나 그녀는 매번 생각을 바꾸어 발길을 돌려 다시 수도원에 면해 있는 막다른 골목으로 들어가곤 했다.

집하장은 큰 들판만 했다. 예전에는 농부들이 그곳에 장이 서는 날마다 자신의 수레를 죽 세워 놓곤 했었다. 광장은 한 끝으로 엘레닌스카야 거리 끝에 면해 있었다. 굽은 궁형 광장의 다른 쪽에는 1층 혹은 2층짜리의 크지 않은 건물들이 들어서 있었다. 건물은 모두 헛간, 사무소, 상거래 장소, 수공업자들의 제작소로 채워져 있었다.

평화롭던 시절에 이곳에서는 활짝 열린 넓은 네 짝 철문의 문지방 옆에서 곰 같은 난폭자이자 여성 혐오자인 브류하노프가 안경을 끼고 옷자락이 긴 프록코트를 입고 싸구려 잡지를 읽으면서 의자에 근엄하게 앉아 가죽과 타르, 바퀴와 마구, 귀리와 건초를 팔곤 했었다.

이곳의 작고 어슴푸레한 창문턱에 마련된 진열장에는 리본과 꽃다발로 장식된 두 쌍의 결혼식용 초가 든 마분지 상자 몇 개가 몇 년째 먼지를 뒤집어쓰고 있었다. 창틀 너머에 첩첩이 쌓인 둥근 밀초 말고는 가구도, 상품의 흔적도 없는 텅 빈 방에서는 어디에서 사는지 알 수도 없는 백만장자 양초업자의 대리인이 고무, 밀초, 양초를 수천 번이나 흥정했다.

이곳 상점 거리 중간에는 창문이 세 개 달린, 식민지에서 수입한 상품을 판매하는 갈루진의 커다란 잡화상이 위치해 있었다. 이 상점에서는 칠하지 않아 갈라진 바닥을, 점원과 주인이 하루 종일 헤아릴 수 없이 마시며 수도 없이 우려내어 묽어진 차로 하루에 세 번씩 닦아 냈다. 젊은 여주인은 기꺼운 마음으로 자주 카운터 뒤에 앉았다. 그녀가 좋아하는 색은 연보라색, 보라색으로 교회의 특별히 화려한 의복, 만개하지 않은 라일락색, 그녀의 가장 좋은 벨벳 원피스 색깔, 그녀 식당의 포도주 빛 창문 색깔이었다. 그녀에게 행복의 색깔, 추억의 색깔, 쇠퇴한 혁명 이전 처녀 시절의 러시아의 색깔도 역시 밝은 라일락색 같았다. 유리병에 담긴 녹말과 설탕과 건포도로 만든 짙은 보랏빛 캐러멜 향기를 풍기는 그곳의 보랏빛 어두움이 그녀가 좋아하는 색과 잘 어울렸기 때문에 그녀는 상점 카운터 뒤에 앉는 것을 좋아했다.

이곳 한구석에는 목재 창고와 나란히, 오래 써서 낡은 여행 마차처럼 사방에 금이 가고 낡은 데다 엷은 널빤지로 지어진 회색 2층집이 있었다. 그 집은 네 개의 아파트로 이루어져 있었다. 건물에는 정면의 양쪽 구석에 두 개의 입구가 있었다. 아래층의 왼쪽 절반은 잘킨트의 약국이 차지했고, 오른쪽 절반은 공증인 사무실이었다. 약국 위에는 가족이 많고 나이 먹은 여성용 의복 재봉사 시물레비치가 살았다. 재봉사의 집 맞은편, 공증인 사무실 위에는 입구 문을 뒤덮은 간판과 문패가 말해 주듯 직업도 다양한 세입자가 뒤죽박죽으로 자리를 잡고 있었다. 이곳에서는 시계 수리도 했고, 제화공이 주문도 받았다. 동업자인 주크와 시트로다흐가 사진관을 운

영했고, 카민스키의 판각 작업실도 이곳에 있었다.

집이 사람들로 붐비는 것을 고려하여 사진사의 젊은 조수인 수정사 세냐 마깃손과 대학생 블라제인은 마당에 있는 장작 창고 접수실에 일종의 암실을 차렸다. 사무실 창턱에서 희미하게 깜빡이는 붉은 현상용 램프의 사악한 눈으로 미루어 보아, 그들은 지금 이곳에 앉아 있는 모양이었다. 창턱 밑에는 쇠사슬에 묶인 강아지 토미크가 엘레닌스카야 거리 전역에 울리도록 깨갱대며 앉아 있었다.

〈유대 장로회로 인해 다 엉망이 됐어.〉 회색 집을 지나며 갈루지나가 생각했다. 〈가난과 더러움의 소굴이야.〉 그러나 곧바로 그녀는 블라스 파호모비치[12]의 유대인 혐오증이 옳지 못하다고 판단했다. 제국의 운명에 무언가 의미 있는 존재가 되기에 그들은 대수롭지 않은 존재였다. 그러나 어쩌다 이런 무질서에 혼란이 왔느냐고 노인인 시물레비치에게 묻는다면, 그는 몸을 움츠리고 얼굴을 찡그린 채 히죽 웃으며 이렇게 말할 것이다. 〈레이보치카[13]의 농간이지.〉

아, 무슨 생각을, 도대체 무슨 생각으로 머리를 싸맨단 말인가? 과연 그게 큰 문제란 말인가? 그게 걱정거리란 말인가? 문제는 도시다. 러시아는 도시로 지탱되지 않는다. 교육에 마음이 끌린 사람들은 도시의 것을 추종했지만, 그곳에 이

---

12 갈루진의 이름과 부칭이다.

13 레프 트로츠키를 말한다. 트로츠키는 1918년 3월에 육군과 해군을 위한 군사 정치 위원과 최고 군사 위원회의 의장을 만든다. 최고 군사 위원회의 의장은 내전 초기에 적군(赤軍)의 수장이었다. 갈루진은 동부 유럽 유대어인 이디시어로 트로츠키의 이름인 레이브의 지소형을 쓰고 있다.

르지는 못했다. 자신의 기슭을 벗어났지만, 다른 기슭에는 도 달하지 못한 것이다.

어쩌면 반대로 모든 잘못은 무지에 있는지도 모른다. 배운 사람은 모든 것을 꿰뚫어 보고 모든 것을 예측한다. 머리가 잘릴 때도 우리는 모자를 잃어버릴까 봐 모자를 잡는다. 마 치 어두운 숲에 있는 것 같다. 지금 교육받은 사람이 사는 게 꼭 편하다고 할 수는 없다. 빵 부족 때문에 도시에서 쫓겨나 고 있지 않은가. 한번 생각해 보라. 귀신도 곡할 노릇 아닌가.

그래도 어쨌든 우리 시골 친척들이 훨씬 낫지 않은가? 셀 리트빈 집안, 셀라부린 집안, 팜필 팔리흐, 네스토르와 판크 라트 모디흐 형제가 그렇지 않은가? 자기 손으로 일구고, 자 기가 머리이고 주인이다. 가도에 새로운 농장이 생겼고, 그 모습이 황홀할 지경이다. 각기 4만 5천 평 정도의 파종 면적 과 말, 양, 암소, 돼지들이 있다. 3년 치 곡물이 비축되어 있다. 농기구들도 볼 만하다. 수확 기계들까지 있다. 그걸 보고 콜 차크가 굽실거리며 집요하게 불러 대고, 정치 위원들도 민병 대로 꼬여 낸다. 전쟁에서 게오르기 훈장을 받은 사람들이 돌 아왔고, 곧바로 앞다퉈 교관으로 차출해 갔다. 훈장이 있든 없든 상관없이. 뭐라도 조금 알면 여기저기서 찾는 사람이 많 다. 절대로 죽을 일은 없다.

그러나 이제 집에 가야 할 때가 되었다. 여자가 할 일 없이 그냥 이렇게 오랫동안 돌아다닌다는 것 자체가 보기 좋지 않 다. 자기 집 정원에 있다면 더 좋겠지만. 기진맥진해서 진창 에 빠질 것 같다. 마음이 약간 편해진 듯하다.

온갖 생각이 뒤엉켜 완전히 실마리를 잃은 갈루지나는 집으로 다가갔다. 그러나 문지방을 넘기 전 현관 계단 앞에서 발을 터는 짧은 순간, 그녀는 또다시 온갖 생각에 사로잡히고 말았다.

그녀는 가까이에 있는 이곳 호다츠코예의 현 지도자들, 즉 수도에서 정치적인 이유로 유형을 당한 티베르진과 안티포프, 검은 깃발의 무정부주의자 브도비첸코, 이곳의 수리공인 고르셰냐 베셰니를 떠올렸다. 그들은 모두 교활한 사람들이다. 그들은 젊었을 때도 충분히 혼란을 일으켰지만, 지금도 분명 뭔가를 꾸미고 준비 중이다. 그렇지 않을 리가 없다. 그들은 평생 기계를 만지며 살아왔고, 그들 자체가 기계처럼 무자비하고 냉혹하다. 운동 셔츠 위에 짧은 재킷을 입고 다니며, 뼈로 만든 파이프에 궐련을 끼워 피우고, 전염병에 걸리지 않으려고 물을 끓여 마신다. 블라수시카에게서는 아무것도 나올 게 없을 것이다, 이들은 모든 것을 자기 식으로 뒤집고, 모든 것을 자기 식으로 처리할 것이다.

그리고 그녀는 자기 자신에 대해 깊은 생각에 잠겼다. 그녀는 자신이 훌륭하고 독특하고 젊음을 잘 유지한 똑똑한 여자이며 나쁘지 않은 사람이라고 생각했다. 그런데 이 자질 중 어느 하나도 이 촌구석에서, 어쩌면 그 어디에서도 인정받지 못했다. 바보 센테튜리하에 대한 추잡한 노래는 우랄 동쪽 전 지역에서 유명했는데, 그중 첫 소절만 적을 수 있겠다.

센테튜리하는 수레를 팔아,

그 돈으로 발랄라이카를 샀다네,

이후에는 음담패설이 나왔고, 그녀가 의심하는 바에 따르면 크레스토보즈드비젠스크에서는 그녀에 빗대어 이 노래를 부르고 있었다.

그녀는 씁쓸하게 한숨을 내쉬고 집으로 들어갔다.

5

그녀는 현관에서 멈추지 않고 털외투를 입은 채 곧바로 침실로 들어갔다. 방의 창들은 정원 쪽으로 나 있었다. 이제 밤이 되어 창문 안팎으로 그림자들이 겹치며 서로를 되풀이하고 있었다. 자루처럼 축 늘어진 커튼은 마당에 있는 검고 벌거벗은 나무들이 명료하지 않은 윤곽으로 축 늘어진 모습과 거의 비슷했다. 끝 가는 겨울에 촘촘히 짠 견직물처럼 피어오르는 밤안개는 땅을 뚫고 다가오는 봄의 짙은 보라색 열기를 데워 주었다. 방 안에서도 마찬가지로 유사한 두 요소가 비슷하게 엉겨 있었고, 다가오는 축일의 짙은 보라색 열기는 잘 털지 않아 먼지가 가득한 커튼의 답답함을 누그러뜨리며 밝아졌다.

성상화에 그려진 성모 마리아는 성상갑의 은빛 의복 바깥으로 가느다랗고 거무스레한 손바닥을 내밀어 위로 올리고 있었다. 그녀는 두 손에 각각 자신의 비잔틴 명칭인 〈하느님의 어머니)라는 뜻의 그리스어 메테르 테우Meter Theou의 첫 글자와 마지막 문자 두 개를 들고 있는 것 같았다. 금촛대에 놓인 잉크처럼 짙은 석류색의 어두운 유리 램프는 대접의 깨진 날처럼 별 모양으로 갈라져 침실 양탄자 위에서 어른거렸다.

갈루지나는 스카프와 털외투를 벗어 던지고 불편한 듯 몸을 돌렸다. 또다시 옆구리가 쑤시더니 어깨뼈가 욱신거리기 시작했다. 그녀는 비명을 지른 후 놀라서 중얼거렸다. 「슬픈 자에게 큰 방패가 되소서, 순결한 성모시여, 속히 도우시는 이시여, 세상을 보호하소서.」 그러고는 울음을 터뜨렸다. 그리고 통증이 가라앉을 때까지 기다린 후 옷을 벗기 시작했다. 옷깃 뒤와 등에 달린 호크가 그녀의 손에서 미끄러져 거무칙칙한 천의 잔주름 속으로 숨어 버렸다. 그녀는 어렵사리 호크를 손으로 더듬어 찾았다.

그녀가 돌아오는 바람에 잠에서 깬 양녀 크슈샤가 방으로 들어왔다.

「왜 이렇게 어두운 데 있어요, 엄마? 램프를 가져올까요?」

「필요 없다. 잘 보여.」

「엄마, 올가 닐로브나, 제가 풀어 드릴게요. 그렇게 애먹을 필요 없어요.」

「울고 싶을 정도로 손가락이 말을 듣지 않아. 옷옷 호크를 제대로 달 만큼 재봉사는 머리가 안 되는 거야, 멍청한 닭대가리. 아래까지 다 뜯어서 완전 똘똘 뭉쳐 그 상판에 던지고 싶다.」

「보즈드비제니예 수도원에서 찬송을 정말 잘 부르던데요. 고요한 밤이라, 이곳으로 공기를 타고 들려왔어요.」

「찬송이야 잘했지. 그렇지만 애야, 이 엄마는 몸이 좋지 않단다. 또다시 여기저기가 쑤셔. 온몸이. 내가 무슨 죄가 많아서. 어떻게 해야 할지 모르겠다.」

「동종 요법 의사인 스티돕스키가 엄마를 도와주셨잖아요.」

「늘 실천할 수 없는 조언을 했지. 네 동종 요법 의사는 돌팔이야. 아무짝에도 쓸모없는 사람이야. 그게 첫째이고. 둘째로 그 사람은 떠나 버렸잖아. 떠났어, 떠났다고. 그 사람만이 아니야. 축일 전에 모두가 도시를 빠져나갔어. 무슨 지진이라도 난다는 거야, 뭐야?」

「그때 포로였던 헝가리 의사가 엄마를 잘 치료했는데요.」

「역시 콩알만큼이야. 네게 말하지만, 아무도 남지 않았어, 모두 사방으로 흩어졌어. 케레니 라이오시가 다른 마자르인[14] 들과 함께 군사 분계선 너머에서 갑자기 나타났어. 그 귀여운 애를 군대에서 복무하도록 강요했잖아. 적군으로 데려갔지.」

「엄마는 의심이 너무 많아요. 진짜 노이로제예요. 이곳에서는 민중의 단순한 암시가 기적을 일으켜요. 기억하죠, 주술사인 병사 부인이 성공적으로 어머니에게 주문을 걸었잖아요. 금방 아픈 게 없어졌고요. 그 병사 부인을 어떻게 불렀더라, 잊어버렸어요. 이름을 잊어버렸어요.」

「아니, 너는 정말 나를 제대로 어리석은 바보라고 생각하는구나. 내 눈에 대고 센테튜리하 노래라도 부르지 그러냐.」

「하느님을 두려워하세요! 그건 죄예요, 엄마. 그 병사 부인의 이름이 뭐였는지 떠올려 보는 게 낫겠어요. 혀에서 맴맴

14 몽골족에 속하는 헝가리인을 말한다.

돌기만 하네. 이름이 떠오르지 않는 한 계속 마음이 편하지 않을 거예요.」

「그 여자는 치마보다 이름이 더 많아. 어떤 이름을 알고 싶다는 건지 모르겠구나. 그 여자는 쿠바리하라고도 불리고, 멧베디하라고도 불리고, 즐리다리하라고도 불리지.[15] 그것 말고도 별명이 열 개는 더 돼. 그 여자는 이 근처에 없어. 순회공연이 끝났으니, 들판에서 바람 찾는 격이지. 케젬스키 감옥에 하느님의 종을 가두었어. 낙태시키기 위해 무슨 분말을 만들었다나. 감옥에서 괴로워하다가 교도소에서 극동 어딘가로 도망갔어. 내가 네게 말하잖아, 모두가 달아났다니까. 블라스 파호미치, 테레샤, 마음이 순한 폴랴 이모. 정말이지 농담이다만, 도시 전체에서 정직한 여자인 너와 나 두 사람만 바보야. 그 어떠한 의료 혜택도 받을 수 없잖아. 무슨 일이 생겨서 아무리 사람을 불러도 아무 답이 없어. 사람들 말로는 모스크바에서 유랴틴으로 온 유명한 교수, 자살한 시베리아 상인의 아들이 있다고 하던데. 그 사람에게 왕진을 부탁하려고 했는데, 거리에서 열두 명의 국경 수비대가 총을 겨누며 거들떠보지도 않더라. 이제 다른 얘기를 하자. 가서 자거라, 나도 잠을 청해 보마. 대학생 블라제인이 너를 보고 제정신이 아니던데. 어째서 거절하는 거니. 아무리 그래도 너는 숨기지 못해, 게처럼 얼굴이 빨개졌네. 네 불쌍한 대학생은 밤새도록 사진과 씨름 중이야, 내 사진을 현상 인화하려니. 자기도 자지 않고,

15 쿠바리하는 〈팽이〉, 멧베디하는 〈여자 곰〉, 즐리다리하는 〈여자 마법사〉라는 뜻이 있다.

남도 자지 못하게 하는 거지. 그 사람들 집 토미크가 온 도시가 떠나가라고 짖어 대고. 까마귀가 우리 집 사과나무에서 계속 깍깍 울어 대니 난 밤새 잠들지 못할 것 같구나. 정말 너는 왜 화를 내는 거니, 신경질적인 아이 같으니라고? 대학생이란 아가씨들 마음에 들려고 할 뿐이지, 뭐.」

6

「왜 저렇게 저 개가 기를 쓰고 짖지? 무슨 일인지 좀 봐야겠어. 이유 없이 저렇게 짖지는 않을 텐데. 잠깐만, 리도치카, 제발, 잠깐만 가만히 있어 봐. 상황을 알아봐야지. 시절이 하수상하니, 갑자기 패거리가 나타날 수도 있고. 당신도 나가지 마, 우스틴. 너도 여기 서 있어, 시보블류이. 당신들 없이도 괜찮다니까.」

잠시 기다리며 멈춰 달라는 부탁에는 아랑곳하지 않고 중앙에서 온 대표가 지친 듯이 빠른 말씨로 연설을 계속했다.

「강탈, 중과세, 강압, 총살형, 고문의 정치를 일삼는 시베리아의 부르주아 군사 권력은 방황하는 자들의 눈을 뜨게 할 겁니다. 그 권력은 노동자 계급뿐 아니라, 사물의 본질과 일하는 모든 농민에게도 적대적입니다. 시베리아와 우랄의 근로 농민은 도시 프롤레타리아트와 병사들의 연맹, 키르기스와 부랴트[16]의 가난한 사람들과의 연맹을 통해서만이…….」

16 키르기스는 톈산산맥 지역에 사는 터키 민족으로 1919년에 소비에트

마침내 자신의 말을 끊으려 한다는 것을 알아차린 그는 말을 멈추고 수건으로 땀에 젖은 얼굴을 닦아 낸 후, 지친 듯이 부은 눈꺼풀을 아래로 내리깔며 눈을 감았다.

　그와 가까이 서 있던 사람들이 낮은 목소리로 말했다.

「잠시 쉬시오. 물을 좀 마시세요.」

　걱정하고 있는 파르티잔 대장에게 사람들이 보고했다.

「뭘 그렇게 걱정을 하나? 모든 게 정상이야. 창에 신호용 등불이 서 있어. 보초들이 그야말로 눈을 부릅뜨고 지키고 있다고. 그러니 보고를 다시 해도 될 것 같아. 말하세요, 리도치카 동지.」

　커다란 헛간 안에 있던 장작들은 치워져 있었다. 그 치워진 자리에서 불법 집회가 열리고 있었다. 천장까지 쌓여 있는 장작 무더기가 모인 사람들에게 칸막이가 되어 주었을 뿐 아니라 마당에 있는 사무실과 입구에 이르는 텅 빈 헛간의 절반을 가려 주었다. 위험한 경우 모인 사람들은 바닥 밑으로 내려가 수도원 벽 너머에 있는 콘스탄티놉스키 막다른 골목의 막힌 뒤뜰에서 밖으로 나오면 되게끔 안전이 보장되어 있었다.

　대머리인 머리통 전체를 뒤덮는 검은색 면직물 모자를 쓰고 윤기 없이 창백한 얼굴에 귀까지 검은 구레나룻을 기른 발표자는 신경성 식은땀으로 괴로워하며 내내 땀을 줄줄 흘렸다. 그는 책상 위에서 타는 석유램프의 뜨거운 열기로 피우다 만 담배꽁초에 불을 붙인 후, 책상 위 사방으로 흩어져 있는 종이들 쪽으로 몸을 굽혔다. 그는 근시가 심한 눈으로 그 종

권력하에 들어왔다. 부랴트는 바이칼 호수 근처에 사는 몽골 민족이다.

이들을 신경질적으로 재빨리 훑어보고, 정확하고 깐깐하게 살피면서 생기 없고 지친 목소리로 계속해서 말을 이었다.

「도시와 농촌의 가난한 사람들 간의 연맹은 오직 소비에트를 통해서만 구현될 것입니다. 싫든 좋든 시베리아 농부는 이제 시베리아 노동자들이 오래전부터 얻기 위해 투쟁했던 것을 추구하게 될 것입니다. 그들의 공동 목표는 인민에게 적대적인 전제적 해군 제독과 카자크 수령의 전복, 전 인민적인 무장봉기를 수단으로 한 농촌과 병사 소비에트 권력의 확립입니다. 이때 완전 무장한 장교-카자크의 부르주아 앞잡이들과의 투쟁에서 봉기한 이들은 전선에서 올바르고 집요하고 계속적인 전쟁을 벌여야 합니다.」

그는 다시 말을 멈추고 땀을 닦은 후 눈을 감았다. 누군가가 규정을 무시하고 자리에서 일어나 손을 들고 의견을 제시하고 싶어 했다.

파르티잔 대장, 더 정확히 말해 우랄 동쪽 케젬스키 파르티잔 연합 사령관은 발표자 바로 앞에 대단히 거만하게 아무렇게나 앉아 있다가 아무런 존경심도 표하지 않고 거칠게 그의 말을 가로막았다. 거의 소년이나 다름없는 이런 젊은 군인이 전 군대와 연합군을 지휘하고, 사람들이 그의 말에 귀를 기울이며 그를 받들어 모신다는 것이 믿기 어려웠다. 그는 기병대 외투로 팔과 다리를 감싼 채 앉아 있었다. 벗어 던진 외투의 웃통과 의자에 걸쳐진 소매로 인해 군복 상의의 몸통이 드러났는데, 그 군복에는 소위보 견장을 뜯어낸 검은 흔적들이 보였다.

그의 양옆에는 호위병들 중 동갑내기인 과묵한 두 명의 젊은이가 구불구불한 양털 장식이 달린, 벌써 회색으로 변한 하얀 양가죽 외투를 입고 서 있었다. 그들의 돌처럼 굳은 아름다운 얼굴에서는 대장에 대한 맹목적인 충성심과 그를 위해서는 무엇이든 하겠다는 의지 외에 아무 표정도 찾아볼 수 없었다. 그들은 집회에도, 그들과 관련이 있는 문제와 토론의 과정에도 무관심했기 때문에 아무 말도 하지 않고 미소도 짓지 않았다.

그들 외에도 헛간에는 열 명에서 열다섯 명 정도의 사람이 더 있었다. 어떤 이는 서 있고, 어떤 이는 다리를 길게 뻗거나 무릎을 올려 안고 벽과 둥글게 튀어나온 통나무에 몸을 기댄 채 바닥에 앉아 있었다.

귀빈을 위해서는 의자가 마련되어 있었다. 서너 명의 노동자, 제1차 혁명에 참여한 노인들이 그 자리를 차지했는데, 그들 중에는 음울하고 완전히 변해 버린 티베르진과 언제나 그의 말에 동의하는 친구인 안티포프 노인도 있었다. 혁명의 모든 예물과 희생을 그 발아래 바쳐 성인의 반열에 오른 그들은 말없이 엄중한 우상처럼 앉아 있었는데, 정치적 오만함은 그들에게서 모든 생명적인 것과 인간적인 것을 앗아가 버렸다.

헛간에는 주의를 기울일 가치가 있는 사람들이 또 있었다. 거대한 머리와 거대한 입과 사자의 갈기를 지닌 거인이자 뚱보, 러시아 무정부주의의 기둥인 검은 깃발 브도비첸코는 단 한 순간도 안정을 찾지 못하고 바닥에서 일어났다 앉았다, 이리저리 왔다 갔다 하다가 헛간 한가운데에 멈춰 서기를 반복하고 있었다. 그는 거의 최근 러시아-터키 전쟁에서도 어쨌거나 러일 전쟁에서도 살아남은 장교 중 한 사람으로, 자신의 환상에 영원히 잡아먹힌 몽상가였다.

선량한 마음과 변칙적이고 작은 규모의 현상을 알아채지 못하게 방해하는 거대한 신장 때문에 그는 일어나고 있는 일에 충분히 주의를 기울이지 못하고, 모든 것을 곡해하여 자신의 생각과 반대되는 견해를 받아들이며 모든 것에 동의했다.

그의 옆에는 지인이며 숲의 사냥꾼이자 포수인 스비리트가 앉아 있었다. 스비리트는 농사를 짓지는 않았지만, 짙은 색 나사 천으로 만든 셔츠를 똘똘 말아 십자가와 함께 쥐고 문 옆에서 가슴을 긁으며 온몸을 문지르는 모습에서 흙과 친근한 그의 농노적 본성이 언뜻언뜻 드러났다. 그는 부랴트인 혼혈 농부로 글을 모르는 성실한 남자였는데, 얇은 변발을 달고 듬성한 콧수염에 몇 가닥 안 되는 더 듬성한 구레나룻을 기르고 있었다. 몽골인 체구는 계속 공감을 표하는 미소로 주름진 그의 얼굴을 더 늙어 보이게 했다.

중앙 위원회의 군사 명령을 듣고 시베리아 전역을 돌아다니던 발표자는 자신이 아직도 포괄해야만 하는 광활한 공간에 대해 골똘히 생각했다. 그는 집회에 모인 대부분의 사람을 무심히 대했다. 그러나 어릴 때부터 혁명가이자 인민을 사랑했던 그는 자신의 맞은편에 앉은 젊은 사령관을 숭배하는 마음으로 바라보았다. 그는 젊은 사령관의 거친 태도를 노인이 보기에 질박한 숨은 혁명성의 목소리 같아서 용서했을 뿐 아니라, 사랑에 빠진 여성이 애인의 뻔뻔스러운 무례함을 마음에 들어 하듯 그의 거리낌 없는 공격에 감탄했다.

파르티잔 대장은 미쿨리친의 아들 리베리였고, 중앙에서 온 발표자는 과거 사회 혁명당에 가담했던 예전의 협동조합 주의자이자 노동 존중 주의자인[17] 코스토예트-아무르스키였다. 최근에 그는 자신의 위치를 다시 돌아보고, 자기 연설의 오류를 인정했으며, 몇 개의 자세한 성명서를 통해 자신의 잘못을 자백한 후 공산당에 받아들여졌을 뿐 아니라, 곧 당에 들어가 이렇게 책임이 막중한 업무에 투입된 것이다.

전혀 군대와 상관없던 그에게 이 일을 맡긴 이유는 그의 혁명 경력, 감옥에서 겪은 수난과 금고형을 높이 샀기 때문이고, 왕년에 협동조합주의자였던 그가 봉기에 뒤덮인 서시베리아 농민 대중의 분위기를 잘 알 것이라는 가정 때문이었다. 이 문제에 관한 한 예상되는 친숙함이 군사 지식보다 더 중요했던 것이다.

정치적 확신의 변화는 코스토예트를 전혀 딴사람으로 만들었다. 그는 외모와 행동과 태도를 완전히 바꾸어 버렸다. 그가 예전에 대머리에 구레나룻이 많았다는 것을 기억하는 사람은 아무도 없었다. 혹시 그 모든 것이 위장이었단 말인가? 당은 그에게 철저한 신분 위장을 명령했다. 그의 비밀 별명은 베렌데이, 리도치카 동지였다.

낭독한 지령의 여러 항목에 동의한다고 브도비첸코가 아무 때나 선언하는 바람에 소음이 일어났다가 가라앉자, 코스

---

17 두마에서 노동 그룹의 멤버였다는 말인데, 이들은 사회 혁명당과 제휴했고, 케렌스키가 우두머리였다. 협동조합 노동의 이념을 가지고 있었다.

토예트는 말을 이었다.

「농민 대중의 증가하는 운동을 가능한 한 완전히 망라하기 위해서는 주 위원회 지역에 있는 모든 파르티잔 부대와 즉시 연결망을 구축해야 합니다.」

이후 코스토예트는 비밀 회합, 군호, 암호와 통신 방법의 설립에 대해 말하기 시작했다. 그런 다음 그는 세부 사항으로 들어갔다.

「어떤 지역에 백군 시설과 조직의 무기, 군복, 식량 조달 창고가 있는지, 어디에 거대한 자금과 자금 보관 체계가 남아 있는지 부대들에게 알려야 합니다.

부대들의 내적 배치, 지도부, 군대 내 협동 규율, 비밀 공장, 부대와 외부 세계의 관계, 지역 주민과의 관계, 야전 군사 혁명 재판, 적의 영토 내 파괴 전술, 예를 들면 교량, 철로, 기관차, 짐배, 역, 기술적인 설비가 있는 제작소, 전신국, 광산, 식량의 파괴와 같은 문제들에 대해 세부적으로 자세하게 논할 필요가 있습니다.」

리베리는 참고 참다가 도저히 못 참고 폭발했다. 모든 얘기가 그에게는 핵심을 찌르지 않는 아마추어적인 헛소리로 여겨졌던 것이다. 그가 말했다.

「멋진 강의로군요. 기억해 두세요. 적군(赤軍)의 지원을 잃지 않으려면 분명 모든 것을 반발 없이 받아들여야 하겠지요.」

「물론이지요.」

「멋진 리도치카, 포병과 기병대를 포함한 세 개의 연대 구성으로 이미 오래전부터 진군해서 적군(敵軍)을 사정없이 몰아 물리치고 있는 이 마당에 댁의 유치한 각본을 가지고 뭐를 어떻게 하라는 겁니까?」

〈얼마나 멋진 일인가, 얼마나 강한가!〉 코스토예트가 생각했다.

티베르진은 항의하는 사람들의 말을 막았다. 그는 리베리의 모멸적인 말투가 마음에 들지 않았다. 그가 말했다.

「죄송합니다, 발표자 동지. 저는 확신이 서지 않습니다. 어쩌면 지시서의 항목들 중 한 가지를 잘못 기록해 온 것 같군요. 제가 읽겠습니다. 확인하고 싶군요. 〈혁명기에 전선에서 실전 경험이 있는 병사를 위원회에 끌어들이기, 위원회의 구성에 한두 명의 부사관과 군대 기능공을 두는 것이 바람직하다.〉 코스토예트 동지, 제대로 기록된 겁니까?」

「맞습니다. 한마디 한마디가 다 맞습니다.」

「그런 경우에 다음 것을 지적하도록 허락해 주십시오. 군대 전문가에 대한 이 항목이 저는 걱정되는데요. 우리 노동자들, 1905년 혁명 참가자들은 군 장교를 신뢰하는 데 익숙하지 않아서요. 그들은 언제나 반혁명에 연루되어 있으니까요.」

주변에서 목소리가 울려 퍼졌다.

「이젠 충분합니다! 의결합시다! 의결합시다! 이제 산회할 시간이오. 늦었어요.」

「저는 대다수 사람들의 의견에 동의합니다.」 브도비첸코가 우르릉거리는 저음으로 설명했다. 「시적으로 표현하자면, 바로 이런 겁니다. 가지치기로 땅에 심어 뿌리를 내린 나무처럼 시민적 제도는 민주적 기초 위에서 아래서부터 자라나야

합니다. 목책의 기둥처럼 그것을 위에서 박을 수는 없는 겁니다. 자코뱅 독재의 실수는 이 점에 있었고, 그로 인해 국민 공회가 테르미도르에 의해 무너진 겁니다.」[18]

「그건 자명한 일입니다.」스비리트는 방랑 시절의 친구를 지지해 주었다. 「그건 어린아이라도 이해할 수 있는 일이지요. 미리 생각해 뒀어야 하는 겁니다, 지금은 늦었어요. 지금 우리가 해야 할 일은 싸우면서 곧장 앞으로 나아가는 겁니다. 고집을 부리다가는 부러지는 법이다. 그렇게 하지 않으면 어쩌라고요? 대단한 활약을 시작했는데 물러나라고요? 자기가 만든 음식은 자기가 먹어야죠. 자기가 물에 들어가 놓고, 물에 빠졌으니 살려 달라고 소리치면 안 되지요.」

「의결합시다! 의결합시다!」사방에서 요구했다. 각자 점점 더 관심이 시들해져 가기는 했지만, 그들은 조금 더 이야기를 나눈 후 새벽에 회합을 마쳤다. 그들은 경계를 늦추지 않고 한 사람씩 각자의 집으로 흩어졌다.

7

가도에는 그림처럼 아름다운 장소가 한 군데 있었다. 가파

18 자코뱅은 프랑스 혁명기에 생긴 급진적인 정파이다. 1792년부터 1795년까지 자코뱅 중심으로 프랑스 혁명 국민 공회가 만들어졌고, 이 공회는 제1공화국 동안 로베스피에르, 마라, 당통과 함께 집행권을 가졌다. 국민 공회는 테러를 정치적 수단으로 사용했고, 이른바 테르미도르에 의해 전복되고 집정부로 대체된다.

른 비탈길에 위치한, 상류에서 내려오는 쿠테이니 상공업 지대와 강 위에 알록달록하게 서 있는 말리 예르몰라이 마을이 물살이 빠른 샛강 파진카를 두고 거의 붙어 있었다. 쿠테이니에서는 신병 훈련소로 모집된 병사들을 배웅하고, 말리 예르몰라이에서는 육군 대령 시트레제의 지휘하에 징집 위원회가 부활절 기간의 중단 이후 말리 예르몰라이와 인근 몇몇 마을의 징집 대상 젊은이들을 계속 소집하고 있었다. 징집을 하는 경우에는 마을에 기마병과 카자크병들이 와 있었다.

예년과 다르게 늦은 부활 주간의 사흘째 되는 날이었다. 이날은 이른 봄 시기에 맞지 않게 조용하고 따뜻했다. 교통에 방해되지 않도록 가도 끝에 탁 트인 쿠테이니 거리에는 무장한 신병들을 대접하기 위해 음식상이 차려져 있었다. 땅까지 내려오게 식탁보를 깐 식탁들은 직선으로 늘어서 있지 않고, 구불구불한 호스처럼 길게 뻗어 있었다.

음식을 추렴해서 신병을 대접했다. 대접한 음식은 기본적으로 부활절 때 먹다 남은 것과 두 개의 훈제 돼지 넓적다리와 몇 개의 롤케이크, 두세 개의 부활절 응유 과자였다. 긴 탁자 위에는 소금에 절인 버섯, 오이, 발효 양배추가 담긴 접시, 크게 자른 시골 빵과 산처럼 높이 쌓인 색깔 입힌 부활절 달걀 접시가 놓여 있었다. 달걀의 색깔은 분홍색과 푸른색이 주조를 이루었다.

겉은 푸른색 혹은 분홍색이지만 속은 새하얀 달걀 껍질이 식탁 근처 풀 위에 잔뜩 어지러이 널려 있었다. 청년들이 입은 재킷 바깥으로 튀어나온 셔츠도 푸른색과 분홍색이었다.

아가씨들의 원피스도 푸른색과 분홍색이었다. 하늘도 푸르렀다. 하늘에 유유자적하게 천천히 흐르던 구름은 분홍빛이었고, 하늘은 마치 이 구름과 함께 흘러가는 것 같았다.

블라스 파호모비치 갈루진의 비단 띠를 두른 셔츠도 분홍색이었다. 그는 장화의 뒤축을 단속적으로 울리고 양발을 내차며 파프눗킨의 집 현관의 높은 계단에서 식탁 쪽으로 뛰어내려와 말하기 시작했다. 파프눗킨의 집은 식탁보다 높은 언덕 위에 있었다.

「여러분, 여러분을 위해 샴페인 대신 집에서 만든 이 밀주 잔을 비우겠습니다. 영광 있으라, 장수하기를 기원합니다, 길 떠나는 젊은이들이여! 신병 여러분이여! 다른 여러 관계와 시간에 여러분을 축하드릴 수 있기 바랍니다. 주목해 주세요. 여러분 앞에 펼쳐진 긴 여정은 고향의 들판을 형제 살인의 피로 적시는 압제자들로부터 고향을 결연히 지키고자 하는 십자가의 길입니다. 민중은 피를 흘리지 않고 혁명의 성과를 논할 생각에 부풀어 있지만, 외국 자본의 주구이자 그들의 귀중한 염원인 볼셰비키당이 제헌 의회를 야만적인 총칼의 힘으로 해산시키고, 아무 방어 능력도 없는 사람들의 피를 강같이 흐르게 했습니다. 길 떠나는 젊은이들이여! 명예로운 동맹군 앞에서의 의무로서 러시아 군대의 훼손당한 명예를 드높이십시다. 우리는 적군의 뒤를 이어 또다시 뻔뻔스럽게 고개를 드는 독일과 오스트리아를 보며 치욕을 느낍니다. 여러분, 하느님이 우리와 함께하십니다.」 갈루진은 말을 더 하고 싶었지만, 이미 만세라고 외치는 소리와 블라스 파호모비치를 헹가래 치자는 요구가 그의 말을 덮어 버렸다. 그는 잔을 입술에 대고 깨끗이 걸러지지 않아 걸쭉한 러시아 막걸리를 한 모금씩 천천히 마시기 시작했다. 음료가 만족스럽지 않았다. 그는 보다 세련된 풍미를 가진 포도주에 더 익숙했던 것이다. 그러나 사회적인 희생을 치르고 있다는 의식이 그를 만족시켜 주었다.

「네 아버지는 독수리처럼 대단한 분이야. 얼마나 대단한 언변이야! 두마의 무슨 밀류코프[19] 같네. 맙소사.」 술에 취한 여러 소리가 시끄럽게 일어나 울리는 가운데 고시카 랴비흐가 책상 앞에 나란히 있는 자신의 친구 테렌티 갈루진에게 반쯤 취해서 꼬인 혀로 그의 아버지를 칭송했다. 「그 말이 맞아, 독수리 같지. 분명 이유 없이 애쓰시지는 않을 텐데. 너를 세 치 혀로 병역에서 면제해 주고 싶은가 봐.」

「무슨 말이야, 고시카! 양심을 좀 가져라. 〈면제〉라고 지어내다니. 너와 함께 통지서를 한날에 같이 받았는데, 면제를 받는다니. 우리는 같은 부대로 가게 될 거야. 실업 학교에서 쫓겨났잖아, 개자식들. 엄마가 미치려고 해. 특혜를 받는 자원병[20]도 되지 못할 거야. 일반 병사로 보내질 거야. 말도 마, 아빠는 정말, 화려한 언변으로 말할 것 같으면 대가(大家)야.

19 Pavel Milyukov(1859~1943). 밀류코프는 정치인이자 자유주의적인 역사가이고, 입헌 민주당의 유력 인사였다. 두마에 선출되었고, 2월 혁명 이후 임시 정부의 일원이 되었다. 1917년 3월부터 5월까지 외무부 장관을 역임했으며, 언변이 뛰어난 연사로도 유명했다.

20 하층 계급에서 러시아 제국 군대와 함대에 자원입대하여 일정한 특혜를 받는 군인을 일컫는다.

「중요한 건 어디서 그런 능력을 얻었냐는 거지. 타고난 거지. 체계적인 교육은 전혀 받지 못하셨어.」

「산카 파프눗킨에 대한 얘기는 들었어?」

「들어 봤지. 엄청난 전염병에 걸린 것 같던데?」

「평생이 그래. 척수까지 간 매독으로 죽을 거야. 자기 잘못이지. 그렇게 나다니지 말라고 경고를 했건만. 누구랑 뒤엉키느냐가 중요한 거지.」

「이제 그 사람은 어떻게 될까?」

「비극이지. 권총 자살을 하려고 했어. 지금 예르몰라이 위원회에서 검사를 받고 있는데, 틀림없이 징집될 거야. 그 친구 말이 파르티잔에 들어가겠다는군. 사회악에 복수하겠다는 거야.」

「이봐, 고시카. 너는 전염된다고 말하는데. 그쪽에 다니지 않아도 다른 병에 걸릴 수 있어.」

「네가 무슨 말을 하는지 알겠다. 너도 그런 짓을 하고 있다는 말이군. 이건 병이 아니라 비밀스러운 죄악이야.」

「그런 말을 하다니, 고시카, 네 상판을 날려 버릴 테다. 감히 친구를 모욕할 생각은 하지 마, 더러운 거짓말쟁이!」

「농담이야, 진정해. 네게 하고 싶었던 말은 이거야. 나는 파진스크에서 오래간만에 육식을 했어. 파진스크에서 어떤 여행자가 〈개인의 해방〉이라는 강의를 했는데, 아주 흥미롭더라고. 나는 그런 게 마음에 들었어. 나는 제길, 무정부주의자에 등록하련다. 우리들 안에 힘이 있다고 하더군. 그 사람 말이 성(性)과 성격은 동물적 전기의 각성이라고 하던데. 어때? 그런 신동이 다 있다니. 그런데 난 제대로 취했나 봐. 주변에서 어찌나 소리를 지르는지, 알아듣지를 못하겠어, 귀가 먹먹하네. 더 이상 못 참겠다, 테레시카, 입 다물어. 내가 말하고 있잖아, 겨드랑이 부스럼아, 엄마 앞치마 같은 놈, 입 다물어.」

「고시카, 너 나한테 말 좀 해줘. 나는 아직 사회주의에 대해서는 전혀 모르겠어. 예를 들면 태업하는 사람, 이게 무슨 말이야? 그게 뭐에 쓰는 말이야?」

「난 그 단어에 관한 한 교수지, 내가 말했잖아, 테레시카, 물러나라고, 나 취했어. 태업하는 사람이란 서로 한 패거리란 말이지. 그러니까 태업이라고 하면 너와 그 사람이 한 패거리라는 말이야. 이해해, 얼간아?」

「그 말이 욕설이라고 생각했어. 전자적인 힘에 관한 거라면 네 말이 옳아. 난 광고를 보고 페테르부르크에서 전기 벨트를 주문할 생각을 했지. 정력을 높이려고. 착불로. 그런데 갑자기 새로운 격변이 일어났네. 벨트에 신경 쓸 틈이 없어.」

테렌티는 말을 마저 마치지 못했다. 멀지 않은 곳에서 천둥치듯 울리는 폭발음이 취한 사람들의 와자지껄하는 소리를 집어삼켰다. 식탁 앞의 소음이 순식간에 잠잠해졌다. 잠시 후 폭발음은 훨씬 더 무질서한 힘으로 재개되었다. 앉아 있던 사람들 중에서 일부가 자리에서 튀어 일어났다. 마음이 좀 더 견고한 사람들은 굴하지 않고 그 자리에 서 있었다. 다른 이들은 비틀거리며 한옆으로 비키려고 했지만, 견디지 못하고 식탁 아래로 기어 들어가 즉각 목 쉰 소리를 내기 시작했다. 여자들이 찢어질 듯 비명을 지르기 시작했다. 큰 소동이 벌어졌다.

블라스 파호모비치는 범인을 찾으려고 사방으로 시선을 굴렸다. 처음에 그는 쿠테이니 어딘가 아주 가까운 곳에서, 심지어는 식탁에서 멀지 않은 곳에서 폭탄이 터졌다고 생각했다. 그의 목에 힘이 잔뜩 들어갔고, 얼굴이 붉은색으로 변했다. 그는 목청을 다해 외쳤다.

「우리 대열에 숨어들어 소란을 피우는 유다 같은 놈이 누구야? 어떤 애송이가 수류탄으로 장난을 치는 거야? 그 녀석이 누군지 밝혀내기만 하면, 내 자식이라도 그 악당을 교살하고 말 테야! 여러분, 이런 장난을 치는 놈을 참아 주면 안 됩니다! 포위망을 만들어야 합니다. 쿠테이니 상인 지구 촌락을 포위합시다! 선동가를 잡아들입시다! 그 수캐가 빠져나가지 못하게 합시다!」

처음에는 사람들이 그의 말을 들었다. 나중에는 말리 예르몰라이 읍사무소에서 하늘로 천천히 올라가는 검은 연기 기둥에 사람들이 관심을 빼앗겼다. 모두가 그곳에서 무슨 일이 벌어졌는지 보려고 절벽 위로 달려갔다.

불타는 예르몰라이 읍사무소에서 신병들이 옷을 벗은 채 뛰쳐나왔다. 한 신병은 맨발에 겨우 허리춤을 조인 바지만 입은 맨몸이었다. 신체검사를 하던 사령관 시트레제와 다른 군인들도 튀어나왔다. 카자크들과 경찰들이 마치 굽이치는 뱀처럼 몸을 비트는 말을 타고 몸과 팔을 뻗은 채 채찍을 휘두르며 이리저리 마을을 뛰어다니고 있었다. 누군가를 찾고, 누군가를 잡아들이고 있었다. 수많은 사람이 쿠테이니로 오는 길을 따라 달리고 있었다. 달리는 사람의 뒤를 쫓아 예르몰라이 종탑에서는 단속적으로 불안하게 경종이 울리기 시작했다.

사건은 무서울 정도의 속도로 전개되었다. 해 질 녘까지 수색을 이어 나간 시트레제와 카자크들은 마을에서 이웃 쿠테이니로 올라갔다. 포위하듯 순찰을 돌며 이들은 집집마다, 장원마다 샅샅이 수색하기 시작했다.

그 무렵에 축사를 들은 사람들의 절반은 곤드레만드레 정신을 잃을 정도로 술을 마신 탓에 식탁 끝에 머리를 기대거나 식탁 아래 땅바닥에 쓰러져서 죽은 듯이 잠을 자고 있었다. 마을에 경찰이 들어왔다는 소식이 알려졌을 때는 이미 어둠이 깔려 있었다.

경찰의 눈을 피해 몇 명의 청년이 마을 뒤쪽으로 달아났고, 그들은 서로의 등을 때리고 밀치며 처음 눈에 들어온 창고의, 땅에 닿지 않는 목책 밑으로 서둘러 기어 들어갔다. 어둠 속에서 그 창고가 누구의 것인지 분간할 수는 없었지만, 생선과 등유 냄새로 미루어 보아 소비조합 매점의 지하 창고 같았다.

거기에 숨은 사람들은 양심에 꺼릴 것이 전혀 없었다. 잘못이라면 몸을 숨긴 것이었다. 대부분이 취한 바람에 성급해서 우둔하게 이런 짓을 저질렀던 것이다. 그들이 보기에 몇 사람은 비난받을 만하고, 그들 생각에 그들을 파멸시킬 수도 있었다. 지금은 모든 것이 정치적인 색채를 띠었다. 소비에트 지역에서는 장난과 망나니짓이 검은 백인단[21]의 표징으로 평가

---

21 러시아의 반(反)혁명 운동의 이름이다. 보수적인 지식인, 장교, 지주, 관료들에 의해 1900년에 형성되었고 반유대주의, 반우크라이나 운동으로 명

되었고, 백군 지역에서는 난폭한 행동을 하는 사람이 볼셰비키로 간주되었다.

농가 밑으로 기어든 청년들보다 앞서 온 사람들이 있다는 것이 드러났다. 땅과 창고 바닥 사이의 공간은 사람들로 가득 차 있었다. 이곳에는 쿠테이니와 예르몰라이 마을 사람 몇이 숨어 있었다. 쿠테이니 사람들은 죽은 사람처럼 취해 있었다. 이들의 일부는 이를 갈거나 코를 골거나 신음 소리를 냈고, 다른 이들은 구토를 했다. 창고 아래쪽은 눈을 찔러도 모를 정도로 깜깜했고, 숨이 막힐 정도로 답답하고 악취가 진동했다. 마지막으로 숨어든 사람들은 구멍 때문에 발각되지 않도록 그들이 들어간 틈새를 돌과 흙으로 막았다. 곧 취한 사람들의 코고는 소리와 신음 소리가 완전히 그쳤다. 완전한 정적이 찾아왔다. 모두가 평온하게 자고 있었다. 다만 한쪽 구석에서 놀란 테렌티 갈루진과 예르몰라이의 주먹 대장 코시카 네흐발레니흐가 지칠 줄 모르게 조용히 속삭이는 소리가 들려왔다.

「조용히 말해, 멍청아, 그러다가 다 죽이겠다, 코흘리개 같으니. 시트레제 사람들이 돌아다니며 수색하는 소리가 들리잖아. 울타리를 돌아 대열을 따라 걷고 있으니, 곧 이곳에 올 거야. 그 사람들이야. 꼼짝하지 마, 숨도 쉬지 마, 안 그러면 목 졸라 죽인다! 자, 다행이다, 멀리 갔어. 옆을 지나갔어. 무슨 일로 여기로 온 거냐? 얼간이 같으니, 이곳으로 숨다니 말이야! 누가 너를 건드리기라도 한 거야?」

성을 날렸다. 1907년부터 약해지다가, 2월 혁명 이후 혁파되었다.

「고시카가 〈멍청아, 숨어〉라고 소리 지르는 걸 들었어. 그래서 기어 들어왔지.」

「고시카는 다른 문제이고. 랴비흐 가족 전체가 믿을 수 없는 사람들로 찍혀 감시를 받고 있으니까. 호다스코예에 그 사람들의 친척이 있거든. 직공들이고 뼈다귀부터 노동자야. 꼼지락거리지 마, 어리석기 짝이 없는 자식, 가만히 누워 있어. 이곳 사방에 똥도 싸놓고 잔뜩 토해 놓았네. 움직이면 네 몸만 더러워지고, 나도 똥칠을 하게 되잖아. 내 소리가 안 들리냐? 악취가 나네. 시트레제가 왜 마을을 돌아다니느냐고? 파진스크 사람들을 찾는 거야. 다른 지역 사람들 말이지.」

「코시카, 이 모든 게 어떻게 된 거야? 무슨 일로 시작된 거야?」

「전부 산카 때문이야, 산카 파프눗킨 탓이야. 옷을 벗은 채 검사를 받으려고 서 있었어. 산카 차례가 되었지, 그런데 옷을 벗지 않는 거야. 산카는 술을 마셨고, 출석했을 때 정신이 맑지 않았어. 서기가 산카에게 지적을 했지. 옷을 벗어 주시라고. 공손하게. 산카에게 존댓말을 썼어. 군 서기였거든. 그런데 산카가 그 사람에게 아주 거칠게 말하는 거야. 〈옷을 벗지 않을 거다. 몸의 일부를 모든 사람에게 보여 주고 싶지 않다.〉 부끄러워하는 것 같더라고. 서기 옆으로 다가가서 방향을 바꾸는가 싶더니, 턱을 갈기더라고. 맞아. 그리고 무슨 일이 일어났을까. 눈 깜짝할 사이에 산카는 몸을 굽히더니 사무실 책상 다리를 붙잡아 뒤집었지. 책상에 있던 모든 것이, 잉크며 군인 명단이며 모조리 바닥에 떨어졌지! 시트레제는 사무실 문에 나타났어. 그 사람이 외치기를 〈난 난폭한 행동을 참지 못해. 내가 무혈 혁명과 관청에서 법을 존중하지 않으면 어떻게 되는지 보여 주마. 주동자가 누구야?〉

그런데 산카가 창가로 가는 거야. 그러더니 외쳤어, 〈도와줘, 옷을 집어! 여기 있으면 우린 끝장이야, 동지들!〉 난 옷을 집어 뛰면서 입고 산카에게로 갔어. 산카는 주먹으로 창을 깨고 거리로 나가 바람과 함께 사라졌지. 나도 녀석의 뒤를 따랐고. 몇 사람이 그 뒤를 따랐어. 죽을힘을 다해 달렸어. 벌써 우리를 잡으려고 추적이 시작됐어. 어쩌다가 이런 일이 생겼느냐고 나한테 물으면? 아무도 아무것도 이해하지 못할걸.」

「그럼 폭탄은?」

「무슨 폭탄?」

「누가 폭탄을 던진 거야? 폭탄이 아니면 수류탄이야?」

「맙소사, 그걸 우리가 했다고?」

「그럼 누가 그랬어?」

「내가 어떻게 알아. 누군가 다른 사람이지. 엉망진창인 것을 보고 시끄러운 사이에 읍을 폭발시키자 했나 보지. 다른 사람을 의심할 테니까. 정치적인 인사였겠지. 파진스크 사람들이 이곳에 많으니까. 조용. 입 다물어. 목소리가 들린다. 들리지. 시트레제 사람들이 되돌아오고 있어. 자, 끝장난다니까. 조용히 하라고 하잖아.」

목소리가 가까이 다가왔다. 장화가 찍찍 대는 소리가 들렸고, 박차 울리는 소리도 들렸다.

「따지지 마. 나는 못 속여. 난 쉽게 속는 사람이 아냐. 어디선가 확실히 얘기하는 소리가 들렸다.」 또렷한 페테르부르크 말씨로 사령관의 명령조의 목소리가 울려 퍼졌다.

「잘못 들으신 겁니다, 각하.」 말리 예르몰라이의 촌장이자 어장 경영자인 노인 옷바지스틴이 그를 설득했다. 「애기 소리가 들렸다 한들 놀랄 게 없지요, 시골인데요. 묘지가 아니니까요. 어디서든 애기를 나눌 수 있습니다. 집집마다 입을 꼭 다물고 있지는 않거든요. 잠자고 있는데 도모보이[22]가 누군가의 목을 졸랐나 보네요.」

「아니, 아니야! 촌장이 바보 흉내를 내고, 불쌍한 척하고 있다는 걸 알아! 도모보이라고! 완전히 풀어졌군. 하도 똑똑해서 국제 문제까지 논하겠어, 그땐 늦어. 도모보이라고!」

「제발, 각하, 사령관 각하! 무슨 국제적 문제요! 돌대가리 바보에 까막눈들입니다. 옛 기도서도 5절에서 10절까지 더듬거리는 자들입니다. 무슨 혁명이요.」

「첫 증거가 나오기 전까지는 너희들 모두 그렇게 말하지. 소비조합의 장소를 꼭대기부터 밑바닥까지 살피게. 모든 뒤주를 탈탈 털어 보고, 판매대 밑까지 들여다보게. 부속 건물들도 수색하고.」

「알겠습니다, 각하.」

「파프늧킨, 랴비흐, 네흐발레니흐가 살았건 죽었건 찾아. 바다 밑바닥에서라도 찾아. 갈루진 꼬마 녀석도. 아버지가 애국적인 말을 아무리 늘어놓고 사람을 속여도 상관없어. 그자

22 슬라브 민족의 민속에 나오는 집의 정령으로, 보통 벽난로에 산다고 알려져 있다. 가정의 평안, 다산, 평안, 사람과 가축의 건강을 지킨다.

와는 정반대지. 그런다고 우리가 방심하지는 않아. 일단 구멍
가게 주인이 연설을 한다는 건 뭔가 일이 제대로 돌아가지 않
는다는 거야. 의심스러운 일이지. 이건 뭔가 자연스럽지가 않
아. 비밀 정보에 따르면 그자들이 크레스토보즈드비젠스크
의 집에 정치적 인물을 숨겨 놓고 비밀 집회를 갖는다고 하
더군. 꼬마를 잡아야 해. 그 녀석을 어떻게 할지 아직 결정을
내리지 못했어. 하지만 뭐든 발견하면 다른 사람들에게 본보
기가 되도록 가혹하게 교수형에 처할 테다.」

수색하는 사람들은 앞으로 더 나아갔다. 그들이 충분히 멀
어졌을 때, 코시카 네흐발레니흐는 죽은 듯이 누워 있던 테
레시카 갈루진에게 물었다.

「저 소리 들었지?」

「그래.」 그가 평소 목소리와는 다르게 속삭였다.

「이제 너와 나, 산카와 고시카는 숲으로 가는 길밖에는 없
다. 영원히 간다는 말은 아니야. 저들이 이성을 되찾을 때까
지는 그렇게 하자. 저들이 정신을 좀 차리면 알게 되겠지. 우
리도 돌아올 수 있어.」

제11부

숲의 군단

1

유리 안드레예비치가 파르티잔 포로가 된 지도 벌써 2년째였다. 이 부자유의 경계는 대단히 모호했다. 유리 안드레예비치가 포로로 잡혀 있는 장소는 울타리가 쳐져 있지 않았다. 그에게 경비를 붙이지도, 감시를 하지도 않았다. 파르티잔 부대는 늘 이곳저곳으로 옮겨 다녔다. 유리 안드레예비치는 그들과 함께 이동했다. 이 군단은 그들이 통과하는 마을과 지역의 남은 주민들과 담장으로 분리되지도, 따로 떨어져 있지도 않았다. 군단은 그들과 뒤섞이고 그들 안에 스며들었다.

속박도 포로도 존재하지 않는데, 자유의 몸인 의사가 다만 그걸 이용할 줄 모르는 것처럼 보였다. 의사의 속박, 그의 포로 상태는 인생의 다른 종류의 억압과 전혀 구별되지 않았는데, 이 억압들 또한 뭔가 망상과 허구처럼 존재하지 않는 것 같아서 눈에 보이지도, 만져지지도 않는다. 족쇄와 사슬, 초병이 없는데도 의사는 겉보기에 꾸민 듯한 자신의 부자유에 복종하지 않을 수 없었다.

　세 번이나 파르티잔에서 도주하려고 했지만 번번이 붙잡히는 것으로 끝났다. 그들은 아무 처벌 없이 그를 내버려 두었지만, 그래도 그건 불장난 같은 것이었다. 그는 더 이상 같은 짓을 반복하지 않았다.

　파르티잔 대장인 리베리 미쿨리친은 그가 하고 싶은 대로 하도록 내버려 두었고, 그가 자신의 막사에서 잘 수 있도록 해주었으며, 그와 이야기하는 것을 좋아했다. 유리 안드레예비치는 강요된 친근감으로 인해 압박감을 느꼈다.

2

　그때는 파르티잔이 동쪽으로 거의 끊임없이 후퇴하던 시기였다. 때로 이런 이동은 콜차크를 서시베리아에서 몰아내기 위한 총공격 계획의 일환이었다. 때로 백군이 파르티잔의 후방을 공격하고 그들을 포위하려 할 경우, 같은 방향으로의 움직임은 퇴각으로 변하기도 했다. 의사는 오랫동안 이 고도의 지혜를 이해할 수 없었다.

　퇴각은 대부분 가도와 평행으로, 또 가끔은 가도를 타며 이루어졌는데, 가도 옆에 있던 소도시와 촌락은 전운의 변화에 따라 다양해서 어떤 곳은 백군이, 어떤 곳은 적군이 점거하기도 했다. 겉만 보고서는 그 안에 어떤 권력이 자리 잡고 있는지 판단하기 어려웠다.

154

농민 의용군이 소도시와 마을을 지나가는 순간에 도시를 통과하면서 늘어나는 군대가 그들 안에서 주력이 되었다. 길 양옆에 줄지어 있는 집들은 마치 땅으로 빨려 들어간 것 같아서 진흙범벅인 기수들, 말, 대포, 외투를 입고 운집한 키 큰 저격수들이 가도에 있는 집보다 더 불쑥 위로 솟은 것처럼 보였다.

한번은 그런 소도시 중 한 곳에서 의사는, 카펠[1] 장교 부대가 퇴각할 때 버리고 간 영국제 의약품 창고를 군 전리품으로 얻은 적이 있었다.

두 개의 색채로 물든 어둡고 비가 추적추적 내리는 날이었다. 빛을 받은 모든 것이 하얬고, 빛을 받지 못한 모든 것이 까맸다. 마음에도 이런 단순한 어두움이 드리워져서 누그러뜨리는 색채의 전이와 희미한 음영이 없었다.

결국 잦은 군대의 이동으로 망가진 길은 검은 진창의 급류로 변해 여울을 건너지 못하는 곳도 있었다. 서로 아주 멀리 떨어진 몇 군데에서 길을 건넜는데, 그곳으로 가려면 양쪽에서 많이 돌아가야만 했다. 그런 상황에서 의사는 파진스크에서 예전에 기차를 타고 동행했던 펠라게야 탸구노바와 마주쳤다.

그녀가 먼저 그를 알아보았다. 그는 낯익은 얼굴의 여자가 누구인지 금방 알아보지 못했고, 그녀는 길 건너편 운하의 강변로에서 맞은편으로 이중적인 시선을 그에게 던졌는데, 그가 그녀를 알아보면 그와 인사하겠다는 결의가 가득한가

1 Vladimir Kappel(1883~1920). 2월 혁명 이후 입헌 민주당의 편에 섰던 장군이다. 이른바 코무치 백군을 지휘했다. 제독 콜차크의 처형 이후에 그는 시베리아 백군 잔당의 지휘관이었고, 대시베리아 얼음 행군이라고 알려진 언 바이칼 호수를 건너는 퇴각을 지휘했다. 그는 동상으로 사망한다.

하면, 또 뒷걸음을 칠 준비가 된 표정이었다.

그는 곧 모든 것을 기억해 냈다. 물건이 가득 찼던 객차의 모습과 강제 노역에 동원된 무리, 그들의 호송병, 그리고 가슴까지 댕기 머리를 늘어뜨린 여자 승객의 모습과 그 그림의 한가운데에서 자기 식구들을 보았다. 재작년에 식구들이 이사하던 장면의 세세한 모습이 또렷하게 그를 에워쌌다. 죽을 만큼 그리운 식구들의 얼굴이 그의 눈앞에 생생하게 되살아났다.

그는 거리의 약간 위쪽, 진창에서 튀어나온 돌을 밟고 건널 수 있는 장소로 올라오라고 고갯짓으로 탸구노바에게 신호를 보냈고, 그 자신이 그 장소까지 가서 탸구노바 쪽으로 건너가 그녀와 인사를 나누었다.

그녀는 그에게 많은 이야기를 해주었다. 탸구노바는 불법적인 강제 징용으로 난방 화차에 같이 탔던 순진한 미소년 바샤를 상기시킨 후, 자기가 베레텐니키 마을에 있는 바샤의 엄마 집에서 어떻게 살았는지 의사에게 이야기해 주었다. 그녀는 그들 집에서 아주 잘 지냈다. 그러나 베레텐니키 마을에서 그녀는 낯선 이방인이었으므로 시골 사람들이 그녀를 눈엣가시처럼 여겼다. 사람들은 그녀가 바샤와 이상하게 가깝다는 이야기를 지어내어 그녀를 비난했다. 결국 더 이상 괴롭히지 못하도록 그녀는 그곳을 떠나지 않을 수 없었다. 그녀는 크레스토보즈드비젠스크 시에 있는 언니 올가 갈루지나의 집에 자리를 잡았다. 파진스크에서 프리툴리예프를 본 것 같다는 소문 때문에 이곳으로 온 것이었다. 그 정보는 거짓이었지만, 그녀는 일자리를 얻어 이곳에 눌러앉았다.

그러는 사이에 그녀의 소중한 사람들에게 불행한 일이 닥쳤다. 베레텐니키 시골 사람들이 식량 징발법[2]에 복종하지 않았다는 이유로 군사 처형을 당했다는 소식이 들렸다. 아마도 브리킨의 집이 불타고 바샤의 가정에서 누군가가 죽은 것 같았다. 크레스토보즈드비젠스크에서 갈루진 집안은 집과 재산을 빼앗겼고, 형부는 감옥에 갔거나 총살을 당했다. 조카는 행방불명되었다. 쫄딱 망한 첫 시기에 언니 올가는 배를 곯으며 궁핍하게 살았지만, 지금은 즈보나르스카야 촌락에 있는 일가붙이의 집 농가에서 허드렛일을 하며 입에 풀칠을 하고 있었다.

우연히도 탸구노바는 의사가 자산을 몰수하기로 되어 있는 파진스크 약국에서 그릇 닦는 여자로 일하고 있었다. 탸구노바를 포함해 약국에 붙어 먹고살던 모든 이에게 몰수는 곧 파멸을 의미했다. 그러나 의사에게는 몰수를 철회할 권한이 없었다. 탸구노바는 물건 인도 작업에 입회했다.

유리 안드레예비치의 짐마차가 약국 뒷마당에 있는 창고 문 앞에 섰다. 군인들이 창고에서 버드나무 가지로 휘감은 큰 병과 상자들을 끄집어냈다.

약사의 여위고 옴에 걸린 암말이 마구간에서 사람들과 짐 싣는 장면을 슬픈 눈으로 바라보았다. 비가 내리던 날이 저물었다. 하늘에 구름이 살짝 걷혔다. 구름에 가려 있던 태양

---

2 1919년 1월에 〈잉여 농산물〉에 대해 보상 없는 징발법이 실시되었다. 농민들의 큰 반발을 불러일으켰으나, 농민들은 잔혹하게 탄압을 받았다.

이 잠시 얼굴을 내밀었다. 해가 지고 있었다. 햇빛은 어두운 청동색을 마당에 내뿜으며 걸쭉한 거름 웅덩이를 황금빛으로 불길하게 물들였다. 바람은 웅덩이를 조금도 흔들지 못했다. 걸쭉한 거름 웅덩이는 무게 때문에 꼼짝도 하지 않았다. 한편, 자갈길에 고인 빗물은 바람에 흔들리며 황화 수은처럼 파문을 일으켰다.

군대는 가장 깊은 호수와 구덩이를 걷거나 말을 타고 우회해 길 가장자리를 따라 진군하고 또 진군했다. 압수한 약품에는 온전한 코카인 한 병이 있었는데, 최근 파르티잔 대장이 그 병의 냄새를 맡는 과오를 범하고 있었다.

3

파르티잔들 사이에서 의사의 일은 머리 꼭대기까지 찰 정도로 많았다. 겨울에는 티푸스가 돌았고, 여름에는 이질이 돌았으며, 군사 행동이 재개되어 전투가 일어난 날에는 부상자들이 더 많이 들어왔다.

패배와 잦은 퇴각에도 불구하고, 파르티잔 행렬은 농민 군대가 지나간 자리에서 새롭게 봉기한 사람들과 적 진영에서 도망친 사람들로 끊임없이 보강되었다. 의사가 파르티잔과 있었던 1년 6개월 사이에 그들의 군단은 열 배로 늘어났다. 크레스토보즈드비젠스크에서 열린 지하 참모 회의에서 리베리 미쿨리친은 자기 군대의 수를 열 배 정도 부풀려 말했었다. 그런데 지금 그들은 그때 말한 규모만큼 늘어나 있었다.

유리 안드레예비치는 이제 갓 들어왔지만 합당한 경험이 있는 몇 명의 위생병을 조수로 거느리고 있었다. 의료 차원에서 그의 오른팔은 진영에서 라유시[3]라고 불리는 헝가리 공산주의자이자 포로 출신인 군의관 케레니 라이오시였고, 역시 오스트리아군 포로인 크로아티아 간호병 안겔랴르도 있었다. 유리 안드레예비치는 케레니 라이오시와는 독일어로 소통했고, 태생적으로 슬라브계 발칸족인 안겔랴르는 러시아어를 절반 정도 알아들었다.

4

적십자 국제 협약에 따르면 군의관과 위생병들은 군사 행동에 무기를 들고 참여할 권리가 없었다. 그러나 언젠가 한번 의사는 의지에 반해 이 원칙을 깨지 않을 수 없었다. 들판에서 전투가 일어났을 때 그는 그곳에 있었고, 전투에 임한 사람들과 운명을 함께하며 대응 사격을 하지 않을 수 없었다.

파르티잔의 산병선은 수풀 변두리에 있었고, 불시에 포화를 만난 의사는 부대의 전신 기사 바로 옆에 오랫동안 엎드려 있었다. 파르티잔의 등 뒤에는 삼림 지대가, 앞에는 보호막 없이 완전히 드러난 들판이 활짝 펼쳐져 있었고, 그곳으

---

3 러시아어로 〈라유시〉는 〈짖다〉는 의미의 동사인 〈라야티〉의 능동형 동사 현재형이다. 〈짖는 사람〉이라는 뜻이다.

로 백군들이 진격해 오고 있었다.

그들은 벌써 아주 가까이로 다가와 있었다. 의사는 얼굴 하나하나를 분간할 수 있을 정도로 그들이 잘 보였다. 그들은 군인이 아닌 수도 출신의 소년과 청년들, 그리고 예비역에서 동원되어 온 보다 나이 많은 사람들이었다. 주조를 이루는 것은 첫 번째 부류의 젊은 군인들, 즉 얼마 전에 자원병이 된 대학교 1학년과 8학년 정도의 고등학생들이었다.

의사는 그들 중 아는 사람이 아무도 없었지만, 절반가량의 얼굴이 그에게 낯익게, 그러니까 어디선가 본 익숙한 얼굴처럼 느껴졌다. 어떤 이는 그에게 예전 학교 친구를 생각나게 했다. 어쩌면 이들은 어린 동생들일 수도 있지 않을까? 어떤 이는 그가 예전에 극장 혹은 거리의 인파 속에서 본 것 같은 느낌이 들었다. 그들의 풍부한 표정과 매력적인 외모가 가까운 내 사람인 것처럼 느껴졌다.

그들이 이해하는 방식대로 의무에 헌신하고자 하는 마음은 불필요하고 도발적이지만, 열광적인 용맹을 그들에게 불어넣었다. 그들은 상비 근위병의 자세를 능가하며 몸을 쭉 편 채 위험을 거들떠보지도 않고 들판을 조밀하지 않은 산개 대형으로 걸었고, 풀밭이 고르지 않아 뒤로 숨을 수 있는 돌출부와 둔덕이 있음에도 불구하고 몸을 숨길 생각을 하지 않았다. 파르티잔의 총알이 그들을 모조리 쓰러뜨렸다.

백군이 진군하고 있는 허허벌판의 널따란 들판 한가운데는 불타 죽은 나무 한 그루가 서 있었다. 나무는 벼락 혹은 모닥불의 불길에 탔든지, 이전의 전투 때 쪼개지거나 불탔을 것

160

이다. 진격하는 의용병 사격수는 저마다 그 나무에 시선을 던지며 보다 안전하고 꼼꼼하게 조준하기 위해 나무 뒤로 숨고 싶은 유혹과 싸웠지만, 그 유혹을 이기고 앞으로 나아갔다.

파르티잔은 총탄 수가 제한되어 있었다. 총알을 아껴야만 했다. 상호 약속에 따라 근거리에서 보이는 표적의 수와 동일한 수로 탄창 총을 쏴야 한다는 명령이 내려졌다.

의사는 무기 없이 풀밭에 엎드려 전투의 진행 상황을 지켜보았다. 그의 모든 동정심은 영웅적으로 죽어 가는 아이들 편에 가 있었다. 그는 마음 깊이 그들이 승리하기를 바랐다. 그들은 틀림없이 정신과 양육, 도덕적 기질과 사고에서 그와 가까운 가정의 후예일 것이다.

그들이 있는 초지로 뛰어나가 항복하여 자유를 얻자는 생각이 그의 머리에 어른거렸다. 그러나 그 일보는 모험을 감수하고 위험이 뒤따르는 일이었다.

그가 두 팔을 들고 초지 한가운데까지 가는 동안 양쪽 모두 그의 가슴과 등에 총을 쏘아 그를 죽일 수도 있었다. 그의 편은 배신을 징벌하기 위해, 반대편은 그의 의도를 파악하지 못해서 그럴 수도 있었다. 그는 비슷한 상황에 여러 번 처했고, 모든 가능성을 숙고한 결과 이미 오래전에 그런 탈출 방법은 적합하지 않다고 생각하고 있었다. 이중적인 감정과 타협하며 의사는 계속 엎드려 있었고, 얼굴을 초지로 향한 채 무기 없이 풀밭에서 벌어지는 전투의 진행 상황을 관찰했다.

그러나 주변에서 죽기 아니면 살기로 전투가 들끓고 있는데, 자신은 아무 일도 하지 않고 관조에 빠진다는 것은 상상조차 할 수 없는 일이었고, 또 인간적인 힘의 한계를 뛰어넘는 일이었다. 그것은 그의 자유를 구속하는 군영에 충성하느냐, 그 자신을 방어하느냐의 문제가 아니라, 진행되는 상황의 질서에 따르느냐, 그의 앞과 주변에서 사납게 날뛰고 있는 법에 복종하느냐의 문제였다. 이런 일에 방관자로 남는 것은 법칙에 어긋나는 일이었다. 다른 이들이 하는 짓을 똑같이 해야만 했다. 전투가 진행 중이었다. 그와 동지들에게 총을 쏘고 있었다. 대응 사격을 해야만 했다.

그와 나란히 산개 대형에 있던 통신병이 경련을 일으키다가 숨을 거둔 후 몸을 쭉 뻗고 꼼짝도 하지 않았다. 유리 안드레예비치는 기어서 그에게 다가가 그의 몸에서 가방을 벗긴 후, 그의 탄창 총을 들고 이전 자리로 돌아와 총을 장전한 후 총격을 가하기 시작했다.

그러나 그는 동정심 때문에 자신이 매료되고 공감했던 젊은이들에게 총을 겨눌 수 없었다. 분별없이 허공에 대고 총을 쏘는 것은 그의 의도에 반하는 지나치게 어리석고 쓸데없는 짓이었다. 그는 그와 그의 표적 사이에 진군하는 사람 중 아무도 끼어들지 않는 순간을 기다렸다가 그을린 나무를 겨냥해 총을 쏘기 시작했다. 이런 경우 그에게는 나름의 방법이 있었다.

겨냥을 하되 조준이 점점 더 정확해짐에 따라 마치 언제 발사하겠다는 계산 없이 양 끝까지 방아쇠를 당기지 않아서 공이치기의 풀림과 발사가 기대 이상으로 자연스럽게 이어지지 않는 사이에, 의사는 손에 익은 정확함으로 아래쪽에 말라

비틀어진 나뭇가지들을 쏘아 죽은 나무 주변에 흩어 놓기 시작했다.

그러나 오, 끔찍한 일이 일어났다! 총탄이 아무도 맞히지 못하도록 의사가 아무리 조심해도 진군하던 다른 병사가 결정적인 순간에 그와 나무 사이에 들어와, 총탄이 발사되는 순간 그 조준선을 가로지르고 말았다. 그는 두 사람을 쏘아 부상을 입혔고, 나무에서 멀지 않은 곳에 쓰러진 불운한 세 번째 사람은 목숨을 잃은 것 같았다.

마침내 백군의 지휘부는 공격의 무의미함을 깨닫고 퇴각 명령을 내렸다.

파르티잔은 소수였다. 그들의 주요 병력은 행군 중에 있었고, 일부는 한옆으로 물러나 적군의 보다 큰 병력과 전투를 벌이고 있었다. 부대는 수가 적다는 것을 들키지 않기 위해서 퇴각하는 무리들을 뒤쫓지 않았다.

간호병인 안겔랴르는 수풀 변두리로 들것을 든 두 명의 위생병을 데리고 왔다. 의사는 그들에게 부상자를 돌보라고 명하고, 그 자신은 꼼짝도 하지 않고 누워 있는 통신병에게 다가갔다. 그는 막연하게 어쩌면 그가 숨을 쉬고 있을지도 모른다고, 그러면 다시 살릴 수 있을지도 모른다고 기대하고 있었다. 그러나 통신병은 죽어 있었다. 유리 안드레예비치는 최종적으로 확인하기 위해 셔츠를 풀어 그의 심장 소리를 듣기 시작했다. 심장은 뛰지 않았다.

죽은 이의 목에 부적 주머니가 달린 끈이 매달려 있었다. 유리 안드레예비치는 그 주머니를 풀었다. 그 안에는 접은

모서리가 삭아서 너덜너덜해진 종이가 넝마 조각에 꿰매어
져 있었다. 의사는 절반가량 부스러져서 산산조각이 난 종이
를 펼쳐 보았다.

종이에는 필사에 필사를 거듭하면서 진본에서 점차로 멀
어진 기도문에, 민중이 들여온 변형과 이탈을 담은 「시편」
90편[4]의 인용문이 적혀 있었다. 교회 슬라브어[5] 텍스트 인용
문이 러시아어로 알아볼 수 있게 쓰여 있었다.

「시편」에는 이렇게 적혀 있다. 〈지존하신 분의 거처에 머
무는 사람아.〉 문건에서 주문의 제목은 이러했다. 〈생생한 도
움이여.〉 「시편」에 있는 〈낮에 날아드는 화살을…… 두려워
마라〉는 〈날아드는 전쟁의 화살을 두려워 말라〉라는 응원의
말로 변해 있었다. 「시편」에는 〈나의 이름을 아는 자를〉이라
고 되어 있는데, 문건에는 〈나의 이름은 늦고〉[6]로 되어 있었
다. 〈환난 중에 그와 함께 있으리니 나는 그를 건져 주고〉는
문건에 〈곧 겨울이 되리니〉[7]로 변해 있었다.

「시편」의 텍스트는 총탄을 막아 주는 기적을 일으킨다고

---

4 공동 번역 성서에서는 「시편」 91편에 해당한다.
5 러시아와 다른 동방 정교회의 언어는 교회 슬라브어이다. 교회 슬라브
어는 중세의 불가리아어에서 파생된 것으로, 불가리아 사람인 키릴과 메포지
가 슬라브족 선교를 목적으로 만든 문자어로부터 시작되었다. 러시아어와는
다르므로 러시아어로 번역될 때 뒤에 나오는 것처럼 잘못 오역되는 경우가
있었다. 이후 나오는 성경 구절은 성경 킹스제임스 번역 「시편」 91편이다.
6 〈알고〉라는 뜻의 〈포즈나〉가 문건에는 〈늦고〉라는 〈포즈노〉로 바뀌어
있다.
7 〈구해 주리라〉는 뜻의 〈이즈무〉가 문건에는 〈겨울이〉라는 〈브지무〉로
바뀌어 있다.

여겨졌다. 제국주의 전쟁 때 병사들이 이 문구를 부적으로 몸에 지니고 다녔다. 수십 년이 훨씬 지난 시기에는 체포된 사람들이 이 부적을 옷에 꿰매고 다녔으며, 밤에 심문을 받으러 불려 나갈 때 수인들이 자신을 위해 이 구절을 되뇌었다.

유리 안드레예비치는 통신병을 떠나 초지를 가로질러 그의 손에 죽임을 당한 젊은 백군 근위병에게로 갔다. 소년의 아름다운 얼굴에는 순진함과 모든 것을 용서한 고통의 흔적이 그려져 있었다. 〈내가 왜 이 아이를 죽였을까?〉 의사는 생각했다.

그는 죽은 자의 외투에서 단추를 풀고 그의 옷자락을 활짝 열어젖혔다. 안감에는 정성과 사랑 가득한 손길로, 아마도 어머니가 쓴 것일 테지만, 세료자 란체비치라는 죽은 자의 이름과 성이 아름다운 필체로 수놓아져 있었다.

세료자의 셔츠 소매 사이에 십자가와 큰 메달, 그리고 어떤 판판한 금장의 작은 상자 혹은 손상되어 못으로 뚜껑을 눌러 놓은 담배 케이스가 달린 목걸이가 곁으로 툭 떨어져 매달려 있었다. 그 상자에서 접힌 종잇조각 하나가 떨어졌다. 의사는 그것을 펼쳐 보고는 자신의 눈을 믿을 수 없었다. 그것은 「시편」 90편[8]이었지만, 슬라브어 원어로 인쇄된 것이었다.

그때 세료자가 신음하며 몸을 죽 뻗었다. 그는 살아 있었다. 나중에 밝혀진 일이지만, 그는 가벼운 내부 타박상을 입고 정신을 잃었던 것이다. 총알이 날아와 어머니가 만들어 준 부적 가장자리에 맞았고, 그것이 그를 구했다. 그러나 정신을 잃고 쓰러진 그를 어떻게 할 수 있겠는가?

8 앞쪽과 마찬가지로 「시편」 91편이다.

그즈음에는 교전하는 이들의 광포함이 극에 달해 있었다. 포로들은 산 채로 지정된 장소까지 도착한 적이 없었는데, 적군 부상병들은 들판에서 그들을 찔러 죽였던 것이다.

숲의 군단의 구성원은 유동적이라서 새로운 자원병이 들어오는가 하면, 옛 참가자들이 떠나 적군(敵軍)에게로 도망가는 게 비일비재했으므로, 비밀만 잘 지키면 란체비치를 얼마 전에 가담한 새 병사로 꾸밀 수 있었다.

유리 안드레예비치는 죽은 통신병의 웃옷을 벗겼고, 안겔랴르에게 자신의 생각을 털어놓은 후 그의 도움을 받아 의식이 돌아오지 않은 소년에게 갈아입혔다.

그와 간호병은 소년이 나을 때까지 간병을 했다. 란체비치가 완전히 회복된 후 자신을 구해 준 사람들에게 콜차크 군단에 돌아갈 것이고, 적군과 계속 전쟁을 할 것이라고 숨기지 않고 말하는데도 그들은 그를 놓아주었다.

5

가을에 파르티잔 진영은 높은 언덕에 있는 작은 숲인 리시오토크[9]에 주둔했는데, 그 언덕 아래로는 거품이 일 정도로 물살이 맹렬한 작은 강이 그곳을 삼면으로 감싸고 강변을 파먹으면서 쏜살같이 흘렀다.

파르티잔이 오기 전에는 카펠 장군의 백위군이 이곳에서 겨

9 〈여우 수풀〉이라는 뜻이다.

울을 났다. 그들은 자기들의 손과 주변 주민들의 노동력을 빌려 숲을 요새화한 후 봄에 그곳을 떠났다. 이제 그들의 폭파되지 않은 엄폐호와 참호, 교통호에 파르티잔들이 자리를 잡았다.

리베리 아베르키예비치는 자신의 참호를 의사와 나누어 썼다. 그는 계속 말을 붙여 이틀째 의사가 밤잠을 자지 못하게 했다.

「내 존경해 마지않는 부모님, 존경하는 파테르,[10] 내 파파 헨[11]은 지금 무엇을 하고 계신지 알고 싶군요.」

〈맙소사, 이 광대 같은 어조를 도저히 못 참겠군.〉 의사는 혼잣말을 하며 한숨을 쉬었다. 〈아버지를 쏙 빼닮았어!〉

「이제껏 한 이야기로 미루어 보면, 선생은 아베르키 스테파노비치를 충분히 알고 있어요. 내가 보기에 아버지에 대해 나쁜 견해를 갖고 있지 않으신 것 같은데요, 그렇지 않은가요, 선생?」

「리베리 아베르키예비치, 내일은 운동장에서 선거를 앞두고 집회가 있습니다. 그 밖에도 밀주를 만든 위생병에 대한 재판도 코앞이고요. 저와 라이오시는 이 재판을 위한 자료를 아직 준비하지 못했어요. 우리는 내일 그 일로 만날 겁니다. 난 이틀 밤을 자지 못했어요. 대화를 나누는 건 좀 미룹시다. 자비를 좀 베풀어 주세요.」

「아니요, 어쨌든 아베르키 스테파노비치 얘기로 돌아가서,

10 고대 인도유럽어에서 〈아버지〉를 의미하는 단어이다.
11 〈아빠〉라는 뜻의 고어이다.

그 늙은이에 대해 무슨 말씀을 하시겠습니까?」

「대장의 아버지는 아직 젊으세요, 리베리 아베르키예비치. 어째서 아버지에 대해 그렇게 말씀하시는지. 이제 대장께 답하지요. 저는 사회주의적인 주입의 개별적 단계에 대해서는 잘 모른다고 벌써 여러 번 말했습니다. 그리고 볼셰비키와 다른 사회주의자들 간의 특별한 차이도 모르겠다고요. 대장의 아버지는 최근 러시아의 소요와 무질서에 책임이 있는 사람들의 부류에 속하지요. 아베르키 스테파노비치는 혁명적인 유형이자 성격이에요. 대장과 마찬가지로 그분은 러시아 발효소의 대표자입니다.」

「그게 무슨 뜻인가요? 칭찬인가요, 비난인가요?」

「다시 한번 부탁드리지만, 논쟁을 보다 편한 시간까지 미룹시다. 게다가 대장이 지금 한도 끝도 없이 맡고 있는 코카인에 관심을 돌리게 해드리고 싶네요. 대장은 그걸 내 관할의 예비품에서 마음대로 착복하고 있어요. 그건 독이고, 내가 대장의 건강을 책임지고 있다는 걸 차치하고라도 다른 목적으로도 그건 우리에게 필요한 물품입니다.」

「선생은 어제도 강습에 오지 않았어요. 선생은 무식한 아주머니나 만성적으로 뒤떨어진 속물처럼 사회적 성향이 위축되어 있습니다. 그런데 선생은 책을 많이 읽은 의사이고, 심지어 뭔가를 직접 쓰는 것 같단 말입니다. 설명하세요, 그게 어떻게 양립 가능합니까?」

「어떻게 가능한지는 저도 모릅니다. 아마도 절대 양립 가능하지 않으니, 나오는 것도 없겠지요. 저는 동정을 받아 마땅합니다.」

「지나친 겸손은 오만보다 더 나쁘지요. 그렇게 빈정거리며 비웃기보다는 우리의 교육 프로그램을 잘 알게 되면 자신의 오만함이 부적절하다는 것을 인정하게 될 텐데요.」

「맙소사, 리베리 아베르키예비치! 여기 무슨 오만함이 있다고 하십니까! 저는 당신들의 교육 활동에 경의를 표합니다. 문제들에 대한 개관은 통지서에 반복되어 실려 있더군요. 저는 그걸 읽었습니다. 병사들의 정신적 발달에 대한 여러분의 생각을 저는 잘 압니다. 그 생각에 열광하고 있고요. 인민군 병사가 동지들, 약자들, 의지가지없는 사람들, 여성, 순수와 명예의 사상에 대해 가져야 하는 태도에 관해 당신들이 말하는 모든 것은 두호보르[12] 공동체를 구성했던 방식과 거의 똑같아요. 그건 톨스토이주의이고, 가치 있는 삶에 대한 꿈이지요, 그런 것들로 제 청소년기는 가득 채워져 있습니다. 제가 감히 그런 것들을 비웃을 수 있을까요?

하지만 첫째로, 10월 이후부터 이해되기 시작한 방식의 사회적 완성의 사상은 저를 불타게 만들지 않습니다. 둘째로, 그것은 아직 여전히 실제 삶과는 거리가 멀고, 그에 대한 논의만으로도 이렇게 바다와 같이 피를 흘렸으니, 목적으로 수

---

12 러시아에서 18세기에 등장해 1850년대와 1860년대에 확산되었던 러시아 정교 내 이단 종파이다. 러시아 정교 의식과 성령의 신성, 성경의 성스러운 계시성을 모두 부정했다. 이들은 평화주의적 농민 공동체로 살면서 국가의 권위를 부정하고 군대 복무를 거부했으므로 지속적인 탄압을 받았다. 이들의 신앙은 톨스토이주의와 유사한 점이 많았다. 실제로 톨스토이는 19세기 말에 이들이 캐나다로 이주하기 위한 자금 마련에 도움을 주기 위해『부활』을 집필한다.

단이 정당화될 수는 없는 겁니다. 셋째로, 이것이 중요한데, 삶의 개조라는 말을 들었을 때 저는 자제력을 잃고 절망에 빠졌습니다.

삶의 개조라니! 갖은 풍상을 겪었지만, 단 한 번도 삶을 이해한 적이 없고, 그 혼과 정신을 느껴 본 적이 없는 사람만이 그렇게 논할 수 있는 겁니다. 그들에게 현존은 그들이 만져서 고상해지지 않는 조악한 재료, 그들의 가공을 필요로 하는 재료 덩어리인 거죠. 하지만 삶이 재료나 물질인 경우는 없습니다. 만일 알고 싶으시다면 삶 자체는 끊임없이 자신을 새롭게 하고 영원히 자신을 고치는 원리로, 삶 자체가 자신을 영원히 고치고 변화시키며, 삶 자체는 우리와 여러분이 지닌 저능한 이론보다 상위에 있습니다.」

「그래도 집회에 가서 멋지고 훌륭한 우리 사람들과 교제한다면, 감히 말하건대 선생의 기분이 좋아질 텐데요. 우울한 기분에 빠지지는 않을 겁니다. 그 기분이 어디서 오는 건지 압니다. 우리가 격파를 당하는데, 미래에 빛이 보이지 않으니 그게 괴로운 거겠지요. 하지만 친구, 절대로 공황 상태에 빠질 필요는 없어요. 나는 직접적으로 나와 관련된 더 무서운 일도 잘 알고 있습니다. 지금으로서는 그걸 공표할 수 없지만. 그래도 나는 당황하지 않습니다. 우리의 실패는 일시적인 겁니다. 콜차크의 파멸은 피할 수 없어요. 내 말을 명심하세요. 앞으로 두고 보세요. 우리가 이길 겁니다. 위로가 되시기를.」

〈아니, 이건 흉내 낼 수도 없군!〉 의사가 생각했다. 〈무슨 어린애 같은 소리인지! 얼마나 근시안적인지! 나는 끝도 없이 이 사람에게 우리의 견해가 서로 상반된다고 여러 번 되풀이해 말했건만, 저 사람은 나를 억지로 붙잡아 자기 옆에 두고는 자신의 실패가 나를 실망시키지만, 자신의 계산과 희망이 내게 용기를 북돋아 준다고 상상하고 있으니. 이게 눈이 먼 게 아니고 뭐란 말인가! 혁명의 이해관계나 태양계의 존재가 이 사람에게는 매한가지이니.〉

유리 안드레예비치는 얼굴을 찌푸렸다. 그는 아무 대답도 하지 않고 리베리의 순진함이 그의 인내의 한계를 뛰어넘고, 그가 억지로 자제 중임을 전혀 숨기려는 기색도 없이 어깨를 으쓱할 뿐이었다. 리베리도 그걸 알아채지 못할 수는 없었다.

「유피테르, 그대가 화를 내는 걸 보니, 그대가 옳지 않다는 뜻인가.」[13] 그가 말했다.

「제발, 제발, 그 모든 말이 나한테 적용되지 않는다는 걸 좀 알아주세요. 〈유피테르〉니, 〈공황 상태에 빠지면 안 된다〉느니, 〈A라고 말한 사람은 B라고 말해야 한다〉느니, 〈할 일을 다 했으면 이제 떠나야 한다〉느니 하는 저속한 말들, 그런 표현들은 전부 저한테는 해당되지 않습니다. 내 목에 칼이 들어와도 전 A라고 했으니, B라고 말하지는 않을 겁니다. 당신들이 러시아의 횃불이고 해방자라고, 당신들 없이는 러시아가 가난과 무지 속에 허덕이며 망했을 거라고 합시다. 그래도 나는 당신들한테 관심이 없고, 침이나 뱉을 거고, 당신들이 싫습니다. 당신들은 다 악마한테나 갔으면 좋겠습니다.

13 고대 시리아 작가 사모사타의 루시안(125~180)이 한 말로서, 라틴어에서 나온 구절이 러시아어에서 속담처럼 사용된 것이다.

당신네 민심의 지배자들은 속담을 자주 사용하는데, 억지로는 사랑을 받을 수 없다는 중요한 사실을 잊고 있어요. 특히 전혀 부탁도 하지 않은 사람들을 해방시켜 주고 행복하게 해주겠다는 버릇이 뿌리를 내리고 있지요. 아마도 당신들은 내게 당신의 진영과 사회보다 더 좋은 장소는 없다고 상상하겠지요. 아마도 나는 또 당신을 축복하고 내게 속박을 준 것에 대해, 당신이 나를 가정과 아들, 집과 일, 내가 소중히 여기고 또 그것으로 살아온 모든 것에서 해방시켜 준 것에 대해 감사해야 한다고 생각하겠지요.

미지의 비러시아계 부대가 바리키노를 공격했다는 소문이 들립니다. 사람들 말로는 급습해서 노략질해 갔다고 하던데요. 카멘노드보르스키도 그걸 부정하지 않더군요. 우리 식구와 대장 식구는 제때 도망을 친 것 같습니다. 솜옷과 높은 털모자를 쓴 어떤 사팔뜨기들이 혹한에 얼음을 이용해 린바 강을 건너가서, 일언반구도 없이 촌락에 살아 있는 모든 것을 다 쏴죽이고는 등장했던 것처럼 이상하게 사라졌다고 하더군요. 그걸 대장은 알았습니까? 그게 사실입니까?」

「쉿, 날조된 얘기예요. 유언비어에 사로잡힌 자들이 퍼뜨리는 확인되지 않은 헛소문입니다.」

「병사들의 도덕적 양육에 대한 대장의 교시처럼 대장이 선량하고 관대하다면 나를 자유롭게 풀어 주세요. 나는 식구들을 찾으러 떠날 겁니다. 심지어 나는 식구들에 대해 아는 것이 하나도 없어요. 그들이 살아 있기는 한지, 그들이 어디에 있는지도 모릅니다. 만일 그렇게 하지 않으려면, 제발 나를 좀 가만히 내버려 두세요, 나는 다른 것에는 전혀 관심이 없어요, 나도 나를 어떻게 못 합니다. 결국 제기랄, 내게도 그냥 단순하게 잠잘 권리는 있지 않습니까!」

유리 안드레예비치는 얼굴을 베개에 파묻고 해먹에 엎드려 누웠다. 그는 온 힘을 다해 변명하는 리베리의 소리를 듣지 않으려고 했다. 리베리는 계속해서 봄이 되면 백군이 반드시 격파될 것이라고 그를 안심시켰다. 내전이 끝날 것이고, 자유와 번영과 평화가 찾아올 것이라고 말했다. 그때는 감히 어느 누구도 의사를 잡아 둘 사람이 없을 것이다. 하지만 그때까지는 참아야 한다. 모든 일을 견디고 수많은 희생을 치르며 그런 예측이 실현되리라고 기대했던 시간이 이제 얼마 남지 않았다. 그리고 지금 의사가 어디로 갈 수 있겠느냐. 그 자신의 안녕을 위해서라도 혼자서는 아무 데도 가게 풀어 줄 수는 없다.

〈또 똑같은 소리군, 악마 같으니! 혀를 또 놀리고 있군! 똑같은 말을 몇 년씩이나 되풀이하는데 부끄럽지도 않나?〉 유리 안드레예비치는 혼자 한숨을 쉬며 분노했다. 〈자기 말에 자기가 도취되어 있는 거야, 말만 번지르르하지, 불쌍한 코카인 중독자 같으니. 저 저주받을 녀석과 있으면 밤이 되어도 밤이 아니니 잠도 잘 수 없고, 살 수도 없고. 오, 얼마나 저 녀석이 미운지! 언젠가는 내가 저 녀석을 죽일 것 같군.

오, 토냐, 불쌍한 내 아가씨! 당신 살아 있지? 어디 있는 거야? 주여, 분명 오래전에 해산했을 텐데! 출산은 어떻게 했어? 우리 아이는 남자아이야, 여자아이야? 사랑스러운 우리 식구들, 어떻게 지내고 있을까? 토냐, 나의 영원한 비난이요, 나의 죄! 라라, 당신 이름을 부르는 게 두렵군, 이 이름과 함께 내 혼이 모두 나가 버릴 것만 같아. 주여! 주여! 저 녀석은 여전히 연설을 하는군, 누그러지지도 않고, 증오스럽고 감정이라고는 티끌도 없는 짐승 같으니! 오, 언젠가 나는 참다못해 저 녀석을 죽여 버릴 거야, 죽여 버릴 거야.〉

6

아낙의 여름이 지났다. 황금빛 가을의 청명한 날들이 계속되었다. 리시 오토크의 서쪽 구석에는 보존된 의용군의 목재 요새 탑이 땅에 솟아 있었다. 유리 안드레예비치는 이곳에서 조수인 의사 라이오시와 만나 공동의 일을 논의하기로 약속했다. 유리 안드레예비치는 약속한 시간에 그곳에 도착했다. 동료를 기다리는 동안 그는 무너진 참호의 가장자리 흙을 따라 이리저리 거닐다가, 그 탑에 올라가 초소에 들러 텅 빈 기관총 진지의 총안을 통해 강 너머 멀리까지 펼쳐진 숲을 바라보았다.

가을은 벌써 숲속에 침엽수림과 활엽수림의 경계를 선명하게 갈라놓았다. 전자는 깊은 곳에서 거의 검은 벽처럼 어스레하게 털을 곤두세웠고, 후자는 그 사이로 불꽃같은 포도주 빛깔의 얼룩처럼 빛을 발해 그 모습이 마치 울창한 숲속에 통나무로 지은 성채와 황금 지붕의 대궐로 이루어진 고대 도시 같았다.

참호 속 의사의 발밑, 아침 서리에 단단히 언 숲길의 바퀴 자국 안에는 바싹 마른 자잘한 버드나무 낙엽들이 마치 대패질이 된 양 원통형으로 돌돌 말린 채 흩어져 잔뜩 쌓여 있었다. 가을은 이 쌉싸래한 밤색 이파리와 또 수많은 다른 향기를 풍겼다. 유리 안드레예비치는 서리에 푹 젖은 사과 향, 건조한 흙냄새, 달콤한 습기, 물을 끼얹은 모닥불과 막 끈 불에서 피어오르는 그을린 연무 같은, 9월의 푸른 탄내가 뒤섞인 복잡한 향기를 게걸스럽게 들이마셨다.

유리 안드레예비치는 라이오시가 뒤에서 다가온 것을 알아채지 못했다.

「안녕하세요, 선생님.」 그가 독일어로 말했다. 그들은 일에 착수했다.

「우리에게는 세 가지 문제가 있습니다. 밀주에 대한 것, 의무실과 약국의 개편에 대한 것, 세 번째로 제가 주장하는 것인데, 행군 중이라도 외래 진료로 정신병을 치료하는 문제입니다. 어쩌면 그게 꼭 필요하지 않다고 보실 수도 있겠지만, 친애하는 라이오시, 제 관찰에 따르면 우리는 미쳐 가고 있어요. 현대의 여러 광기는 감염과 전염의 형태를 띱니다.」

「아주 흥미로운 문제군요. 그 문제는 나중에 다루기로 하고요. 지금은 이걸 논하기로 하죠. 진영 안에 불평이 나돌고 있습니다. 밀주 제조자들의 운명이 동정심을 불러일으킨 거죠. 백군을 피해 마을에서 피난 온 가족의 운명을 걱정하는 사람들이 많습니다. 일부 파르티잔은 아내와 아이들과 노인들을 실은 수송 대열이 가까이 왔다고 진영에서 출격을 나가지 않겠다고 합니다.」

「맞습니다, 그 사람들을 기다려 줘야지요.」

「그리고 이 모든 일이 우리 수하가 아닌 다른 부대들까지 통솔하는 단일 사령부 선거 바로 직전에 일어나고 있습니다. 저는 리베리 동지가 유일한 후보자라고 생각합니다. 젊은 그룹은 다른 사람, 브도비첸코를 내세우고 있지요. 이 사람 편은 우리와 다른 진영인데, 밀주 제조자들 패거리에 가담한 사람들로 부농, 상인들, 콜차크 탈영병들입니다. 그들이 특히 소란을 피우고 있어요.」

「당신 생각에는 밀주를 만들어 판 위생병들에게 무슨 일이 일어날 것 같습니까?」

「제 생각에는 총살형을 선고한 후 집행 유예로 용서해 줄 것 같습니다.」

「그나저나 딴소리를 많이 했군요. 일을 합시다. 진료소의 개편이오. 전 이걸 제일 먼저 살펴보고 싶은데요.」

「좋습니다. 그러나 정신병 정기 점검에 대한 선생님의 제안은 놀라울 게 없다고 말씀드리고 싶습니다. 저도 같은 의견이니까요. 시대의 일정한 특징을 보여 주고, 시대의 역사적 특수성에서 직접적으로 야기된 가장 전형적인 특질의 정신병이 나타나 지금 확산되고 있으니까요. 우리 부대에 차르 군대 출신의 병사가 있습니다. 타고나기를 아주 의식이 높고 계급적 본능이 특출한 병사이지요, 팜필 팔리흐입니다. 그 사람은 자기가 죽거나, 식구들이 백군 손에 잡힐 경우 자기를 대신해 벌을 받게 될까 봐, 자기 식구들 때문에 두려워서 미쳐 버렸습니다. 아주 복잡한 심리이지요. 그 사람 식구들은 피난민 행렬에 섞여 우리를 뒤따라오는 중인가 봅니다. 제가 러시아어를 잘 몰라서 그 사람에게 제대로 캐묻지 못하겠습니다. 안겔랴르나 카멘노드보르스키에게 알아보십시오. 그를 진찰해 볼 필요가 있습니다.」

「저도 팜필 팔리흐를 아주 잘 압니다. 그 사람을 제가 어떻게 모를까요. 한때는 군 소비에트에서 함께 부대끼며 지냈는데요. 아주 흉악하고 잔혹하고 이마가 좁은 사람이지요. 그 사람에게서 뭔가 좋은 점을 발견하셨다니 놀랍군요. 항상 극단적 조치, 엄격함과 사형을 찬성하는 사람입니다. 늘 저를 밀어냈어요. 좋아요. 제가 그 사람을 맡지요.」

7

햇볕이 쨍쨍 내리쬐는 청명한 날이었다. 지난주 내내 그랬듯이 조용하고 건조한 날씨가 이어졌다.

진영의 깊은 곳에서는 사람이 북적이는 커다란 임시 숙영지의 어수선한 굉음, 먼바다에서 우르릉거리는 파도 소리를 닮은 굉음이 흘러나왔다. 숲을 거니는 사람들의 발자국 소리, 사람들의 목소리, 도끼 치는 소리, 쇠 담금질하는 소리, 말이 울부짖는 소리, 개가 컹컹 짖는 소리, 닭 우는 소리가 끊임없이 들려왔다. 햇볕에 그을려 이만 하얗게 드러내 놓고 미소 짓는 사람들이 숲속 이곳저곳에서 움직였다. 어떤 이는 의사를 알기에 인사를 했고, 그를 모르는 이들은 인사도 하지 않고 그의 곁을 지나갔다.

파르티잔은 짐마차를 타고 그들의 흔적을 쫓아오는 가족들이 그들을 따라잡을 때까지 리시 오토크를 떠나는 데 동의하지 않았지만, 가족들이 이미 진영에서 얼마 멀지 않은 곳까지 와 있었기 때문에 숲에서는 임시 숙영지를 철수하고 동쪽 더 먼 곳으로 이전할 준비가 한창이었다. 사람들은 뭔가를 수리하고, 청소하고, 상자에 못을 박고, 짐마차를 세면서 상태를 살펴보고 있었다.

숲 한가운데에는 많이 밟아 다져진 큰 공터가 있었는데, 이 지역 말로 부이비셰라고 불리는 일종의 고분 혹은 오랜 벽촌이었다. 보통 이곳에서 군사 집회가 소집되었다. 오늘도 역시 뭔가 중요한 사항을 발표하기 위해 이곳에서 전체 집회가 열리기로 되어 있었다.

숲에는 시들지 않은 초목이 많았다. 숲의 가장 깊은 곳은 여전히 싱싱하고 푸르렀다. 점심 이후 낮게 내려온 태양은 뒤쪽에서 숲으로 스며들었다. 이파리들은 햇빛을 통과시키며 투명한 유리병처럼 안쪽에서 녹색 불꽃으로 타올랐다.

문서 보관소 근처, 사방이 탁 트인 작은 초지에서 연락 대장인 카멘노드보르스키는 카펠 사령부의 사무실에서 입수해 이미 훑어본 불필요한 서류 더미와 자신이 관할하는 파르티잔 장부 더미를 태우고 있었다. 모닥불은 태양을 등지고 타올랐다. 햇빛이 숲의 푸른 초목처럼 투명한 불꽃을 투과하며 빛나고 있었다. 불꽃은 보이지 않았지만, 운모처럼 흔들리는 뜨거운 공기의 흐름을 보고 뭔가가 타면서 달구어지고 있음을 알 수 있었다.

숲의 여기저기서 온갖 종류의 열매가, 그러니까 술을 늘어뜨린 황새냉이, 흐늘흐늘한 밤색 접골목, 까마귀밥나무의 진주 빛 다홍색 송이가 한창 익어 알록달록한 빛을 내고 있었다. 불꽃과 수풀처럼 알록달록 투명한 잠자리들이 유리 같은 날개로 파닥대며 유유자적하게 허공을 헤엄치고 있었다.

유리 안드레예비치는 어린 시절부터 불꽃같은 노을에 잠긴 저녁의 숲을 좋아했다. 그 순간에는 그 빛의 기둥이 자신의 온몸을 투과하는 것 같았다. 꼭 살아 있는 정령의 선물이 격류처럼 가슴으로 들어와 그의 전 존재를 가로지른 후, 두 날개처럼 그의 겨드랑이를 통해 바깥으로 빠져나가는 것 같았다. 모든 사람에게서 평생을 두고 형성되며, 훗날 영원히 내적 얼굴이자 개성이 되는, 또 그렇다고 생각되는 소년 시절의 원형이 원초적인 힘으로 그의 내면에서 깨어 일어나, 자연과 숲과 저녁노을, 그리고 눈에 보이는 모든 것을, 그와 마찬가지로 모든 것을 포괄하는 원초적인 한 소녀의 닮은꼴로 변모시켰다. 〈라라!〉 그는 눈을 감고 반쯤 속삭였다. 아니, 그는 자신의 전 생애, 신의 대지 전체, 햇빛을 받으며 그의 앞에 펼쳐진 전 공간을 마음속으로 불러 보았다.

그러나 시급하고 긴박한 일들이 이어졌고, 러시아에 10월 혁명이 일어나 그는 파르티잔의 포로가 되었다. 그는 자기도 모르게 카멘노드보르스키의 모닥불로 다가갔다.

「사무 기록을 파기하는 겁니까? 이제까지 다 태우지 못하셨습니까?」

「웬걸요! 아주 오래 걸릴 겁니다.」

의사는 장화 코로 쌓여 있던 종이 더미 중 하나를 차서 무너뜨렸다. 그건 백군 참모의 전보 서신이었다. 서류들 속에서 란체비치라는 이름과 우연히 마주치지 않을까 하는 막연한 예감이 그를 스쳤지만 빗나갔다. 그것은 이미 흥밋거리가 아닌 작년 보고서의 모음이었는데, 다음과 같이 이해하기 어려운 생략과 암호로 되어 있었다. 〈옴스크 상부 주요 우두머리 첫 번째 복사본 옴스크 우리 군 사령부 옴스크 지도 예니세이 40킬로미터 도착하지 않음.〉 그는 발로 다른 종이 무더기를 발로 찼다. 거기서 오래된 파르티잔의 회의록이 뿔뿔이 쏟아져 내렸다. 서류 윗부분에 이렇게 쓰여 있었다. 〈아주 급함. 군 휴가에 대해. 심사 위원회 위원의 첫 선출. 현행. 이그나토드보르치 마을 여선생의 고발은 증거가 불충분하므로 군사 위원회는…….〉

그때 카멘노드보르스키는 주머니에서 뭔가를 꺼내어 의사에게 주며 이렇게 말했다.

「진영을 떠나게 될 경우, 선생 의료부의 일정표입니다. 파르티잔 가족들이 탄 수레는 벌써 가까이에 와 있어요. 진영 내이견들은 오늘 중에 해결될 겁니다. 언제든 우린 떠날 수 있습니다.」

의사는 서류에 시선을 던지고 탄식했다.

「제일 마지막에 제게 준 것보다 적군요. 부상자들이 얼마나 늘었는데! 걸을 수 있는 사람과 붕대를 감은 사람은 걸어갈 겁니다. 하지만 그 사람들은 무시할 만한 수예요. 중상자들은 무엇에 태워 옮기죠? 약물, 해먹, 장비들은요!」

「어떻게든 꼭 붙어 가야죠. 상황에 적응해야겠죠. 이제 다른 얘기를 합시다. 모든 사람이 공통으로 선생께 부탁하고 있어요. 이곳에 강인하고 믿을 만하며 일에 헌신하는 멋진 투사가 있는데요. 그런데 그 사람에게 뭔가 문제가 생겼습니다.」

「팔리흐요? 라이오시가 제게 말해 주었습니다.」

「맞습니다. 그 사람에게 가주세요. 진찰해 주세요.」

「뭔가 정신적인 문제인가요?」

「그런 것 같습니다. 그 사람 표현에 따르면 무슨 무당벌레 같은 게 보인답니다. 아마도 환영 같은데요. 불면증이 있고. 두통이 있답니다.」

「좋습니다. 지체할 것 없이 가보죠. 지금 시간이 되니까요. 언제 집회가 시작되나요?」

「제 생각에 벌써 모이는 것 같은데요? 그게 무슨 상관이죠? 보다시피 저도 가지 않았습니다. 우리 없이도 잘 진행될 겁니다.」

「그럼 전 팔리흐에게 가보겠습니다. 너무 피곤하고 잠도 자고 싶지만 말입니다. 리베리 아베르키예비치는 밤마다 철학을 논하는 걸 좋아해서 제게 계속 말을 겁니다. 팔리흐에게는 어떻게 가지요? 그 사람의 거처는 어디에 있나요?」

「잘게 부순 돌로 만든 구덩이 뒤에 어린 자작나무가 있는 거 아시죠? 어린 자작나무요.」

「찾아보겠습니다.」

「거기 숲속 빈터에 사령부 천막들이 있습니다. 그중 하나를 팜필에게 배정했습니다. 가족을 기다리고 있고요. 수송 대열에 섞여 아내와 아이들이 그를 보러 오고 있거든요. 맞아요. 그 사람은 사령부 천막 중 한 곳에 있어요. 대대장의 권리를 누리게 해줬어요. 혁명적 공훈에 대한 보상이지요.」

8

팜필에게 가는 길에 의사는 더 이상 걸을 힘이 없다고 느꼈다. 피곤함이 그를 엄습했다. 그는 며칠 동안 잠을 자지 못해 졸음을 이길 수가 없었다. 그는 엄폐호로 돌아가 잠시 눈을 붙일 수도 있었다. 그러나 유리 안드레예비치는 그곳으로 가는 게 두려웠다. 리베리가 그곳으로 언제든 들어와서 그를 방해할 수 있었기 때문이다.

그는 풀이 무성하지 않은 숲의 빈터 중 한 곳에 누웠는데, 그 주변을 둘러싼 나무들에서 황금빛 낙엽이 작은 초지에 빼곡하게 떨어져 있었다. 낙엽들은 작은 초지에 격자무늬로, 마치 바둑판처럼 펼쳐져 있었다. 햇빛 역시 황금빛 양탄자 위에 드리워져 있었다. 이 이중으로 엇갈리는 현란함으로 인해 눈이 어른거렸다. 작은 활자를 읽을 때처럼, 혹은 뭔가 단조로운 말을 중얼거릴 때처럼 눈이 무겁게 감겨 왔다.

의사는 비단처럼 바삭거리는 나뭇잎 위에 누워, 울퉁불퉁한 나무뿌리를 쿠션처럼 감싸 주는 이끼 위로 팔베개를 했다. 그는 순식간에 잠이 들었다. 그를 잠들게 만든 알록달록한 햇빛의 반점이 땅에 쭉 뻗은 그의 몸을 바둑판 문양으로 뒤덮어 빛과 나뭇잎의 만화경 속에서 그를 드러나지도 구별되지도 않게 만들었다. 그는 마치 보이지 않게 만드는 모자를 쓴 것 같았다.

너무 간절히 잠을 원했고 또 필요로 했지만 그는 금방 잠에서 깨어났다. 직접적인 원인은 오직 균형의 한계 안에서만 작동한다. 한도를 벗어나면 역효과가 난다. 쉬지 못해 잠들지 못한 의식은 열병에 걸린 듯 공전을 계속했다. 생각의 단편들이 회오리처럼 날아들어 거의 망가진 기계처럼 머리를 두드리며 바퀴처럼 맴맴 돌았다. 이 정신적 소란이 의사의 마음을 괴롭히며 화나게 했다. 〈리베리, 이 개자식 같으니.〉 그는 분개했다. 〈세상에 사람이 정신이 나가는 데는 이유가 수백 가지나 되는데, 그라고 다르겠는가. 감금해 놓는 것으로, 우정으로, 바보 같은 수다로 녀석은 쓸데없이 건강한 사람을 신경 쇠약자로 만드는군. 언젠가는 그 자식을 죽여 버리고 말 거야.〉

밤색 반점이 있는 나비가 햇빛 쪽에서 형형색색의 누더기 옷을 접었다 펼쳤다 하며 날아갔다. 의사는 졸린 눈으로 날아가는 나비의 뒤를 쫓았다. 나비가 자기 색깔과 제일 비슷한 밤색 반점의 소나무 껍질에 앉자, 완전히 합쳐져서 전혀 구분이 되지 않았다. 유리 안드레예비치가 그의 몸 위에서 노니는 햇빛과 그림자의 그물 아래에서 제삼자의 눈에 흔적도 없이 사라진 것처럼 나방은 소나무 껍질 위에서 슬그머니 사라졌다.

낯익은 생각의 고리가 유리 안드레예비치를 사로잡았다. 그는 의학과 관련된 많은 작업에서 이 문제를 다루었다. 완전해지는 과정의 적응 결과로서 의지와 합목적성에 대하여. 의태 모방에 대하여. 모방색과 보호색에 대하여. 가장 적응을 잘한 것들의 생존에 대하여. 자연 선택에 의해 미루어진 길은 의식의 발전과 탄생의 길인지도 모른다는 것에 대하여. 주체란 무엇인가? 객체란 무엇인가? 이들의 동일성은 어떻게 규정할 것인가? 의사의 사유에서 다윈은 셸링과 만났고,[14] 날아간 나비는 현대 미술과, 그리고 인상주의 예술과 만났다. 그는 창조, 피조물, 예술 작품과 위장(僞裝)에 대해 생각했다.

그는 다시 잠이 들었고, 잠시 후 다시 잠에서 깨어났다. 그를 깨운 것은 멀지 않은 곳에서 들리지 않을 정도로 조용히 말하는 소리였다. 몇 개의 단어만 들어도 뭔가 비밀스럽고 불법적인 일을 획책한다는 것을 유리 안드레예비치가 알아채기에 충분했다. 음모를 꾀하는 자들은 그가 있다는 것을 알아채지 못한 게 분명했고, 그가 옆에 있다고는 꿈에도 생각지 못했다. 만일 그가 조금이라도 움직여서 몸을 드러낸다면, 그는 생명을 잃을 터였다. 유리 안드레예비치는 숨어서 꼼짝도 하지 않고 그들의 말을 엿들었다.

일부는 그가 아는 목소리였다. 그들은 파르티잔에 빌붙어

---

14 찰스 다윈은 『종의 기원』에서 생물학적 진화 과정에 대한 자연 선택의 원칙을 체계화했다. 프리드리히 셸링(1775~1854)은 독일의 관념주의 철학자로 헤겔의 친구이자 후기 비평가였다. 『자연 철학』에서 그는 진화라는 역동적 과정에서 관념은 실제로부터 나오는 것이라고 주장한다. 지바고는 진화의 자연주의적 개념과 관념주의적 개념을 결합시키고 있다.

사는 파르티잔 공동체의 하찮은 쓰레기 같은 소년들인 산카 파프늇킨, 고시카 랴비흐, 코시카 네흐발레니흐, 그리고 그들을 따라다니는 테렌티 갈루진으로 온갖 못되고 추악한 짓을 당번처럼 저지르는 자들이었다. 그들과 함께 자하르 고라즈디흐도 있었는데, 그는 밀주 제조에 참여한 더 음침한 자로, 주범들을 밀고했다는 이유로 처벌을 일시적으로 면한 상태였다. 유리 안드레예비치를 놀라게 한 건 대장의 개인적인 경호를 맡은 〈은빛 부대〉의 파르티잔인 시보블류이가 그곳에 있다는 것이었다. 라진[15]과 푸가초프로 이어지는 전통에 따라 리베리가 그에게 갖는 신뢰로 인해 이 측근은 아타만[16]의 귀라는 별명으로 불리고 있었다. 그런데 그런 그 역시 음모의 참여자라는 뜻이었다.

음모자들은 적의 전방 척후 부대에서 몰래 파견한 사람들과 교섭을 벌이고 있었다. 저쪽 군사 대표들의 말은 전혀 들리지 않았다. 그들은 아주 조용히 배신자들과 협상을 했기 때문에 공범자들이 속삭이는 소리가 끊길 때에야 유리 안드레예비치는 이제 적의 대표자들이 이야기하는 중임을 짐작할 수 있었다.

누구보다도 말을 많이 한 사람은 끊임없이 상소리를 섞어 가며 목이 쉬어 갈라진 목소리로 말하는 술주정뱅이 자하르 고라즈디흐였다. 그가 아마도 주모자인 듯했다.

15 Stenka Razin(1630~1671). 1660년대에 도둑 일당을 지휘하던 카자크였다. 그는 불만이 많은 농부와 칼미크인 같은 비러시아 종족과 연대하여 1670년에 반란을 일으켰다. 1671년에 모스크바에서 처형당했다.
16 카자크 군대의 대장에게 붙이는 칭호이다.

「이제, 나머지는 다 차치하고 좀 들어 봐. 중요한 건 살짝 숨어서 하는 거야. 만일 누구든 삐꺽해서 주둥이를 놀리면 칼을 맞아 죽을 줄 알아, 알았어? 내가 칼로 장기를 쏟아지게 만들 테니. 알아들어? 이제 우리는 아무 데도 갈 곳이 없어, 어디로 가든, 이리로 가든 저리로 가든 교수대야. 용서를 받으려면 그만한 대가를 치러야지. 보통이 아닌 세상에서 보지도 못한 일을 해줘야 한다니까. 이 사람들은 그자를 산 채로 묶어서 데려오라고 요구하는 거야. 지금 이 숲에 저들의 대장 굴레보이가 다가오는 소리가 들리잖아(사람들이 정확한 이름을 알려 줬지만, 그는 잘못 듣고 〈갈레예프 장군〉이라고 정정했다). 그런 경우 다른 기회는 없을 거야. 이들이 저들의 대표들이야. 저들이 너희에게 모두 얘기해 줄 거야. 저 사람들 말은 반드시 포승줄로 묶어 산 채로 잡아 와야 한다는 거야. 직접 동지들에게 물어보시오. 뭐든 말해 봐, 저 사람들에게 뭐든 말해 봐, 형제들.」

밀파된 낯선 이들이 말했다. 유리 안드레예비치는 단 한마디도 알아들을 수 없었다. 침묵이 오래 지속되는 것으로 미루어 보아 얼마나 자세한 사항을 말하고 있는지 알 수 있었다. 또다시 고라즈디흐가 말하기 시작했다.

「들었지, 형제들? 이제 어떤 금쪽같은 임무가, 어떤 임무가 떨어졌는지 알겠지. 그런 자를 위해서 우리가 목숨을 버려야 할까? 그따위 사람을 위해서? 미성년이나 수도사처럼 우둔하고 맹나니 같아. 내가 너를 웃게 해줄게, 테료시카![17] 넌 왜

17 테렌티의 애칭이다.

이를 드러내고 웃는 거야? 소돔의 죄인아? 네 이를 얘기하는 게 아니야. 맞아, 청소년기의 수도사 같다니까. 그 녀석에게 항복하면 너를 수사로 만들고 고자로 만들어 버릴 테다. 그 녀석이 하는 말은 또 어떻고? 주변에서 상소리는 멀리 쫓아내라, 음주와의 투쟁, 여자와의 관계도 끊어라. 과연 그렇게 살 수 있겠어? 최종적으로 말하자고. 오늘 저녁에 돌이 놓인 강가 나루터로. 내가 녀석을 숲의 빈터로 유인해 올게. 한꺼번에 달려들자. 녀석을 처리하는 데 무슨 꾀가 필요할까? 그건 누워서 떡 먹기야. 강조점이 뭐지? 저 사람들은 산 채로 잡아 오라는 거야. 묶어서. 보고 우리 뜻대로 되지 않으면 내 손으로 처리하겠어, 내 손으로 때려죽일 거야. 저 사람들이 자기 사람을 보내서 도와줄 거야.」

말하던 사람이 계속해서 계획을 펼쳤지만, 나머지 사람들과 함께 멀어져서 의사는 그들의 말을 들을 수 없었다.

〈그러니까 저자들이 리베리를, 악당들!〉 유리 안드레예비치는 자신도 몇 번이나 자신을 괴롭힌 사람을 저주하고 그의 죽음을 원했는지를 잊고, 당혹감과 공포감에 사로잡혀 생각했다. 〈악당들이 그자를 백군에게 넘기거나 죽이려고 하는구나. 이 일을 어떻게 막지? 우연인 것처럼 모닥불에 다가가서 아무 이름도 대지 않고 카멘노드보르스키에게 알려야겠다. 어떻게든 위험에 대해 리베리에게 경고해 줘야겠어.〉

카멘노드보르스키는 좀 전에 있던 자리에 없었다. 모닥불은 다 꺼져 있었다. 불이 번지지 않도록 카멘노드보르스키의 부하가 불을 지키고 있었다.

그러나 이 음모는 실현되지 못했다. 미리 차단되었다. 음모에 대해 사람들이 벌써 알고 있었던 것이다. 그날 음모가 낱낱이 밝혀졌고, 음모자들은 체포되었다. 시보블류이가 그곳에서 이중 첩자이자 도발자의 역할을 하고 있었던 것이다. 의사는 더욱 정나미가 떨어졌다.

9

알려진 바로는, 아이들을 동반한 피난민들은 벌써 이틀 여정 안에 들어와 있었다. 리시 오토크에서는 식구들과의 만남에 뒤이어 예정된 진영의 철수와 출정 준비가 한창이었다. 유리 안드레예비치는 팜필 팔리흐에게 갔다.

의사는 손에 도끼를 든 그와 천막 입구에서 마주쳤다. 천막 앞에는 장대를 만들기 위해 베어 둔 어린 자작나무 한 무더기가 높이 쌓여 있었다. 팜필은 아직 나무를 손질하지 않고 있다. 어떤 나무는 그 자리에서 베어져 쓰러지는 무게 때문에 그 꺾인 굵은 가지의 날카로운 끝이 축축한 토양에 박혀 있었다. 다른 나무는 그가 멀지 않은 거리에서 끌고 와 위에 얹어 놓았다. 아래쪽 탄력 있는 가지들 위에 얹혀 몸부림치며 건들거리는 자작나무는 땅에도, 서로에게도 붙어 있지 못했다. 그들은 마치 팔을 뻗어 자기를 벤 팜필로부터 자신을 방어하려는 듯 생생한 이파리를 온통 뻗어 그가 들어가지 못하게 천막 입구를 가로막고 있었다.

188

「귀한 손님을 기다리는 중이야.」무슨 일을 하고 있는지 설명하면서 팜필이 말했다. 「아내와 아이들에게 천막이 낮아. 비가 내리면 침수될 거야. 말뚝으로 높이 떠받치려고. 굵은 장대를 베어 왔어.」

「헛일을 하고 있네, 팜필, 가족이 자네 천막에서 살도록 허락해 줄 거라고 생각하는군. 군인이 아닌 여자와 아이들을 부대에 있게 하는 경우를 본 적 있나? 그 사람들은 어디든 수송대의 외곽에 있게 할 거야. 시간이 나면 식구들을 만나러 가서 돌봐 주게. 군용 천막에는 어림도 없지. 그런데 그게 문제가 아닐세. 사람들 말로 자네가 수척해졌고, 먹지도 마시지도 않고, 잠도 자지 않는다고 하던데? 보기에는 괜찮군. 머리와 수염이 많이 자라기는 했지만.」

팜필 팔리흐는 텁수룩한 검은 머리카락과 구레나룻을 기른 건강한 사나이로, 울퉁불퉁한 이마는 두꺼워서 관자놀이를 압박하는 고리나 구리 테처럼 이마 뼈가 두 겹이라는 인상을 주었다. 이로 인해 팜필은 눈을 치뜨고 부라리는, 선량하지 못하고 험상궂은 외모를 갖게 되었다.

혁명 초기, 1905년의 선례에서 보듯이 이번 혁명도 계몽된 상층부의 역사에 일어난 일시적인 사건으로 아주 낮은 하층민까지 미치지 못해 뿌리를 내리지 못할까 봐 걱정이 되자, 사람들은 있는 힘껏 민중을 선동하고 혁명 사상을 고취 및 자극하고, 혼란스럽게 하여 분노를 일으키고자 애를 썼다.

이 첫 시기에 아무 선동 없이 인텔리겐치아, 지주, 장교 집단을 짐승처럼 증오했던 병사 팜필 팔리흐 같은 사람은 황홀

경에 빠진 좌파 지식인들에게 보기 드문 횡재처럼 여겨졌고, 무서울 정도로 값어치가 높은 존재로 취급받았다. 이들의 비인간성은 계급 의식의 기적으로, 이들의 야만성은 프롤레타리아적인 강경함과 혁명적인 본능의 귀감으로 비쳐졌다. 팜필을 따라다닌 영광이 바로 그러한 것이었다. 그는 파르티잔의 리더와 당의 우두머리 사이에서 가장 높은 점수를 받았다.

유리 안드레예비치는 이 음울하고 사교성이라고는 눈곱만큼도 없는 장사(壯士)가 전반적인 비정함, 그가 가깝게 느끼고 그의 관심을 끄는 것들의 단조로움과 빈약함으로 인해 전혀 정상적이지 않은 괴물 같다는 생각이 들었다.

「천막 안으로 들어갑시다.」 팜필이 청했다.

「아니, 그럴 것 없네. 들어갈 건 없지. 바깥에 있는 게 더 낫네.」

「그래. 좋을 대로 해. 꼭 굴 같으니까. 장대(그는 길게 쓰러뜨린 나무들을 그렇게 불렀다) 위에서 얘기를 좀 하지.」

그들은 흐느적거리는 자작나무 줄기 위에 앉았다.

「말은 쉬운데 일은 쉽지 않다는 말이 있지. 그런데 내 얘기는 쉽지도 않아. 3년이 걸려도 다 못 해. 어디서부터 얘기를 시작해야 할지 모르겠어.

자, 그러니까 그게 말이야. 나는 내 마누라와 함께 살았어. 젊었지. 아내는 집을 지켜 줬어. 난 불평하지 않았어, 농사일을 했지. 아이들이 태어났고, 측위로 차출됐어. 나를 전쟁터로 내몰았지. 전쟁이라. 전쟁에 대해 무슨 말을 할 수 있을까. 자네도 전쟁을 봤잖아. 의사 동지. 자, 혁명이라. 난 눈을 떴지.

병사의 눈이 떠진 거야. 게르만족인 독일 사람이 남이 아니라, 우리 나라 사람이 남인 거야. 세계 혁명의 병사들이여, 총검을 땅에 박고, 전선에서 집으로, 부르주아에게로! 어쩌고저쩌고. 그건 자네도 잘 알잖은가, 군의관 동지. 이러고저러고. 내전이 일어났어. 파르티잔에 합류했지. 이제 많이 빼먹을 거야, 그렇지 않으면 절대로 끝내지 못할 테니까. 현재 이 순간 내가 보는 것들이 오래 갈까? 짧게 끝날까? 그 기생충 같은 작자가 말이야, 러시아 전선에서 제1, 제2 스타브로폴 연대와 제1 오렌부르크 카자크 연대를 철수시켰어. 내가 어린아이도 아니고 이해를 못 할 줄 아나? 나는 뭐 군대에서 복무해 본 적이 없나? 우리 사정이 좋지 않아, 군의관, 우리 사정이 엉망이야. 그 개자식이 뭐를 원할까? 그 자식은 전군을 동원해 우리한테 들이닥치려고 해. 우리를 포위하려고 한다고.

현재 아내가 내 옆에 있어, 아이들도. 만일 그 자식이 쳐들어오면 아내와 아이들은 어디로 도망가지? 과연 그 자식이 아내와 아이들은 아무 죄가 없고, 이 일과는 상관없다는 걸 이해하기나 할까? 그 자식은 그런 건 거들떠보지도 않을걸. 나 때문에 아내의 팔을 묶고 고문하겠지, 나 때문에 아내와 아이들을 괴롭히겠지. 관절과 뼈를 다 부서 놓을 거야. 그런데 여기서 먹고 자고 하라니, 세상에, 강철 같은 사람이라도 미치지 않고서는 못 배기지.」

「자네 어리석군, 팜필. 자네를 이해하지 못하겠어. 아내와 자식 없이 수년도 더 버텼잖은가, 소식을 듣지 못했어도 슬퍼하지 않았잖아. 이제 오늘이나 내일이면 식구들을 보게 되는데, 기뻐하기는커녕 장송곡을 부르고 있다니.」

「예전에는 그랬지만, 지금은 달라. 차이가 크지. 더러운 백군이 우리를 이기고 있잖아. 내 걱정을 하는 게 아니야. 나야 무덤에 들어가게 되겠지. 거기로 가는 게 내 갈 길이고. 하지만 내 식구들만큼은 저세상으로 데리고 가지 않을 거야. 식구들이 저 추악한 작자들 손에 잡히게 될 거라고. 그자가 식구들의 마지막 피 한 방울까지 다 짜버릴 거라고.」

「그것 때문에 뭐가 떠다니는 게 보이는가? 사람들이 자네가 헛것을 본다고 하던데.」

「괜찮아, 의사. 자네한테 다 말하지는 않았어. 중요한 건 말하지 않았어. 알았어, 내 아픈 진실을 들어 봐. 독촉하지 마, 내가 죄다 말할 테니까.

난 의사 선생의 형제를 많이 죽였어. 내 손에 지주, 장교의 피가 흥건해. 수도, 이름도 기억나지 않아. 물처럼 피를 흘렸으니까. 한 개구쟁이가 내 머리에서 떠나지를 않아. 한 개구쟁이가 머리에 박혀서 잊을 수가 없어. 내가 무엇 때문에 그 청년을 죽였을까? 너무 웃겼어, 그 녀석이 나를 너무 웃겨서 죽을 것 같았어. 너무 웃겨서 생각지도 않게 총을 쐈지. 그것 말고 다른 이유가 없었어.

2월이었어. 케렌스키 시절이었지. 우린 봉기를 일으켰어. 철로에서 있었던 일이야. 우리한테 꼬마 선동가를 보내서 세치 혀로 우리를 전선에 나가도록 부추기려고 했지. 최종 승리할 때까지 우리가 싸우도록 말이야. 카데트 사람이 와서 우리를 말로 잠재우려고 했어. 아주 비실비실한 아이였지. 꼬마의 구호는 〈최종 승리할 때까지〉였어. 그가 그 구호를 외치면서 소방용 물통에 올라섰어, 역에 있던 소방용 물통 말이야. 녀석이 좀 더 높은 그곳에서 전투 복귀를 호소하려고 물통에 올라섰는데, 갑자기 뚜껑이 발밑에서 뒤집어지는 바람에 꼬맹이가 물에 빠져 버렸지. 발을 잘못 디딘 거야. 아, 얼마나 웃어 댔든지! 나도 구르다시피 했어! 웃겨서 거의 죽겠다 싶었지! 아, 얼마나 우습든지! 내 손에 소총이 있었어. 나는 웃고 또 웃었어, 아무래도 멈출 수가 없더라고. 마치 녀석이 나를 간질이는 것처럼 말이야. 난 겨냥을 하고 그 자리에서 녀석을 탕. 어쩌다가 그리 되었는지 모르겠어. 꼭 누군가가 내 팔을 툭 친 것 같았어.

그래서 헛것들이 보여. 밤마다 역이 어른거려. 그때는 우스웠는데, 지금은 불쌍해.」

「멜류제예보 시에서 있었던 일이지, 비류치 역에서?」

「잊어버렸어.」

「지부시노 주민들과 함께 봉기를 일으켰지?」

「잊어버렸어.」

「전선은 어디였나? 어떤 전선이었어? 서부였나?」

「서부였던 것 같아. 그럴 거야, 아마. 잊어버렸어.」

제12부

눈 덮인 마가목

1

파르티잔 가족들은 아이들과 가재도구를 수레에 싣고 오래전부터 일반 병력 뒤를 따라오고 있었다. 한참 뒤쪽에 난민 짐마차들의 꽁무니를 쫓아 주로 젖소로 이루어진 셀 수도 없이 많은 가축 떼가 수천 마리나 뒤따라오고 있었다.

파르티잔의 아내들과 함께 진영에는 병사의 아내 즐리다리하 혹은 쿠바리하라는 새로운 얼굴이 나타났다. 그녀는 가축을 주술로 치료하는 주술사이자 수의사였고, 비밀스럽게 점쟁이 노릇도 했다.

그녀는 작은 만두 같은 모자를 삐딱하게 쓰고 영국에서 최고 지휘관에게 납품한 제복들 가운데 스코틀랜드 왕의 사수들이 입는 완두콩 색깔의 외투를 입고 다녔다. 그녀는 자신이 죄수들의 모자와 가운을 고쳐 이 물건을 만들었다고, 또 이유는 알 수 없지만 자기가 콜차크에 의해 케젬스키 중앙 감옥에 갇혀 있다가 적군(赤軍)의 손에 의해 해방되었다고 했다.

이 시기에 파르티잔은 새로운 장소에 주둔해 있었다. 이 숙영지는 주변을 정찰하여 보다 오랫동안 안정되게 겨울을 날 만한 장소를 찾을 때까지 잠시 머물 장소였다. 그러나 이후 상황이 다르게 전개되어 파르티잔은 그곳에 남아 겨울을 나지 않을 수 없었다.

새 숙영지는 얼마 전에 버리고 떠난 리시 오토크와 조금도 닮은 데가 없었다. 이곳은 지나갈 수도 없이 빽빽한 타이가 숲이었다. 길과 진영에서 멀리 떨어진 한쪽에 숲이 끝도 없이 이어졌다. 병력이 새로운 캠프장을 조성하고 거기서 체류할 수 있도록 준비하던 첫 며칠 동안 유리 안드레예비치는 시간 여유가 많았다. 그는 답사 목적으로 숲의 여러 방향으로 깊숙이 들어갔고, 숲에서는 길을 잃기가 십상이라는 것을 확신했다. 이 첫 답사에서 두 곳이 그의 관심을 끌어 기억에 남았다.

이제 가을이라 완전히 벌거벗어 훤히 들여다보이는 진영과 숲의 출구 옆에는, 마치 그 헐벗은 곳을 향해 문을 열어 놓은 듯 전체 나무 중에서 유일하게 적갈색, 적황색 이파리들이 떨어지지 않은 아름다운 마가목 한 그루가 있었다. 마가목은 질퍽하고 낮은 소택지의 작은 언덕 위에서 자라, 겨울이 오기 전의 악천후를 예견하는 듯한 어두운 납빛 하늘을 향해 단단하게 익은 빨간 열매를 가리개처럼 활짝 펼치고 있었다. 추운 날의 노을처럼 선명한 깃털 색의 겨울새들, 피리새와 박새들이 마가목에 앉아 천천히 거대한 열매를 골라 쪼아서는 고개를 위로 젖히고 목을 쑥 뺀 다음 가까스로 삼키고 있었다.

새들과 나무 사이에는 뭔가 생생한 친밀함이 형성되어 있었다. 마가목은 마치 이 모든 것을 보고는 오랫동안 고집을 부리다가 나중에는 포기하고 새들을 불쌍히 여기는 듯 양보하여, 엄마가 아기에게 하듯 단추를 풀고 젖가슴을 그들에게 내주는 것 같았다. 〈너희들을 어쩌겠니. 자, 먹어라, 나를 먹어. 실컷 먹으렴.〉 그러고는 미소를 지었다.

숲의 다른 장소는 더 멋있었다.

그곳은 고지에 있었다. 이 고지는 언덕이 뾰족한 산으로 한쪽 귀퉁이가 급경사를 이루었고, 그 낭떠러지 아래쪽으로는 뭔가 위쪽과는 다른 어떤 것, 강이나 계곡 혹은 낮도 사람도 지나간 적이 없어 풀이 높게 자란 초지 같은 곳이 있을 것만 같았다. 하지만 그 아래쪽도 위쪽과 똑같은 풍경이 반복되었는데, 다만 머리가 아찔할 정도로 깊은 곳, 나무 꼭대기가 발 아래로 푹 꺼져 있는 다른 수평면이 보일 뿐이었다. 틀림없이 산사태의 결과였을 것이다.

그것은 마치 하늘을 찌를 듯 험준하고 거대한 숲이 어쩌다가 발을 헛디뎌 고스란히 아래로 떨어지는 바람에 땅속 지옥으로 꺼질 뻔했지만, 결정적인 순간에 기적적으로 땅에 버티고 서서 상하지 않은 온전한 모습을 아래에 드러내 보이며 웅성거리고 있는 것 같았다.

하지만 숲의 고지는 이것이 아니라 다른 독특한 모습 때문에 훌륭했다. 화강암 덩어리가 이 고지 전체의 가장자리를 늑골처럼 수직으로 두르고 있었다. 그 화강암 덩어리는 선사 시대에 평평하게 깎은 고인돌 덩어리 같았다. 유리 안드리예비치는 처음 이 공지에 들어섰을 때, 바위들이 놓인 이곳이 자연적으로 만들어진 것이 아니라 인간의 손길이 닿은 흔적이라고 장담할 수 있었다. 고대에 이곳은 알 수 없는 우상 숭배자의 이교 사원이었고, 그들의 종교 예식과 희생 제물 의식이 이루어지는 장소였을 것이다.

춥고 흐린 날 아침에 이곳에서 음모 사건 주모자 열한 명과 밀주 제조 위생병 두 명의 사형이 집행되었다.

사령부의 특수 경호 팀의 핵심 인사들과 함께 혁명에 가장 충성스러운 파르티잔 스무 명이 그들을 이곳으로 데려왔다. 호송병은 사형 언도를 받은 자들의 주변에 반원형으로 둘러서서 손에 소총을 들고 빠른 걸음으로 그들을 압박하며 밀어내 암벽 가장자리로 내몰았다. 낭떠러지로 뛰어내리는 것 말고는 그들에게 다른 출구가 없었다.

심문, 오랫동안의 수감, 겪은 굴욕으로 인해 그들은 이미 인간의 모습이 아니었다. 머리와 수염은 있는 대로 자랐고, 얼굴은 온통 시커맸으며, 기진맥진하여 유령처럼 무시무시한 몰골이었다.

그들은 조사받은 초기부터 무장이 해제되었다. 사형 직전에 그들의 몸을 재차 조사해야 된다는 생각은 그 누구의 머리에도 떠오르지 않았다. 곧 죽기 직전의 사람들에게 지나치게 야비하고 모멸적인 짓이라는 생각이 들었던 것이다.

갑자기 브도비첸코와 나란히 걷던 그의 친구이자 그와 똑같이 늙은 사상적 무정부주의자 르자니츠키가 시보블류이를 조준해 호송병 대열 쪽으로 세 발의 총을 발사했다. 르자니츠키는 뛰어난 사격수였지만, 흥분하는 바람에 손이 떨려 목표를 맞히지 못했다. 예전 동지들에 대한 미묘한 마음과 동정심 때문에 호송병들은 르자니츠키에게 달려들거나, 전체 명령 전에 그의 시도에 먼저 일제 사격으로 대응하지 못했다. 르자니츠키는 아직 쓰지 않은 총알이 세 발이나 남았지만, 불발된 것에 화가 나서 흥분한 나머지 그걸 잊었는지 브라우닝 총을 바위에 내동댕이치고 말았다. 브라우닝 총이 부딪치는 바람에 네 번째 총알이 발사되면서 사형 선고를 받은 파치콜랴가 다리에 부상을 입었다.

위생병인 파치콜랴는 비명을 지르며 다리를 붙잡고는 고통으로 인해 마구 소리치다가 쓰러졌다. 그와 가장 가까이에 있던 파프눗킨과 고라즈디흐는 소동 중에 정신이 나간 동료들 발에 밟히지 않도록 그를 일으켜 두 팔을 붙잡고 끌고 갔다. 파치콜랴는 부상당한 다리로 제대로 걸을 수 없어 펄쩍펄쩍 뛰고 절룩거리며 사형수들을 몰아가던 암벽 끝으로 가면서도 멈추지 않고 비명을 질러 댔다. 그의 사람답지 않은 울부짖음은 전염성이 있었다. 마치 신호라도 울린 듯 모두가 자제력을 잃고 말았다. 뭔가 상상할 수 없는 일이 벌어지기 시작했다. 욕설이 쏟아졌고, 애원과 푸념 소리가 들렸으며, 저주 소리가 울려 퍼졌다.

소년인 갈루진은 이제껏 쓰고 있던 노란 테두리의 모자를 머리에서 내던지고, 무릎을 꿇은 채 일어서지 않고 무리에 끼어 무서운 바위들 쪽으로 기어갔다. 그는 호송병들에게 이마가 땅에 닿도록 계속 절을 하고 목 놓아 울면서, 반쯤 미친 듯이 그들에게 노래를 부르듯 애원했다.

「잘못했어요, 형제들, 용서해 줘요, 앞으로 안 그럴게요. 죽이지 마세요. 죽이지 마세요. 난 아직 다 살지 않았어요, 죽기에는 젊어요. 아직 더 살고 싶어요, 엄마, 엄마를 딱 한 번만 더 보고 싶어요. 용서해 주세요, 형제들, 불쌍히 여겨 주세요. 발에 키스할게요. 물을 길어다 줄게요. 오, 끔찍해, 끔찍해. 난 망했어, 엄마, 엄마.」

한가운데서 누군가가 통곡했지만 보이지는 않았다.

「사랑스러운 형제들, 착한 형제들! 이게 어찌 된 일인가? 정신을 차리시게. 두 번의 전쟁에서 함께 피를 흘리지 않았는가. 같은 일을 위해 한편에 섰고 함께 싸우지 않았는가. 불쌍히 여겨 주게, 놓아주게. 은혜는 잊지 않겠네, 보답을 하겠네. 일로 증명해 보이겠네. 귀가 멀었는가, 왜 대답을 하지 않나? 자네들한테는 십자가도 없나?」

그들은 시보블류이에게 외쳤다.

「야, 너, 예수를 팔아넘긴 유다 같은 놈! 우리가 어디 너를 배신했다는 거야? 개자식, 네가 세 배나 배신자다. 너를 목 졸라 죽였으면! 자기 황제에게 선서를 하고는 합법적 황제를 죽였지, 우리한테 충성을 맹세하고는 또 배신했고. 아직 배신하지 않았으니 그 악마 같은 레스니[1]하고나 뽀뽀해라. 하지만 또 배신할걸.」

브도비첸코는 무덤 끝에 서서도 변함없는 모습으로 서 있었다. 하얗게 센 머리카락을 흩날리며 머리를 꼿꼿이 든 채 그는 큰 소리로 모두가 들을 수 있도록 파리 코뮌 동지가 다

1 〈숲의 대장〉이라는 뜻으로 리베리를 말한다.

른 동지에게 말하듯 르자니츠키에게 말했다.

「비굴하게 굴지 말게, 보니파치! 자네의 저항이 저들에게 들리지 않아. 저 새로운 오프리치니키,[2] 새 고문실의 망나니들은 자네를 이해하지 못해. 하지만 낙심하지 말게. 역사가 모든 걸 심판할 테니. 후대가 무식한 정치 위원의 전제와 이들의 악행을 치욕스러운 기둥에 못 박을 테니까. 우리는 세계 혁명의 새벽노을이 일 때 사상의 순교자로 죽는 거네. 정신 혁명 만세. 세계의 무정부주의 만세.」

저격수들에게만 들린 소리 없는 명령에 따라 스무 개의 소총이 일제 사격되어 사형수들의 절반을 거꾸러뜨렸고, 그들 중 절반이 즉사했다. 두 번째 사격으로 남은 사람들에게도 총격이 가해졌다. 그 누구보다도 더 오래 몸부림을 친 사람은 소년 테료샤[3] 갈루진이었지만, 그도 결국에는 움직임 없이 몸을 뻗었다.

2

진영을 다른 장소, 즉 보다 더 동쪽으로 옮겨서 겨울을 나

---

2 류리크 왕조의 황제 이반 뇌제(1530~1584)에 의해 조직된 특수 부대이다. 이 친위대는 오직 이반 뇌제에게만 충성하고 그들 자신의 구별된 영토에 살면서 전통적인 대귀족과 대척점에 있었다. 그들에게는 무한한 권력이 부여되었고, 그들은 가차 없이 그 권력을 사용했다. 그들의 숫자는 1565년에 1천 명이었는데, 황제가 이 친위대를 해산한 1572년에는 6천 명으로 늘었다.

3 테렌티의 애칭이다.

자는 생각을 떨치기란 쉽지 않았다. 비츠코-케젬스키 분수령을 따라 가도의 그쪽 지역을 살피는 척후와 답사가 오랫동안 지속되었다. 리베리는 의사를 혼자 두고 진영을 떠나 타이가 지역으로 가는 바람에 막사를 자주 비웠다.

그러나 어디든 다른 곳으로 장소를 옮기기에는 이미 때가 늦었고, 갈 데도 없었다. 이때는 파르티잔이 패배를 가장 많이 하던 시기였다. 백군은 결정적으로 와해되기 직전에 단 한 번의 공격으로 숲의 비정규 부대를 영원히 패퇴시킬 계획을 세우고, 전력을 다해 전선 전체를 둘러 그들을 포위하고 있었다. 그들은 사방에서 파르티잔을 조여 왔다. 주변의 반경이 좁아진다면, 그것은 파르티잔에게 재앙일 수 있었다. 포위망이 감지할 수 없을 정도로 넓다는 것이 그들을 구해 주었다. 겨울의 문턱에서 적은 통과할 수 없을 정도로 무한하게 뻗은 타이가에서 양 날개를 조여 농민 대군을 더 좁게 에워쌀 수 있는 상황이 아니었다.

이렇게 해도 저렇게 해도 어디로든 움직인다는 것 자체가 가능하지 않았다. 일정한 군사적 이점을 확보해 주는 이전(移轉) 계획이 있었다면, 새로운 장소로 나가기 위해 전투를 벌여 포위망을 뚫고 나가는 것이 가능했을지도 모른다.

그러나 그러한 계획은 마련되지 않았다. 사람들은 기진맥진해 있었다. 하급 지휘관들조차 사기가 떨어져 부하들에게 영향력을 잃은 상태였다. 상급자들은 매일 저녁 일관되지 않은 결정을 들고 군사 위원회를 소집했다.

다른 겨울 숙영지를 찾는 탐색을 멈추고 지금 차지한 장소

깊숙이에서 겨울을 날 수 있도록 진지를 공고히 할 필요가 있었다. 눈이 많이 쌓이는 겨울 동안에 타이가는 스키 장비를 제대로 갖추지 않은 적이 통과하기 어려웠다. 많은 양의 생필품을 비축하여 저장할 필요가 있었다.

파르티잔의 병참 책임자인 비슈린은 밀가루와 감자가 아주 많이 부족하다고 보고했다. 가축은 아주 많기 때문에 겨울에 주된 양식은 고기와 우유가 될 것이라고 예견했다.

겨울옷도 부족했다. 파르티잔의 일부는 반쯤 벗은 상태로 다녔다. 진영 안의 개들은 모두 도살당했다. 모피 가공업에 대해 아는 이들이 개가죽으로 털이 바깥으로 나오는 털외투를 파르티잔에게 지어 주었다.

의사가 요청한 운반 수단은 거절당했다. 지금 짐마차들은 보다 더 중요한 일에 필요했다. 최종 이전 시에 가장 위중한 중환자들은 들것에 실어 40킬로미터 정도를 도보로 옮겼다.

유리 안드레예비치에게 남은 의약품은 키니네, 요오드와 유산나트륨밖에 없었다. 수술과 붕대를 감을 때 필요한 요오드는 결정체 상태였다. 그것을 알코올에 용해시켜야 했다. 사람들은 밀주 생산 현장이 파괴된 것을 아까워했고, 죄가 가벼워 무죄 판결을 받은 증류 제조업자에게 망가진 증류 기구를 수리하든지 새로운 기구를 만들라는 명령이 떨어졌다. 없앴던 밀주의 생산 공정은 의료적인 목적을 위해 정비되었다. 진영에서는 서로 눈짓을 주고받으며 머리를 흔들 뿐이었다. 음주가 다시 시작되면서 점점 더 진영의 붕괴를 촉진시켰다.

알코올의 증류는 거의 1백 도까지 이르렀다. 그렇게 센 알코올이 결정체인 요오드를 잘 용해시킬 수 있었다. 유리 안드레예비치는 키나 껍질로 우려낸 밀주로 이후 초겨울에 추위로 재개된 티푸스를 치료할 수 있었다.

3

이 무렵에 의사는 팜필 필리흐와 그의 가족을 만났다. 그의 아내와 아이들은 지난여름 내내 열린 하늘 아래 먼지 나는 길을 따라 도망을 다녔다. 그들은 그동안 겪은 끔찍한 일로 인해 놀란 상태였고, 또다시 그런 일들이 일어날까 봐 두려워하고 있었다. 방랑 생활은 그들에게 지울 수 없는 흔적을 남겼다. 팜필의 아내와 세 아이, 즉 아들과 두 딸은 햇볕에 빛이 바랜 밝은 아마색 머리에다, 비바람에 트고 그을린 검은 얼굴에 하얗고 단정한 눈썹을 하고 있었다. 아이들은 많이 어렸기 때문에 고생한 흔적을 찾아볼 수 없었지만, 엄마는 그동안 겪은 충격과 위험으로 인해 얼굴에서 모든 생기가 사라지고 곧은 얼굴선과 실처럼 굳게 다문 입술에 자기방어를 준비하는 고통에서 오는 긴장된 경직성만 남아 있었다.

팜필은 그들 모두를, 특히 아이들을 미칠 듯이 사랑했다. 그는 의사가 놀랄 만큼 능숙한 솜씨로 토끼, 곰, 닭 같은 목각 인형을 날카롭게 간 도끼의 한쪽 모서리를 이용해 만들어 주었다.

그들이 도착하자 팜필은 명랑해지고 활기를 띠며 정상으

로 돌아오기 시작했다. 그런데 그때 가족이 진영의 분위기에 해로운 영향을 미치므로 파르티잔은 식솔들과 반드시 떨어져 지내야 하며, 불필요한 비군사적 부속물을 진영에서 없애고, 난민 짐마차는 충분한 경호를 붙여 어딘가 멀리 떨어진 겨울 숙영지에서 야영하게 한다는 소식이 전해졌다. 이에 대한 실질적인 준비보다 분리에 대한 소식이 진영 내에 훨씬 더 많이 돌았다. 의사는 이런 조치가 실행될 수 있다고 믿지 않았다. 그러나 꽘필은 음울해졌고, 예전에 보이던 환영도 다시 그에게 돌아왔다.

4

겨울의 문턱에서 몇 가지 이유 때문에 진영은 불안과 불확실성, 위협적이고 복잡한 상황과 이상하리만큼 불합리한 일에 오랫동안 사로잡혀 있었다.

백군은 예정대로 파르티잔에 포위 공격을 감행했다. 완수된 작전의 우두머리는 비친, 크바드리, 바살리고 장군이었다. 이 장군들은 강경함과 꺾이지 않는 결단성으로 악명이 높았다. 이들의 이름만 듣고도 파르티잔의 아내들, 그리고 아직 고향 땅을 버리지 않고 적들의 포위망 뒤 고향 마을에 남은 일반인들은 공포에 사로잡혔다.

이미 말했듯이, 적의 포위망이 좁아질 방법이 예견되는 상황은 아니었다. 그 점에서는 안심해도 좋았다. 그러나 그렇다고 해서 주변 상황에 무관심할 수는 없었다. 상황에 순응하면 적의 사기만 올라갈 뿐이었다. 설사 위험하지 않다고 하더라도 군사적 시위의 목적으로 포위망을 돌파하려는 시도는 해야만 했다.

이를 위해 대규모의 파르티잔 병력을 나누어 포위망의 서쪽 부분에 집중시켰다. 여러 날에 걸친 격렬한 전투 끝에 파르티잔은 적에게 패배를 안겼고, 그 지점에서 전선을 뚫고 적의 후방으로 들어갈 수 있었다.

돌파 작전으로 만들어진 자유 공간을 통해 타이가 안의 반란군에게 가는 길이 열렸다. 이들과 합류하기 위해 새로운 난민의 무리가 흘러 들어왔다. 시골 마을 주민들의 유입은 파르티잔의 가까운 친척들로 끝나지 않았다. 백군의 징벌 조치로 인해 두려움에 빠진 인근 마을의 모든 농민이 자리를 떠나 불탄 마을을 버리고 자신들을 보호해 줄 수 있다고 여긴 숲의 농민군에게 자연스럽게 흘러 들어왔던 것이었다.

그러나 진영은 자신의 군식구들로부터도 벗어나려고 애쓰는 중이었다. 파르티잔은 낯선 사람과 새로 유입된 사람들에게 신경 쓸 여력이 없었다. 병사들이 피난민을 맞으러 나가 그들을 도중에 멈춰 세운 후 측면, 즉 칠림카강 인근 칠림크 경작지에 있는 방앗간 쪽으로 방향을 돌리게 했다. 그곳은 방앗간 주변에 형성된 주택 지구로 드보리라고 불리는 개간지였다. 이 드보리에 난민의 겨울 숙영지를 꾸미고, 그들을 위해 따로 생필품 비축 창고를 세울 계획이었다.

그러나 이런 결정이 내려진 후 일이 저절로 진척되는 바람에 진영의 지휘부가 따라잡을 수 없을 정도가 되었다.

적에 대한 승리도 복잡해졌다. 백군은 자신들을 격파한 파르티잔 무리가 안쪽으로 들어가도록 그 지역을 폐쇄하고 끊어진 자신들의 전선을 복구했다. 그들의 후방으로 침입해 들어갔다가 습격을 당해 고립된 부대는 타이가의 자기편으로 돌아가는 길이 끊기게 된 것이었다.

난민 역시 형편이 좋지 않았다. 통행이 불가능한 울창한 숲에서 길이 어긋나기 십상이었다. 그들을 맞으러 나간 이들은 난민의 흔적을 발견하지 못해 그들과 길이 엇갈려 돌아왔지만, 여인들은 자연 발생적인 흐름에 따라 타이가 깊숙이 들어갔고, 기적적으로 기지를 발휘하여 양측의 숲을 벌목하며 통로를 뚫어 다리를 만들고 나뭇가지와 통나무로 길을 냈다.

이 모든 일이 숲 사령부의 의도와는 정반대여서 리베리의 계획과 설계를 송두리째 뒤집어 놓았다.

5

이 문제로 인해 리베리는 스비리트와 함께 타이가를 통과하는 짧은 구간의 가도 가까이에 서서 길길이 날뛰고 있었다. 그의 휘하 대장들은 길을 따라 뻗어 있는 전신선을 끊을지 말지 논의하며 길에 서 있었다. 결정적인 최후의 발언을 해야 할 사람은 리베리였지만, 그는 뜨내기 사냥꾼과 잡담을 떠느라 정신이 없었다. 리베리는 곧 그들에게 가겠으니 떠나지 말고 기다려달라고 한 팔을 흔들어 보였다.

스비리트는 리베리의 권위에 필적할 만한 영향력이 있어서 진영에 분열을 초래했다는 것 말고는 아무 죄도 없는 브도비첸코가 유죄 판결을 받고 총살당한 것을 오랫동안 참기 힘들어했다. 스비리트는 다시 예전처럼 자기 마음대로 따로 살기 위해 파르티잔을 떠나고 싶었다. 그러나 그것은 불가능한 일이었다. 고용당해 자신을 판 마당에, 만일 그가 지금 숲의 형제들을 떠난다면 총살당한 사람들의 운명이 그를 기다릴 터였다.

날씨는 상상할 수 없을 만큼 아주 끔찍했다. 매섭게 몰아치는 돌풍이 떠도는 매연 덩이처럼 검은 구름 조각을 갈가리 찢어 땅 위로 낮게 몰고 왔다. 하얀 광기가 무섭게 발작을 일으키듯 갑자기 그 먹구름에서 눈이 쏟아지기 시작했다.

순식간에 먼 곳이 하얀 수의로 덮이고 하얀 장막이 땅에 깔렸다. 그다음 순간 장막은 타서 없어지더니 완전히 녹아 버렸다. 석탄처럼 검은 땅, 검은 하늘이 나타났다. 하늘은 멀리까지 소나기를 퍼부을 비스듬한 구름에 뒤덮여 있었다. 땅은 더 이상 물을 자기 속에 흡수하지 못했다. 빛이 드는 순간 먹구름이 흩어졌는데, 그것은 마치 하늘을 환기시키며 위에서 차갑고 맑고 하얀빛을 쏟아 내는 창문이 열린 것 같았다. 토양에 흡수되지 않아 고인 물은 같은 빛으로 가득한 지상의 웅덩이와 호수의 열린 창틀로 화답했다.

물이 방수포를 통과하지 못하듯 악천후는 송유와 수지가 많은 침엽수림의 침엽 위로 연기처럼 미끄러져 그 속으로 파고들지 못했다. 전신선에는 빗방울이 구슬처럼 매달려 있었다. 빗방울은 바짝 붙어서 서로 떨어지지 않으려 했다.

스비리트는 난민을 맞이하기 위해 타이가 깊숙한 곳으로 파견된 사람들 중 하나였다. 그는 자신이 본 것을 대장에게 얘기해 주고 싶었다. 수행이 불가능한 여러 명령 간의 상호 충돌에서 오는 혼란에 대해. 여성의 무리 중 가장 연약하고 확신을 잃은 일부가 감행하는 잔인한 행동에 대해. 보퉁이와 자루를 이고 진 채 젖먹이를 안고 도보로 움직이지만, 젖은 나오지 않고 기진맥진해서 이성을 잃은 젊은 엄마들이 아이들을 길에 내버리고 자루에서 밀가루를 털어 내버리고는 되돌아갔다. 굶어서 오랫동안 고통을 당하다 죽느니 빨리 죽는 것이 더 낫다. 숲에서 짐승의 이빨에 죽느니 적의 손에 들어가 죽는 게 더 낫다는 것이었다.

다른 강한 엄마들은 남성에게서도 볼 수 없는 절제력과 용기의 모범을 보여 주었다. 스비리트에게는 아직 보고할 것이 많았다. 그는 대장에게 진압된 봉기보다 훨씬 위협적인 새로운 봉기의 위험성이 진영에 임박했다는 것을 경고하고 싶었지만, 신경질적으로 그를 재촉하는 리베리의 조바심 때문에 결정적으로 말문이 막혀 더 이상 말을 하지 못했다. 그러나 리베리가 스비리트의 말을 끊임없이 가로막은 이유는, 사람들이 길에서 그를 기다리며 그에게 고갯짓을 하고 소리를 질렀기 때문이 아니라, 2주일 동안 똑같은 의견을 계속 말하는 바람에 리베리가 그 문제들을 벌써 다 알고 있었기 때문이다.

「나를 그렇게 몰아치지 말라고, 대장 동지. 난 말을 그다지 잘하지 못한단 말이야. 말이 이에 걸려서 단어가 목에 막힌다고. 내가 무슨 말을 했더라? 난민 수송 대열에 가서 시베리아 여자들에게 정신을 차리라고 애기하란 말이야. 여자들이 걷잡을 수 없게 되었다고. 우리가 뭐 하는 중인지 물읍시다. 〈콜차크를 쳐부수자!〉야, 아니면 아낙들의 난투야?」

「간단히 말해, 스비리트. 봐, 나를 부르고 있잖아. 능청 좀 부리지 말고.」

「이제 그 즐리다리하라는 여자 숲 귀신[4] 말이야, 그 여편네가 도대체 누구인지 모르겠어. 자기를 가축 고치는 수의(獸醫) 아낙으로 등록하라고 말하던데.」

「수의로, 스비리트.」

「내가 뭐라고 했어? 내 말이 그 말이야. 수의 아낙으로서 가축 전염병을 고친다고. 그런데 이제 가축은 어디로 갔는지, 구교도[5]에서 온 이단 아낙으로 변신해서는 젖소에게 예배를 드리고, 새로 온 난민 아낙들을 타락시키고 있어. 아낙들더러 자기 자신들을 탓하라고, 옷자락 걷어붙이고 붉은 깃발을 쫓다가 어디까지 오게 되었는지 보라고 말하는 거야. 다음번에는 도망가지 말라고 하고.」

「자네가 무슨 난민 아낙을 말하는지 모르겠군. 우리 파르

---

4 숲 귀신은 러시아어로 〈레시leshii〉라고 한다. 레시는 슬라브 민속에 나오는 숲의 정령으로, 식물이지만 동물과 사람의 모습이 뒤섞인 모습으로 나타난다. 거인으로 엄청난 힘을 갖고 있고, 친척이나 지인의 모습으로 나타나기도 한다.

5 구교도는 러시아어로 〈라스콜니키〉라고 한다. 1653년 니콘 총대주교가 도입한 개혁에 저항하여 러시아 정교로부터 분리된 종파이다.

티잔 아낙들인가, 아니면 다른 아낙들인가?」

「말할 것도 없이 다른 아낙들이지. 다른 새 지역의 아낙들.」

「칠림카 방앗간에 있는 농장 마을에 그들을 위한 장소가 마련되었잖아. 그런데 그 사람들은 어떻게 여기에 오게 된 거야?」

「아, 드보리. 대장의 드보리는 다 타버렸어. 방앗간도 밭도 재에 덮였지. 그 사람들이 칠림카에 와서 본 건 아무것도 남지 않은 황무지야. 절반은 넋이 나가서 울부짖으며 다시 백군에게 돌아갔지. 다른 사람들은 수레를 돌려 이곳 수송 대열로 들어왔고.」

「밀림과 진창을 지나서?」

「도끼와 톱은 뭐에 쓰라고? 그 사람들을 보호하라고 우리 병사들을 보냈으니 도와줬지. 30킬로미터나 길을 냈다고 하던데. 다리도 놓고, 간사한 사람들. 이런데도 아낙이라고 할 수 있나. 성질 더러운 여자들이 3일 만에 그런 일을 해내리라고는 상상도 못 했지.」

「멍청하기는! 기운 센 여자들이 30킬로미터 길을 냈다고 기뻐하다니. 비친과 크바드리한테 길을 내준 거지. 밀림으로 들어오는 통로를 열었으니. 대포도 굴릴 수 있겠어.」

「엄폐물. 엄폐물. 엄폐물을 놓으면 그만이야.」

「자네 아니어도 그런 것쯤은 생각할 수 있어.」

6

해가 짧아졌다. 5시면 어두워졌다. 해 질 무렵에 유리 안드
레예비치는 며칠 전 리베리가 스비리트와 이야기를 나누었
던 장소에서 가도를 가로질렀다. 의사는 진영 쪽으로 가는
중이었다. 진영 경계의 이정표로 간주되는 마가목이 자란 숲
속 빈터와 언덕 근처에서 그는 장난삼아 자신의 경쟁자라고
부르는 의원—마법사인 쿠바리하의 난폭하고 불손한 목소리
를 들을 수 있었다. 그의 경쟁자는 새된 소리로 뭔가 명랑하
고 스스럼없는 일종의 속요를 부르고 있었다. 사람들이 그녀
의 노래를 듣고 있었다. 공감하는 남녀들이 폭소를 터뜨렸고,
그녀는 노래를 멈추었다. 이후 모두가 잠잠해졌다. 아마도
모두 헤어진 것 같았다.

그러자 완전히 혼자 남았다고 생각한 쿠바리하가 다른 방
식의 낮은 목소리로 노래를 부르기 시작했다. 늪지에 빠지지
않으려고 조심하면서 유리 안드레예비치는 어둠 속에서 천천
히 마가목 앞 질퍽한 빈터를 빙 돌아가는 오솔길을 따라 몰래
걸어가다가 그 자리에 못 박힌 듯 멈추고 말았다. 쿠바리하는
옛날 러시아 민요를 부르고 있었다. 유리 안드레예비치는 모
르는 노래였다. 어쩌면 그녀가 즉석에서 지은 노래였을까?

러시아 민요는 저수지에 담긴 물 같다. 멈춰서 움직이지
않는 것 같은데, 저 깊은 곳 배수구에서 물이 끊임없이 흘러
나오기 때문에 수면에 보이는 고요함은 거짓이다.

민요는 온갖 수단, 반복과 병렬을 이용해 접차적으로 발전

하는 내용의 흐름을 지연시킨다. 그러나 어떤 경계에 이르면 갑자기 그 내용이 확 전개되며 한순간에 우리를 놀라게 한다. 자신을 제어하고 지배하는 애수에 잠긴 힘은 이렇게 자신을 표현한다. 그것은 말로 시간을 멈추려는 미친 시도이다.

쿠바리하는 반쯤은 노래하고, 반쯤은 말을 했다.

하얀 세상을 토끼가 달려갔네,
하얀 세상을, 하얀 눈 위를.
토끼는 마가목 옆을 비스듬히 달려갔네,
토끼는 비스듬히 달리다 마가목에게 우는 소리를 했다네.
나, 토끼 마음은 소심해,
마음이 소심해, 조막만 해.
나, 토끼는 짐승 발자국을 보면 무서워,
짐승 발자국이, 배고픈 늑대의 배가.
나를 불쌍히 여겨 줘, 마가목 숲아,
마가목 숲아, 아름다운 마가목 나무야.
네 아름다움을 사악한 적에게 주지 마렴,
사악한 적에게, 사악한 까마귀에게.
아름다운 열매를 한 움큼 바람결에 흩뿌리렴,
바람결에 한 움큼, 하얀 세상에, 하얀 눈 위에.
열매를 고향 땅에 던지렴, 굴리렴,
울타리 옆 그 제일 끝 집으로,
그 끝집 창으로, 그 살림방으로,
그곳에 은둔한 여자가 숨어 산다네,

내 사랑, 소중한 사람.

너는 내 사모하는 사람 귀에 말해 다오,

뜨거운 말, 격정적인 말을.

병사인 나는 포로로 잡혀 괴로워,

병사인 나는 타향살이에 갑갑해.

쓰디쓴 포로 생활에서 도망치리라,

나의 미인 마가목 열매에게 도망치리라.

7

병사 부인인 쿠바리하는 팜필 팔리흐의 아내인 아가피야 포티예브나, 속칭 파테브나의 병든 암소에게 주문을 걸었다. 암소를 가축 떼에서 끌어내어 덤불숲으로 데려가 뿔을 나무에 묶었다. 암소의 앞발 옆에 삼베를 깔고 그 위에는 여주인이, 뒷다리 옆 젖을 짜기 위한 작은 돌 위에는 마법사인 병사 부인이 앉았다.

셀 수 없이 많은 나머지 가축은 크지 않은 빈터에 빽빽이 서 있었다. 검은 침엽수림이 산처럼 높은 삼각형의 전나무 벽이 되어 가축을 둘러쌌는데, 전나무들은 아래쪽으로 가지를 펼쳐 마치 단정치 못하게 다리를 벌린 채 살찐 엉덩이를 땅에 대고 앉은 것 같았다.

시베리아에서는 스위스 품종의 우량종 하나를 번식시키고 있었다. 거의 모든 암소가 같은 색으로 검은 바탕에 흰색 반점이 있었는데, 암소들은 사료 부족, 오랜 이동, 참기 어려운 비좁음으로 인해 사람들 못지않게 지쳐 있었다. 서로 옆구리를 부딪칠 수밖에 없을 정도로 혼잡했으므로 암소들은 멍해져 있었다. 그런 상태에서 암소들은 자신의 성(性)을 잊고 울부짖으며 무겁게 늘어진 젖통을 어렵사리 끌어 올려 수소처럼 서로의 위에 기어오르곤 했다. 암소들에게 눌린 송아지들은 꼬리를 치켜들고 그들 밑에서 빠져나와 덤불과 굵은 나뭇가지를 짓밟으며 밀림으로 달아났고, 그 뒤를 노인들과 어린 목동들이 소리를 지르며 따라갔다.

숲속 빈터 위 거뭇하고 하얀 눈구름은 전나무 꼭대기가 겨울 하늘에 그린 좁은 원 안에 갇히기라도 한 듯 험악하고 무질서하게 빼곡히 모여 수직으로 일어서며 서로의 위에 첩첩이 쌓이고 있었다.

멀리 무리 지어 서 있는 호기심 많은 구경꾼들이 여자 마법사를 방해했다. 그녀는 밉살스럽다는 듯한 눈초리로 그들을 머리끝에서 발끝까지 노려보았다. 그러나 그들이 그녀를 거북하게 만든다고 인정하는 것은 그녀의 체면을 깎아내리는 일이었다. 예술가의 자부심이 그녀를 자제케 했다. 그녀는 그들을 알아채지 못하는 척했다. 의사는 그녀의 눈을 피해 뒤쪽 줄에서 그녀를 관찰했다.

그는 처음으로 그녀를 제대로 관찰할 수 있었다. 그녀는 변함없이 영국제 군모를 쓰고 외국 간섭군의 완두콩 색 외투 깃을 되는 대로 풀어 헤친 채 입고 있었다. 깊은 열정이 서린 오만한 이목구비는 이 젊지 않은 여인의 눈과 눈썹을 젊어 보이게 했고, 그로 인해 그녀의 얼굴에는 무엇을 입었든, 입지 않았든 아무 상관없다는 듯한 표정이 선명하게 떠올라 있었다.

그러나 팜필의 아내의 모습은 유리 안드레예비치를 놀라게 했다. 그는 그녀를 거의 알아볼 수 없었다. 며칠 동안 그녀는 폭삭 늙어 있었다. 그녀의 부릅뜬 눈은 눈구멍에서 곧 빠져나올 것만 같았다. 마차의 채처럼 툭 튀어나온 목에서는 부어오른 핏줄이 고동치고 있었다. 남모르는 공포가 그녀를 이렇게 만들어 놓은 것이었다.

「젖이 나오지 않아요.」아가피야가 말했다. 「젖이 나오는 기간이 아닌가 보다, 라고 생각했는데, 아니에요, 진작 젖이 나올 때가 됐는데도 여전히 나오지 않는 거예요.」

「젖이 나오지 않는 기간이라니, 무슨. 젖꼭지가 탄저균 때문에 헐었어. 발라 줄 약초 연고를 줄게. 그리고 당연히 주문도 외어 주고.」

「다른 재앙은 남편이에요.」

「바람피우지 않게 주문을 걸어 줄게. 가능해. 딱 들러붙어서 떼어 낼 수 없을 거야. 세 번째 불행을 이야기해 봐.」

「바람이 아니에요. 바람이라도 피우면 좋지요. 힘에 부치도록 나와 아이들에게 꼭 붙어서 우리 때문에 속을 태우고 있어요. 그 사람이 무슨 생각을 하는지 알아요. 그 사람은 진영을 나누어 우리를 여러 곳으로 보낼 거라고 생각하고 있어요. 우리가 바실리고에게 넘겨질 것이고, 자기가 우리와 함께 있지 못할 것이라고요. 어느 누구도 우리 편을 들어 주지 않을 거라고요. 그자들이 우리를 고문하고 우리가 고통당하는 걸 보고 기뻐할 거라고요. 난 그 사람의 생각을 알아요. 자기 자신한테 아무 짓도 저지르지 말아야 할 텐데.」

「생각해 보자. 슬픔을 없애 보자고. 세 번째 불행을 이야기해 봐.」

「없어요, 세 번째 불행은. 그게 다예요, 암소와 남편.」

「자네는 불행이 별로 없네, 어멈! 하느님이 자네를 얼마나 사랑하시는지 봐. 이런 경우는 찾기 힘들어. 가련한 사람한테 불행한 일이 두 개뿐인데, 하나는 자상한 남편이라니. 암소를 낫게 해주는 대가로 뭘 줄 텐가? 주문을 걸어 보지 뭐.」

「무엇을 받고 싶어요?」

「채로 쳐서 구운 크고 둥근 빵과 남편.」

주변에서 껄껄 웃음이 터졌다.

「비웃는 거야, 뭐야?」

「자, 만일 둥근 빵이 너무 비싸다면. 남편 한 사람으로 타협을 보자고.」

주변에서 웃음이 열 배나 커졌다.

「별명이 뭐지? 남편 말고 암소.」

「예쁜이요.」

「여기 가축의 절반이 다 예쁜이야. 뭐 됐고. 축복해 볼까.」

그리고 그녀는 암소에게 주문을 걸기 시작했다. 처음에 그녀의 주문은 정말로 가축에게 거는 것이었다. 나중에는 너무 몰입해서 아가피야에게 주술과 주술의 적용에 대해 가르침을 주었다. 유리 안드레예비치는 유럽 러시아에서 시베리아로 이사 올 때 마부 바크흐의 화려한 수다 소리에 귀를 기울였을 때처럼, 무엇에 홀린 듯 헛소리 같은 말들이 얼기설기 이어지는 소리를 들었다.

병사의 부인이 말했다.

「모르고시야 아주머니, 우리에게 놀러 오시오. 화요일과 수요일에 아픈 데를 데려가요. 젖소 젖꼭지에서 부스럼을 떼어 가세요. 얌전히 서 있으럼, 예쁜아, 의자는 뒤집지 말고. 산처럼 서 있거라, 강물처럼 젖을 흘려라. 새의 어미야, 겁을 먹었구나, 옴 부스러기를 몽땅 쐐기풀에 던져 버리거라. 주술사의 말은 황제의 명처럼 확실하단다.

거절, 징벌, 보호하는 말, 부적 같은 말을 모두 잘 알아야 해, 아가피유시카.[6] 자넨 보면서 생각하잖나, 숲이라고. 하지만 저건 부정한 힘이 천군 천사와 싸우러 내려온 거야, 우리 편이 바살리고랑 싸우는 것처럼 칼부림을 하고 있잖아.

아니면 내가 가리키는 곳을 예로 봐봐. 그쪽을 보지 말고, 귀여운 사람. 뒤통수가 아니라 내가 손가락으로 가리키는 곳을 보렴. 바로 거기, 거기. 자네는 이게 뭐라고 생각하나? 새가 둥지를 틀려고 울부짖는다고 생각했겠지? 그게 아니야. 이건 진짜 악마의 계략이야. 루살카가 자기 딸을 위해 화환을 꼬는 중이야. 사람들이 옆을 지나가는 소리를 듣고 던져 버린 거야. 놀란 거지. 밤에는 다 끝낼 거야, 마저 엮을 거야, 두고 보렴.

아니면 이게 또 네 붉은 깃발이구나. 자네는 어떻게 생각하나? 저게 깃발이라고 생각하나? 저건 전혀 깃발이 아니라 성

6 아가피야의 애칭이다.

가신 아가씨가 산딸기처럼 검붉은 스카프를 흔들어 유혹하는 거야, 그래, 유혹하는 거야, 왜 유혹하느냐고? 스카프를 흔들어 젊은 사람들에게 눈짓하는 거지, 젊은 사람들을 도살장으로 죽음으로 유인하고, 페스트를 보내는 거지. 그런데 너희들은 믿었지, 깃발이여, 모든 나라의 프롤레타리아트와 가난은 내게로 오라.

어멈 아가피야야, 이제 모든 걸, 모든 걸 알아야 해, 뭐가 어떻게 되는 건지, 전부 모두 알아야 해. 새는 어떤 새인지, 돌은 어떤 돌인지, 풀은 어떤 풀인지. 예를 들면 저 새는 옛이야기 속 새의 조상 찌르레기라든가. 짐승은 오소리라든가.

이제, 예를 들면 누군가와 사랑에 빠지고 싶거든 말만 해. 누구든 마법으로 매혹시켜 버릴 테니까. 너희들 대장인 레스니든 콜차크든 이반 왕자[7]든. 내가 허풍을 떨고 거짓부렁을 하고 있다고 생각하나? 하지만 거짓말하는 게 아니야. 자, 봐봐, 들어 봐. 겨울이 오고 들판에는 회오리가 떼 지어 오고, 눈기둥이 돌아가겠지. 그러면 나는 그 눈 기둥에, 그 눈의 소용돌이에 칼을 칼자루까지 푹 박아 눈에서 온통 붉은 피를 뽑아낼 거야. 어때, 본 적 있어? 그래? 내가 거짓말한다고 생각하겠지. 말해 봐, 어디, 휘도는 눈보라에서 피가 난다고? 그건 바람, 공기, 눈 먼지야. 바로 그렇지, 아줌마, 이 눈보라는 그냥 바람이 아니라 혼자 사는 요물 마녀가 자기 아이를 잃고는 들판에서 울며불며 아이를 찾지만 찾을 수가 없는 거야.

7 옛날이야기에 나오는 세 아들 중 셋째 아들이다. 죽지 않는 해골 도깨비(코셰이)와 싸우고 불새에게 가서 결국에는 공주와 결혼한다.

내 칼이 그 마녀를 찌른 거지. 그래서 피가 나는 거야. 그 단도로 누구든 원하면 흔적을 끄집어내어 잘라서 명주실로 옷자락에 꿰매어 줄게. 콜차크든 스트렐니코프든 어떤 새로운 황제든 네가 가는 곳이라면 그 사람도 네 뒤를 따라갈걸. 자네는 내가 거짓말한다고 생각하겠지, 모든 나라의 프롤레타리아트와 가난은 내게로 오라는 말로 생각했겠지.

혹은 또 예를 들어 지금 하늘에서 돌이 떨어지고 있어, 마치 비처럼 떨어져. 사람이 집 문지방을 넘으면 그 사람 위로 돌이 떨어지는 거야. 혹은 말 탄 기사가 하늘을 달리는 걸 봐, 말발굽이 지붕에 닿는 거야. 혹은 그 옛날에 마법사가 발견했지. 그 아내가 자기 몸에 알곡이나 꿀이나 담비 모피를 갖고 있다고. 그리고 병사들이 어깨를 벗겨 마치 단지를 열 듯 검으로 견갑골을 열어 얼마간의 밀과 얼마간의 다람쥐 가죽, 얼마간의 꿀벌을 끄집어냈지.」

때로 세상을 살다 보면 크고 강한 감정을 만나게 된다. 그리고 그 감정에는 늘 안타까움이 뒤섞인다. 우리 숭배의 대상은 우리가 더 많이 사랑할수록 우리에게 더 희생자로 보인다. 몇 사람은 여성에게 느끼는 동정이 모든 상상의 한계를 넘어선다. 민감한 이들은 여성을 세상에 없는 환상적인 곳, 오직 상상 속에서만 존재하는 실현 불가능한 상황에 앉히고, 그녀 때문에 주변의 공기, 자연의 법칙, 그녀가 태어나기 전 흘러간 수천 년의 세월까지도 질투한다.

유리 안드레예비치는 충분히 교육 수준이 높았기 때문에 점쟁이의 말 마지막 부분이 어떤 연대기, 노브고로드 혹은 이파티예프 연대기[8]의 초반부를 거듭 왜곡해서 위작으로 변형시킨 게 아닌지 의혹을 품었다. 마법사와 이야기꾼들이 세대에 세대를 거쳐 구전으로 전하면서 수 세기 동안 그것을 망가뜨려 놓았다. 그리고 필사가가 그들보다 먼저 이들을 혼동하여 잘못 전해 왔던 것이다.

어째서 그는 전설의 포악한 전횡에 이다지도 사로잡혔는가? 어째서 그는 납득하기 어려운 터무니없는 생각, 의미 없는 허튼소리를 마치 실제 상황인 양 대한 걸까?

라라의 왼쪽 어깨를 열어젖혔다. 장롱에 들어간 철제 비밀 서랍의 비밀 문짝에 열쇠를 집어 넣듯이 검을 돌려 그녀의 견갑골을 열어젖혔다. 입을 벌린 정신적인 빈 굴의 깊은 곳에서 그녀가 숨겨 놓은 비밀이 드러났다. 찾아간 낯선 도시, 낯선 거리, 낯선 집, 낯선 트인 공간이 감긴 리본이 풀리듯이, 둘둘 말린 리본이 바깥으로 굴러떨어지듯이 길게 펼쳐졌다.

오, 그는 그녀를 얼마나 사랑했던가! 그녀는 얼마나 아름다웠던가! 그가 언제나 생각하고 꿈꾸었던 모습, 그가 필요로 했던 바로 그런 모습이 아니었던가! 그러나 무엇으로, 어떤 측면에서 그러했을까? 이름을 붙이거나 구분할 만한 것이 무엇일까? 오, 아니다, 오, 그렇지 않다! 그녀는 창조주가 위

8 쿠바리하의 말은 알렉산드르 아파나시예프(1826~1871)에 의해 수집된 텍스트 『슬라브족의 시적 관념』에서 나온 것이다. 연대기는 대공 중심의 역사 기록물이다. 노브고로드 연대기는 1016년부터 1472년까지의 노브고로드 공국에 대한 가장 오래된 기록을 담고 있다. 이파티예프 연대기는 12세기와 13세기까지의 자료들을 담고 있는, 남부 러시아의 초기 역사에 대한 주요 자료이다.

에서 아래까지 단번에 휘둘러 그린 눈부신 단순함과 날렵한 선이고, 그녀는 이제 막 목욕한 아이를 포대기에 단단하게 싸맨 것처럼 그 거룩한 윤곽 그대로 그의 영혼의 품에 맡겨졌던 것이다.

그런데 그는 지금 어디에 있고, 무슨 일이 일어나고 있는 가? 숲, 시베리아, 파르티잔. 그들은 포위되어 있고, 그는 같은 운명을 겪게 될 것이다. 이 무슨 기막히고 말도 안 되는 일인 가. 다시 유리 안드레예비치의 눈과 머리가 아득해졌다. 모든 것이 그의 눈앞에서 빙빙 돌았다. 그 시기에 흔히 내리는 눈 대신에 비가 부슬부슬 내리기 시작했다. 도시의 거리 위에, 집과 집 사이에 걸린 거대한 직물 플래카드처럼, 놀랍도록 신성시된 머리 하나의 몇 배나 확대된 환영이 숲속 빈터의 허공 한쪽에서 다른 쪽까지 펼쳐져 있었다. 그 머리는 눈물을 흘리고 있었고, 더 거세진 빗물이 입맞춤하며 그 머리를 적셨다.

「가봐.」여자 점쟁이가 아가피야에게 말했다. 「내가 자네 젖소에게 주문을 다 외웠으니 건강해질 거야. 성모 마리아에게 기도하게. 그분은 빛의 궁전이시고 살아 있는 말씀의 책이시니.」

8

타이가의 서쪽 경계에서 전투가 벌어지고 있었다. 그러나 타이가가 어찌나 큰지 먼 국경 지대에서만 전투가 활발한 것 같았다. 타이가 수풀 안쪽 진영에는 사람이 어찌나 많은지, 아무리 많은 사람이 전투에 나가도 항상 남은 사람이 더 많아 진영이 비는 일은 절대 없었다.

멀리서 울리는 전투의 굉음은 깊은 숲속에 있는 진영까지 거의 도달하지 않았다. 그런데 갑자기 숲에서 몇 발의 총성이 울렸다. 그 소리는 아주 가까이에서 연거푸 이어지다가 단번에 무질서한 총성으로 바뀌었다. 소리가 들리는 장소에 있다가 총격을 접한 사람들은 사방팔방으로 달아났다. 진영의 보조 예비군에 속한 사람들이 자신의 짐마차 쪽으로 달려갔다. 소동이 일어났다. 모두가 전투태세를 갖추었다.

곧 소동이 가라앉았다. 경보는 잘못된 것이었다. 그래서 다시 사람들이 총성이 울렸던 장소로 몰려들었다. 군중의 수가 점점 더 많아졌다. 서 있는 사람들에게 새로운 사람들이 다가왔다.

군중은 땅에 누워 있는 피투성이의 사람 몸통을 둘러쌌다. 수족이 절단된 사람은 아직 숨이 붙어 있었다. 그는 오른팔과 왼쪽 다리가 절단되어 있었다. 어떻게 남아 있는 다른 팔과 다리로 불행한 사람이 진영까지 기어 올 수 있었는지 머리로는 도저히 이해할 수 없었다. 잘린 팔과 다리는 피투성이의 끔찍한 살덩어리의 모습으로 그의 등에 나무판자와 함께 묶여 있었는데, 그 판자에는 상스러운 욕 사이사이로 이 처벌이 숲의 형제단에 속한 파르티잔과는 아무 관련이 없는 이런저런 적군 부대의 짐승 같은 행동에 앙갚음하는 복수 차원에서 이루어진 것이라는 말이 길게 새겨져 있었다. 그 밖에도 판자에 적힌 날짜에 맞춰 파르티잔이 항복하지 않고 비친 군단의 군 대표들에게 무기를 내주지 않는다면 모든 사람들에게 똑같은 일이 일어날 것이라는 말이 첨부되어 있었다.

불구가 된 수난자는 피를 철철 흘리며 간간이 정신을 잃으면서도 혀가 잘 돌아가지 않아 약하게 끊어지는 목소리로 비친 장군이 있는 후방의 군 수사 징벌 부서에서 심한 고문과 심문을 당했다고 이야기했다. 그에게 교수형을 내렸는데, 시혜를 베푼다는 의미에서 팔과 다리를 자르는 형으로 바꾸고, 진영 사람들에게 공포를 심어 주기 위해 그렇게 불구가 된 모습으로 파르티잔에게 보냈던 것이다. 진영의 제1 보초선 지점들까지는 그를 들어서 데려왔지만, 그 후로는 땅에 내려놓고 직접 기어가도록 명하고는, 멀리서 공중에 총을 발사하며 그를 내몰았던 것이다.

심한 고통을 겪는 이는 입술을 가까스로 움직이고 있었다. 알아들을 수 없을 정도로 중얼거리는 소리를 해독하기 위해 사람들은 허리를 낮게 굽혀 귀를 기울였다. 그가 말했다.

「조심하게, 형제들. 적들이 자네들을 돌파했어.」

「엄호 부대를 보냈어. 그곳에서 엄청난 전투가 진행 중이야. 우린 버텨 낼 걸세.」

「돌파, 돌파, 그자는 기습을 원해. 나는 알아. 아, 괴로워, 형제들. 보게, 출혈로 힘이 없고, 피를 토하고 있어. 나는 이제 죽을 거야.」

「조금 누워서 숨을 돌리게. 말하지 말고. 말 시키지 마, 극악무도한 것들아. 보라고, 이이한테 해롭잖아.」

「나를 성한 데가 하나 없게 만들었어, 흡혈귀, 개자식. 그놈 말이 내 피로 씻게 해주겠다고, 내가 누구인지 말하라는 거야. 형제들, 내가 진짜배기 탈주병이라고 어떻게 말하겠나. 맞아. 난 그자에게서 벗어나 자네들한테로 도주하는 중이었어.」

「자네 계속 〈그자〉라고 하고 있잖은가. 자네를 이렇게 만든 놈이 누구인가?」

「아, 형제들, 속이 타네. 잠시 숨을 좀 돌리게 해주게. 이제 말하겠네. 베케신 대장이야. 시트레제 사령관이야. 비친 군단의. 자네들은 이곳 숲에 있어서 아무것도 몰라. 도시에는 신음이 가득하네. 산 사람으로 철을 만들고 있어. 산 사람 몸에서 혁대를 만들고 있다고. 멱살을 잡아서 끌고 가는데, 어디로 가는지도 모르고, 그야말로 좁고 캄캄한 구석이야. 주변을 더듬어 보면 짐승 우리이고, 열차 객실이야. 한 우리에 아랫도리만 입은 사람들이 마흔 명은 더 있어. 그렇게 해놓고는 우리 문을 열고 팔을 집어넣는 거야. 손에 제일 먼저 잡히는 사람을 밖으로 끌고 나가는 거지. 닭 모가지를 자르는 것이나 매한가지야. 세상에나. 누구는 목을 매달고, 누구는 개머리판으로 치고, 누구는 심문을 하지. 온몸에 자국이 나도록 채찍질을 하고, 상처에 소금을 뿌리고, 뜨거운 물을 부었어. 토하거나 아래로 쏟으면 그걸 먹게 한다고. 아이들과 여자들에게 무슨 일이 일어나는지는, 오, 주여!」

불행한 사람은 이미 마지막 숨을 거두고 있었다. 그는 말을 마저 하지 못하고 단말마의 비명을 지른 후 숨을 거두었다. 모두가 그걸 금방 깨닫고 모자를 벗어 성호를 그었다.

저녁에는 이보다 훨씬 더 무서운 소식이 진영 전체에 퍼졌다.

팜필 팔리흐가 죽어 가던 사람 주변의 군중들 사이에 서 있었다. 그가 그를 보고, 그의 이야기를 듣고, 나무판자 위에 적힌 위협의 말을 전부 읽었다.

자신이 죽을 경우 식구들에게 덮칠 운명에 대한 끊임없는 두려움이 상상할 수 없을 정도로 그를 사로잡았다. 상상 속에서 그는 이미 서서히 고문을 당하는 식구들의 모습과 고통으로 일그러진 그들의 얼굴을 보고, 그들의 신음과 도와달라는 외침 소리를 들었다. 미래의 고통에서 그들을 구하고, 자기 자신의 고통을 줄이기 위해 그는 울적한 기분이 폭발하는 가운데 그들의 목숨을 끊었다. 그는 딸아이들과 사랑하는 아들 플레누시카에게 목각 장난감을 파주던 면도날처럼 날카로운 그 도끼로 아내와 세 아이를 베어 버렸다.

범행 직후 그가 자살을 시도하지 않은 것이 놀라웠다. 그는 무슨 생각을 했을까? 앞으로 그에게 무슨 일이 일어날 수 있을까? 어떤 사정과 무슨 의도가 있었을까? 그는 명백히 정신이 나간, 돌이킬 수 없이 끝나 버린 존재였다.

리베리와 의사, 군사 위원회 위원들이 그를 어떻게 해야 할지 논하며 회의를 하는 동안, 그는 머리를 가슴에 떨어뜨리고 누런 눈을 멍하게 치뜬 채 아무것도 보지 않고 진영 안을 자유롭게 돌아다녔다. 그 어떠한 힘으로도 이길 수 없는 비인간적인 고뇌를 드러내는, 입가를 맴도는 멍한 미소가 그의 얼굴에서 떠나지 않았다.

아무도 그를 가엾게 여기지 않았다. 모두가 그를 보면 물러났다. 그를 사형에 처해야 한다고 호소하는 목소리들이 울려 퍼졌다. 그러나 아무도 그들을 지지하지 않았다.

이 세상에서 그가 할 일이라곤 더 이상 없었다. 그는 공수병에 걸린 미친 짐승이 자신으로부터 도망치듯 새벽녘에 진영에서 자취를 감추었다.

9

오래전에 겨울이 찾아들었다. 혹한이 계속되었다. 외견상의 맥락 없이 툭툭 끊어지는 소리와 형태들이 얼어붙은 안개 속에 나타나서는 서서 움직이다가 사라지곤 했다. 태양은 땅 위의 사람들이 익숙해져 있는 모습이 아니라 뭔가 그것을 대체하는 듯한 다른 모습으로, 마치 적자색의 공처럼 숲에 걸려 있었다.

펠트 장화를 신어서 보이지 않는 발들이 둥근 발바닥을 가까스로 땅에 대고 한 걸음 뗄 때마다 세찬 뽀드득 소리를 내며 사방으로 움직였고, 그것을 보충하듯 방한용 두건과 짧은 털코트를 입은 사람들의 모습이 하늘을 도는 천체처럼 공중에 떠다녔다.

낯익은 이들이 멈춰 서서 대화를 나누었다. 그들은 얼어붙은 구레나룻과 콧수염을 수세미처럼 달고 목욕탕에 있는 듯 벌게진 얼굴을 가까이 맞대고 있었다. 빡빡하고 진득한 입김

덩어리가 구름처럼 그들의 입에서 튀어나왔고, 그 많은 양은 마치 얼어붙은 듯 그들의 간단한 대화의 빈약한 단어들과 어울리지 않았다.

리베리는 오솔길에서 의사와 마주쳤다.

「아, 선생이시군요? 얼마나 오랫동안 보지 못한 건가요! 저녁에 제 참호에 오십시오. 제 참호에서 주무세요. 예전처럼 얘기를 좀 나눕시다. 전할 말씀도 있고요.」

「통신원이 돌아왔습니까? 바리키노 소식은 있나요?」

「전갈에 선생 식구나 우리 식구에 대한 이야기는 전혀 없습니다. 하지만 바로 그래서 나는 위안이 되는 결론을 내립니다. 식구들이 제때 도망을 쳤다는 거죠. 그렇지 않다면 언급이 있었겠지요. 어쨌든 모든 얘기는 만나서 하도록 하죠. 그럼 기다리겠습니다.」

참호에서 의사는 다시 질문을 반복했다.

「대답하세요, 우리 가족에 대해 알고 있는 게 뭡니까?」

「또다시 당신은 자기 코앞 이상은 보려 들지 않는군요. 아마도 우리 식구들은 살아서 안전한 곳에 있을 겁니다. 문제는 식구들이 아니에요. 아주 대단한 소식이 있습니다. 고기를 드시겠습니까? 차가운 송아지 고기가 있습니다.」

「아니요, 고맙습니다. 옆으로 새지 마세요. 핵심적 문제로 돌아갑시다.」

「그냥 드시지. 나는 먹겠습니다. 진영에 괴혈병이 돌고 있어요. 사람들이 빵이 뭔지, 풀이 뭔지를 잊었어요. 가을에 난민들이 이곳에 있는 동안 보다 조직적으로 호두와 산딸기를 채집했어야만 해요. 우리 일은 가장 훌륭한 상태라는 걸 말씀 드리겠습니다. 내가 늘 예언했던 일이 일어났습니다. 얼음이 깨졌어요. 콜차크는 모든 전선에서 물러나고 있습니다. 이건 자연력에 의해 전개되는 완전한 패배입니다. 아시겠습니까? 내가 뭐라고 했습니까? 선생은 늘 푸념을 했지요.」

「제가 언제 푸념을 했나요?」

「끊임없이 그러셨죠. 특히 비친이 우리를 압박했을 때는요.」

의사는 얼마 전 지나간 가을에 있었던 반란자들의 총살형, 팔리흐의 아내와 자녀들 살해, 끝이 보이지 않는 파괴와 인간 학살을 상기했다. 백군과 적군의 짐승 같은 행동은 그 잔혹함에서 우열을 가리기 힘들었고, 이에는 이로 응징함으로써 끊임없이 배가되었다. 피로 인해 속이 메스꺼웠고, 피가 목으로 북받치고 머리로 솟구치면서 눈에 핏발이 섰다. 이건 전혀 우는 소리가 아니었고, 뭔가 전혀 다른 것이었다. 그러나 그것을 리베리에게 어떻게 설명할 수 있을까?

참호에서는 향기로운 탄내가 나고 있었다. 탄내는 입천장에 들어와 코와 목을 간질였다. 참호는 철 삼발이에 꽂힌 얇게 빠갠 나뭇조각에 불이 밝혀져 있었다. 나뭇조각 하나가 다 타자, 그 다 탄 끝이 밑에 물을 담아 받쳐 놓은 대야에 떨어졌고, 리베리는 새 나뭇조각에 불을 붙여 고리에 꽂았다.

「내가 무엇을 태우고 있는지 보세요. 기름이 떨어졌어요. 장작개비를 말렸지요. 호롱불이 너무 빨리 타요. 맞아요. 괴혈병이 진영에 돌고 있습니다. 송아지 고기를 단호하게 거절하시는 겁니까? 그런데 선생은 그냥 보고만 있나요? 참모들을 모아 상황을 알려 주고 지도부에 괴혈병과, 그 병과 싸워 이길 방법을 강의해 주셔야 하는 거 아닌가요?」

「제발, 그만 좀 괴롭히십시오. 우리 가족에 대해 정확히 뭘 알고 계신 겁니까?」

「선생 식구들에 대한 정확한 정보는 전혀 없다고 벌써 말 씀드렸잖아요. 하지만 전황에 대한 소식 중 알고 있는 걸 아 직 다 말하지는 않았습니다. 내전은 끝났습니다. 콜차크의 수뇌부가 깨졌어요. 바다 쪽으로 그자들을 내몰기 위해 적군 이 철도 간선을 따라 뒤쫓고 있어요. 적군의 다른 부대는 힘 을 합쳐 여기저기에 흩어져 있는 수많은 후방을 소탕하기 위 해 우리와 합류하려고 서두르고 있고요. 러시아의 남쪽은 소 탕되었습니다. 선생은 어쩐지 기뻐하지 않는군요? 이것으로 부족한가요?」

「아니요, 기쁩니다. 하지만 우리 가족은 어디에 있나요?」

「바리키노에는 없습니다. 정말 아주 다행스러운 일이지요. 카멘노드보르스키가 여름에 얘기한 전설 같은 이야기는, 내 추측에 따르면 확인되지 않았습니다. 바리키노에 어떤 신비 한 민족이 습격했다는 어리석은 소문 기억하시죠? 하여간 마 을은 완전히 폐허가 되었습니다. 아마도 그곳에서 무슨 일이 일어났고, 두 가정이 미리 그곳에서 도망쳤다는 건 아주 다행 스러운 일입니다. 식구들이 살아 있다는 걸 믿읍시다. 내 척 후병의 말에 따르면 소수의 남은 자들이 그렇게 생각한다고 합니다.」

「그런데 유랴틴은요? 그곳은 어떤가요? 유랴틴은 누구의 손에 들어갔나요?」

「역시 뭔가 일관되지 않은 정보들이라. 틀림없이 실수일 겁니다.」

「뭐가 그렇다는 거죠?」

「도시에 아직 백군이 있다는 것 같아요. 완전히 말도 안 되는 일이고, 분명 불가능한 일입니다. 이제 이 모든 것을 명백하게 증명해 드리지요.」

리베리는 촉대에 새 나뭇조각을 꽂고, 꼬깃꼬깃하게 구겨지고 찢어진 군용 지도의 필요한 부분을 겉으로 나오게 하고 나머지 부분은 안으로 들어가게 접고는, 손에 연필을 들고 지도를 보며 설명하기 시작했다.

「보세요. 이 지역 전체에서 백군은 후퇴했습니다. 자, 여기, 여기, 여기 이 구역 전체가 그렇습니다. 주의 깊게 보고 계시지요?」

「네.」

「유랴틴 방향에 백군이 있을 수 없어요. 그렇지 않으면 통신이 끊어진 상태에서 이들은 피할 수 없이 고립되어 있는 겁니다. 이들의 장군이 아무리 무능하다고 해도 이걸 이해하지 못할 리 없지요. 외투를 입으셨나요? 어디로 가시는 건가요?」

「죄송합니다. 잠시 다녀오겠습니다. 곧 돌아올 겁니다. 이곳의 매운 연기와 나뭇가지 타는 냄새가 너무 독하네요. 몸이 좋지 않아요. 바깥 공기를 좀 쐬고 오겠습니다.」

참호에서 바깥으로 올라온 의사는 입구 옆에 앉으라고 길게 놓아둔 두꺼운 통나무 위의 눈을 장갑 낀 손으로 치웠다.

그는 그 위에 앉아 몸을 굽히고 머리를 양손으로 괸 채 생각에 잠겼다. 겨울의 타이가, 숲의 진영, 파르티잔에서 보낸 18개월이 마치 사라진 것만 같았다. 그는 그 일들을 잊어버렸다. 그의 머릿속에는 오직 가족만 떠올랐다. 그는 그들에 대해 점점 더 끔찍한 추측만 잇따라 하고 있었다.

저기 토냐가 시로치카를 팔에 안고 눈보라가 치는 들판을 걷고 있다. 그녀는 아이를 이불로 감싸고 있지만, 발이 눈에 푹푹 빠지는 바람에 억지로 다리를 질질 끌고 있다. 눈보라가 그녀를 들어 올렸다가 땅으로 쓰러뜨리는 바람에 힘이 빠져 움직이지 않는 다리로 설 기운이 없어서 그녀는 넘어졌다가 다시 일어나곤 한다. 오, 그런데 그는 늘 잊어버리고, 또 잊어버리곤 한다. 그녀에게는 아이가 둘이고, 둘째 아이는 아직 젖먹이이다. 힘에 부치는 긴장과 슬픔으로 인해 이성을 잃은 칠림크의 여자 난민처럼 바쁘다.

그녀의 두 손에는 아이들이 들려 있는데, 그녀를 도와줄 사람이 주변에 아무도 없다. 슈로치카의 아빠는 어디에 있는지 알 수 없다. 그는 멀리, 언제나 멀리 있다, 평생을 그들 곁에서 떨어져 있다. 과연 그런 자를 아빠라고 할 수 있을까? 과연 그런 사람을 진짜 아빠라고 할 수 있을까? 그녀 자신의 아빠는 어디에 있는가? 알렉산드르 알렉산드로비치는 어디에 있는가? 뉴샤는 어디에 있는가? 나머지 사람들은 어디에 있는가? 오, 이런 질문을 스스로에게 제기하지 않는 것이 더 낫겠다, 생각하지 않는 게 더 낫겠다, 깊이 파고들지 않는 것이 더 낫겠다.

의사는 참호로 다시 내려가려고 통나무에서 일어났다. 그런데 갑자기 그의 머리에 새로운 생각이 떠올랐다. 그는 아래에 있는 리베리에게로 돌아가려던 마음을 바꾸었다.

스키와 건빵이 든 자루, 도주에 필요한 모든 물건이 오래전부터 준비되어 있었다. 그는 그것을 진영의 경비선 너머 커다란 전나무 아래 눈 속에 묻어 두었고, 확실히 하기 위해 특별히 표시를 해두었다. 그는 눈 더미 사이에 밟아서 다져진 오솔길을 따라 그쪽으로 걸었다. 밝은 밤이었다. 보름달이 비치고 있었다. 의사는 밤에 경비병들이 어디에 배치되어 있는지 잘 알았기 때문에 그들을 쉽게 피할 수 있었다. 그러나 얼음에 덮인 마가목이 있는 숲속 빈터 옆에 왔을 때 경비병이 멀리서 그를 소리쳐 불렀고, 전속력으로 달리는 스키 위에 똑바로 서서 미끄러지듯 그에게 다가왔다.

「서라! 총을 쏘겠다! 누구냐? 암호를 대라.」

「무슨 일인가, 형제, 돌았나? 아군이잖아. 못 알아보겠나? 당신들의 의사 지바고야.」

「잘못했네! 화내지 말게, 젤바크[9] 동지. 못 알아봤어. 하지만 아무리 젤바크라도 더 이상은 가게 둘 수 없네. 모두 규칙대로 해야 하니까.」

「알았네. 암호는 〈붉은 시베리아〉이고, 답은 〈간섭군 타도〉야.」

「그렇다면 얘기가 달라지지. 어디든 원하는 대로 가게. 이 밤에 무슨 악귀를 따라 헤매 다니는 건가? 환자라도 있나?」

9 지바고를 〈젤바크〉로 잘못 알고 부르고 있다.

「잠은 오지 않고, 목이 마르군. 좀 돌아다니다가 눈이라도 먹어야겠다고 생각했어. 열매가 언 마가목을 봤는데, 가서 좀 씹어 먹고 싶더군.」

「바로 지주식 변덕이지, 겨울에 딸기를 찾다니. 3년 동안 패고 또 패는데도 고쳐지지가 않는군. 의식화가 전혀 안 돼. 자네 마가목을 찾아가 보게, 정신병자 같으니. 내가 알게 뭐람?」

그리고 경비병은 조금 전처럼 점점 더 빠르게 질주하면서 휙휙 소리를 내는 긴 스키를 타고 몸을 곧추세워 옆으로 미끄러져 내려가서는, 아무도 밟지 않은 눈 위를 전속력으로 달려 빠진 머리카락처럼 빈약하게 헐벗은 겨울 관목들 너머로 점점 더 멀어지기 시작했다. 의사가 걷던 오솔길은 조금 전에 말한 마가목으로 그를 인도했다.

마가목은 반은 눈에, 반은 얼어붙은 이파리와 열매에 덮여 있었고, 마치 그를 맞이하듯 눈 덮인 두 개의 가지를 앞으로 뻗고 있었다. 그는 라라의 크고 하얀 팔, 둥글고 넉넉한 팔이 생각나 가지를 붙잡고 나무를 자신에게 당겼다. 마가목은 마치 의식적으로 답하듯 몸을 움직여 머리에서 발끝까지 그에게 눈을 뿌려 주었다. 그는 무슨 말을 하는지 스스로도 의식하지 못한 채 자신도 모르게 중얼거렸다.

「너를 보리라, 나의 그림같이 아름다운 여인이여, 나의 아름다운 공작 부인 마가목이여, 나의 피붙이여.」

밝은 밤이었다. 달이 빛나고 있었다. 그는 비밀의 전나무가 있는 타이가 쪽으로 더 들어가 물건을 파내서는 진영을 떠났다.

제13부

조각상들이 있는 집 맞은편

1

쿠페체스카야 대로는 말라야 스파스카야와 노보스발로치니 쪽으로 가는 작은 언덕을 따라 구불구불하게 내려가는 내리막길이었다. 거기서는 도시의 더 높은 지대에 있는 건물과 교회들이 보였다.

조각상들이 있는 짙은 회색 집은 그 모퉁이에 있었다. 경사면에 기울어진 거대한 사각 기초석에는 정부 신문의 최신호와 정부 칙령 및 법령이 새까맣게 붙어 있었다. 그다지 많지 않은 수의 통행인들이 오랫동안 보도에 서서 말없이 게시물을 읽고 있었다.

얼마 전의 눈석임 이후 날씨가 건조했다. 모든 것이 얼어붙었다. 추위가 눈에 띄게 심해졌다. 얼마 전까지만 해도 이 시각에는 아직 어두웠는데, 지금은 완전히 밝았다. 겨울이 지난 지 얼마 되지 않았다. 떠나지 않고 저녁마다 미적거리는 빛이 텅 빈 장소의 공허함을 채우고 있었다. 빛은 마음을 동요시키고, 먼 데로 마음을 이끌며, 놀라게 하고 긴장하게 만들었다.

적군에게 도시를 내주고 백군이 떠난 지 얼마 되지 않았다. 발포와 살육, 군사 경보가 막을 내렸다. 겨울이 떠나고 봄날이 점점 늘어나듯, 이것 역시 두려움을 주고 경계하게 만들었다.

거리의 통행인들이 길어진 낮의 빛에 의지해 읽고 있는 통고문은 이처럼 고지하고 있었다.

〈주민에게 알림. 자격이 있는 자들을 위한 노동 수첩은 법률 소비에트의 식량부에서 50루블에 배부됨. 전 주지사 거리, 현 옥탸브리스카야 거리 5, 137호.

노동 수첩을 소지하지 않거나 부정하게 소지한 경우, 더욱이 허위 정보 기록은 전시에 맞게 엄중 처벌될 것임. 노동 수첩 이용 방법에 대한 정확한 지침은 유랴틴 시 집행 위원회 공보 금년 제86호(1013)에 공시되어 있고, 유랴틴 소비에트 식량부 137호에 게시됨.〉

다른 공고에는 도시에 식량 비축량이 충분한데, 부르주아가 식량 배급을 교란시키고 혼란을 일으키기 위해 그 비축량을 숨긴 것 같다는 식으로 공지되어 있었다. 공고는 다음과 같은 말로 끝났다.

〈식량 비축분의 보관과 은폐가 폭로된 자는 즉결 총살형임.〉

세 번째 공고는 이렇게 제안하고 있었다.

〈식량 문제의 올바른 조직을 위해 착취 분자에 속하지 않은 자들은 소비조합에 통합됨. 자세한 사항은 유랴틴 소비에트의 식량부에서 정보를 얻을 것. 전 주지사 거리, 현 옥탸브

리스카야 거리 5, 137호.〉

군인들에게는 다음과 같이 경고하고 있었다.

〈무기를 양도하지 않은 자, 혹은 합법적인 신규 허가증 없이 무기를 소지한 자는 엄중한 법에 따라 처벌될 것임. 허가증은 유랴틴 혁명 위원회에서 교환됨. 옥탸브리스카야 거리 6, 63호.〉

2

공고를 읽는 사람들 무리 곁으로 오랫동안 씻지 않아 흑인처럼 보이는 몹시 여위고 거친 모습의 남자가 어깨에 배낭을 메고 지팡이에 의지해 다가왔다. 마구 자란 그의 머리카락에는 아직 새치가 없었지만, 자랄 대로 자란 짙은 아마색 구레나룻에는 새치가 보이기 시작했다. 그는 의사 유리 안드레예비치 지바고였다. 아마도 털외투는 얼마 전에 여행 중에 빼앗겼거나, 아니면 식량과 맞바꾼 것 같았다. 그는 몸을 따뜻하게 해주지 못하는 닳아빠진, 남이 입던 짧은 소매 옷을 입고 있었다.

그의 자루에는 다 먹지 않은 빵 조각과 돼지비계 한 조각이 남아 있었는데, 마지막으로 지나온 교외 시골 마을에서 얻은 것이었다. 대략 한 시간 전에 그는 철로 방면에서 도시로 들어왔는데, 도시 관문에서 이 교차로로 오기까지 꼬박 한 시간이나 걸렸고, 최근 며칠 동안의 보행으로 인해 지칠 대로 지처 힘이 빠져 있었다. 그는 자주 멈춰 섰으며, 언젠가 다시 볼 수 있으리라고 생각지도 못했던 도시 경관을 보니 마치 살아 있는 사람을 보는 듯해 기뻐서, 땅에 엎드려 석재 보도에 입을 맞추고 싶은 마음을 가까스로 억눌렀다.

그는 아주 오랫동안 도보 여행의 절반을 철도 선로를 따라 걸었다. 철도는 어디서나 방치되어 아무 움직임 없이 온통 눈에 뒤덮여 있었다. 길옆에는 백군 화물과 객차 혼합 차량이 눈 더미나 콜차크의 전반적 패배, 연료의 소진으로 말미암아 발이 묶인 채 서 있었다. 길에 오래 방치되어 영원히 멈춰 버린 채 눈 더미에 덮인 기차들은 끊어지지 않는 리본처럼 거의 수십 킬로미터에 걸쳐 이어져 있었다. 기차들은 노상에서 강도질하는 무장 강도들의 요새로, 몸을 숨기는 범법자들과 정치적 도망자, 당시 어쩔 수 없이 전락한 부랑자들의 안식처로 사용되었지만, 무엇보다도 맹추위로 사망한 사람들과 철도를 따라 세차게 전파되어 주변의 시골 마을 전체를 전멸시킨 티푸스 희생자들의 공동 납골당으로, 친지들의 무덤으로 사용되고 있었다.

〈사람이 사람에게 늑대다〉라는 오랜 격언이 실현되던 시기였다. 나그네는 다른 나그네를 보고 한옆으로 피했고, 마주친 사람은 살해당하지 않기 위해 상대방을 살해했다. 드물기는 하지만 인육을 먹는 경우도 있었다. 인간적인 문명의 법칙이 명맥을 잃었다. 짐승의 법칙이 힘을 발휘했다. 인간은 선사 이전 혈거 시대의 꿈을 꾸고 있었다.

이따금 외로운 사람의 그림자가 주변에서 살그머니 건다

가 두려운 듯 멀리 앞쪽에서 오솔길을 가로지르면, 유리 안드레예비치는 가능한 한 열심히 그들을 피했는데, 그들이 지인(知人) 같다는, 어디선가 본 것 같다는 생각이 들 때가 많았다. 그들 모두가 파르티잔 진영에서 온 사람 같았다. 대부분의 경우 그의 착각이었지만, 한 번은 그가 본 게 들어맞은 적도 있었다. 한 소년이 국제 침대 열차의 차체를 뒤덮은 눈 더미에서 기어 내려와 용변을 해결하고 다시 눈 무더기로 재빨리 돌아갔는데, 그는 정말로 숲의 형제단 출신이었다. 바로 총살형을 당해 죽은 줄 알았던 테렌티 갈루진이었다. 그는 치명상을 피해 오랫동안 기절해 있다가 정신이 들자, 처형장에서 기어 나와 숲에 숨어들어 상처가 낫기를 기다렸고, 그 후 가명을 쓰면서 눈에 묻힌 기차에 몸을 숨긴 채 사람들의 눈을 피해 크레스토보즈드비젠스크에 있는 자기 가족들에게 가는 중이었다.

이런 장면과 광경들은 뭔가 이 세상의 것이 아닌, 초월적인 것이라는 인상을 불러일으켰다. 이들은 미지의 다른 행성에서 실수로 지상에 실려 온, 어떤 존재의 소립자 같았다. 오직 자연만이 역사에 충실한 채로 남아, 새 시대의 예술가가 묘사한 것과 똑같은 모습으로 눈앞에 펼쳐져 있었다.

밝은 회색빛과 어두운 분홍빛의 조용한 겨울 저녁이 찾아들곤 했다. 밝은 노을을 배경으로 고대 문자처럼 가늘고 검은 자작나무 꼭대기가 거뭇하게 모습을 드러냈다. 가벼운 결빙의 회색빛 연기 아래로 검은빛의 샛강이 흐르고, 강변에서는 산처럼 누운 하얀 눈 아래쪽이 검은 강물에 씻기고 있었다. 그런 저녁, 춥고 투명한 회색빛의 저녁, 땅버들의 작은 솜털처럼 자비심 많은 저녁이 한 시간 후면 유랴틴의 조각상들이 있는 집 맞은편으로 찾아들려 하고 있었다.

의사는 관용 공고를 읽기 위해 건물의 석조 벽에 걸린 중앙 출판국의 게시판에 다가가려고 했다. 그러나 그의 시선은 끊임없이 맞은편 쪽, 반대편 집 2층 창문들을 향해 쏠렸다. 전에는 거리로 난 창문들이 백묵으로 하얗게 칠해져 있었다. 그 너머에 있는 방 두 간에는 여주인의 가구가 쌓여 있었다. 설사 맹추위로 인해 성에가 창틀의 아래쪽에 얇은 수정막처럼 끼어 있었어도 창들은 이제 깨끗하게 백묵이 지워져 있는 게 보였다. 이런 변화는 무엇을 의미하는 걸까? 주인이 돌아왔다는 걸까? 아니면 라라가 나가고 새로운 거주자가 아파트에 들어와 산다는 걸까? 이제 그곳은 모든 게 다르게 변해 있는 걸까?

미지의 상태가 의사를 조마조마하게 만들었다. 조바심을 억누를 수 없었다. 그는 길을 건너 정면 출입구를 통해 현관으로 들어갔고, 그의 마음에 너무나 소중하고 낯익은 정면 계단을 타고 위로 올라가기 시작했다. 숲속 진영에 있을 때 나선형 계단 끝까지 이어지는 주철 계단의 살창 문양이 어찌나 자주 기억나던지. 계단 모퉁이 지점에서 살창을 통해 발밑을 내려다보면, 계단 아래로 쓰러진 낡은 물통과 대야, 부서진 의자들이 눈에 들어오곤 했다. 지금도 똑같은 일이 반복되었다. 아무것도 바뀐 것이 없고, 모든 것이 예전 그대로였다. 의사는 과거에 충실한 채로 남아 있는 계단에 고마움마저 느꼈다.

예전에는 문에 초인종이 있었다. 그러나 의사가 숲속으로 잡혀가기 전에도 초인종은 망가져서 작동하지 않았다. 그는 문을 두드리고 싶었지만, 문은 고리에 걸린 무거운 자물쇠로 새롭게 잠겨 있었고, 고리는 훌륭한 장식이 군데군데 떨어져 나간 오랜 참나무 문의 외장에 나사로 거칠게 조여져 있었다. 예전에는 이런 야만스러운 짓은 허용되지 않았다. 문을 파서 잘 잠기는 자물쇠를 사용했고, 망가지면 그것을 고칠 수리공이 있었다. 이런 하찮고 사소한 것들이 전반적으로 심하게 악화된 상황을 자기 식으로 대변해 주고 있었다.

의사는 라라와 카텐카가 집에 없다고, 어쩌면 유랴틴에도, 이 세상 어디에도 없을지 모른다고 확신했다. 그는 가장 무서운 절망도 받아들일 각오가 되어 있었다. 다만 양심이라도 편해지려고 그와 카텐카가 두려워하던 구멍을 뒤지기로 결심하고는, 열린 구멍에서 큰 쥐를 잡지 않으려고 벽을 발로 찼다. 그는 약속된 장소에서 뭔가 찾을 수 있으리라고 기대하지는 않았다. 구멍은 벽돌로 막혀 있었다. 유리 안드레예비치는 벽돌을 꺼내 빼내고 깊숙한 곳에 손을 집어넣었다. 오, 기적이었다! 열쇠와 쪽지가 있었다. 긴 종이에 적힌 메모는 상당히 길었다. 의사는 층계참에 있는 창문 쪽으로 다가갔다. 더한 기적, 더 믿을 수 없는 일이 일어났다! 쪽지는 그를 위해 쓴 것이었다! 그는 재빨리 읽어 내려갔다.

〈주여, 이 얼마나 행복한 일인지! 사람들 말로는 당신이 살아 있고, 당신을 찾았다고 해. 교외 지역에서 당신을 본 사람들이 달려와서 말해 주었어. 당신이 제일 먼저 바리키노로 서둘러 갈 거라고 생각해서 지금 카텐카와 함께 당신 집으로 가. 모든 경우를 대비해 열쇠는 언제나 있던 자리에 둘게. 내가 돌아올 때까지 기다리고, 아무 데도 가지 마. 맞아, 당신은 모르겠군, 우리는 지금 거리 쪽으로 난 아파트의 전면부에 살아. 하지만 당신 스스로도 짐작할 수 있을 거야. 집은 넓고 관리하지 않아서 엉망이야. 여주인의 가구를 일부 팔아야만 했어. 먹을 것을 조금 남겨 둘게, 주로 삶은 감자야. 쥐로부터 지키려면 냄비 뚜껑을 내가 한 것처럼 다리미나 뭔가 무거운 물건으로 눌러 놓아야 해. 기뻐서 미칠 것만 같아.〉

거기서 쪽지의 앞면이 끝나 있었다. 의사는 종이의 다른 면에도 글이 잔뜩 쓰여 있다는 것에 주의를 기울이지 못했다. 그는 손바닥에 펼쳐진 종이를 입술로 가져갔다가, 보지도 않고 다시 접어 열쇠와 함께 주머니에 집어넣었다. 후벼 파는 듯한 끔찍한 아픔이 미칠 것만 같은 기쁨과 뒤섞였다. 그녀가 아무 주저함도 없이, 별 설명도 없이 바리키노로 향했다면, 그곳엔 결국 그의 가족이 없다는 말이었다. 이 부분이 불러일으킨 불안 외에도 그는 식구들 걱정에 참을 수 없이 마음이 아프고 슬펐다. 어째서 그녀는 그들에 대해, 그들이 어디 있는지에 대해 한마디도 하지 않은 걸까, 마치 그들이 세상에 존재하지 않는 것처럼.

그러나 깊이 생각할 겨를이 없었다. 거리는 어두워지기 시작했다. 해가 지기 전에 해야 할 일이 너무 많았다. 거리에 걸린 칙령을 알아보는 일이 급선무였다. 심각한 시기였다. 몰랐다는 이유로 어떤 강제적인 규칙을 위반했다가 생명을 대가로 지불할 수도 있는 일이었다. 아파트 문을 열지도, 지친 어깨에서 배낭을 내리지도 않은 채 그는 거리로 내려가 넓은 공간에 여러 개의 인쇄물들이 다닥다닥 붙은 벽으로 다가갔다.

3

인쇄물은 신문 사설과 집회의 회의록, 법령으로 구성되어 있었다. 유리 안드레예비치는 제목만 대충 읽었다. 〈유산 계급의 재산 몰수와 과세 부과 규칙에 대하여. 노동자 관리에 대하여. 공장 위원회에 대하여.〉 도시에 들어온 권력이 이곳에서 접한 예전 질서를 철폐하기 위해 내놓은 새로운 조치들에 대한 것이었다. 인쇄물은 백군이 일시적으로 지배할 때 주민들이 잊어버렸을지도 모르는 자신들 체제의 절대성을 상기시키고 있었다. 그러나 유리 안드레예비치는 이 천편일률적인 반복 때문에 머리가 빙빙 돌기 시작했다. 이 제목은 몇년도에 나온 것일까? 첫 변혁의 시기일까, 아니면 중간에 몇번 있었던 백군의 봉기 이후에 나온 것일까? 이 제목은 무엇일까? 작년에 나온 것일까? 재작년 것일까? 그는 평생에 딱한 번 이 언어의 무조건성과 그 사상의 솔직성에 반해 탄성을 지른 적이 있었다. 그때 신중하지 못하게 탄성을 질렀다는 이유 때문에 그가 오랫동안 변하지 않고, 가면 갈수록 더 생명력이 없어지고 난해하고 실현 불가능한 이 실성한 듯한 외침소리와 요구를 평생 들어야만 하는 대가를 치러야 하는 것일까? 지나치게 넓은 감수성으로 딱 한순간 공감을 표했다고 해서 영원히 자신을 예속시켜야 한다는 것일까?

어디선가 찢어진 보고서의 일부가 그의 눈에 들어왔다. 그는 그것을 읽었다.

〈기아에 대한 보도는 지역 조직의 믿을 수 없는 태만을 보여 준다. 남용의 사실이 분명하고, 투기가 명백하지만, 지역 노동조합 조직 사무소는 무엇을 했고, 도시와 지역 공장 위원회는 무엇을 했단 말인가? 유랴틴-라즈빌리예, 라즈빌리예-리발카 구간에 있는 유랴틴 상품 창고에 대한 대대적인 수색을 하지 않는 한, 투기꾼의 즉결 처형까지 엄혹한 테러 조치를 취하지 않는 한, 기아로부터 벗어날 길은 없다.〉

〈이 얼마나 부러운 맹목성이란 말인가!〉 의사는 생각했다. 〈곡물이 자연에서 사라진 게 언제인데 무슨 곡물 얘기를 한단 말인가? 유산 계급이니 투기꾼이니 하는 사람들이 예전 법령의 목적에 따라 근절된 지가 언제인데, 그들을 논한단 말인가? 이미 존재하지도 않는데 무슨 농부이고 농촌이라는 말인가? 이미 오래전에 삶에서 돌 하나 남지 않게 만든 자신들의 계획과 조치들을 어떻게 잊을 수 있단 말인가? 해를 거듭할수록 존재하지도 않고 오래전에 끝난 주제에 대해 이렇게 식지 않는 뜨거운 열기로 헛소리를 해대고, 아무것도 모르고, 또 주변을 전혀 보지 않으니, 도대체 어떻게 생겨 먹은 사람들인가!〉

의사는 머리가 어지러웠다. 그는 감각과 정신을 잃고 보도에 쓰러졌다. 의식이 돌아오자 사람들은 그가 일어서도록 도와주었고, 말하는 곳으로 그를 데려다주겠다고 제안했다. 그는 고맙다고 말하고 길의 반대편으로 건너가기만 하면 된다고 설명하며 도움을 거절했다.

4

그는 다시 위층으로 올라가 라라의 아파트로 들어가는 문을 열었다. 층계참은 완전히 밝아서 그가 처음 올라갈 때에 비해서도 전혀 어둡지 않았다. 그는 해가 그를 재촉하지 않는다는 걸 발견하고 고맙고 기뻤다.

빗장을 벗긴 문이 삐걱대자 안에서 한바탕 소동이 일어났다. 사람이 없어 텅 빈 방은 양철 식기들이 뒤집어지고 떨어지며 덜컹거리고 쟁강거리는 소리로 그를 맞이했다. 쥐들이 온몸으로 바닥에 털썩 떨어졌다가 사방팔방으로 산산이 흩어졌다. 의사는 짙은 어둠으로 인해 수없이 번식했을 이 역겨운 생물 앞에서 무력감을 느끼며 마음이 몹시 불쾌해졌다.

이곳에서 잠잘 자리를 정돈하기 전에 그는 무슨 일이 있어도 이 공격을 막아 내기로 마음먹었다. 그래서 쉽게 분리되고 문이 잘 잠기는 방으로 피한 다음, 깨진 유리와 철 조각으로 쥐들이 다니는 모든 통로를 메우기로 했다.

그는 현관에서 이제까지 잘 모르던 아파트의 왼쪽 부분으로 몸을 돌렸다. 어두운 통로 방을 지나자 그는 거리 쪽으로 창문 두 개가 난 밝은 방에 들어서게 되었다. 맞은편 창밖으로 길 건너 조각상들이 있는 집이 어둡게 보였다. 벽의 저변은 신문들이 잔뜩 붙어 있었다. 통행인들은 창 쪽으로 등을 보이고 서서 신문을 읽고 있었다.

방 안에는 바깥과 마찬가지로 젊고 싱그러운 초봄의 저녁빛이 비추고 있었다. 안팎의 밝기가 어찌나 똑같던지 방과 거리가 구분되지 않을 정도였다. 다만 한 가지 점에서만 작은 차이를 보였다. 유리 안드레예비치가 서 있는 라라의 침실은 바깥의 쿠페체스카야 거리보다 더 추웠다.

유리 안드레예비치는 마지막 이동 시 한두 시간 전에 도시로 들어와 시내를 걸을 때 체력이 한없이 약해지는 것을 느꼈고, 그것이 곧 있을 발병의 조짐인 것 같아 걱정이 되었다.

지금 집 안팎의 밝기가 동일하다는 것을 깨닫자, 그는 이유 없이 너무 기뻤다. 마당이나 집안이나 똑같이 차가워진 공기의 기둥은 저녁에 거리를 오가는 통행인과 시내의 분위기, 세상의 생명과 그를 가깝게 이어 주었다. 그는 두려움이 흩어졌다. 이미 발병할 것 같다는 생각도 들지 않았다. 어디나 스며드는 투명한 저녁 빛은, 멀리 있지만 풍성한 희망을 약속해 주는 것 같았다. 그는 모든 일이 잘될 것이라고, 살면서 모든 것을 얻을 수 있다고, 모두를 찾고 화해시키고, 모든 것을 마저 정리해서 표현하리라는 믿음이 생겼다. 그는 그것의 가장 가까운 증거로 라라와 만나는 기쁨을 고대했다.

조금 전의 급격한 기력의 쇠퇴는 미칠 것 같은 흥분과 고삐 풀린 수선스러움으로 교체되었다. 이러한 생기는 조금 전의 약함보다 더 확실한 발병의 조짐이었다. 유리 안드레예비치는 가만히 앉아 있을 수 없었다. 다시 거리로 나가고 싶었는데, 때마침 그럴 구실이 생겼다.

　이곳에 거처를 잡기 전에 그는 머리와 구레나룻을 깎고 싶었다. 그럴 생각으로 그는 이미 시내를 지나오면서 예전 이발소의 진열창을 들여다보았다. 장소의 일부는 비어 있거나, 다른 용도로 쓰이고 있었다. 예전 용도에 부응했던 장소들은 잠겨 있었다. 머리와 수염을 깎을 곳이 아무 데도 없었다. 유리 안드레예비치는 면도기를 갖고 있지 않았다. 라라에게 가위 같은 것이 있다면 그를 곤경에서 빼내 줄 수도 있었을 것이다. 하지만 서두르면서 그녀의 화장대를 불안하게 모두 뒤졌는데도 가위를 찾을 수 없었다.

　그는 옛날에 말라야 스파스카야 거리에 양장점이 있었다는 것이 기억났다. 만일 가게가 사라지지 않고 지금까지도 영업을 한다면, 그리고 자기가 문을 닫기 전에 제때 그곳에 갈 수만 있다면, 아무나 여점원에게서 가위를 빌릴 수 있겠다고 생각했다. 그는 다시 거리로 나갔다.

5

　그의 기억은 틀리지 않았다. 양장점은 옛 자리에 남아 있었고, 영업도 하고 있었다. 가게는 보도와 같은 높이에 벽 전체가 진열창인 상가를 차지하고 있었고, 거리 쪽에 입구가 나 있었다. 창을 통해 반대편 벽까지 안을 들여다볼 수 있었다. 여점원이 작업하는 모습이 거리를 지나는 사람들에게도 보였다.

방 안은 끔찍할 정도로 비좁았다. 진짜 노동자 외에도 아마추어 재봉사들과 아마도 유랴틴 상류 사회 출신인 듯한 나이 든 귀부인들이, 조각상들이 있는 집 벽에 붙은 칙령에 공지된 바로 그 노동 수첩을 받기 위해 이곳에서 일자리를 얻은 것 같았다.

이들의 움직임은 진짜 여자 재단사의 신속함과 곧바로 구별되었다. 양장점에서는 군용 의복인 솜바지와 누비옷과 재킷을 만들고 있었고, 유리 안드레예비치가 이미 파르티잔 진영에서 본 여러 색깔의 개털로 만든 광대 옷 같은 혼합 털외투를 짓고 있었다. 아마추어 재봉사들은 서툰 손놀림으로 감침질을 하기 위해 옷깃을 접어 재봉틀 바늘 밑으로 밀어 넣으며 반쯤은 모피 가공 일이라고 할 수 있는 익숙지 않은 작업을 겨우겨우 해내고 있었다.

유리 안드레예비치는 창문을 두드리며 그를 들여보내 달라고 손짓을 했다. 마찬가지의 손짓으로 그들은 개인적인 주문을 받지 않는다고 응답했다. 유리 안드레예비치는 물러나지 않고 같은 동작을 반복하면서 그를 안으로 들여보내 달라고, 이야기를 들어 달라고 고집을 피웠다. 안에서는 거절하는 동작으로 자기들에게는 서둘러 마쳐야 할 일이 있으니 물러나라고, 방해하지 말고 다른 데로 가라는 뜻을 알아듣게끔 거절하는 동작으로 그에게 답했다. 재봉사들 중 한 명이 얼굴에 의혹의 표정을 짓고 불만스럽다는 표시로 손바닥 하나를 앞으로 내밀고는, 눈으로 도대체 그에게 필요한 것이 뭐냐고 물었다. 검지와 중지, 두 손가락으로 그는 쩨깍쩨깍 가위질하는 흉내를 냈다. 그녀는 그의 손짓을 이해하지 못했다. 이건 뭔가 추잡한 몸짓이라고, 그가 그들을 놀리고 우롱하는 것이라고 결론을 내렸다. 누더기를 걸친 모습과 이상한 행동으로 인해 그는 환자이거나 미친 사람이라는 인상을 주었던 것이다. 양장점에서는 웃음을 교환하며 킥킥거렸고, 창 멀리로 내쫓기 위해 그를 향해 손을 내저었다. 마침내 그는 건물 안마당을 통해 들어가는 길을 짐작으로 찾아냈고, 양장점 문을 찾아서 뒷문을 두드렸다.

<h1 style="text-align:center">6</h1>

어두운 원피스를 입은 검은 얼굴의 엄격한 중년의 여자 재단사가 문을 열었다. 아마도 그녀가 가게에서 가장 연장자인 듯했다.

「뭐 이런 사람이 다 있지, 성가시게도 하는군! 정말 못 해먹겠네. 어서 말해요, 뭐예요? 시간 없어요.」

「가위가 필요합니다. 놀라지 마세요. 잠깐 빌릴 수 있도록 부탁드리겠습니다. 여기서 보시는 가운데 감사히 수염을 깎고 돌려드리겠습니다.」

재봉사의 눈에 미심쩍어하는 놀라움의 표정이 떠올랐다. 그녀가 상대방의 지적 능력을 의심한다는 게 숨길 수 없이 확연히 드러났다.

「멀리서 왔습니다. 이제 막 도시에 들어왔어요. 머리와 수염이 너무 많이 자랐어요. 머리를 깎고 싶습니다. 그런데 이발소가 단 한 군데도 없군요. 그래서 제 손으로 직접 자르려고 하는데, 가위가 없어서요. 부탁드립니다.」

「좋아요. 제가 깎아 드릴게요. 다만 명심하세요. 만일 뭔가 머릿속에 딴생각이 있다면, 무슨 교활한 꿍꿍이나 변장하기 위해 외모를 바꾼다거나 뭔가 정치적인 이유가 있다면, 우리를 비난하지 마세요. 당신을 위해서 절대로 목숨을 걸지는 않을 거예요. 당국에 고발할 거예요. 지금은 그런 때가 아니잖아요.」

「세상에, 무슨 그런 걱정을 하십니까!」

재봉사는 의사를 들어오게 해서 창고보다 넓지 않은 옆방으로 인도했는데, 잠시 후 그는 이발소에서처럼 옷깃 위로 천을 두르고 목을 온통 졸라맨 모습으로 의자에 앉아 있었다.

재봉사는 도구를 가지러 갔다가 몇 분 후 여러 사이즈의 가위와 빗, 이발용 기계, 가죽띠와 면도날을 가지고 돌아왔다.

「세상을 살면서 안 해본 일이 없어요.」 이 모든 것이 준비되어 있다는 데 놀란 의사의 모습을 보고 그녀가 설명했다. 「이발사로도 일했어요. 전쟁 동안 간호사로 일할 때 머리와 수염 깎는 법을 배웠죠. 수염은 미리 가위로 좀 깎고, 나중에 깨끗하게 면도를 하지요.」

「머리는 좀 짧게 깎아 주세요.」

「노력해 보죠. 이렇게 지성적인 분이 무지한 사람인 척하다니. 요즘은 일주일 단위가 아니라 열흘 단위예요. 오늘이

17일이니까, 7이 들어간 날에는 이발소가 휴업이에요. 마치 모른다는 듯이 구시네요.」

「정말입니다. 제가 왜 위장을 하겠습니까? 제가 말씀드렸잖아요. 멀리서 왔다고요. 저는 이곳 사람이 아닙니다.」

「가만히 좀 계세요. 움직이지 말고요. 잘못하다가 상처가 나겠어요. 그러니까 외부 사람이라는 거죠? 뭘 타고 왔어요?」

「두 발로 왔지요.」

「가도를 걸어서요?」

「일부는 가도를 걷고, 나머지는 철로를 따라서요. 기차들, 기차들이 눈에 덮여 있었죠! 온갖 종류의 열차요, 특등 열차도, 급행열차도요.」

「아직 조금 더 남았어요. 여기만 깎으면 되겠어요. 가족 일 때문에요?」

「가족 일이라니요, 무슨! 예전 신용 조합의 일로요. 순회 감독관이었습니다. 순회 조사를 하라고 파송되었지요. 어디로 갔는지 아십니까. 동시베리아에 오랫동안 묶여 있었어요. 도저히 돌아올 수가 없더군요. 기차 자체가 없으니까요. 그러니 걸어올 수밖에요. 전혀 편지를 쓸 수도 없고요. 한 달 반이 걸렸습니다. 온갖 것을 다 봐서 살아생전 얘기를 다 할 수 없을 정도예요.」

「그런 이야기는 할 필요 없어요. 제가 지혜를 가르쳐 드리죠. 지금은 잠깐만요. 여기 거울이요. 천 밑으로 손을 내밀고 거울을 잡으세요. 어떤지 한번 보세요. 어때요?」

「제 생각에는 너무 조금 잘랐어요. 더 짧게 해도 됩니다.」

「그럼 빗질하기가 어려워요. 말씀드리지만, 아무것도 말하지 않는 게 좋습니다. 지금은 침묵이 상책이에요. 신용 조합, 눈 덮인 특등 열차, 감독관, 조사관, 그런 단어들은 아예 잊어버리시는 게 좋아요. 그런 단어를 쓰다가는 봉변을 당하기 십상이에요! 그런 건 치워 버리세요, 그런 게 통하는 때가 아니에요. 그냥 의사이거나 교사라고 거짓말을 하세요. 자, 구레나룻은 초벌로 잘라 냈으니, 이제 깨끗하게 면도를 합시다. 비누질을 하고 깨끗이 면도하고 나면, 10년은 젊어 보일 거예요. 뜨거운 물을 가져올게요. 물을 데워야 해요.」

〈저 여자는 누구일까!〉 그녀가 자리를 비운 동안 의사는 생각했다. 〈뭔가 우리 사이에 접점이 있을 것 같다는 생각이 든다. 내가 저 여자를 알아야만 할 것 같은데. 어쩐지 본 적도 있고 들은 적도 있는 것 같다. 누군가를 생각나게 하는 것 같은데. 제기랄, 그런데 그게 누구지?〉

재봉사가 돌아왔다.

「자, 이제 면도를 합시다. 그래요, 그러니까 절대로 쓸데없는 말은 하지 않는 게 좋아요. 이건 영원한 진리예요. 말은 은이요, 침묵은 금이죠. 특등 열차니 신용 조합이니. 뭐든 더 나은 걸 생각해 보세요. 의사라든가 교사라든가. 온갖 것을 다 봤다는 말도 혼자만 간직하시고요. 그런 말로 요즘 누구를 놀라게 할 수 있겠어요? 면도날이 신경 쓰이지 않으세요?」

「약간 아프네요.」

「좀 땅기죠, 땅기는 게 당연해요, 잘 아시잖아요. 좀 참으세요. 어쩔 수가 없어요. 머리카락이 너무 많이 자라서 거칠어진 데다 피부가 익숙하지 않으니까요. 요즘 온갖 일을 다 봤다는 말로 놀랄 사람은 없어요. 모두가 온갖 일을 다 겪었죠. 우리도 고생을 했고요. 이곳에 아타만이 지배할 때는 말도 할 수 없었어요! 강탈에, 살인에, 납치에. 사람들을 사냥했으니까요. 예를 들면 한 포악한 말단 관리가 있었는데, 어찌나 기세등등하든지, 그 사람이 한 소위를 싫어했지요. 그래서 병사들을 크라풀스키 집 맞은편 교외의 관목 숲 근처에 매복하라고 보냈어요. 무기를 탈취하고 호송병 손에 맡겨 라즈빌리예로 끌고 갔죠. 당시 라즈빌리예는 지금의 주(州) 체카나 똑같은 곳이었어요. 사형 집행 장소였죠. 왜 머리를 흔드세요? 땅기세요? 알아요, 저도 알아요. 그래도 어쩔 수 없어요. 머리카락을 거꾸로 밀어야 하는데 머리카락이 꼭 솔 같네요. 거칠어요. 그런 자리예요. 그러니 그 부인이 히스테리에 빠진 거죠. 소위의 아내요. 콜랴! 콜랴! 하면서 곧바로 사령관에게 갔지요. 곧바로 갔다고는 해도 말뿐이에요. 누가 그 부인을 들여보내겠어요. 경비를 하고 있으니. 그때 이웃 거리에 한 부인이 사령관에게 가는 길을 알고 모든 이를 위해 나서 주었어요. 특별히 인도주의적인 사람이었지요, 다른 사람하고는 비교할 수 없을 정도로 동정심이 많은 사람이었어요. 그 갈리울린 장군 말이에요. 주변에 온통 사형과 만행, 질투의 드라마들이 펼쳐졌고요. 완전 스페인 소설 같았어요.」

〈라라 이야기를 하는구나.〉 의사는 이렇게 짐작했지만, 조심스러워서 입을 다물고 더 이상 자세한 이야기를 물어보지 않았다. 《스페인 소설 같다》고 했을 때, 누군가가 굉장히 떠

오르는데. 마을과도, 도시와도 전혀 관련이 없는 이 단어 때문에 그런가.〉

「물론 지금은 전혀 달라졌어요. 지금도 수색이니 밀고니 총살이니 하는 일들이 차고 넘쳐흐르죠. 그렇지만 사상에 있어서는 전혀 달라요. 첫째, 새로운 권력이오. 아직 1년도 되지 않았으니 통치가 잘 되지 않고, 사람들 마음에도 들지 않아요. 둘째, 저쪽에서 아무리 무슨 말을 해도 저들은 평범한 민중 편에 서 있으니, 그것이 저늘의 힘이에요. 저까지 포함해서 저희는 자매가 넷이에요. 모두가 열심히 일하는 사람들이죠. 우리는 자연스레 볼셰비키 쪽으로 기울어 있어요. 한 언니는 죽었는데, 정치인에게 시집을 갔었죠. 그 언니의 남편이 이곳 공장 중 한 곳에서 관리인으로 일했고요. 언니의 아들, 우리 조카가 우리 시골 파르티잔 대원들의 대장이에요. 유명 인사라고 할 수 있지요.」

〈바로 그렇군!〉 유리 안드레예비치의 머리에 문득 떠오르는 생각이 있었다. 〈이 사람은 리베리의 이모로군. 지역의 유명 인사로 미쿨리친의 처제이고, 미용사이고, 재봉사이고, 전철수이고, 못 하는 일이 없는 유명한 재주꾼. 하지만 내 정체가 들통나지 않도록 나는 이전처럼 입을 다물어야겠다.〉

「어린 시절부터 조카에게는 민중을 향한 끌림이 있었어요. 스뱌토고르-보가티르에 있는 아버지 집 노동자들 사이에서 자랐죠. 바리키노 공장 얘기를 들으신 적이 있나요? 그런데 지금 내가 무슨 짓을 하는 걸까요! 난 정말 정신 나간 바보예요. 한쪽 구레나룻은 싹 밀어 놓고, 다른 쪽 절반은 아직 밀지

258

를 않았으니. 너무 수다에 몰두한 거예요. 보고 있으면서도 왜 가만히 계셨어요? 얼굴에 있는 비누가 말랐네요. 가서 물을 데워 올게요. 물이 식었어요.」

툰체바가 돌아왔을 때 유리 안드레예비치가 물었다.

「바리키노는 그 어떠한 파란도 미치지 못한, 은총이 깃든 외진 벽지 아닌가요?」

「뭐라고 말해야 할까요, 은총이 깃든 곳이라. 그 벽지에 우리보다 더 끔찍한 일이 닥쳤어요. 바리키노를 거쳐서 어떤 도당이 지나갔는데, 누구 편인지는 모르겠어요. 우리말을 하지 않았대요. 집집마다 돌아다니면서 거리로 사람들을 내몰고 총살했답니다. 그러고는 바람과 함께 사라졌대요. 시체들이 수습되지 않은 채로 눈 위에 버려졌고요. 그게 겨울에 있었던 일이랍니다. 그런데 왜 그렇게 계속 움직이세요? 하마터면 면도날로 목을 찌를 뻔했잖아요.」

「댁의 형부가 바리키노 주민이라고 하셨잖아요. 그분도 역시 그런 끔찍한 일을 당했습니까?」

「아니요, 웬걸요. 하느님이 자비를 베푸셨어요. 형부는 아내와 제시간에 그곳을 떴어요. 그 새로 온 두 번째 부인과 함께요. 그들이 어디에 있는지는 모르지만, 목숨을 구했다는 것만은 확실해요. 그곳에 가장 최근에 새로 온 사람들이 살았는데요. 모스크바에서 온 가족인데, 외지 사람들이에요. 그 사람들은 더 일찍 떠났어요. 남자 중에서 젊은 쪽인 가장은 소식도 없이 사라졌고요. 소식도 없이 사라졌다는 게 무슨 소리일까요! 그건 슬프게 하지 않으려고 〈소식도 없이〉라는 말을 쓰는 거랍니다. 사실은 죽었다고, 살해당했다고 봐야지요. 가장을 찾고 또 찾았지만 찾지 못했어요. 그사이에 다른 사람, 나이가 더 많은 쪽을 고향에서 부른 거예요. 그분은 교수였어요. 농업 관련. 정부로부터 소환을 받았다고 들었어요. 그 식구들은 두 번째로 백군이 쳐들어오기 전에 유랴틴을 거쳐서 나갔어요. 또 자기 마음대로 움직이는 거예요, 친애하는 동지? 면도날을 들이대고 있는데 옴지락거리고 꼼지락대면 고객을 베는 건 시간문제예요. 이발사에게 지나치게 많은 걸 요구하시네요.」

〈그러니까 가족들은 모스크바에 있구나!〉

7

〈모스크바에 있구나! 모스크바에 있어.〉 세 번째로 주철 계단을 오르는 동안 매 발걸음마다 그의 머리에는 이런 소리가 울려 퍼졌다. 텅 빈 아파트는 또다시 쥐가 사방으로 도망가며 뛰어오르고 떨어지는 대소동 소리로 그를 맞이했다. 아무리 지쳤어도 그런 추악한 미물과는 분명 단 한순간도 함께 눈을 붙일 수 없었다. 그는 잠자리를 준비하기 위해 쥐구멍을 막는 것부터 시작했다. 다행스럽게도 침실에는 쥐구멍이 그다지 많지 않았고, 바닥과 벽의 토대에 성한 곳이 거의 없는 다른 아파트에 비하면 쥐구멍 수도 훨씬 적었다. 서둘러야 했다. 밤이 가까웠다. 사실 부엌 식탁에는 어쩌면 그가 올 것을 대비해 반쯤 기름을 채워 놓은 램프가 벽에서 내려져 있었고, 성냥개비가 든 상자도 닫히지 않은 채 그 주변에 널려 있었는데, 유리 안드레예비치가 세어 보니 열 개비 정도는 되어 보였다. 그러나 이도 저도, 그러니까 양초도 성냥개비도 아끼는 편이 나았다. 침실에는 등잔과 그 위에 등잔 접시가 보였는데, 등잔 접시의 기름을 틀림없이 쥐가 마셔 버렸는지, 거의 바닥이 드러나 있었다.

벽과 마루 사이에 댄 널빤지 몇 군데가 바닥에서 떨어져 나가 있었다. 유리 안드레예비치는 그 틈새에 유리 조각을 뾰족한 부분이 안쪽으로 향하게 해서 몇 겹 납작하게 끼워 넣었다. 침실의 문은 문지방과 꼭 맞았다. 문을 꼭 닫을 수 있었기 때문에 문을 닫으면, 쥐구멍을 메운 방을 아파트의 다른 곳과 격리시킬 수 있었다. 한 시간이 조금 더 걸려 유리 안드레예비치는 이 모든 작업을 마칠 수 있었다.

침실 한구석에는 장식 타일이 천장까지 닿지 않는 타일 벽난로가 비스듬하게 놓여 있었다. 부엌에는 장작이 열 단 정도 쌓여 있었다. 유리 안드레예비치는 라라의 장작을 두 아름 정도 강탈하기로 결심하고, 한쪽 무릎을 세우고 왼팔 위에 장작들을 얹기 시작했다. 그는 장작을 침실로 옮긴 후 벽난로 옆에 쌓아 두고, 난로의 구조를 살피고는 상태가 어떤지 곧 확인할 수 있었다. 그는 자물쇠로 방을 잠그고 싶었지만, 문 자물쇠가 망가져 있었다. 유리 안드레예비치는 열리지 않게 문을 빳빳한 종이로 괴고는 느긋하게 벽난로에 불을 피우기 시작했다.

아궁이에 장작개비를 넣을 때 그는 큰 장작 하나의 각목 절단면에서 인장 하나를 발견했다. 놀랍게도 그는 그 인장을 알고 있었다. 그것은 아직 켜지지 않은 나무에 어떤 창고에서 온 것인지를 알리기 위해 새긴 옛 낙인, 첫 두 글자 K와 D의 흔적이었다. 공장들이 불필요한 잉여 목재를 사고팔던 크류게르 시대에 쿨라비셰프스키 소지구에서 바리키노로 가는 통나무 끝에 이 글자들을 새겼던 것이다.

라라의 살림살이에 이런 종류의 상삭이 있다는 것은 그녀가 삼데뱌토프를 알고 있고, 그가 언젠가 의사와 그의 가족에게 모든 필요한 물품을 채워 주었던 것처럼 그녀를 돌봐 주고 있다는 것을 뜻했다. 이 발견은 의사의 마음을 비수처럼 찔렀다. 이전에도 안핌 예피모비치의 도움은 그의 마음을 무겁게 했었다. 이제 그 친절에서 느끼는 거북한 감정은 다른 감정들로 인해 더욱 복잡해졌다.

안핌이 라리사 표도로브나의 아름다운 눈동자 때문에 자선을 베풀지는 않았을 것이다. 유리 안드레예비치는 안핌 예피모비치의 자유분방한 태도와 여성으로서 라라의 무모함을 상상해 보았다. 그들 사이에 아무 일도 없었다는 것은 불가능했다.

벽난로에서 바짝 마른 쿨라비셰프스키 장작이 따스하게 탁탁 튀는 소리를 내며 타올랐고, 불길이 점점 세어짐에 따라 유리 안드리예비치의 맹목적인 질투심은 약한 추측에서 시작되어 나중에는 완전한 확신에 이르렀다.

그의 영혼은 완전히 갈가리 찢겼고, 하나의 아픔이 또 다른 아픔을 몰아냈다. 그는 그런 의심들을 쫓아낼 수 없었다. 그가 노력하지 않아도 생각 자체가 한 대상에서 다른 대상으로 옮겨 가는 것이었다. 새로운 힘으로 그를 덮친 식구들에 대한 상념이 잠시나마 그의 질투 어린 상상들을 가로막을 따름이었다.

〈그러니까 모스크바에 있단 말이지? 내 가족이?〉 그들이 무사히 도착했다고 툰체바가 확인해 주었다는 생각이 들었다. 〈그러니까 가족이 나 없이 또다시 그 길고 힘겨운 여정을 반복했단 말이지? 어떻게 도착했을까? 알렉산드르 알렉산드로비치의 출장, 그 소환이라는 것이 어떤 종류일까? 어쩌면 아카데미에서 다시 가르칠 수 있도록 그를 초청한 것일까? 그들이 도착한 집은 어떤 모습이었을까? 됐다, 그 집이라는 것이 아직 존재하기나 할까? 오, 이 얼마나 어렵고 가슴 아픈 일인가, 주여! 오, 생각하지 말아야지, 생각하지 말아야지! 생각이 얼마나 뒤얽히고 있는지! 내가 왜 이러는 거지, 토냐? 아마 내가 병이 난 것 같아. 나와 식구들 모두에게 무슨 일이 일어날까, 토냐, 토네치카, 토냐, 슈로치카, 알렉산드르 알렉산드로비치? 지지 않는 빛이시여, 어찌하여 나를 버리시나이까?[1] 어째서 평생 가족을 내게서 멀리 떨어뜨리십니까? 어째서 우리는 늘 떨어져 사는 걸까? 하지만 곧 우리는 합치게 될 것이다, 다시 만나게 될 것이다, 그렇지? 다른 방도가 없다면 내가 걸어서라도 당신들에게 가겠어. 꼭 보자. 모든 게 다시 다 잘될 거다, 그렇지 않을까?

1 「시편」 43편 2절에서 나온 구절이다.

만일 토냐가 출산할 예정이었고, 틀림없이 낳았다는 것을 내가 계속 잊는다면, 과연 땅이 이런 나를 살려 둘 수 있을까? 내가 이런 건망증을 보인 게 이미 처음은 아니다. 출산이 어떻게 진행되었을까? 어떻게 아기를 낳았을까? 모스크바로 가는 길에 가족은 유랴틴에 있었다. 사실, 라라가 내 가족과 모르는 사이라고 하지만, 전혀 낯선 사람들인 여자 재봉사와 미용사도 그들의 운명에 대해 알지 않나. 라라는 쪽지에 식구에 대해서는 단 한마디도 언급하지 않았다. 냉담함이라고 볼 수 있는, 이 얼마나 이상한 무심함이란 말인가! 삼데뱌토프와의 관계에 대해서도 입을 다무는 것 역시 설명이 되지 않는다.)

이때 유리 안드레예비치는 다른 예리한 시선으로 침실의 벽들을 살펴보았다. 그는 주변에 놓여 있거나 걸려 있는 물건들 중에서 라라에게 속한 것은 하나도 없다는 것과, 예전에 사라진 미지의 주인의 세간이 라라의 취향을 조금도 보여 줄 수 없다는 것을 잘 알고 있었다.

하지만 아무리 그렇다고 해도 벽에 보이는 확대된 사진 속 남자와 여자 사이에서 그는 문득 마음이 불편해짐을 느꼈다. 조잡한 가구가 그를 향해 적대감을 풍기는 것 같았다. 그는 그 침실에서 자신을 낯선 잉여 인간으로 느꼈다.

그런데 바보같이 그는 얼마나 많이 이 집을 상기하며 그리워했는지 모른다. 이 집에 들어올 때는 한 장소에 들어오는 것이 아니라, 라라를 보고픈 자신의 그리움 속으로 들어오는 것 같았다! 객관적으로 보면 이렇게 느끼는 방식이 얼마나 우습겠는가! 삼데뱌토프같이 강한 실무자이자 잘생긴 남자가 과연 이렇게 살고, 이렇게 행동하며, 이렇게 자신을 표현하겠는가? 어째서 라라가 그의 줏대 없음과 그의 모호하고 비현실적인 숭배의 말을 더 선호해야 한단 말인가? 과연 이런 혼란이 그녀에게 필요하단 말인가? 그녀 스스로가 그를 위해 존재하는 모습이 되고 싶어 하기는 할까?

그가 방금 표현했듯이 그녀는 그에게 어떠한 존재일까? 오, 그는 이 질문에 늘 대답할 준비가 되어 있다.

바깥은 봄날 저녁이다. 대기는 온통 소리로 가득하다. 마치 온 대기가 생명력으로 가득 차 있다는 표시로 노는 아이들의 목소리가 멀리에서, 가까이에서 사방으로 흩어지고 있다. 그 먼 곳이 러시아이다. 이 비할 데 없는 러시아, 바다 너머에 센세이션을 불러일으킨 저명한 친척이자 수난자이자 고집쟁이이자 미치광이이며, 결코 예견할 수 없는 영원히 위대하고 파멸적인 행동으로 미친 것 같은, 숭배해 마땅한 러시아! 오, 존재한다는 것은 얼마나 달콤한가! 세상에 살면서 삶을 사랑한다는 것은 얼마나 달콤한가! 오, 삶 자체에, 존재 자체에 감사하다는 말을 얼마나 하고 싶어지는가, 삶과 존재에게 정면으로 이 말을 얼마나 하고 싶어지는가!

바로 이것이야말로 라라이다. 삶과 존재는 대화를 나눌 수 없지만, 라라는 이들의 대표자이고, 이들의 표현이며, 존재의 소리 없는 근원이 부여한 청각과 말의 선물이다.

그녀를 의심하던 순간에 그녀에 대해 한 말은 전부 사실이 아니다, 천 번 만 번 사실이 아니다. 그녀 안에 있는 모든 것이 너무나 완벽하고 흠결이 없다!

환희와 회한의 눈물이 그의 시선을 가로막았다. 그는 벽난로의 뚜껑을 열고 부지깽이로 난로 속을 뒤적였다. 완전히 활활 타오르는 숯불을 아궁이의 제일 뒤쪽으로 밀어 넣고, 불씨가 남은 숯은 통풍이 더 잘되는 앞쪽으로 긁어모았다. 그는 잠시 동안 뚜껑을 약간 열어 두었다. 얼굴과 손에 느껴지는 온기와 빛의 유희가 그에게 쾌감을 주었다. 너울거리며 반사되는 불길이 그의 정신을 번쩍 들게 해주었나. 오, 지금 그는 그녀가 없어서 얼마나 쓸쓸한지, 이 순간 그녀를 생생하게 느낄 수 있는 무언가가 얼마나 절실했는지 모른다!

그는 호주머니에서 구겨진 그녀의 쪽지를 꺼냈다. 그는 이전에 읽었던 면이 아니라, 뒤집어진 상태로 종이를 끄집어냈고, 그때서야 종이 뒷면에도 글이 아래쪽부터 적혀 있는 것을 발견할 수 있었다. 구겨진 종이를 편 후 그는 뜨끈한 벽난로에서 넘실거리는 불빛을 받으며 글을 읽었다.

〈당신 가족에 대해 알지? 그분들은 모스크바에 있어. 토냐는 딸을 낳았어.〉 그 뒤로는 몇 줄이 지워져 있었다. 이어서 이렇게 적혀 있었다.

〈쪽지에 쓰기에는 어리석은 말이라 지워 버렸어. 눈을 보며 실컷 이야기해. 지금 서둘러 가고 있어. 말을 가지러 가. 말을 얻지 못하면 어떻게 할지 모르겠어. 카텐카와 함께 있으니 힘들 텐데…….〉 문장의 끝이 문질러져서 읽을 수가 없었다.

〈라라는 안핌에게 말을 부탁하려고 갔고, 떠난 것을 보니 아마도 말을 얻었는가 보다.〉 유리 안드레예비치는 차분하게 생각했다. 급하게 떠났나 보다. 〈만일 이 문제에 관해 조금이라도 양심에 거리낌이 있었다면, 이 부분을 이렇게 자세히 쓰지는 못했을 거야.〉

8

벽난로가 충분히 뜨끈하게 덥혀지자, 의사는 벽난로 뚜껑을 닫고 음식을 조금 먹었다. 먹고 나자 참을 수 없는 졸음이 쏟아졌다. 그는 옷도 벗지 않고 소파에 누워 깊은 잠에 빠져들었다. 그는 문 뒤와 방벽 뒤에서 일어나는, 사양이라고는 모르는 쥐 떼의 귀가 먹먹할 정도의 야단법석 소리를 듣지 못했다. 그는 두 개의 악몽을 연이어 꾸었다.

그는 모스크바 집의 어떤 방에 있었는데, 열쇠로 잠긴 유리문 앞에 서서 더 확실히 하려고 문고리를 붙잡고 문을 자기 쪽으로 힘껏 당기고 있었다. 문 뒤에서는 아이용 외투를 입고 해병 바지와 모자를 쓴 잘생긴 그의 아들 슈로치카가 가련하게 문을 두드리며 방 안으로 들여보내 달라고 울며 조르고 있었다. 아이의 뒤에서는, 아이와 문에 물보라를 튀기면서 물이 요란한 굉음을 내며 폭포처럼 쏟아지고 있었는데, 요즘 시대에 흔한 현상으로 상수도나 하수도가 터진 게 아니라면, 물길이 미친 듯이 돌진하며 수 세기의 추위와 어둠이 집결해 있는 황량한 산골짜기의 협로가 바로 그곳에서 끝나며 문 안으로 들이치려고 하는 것 같았다.

굉음을 내며 쏟아지는 물이 소년을 죽을 만큼 놀라게 했다. 그가 외치는 소리가 들리지 않았고, 굉음이 소년의 외침을 삼켜 버렸다. 그러나 유리 안드레예비치는 입술 모양을 보고 아들이 〈아빠! 아빠!〉라고 외치는 것을 알 수 있었다.

유리 안드레예비치의 가슴은 찢어질 것만 같았다. 그는 온 힘을 다해 소년을 팔로 잡아 가슴에 꼭 안고 뒤돌아볼 것도 없이 눈길 닿는 대로 소년과 함께 달아나고 싶었다.

그러나 그는 눈물을 흘리면서도 잠긴 문고리를 자기 쪽으로 바짝 당겨 소년을 들어오지 못하게 했고, 소년의 어머니가 아닌 다른 여자가 딴 문을 통해 방으로 들어올 것 같아, 그 여인에 대한 거짓된 명예와 의무감 때문에 아이를 희생시키고 있었다.

유리 안드레예비치는 땀과 눈물에 흠뻑 젖어 잠에서 깨어났다. 〈열이 있군. 병이 난 거야.〉 그는 곧바로 생각했다. 〈티푸스는 아니야. 가벼운 발병의 형태로 나타나는 위중하고 위험한 피로로 모든 종류의 심각한 감염처럼 위기가 있을 수 있는데, 문제는 삶과 죽음 중 무엇이 이기느냐에 달린 거다. 그런데 너무 자고 싶다!〉 그는 다시 잠이 들었다.

꿈에서 그는 불이 밝혀진 어느 어두운 겨울날 아침에 사람으로 붐비는 모스크바의 거리를 보았다. 모든 것으로 미루어 보아, 그러니까 예컨대 이른 아침 거리의 활력, 전차의 첫 객차에서 울리는 종소리, 동트기 전 포장도로에 쌓인 회색 눈을 노란 줄무늬로 얼룩지게 하는 가로등의 불빛으로 미루어 보아, 시기는 혁명 전이었다.

꿈에서 그는 전부 한 방향으로 난 창이 수도 없이 길게 뻗은 아파트를 보았는데, 거리 위로 높지 않아 2층짜리인 듯했고, 창은 바닥까지 커튼이 낮게 드리워져 있었다. 아파트에는 여행복 차림의 사람들이 다양한 포즈로 잠들어 있었고, 객차처럼 무질서했다. 기름때가 잔뜩 묻은 펼쳐진 신문지에는 먹다 남은 음식, 살을 발라 먹고 치우지 않은 통닭 뼈, 날개, 다리가 널려 있었고, 잠시 들른 친척과 지인, 나그네와 노숙자들이 밤에 벗어 놓은 구두들이 한 쌍씩 바닥에 죽 늘어서 있었다. 여주인인 라라는 잠옷에 급히 허리띠를 졸라매고 온통 분주한 모습으로 아파트의 이 끝에서 저 끝까지 소리 없이 질주했고, 그는 그러한 그녀를 계속 귀찮게 따라다니며 때에 맞지 않게 뭔가 서투른 변명을 늘어놓고 있었다. 그녀는 그에게 내줄 시간이 없었는데, 그의 변명에 지나다가 그를 향해 고개를 돌리거나 이해할 수 없다는 듯한 시선과 은방울 굴러가듯 비할 데 없이 순진무구한 웃음으로만 응대했다. 이것은 그들 사이에 아직 남아 있는 친근함의 유일한 표시였다. 그가 모든 것을 내어준 그녀, 그 누구보다도 사랑한 그녀, 그가 그녀와 반대되는 모든 것을 깎아내리고 무가치한 것으로 평가 절하해 버렸는데, 그녀는 너무 멀었고 차갑고 매력적이었다!

9

그 자신이 아니라, 그 자신보다 훨씬 더 보편적인 무엇인가가 어둠 속에서 인광처럼 환하게 빛나는 부드러운 말로 그의 내부에서 통곡하며 울고 있었다. 그 자신이 내면에서 울부짖는 영혼과 함께 울고 있었다. 그는 자신이 가여웠다.

〈병이 났군, 아픈 거야.〉 꿈과 열에 들뜬 헛소리와 혼절을 오가며 잠시 정신이 들 때면 그는 이렇게 생각했다. 〈이건 아무래도 일종의 티푸스인데, 의학부에서도 배우지 않고 교과서에도 나오지 않은 티푸스야. 뭐든 만들어서 좀 먹어야겠다, 그렇지 않으면 굶어 죽을 거야.〉

그러나 처음에 팔꿈치를 짚고 일어나려는 순간, 그는 조금도 움직일 힘이 없다는 것을 깨닫고 정신을 잃거나 잠에 빠져들었다.

〈옷을 입은 채 얼마나 누워 있었지?〉 어렴풋이 정신이 든 순간에 그는 곰곰이 생각해 보았다. 〈몇 시간일까? 며칠일까? 내가 쓰러졌을 때 봄이 시작되었는데. 지금은 창에 성에가 끼어 있네. 얼마나 덕지덕지 더럽게 끼었는지 저것 때문에 방이 어둡다.〉

쥐들이 부엌에서 굉음 소리를 내며 접시를 뒤집어엎고, 그쪽 벽을 타고 위로 올라갔다가 무거운 몸통으로 땅에 쿵 떨어지면서 콘트랄토로 울부짖으며 역겹게 찍찍거렸다.

그는 잠이 들었다가 깨어나기를 반복하면서 성애가 그물처럼 하얗게 덮인 창문에 분홍빛 노을의 열기가 가득 채워지고, 노을이 크리스털 술잔에 채워진 붉은 포도주처럼 붉게 물드는 것을 여러 번 보았다. 그는 몰라서 스스로에게 물었다. 저건 아침노을일까, 저녁노을일까.

어느 날은 어딘가 아주 가까운 곳에서 사람의 목소리가 들리는 것 같았는데, 그는 그것이 정신 착란의 시초라는 판단이 들어 좌절감에 빠졌다. 그는 스스로에게 연민을 느끼며 소리 없는 속삭임으로 하늘에 대고 왜 그를 외면하느냐고, 왜 그를 버렸냐고 울면서 불평했다. 〈어찌하여 나를 버리시나이까, 지지 않는 빛이시여, 어찌하여 저주받은 자의 인연 없는 어둠이 나를 뒤덮게 하시나이까?〉

그러다가 문득 그는 자신이 헛것을 보는 것이 아니라 이게 완전한 사실이라는 것을, 자신의 옷이 벗겨지고 몸을 씻긴 후 깨끗한 셔츠 차림으로 소파가 아니라 새 침대보를 깐 침대에 누워 있고, 그의 머리카락을 자신의 머리카락과 섞고, 그의 눈물을 자신의 눈물과 섞으며 그와 함께 울면서 침대 근처에 앉아 그에게 몸을 굽히고 있는 사람이 바로 라라라는 것을 깨달았다. 그는 행복에 겨워 의식을 잃었다.

10

그는 조금 전에 헛소리를 하며 무정하다고 하늘을 비난했지만, 하늘은 넓은 품으로 그의 침대에 내려왔고, 어깨까지 하얗고 풍성한 여인의 두 팔을 그에게 내밀었다. 그는 기쁨에 겨워 눈이 아득해졌고, 마치 무아지경에 빠지듯 지복(至福)의 심연으로 가라앉았다.

그는 평생 무언가를 했고, 끝없이 바빴으며, 집안일을 하고, 환자를 치료하고, 사유하고, 연구하고, 글을 썼다. 움직이지 않고, 쟁취하지 않고, 생각하지 않고, 잠시 동안 모든 것을 자연에 맡긴다는 것은 얼마나 좋은 일인가! 그 스스로 대상이 되고, 착상이 되고, 아름다움을 아낌없이 내주는 자비롭고 매혹적인 자연의 손에 들린 작품이 된다는 것은 얼마나 좋은 일인가!

유리 안드레예비치의 몸은 빠른 속도로 회복되었다. 라라는 그를 잘 먹였고, 백조처럼 하얀 매력을 풍기며 촉촉한 공기를 품은 목소리로 질문과 답을 속삭이며 알뜰살뜰하게 그를 보살폈다.

낮은 목소리로 주고받는 그들의 대화는 가장 무의미한 것이라도 플라톤의 대화처럼 의미로 가득 차 있었다.

두 영혼의 합일보다 그들을 더 결합시킨 것은 그들을 나머지 세계로부터 갈라놓는 심연이었다. 그들 두 사람은 현대인에게 보이는 치명적으로 전형적인 모든 것, 그러니까 틀에 박힌 감격, 남의 이목을 끄는 의기양양함과 죽음과 같은 무익성을 싫어했는데, 과학과 예술 분야의 수많은 노동자가 그 죽음과도 같은 무익성을 그렇게도 열심히 퍼뜨리고 다녀 천재성은 계속 대단히 드문 일로 남게 될 판이었다.

그들의 사랑은 위대했다. 그러나 모두가 그 감정의 특별함을 알아차리지 못한 채 사랑한다.

영원의 기운과 마찬가지로 그들의 유한한 인간 존재 안으로 정열의 기운이 깃드는 순간은 그들에게 — 이 점에서 그들은 예외적이었다 — 자신과 인생에 대해 모든 새롭디새로운 것을 발견하고 깨닫게 되는 순간이었다.

11

「당신은 반드시 가족에게 돌아가야 해. 쓸데없이 당신을 여러 날 잡아 두지는 않을래. 그런데 상황이 어떻게 돌아가는지를 좀 봐야 해. 우리가 소비에트 러시아와 합친 순간 파멸이 우리를 집어삼켰어. 시베리아와 동부가 그 구멍을 막아 내고 있어. 당신은 아무것도 몰라. 당신이 병들어 있는 동안 도시의 많은 것이 변했어! 우리 창고에 있던 것이 중앙, 모스크바로 옮겨지고 있어. 하지만 그건 바닷속 물 한 방울이나 다름없고, 밑 빠진 독에 물을 붓는 격으로 물품들이 흔적 없이 사라지고, 우리는 아무 식량도 없이 남겨졌다고. 우편도 오가지 않고, 열차도 끊겼고, 곡물을 실은 노선만 다니고 있어. 가이다[2]의 봉기 전처럼 도시에 다시 불평이 일고 있고, 불만 표출에 대한 답으로 체카가 날뛰고 있어.

당신은 뼈밖에 남지 않았고, 몸에 기운이 하나도 없으면서 어디를 그렇게 가려고 해? 또다시 걸어서 가려고? 끝까지 가

2 Radola Gajda(1892~1948). 본명은 루돌프 게이들이다. 가이다는 1917년에 러시아에서 체코 군단에 들어간다. 1918년에 시베리아를 가로질러 철수하는 동안 체코와 볼셰비키 간에 유혈 사태가 일어나고, 가이다와 그의 부대는 콜차크 군대와 손을 잡는다. 1919년 7월에 콜차크가 패배한 후 그는 자신의 이름으로 알려진 사회 혁명당의 반란에 깊이 연루된다. 반란이 실패한 후 그는 시베리아에서 도망가 체코슬로바키아로 돌아간다. 그곳에서 그는 파시즘 운동의 주요 인사가 된다.

지도 못할 거야! 몸을 추슬러서 힘이 좀 생기면 또 다른 문제지만.

감히 조언을 하지는 않겠지만, 내가 당신 입장이라면 가족에게 가기 전까지는 반드시 전공을 살려서 조금이라도 봉사를 할 거야. 이곳에서는 당신 직업을 높이 평가하니까, 예를 들면 주(州)의 보건소에라도 가보겠어. 보건소는 예전의 의료국 자리에 있어.

아니면 스스로 판단해 봐. 당신은 권총 자살한 시베리아 백만장자의 아들에, 아내는 이곳 공장주이자 지주의 딸이야. 파르티잔에 있다가 도망쳤다고. 아무리 변명을 해도 혁명군 부대에서의 이탈은 탈영이야. 어떠한 경우에도 당신은 일하지 않으면 안 돼, 선거권 박탈자[3]로 있으면 안 된다고. 내 입장 역시 다를 게 없어. 나도 일하러 갈 거야. 주의 인민 교육국에 들어갈 거야. 내 발등에도 불이 떨어졌다고.」

「발등에 불이 떨어지다니? 스트렐니코프는?」

「스트렐니코프 때문에 발등에 불이 떨어졌어. 내가 예전에 말했잖아, 그 사람에게는 적이 많다고. 적군이 승리했어. 이제 상층부에 가까이 있고, 지나치게 많은 것을 아는 비당원 군인들을 해직시키고 있어. 흔적도 남지 않게 죽이지 않고 해

---

3 러시아 소비에트 사회주의 연방의 헌법에 따라 1918년부터 1936년까지 선거권을 박탈당한 시민을 칭하는 비공식적 명칭이다. 수익을 얻기 위해 임대업을 하거나 사업 수익, 이자 수익 등 노동에 기반하지 않는 수입이 있는 사람, 상업에 종사하는 사람, 성직자, 제정 시대의 경찰, 헌병 종사자, 정신병자 등 보호가 필요한 사람, 범죄자 등이 선거권 박탈자의 범주에 들어가는 사람이었다.

직만 시킨다면 다행이지. 그런 사람들 가운데 파샤는 제일 우선순위야. 그 사람은 큰 위험에 처해 있어. 파샤는 극동 지역에 있었어. 난 그이가 도망쳐서 사라졌다는 소식을 들었지. 사람들 말로는 그이를 수색하고 있다던데. 그이 이야기는 그만해. 나는 울고 싶지 않아, 그이에 대한 말을 단 한마디라도 더 하면 울부짖게 될 것 같아.」

「그를 사랑했고, 지금까지도 많이 사랑하고 있군?」

「그와 결혼했잖아, 그이는 내 남편이야. 고상하고 밝은 성격을 가진 사람이야. 나는 그 사람한테 지은 죄가 많아. 내가 그이에게 나쁜 짓을 전혀 하지 않았다고 한다면 그건 거짓말이야. 그이는 엄청난 의미를 지닌 사람이고, 아주 곧은 사람이지만, 나는 쓰레기 같은 여자이고, 그이에 비하면 아무것도 아니야. 그게 내 잘못이야. 하지만 제발, 이제 이런 말은 그만하자. 언젠가 나중에 다시 이 이야기를 해줄게, 약속해. 당신 아내 토냐는 얼마나 멋진 사람인지. 꼭 보티첼리의 그림에서 나오는 사람 같아. 토냐가 아기를 낳을 때 함께 있었어. 정말 사이좋게 지냈어. 이 이야기도 언젠가 나중에 해줄게, 제발 부탁이야. 자, 그러니 이제 함께 일하자. 두 사람 다 직장을 다녀야 해. 매달 엄청난 봉급을 받자고. 이 지역에서는 최근의 권력 교체 전까지 시베리아의 채권이 통용됐어. 그것이 폐지된 지 아직 얼마 되지 않았고, 오랫동안 당신이 없는 사이에도 돈 없이 살 수 있었어. 맞아, 상상해 봐. 믿기 어렵겠지만, 어찌어찌 돈 없이 살았어. 이제 지폐를 가득 채운 열차가 예전의 출납계에 지폐를 가져왔대, 차량 마흔 대 정도는 된다고 하던데. 큰 종이에 두 가지 색깔, 푸른색과 붉은색 지폐가 인쇄되어 있다는데, 우표처럼 떼어서 쓴대. 푸른색은 5백만 루블이고, 붉은색은 1천만 루블의 가치가 있다네. 변색도 잘 되고, 인쇄도 형편없고, 색도 번진다고 하던데.」

「그 돈을 봤어. 우리가 모스크바를 떠나기 직전에 그 지폐를 도입했지.」

12

「바리키노에서 그렇게 오랫동안 뭘 한 거야? 그곳은 아무도 없이 비어 있잖아? 거기서 무슨 할 일이 있었던 거야?」

「카텐카와 함께 당신 집을 치웠지. 당신이 제일 처음 그곳을 들를까 봐 그것이 두려웠어. 당신에게 당신 세간이 그 꼴이 된 것을 보이고 싶지 않았거든.」

「어땠는데? 그곳이 어땠는데, 폐허에 엉망진창이었어?」

「엉망이었지. 쓰레기 더미에. 내가 치웠어.」

「이 무슨 애매한 말인지. 말을 다 하지 않고 뭔가를 숨기고 있어. 당신 마음이니까 캐묻지는 않을게. 토냐에 대해 이야기해 줘. 딸애 세례명은 뭐지?」

「마샤야, 당신 어머니의 이름을 땄어.」

「식구들 이야기를 해줘.」

「언제든 나중에 얘기해 줄게. 겨우 눈물을 참고 있다고 내가 말했잖아.」

「당신에게 말을 준 그 삼데뱌토프라는 사람, 흥미로운 사람이지. 당신 생각은 어때?」

「정말 흥미로운 사람이야.」

「나는 안핌 예피모비치를 아주 잘 알고 지냈어. 새로운 이곳에서 친구가 되어 우리를 도와주었지.」

「알아, 그 사람이 말해 줬어.」

「두 사람은 아마도 친하게 지냈겠지? 그가 당신에게 유익한 사람이 되려고 노력했겠지?」

「그는 그야말로 내게 자선 행위를 들이부었지. 그가 없었다면 어떻게 됐을지 상상도 할 수 없어.」

「쉽게 상상이 가. 아마도 두 사람은 가까운 친구 사이로 서로 허물없이 지냈겠지? 그가 아마 계속 당신 꽁무니를 쫓아다녔을 거야.」

「그렇고말고. 물러서지를 않더라고.」

「당신은? 아, 내가 잘못했어. 내가 허용된 선을 넘었군. 무슨 권리가 있다고 당신을 심문한담? 용서해 줘. 이건 뻔뻔한 짓이야.」

「오, 괜찮아. 아마 당신은 다른 데 관심이 가는 모양이네, 우리 관계의 성격을 알고 싶은 거지? 당신은 우리의 선량한 교제에 뭔가 다른 더 개인적인 것이 숨겨져 있지 않은지 알고 싶은 거지? 물론, 아니야. 난 안핌 예피모비치에게 헤아릴 수 없이 많은 은혜를 입었고, 그에게 아주 많은 빚을 졌지만, 설사 그가 나를 금으로 둘러쌌다고 해도, 나를 위해 생명을 바쳤다고 해도, 그게 한 걸음도 그에게 가까이 가게 만들지 않았을 거야. 나는 그런 익숙지 않은 성격의 사람들에게 생래적인 적대감을 갖고 있어. 세상일에 진취적이고, 자신감이 넘치고, 권위적인 사람들은 대체 불가능하지. 감정과 관련된 일에 수탉처럼 뻐기는 콧수염을 기른 남자의 자만은 역겨워. 나는 친근함과 삶을 전혀 다르게 이해하고 있어. 그것만이 아니야. 도덕적인 측면에서 안쓰러운 내게 훨씬 더 혐오스러운 다른 사람, 내가 이렇게 된 데 원인을 제공한 사람을 상기시켜. 그 사람 덕분에 나는 지금의 내가 되었지.」

「무슨 말인지 모르겠군. 당신이 어째서? 무슨 의미야? 설명해 줘. 당신은 세상에 있는 어떤 사람보다도 훌륭해.」

「아, 유로치카, 이럴 수 있어? 나는 당신에게 진지하게 말하고 있는데, 당신은 마치 살롱에 있는 것처럼 아첨만 떨다니. 내가 어떠냐고 당신은 묻지. 난 깨져서 평생 금이 간 여자야. 나를 최악의 삶에 던져 놓고는, 모든 이를 이용해 먹고 뭐든 제멋대로 하는 이전 시대의 자기 확신에 찬 중년 기생충이 거짓되고 통속적인 해설에서 말하는 대로 너무 빨리, 범죄라고 할 정도로 너무 일찍 나를 여자로 만들어 버렸어.」

「무슨 말인지 알겠어. 뭔가 그러리라고 짐작은 했어. 하지만 기다려 봐. 당시 당신이 겪은 아이답지 않은 아픔, 미숙한데 겪은 놀라움과 두려움, 성숙하지 않은 소녀가 겪은 첫 모욕을 쉽게 상상할 수 있어. 그렇지만 그건 이미 지나간 과거의 일이야. 난 이렇게 말하고 싶어, 그것에 대해 이제 슬퍼하는 건 당신의 몫이 아니라 나처럼 당신을 사랑하는 사람들의 몫이야. 그 일이 진실로 당신에게 슬픔이었다면 일어난 일을 미리 막기 위해 그때 당신과 함께 있지 않았다는 이유로 머리카락을 쥐어뜯으며 절망해야 하는 사람은 바로 나라고. 놀랍군. 내가 죽도록 열정을 품고 강하게 질투할 수 있는 사람은 저열하고 멀리 있는 사람뿐인 것 같아. 더 위에 있는 사람과의 경쟁은 내게 전혀 다른 감정을 불러일으켜. 만일 영혼이 비슷하고 내가 사랑하는 사람이 내가 사랑한 여자를 사랑했다면, 내게는 언쟁과 다툼이 아니라 그 사람에 대한 슬픈 형제애와 같은 감정이 일어날 것 같아. 물론, 나는 단 한순간도 내 숭배의 대상을 나누어 가질 수 없어. 하지만 질투심이라기보다는 그다지 연기를 내며 타지 않고 유혈이 낭자하지 않은 전혀 다른 고통스러운 감정을 품고 물러설 거야. 나와 비슷한 작업을 하는 사람 중에서 뛰어난 능력으로 나를 굴복시킨 예술가와 경쟁한다면, 난 아마도 똑같은 감정을 겪게 되겠지. 아마 난 나를 이긴 그의 시도를 반복하려 들지 않을 거야.

이야기가 엉뚱한 데로 빠졌네. 당신이 불평할 것도, 안타깝게 여길 것도 전혀 없다면, 나는 당신을 이렇게 강렬하게 사랑하지는 않았을 것 같아. 나는 올곧기만 한 사람, 전락해 보지 않은 사람, 발을 잘못 디딘 적이 없는 사람을 좋아하지 않아. 그들의 덕은 죽은 것이므로 가치가 크지 않아. 삶의 아름다움이 그들에게는 열리지 않은 거야.」

「나도 바로 그 아름다움에 대해 말하는 거야. 그 아름다움을 보기 위해서는 더럽혀지지 않은 상상력과 첫 감수성이 필요해. 그런데 나는 그것을 빼앗겼어. 첫발을 뗀 순간에 삶을 낯설고 천박한 자국이 묻은 모습으로 보지 않았다면, 삶에 대해 나 자신의 시각을 가질 수 있었을지 몰라. 그것뿐만이 아니야. 부도덕하고 자기만족밖에는 모르는 어떤 비열한 사람이 이제 막 시작한 내 삶에 개입하는 바람에, 나를 강렬하게 사랑했고 나도 같은 사랑으로 응답한 크고 멋진 사람과의 뒤이은 결혼이 망가졌어.」

「잠깐만. 남편에 대해서는 나중에 말해 줘. 나는 나와 동등한 사람이 아니라 저열한 사람이 통상 내 안에 질투심을 불러일으킨다고 당신에게 얘기했어. 나는 당신을 두고 당신 남편을 질투하지 않아. 그런데 그 사람은?」

「〈그 사람〉이라니?」

「당신을 파멸시킨 바람둥이 말이야. 그 사람은 누구지?」

「상당히 유명한 모스크바 변호사야. 우리 아버지의 친구였는데, 아버지가 돌아가신 후 우리가 궁핍하게 살 때 물질적으로 엄마를 도와주었어. 독신인데 재산이 많아. 그 사람을 욕하니까 극도로 흥미로운 사람, 또 실제와는 다르게 의미 있는 사람으로 만드는 것 같은데. 아주 평범한 사람이야. 만일 원한다면 이름을 말해 줄게.」

「필요 없어. 나도 알아. 나도 한 번 본 적 있어.」

「정말로?」

「언젠가 당신 어머니가 음독자살을 시도했던 호텔방에서. 늦은 저녁이었지. 우리가 아직 어릴 때, 김나지움에 다닐 때였어.」

「아, 나도 기억나. 당신들이 와서 현관방에 서 있었지. 혼자서는 그 장면을 절대로 기억해 낼 수 없었을 텐데, 이전에도 당신이 한 번 그 장면을 기억에서 끄집어내는 걸 도와주었었지. 내 생각에는 멜류제예보에서였던 것 같은데.」

「그곳에 코마롭스키가 있었어.」

「정말로? 충분히 가능한 일이야. 그와 함께 있는 나를 보는 게 어려운 일은 아니었을 거야. 우리는 자주 함께 있었거든.」

「어째서 얼굴을 붉히는 거야?」

「당신 입에서 〈코마롭스키〉라는 말을 들으니까. 익숙하지도 않고, 예기치도 못했으니까.」

「내 친구, 김나지움 동창이 나와 함께 있었어. 그때 그 방에서 그 친구가 내게 해준 말이야. 그 친구가 코마롭스키를 보고는, 전혀 예기치 못했던 상황에서 그를 한 번 본 적이 있다고 하더군. 어느 날 여행 중에 그 소년은, 그러니까 김나지움 학생이던 미하일 고르돈은 백만장자 사업가인 우리 아버지가 자살하는 장면의 목격자가 됐어. 미샤는 아버지와 같은 기차를 타고 가던 길이었어. 아버지께서는 자살하려고 달리는 기차에서 뛰어내려 온몸이 부서지셨지. 그의 법률 고문인 코마롭스키가 아버지와 동행하고 있었고. 코마롭스키가 아버지를 술독에 빠뜨려 일을 엉망으로 꼬이게 했고, 파산하게 만들어 파멸의 길로 밀어 버렸던 거야. 그 사람이 아버지 자살의 원흉이고, 나를 고아를 만든 장본인이지.」

「있을 수 없는 일이야! 이 얼마나 의미심장한 디테일이야! 이게 정말 사실이라니! 그러면 그 사람이 당신에게도 악의 화신이었다는 말이네? 이게 얼마나 우리 둘을 가깝게 만드는지! 이건 그냥 운명 같아!」

「내가 당신 때문에 누구를 미친 듯이, 고칠 길 없이 질투하는지 알겠지?」

「무슨 말이야? 나는 그 작자를 사랑하지 않는 것만이 아니야. 나는 그 작자를 경멸해.」

「당신은 자신에 대해 전부 알고 있다고 생각해? 인간의, 특히 여성의 본성은 너무나 분명치 않고 모순적이야! 당신이 품은 혐오감의 한구석에는 당신이 선한 의지로 아무 강요 없이 사랑하는 다른 누구보다도 그 사람에게 더 복종하는 마음이 있는지도 몰라.」

「당신의 그 말은 정말 무서워. 통상적으로 그렇게 정곡을 찔러 말하면 그 부자연스러운 말이 정말같이 느껴지잖아. 그렇다고 한다면, 그건 정말 끔찍한 일이야!」

「진정해. 내 말을 귀담아듣지 마. 나는 애매하고 무의식적인 존재를, 설명이 의미 없고 예측 불허인 존재를 질투하는 거니까. 나는 당신의 화장 도구, 당신 피부의 땀방울, 당신에게 붙어 당신의 피를 오염시킬 수 있는 공기 중의 전염병을 질투해. 나나 당신의 죽음으로 언젠가 우리를 헤어지게 만들 전염병을 대하듯 언젠가 당신을 앗아가 버릴 저 코마롭스키를 질투해. 당신 보기에 애매한 말만 늘어놓는 것처럼 여겨질 거야. 하지만 더 조리 있고 납득할 수 있게 말할 수가 없네. 나는 미친 듯이, 만사를 다 잊을 정도로 끝없이 당신을 사랑해.」

13

「남편에 대해 더 이야기해 줘. 셰익스피어가 말했지, 〈우리는 숙명의 책 한 줄 안에 쓰여 있다〉[4]고.」

「어디에서 그렇게 썼어?」

「〈로미오와 줄리엣〉에서.」

「내가 그이를 찾아다닐 때 멜류제예보에서 그이 얘기를 많이 했는데. 그리고 나중에 이곳 유랴틴에서 당신과 처음 만났을 때 그이가 자기 객차에서 당신을 체포하려고 했다는 말을 당신한테 들어 알게 되었지. 내 생각에는 당신한테 말한 것 같은데, 어쩌면 아닌지도 모르고, 한번은 그가 자동차 안에 앉아 있는 것을 먼발치에서 본 것 같기도 하고. 그이를 어떻게 경호했을지 당신도 상상할 수 있겠지? 그이는 거의 변한 게 없더라고. 예전처럼 잘생겼고, 정직하고, 단호한 얼굴이었어. 세상에서 내가 본 얼굴 중에서 가장 명예를 아는 얼굴. 뽐내는 그림자도 없고, 남자다운 성격에 가식도 전혀 없고. 언제나 예전 모습 그대로였어. 단 하나의 변화를 알아챘는데, 그게 나를 불안하게 했어.

뭔가 그 모습에 추상적인 면이 들어가서 그에게서 빛을 앗아 갔어. 살아 있는 인간의 얼굴이 사상의 구현이자 원칙이자 표현이 되었다고 할까. 그걸 관찰하면서 내 마음이 옥죄어 왔어. 그건 그가 자신을 맡긴 힘, 고원하지만 생기를 빨아들이

---

4 「로미오와 줄리엣」 5막 3장 82행에 나오는 대사이다. 파스테르나크는 제2차 세계 대전 초기에 자신이 한 번역에서 인용하고 있다.

는 잔혹한 힘의 결과이고, 그 힘은 언젠가 그에게 인정을 베풀지 않으리라는 것을 알아. 그는 낙인이 찍혔고, 이건 파멸이 손아귀를 뻗친 거라는 생각이 들어. 어쩌면 내게 당신 두 사람이 만난 이야기를 해줬을 때, 당신이 한 표현이 내 안에 새겨져서 그런 건지도 몰라. 우리가 함께 느끼는 감정 말고도 나는 당신에게 얼마나 많은 영향을 받고 있는지 몰라!」

「아니, 혁명이 일어나기 전에 당신이 어떻게 살았는지 이야기해 줘.」

「난 일찍이 어린 시절부터 순수함을 꿈꾸었어. 그이는 순수함의 구현이었지. 우리는 거의 한집에서 산 것이나 마찬가지야. 나와 그이, 갈리울린. 나는 어린 시절 그의 첫사랑이었어. 내가 있으면 그는 넋을 잃고 딱딱하게 얼어붙었지. 아마도 내가 이런 말을 하는 게 좋지 않을지도 몰라, 나도 알아. 하지만 내가 모르는 척했으면 더 나빴을 거야. 나는 그의 유년 시절의 연인이었고, 사람들이 숨기고 아이다운 자존심에 드러내기를 꺼려하지만 말하지 않아도 얼굴에 나타나고, 모든 사람이 알아차리는, 다른 사람을 포로로 만드는 열정의 대상이었어. 우리는 친하게 지냈어. 그와 나는 내가 당신과 똑같은 만큼이나 전혀 다른 사람이었어. 나는 그때 마음으로 그를 선택했어. 나는 이 멋진 소년과 삶을 합치기로 결심했고, 우리 둘 다 사회로 진출하자마자 나는 곧바로 마음속으로 그와 약혼한 사이가 됐어.

생각해 봐, 그가 얼마나 유능한 사람인지! 정말 특출한 사람이야! 평범한 전철수나 철로 경비원의 아들인데, 타고난 재능과 엄청난 노력 하나만으로 전공 두 개, 수학과 인문학에서, 내가 수준을 이야기하지 않았는데, 꼭 이야기를 해야겠어, 대학 최신 지식의 최고 수준에 올랐단 말이야. 이건 장난이 아니야!」

「그렇게 서로를 사랑했다면 무엇 때문에 화목한 집안이 깨진 거지?」

「아, 얼마나 답하기 어려운 질문인지. 이제 내가 이야기할게. 하지만 놀랍네. 연약한 여자인 내가 당신처럼 똑똑한 사람에게 현재 러시아에서 삶에, 인간의 삶에 무슨 일이 일어나는지, 나와 당신의 가정을 포함해서 왜 가정이 깨지는지 설명할 수 있을까? 아, 문제는 사람에게 있는 것 같아, 성격이 비슷해서 또 비슷하지 않아서, 사랑을 해서 또 사랑하지 않아서 그런 것 같아. 관습과 사람의 보금자리와 질서와 관련되고, 거기서 파생되고 부여된 것은 전 사회의 변혁과 개조와 함께 잿더미로 변해 버렸어. 모든 일상적인 것은 전복되거나 파괴되었고. 남은 거라곤 오직 하나, 실오라기 하나까지 다 빼앗긴 벌거벗은 혼의 아무짝에도 쓸모없는 비일상적인 힘인데, 그 혼을 위해 변한 것이라고는 아무것도 없지, 왜냐하면 그 혼은 어느 시대에나 얼어붙어 부들부들 떨면서 바로 가장 가까이에 있는, 마찬가지로 벌거벗고 외로운 혼에게 끌렸으니까. 당신과 나는 세상이 시작될 때 아무것도 입지 않았던 첫 두 사람 아담과 이브 같아. 우리는 세상의 종말인 지금도 이렇게 아무것도 걸치지 않았고, 집도 없지. 당신과 나는 그 두 사람과 우리 사이의 수천 년 동안 세상에서 일어난 헤아릴 수 없이 많은 모든 위대한 일에 대한 마지막 기억이야. 우리는 그 사라진 기적을 기억하며 숨을 쉬고 사랑하고 울고, 서로를 부둥켜안은 채 서로에게 달라붙어 있는 거야.」

14

그녀는 잠시 쉬었다가 훨씬 차분하게 다시 말을 이었다.

「당신에게 말할게. 만일 스트렐니코프가 파셴카 안티포프가 될 수만 있다면. 만일 그이가 광란과 반역을 그만둔다면. 만일 시간을 되돌릴 수만 있다면. 만일 어딘가 멀리 세상 끝에서라도 파샤의 책상과 책과 램프가 놓인 우리 집의 창에 기적적으로 온기가 돌 수 있다면, 나는 무릎으로 기어가서라도 그곳으로 갈 거야. 내 속에 있는 모든 것이 몸부림칠 거야. 난 과거의 부름, 정절의 부름에 저항하지 못할 거야. 난 모든 것을 희생할 거야. 가장 소중한 것도. 당신도. 당신과 나의 이 가볍고 자연스럽고 당연한 친밀감도. 오, 용서해 줘. 이 말을 하려던 게 아닌데. 이건 참말이 아니야.」

그녀는 그의 어깨에 매달려 오열했다. 그녀는 곧 마음을 추슬렀다. 눈물을 닦으며 그녀는 말했다.

「하지만 이건 당신을 토냐에게로 내모는 그 의무의 목소리잖아. 주님, 우리가 얼마나 가련한지! 우리에게 앞으로 무슨 일이 벌어질까? 우린 어떻게 하지?」

그녀는 완전히 마음을 진정한 후 말을 이었다.

「우리의 행복이 왜 무너졌느냐는 당신의 질문에 어쨌든 나는 대답하지 않았네. 나는 나중에 그 이유를 분명히 이해하게 됐어. 당신에게 말해 줄게. 이건 우리 이야기만이 아닐 거야. 이건 많은 이의 운명이기도 할 테니까.」

「말해 봐, 똑똑한 사람.」

「우리는 전쟁 바로 전에, 전쟁이 일어나기 2년 전에 결혼했어. 우리 힘으로 삶을 꾸리기 시작해서 집을 마련하자마자 전쟁이 선포됐지. 나는 전쟁이 모든 것, 뒤에 일어난 모든 일, 지금까지 우리 세대를 덮친 모든 불행의 원인이라고 확신하고 있어. 나는 어린 시절을 또렷이 기억해. 아직 평화로웠던 이전 세기가 힘을 발휘하던 시기를 보았거든. 이성의 목소리를 신뢰하는 것이 통례였지. 사람들은 양심이 해주는 말이 자연스럽고 필요한 일이라고 생각했고. 다른 사람의 손에 사람이 죽는다는 것은 극단적이고 드문 일로, 일반적인 상황에서 벗어나는 현상으로 여겼지. 살인은 비극과 탐정 소설, 일간지 사건 보도에서만 만날 수 있는 일이지 평범한 삶에서는 일어날 수 있는 일이 아니라고 생각했어.

그런데 갑자기 잔잔하고 티 없이 절도 있는 삶에서 유혈과 통곡, 전반적인 광기와 통곡으로 비약해 버렸어. 매일, 매 순간 살인이 법제화되고 찬미되며 퇴행의 길을 걷게 된 거야.

아마도 이건 결코 그냥 지나가지 않을 거야. 모든 것이 얼마나 금방 파괴되었는지 아마도 당신은 나보다 더 잘 기억할 거야. 기차의 움직임, 도시의 식료품, 집안에 필요한 기초 살림의 보급, 의식의 도덕적 기반이 전부 다.」

「계속해 봐. 당신이 앞으로 무슨 말을 할지 알아. 당신은 모든 일을 너무도 잘 이해하고 있군! 당신 말을 들으니 참으로 즐거워.」

「그러자 러시아 땅에 허위가 도래한 거야. 핵심적인 재앙, 미래 악의 뿌리가 된 것은 자기 의견의 가치에 대한 믿음을 상실한 거야. 도덕적인 감수성이 일깨워 주는 것을 따르던 시대는 지나가고, 이제 한 목소리로 노래해야 한다고, 모두에게 강요하는 낯선 개념으로 살아야 한다고 생각했어. 처음에는 군주제의 미사여구, 나중에는 혁명적인 미사여구의 지배가 자라기 시작했어.

이 사회적인 미혹은 모두를 아우르고 모두를 사로잡았어. 모두가 그 영향을 받았지. 우리 집도 그 미혹에서 오는 파멸에 맞설 수 없었던 거야. 내부에서 뭔가가 흔들린 거야. 언제나 우리 집을 지배하던 본능적인 생기 대신에 바보 같은 연설의 단편이 우리의 대화에도 스며들었어. 반드시 언급해야 하는 세계적 주제에 대한 그 허울 좋은 잘난 체가 말이야. 파샤처럼 섬세하고 자신에게 엄격한 사람이, 허상과 본질을 그렇게 명확히 구분할 줄 아는 사람이 저절로 드러나는 이 허위를 알아채지 못하고 그냥 지나칠 수 있었을까?

그때 그이는 앞으로 있을 모든 일을 결정할 치명적인 실수를 저지른 거야. 그이는 시대의 징조, 사회적인 악을 집안 현상으로 받아들이고 말았어. 우리가 얘기하는 톤이 부자연스럽고 진부하고 어색한 이유가 자기 탓이라고 생각한 거야, 자기가 무정하고 재주 없는 사람, 상자 속에 든 사나이[5]라서 그

288

렇다고. 이렇게 시시한 일이 현대 삶에서 뭔가를 의미할 수 있다는 것을 당신은 믿을 수 없겠지. 당신은 이게 얼마나 중요한지, 파샤가 그 어린애 같은 생각 때문에 얼마나 어리석은 짓을 했는지 상상도 할 수 없을 거야.

그이는 아무도 요구하는 사람이 없는데도 전쟁에 나갔어. 그이는 자신으로부터, 자신이 상상으로 만든 억압으로부터 우리를 해방시켜 주려고 그런 거야. 여기서부터 그의 무분별함이 시작됐어. 뭔가 어린애처럼 잘못된 방향으로 나간 자존심 때문에 그이는 다른 사람이라면 살면서 분노하지 않을 무언가에 몹시 분개했던 거야. 그이는 사태의 경과에, 역사에 화가 났던 거지. 그이는 역사와 언쟁을 시작했어. 그이는 지금도 역사와 셈을 치르고 있어. 거기서 그이의 도발적인 광기가 나온 거지. 그이는 그 어리석은 야망 때문에 확실한 파멸을 향해 가고 있어. 내가 그이를 구할 수만 있다면 얼마나 좋을까!」

「당신은 믿기 어려울 정도로 순수하고 강하게 그 사람을 사랑하는군! 계속 사랑해, 그 사람을 사랑해. 나는 그 사람을 질투하지 않아. 당신을 방해하지 않겠어.」

5 체호프의 「상자 속에 든 사나이」의 주인공을 말한다. 그는 육체적으로나 정신적으로 자기 자신만의 편협한 관점과 습관에 갇혀 있는 사람의 전형이다.

15

눈에 띄지 않게 여름이 찾아왔다가 떠났다. 의사는 건강을 회복했다. 곧 모스크바로 떠나리라는 희망을 품고 그는 세 군데에 임시로 일을 하러 나갔다. 돈의 가치가 급속도로 평가 절하되는 상황에서는 여러 직장에서 기민하게 일하지 않을 수 없었다.

의사는 수탉이 우는 소리를 듣고 일어나 쿠페체스카야 거리로 나와서는, 영화관 〈자이언트〉 옆을 지나 현재 〈붉은 식자공〉으로 이름을 바꾼 우랄 카자크 군대의 예전 인쇄소 쪽으로 내려갔다. 고롯스카야 거리 모퉁이의 행정국 대문에서는 〈청구 사무국〉이라는 표지판이 그를 맞이했다. 그는 광장을 가로질러 말라야 부야놉카 거리로 나갔다. 스텐고프 공장을 지나 그는 병원의 뒷마당을 통해 자신의 주 근무처인 군 병원의 외래 환자 진료소로 들어갔다.

그가 걷는 길의 절반에는 나무가 가지를 늘어뜨려 거리에 그늘을 만들고, 옆으로는 대부분의 정교한 목재 가옥이 늘어서 있었는데, 어디나 극심하게 파괴된 지붕과 격자무늬 담장, 무늬가 들어간 대문, 덧창에 부조 덧창문이 달려 있었다.

여자 상인 고레글랴도바가 예전에 상속받은 정원에 위치한 외래 환자 진료소 옆에는 옛 러시아 취향의 진기하게 생긴 낮은 건물이 한 채 서 있었다. 그 건물은 연마되어 유약을 바른 화장벽돌로 포장되어 있고, 바깥쪽으로 고대 모스크바 대귀족의 궁전처럼 피라미드 지붕이 있었다.

유리 안드레예비치는 열흘에 서너 번 정도 외래 환자 진료소를 나와 스타라야 미아스카야 거리에 있는 예전의 리게티의 집으로 갔는데, 그곳에 자리 잡은 유랴틴의 보건 복지부 회의에 참석하기 위해서였다.

거리가 꽤 먼 전혀 다른 지역에는 안핌의 아버지인 예핌 삼데뱌토프가 안핌을 낳다가 죽은 아내를 기려 도시에 기증한 집이 있었다. 그 집에 삼데뱌토프가 설립한 산부인과 연구소가 자리 잡고 있었다. 지금 그곳에는 로자 룩셈부르크[6] 내과 및 외과 속성 과정이 개설되어 있었다. 그곳에서 유리 안드레예비치는 일반 병리학과 몇 개의 선택 과목들을 가르쳤다.

그가 모든 직무를 마치고 한밤중이 되어 지치고 배가 고픈 상태로 돌아오면, 음식 준비나 세탁 같은 집안일에 한창 열을 올리고 있는 라라 표도로브나를 볼 수 있었다. 머리가 헝클어지고, 소매를 걷어붙이고, 치맛자락을 허리띠에 끼운 이 산문적이고 일상적인 모습의 그녀는, 무도회에 가기 전 깊이 파여 앞가슴을 드러내고 폭 넓은 화려한 치마를 입고 높은 구두를 신어 마치 키가 커진 듯 서 있는 그녀를 보았을 때보다 훨씬 더 숨 막힐 듯 위풍당당한 매력으로 놀라움을 금치 못하게 했다.

그녀는 음식을 준비하거나 빨래를 한 후 남은 세제 물로 집

---

6 Rosa Luxemburg(1871~1919). 독일의 사회 민주당의 당원으로 작가이자 정치 활동가이다. 카를 리프크네히트(1871~1919)와 함께 1914년에 반전 운동을 하는 스파르타쿠스단을 만들었고, 이것이 1919년 1월에 독일 공산당이 된다. 이들은 1919년 1월에 봉기를 일으키지만 독일의 사회 민주당 우파에 의해 진압되고, 로자 룩셈부르크는 살해당한다.

안의 바닥을 닦았다. 혹은 평온하게 훨씬 차분한 모습으로 자신과 그, 그리고 카텐카의 속옷을 다리고 수선했다. 혹은 요리, 빨래, 청소를 한 후 카텐카를 가르쳤다. 혹은 입문서에 코를 박고 새로 개조된 학교에 교사로 복귀하기 위해 자신을 정치적으로 재교육하는 데 전념했다.

이 여자와 소녀가 그에게 더 가까워지면 질수록 그는 그들을 감히 가족처럼 대하지 못했다. 자기 식구들에 대한 의무감과 신의를 깼다는 아픔으로 인해 그의 사고에 드리워진 금기는 더욱 엄격해졌다. 그러한 제약은 라라와 카텐카에게 아무런 모욕도 되지 않았다. 반대로 이 가족적이지 않은 애정의 방식이 방종과 거리낌 없음을 배제하는 존중의 세계를 만들어 냈다.

그러나 이런 분열은 언제나 그를 괴롭히고 그에게 생채기를 냈으며, 유리 안드레예비치는 낫지 않고 자주 벌어지는 상처에 익숙해지듯 이 상황에 익숙해져 갔다.

16

그렇게 두세 달이 흘렀다. 10월의 어느 날, 유리 안드레예비치는 라리사 표도로브나에게 말했다.

「아무래도 직장에서 나와야 할 것 같아. 옛일이 영원히 반복되는 것에 불과해. 시작은 더할 나위 없이 좋지. 〈우리는 늘 정직한 작업을 좋아합니다. 특히 새로운 사상이라면 더할 나

위 없이 좋죠. 그걸 어떻게 반기지 않을 수 있나요. 환영합니다. 일하세요. 싸우세요, 찾으세요.〉

하지만 확인해 보면 사상이라는 말은 오직 겉치레야, 혁명과 당국의 권력자들을 찬양하기 위한 말 장식에 불과하다는 게 드러나지. 이건 정말 지치고 지겨운 일이야. 그리고 나는 이 분야의 거장도 아니고.

그리고 사실 그들이 옳은 건지도 몰라. 물론 나는 그들과 함께하지 않아. 하지만 그들은 영웅이고 밝은 개성을 가진 사람들인데, 나는 어둠과 인간의 노예화 편에 서 있는 하찮은 영혼이라는 생각과 타협하기 힘들어. 당신은 혹시 니콜라이 베데냐핀이라는 이름을 들어 본 적 있어?」

「물론이지. 당신과 알기 전에도 알았지만, 나중에는 당신이 자주 이야기해 줬으니까. 시모치카[7] 툰체바도 그분에 대해 자주 말했어. 툰체바는 그분의 추종자야. 하지만 부끄럽게도 나는 그분의 책을 읽어 보지 못했어. 난 완전히 철학만 다루는 책은 좋아하지 않아. 내 생각에 철학은 예술과 삶에 살짝 뿌려진 조미료여야만 해. 철학 하나에만 열중한다는 것은 겨자 하나만 있는 것처럼 이상해. 하지만 미안, 어리석은 말로 당신 말을 막아 버렸네.」

「아니야, 정반대야. 당신 말에 동의해. 내 사고방식과 아주 비슷한 말이야. 그건 그렇고, 외숙부 이야기를 하자고. 난 어쩌면 정말로 외숙부의 영향 때문에 망가졌는지도 몰라. 하지만 저들 자신이 한목소리로 외치잖아. 〈천재적인 진단의이다,

7 세라피마의 애칭이다.

천재적인 진단의이다.〉 그 말은 사실이야, 나는 병을 알아낼 때 실수를 거의 하지 않아. 하지만 이것 또한 그들이 증오하는 직관이야, 마치 내가 이 직관으로 죄를 짓는 것 같은 거지. 직관은 단번에 상황을 파악하는 온전한 인식이야.

나는 유기체가 주변 환경의 색채에 외적으로 적응하는 의태 모방의 문제에 빠져 있어. 이 색채의 순응에는 내적인 것의 외적인 적으로의 놀라운 전이가 숨겨져 있거든.

나는 강의에서 감히 이 문제를 건드렸어. 그래서 문제가 생겼어! 〈관념론이다, 신비주의다, 괴테의 자연 철학이다, 신셸링주의다.〉[8]

떠나야겠어. 내가 청원해서 주의 보건소와 연구소에서 사직하고, 병원에서는 쫓아내기 전까지 더 버텨 보도록 해볼게. 당신을 놀라게 하고 싶지는 않지만, 조만간 나를 체포할 것 같다는 느낌이 가끔 들어.」

「주여, 보호하소서, 유로치카. 다행스럽게도 그렇게 되기까지는 아직 멀었어. 하지만 당신 말이 맞아. 더 조심한다고 해서 나쁠 건 없을 거야. 내가 확인한 바로는 이 젊은 정권이 완전히 자리를 잡을 때까지는 몇 단계를 거쳐야만 해. 첫 번째로 그건 이성의 승리, 비판적인 정신, 편견과의 싸움이야.

두 번째 단계가 도래하고 있어. 이때는 〈빌붙은 사람들〉, 거짓으로 공명정대한 사람들이 우위를 차지하게 돼. 의심, 밀고, 음모, 증오가 자라게 되지. 그리고 당신 말이 맞아. 우

---

8 셸링과 마찬가지로 괴테는 자신의 자연 철학에서 형이상학적으로도 실용적으로도 유효한 우주의 질서를 확립하려고 노력했다.

리는 두 번째 단계의 초반에 와 있어.

그 예를 멀리서 찾을 것도 없어. 호다츠코예에서 두 명의 옛 정치범이 이곳 혁명 재판소[9]의 협의회로 옮겨 왔는데, 노동자 출신으로 티베르진과 안티포프라는 사람이래.

둘 다 나를 잘 아는 사람인데, 한 사람은 심지어 남편의 아버지, 그러니까 내 시아버지야. 하지만 얼마 전에 그 사람들이 옮겨오자마자, 나는 나와 카텐카의 목숨을 지킬 수 있을지 걱정되어 떨었어. 그 사람들은 무슨 짓이든 할 수 있거든. 안티포프는 나를 별로 좋아하지 않아. 어느 멋진 날에 저들은 고원한 혁명적 정의의 이름으로 나와 심지어 파샤마저 파괴하는 짓도 할 수 있을 거야.」

이런 대화의 속편은 상당히 빨리 실현되었다. 이즈음에 과부 고레글랴도바의 집에 있는 외래 진료소 옆 말라야 부야놉카 거리 48호에서 야간 수색이 벌어졌다. 그 집에서 무기 창고가 발견되었고, 반혁명 조직이 적발되었다. 도시의 많은 사람이 체포되었고, 수색과 체포가 계속해서 이어졌다. 이와 관련하여 사람들은 의심받은 사람들의 일부가 강을 건너 도망갔다고 속닥였다. 이런 의견들이었다.「그게 그 사람들에게 무슨 도움이 되겠어? 강도 강 나름이지. 물론 강이라고 할 만한 곳도 있지. 블라고베셴스크의 아무르강을 예로 들면, 이쪽 강변은 소비에트 권력이고, 저쪽 강변은 중국이니까. 물에

---

9 소비에트 러시아와 몇 소비에트 공화국에서 1918년부터 1923년까지 존재했던 비상 재판 기관이다. 전 러시아 체카 및 지역 체카와 더불어 혁명 재판소는 적색 테러 기구였다.

뛰어들어 강을 건너면 아듀, 사라져 버릴 수 있지. 그런 걸 강이라고 말할 수 있지. 그런데 여긴 전혀 이야기가 다르잖아.」

「정세가 안 좋아지고 있어.」 라라가 말했다. 「안전한 시절은 지나갔어. 우리를 틀림없이 체포할 거야, 당신과 나를. 카텐카에게 무슨 일이 일어날까? 나는 엄마야. 난 불행을 예방하고 뭔가를 준비해야만 해. 이 문제에 관한 한 준비된 결정이 있어야 해. 이런 생각을 하면 이성을 잃을 것만 같아.」

「생각해 보자고. 뭐가 도움이 될 수 있을까? 이 불행을 우리가 막을 힘이 있을까? 이건 숙명적인 거야.」

「도망갈 수도 없고, 도망갈 데도 없어. 하지만 어디든 사람들 눈에 띄지 않는 벽지로 갈 수는 있어. 예를 들면 바리키노로 간다거나. 나는 바리키노의 집에 대해 생각해 보곤 해. 상당히 먼 거리에 있고, 완전히 폐허가 되었으니까. 하지만 그곳에 있으면 여기와는 달리 누구의 눈에도 띄지 않을 거야. 겨울이 다가오고 있어. 나는 그곳에서 겨울을 날 마음이 있어. 우리를 잡으러 오기 전까지 한 1년 정도는 시간을 벌 수 있고, 그것만으로도 이익이야. 도시와의 연계는 삼데뱌토프가 도와줄 수 있을 거야. 어쩌면 우리를 숨겨 주는 데 동의할 수도 있고. 어때? 당신은 뭐라고 할 거야? 사실, 지금 그곳은 사람이 한 명도 없고, 텅 비어서 무서울 거야. 최소한 내가 다녀온 3월에는 그랬는데. 그리고 사람들 말로는 늑대가 있다고 해. 무서워. 하지만 사람들, 특히 안티포프나 티베르진 같은 사람들은 지금 늑대들보다 훨씬 더 무서워.」

「당신에게 무슨 말을 해야 할지 모르겠군. 당신 스스로가 계속해서 나를 모스크바로 내몰고, 여행을 미루지 말라고 설득했잖아. 지금은 상황이 편해졌어. 나는 역에 가서 문의도 해봤어. 암거래도 눈감아 주고 있는 것 같아. 운행 노선에서 무임승차자를 전부 끌어 내리지는 않는 모양이야. 총살형에 처하는 데도 지쳤는지, 그것도 드물어졌고.

내가 모스크바에 보낸 모든 편지에 응답이 없는 것이 불안해. 그곳에 가서 식구들에게 무슨 일이 일어났는지 알아봐야겠어. 당신이 직접 내게 그렇게 하라고 했잖아. 그런데 지금 바리키노에 대해 당신이 하는 말을 어떻게 이해해야 할까? 당신 혼자 나 없이 그 무서운 벽지로 정말로 가겠다는 거야?」

「아니, 당신이 없다는 건 물론 생각할 수도 없는 일이야.」

「그런데 나를 또 모스크바로 보내려는 거고?」

「맞아, 그것도 꼭 그렇게 해야 해.」

「들어 봐. 이건 어떨까? 내게 좋은 계획이 있어. 모스크바로 가자. 카텐카를 데리고 나와 함께 떠나자.」

「모스크바로? 당신 미쳤군. 무슨 일로? 아니, 나는 남아야 해. 나는 어디든 가까운 곳에서 준비하고 있어야 해. 이곳에서 파셴카의 운명이 결정될 테니까. 난 필요한 경우 바로 그 사람 곁에 있기 위해 그 결말을 기다려야 한다고.」

「그럼 카텐카에 대해 생각하자.」

「시무시카, 시마 툰체바[10]가 가끔 나한테 들러. 며칠 전에 시무시카에 대해 당신에게 말한 적이 있잖아.」

「알고말고. 당신 집에서 그 여자분을 자주 봤지.」

10 시무시카와 시마는 세라피마의 애칭이다.

「당신한테 놀라겠어. 남자들은 눈이 어디 있는 거야? 내가 당신이라면 나는 틀림없이 시무시카와 사랑에 빠졌을 거야. 얼마나 멋진 사람인데! 외모는 또 얼마나 아름다운지! 키도 크고, 날씬하고. 지성적이지. 책도 얼마나 많이 읽었는데. 거기다가 착하기까지 하고. 판단력도 분명하고.」

「내가 포로였다가 이곳으로 돌아온 날 내 수염을 깎아 준 사람이 재봉사인 시무시카의 언니 글라피라야.」

「알아. 자매들이 제일 맏이인 사서 압도티야[11]와 함께 살고 있어. 정직하게 일하는 가족이야. 당신과 나를 잡아가면 극단적인 경우 카텐카의 후견인이 되어 줄 수 있느냐고 부탁하려고 해.」

「하지만 정말로 다른 방도가 없을 경우의 이야기지. 그렇게까지 절망적인 상황이 되려면 아직 멀었어.」

「시무시카가 약간은 제정신이 아니라는 말이 있어. 사실 시무시카를 완전히 정상적인 여자라고 볼 수는 없어. 하지만 그건 시무시카의 깊이와 독창성에서 나온 결과야. 대단히 교양이 있는데, 인텔리겐치아식이 아니라 민중적인 방식이야. 당신과 시무시카의 시각은 놀라울 정도로 비슷해. 나는 시무시카라면 마음 놓고 카탸[12]의 양육을 맡길 수 있어.」

11 옙도키야의 다른 명칭이다.
12 카튜사의 애칭이다.

17

그는 다시 역으로 갔다가 빈손으로 돌아왔다. 모든 것이 미정인 상태였다. 불확실성이 그와 라라를 기다리고 있었다. 첫눈이 오기 전처럼 춥고 어두운 날이었다. 길게 뻗은 거리 위의 하늘보다 더 넓게 퍼져 있는 교차로 위의 하늘은 겨울의 모습을 하고 있었다.

유리 안드레예비치가 집으로 돌아왔을 때, 그는 라라의 집에 놀러 온 시무시카를 만날 수 있었다. 두 사람 사이에는 손님이 여주인에게 해주는 강의 성격의 대화가 오가고 있었다. 유리 안드레예비치는 그들을 방해하고 싶지 않았다. 더구나 그는 잠시 혼자 있고 싶었다. 여자들은 옆방에서 대화를 나누었다. 그의 방으로 난 문은 열려 있었다. 문에는 바닥까지 커튼이 드리워져 있었고, 그 너머에서 그들의 대화 소리가 단어 하나하나까지 또렷하게 들려왔다.

「바느질을 할 거예요, 하지만 그것에 신경 쓰지는 마세요. 나는 온몸으로 귀를 기울여 들을 테니까요. 학교에 다닐 때 역사와 철학을 들은 적이 있어요. 시무시카의 생각 구조는 내 마음에 꼭 들어요. 더구나 시무시카의 말을 들으면 마음이 아주 가벼워져요. 우리는 여러 걱정 때문에 최근 며칠 동안 밤잠을 잘 이루지 못했어요. 우리에게 유쾌하지 않은 일이 일어날 경우 카텐카의 안전을 지켜야 한다는 엄마로서의 의무감 때문에요. 카텐카에 대해 정신을 똑바로 차리고 생각해 봐야 해요. 저는 이 부분에서 특별히 잘하는 게 없어요. 그걸 의식하면 슬퍼져요. 피곤한데 잠을 제대로 자지 못해서 슬픈 것도 있고요. 시무시카와 대화를 나누는 것이 내게 위안이 돼요. 더구나 이제 곧 눈이 내릴 것 같아요. 눈이 오는 날 길고 지혜로운 강연을 듣는 건 큰 만족을 주죠. 눈이 내릴 때 창밖을 곁눈질해 보면, 사실 누군가가 마당을 통해 집으로 오고 있다는 생각이 들지 않나요? 시작해 보세요, 시모치카. 들을게요.」

「지난번에 무슨 이야기를 하다가 말았지요?」

유리 안드레예비치는 라라가 무슨 대답을 하는지 들리시 않았다. 그는 시마가 하는 말에 귀를 기울이기 시작했다.

「문명이니 시대니 하는 단어를 사용할 수 있어요. 하지만 이 단어들도 정말 다르게 이해되잖아요. 그 의미들의 애매모호함을 고려해 볼 때 이 단어들을 쓰지는 맙시다. 이 단어들을 다른 표현들로 대체하자고요.

나는 인간이 두 부분으로 이루어져 있다고 말하겠어요. 하느님과 작업으로요. 인간 정신의 발달은 아주 오래도록 지속되는 개별적인 작업들로 나뉩니다. 그 작업은 세대를 거쳐 실현되었고, 하나에 뒤이어 다른 작업이 뒤따라왔죠. 이집트가 그러한 작업이었고, 그리스가 그러한 작업이었으며, 구약 선지자들의 새로운 인식이 그러한 작업이었어요. 기독교가 아직까지 다른 무엇으로 대체되지 않고 모든 현대적인 영감으로 완수되고 있는, 시간적으로 봤을 때 가장 마지막 작업이에요.

대부분의 찬송가가 나란히 자리 잡은 신약과 구약의 개념들을 결합시키고 있어요. 옛 세계의 상황, 즉 타지 않는 덤불,[13] 이스라엘의 출애굽,[14] 불이 붙은 벽난로 안의 소년들,[15] 고래 배 속의 요나[16]와 같은 것들이 새로운 세계의 상황, 예를 들면 성모 마리아의 잉태[17]와 그리스도의 부활[18]의 개념과 대

13 『구약 성경』, 「출애굽기」 3장 2~4절로, 이스라엘 백성을 이집트에서 탈출시키기 전 모세를 지도자로 세우기 위해 하느님이 모세를 불에 타지 않는 떨기나무 앞에서 만나 주신다는 내용이다.

14 야곱에게 열두 명의 아들이 있었는데, 그중 요셉이 형제들의 손에 의해 이집트로 팔려가 우여곡절 끝에 이집트의 총리가 된다. 큰 기근이 들어 요셉의 열한 형제와 그 가족들이 먹을 것을 얻기 위해 이집트에 들어오고, 요셉의 후원으로 기근을 이겨 내게 된다. 그 후손들이 이집트의 고센 지방에서 4백만 명가량의 인구로 성장한다. 이스라엘 백성의 성장을 두려워한 이집트의 파라오는 남자아이가 태어나자마자 살해하라는 명령을 내리는 등 이스라엘 백성을 노예로 삼아 괴롭히는데, 모세가 지도자로 나타나 이스라엘 백성들을 이집트에서 탈출시킨다. 그것이 「출애굽기」의 내용이다.

15 바벨론 시대에 느부갓네살왕이 금으로 된 신상을 만들어 그 앞에 절하지 않는 자를 화덕에 던지겠다고 명령한다. 갈대아 사람들이 유대 사람 사드락, 메삭, 아벳느고가 금신상에 절하지 않았다고 밀고하자, 느부갓네살이 대노하여 그들을 화덕에 던지는데, 세 사람은 온전한 채로 그 불에서 살아 나온다. 『구약 성경』, 「다니엘서」 3장의 이야기이다.

16 『구약 성경』, 「요나서」의 내용이다. 니느웨의 죄가 심하여 심판이 곧 이를 것임을 니느웨 사람에게 전하라는 하느님의 명령을 들은 요나는 니느웨 사람들이 구원을 받는 것이 싫어서 예언을 하지 않기 위해 도망을 간다. 배를 타고 가다가 풍랑을 만나자, 뱃사람들이 원인이 누구에게 있는지 알기 위해 제비뽑기를 하는데 요나가 뽑힌다. 이에 요나는 자신을 바다에 던지라고 한다. 바다에 빠진 요나를 고래가 삼키고, 고래의 배 속에서 사흘간 갇혔다가 나온 후 요나는 니느웨에 가서 심판에 대해 예언한다. 그리고 니느웨 사람들은 회개하여 심판을 면한다.

17 성모 마리아는 약혼자인 요셉과 결혼하기 전 성령의 능력으로, 처녀의 몸으로서 예수 그리스도를 잉태한다. 4복음서 모두에 나오는 내용이다.

18 하느님의 아들인 예수 그리스도는 인류의 죄를 대신 지고 속죄하기 위해 수난을 당하고 십자가에 못 박혀 죽지만, 사흘 만에 부활한다. 이를 믿는 자에게 구원이 임한다는 소식이 곧 복음이다.

비됩니다.

이 빈번하고, 또 거의 언제나 일어나는 대조로 인해 구약의 낡음과 신약의 새로움, 그리고 이 둘의 차이가 특히 명료하게 드러나죠.

수많은 시들 속에서 마리아의 순결한 모성은 유대인들이 홍해를 건넌 것[19]에 비교돼요. 예를 들면 가사에 〈흑해에 결혼하지 않은 신부의 모습이 비치도다〉[20]라고 나와요. 시에도 〈이스라엘이 건넌 후에 바다는 건널 수 없게 되었고, 임마누엘의 탄생 이후 순결한 마리아는 더럽혀지지 않았도다〉라고 되어 있어요. 그러니까 이스라엘 백성들이 건넌 후에 바다는 다시 건널 수 없게 되었고, 주님을 낳은 후 동정녀는 순결한 채로 남았다는 거죠. 어떤 종류의 일이 여기서 대비되고 있는 걸까요? 두 사건 모두 초자연적인 일이고, 둘 다 동일한 기적으로 인정받고 있어요. 다른 이 시대, 즉 원시적인 고대 시대와 앞으로 멀리 진일보한 새로운 로마 이후의 시대는 무엇에서 기적을 본 걸까요?

앞의 경우에는 민족의 지도자인 족장 모세의 명령에 따라, 그의 마법 지팡이의 휘두름에 따라 바다가 길을 열고 민족 전체, 수백만으로 이루어진 헤아릴 수 없이 많은 사람들을 지나가게 했고, 제일 마지막 사람이 지나가자 다시 바다가 합쳐지

19 「출애굽기」 15장에 나오는 이야기이다. 모세의 인도로 이집트를 탈출한 이스라엘 백성의 눈앞에 홍해가 막아선다. 모세가 지팡이를 들자 홍해가 갈라지고, 이스라엘 백성이 다 지나간 직후 홍해가 다시 덮이면서, 이스라엘 백성을 쫓아온 이집트의 군대가 홍해에 빠져 몰살당한다.
20 저녁 기도 때 성모 마리아에게 드리는 찬송에서 인용한 것이다.

면서 뒤따르던 이집트인들을 덮쳐 익사시켰다는 거예요. 고대의 정신으로 봤을 때 대장관이지요. 마법사의 말에 순종하는 자연의 힘, 진군 중의 로마 군대처럼 어마어마하게 운집한 사람들, 민족과 지도자, 눈에 보이고 들리고 정신이 아찔해질 정도의 사건이지요.

뒤의 경우에는 고대 세계라면 전혀 주의를 기울이지 않았을 평범한 존재인 처녀가 비밀스럽게 아무 말 없이 아기에게 생명을 주고, 세상에 생명을, 생명의 기적을, 모든 이에게 생명을, 훗날 그리스도라고 일컫는 〈만인의 생명〉을 낳은 겁니다. 그녀의 출산은 서기관들의 관점에서뿐 아니라 혼외 출산이므로 불법이었어요. 이 출산은 자연의 법칙에도 어긋나는 것이었지요. 처녀는 필연성의 힘으로 낳은 것이 아니라 기적으로 영감에 따라 아기를 낳은 거예요. 이것은 평범함에 특출함을, 평일에 축일을 대립시킨 복음서가 온갖 강압과 무관하게 삶을 세우고자 하는 바로 그 영감이에요.

이 변화는 얼마나 큰 의미를 지니는 걸까요! 어쩌다가 하늘이 보기에(왜냐하면 하늘의 눈으로, 하늘의 얼굴 앞에서 이를 평가해야 하고, 유일하고 성스러운 틀 안에서 이 모든 것이 진행되기 때문이에요), 어쩌다가 하늘이 보기에 고대의 관점에서 보면 하찮은 인간의 개인적 상황이 민족의 대이동과 같은 가치를 갖게 된 것일까요?

세상에서 뭔가가 바뀐 거예요. 로마가, 수의 권력이, 그러니까 모두가 머릿수로만 살라고, 집단으로만 살라고 무력에 의해 부가된 의무가 끝났어요. 지도자와 민족은 과거가 되었고요.

개인, 자유의 설교가 이런 것들을 교체하러 도래한 거예요. 개별적인 인간의 삶은 신의 이야기가 되었고, 우주의 공간을 자신의 내용으로 채웠어요. 성모 수태 고지 축일에 부르는 한 성가에서 얘기되듯이 아담은 신이 되고 싶었지만 잘못해서 그렇게 되지 못했는데, 이제는 하느님이 아담을 신으로 만들기 위해 인간이 되었어요(〈아담을 신으로 만들기 위해 신이 사람이 되다〉).[21]」

시마는 계속해서 말했다.

「좀 있다가 같은 주제로 또 뭔가를 말씀드릴게요. 지금은 잠시 다른 얘기를 해보죠. 노동자에 대한 염려, 모성의 보호, 돈벌이 권력과의 투쟁이라는 측면에서 우리의 혁명 시대는 오래도록 영원히 업적으로 남고, 기억에 남을 전대미문의 시대이지요. 현재 주입되고 있는 삶에 대한 이해, 행복의 철학과 관련하여 말하자면, 이것이 진지하게 얘기되고 있다고는 정말 믿어지지 않아요. 이건 우스꽝스러운 과거의 잔재예요. 만일 지도자와 민족에 대한 이 열변이 삶을 거꾸로 돌려놓고 수천 년 동안 역사를 후퇴시킬 힘이 있다면, 우리를 목축 부족과 족장의 구약 시대로 되돌려 놓을지도 모르겠어요. 다행스럽게도 그건 불가능한 일이지만요.

그리스도와 막달라 마리아에 대해 몇 마디 할게요. 복음서

---

21 저녁 예배 시 성모 수태 고지에 대한 찬송에서 따온 구절로, 리용의 이레니우스(2세기)와 알렉산드리아의 아타나시우스(293~373) 같은 초기 교부들이 주장한 개념이다.

에 나온 막달라 마리아 이야기가 아니라 사순절, 아마도 성화요일이나 성수요일인 것 같은데, 그때의 기도에서 나오는 이야기요. 라리사 표도로브나, 라라는 내가 말하지 않아도 이 모든 걸 아주 잘 알고 있어요. 나는 그냥 뭔가를 상기시키고 싶은 거지, 가르치고 싶은 게 아니에요.

당신도 잘 알고 있듯이 슬라브어로 〈열정〉[22]이라는 말은 무엇보다 먼저 〈고난〉, 그리스도의 수난을 뜻해요. 〈자발적인 수난을 향해 가시는 주님〉(자발적 고통을 향해 가시는 주님). 더구나 이 단어는 가장 최근에 만들어진 러시아어적 의미로 악덕과 욕정의 뜻으로 사용되고 있어요. 〈존엄한 내 영혼을 욕망에 복종시켜 짐승처럼 되었도다〉, 〈천국에서 쫓겨난 우리, 욕망을 제어함으로써 다시 돌아가고자 애쓰자〉라는 등등. 아마도 내가 아주 타락한 여자라서 그런지는 모르지만, 나는 부활절 전에 감수성에 재갈을 물리고, 육욕을 죽이는 것에 헌정된 이런 기도문을 좋아하지 않아요. 다른 영적인 텍스트에 있는 시성(詩性)이라고는 조금도 없는 이렇게 조야하고 평면적인 기도문을 작성한 사람은 배가 불뚝 나오고 기름기가 번지르르한 수도사였을 것 같다는 생각이 늘 들었어요. 문제는 그들 자신이 규정에 따라 살지 않으면서 다른 사람을 속였다는 데 있는 게 아니에요. 그들은 자기 양심대로 살라고 내버려 두자고요. 문제는 그들이 아니라 이런 기도문의 내용에 있어요. 이런 상심은 육체의 여러 허약함, 육체가 포동포동한

---

22 러시아어로 〈수난〉이라고 번역되는 단어 strast'는 영어에서 passion이라는 단어와 마찬가지로 〈열정〉이라는 뜻도 있다.

지, 쇠약한지의 여부에 과도한 의미를 부여해요. 그게 역겨워요. 그러면 어떤 지저분하고 비본질적이며 부차적인 부분이, 타당치 않고 마땅치 않은 높은 위상을 차지하게 되는 거예요. 내가 중요한 문제를 자꾸 미뤄서 미안해요. 지체한 만큼 이제 보상을 해드릴게요.

내가 언제나 궁금했던 것은 어째서 막달라 마리아가 그리스도의 죽음과 부활의 경계인 부활절 바로 전날에 언급되느냐는 것이었어요. 이유는 모르겠지만, 삶이 과연 무엇인지를 상기시키기에 가장 적절한 때는 생명과 이별하는 순간이고 생명이 되돌아오기 전의 문턱이라고 봐요. 얼마나 진실한 열정으로, 그 무엇과도 비교할 수 없이 얼마나 직접적으로 그것이 언급되는지 한번 들어 보세요.

그게 막달라 마리아였는지, 아니면 이집트의 마리아[23]였는지, 아니면 다른 어느 마리아였는지에 대해서는 논란이 많아요. 그게 누구였든, 그 마리아는 주님께 간구해요. 〈내가 머리를 풀 듯 죄를 풀어 주소서〉, 그러니까 〈내가 머리를 풀 듯

---

23 5세기 중반 당시 이집트 출신의 성녀이다. 동방 정교와 가톨릭에서는 회개하는 여인의 수호자로서 그녀를 성인으로 추대했다. 열두 살에 부모를 떠나 알렉산드리아에 가서 17년 동안 창녀로 살다가, 순례자들을 유혹하려는 목적으로 성지 순례를 함께 떠난다. 그러나 그녀는 알 수 없는 힘에 이끌려 예루살렘에 있는 성묘 교회(예수 그리스도의 묘지가 있는 교회)에 들어가지 못하게 되자, 성모 마리아상 앞에 나아가 회개한다. 그 후 성모 마리아의 음성에 따라 요단강을 건너 이집트 사막에서 47년을 완전히 홀로 고행한 후 기적을 행하는 성녀의 경지에 오른다. 시마가 인용하고 있는 찬송 구절은 수난 주간의 가운데 낀 성수요일 아침 예배 때 부르는 찬송이다. 시마가 가장 많이 인용하는 찬송은 비잔틴의 수녀원장인 카시아(804~867)가 지은 것으로 알려져 있다.

내 죄를 용서하소서)라고 한 거죠. 용서를 받고자 하는 갈망과 회개가 얼마나 실체적으로 잘 표현되어 있나요! 손으로 만질 수 있을 정도잖아요.

같은 날의 다른 추모 성가에도 비슷한 탄식이 있어요. 보다 더 자세하고, 더 확실하게 막달라 마리아 이야기를 담고 있어요.

여기서 막달라 마리아는 과거에 대해, 매일 밤 예전의 고질적인 버릇이 자기를 불태운다고 무서울 정도로 또렷하게 괴로워하고 있어요. 〈밤은 제어할 수 없는 음욕으로, 달도 없이 칠흑같이 어두운 죄의 열의로 나를 불태우네.〉 막달라 마리아는 그리스도에게 자신의 회개의 눈물을 받아 달라고, 몸을 굽혀 자신의 진심 어린 탄식을 들어 달라고, 그리스도의 순결한 발을 자신의 머리카락으로 닦을 수 있게 해달라고 간청하죠. 천국에서 정신이 멍해지도록 수치심을 느낀 하와가 그 발소리를 듣고 숨어 버렸지요. 〈당신의 순결한 발에 키스하고, 내 머리카락으로 그 발을 닦으리라, 마치 천국에서 하와가 오후에 그 발자국 소리를 듣고 두려워 몸을 숨겼더라.〉 그리고 머리카락에 뒤이어 갑자기 탄성이 터져 나와요. 〈내 수많은 죄악과 당신의 판결의 깊이를 누가 헤아릴 수 있으리오?〉 하느님과 인생, 하느님과 개인, 하느님과 여인이 얼마나 친밀하며, 얼마나 동등한 자리를 차지하고 있나요!」[24]

24 이 문단은 막달라 마리아를 「요한의 복음서」 8장에 나오는 간음한 여인과 「마태오의 복음서」 26장, 「마르코의 복음서」 14장, 「루가의 복음서」 7장에 나오는 향유 옥합을 깨어 향유를 예수 그리스도의 발에 부어 자신의 머리카락으로 닦은 여인과 동일시하는 전통적인 개념에 기초하고 있다. 「요한의

18

유리 안드레예비치가 역에서 돌아왔을 때는 지쳐 있었다. 그날은 열흘마다 돌아오는 그의 휴일이었다. 보통 그는 한 주를 위해 휴일에는 푹 자곤 했다. 그는 소파에 기대어 간혹 반쯤 누운 자세를 취하든지, 아니면 완전히 몸을 쭉 뻗고 앉아 있었다. 그는 발작적으로 찾아드는 졸음을 이겨 내며 시마의 말을 듣고 있었지만, 그녀의 논의는 그에게 큰 만족감을 수 었다. 〈물론 이건 모두 콜랴 외삼촌한테서 나온 말이야.〉 그는 생각했다. 〈하지만 정말 대단히 재능이 많고 똑똑한 여자로군!〉

그는 소파에서 벌떡 일어나 창가로 다가갔다. 창문은 라라와 시무시카가 지금은 들리지 않게 속닥이는 바로 옆방과 마찬가지로 마당을 향해 나 있었다.

날씨가 험해졌다. 바깥은 어두웠다. 까치 두 마리가 마당으로 날아들어 앉을 곳을 찾아 빙빙 돌고 있었다. 바람에 그들의 날개가 약간 부풀어 흩날렸다. 까치들은 쓰레기통 뚜껑에 앉았다가 담장을 넘어 땅으로 내려앉아서는 마당을 이리저리 거닐기 시작했다.

〈까치는 눈이 온다는 뜻인데.〉 의사는 생각했다. 그 순간 그는 두꺼운 커튼 뒤에서 이런 소리를 들었다.

복음서」 12장에서는 향유를 부어 자신의 머리카락으로 예수 그리스도의 다리를 닦은 여인을 죽었다가 부활한 라자로의 동생이자 마르다의 동생인 마리아로 서술하고 있다. 이 마리아는 간음한 여인도, 막달라 마리아도 아니다. 막달라 마리아에 대한 지바고의 시는 같은 전통을 따르고 있다.

「까치는 소식이 온다는 뜻이에요.」 시마가 라라에게 말했다. 「댁에 손님이 올 거예요. 아니면 편지를 받게 되거나요.」

잠시 후 유리 안드레예비치가 얼마 전에 수리해서 철사로 매달아 놓은 대문의 초인종이 울렸다.

커튼 뒤에서 라리사 표도로브나가 나와 빠른 걸음으로 현관문을 열러 나갔다. 입구에서 나누는 대화 소리를 듣고 유리 안드레예비치는 시마의 언니인 글라피라 세베리노브나가 왔다는 것을 알았다.

「동생을 데리러 오셨어요?」 라리사 표도로브나가 물었다. 「시무시카는 저희 집에 있어요.」

「아니요, 동생을 찾으러 온 게 아니에요. 하지만 말이에요. 시무시카가 집에 간다면 같이 가죠, 뭐. 그런데 나는 전혀 다른 일로 왔어요. 댁 친구분에게 편지가 왔어요. 내가 예전에 우체국에서 일한 것을 고맙게 생각하세요. 손을 몇 차례나 거쳤어요, 알음알음으로 내 손에 들어왔답니다. 모스크바에서 온 거예요. 다섯 달이나 걸렸네요. 수취인을 찾을 수 없었대요. 그런데 내가 수취인이 누구인지 알잖아요. 우리 집에서 언젠가 면도를 해줬거든요.」

몇 장에 걸친 긴 편지는 토냐에게서 온 것이었다. 구겨지고 손때가 잔뜩 묻은 편지지는 개봉된 채로 부식된 봉투 안에 들어 있었다. 의사가 정신을 차리기도 전에 편지는 이미 그의 손에 들려 있었고, 그는 라라가 어떻게 그의 손에 봉투를 쥐어 주었는지 알아차리지도 못했다. 의사가 편지를 읽기 시작했을 때는 그래도 자신이 어느 도시에 있는지, 누구의 집에 있는지 기억하고 있었지만, 편지를 읽어 감에 따라 그는 그런 의식을 잃고 말았다. 시마가 나와서 그에게 작별 인사를 했다. 그는 으레 하듯이 기계적으로 응답할 뿐, 그녀에게 주의를 기울이지 않았다. 그는 그녀가 떠나는 것도 알아차리지 못했다. 그는 점차 자기가 어디에 있는지, 그의 주변에 무엇이 있는지 완전히 잊고 말았다.

〈유라.〉 안토니나 알렉산드로브나는 그에게 이렇게 쓰고 있었다. 〈우리한테 딸이 태어난 걸 알고 있지? 고인이 된 어머니 마리야 니콜라예브나의 이름을 따서 마샤[25]라는 이름으로 세례를 받았어.

이제 전혀 다른 이야기를 할게. 몇 명의 저명한 사회 활동가, 입헌 민주당 출신 교수, 우파 사회주의자들이 러시아에서 해외로 추방당하게 됐어. 멜구노프,[26] 키제베테르,[27] 쿠스코바,[28] 그 외 다른 이들과 삼촌 니콜라이 알렉산드로비치 그로메코, 그리고 아빠와 우리도 삼촌의 가족이라는 이유만으로 포함이 됐고.[29]

---

25 마리야라는 이름의 애칭이다.

26 Sergei Melgunov(1879~1956). 역사학자로 입헌 민주당원이었고, 볼셰비키를 공개적으로 반대한 인사이다.

27 Kizeevetter(1866~1933). 역시 역사학자로서 입헌 민주당의 지도자였다.

28 Yekaterina Kuskova(1869~1958). 저널리스트로 기아 퇴치 위원회의 일원이었다.

29 레닌이 이데올로기적으로 두드러지는 반대자들을 다루는 데 선호한 방법은 해외 추방이었다. 1922년 가을에 그는 철학자 니콜라이 베르댜예프, 세묜 프랑크, 세르게이 불가코프, 이반 일리인, 표도르 스테푼을 포함해서 1백 60명의 지식인을 유럽으로 추방했다.

이런 일이 특히 당신이 없는 가운데 일어나고 있으니, 불행한 일이야. 하지만 복종해야 하고, 훨씬 더 나쁠 수도 있는 이 무시무시한 시기에 추방이라는 가벼운 형태를 띤 것에 하느님께 감사해야 해. 만일 당신이 발견되어 여기에 있었다면, 당신도 우리와 함께 갔을 텐데. 하지만 지금 당신은 어디에 있는 거야? 나는 이 편지를 안티포바의 주소로 보내고 있어, 당신을 찾으면 이 편지를 당신에게 전해 주겠지. 우리 가족의 일원으로서 나중에라도, 만약 그게 운명이라면 당신이 발견되었을 때 우리 모두가 받은 출국 허가서를 당신에게도 허락해 줄지 알 수 없어서 그게 괴로워. 나는 당신이 살아 있고, 언젠가는 당신을 찾을 수 있을 거라고 믿어. 내 사랑하는 마음이 그렇게 계속 내게 속삭이고, 나는 그 목소리를 신뢰해. 당신이 발견될 시기에는 러시아의 생활 조건이 좀 나아져서 개별적인 외국 방문 허락을 받아 낼 수 있을지도 몰라. 그럼 우리 모두 다시 한곳에 모일 수 있겠지. 그러나 이렇게 쓰면서도 나 자신조차 그런 행복이 실현되리라고는 믿지 않아.

무엇보다 슬픈 것은 나는 당신을 사랑하지만, 당신은 나를 사랑하지 않는다는 거야. 나는 이런 판결의 의미를 발견하고, 그걸 해석하고, 정당화하려고 애쓰면서 내 속을 파고 캐고, 우리의 모든 삶과 내가 자신에 대해 알고 있던 모든 것을 되짚어 보고 있어. 하지만 나는 시작점을 모르겠고, 내가 무슨 짓을 저질렀는지, 어쩌다가 이런 불행을 겪게 되었는지 기억해 낼 수가 없어. 당신은 왠지 나를 나쁘게, 좋지 못한 시선으로 보고, 마치 휜 거울로 보듯 나를 왜곡되게 보고 있어.

그래도 나는 당신을 사랑해. 아, 내가 얼마나 당신을 사랑하는지, 당신이 상상이라도 할 수 있다면 얼마나 좋을까! 나는 당신 속에 있는 모든 특별한 점도, 장점도, 단점도, 당신의 평범한 측면도, 그것들이 특이하게 결합되어 나오는 귀한 점들도, 내면적인 내용으로 고결해진 당신의 얼굴도 모두 사랑해. 그런 점이 없다면 당신 얼굴은 어쩌면 못생겨 보일지도 몰라. 나는 완전히 의지가 없는 대신 당신에게 존재하는 재능과 지성을 사랑해. 내게는 모든 것이 귀하고 나는 당신보다 더 좋은 사람을 알지 못해.

하지만 들어 봐, 내가 무슨 말을 할지 알아? 당신이 내게 이렇게 소중하지 않다고 해도, 당신이 이 정도로 내 마음에 들지 않는다고 해도, 나는 내 냉담함의 슬픈 진실을 깨닫지 못하고 여전히 내가 당신을 사랑한다고 생각할지도 몰라. 사랑하지 않는다는 것이 얼마나 비참하고 파괴적인 징벌인지, 그것을 두려워하는 마음 하나 때문에 나는 무의식적으로 내가 당신을 사랑하지 않는다는 것을 이해하지 않으려고 피했을지도 몰라. 당신이나 나나 그걸 절대로 깨닫지 못했을지도 몰라. 사랑하지 않는다는 것은 거의 살인이나 마찬가지이기 때문에 나 자신의 심장이 그것을 내게 숨겼을지도 모르고, 어느 누구에게도 그런 충격을 가할 힘이 내게는 없었을지도 몰라.

아직 최종적으로 결정된 게 아무것도 없긴 하지만, 그래도 우리는 아마 파리로 갈 거야. 나는 당신이 어릴 때 가봤고, 아빠와 삼촌이 교육을 받은 먼 지역에 가게 될 거야. 아빠가 당신에게 안부를 전하네. 슈라는 많이 자라서 잘생기지는 않았지만 튼실하고 키가 큰 소년이 되었고, 당신 얘기만 나오면 언제나 달랠 길 없이 통곡을 해. 난 이제 더 이상 쓰지 못하겠어. 눈물이 나고 마음이 찢어질 것만 같아. 안녕. 이 끝나지 않는 이별과 시험, 불확실성, 당신의 그 길고도 어두운 여정에 성호를 그어 줄게. 아무 탓도 하지 않고, 아무 비난도 하지 않을게, 당신이 원하는 대로 살아, 당신만 좋으면 돼.

우리에게는 무섭고 너무나 숙명적이었던 우랄을 떠나기 바로 전에 난 라리사 표도로브나를 가까이 알고 지내게 됐어. 그녀에게 감사해, 그녀는 내가 힘들 때 내 곁을 한시도 떠나지 않았고, 출산할 때도 나를 도와주었어. 깊이 인정해야 할 것은 그녀가 좋은 사람이라는 거야. 사실과 다르게 말하고 싶지 않아. 그건 나하고는 전혀 맞지 않는 일이야. 나는 삶을 단순하게 만들고, 올바른 출구를 찾기 위해 세상에 태어났다면, 그녀는 삶을 복잡하게 만들고, 길에서 벗어나게 하기 위해 태어났어.

안녕, 이제 끝마쳐야겠어. 편지를 가지러 왔고, 이제 봉투에 넣어야 해. 오, 유라, 유라, 사랑하는 사람, 귀한 사람, 내 남편, 내 아이들의 아버지, 이게 도대체 무슨 일이야? 우리는 이제 더 이상 절대로 다시 볼 수 없을 거야. 마침내 나는 이 말을 써버렸어. 당신은 이 말의 의미를 명료하게 이해할 수 있어? 당신은 이해할 수 있어? 이해할 수 있냐고? 나를 재촉하네. 이건 나를 사형장에 데려가려고 온 것이나 마찬가지야. 유라! 유라!〉

유리 안드레예비치는 편지에서 눈물 한 방울 없는 멍한 눈을 들었다. 슬픔으로 인해 말라 버리고 고뇌로 황폐해진 그의 눈은 아무 데도 시선을 두지 못했다. 그는 주변의 아무것도 볼 수 없었고, 아무것도 의식할 수 없었다.

창밖으로 눈이 내리기 시작했다. 바람이 공기 중에 눈을 비스듬히 날렸고, 눈은 점점 더 빠르고 점점 더 세차게 내렸는데, 그렇게 해서 뭔가를 만회하려는 것만 같았다. 유리 안드레예비치는 자기 앞 창밖을 내다보았지만, 눈이 오는 게 아니라 토냐의 편지를 계속 읽고 있고, 마른 눈의 결정이 아니라 작고 검은 글자 사이로 작은 하얀 종이의 지면이 내달리며 어른거리고 있는 것만 같았다, 하얗고 하얀 조각들이 끝도 없이, 끝도 없이.

유리 안드레예비치는 자기도 모르게 신음 소리를 내며 가슴을 부여잡았다. 그는 정신을 잃을 것 같은 예감에 비틀거리는 걸음걸이로 소파로 걸어가 그대로 의식을 잃고 쓰러졌다.

제14부

다시 바리키노에서

1

한겨울이었다. 커다란 눈송이가 쏟아지고 있었다. 유리 안드레예비치는 병원에서 집으로 돌아왔다.

「코마롭스키가 왔어.」 그를 맞으러 나온 라라가 가라앉아 쉰 목소리로 그에게 말했다. 그들은 현관에 서 있었다. 그녀는 뭐에 한 대 얻어맞은 듯이 당황한 기색이 역력했다.

「어디로? 누구한테? 그 사람이 우리 집에 있다고?」

「물론 아니야. 아침에 왔었는데, 저녁에 오겠다고 했어. 그가 이제 곧 올 거야. 당신과 이야기를 나누고 싶어 해.」

「왜 온 거야?」

「나는 그 사람이 무슨 말을 하는지 이해를 못 하겠어. 그 사람 말이 극동으로 가는 길에 이곳에 들른 거래. 일부러 우회해서 우리를 보려고 유랴틴으로 돌아왔대. 주로 당신과 파샤를 위해서라던데. 당신 두 사람 얘기를 많이 했어. 당신, 파툴랴,[1]

[1] 파벨의 애칭이다.

나, 우리 세 사람 모두 치명적인 위험에 처해 있다고, 우리가 말을 잘 들으면 자기만이 우리를 구할 수 있다고 하던데.」

「나는 나갈게. 그 사람을 보고 싶지 않아.」

라라는 울음을 터뜨리면서 의사 앞에 무릎을 꿇고 그의 다리를 그러안고는 머리를 묻으려고 했지만, 그가 그녀를 억지로 붙잡아 그러지 못하게 막았다.

「나를 위해 남아 줘, 제발 부탁이야. 나는 그 사람을 대면하는 게 결코 두렵지는 않아. 하지만 그건 괴로운 일이야. 그자와 단둘이 만나는 것만큼은 피할 수 있게 해 줘. 더구나 그자는 처세술과 실무에 능한 사람이야. 어쩌면 정말로 뭔가를 조언해 줄 수 있을지도 몰라. 당신이 그자에게 혐오감을 느끼는 건 당연해. 하지만 제발 부탁이야. 마음을 다스려 봐. 옆에 있어 줘.」

「왜 그래, 당신? 진정해. 무슨 짓을 하는 거야? 무릎을 꿇지 마. 일어나. 기분을 풀라고. 당신을 쫓아다니는 유혹을 쫓아내라고. 그자는 당신을 평생토록 겁에 질리게 만들었군. 내가 당신과 함께 있잖아. 만일 필요하다면, 당신이 내게 명령만 하면 내가 그자를 죽여 버릴게.」

30분 후 저녁이 되었다. 날이 완전히 어두워졌다. 그들은 반년 사이에 바닥 여기저기에 있는 구멍을 모조리 막아 놓았다. 유리 안드레예비치는 새로운 구멍이 생기는 것을 살피며 제때에 그것을 틀어막고 있었다. 그들은 꼼짝도 하지 않고 수수께끼 같은 상념에 젖어 시간을 보내는 털 많은 거대한 고양이를 아파트에서 기르고 있었다. 쥐들은 집에서 나가지는 않았지만 훨씬 조심스러워졌다.

코마롭스키를 기다리는 동안 라리사 표도로브나는 배급받은 검은 빵을 잘랐고, 몇 개의 삶은 감자가 담긴 접시를 식탁 위에 놓았다. 그들은 옛 주인이 예전에 사용했던 식당이 그대로 남아 있어 그곳에서 손님을 맞이할 생각이었다. 식당에는 거대한 크기의 참나무 식탁과 똑같이 짙은 색 참나무로 만든 크고 무거운 찬장이 놓여 있었다. 심지가 드리워진 작은 유리병 속에서 피마자기름이 타고 있었는데, 그것은 의사의 휴대용 작은 등잔이었다.

코마롭스키는 거리에서 쏟아지는 눈을 온통 하얗게 뒤집어쓴 채 12월의 어둠으로부터 걸어 들어왔다. 눈이 그의 모피 외투, 모자, 덧신에서 떨어져 바닥에 웅덩이를 이루며 층층이 녹아내렸다. 코마롭스키는 예전에는 면도를 하던 콧수염과 구레나룻을 지금은 기르고 있었는데, 들러붙은 눈 때문에 젖은 콧수염과 구레나룻이 꼭 광대들이나 익살꾼이 기르는 수염 같았다. 그는 잘 관리된 신사복 윗도리에 주름 잡힌 줄무늬 바지를 입고 있었다. 인사를 나누고 뭔가를 말하기 전에 그는 작은 머리빗을 꺼내어 오랫동안 젖어서 엉클어진 머리카락을 빗고 손수건으로 젖은 콧수염과 눈썹을 닦았다. 그 후 그는 의미심장한 표정으로 말없이 동시에 두 손을, 왼손은 라리사 표도로브나에게, 오른손은 유리 안드레예비치에게 내밀었다.

「우리 서로 아는 사이라고 해도 되겠지요.」그가 유리 안드레예비치에게 말했다. 「나는 선친을 아주 잘 알고 지냈습니다. 선생도 아실 겁니다. 내 품에서 숨을 거두셨지요. 선생을 찬찬히 살펴보면서 닮은 데를 찾고 있습니다. 아니, 아버지를 닮지는 않으셨어요. 성품이 활달하셨지요. 성미가 급하고 저돌적이셨어요. 외모로 보았을 때 외탁을 하셨군요. 성품이 여성처럼 부드러운 분이셨지요. 몽상가였고요.」

「라리사 표도로브나가 당신 말을 들어 달라고 부탁했습니다. 제게 무슨 볼일이 있다고 하던데요. 그 부탁 때문에 양보를 한 겁니다. 우리의 대화 자리는 억지로 만들어진 겁니다. 제가 원해서 당신과 알음알이가 되려고 노력하는 일은 없었을 겁니다. 우리가 인사를 나눈 적이 있다고 생각하지도 않고요. 그러니 본론으로 들어가시죠. 무슨 일이신가요?」

「안녕하시오, 친구들. 모든 것을, 확실히 모든 것을 속속들이 간파하고 있고, 완전히 이해하고 있소이다. 무례함을 용서하시고, 하여간 두 사람은 서로 무서울 정도로 닮았군요. 최상으로 잘 어울리는 한 쌍이오.」

「잠시 말씀을 끊어야겠습니다. 아무 관련 없는 문제에는 개입하지 말아 주시고요. 선생의 연민을 구하고 있지는 않으니까요. 분수를 모르시는군요.」

「그렇게 금방 발끈하지 마시오, 젊은 양반. 아니야, 아버지를 더 많이 닮으신 것 같군. 똑같이 성격이 불같으셨지. 자, 두 사람이 허락한다면 축하를 드리오, 내 어린 친구들. 하지만 안타깝게도 두 사람은 말뿐만이 아니라 진실로 아무것도 모르고, 아무 생각도 없는 아이들이나 다름없소. 이곳에 단 이틀 있었을 뿐인데, 두 사람이 스스로 생각하는 것보다 두 사람에 대해 더 많이 알게 되었소. 지금 낭떠러지 끝을 걷는 중이라는 것도 모르지 않소. 위험을 어떻게든 미연에 방지하지 않으면 두 사람은 자유는커녕 생명마저 잃을 수도 있소.

일종의 공산주의 스타일이라는 것이 있단 말이오. 그 스타일을 맞출 수 있는 사람은 많지 않소. 하지만 유리 안드레예비치, 아무도 선생만큼 이런 삶과 사고방식을 그렇게 분명히 위반하는 사람이 없단 말이오. 왜 긁어 부스럼을 만드는지 이해할 수가 없소. 선생은 이 세계에 던지는 조롱이오, 모욕이란 말이오. 이게 선생의 비밀이라면 얼마나 좋겠소. 그런데 이곳에는 모스크바 출신의 영향력 있는 사람들이 있단 말이오. 그 사람들은 선생의 마음을 속속들이 알고 있단 말이지. 두 사람 모두 이곳 테미스[2] 사제의 구미에 끔찍하도록 맞지 않소. 안티포프와 티베르진 동지는 라리사 표도로브나와 두 사람에 대해 이를 갈고 있소.

선생은 남자요, 아니면 뭐라고 부르든 자유로운 카자크란 말이오. 미치광이 짓을 하고, 자기 생명을 갖고 노는 건 선생의 신성한 권리요. 그러나 라리사 표도로브나는 자유롭지 못한 사람이오. 이 사람은 엄마란 말이오. 이 사람 손에 아이의 생명, 아이의 운명이 맡겨져 있단 말이오. 라리사 표도로브나는 공상에 잠기고 구름을 타고 다닐 처지가 아니란 말이오.

나는 이곳 상황에 좀 더 심각하게 대처해야 한다고 라리사 표도로브나를 설득하느라 아침나절을 다 보냈소. 라리사 표

---

2 그리스 신화에 나오는 법과 정의의 여신이다. 제우스의 두 번째 부인으로 눈을 천으로 가린 채 손에 저울과 검을 들고 있다.

도로브나는 내 말을 듣고 싶어 하지 않소. 선생의 권위를 이용해서 라리사 표도로브나에게 영향력을 행사해 주시오. 라리사 표도로브나는 카텐카의 안전을 가지고 함부로 행동할 권리가 없소, 그러니 내 의견을 무시하면 안 돼요.」

「전 살면서 한 번도 그 누구도 설득하거나 강요한 적이 없습니다. 특히 가까운 사람들은요. 댁의 말을 듣건 말건 그건 라리사 표도로브나의 자유입니다. 그건 그 사람의 일이지요. 더구나 저는 무슨 말인지 전혀 모르겠습니다. 댁의 의견이라고 칭하는 것도 저는 전혀 모르겠고요.」

「아니, 선생은 점점 더 선친을 기억나게 하는군요. 마찬가지로 완고했지요. 그럼 중요한 문제로 넘어갑시다. 하지만 이건 상당히 복잡한 문제니 인내심을 발휘해 주시오. 들으면서 내 말을 막지 마시고.

위쪽에서 거대한 변화를 준비하고 있소. 아니, 아니, 아주 믿을 만한 출처에서 들은 말이니 의심할 것은 없소이다. 보다 민주주의적인 궤도로 이행해서 보편적인 법질서에 양보할 고려를 하고 있는데, 이제 조만간 그런 일이 일어날 예정이오.

그러나 바로 그 결과로 폐지될 예정이던 징벌 기관들이 막바지에 더 사납게 날뛰고 자신의 지역에서 더 서둘러 셈을 치를 작정이오. 유리 안드레예비치, 선생이 제거될 차례요. 선생의 이름이 명부에 있소이다. 내가 농담으로 하는 말이 아니오, 내가 직접 봤으니 나를 믿어도 돼요. 늦기 전에 피할 길을 생각해 보시오.

하지만 이것도 서론에 불과하오. 보다 본질적인 문제로 넘어가겠소.

연해주, 전복된 임시 정부와 해산당한 제헌 의회에 여전히 충성하는 정치 세력들이 태평양 연안에서 결집하고 있소이다. 두마 의원, 사회 활동가, 예전 지방 자치 인사들 중 가장 유력한 사람, 사업가, 기업주 등이 모여들고 있소. 의용군 장군들도 이곳에서 자기 군대의 잔존 병력을 집결시키고 있소.

소비에트 권력은 극동 공화국의 출현에 대해 손금 보듯 잘 알고 있소이다. 변방에서 이런 조직의 존재는 붉은 시베리아와 외부 세계 사이에 완충 지대로서 이 권력에 유리하지요. 공화국 정부는 혼합된 구성일 거요. 각료 절반 이상을 모스크바 출신의 공산주의자에게 내주었는데, 이들의 도움으로 편할 때 쿠데타를 일으켜서 공화국을 손에 넣을 거요. 의도가 아주 뻔한데, 문제는 오직 하나, 남은 시간을 어떻게 이용할 수 있느냐에 있소.[3]

나는 언젠가 혁명 전에 블라디보스토크에서 아르하로프 형제들, 메르쿨로프, 그 밖의 다른 상인들과 은행가들 집안의 일을 봐준 적이 있소. 그곳에서 나를 알고 있단 말이오. 구성되고 있는 정부의 비밀 특사가 반은 극비리에, 반은 소비에트의 공식적인 묵인하에 내게 극동 정부의 법무장관을 해달라고 초청해 왔소. 내가 동의했고, 지금 그곳으로 가는 길이오.

3 연해주 지역 혹은 프리모르스키 지역은 중국, 북한과 동해에 면하고 있는 러시아의 최남단 지역이다. 그 연해주의 주도가 블라디보스토크이다. 카펠 군대의 잔당과 다른 백군 무리가 그곳에서 〈연안 임시 정부〉로 알려진 정부를 세웠고, 이 정부는 1921년 5월부터 1922년 10월까지 존속한다. 적군이 1922년 10월에 블라디보스토크를 점령하여 내전을 효과적으로 종식시킨다.

방금 말했듯이, 이 모든 일은 소비에트 권력이 알고 말없이 묵인하는 가운데 일어나고 있는 거외다. 하지만 드러내 놓고 진행되는 것이 아니니, 이 일을 떠벌릴 필요는 없소.

내가 선생과 라리사 표도로브나를 데리고 갈 수 있소이다. 선생은 거기서 바다를 거쳐 쉽게 가족에게 갈 수 있소. 물론 선생은 그들이 벌써 추방당했다는 것을 알고 계실 거요. 큰 사건으로 전 모스크바가 이 소식으로 떠들썩했소. 나는 라리사 표도로브나에게 파벨 파블로비치의 목 위에 걸려 있는 칼도 거둬 주겠다고 약속했소. 나는 독립적이고 공인된 정부의 각료 자격으로 동시베리아에서 스트렐니코프를 찾고 있고, 그 사람을 우리 자치 지역으로 데려갈 수 있도록 도울 거요. 만일 그 사람이 도주하는 데 실패한다면, 연합군이 억류하고 있고 모스크바 중앙 권력에 가치가 있는 인사와 그를 교환하자고 제안할 거요.」

라리사 표도로브나는 대화의 내용을 어렵사리 따라가다가, 그 의미를 자주 놓치곤 했다. 그러나 의사와 스트렐니코프의 안전과 관련하여 코마롭스키가 끝에 하는 말을 듣고, 그녀는 생각에 잠겨 무심한 상태에서 벗어나 긴장한 채 얼굴을 약간 붉히며 끼어들었다.

「알겠어, 유로치카, 이 계획이 당신과 파샤와 관련해서 얼마나 중요한지 이해하겠어?」

「이봐, 당신은 지나치게 순진해. 이제 막 계획된 것을 다 이루어진 것으로 받아들이면 안 되지. 빅토르 이폴리토비치가 의식적으로 우리를 속이고 있다고는 말하지 않겠어. 하지만 굉장히 의심스러워! 빅토르 이폴리토비치, 이제 제 입장에서 몇 말씀 드리겠습니다. 일단 제 운명에 관심을 가져 주시니 감사합니다. 하지만 정말로 제가 제 운명을 좌지우지하도록 선생에게 맡기리라고 생각하신 겁니까? 스트렐니코프에 대해 선생이 염려해 주시는 것에 관해서는 라라가 생각해 봐야겠지요.」

「질문이 왜 그런 거야? 우리가 저 사람이 제안한 대로 저 사람과 함께 갈 것이냐, 말 것이냐의 문제잖아. 당신 없이는 나도 가지 않으리라는 것은 당신이 더 잘 알고 있을 테고.」

코마롭스키는 유리 안드레예비치가 외래 환자 진료실에서 가져와 식탁에 내놓은 희석된 알코올에 손을 자주 대며 감자를 씹었다. 그는 점점 더 취해 갔다.

2

벌써 늦은 시간이었다. 이따금 검댕이 떨어지면 등잔의 심지가 뿌지직 소리를 내며 더 확 타올라 방을 선명하게 비추었다. 그 후에는 다시 모든 것이 어둠 속에 가라앉았다. 주인들은 자고 싶었고, 단둘이 이야기도 해야 했다. 그러나 코마롭스키는 여전히 떠나지 않았다. 무거운 찬장의 모습이 숨이 막히고, 창밖의 얼어붙은 12월의 어두움이 위압감을 주듯이 그의 존재가 그들을 괴롭혔다.

그는 그들이 아니라 그들 머리 위의 어딘가를 바라보며 취해서 동그래진 눈을 먼 한 지점에 고정시키고, 졸면서 꼬인 혀로 지루하고 똑같은 이야기를 하염없이 지껄이고 또 지껄이고 있었다. 지금 그가 즐겨 말하는 화제는 극동이었다. 그는 라라와 의사에게 몽골의 정치적인 의미에 대한 자신의 생각을 개진하며, 그 이야기를 끊임없이 되새김질하고 있었다.

유리 안드레예비치와 라리사 표도로브나는 어쩌다가 그가 몽골에 대한 이야기까지 하게 되었는지 따라잡지를 못했다. 어쩌다가 그 이야기로 튀었는지를 놓쳤기 때문에 전혀 상관없이 되어 버린 주제가 주는 지루함은 더 배가되었다.

코마롭스키가 말했다.

「시베리아, 이건 이른바 진실로 새로운 아메리카이고, 자기 속에 가장 풍부한 가능성을 숨기고 있소이다. 이건 위대한 러시아 미래의 요람이자 우리 나라의 민주화와 번영, 정치적 건강 회복의 보증이오. 극동의 위대한 우리의 이웃인 몽골, 외몽골은 더 많은 매혹적인 가능성을 가지고 있소. 몽골에 대해 아시오? 두 사람은 부끄럼 없이 하품을 하고 무신경하게 눈을 껌뻑이고 있지만, 몽골은 면적이 150만 제곱킬로미터 이상이고, 헤아릴 수 없이 많은 지하자원이 있는 유사 이전의 순수 상태를 그대로 간직하고 있는 곳이오. 이 땅을 향해 중국, 일본, 미국이 탐욕스러운 손을 뻗고 있소. 먼 지구의 한구석에서 주도권이 분할되면 모든 경쟁자들이 인정하는 우리 러시아의 이해관계에 손실이 되는 거요.

중국은 라마교[4]와 몽골의 고승에게 영향력을 미치며 몽골

4 티베트의 불교이다. 종교적 지도자를 라마라고 부른다.

의 봉건적 신권 정치의 낙후성에서 이득을 뽑아내고 있소이다. 일본은 농노제 옹호자들인 그곳의 공후들, 몽골 말로 호슌[5]들에 기대고 있고, 붉은 공산주의 러시아는 함질스, 다른 말로 몽골의 봉기 유목민 혁명 연합을 동맹으로 보고 있소. 나로 말할 것 같으면 나는 자유롭게 선출된 쿠릴타이[6]의 통치하에서 몽골이 번영하는 것을 보고 싶소이다. 다음과 같은 일이 개인적으로 우리에게 일어나야만 하오. 몽골 국경선을 한 걸음 벗어나면 두 사람의 발 앞에 세계가 놓여 있고, 두 사람은 자유로운 새가 될 거요.」

그들과 아무 관련도 없는 진저리 나는 주제를 쓸데없이 주절주절 늘어놓는 바람에 라리사 표도로브나는 화가 나고 말았다. 지칠 정도로 오래 머문 탓에 지겨움이 극에 달한 그녀는 작별 인사를 하기 위해 확실히 코마롭스키에게 손을 내밀며, 넌지시 말할 것도 없이 불쾌감을 숨기지 않고 말했다.

「늦었어요. 이제 갈 시간이에요. 전 자고 싶어요.」

「이렇게 손님을 박대하지 않았으면 좋겠는데, 나를 이런 시간에 문밖으로 내치지는 마시오. 이 밤에 불도 밝히지 않은 낯선 도시에서 길을 찾을 수나 있을지 확신이 서지 않는데.」

「조금 더 일찍 그 생각을 하고 오래 앉아 있지 말았어야죠. 아무도 붙잡은 사람 없어요.」

「오, 왜 나한테 그렇게 날카롭게 구는 거요? 이곳 어디든 머물 곳이 있긴 하냐고 묻지도 않았잖소?」

5 내몽골 자치 지역의 행정 및 영토 단위이다.
6 혁명 이전 몽골의 의회이다.

「전혀 궁금하지 않으니까. 변명하지 말고요. 재워 달라고 고집을 부린다 해도 우리가 카텐카와 함께 자는 방에는 들일 수 없어요. 나머지 방에 있는 쥐는 나도 어떻게 할 수 없고요.」

「난 쥐를 무서워하지 않아요.」

「그럼, 알아서 하세요.」

3

「무슨 일이야, 내 천사? 벌써 며칠 밤이나 잠도 자지 못하고 식탁 앞에 앉아서 음식에 손도 대지 않고, 하루 종일 실성한 여자처럼 오가고 있으니. 계속 생각하고, 또 생각하는군. 뭐가 그렇게 괴로운 거야? 불안한 생각에 그렇게 몰두할 필요 없어.」

「병원에서 수위 이조트가 또 왔었어. 그 사람은 이 건물 세탁부와 사귀고 있는 모양이야. 지나다가 잠깐 들러서는 위로해 주던데. 그 사람 말이 무서운 비밀이 있다는 거야. 바깥양반이 어두운 일을 피할 수 없다고. 그렇게 가만히 있다가는 오늘이나 내일이라도 감옥에 가둘 거라고. 뒤이어 불운한 당신도 그럴 거라고. 내가 어디서 그걸 알았느냐고 물었지. 그 사람 말이, 안심하라고, 자기 말을 믿으라고 하던데. 폴칸[7]에서 들었다고. 당신도 짐작할 수 있겠지만, 폴칸이라는 말은 이스폴콤[8]을 일컬을 거야.」

7 반은 인간, 반은 말인 생물로 엄청난 힘과 속력을 가졌다.

라리사 표도로브나와 의사는 웃음을 터뜨렸다.

「그 사람 말이 맞아. 위험이 커질 대로 커져서 이미 문턱까지 이르렀군. 서둘러 도망가야겠어. 문제는 어디로 가느냐는 건데. 모스크바로 떠나는 건 생각해 볼 필요도 없어. 그건 지나치게 큰 여행 준비라 사람들의 눈에 띌 거야. 아무도 아무것도 보지 못하게 조용히 처리해야 하는데. 이건 어때, 내 사랑? 당신 생각을 실행해 보자고. 당분간 우리는 땅속으로 꺼져 있어야 하잖아. 바리키노를 그 장소로 하자고. 그곳으로 두 주나 한 달 정도 떠나 있자고.」

「고마워, 고마워. 얼마나 기쁜지 몰라. 당신 마음속에서 이 결정이 분명 내키지 않았으리라는 것을 잘 알아. 하지만 당신 집 얘기를 하는 게 아니야. 그 집에 산다는 건 당신에게는 정말로 못 할 짓이야. 텅 빈 방의 모습을 보고 비난하고 비교하고. 내가 어찌 이해하지 못할까? 다른 사람의 고통 위에 행복을 세운다는 거, 마음에 소중하고 성스러운 것을 짓밟는다는 거. 난 당신의 그런 희생을 절대로 받아들일 생각이 없어. 하지만 그것도 문제가 아니야. 당신 집은 너무 많이 파괴되어서 살 수 있는 상태로 만든다는 것이 거의 불가능해. 나는 오히려 버려진 미쿨리친의 집을 염두에 두고 있어.」

「모두 사실이야. 세심하게 배려해 줘서 고마워. 하지만 잠깐만. 계속 묻고 싶은 게 있었는데 자꾸 잊어버리는군. 코마롭스키는 어디 있는 거지? 아직 여기 있는 거야, 아니면 떠난 거야? 나와 그 사람이 다투고, 내가 그 사람을 계단에서 밀쳐

8 러시아어로 〈집행 위원회〉라는 뜻의 준말이다.

낸 후, 그 사람에 대한 이야기는 더 이상 들은 게 없네.」

「나 역시 아무것도 몰라. 내버려 둬. 그 사람이 당신하고 무슨 상관이야?」

「나는 계속 이런 생각을 더 많이 하게 돼. 그 사람의 제안을 다양하게 생각해 볼 필요가 있어. 우리는 같은 상황이 아니야. 당신은 딸을 돌봐야 해. 설사 당신이 나와 파멸의 길을 가고 싶다고 할지라도 당신 자신에게는 그걸 허락할 권리가 없어.

어쨌든 바리키노로 가자. 물론 엄동설한에 아민 상대로 변해 버린 벽지에 식료품도, 힘도, 희망도 없이 찾아든다는 건 미친 짓 중에서도 미친 짓이겠지. 하지만 미친 짓 말고 우리에게 남은 것이 아무것도 없다면 그 미친 짓을 하자. 다시 한번 바닥으로 떨어져 보는 거야. 안핌에게서 말을 빌려 보자고. 그 사람, 혹은 그 사람이 아니더라도 그 사람이 지휘하는 투기꾼한테 어떤 믿음으로도 정당화되지 않는 빚으로 밀가루와 감자를 달라고 부탁해 보자. 우리에게 베푼 은혜를 보상받으려고 금방 오지 말고, 말이 꼭 필요할 막판에 오라고 그 사람을 설득해 보자. 우리끼리만 있어 보자. 가자, 내 사랑. 양심적으로 살림을 하면 1년은 쓸 수 있는 땔감을 가져와서 일주일 안에 한번 다 태워 보자.

내가 또 이러는군. 내 말이 불쑥불쑥 혼란스러워지는 걸 용서해. 이런 바보 같은 격정을 보이지 않고 당신과 얼마나 얘기하고 싶은지 몰라! 하지만 우리에게는 정말 선택의 여지가 없어. 뭐라고 칭하든, 진짜 파멸이 우리의 문을 두드리고 있으니. 다만 얼마 남지 않은 날이 우리 손에 달린 거지. 그 시간들을 우리 식으로 이용하자고. 생을 배웅하고 이별하기 전의 마지막 만남에 그날들을 쓰자고. 우리에게 소중한 모든 것, 우리에게 익숙한 개념들, 우리가 꿈꾼 삶의 방식, 양심이 우리에게 가르쳤던 것과 작별 인사를 하자고, 희망과도 작별 인사를 하고, 서로에게 작별 인사를 하자고. 다시 한번 우리 서로에게 새롭고 비밀스러운 말을, 아시아의 대양 명칭처럼 위대하고 조용한 말을 해주자고. 전쟁과 봉기 가득한 하늘 아래 당신이 내 삶의 끝자락에 서 있는 데는 이유가 있어, 내 비밀스러운 금단의 천사, 당신은 언젠가 평화로운 어린 시절의 하늘 아래 내 삶이 시작될 때도 내 옆에 있었지.

당신은 그날 밤 호텔방 칸막이 뒤의 어스름 속에서 커피색 교복을 입고 졸업을 앞둔 김나지움 졸업반 학생으로 지금과 똑같은 모습으로 있었고, 눈이 부실 정도로 아름다웠어.

그때 당신이 내 속에 불러일으킨 그 매혹의 빛을, 점차로 희미해져 가는 그 빛과 스러져 가는 그 소리를 나중에 나는 얼마나 자주 규정하고 그것에 이름을 붙여 보려고 했는지 몰라. 그 이후로 그 소리와 빛은 내 전 존재로 퍼져서 당신 덕분에 세상의 나머지 모든 것에 파고들 수 있는 열쇠가 되었지.

교복을 입은 당신이 호텔방의 깊은 구석 어둠에서 그림자처럼 튀어나왔을 때, 소년이었던 나는 당신에 대해 아무것도 몰랐지만, 당신에게 영향을 주는 고통의 힘을 모두 이해할 수 있었어. 비실비실하고 비쩍 마른 소녀는 세상에서 생각할 수 있는 모든 여성성으로 전류처럼 극도로 충만하게 채워져 있었어. 만일 소녀에게 다가가거나 손가락으로 소녀를 만지면 불꽃이 방 안을 밝혀 그 자리에서 누군가를 죽이거나, 자석처럼 빨아들이는 애착과 슬픔으로 평생토록 충전시킬 것만 같았지. 나는 주체할 수 없는 눈물로 온몸이 채워졌고, 내적으로 온통 빛을 발하며 눈물을 흘렸어. 나는 소년인 나 자신이 죽도록 불쌍했어, 그 이상으로 소녀인 당신이 가여웠지. 내 전 존재가 놀라며 물었어. 만일 사랑하는 것이, 전기를 빨아들인다는 것이 이토록 아프다면, 아마도 여성이 된다는 것, 전기가 되어 사랑을 불러일으킨다는 것은 더 아픈 일일 게다.

자, 이제 마침내 이 말을 하고야 말았군. 이러다가 난 미쳐 버릴지도 몰라. 내 전 존재가 이것 안에 있어.」

라리사 표도로브나는 몸이 불편한 것을 느끼며 옷을 입은 채로 침대 끝에 누워 있었다. 그녀는 몸을 웅크리며 숄을 덮었다. 유리 안드레예비치는 그 옆 의자에 앉아 아주 조용히 띄엄띄엄 말하고 있었다. 라리사 표도로브나는 팔꿈치에 기대어 일어나 손바닥을 턱에 괴고 입을 벌린 채 유리 안드레예비치를 바라보았다. 그녀는 이따금 그의 어깨에 몸을 바짝 붙이고, 눈물이 흐르는 것을 알아채지 못한 채 행복에 겨워 조용히 흐느껴 울었다. 마침내 그녀는 그에게 몸을 뻗어 침대의 가장자리 밖으로 내밀며 기쁜 목소리로 속삭였다.

「유로치카! 유로치카! 당신은 얼마나 똑똑한지. 당신은 모든 걸 알고, 모든 걸 짐작하는구나. 유로치카, 당신은 나의 요새이고 피난처이고, 나의 반석이야,[9] 주께서 나의 신성 모독

---

9 『구약 성경』, 「시편」의 여러 편에서 여호와를 향한 다윗의 고백에 반복되는 구절이다.

을 용서하시기를. 오, 얼마나 행복한지 몰라! 가자, 가자고, 귀한 사람. 그곳에 가서 내가 걱정하는 것을 얘기해 줄게.」

그는 그녀가, 어쩌면 아닐 수도 있지만, 임신한 것 같다는 가정을 넌지시 내비치는 게 아닐까 싶어서 이렇게 말했다.

「알고 있어.」

4

그들은 회색빛 겨울 아침에 도시를 떠났다. 그날은 평일이었다. 사람들은 자신의 일을 보러 거리를 돌아다니고 있었다. 그들은 지인과 자주 마주쳤다. 울퉁불퉁한 십자로 위 급수탑 옆에는 우물이 없는 주민들이 물통과 멜대를 옆에 치워 놓고 물 받을 순서를 기다리며 대오를 지어 서 있었다. 의사는 몰고 있는 삼데뱌토프의 털이 곱실곱실하고 누리끼리한 회색 뱌트카종 조랑말이 앞으로 돌진하려는 것을 제어하면서, 무리 지어 서 있는 여인들을 조심스럽게 우회했다. 전속력으로 달리는 썰매는 물이 넘쳐 얼어붙은 포장도로에서 비스듬히 미끄러지며 썰매의 가장자리를 가로등과 받침다리에 부딪치면서 인도로 올라서곤 했다.

그들은 전속력으로 거리를 걷고 있는 삼데뱌토프를 따라잡았지만, 그 옆을 질주해 지나가면서도 그가 그들과 자기 말을 알아보았는지 아닌지, 쫓아오면서 뭔가 소리를 지르는지 아닌지 확인하기 위해 뒤도 돌아보지 않았다. 다른 장소에서는 마찬가지로 인사도 하지 않고 코마롭스키를 제치면서 겸사겸사 그가 아직 유랴틴에 있다는 것만 확인했다.

글라피라 툰체바는 반대편 인도에서 거리를 가로질러 큰 소리로 외쳤다.

「어제 떠났다고들 하던데요. 이러니 참 사람들의 말은 믿을 게 못 돼요. 감자 캐러 가요?」 그녀는 대답이 들리지 않는다고 손짓으로 표시하고 썰매 뒤에다 대고 손으로 작별 인사를 했다.

그들은 시마를 보고 가파른 언덕, 멈추기 어려운 불편한 장소에서 속도를 늦추어 보려고 했다. 말은 그렇지 않아도 고삐를 바짝 당겨 제어해야만 했다. 시마는 위에서 아래까지 두세 장의 숄을 두르고 있어서 꼭 얼어붙은 둥근 장작개비 같았다. 그녀는 똑바르고 꼿꼿한 발걸음으로 포장도로의 중간까지 썰매를 향해 다가와 작별 인사를 하며 그들이 잘 도착하기를 기원해 주었다.

「돌아오시면 드릴 말씀이 있어요, 유리 안드레예비치.」

마침내 그들은 도시를 빠져나왔다. 유리 안드레예비치는 겨울에도 이 길을 다녀 봤지만, 주로 여름의 모습으로 기억했으므로 지금은 잘 알아볼 수가 없었다.

식료품이 있는 자루와 나머지 짐은 건초 깊숙이, 썰매 앞쪽 휜 부분 아래에 쑤셔 넣어 단단하게 끈으로 매어 두었다. 유리 안드레예비치는 흔들리는 폭이 넓고 낮은 썰매, 지역말로 코숍카라는 썰매의 바닥에 무릎을 꿇거나 적재함 가장자리에 비스듬히 앉은 채 삼데뱌토프가 준 부츠를 신은 다리를 바깥으로 내놓고 말을 몰았다.

정오가 지나 해가 지기 전까지 한참 남았는데도 낮이 끝나가는 것 같은 겨울의 미혹 때문에 유리 안드레예비치는 무자비하게 사브라스카를 채찍질했다. 사브라스카는 쏜살같이 달렸다. 썰매는 이리저리 뻗은 고르지 못한 길을 따라 배처럼 위아래로 오르락내리락하며 질주했다. 카탸와 라라는 움직일 수 없을 정도로 두꺼운 털외투를 입고 있었다. 썰매가 옆으로 비스듬히 기울어지고 오르락내리락할 때마다 그들은 날카롭게 비명을 질렀고, 썰매의 한끝에서 다른 쪽 끝으로 구르고 둔중한 짚단처럼 건초 더미에 얼굴을 묻으며 허리가 끊어질 정도로 웃음을 터뜨렸다. 의사는 때론 일부러 웃으라고 썰매를 옆으로 돌려 아무 해도 주지 않으면서 라라와 카탸를 눈에 넘어지게 하곤 했다. 그리고 그 자신도 고삐를 잡고 길을 따라 몇 걸음 걸어가 사브라스카를 멈추게 하고는, 썰매 두 개의 활을 똑바로 해 세웠고, 몸을 덜덜 떨며 썰매에 앉아 웃으면서 화내는 라라와 카탸의 질책을 들어 주었다.

「파르티잔들이 나를 납치한 장소를 보여 줄게.」 도시에서 충분히 벗어났을 때 의사는 그들에게 이렇게 약속했지만, 그 약속을 지킬 수 없었다. 왜냐하면 겨울에 헐벗은 숲, 죽은 듯한 평온함과 주변의 황폐함이 지역을 알아볼 수 없을 정도로 바꾸어 놓았기 때문이다. 「저기다!」 그는 얼마 안 있어 들판에 서 있는 첫 번째 모로와 베트친킨 가두 광고판을 그가 납치된 숲속의 두 번째 광고판으로 잘못 알고 이렇게 외쳤다. 사크마 네거리 옆의 밀림에서 예전 장소에 그대로 남아 있던 두 번째 광고판을 지날 때는, 짙은 격자 모양의 성에가 은빛과 검은빛으로 숲을 정교하게 나누며 눈을 어른거리게 했기 때문에 기둥을 잘 식별할 수 없었다. 그들은 기둥도 알아채지 못했다.

그들은 해가 저물기 전에 바리키노에 들어갔고, 길에서 볼 때 미쿨리친의 집보다 더 가까이에 있는 첫 번째 집인 지바고의 옛집 옆에 서게 되었다. 그들은 도둑처럼 서둘러 집 안으로 난입했다. 곧 어두워질 세 뻔했다. 내부는 이미 어두웠다. 서두르는 바람에 유리 안드레예비치는 파괴되어 흉측한 몰골로 변한 집의 절반을 제대로 알아볼 수 없었다. 낯익은 가구의 일부는 온전했다. 텅 빈 바리키노에는 이미 시작된 파손을 막판까지 마무리해 줄 사람이 없었던 것이다. 유리 안드레예비치는 집안 식구의 소유물을 조금도 찾을 수 없었다. 그러나 가족이 떠날 때 없었기 때문에 그들이 무엇을 가지고 갔는지, 무엇을 남겼는지, 그는 전혀 알 수 없었다. 그러는 사이에 라라가 이렇게 말했다.

「서둘러야 해. 곧 밤이 될 거야. 깊이 생각할 시간이 없어. 만일 여기에 자리를 잡을 거면 말은 헛간에, 식료품은 현관방에 넣고, 우리는 이쪽 이 방으로 들어가야 해. 하지만 나는 이런 결정에 반대야. 우리는 충분히 이야기했어. 당신 마음이 힘들 거고, 그러면 나도 마찬가지라는 이야기야. 여기는 뭐하던 곳이지, 침실? 아니군, 아이 방이구나. 당신 아들 침대네. 카탸가 쓰기에는 크기가 작아. 다른 한편으로는 창문이 온전하고, 벽과 천장에 균열이 없네. 더구나 정말 훌륭한 벽난로도 있고, 지난번에 왔을 때도 이 벽난로에 정말 감격했었어. 만일 당신이 고집을 부린다면, 여기 있도록 하자. 나는 반대이지만, 그래도 외투를 벗어젖히고 곧바로 일에 착수할게. 제일 먼저 할 일은 불을 때는 거야. 불을 때고 때고 또 때야 해. 주야로 불이 꺼지지 않도록 계속해서. 그런데 당신 왜 그러는 거야. 아무 대답도 하지 않네.」

「알았어. 괜찮아. 미안. 아니야, 미쿨리친의 집을 살펴보는 게 더 낫겠어.」

그들은 썰매를 더 몰고 갔다.

5

미쿨리친의 집은 문의 빗장에 자물쇠가 잠겨 있었다. 유리 안드레예비치는 오래 끙끙거린 끝에 남아 있던, 벗겨진 목재 나사못 자물쇠에서 자물통을 끊어 냈다. 이전 집에서와 마찬가지로 그들은 옷도 벗지 않고 서둘러 안으로 난입해 모피 외투와 모자와 펠트 장화를 신고 방 깊숙이까지 들어갔다.

집 안의 몇 군데, 예를 들면 아베르키 스테파노비치의 서재 물건에 아직 질서의 흔적이 남아 있는 것이 눈에 띄었다. 아주 얼마 전까지 이곳에 누군가가 살았던 것 같았다. 하지만 그가 누구일까? 만일 주인이거나 그들 중 누군가라면 그들은 어디로 갔으며, 왜 바깥문이 문을 파서 만든 자물쇠가 아니라 매달아 놓는 자물쇠로 잠겨 있단 말인가? 더구나 주인이 그렇게 했고, 오랫동안 지속적으로 이곳에 살았다면, 집은 일부만이 아니라 온 집안이 깨끗하게 치워져 있었을 것이다. 뭔가가 이것은 미쿨리친 집안 사람들이 한 일이 아니라는 것을 집안에 뛰어든 사람들에게 말해 주었다. 그렇다면 과연 누가 이렇게 했을까? 이 알 수 없음이 라라와 의사의 마음을 불편하게 만들지는 않았다. 그들은 이 문제와 오랫동안 씨름하지 않았다. 현재 살림의 절반을 도둑맞고 버려진 집이 한둘이겠는가? 쫓겨서 몸을 숨긴 사람이 한둘이겠는가? 「누구인지는 모르지만, 아마 체포 대상인 백군 장교겠지.」 그들은 한마음으로 이렇게 결론을 내렸다. 「그 사람이 오면 사이좋게 지내며 이야기를 좀 해보지 뭐.」

언젠가 그랬던 것처럼 유리 안드레예비치는 또다시 서재의 널찍함에 도취되어 창 옆에 있는 책상의 넓이에 놀라며, 서재의 문지방에서 얼어붙은 듯이 서버렸다. 그리고 또다시 그는 이렇게 단정한 안락함이 끈기 있고 효과적인 작업을 할 수 있게 하고, 거기에 재미를 붙이게 만들 것이라고 생각했다.

미쿨리친 집 마당에 있는 부속 건물 중에는 헛간에 붙은 외양간이 있었다. 그러나 그 외양간은 잠겨 있어서 유리 안드레예비치는 그곳이 어떤 상태인지 알 수 없었다. 시간을 허비하지 않으려고 그는 첫날 밤만 약간 열린 채로 잠기지 않은 헛간에 말을 세워 두기로 결정했다. 그는 사브라스카의 고삐를 풀고 말의 열기가 식자, 우물에서 길어 온 물을 말에게 먹였다. 유리 안드레예비치는 썰매의 바닥에 있는 건초를 말에게 주려고 했지만, 건초는 승객들의 몸 밑에서 부스러기가 되어 버려 말에게 줄 사료로는 적합하지 않았다. 다행히 헛간과 마구간 위에 있는 넓은 건초 창고에는 벽을 따라 구석구석까지 건초가 충분했다.

그들은 옷도 벗지 않고 모피 코트를 입은 채, 아이들이 하루 종일 뛰어다니며 장난질을 치다가 잠이 들듯이 밤새도록 행복하고 깊은 잠을 달게 잤다.

6

모두가 일어났을 때, 유리 안드레예비치는 아침부터 창 옆 매혹적인 책상을 곁눈질하기 시작했다. 그는 종이를 들고 그 자리에 앉고 싶어 손이 근질거렸다. 그러나 그는 이 권리를 라라와 카텐카가 자는 저녁때로 미루었다. 두 방을 치울 때까지는 꼼짝도 할 수 없었다.

저녁에 일할 꿈에 젖었지만, 그에게 중요한 목표가 있었던 것은 아니다. 잉크에 대한 단순한 열정, 펜과 글 쓰는 작업을 향한 열망이 그를 사로잡았다.

그는 뭐든 아무렇게나 끄적이고 싶었다. 처음에는 활동하지 않아 고여 있고, 쉬어서 잠들어 있는 능력을 일깨우기 위해 뭐든 옛일의 회상과 기록으로만 만족할 생각이었다. 그는 라라와 자신이 이곳에 더 오랫동안 머물 수 있게 되면 뭐든 새롭고 의미 있는 작업을 충분히 할 수 있으리라고 기대했다.

「바빠? 뭐 하고 있어?」

「불을 때고 또 때고 있어, 왜?」

「빨래 통이 필요한데.」

「이곳에서 이렇게 불을 때다가는 사흘도 지나지 않아 장작을 다 쓰겠군. 옛날 지바고 헛간에 가봐야겠어. 그곳에 아직 뭔가가 남아 있을까? 만일 많은 양이 남아 있다면 몇 번 오가며 그것들을 이곳으로 가져와야겠어. 내일 그 일을 할게. 빨래 통이 필요하다고 했지. 어디선가 그걸 봤는데, 어디였는지 머리에서 싹 날아가 버려서 기억이 나지 않네.」

「나도 마찬가지야. 어디선가 봤는데, 기억이 안 나. 아마도 어딘가 제자리가 아니라서 잊은 것 같아. 제발 나왔으면. 내가 청소하려고 물을 많이 데운다는 걸 고려해 줘. 남은 물로 나와 카탸의 옷을 빨려고. 당신 것도 더러워진 게 있으면 함께 빨자고. 저녁에 청소를 다 하고 방 모습이 제대로 갖추어지면 자기 전에 모두 목욕을 하자.」

「지금 속옷을 가져올게. 고마워. 당신이 요청한 대로 장롱과 무거운 가구들을 모두 벽에서 떼어 놓았어.」

「좋아. 빨래 통 대신 설거지통에서 빨래를 할게. 다만 기름이 많이 끼어 있네. 기름을 닦아 내야겠어.」

「벽난로가 따뜻해지면 뚜껑을 닦고 나머지 서랍들을 살피러 올게. 살짝만 찾아도 책상과 농에서 새 물건이 나오네. 비누, 성냥, 연필, 종이, 필기구. 전혀 예기치 못한 물건들이 보이는 장소에 놓여 있어. 예를 들면 등유가 부어진 책상 위 램프 같은 것 말이야. 이건 미쿨리친의 것이 아니야, 내가 알아. 이건 다른 사람 물건에서 나온 거야.」

「놀라운 행운인데! 이건 그 사람, 그 신비한 거주민의 것이야. 쥘 베른의 소설 같아. 아, 아, 그런데 이게 정말 무슨 짓이람! 우리가 수다를 떨고 쓸데없는 말을 하는 사이에 물이 끓다 못 해 졸여지고 있어.」

그들은 손에 뭐를 들거나 빈손으로 이 방 저 방을 돌아다니면서 수선을 피웠고, 뛰어다니다가 서로 부딪치거나, 길을 가로질러 튀어나와 그들의 발밑에서 맴도는 카텐카 위로 날아다니기도 했다. 소녀는 빈둥빈둥 이 구석 저 구석을 어슬렁거리며 청소를 방해했고, 잔소리를 들으면 부루퉁하게 화를 냈다. 그녀는 몸이 얼어 춥다고 불평했다.

〈가련한 우리 시대의 아이들, 우리 집시 생활의 희생자, 우리 방랑 생활의 유순한 참여자.〉 의사는 이렇게 생각하면서도 소녀에게 이렇게 말했다.

「미안하구나, 얘야. 몸을 웅크릴 정도로 춥지는 않은데. 거짓말에 변덕이로구나. 벽난로가 발갛게 될 정도로 데워져 있는데.」

「벽난로는 따뜻할지 모르지만 나는 추워요.」

「그럼 좀 참아라, 카튜샤.[10] 저녁에 난로를 더 뜨겁게, 두 배로 뜨겁게 때마. 게다가 엄마가 너를 목욕시켜 주겠다고 하던데, 들었니? 그동안은 자, 이걸 갖고 놀아라.」 그러고는 차가운 헛간에서 가져온 리베리의 옛날 장난감과 벽돌, 집짓기 놀이, 객차, 열차, 바둑판무늬에 칸을 나누어 숫자를 적는 판과 득점 칩, 주사위를 바닥에 쏟아 주었다.

10 애칭 카텐카의 원이름이다.

「이게 뭐예요, 유리 안드레예비치.」카텐카는 다 큰 아이처럼 기분 나빠했다. 「이건 다른 사람 물건이잖아요. 아이들이 갖고 노는 거고요. 저는 다 컸어요.」

잠시 후 그녀는 양탄자 한가운데에 편안한 자세로 앉았고, 그녀의 손 아래서 온갖 종류의 장난감이 건축 재료로 완전히 변화되었다. 그 장난감들로 카텐카는 도시에서 가져온 인형 닌카에게, 어른들이 이리저리 데리고 다닌 낯선 장소들보다 훨씬 더 의미가 크고 더 항구적인 집을 지어 주었다.

「주부다운 본능이 얼마나 강한 건지, 둥지와 질서에 끌리는 마음을 근절하기가 얼마나 어려운 건지 좀 봐!」라리사 표도로브나가 부엌에서 딸아이의 놀이를 관찰하며 말했다. 「아이들은 거리낄 것 없이 진실해, 진실을 부끄러워하지 않아, 그런데 우리는 뒤처진 것처럼 보이기가 두려워서 가장 소중한 걸 배신하고, 혐오스러운 걸 찬미하고, 이해할 수 없는 것에 맞장구를 치지.」

「빨래 통을 찾았어.」어두운 헛간에서 빨래 통을 들고 나오며 의사가 그 말을 가로막았다. 「정말 엉뚱한 데 있었어. 물이 새는 천장 아래 바닥에, 아마도 가을부터 거기 있었던 것 같아.」

7

새로 준비해 비축한 식량으로 사흘 정도는 먹을 만큼 음식을 양껏 준비한 라리사 표도로브나는 점심으로 보기 드문 음식을 내놓았다. 감자 수프와 감자를 넣고 튀긴 양고기였다. 식욕이 왕성한 카텐카는 배가 부르도록 음식을 실컷 먹고 까르르 웃으면서 장난을 쳤고, 나중에는 배도 부른 데다 몸도 따뜻해져 나른해지자, 엄마의 모피를 덮고 의자 위에서 달콤한 잠에 빠져들었다.

부엌 곤로에서 지치고 땀에 젖은 모습으로, 또 딸처럼 반쯤은 조는 모습으로 곧장 돌아온 라리사 표도로브나는 자신의 요리가 불러일으킨 인상에 만족해하며 서둘러 상을 치우지 않고 쉬기 위해 자리에 앉았다. 딸이 잔다는 것을 확인한 그녀는 가슴을 탁자에 기대고 머리를 손으로 괸 채 말했다.

「이게 헛된 일이 아니라 어떤 목표를 위한 일이라는 것만 안다면 힘을 아끼지 않을 것 같고, 또 그러면서도 행복을 찾을 수 있을 것 같아. 당신은 우리가 함께 있기 위해서 여기 있다는 걸 매 순간 내게 상기시켜 줘야 해. 내 기운을 북돋아 줘, 정신 차리지 못하게 틈을 주지 마. 엄격히 말해서 정신을 차리고 주변을 둘러본다면, 지금 우리에게 일어나고 있는 일은 뭐지? 다른 사람의 거주지를 급습해서 밀고 들어와서는 자기 마음대로 자리를 잡은 거지, 그리고 이건 사는 게 아니라 연극적 상황이라는 거, 진지한 게 아니라 〈일부러〉 아이들 말대로 세상에 웃음거리인 코미디 인형극을 하는 중이라는 걸 직시하지 않으려고 이 일 저 일로 스스로를 채찍질하고 있는 거잖아.」

「하지만 이곳에 오자고 한 건 바로 당신이야. 잊지 마, 난 오랫동안 반대하고 동의하지 않았어.」

「맞아. 당신 말이 옳아. 하지만 난 벌써 죄책감을 느껴. 당신은 주저하고 고심할 수 있지만, 나는 모든 점이 일관되고 논리정연해야 해. 우리는 집에 들어갔고, 당신은 아들이 자던 어린이 침대를 봤어. 당신은 기분이 좋지 않고, 마음이 아파 거의 기절할 뻔했지. 당신에겐 그럴 권리가 있지만, 내게는 그게 허용되지 않아, 카텐카로 인한 두려움, 미래에 대한 생각은 당신에게 느끼는 사랑 앞에서 뒤로 물러나야만 하니까.」

「라루샤,[11] 나의 천사, 정신 차려. 다시 생각해서 결정을 번복해도 때는 늦지 않아. 먼저 코마롭스키의 말을 더 진지하게 생각해 보라고 충고했었잖아. 우리한테 말이 있어. 원하면 내일 유랴틴으로 가자. 코마롭스키는 거기 있고, 아직 떠나지 않았어. 오늘 썰매를 타고 가다가 그자를 거리에서 봤잖아. 그런데 내가 보기에 그자는 우리를 알아보지 못한 것 같아. 그자를 아직 거기서 볼 수 있을 거야.」

「나는 거의 아무 말도 하지 않았는데, 당신 목소리에 불만의 기운이 느껴지네. 하지만 말해 봐, 내 말이 맞지 않아? 이렇게 못 미덥게 무분별하게 숨는 건 유랴틴에서도 할 수 있었어. 만일 도망갈 길을 찾았다면 아무리 싫은 사람이라고 할지라도, 결국은 사정을 잘 알고 냉철한 그자가 제안한 것처럼 잘 고안된 계획이 필요한 건지도 몰라. 우리는 여기 있지만, 어디에 있든 어느 정도로 위험에 더 가까워진 건지 그걸 난 잘 모르겠어. 경계도 없고, 회오리도 막힘없이 돌진하는 평원

11 라리사의 애칭이다.

이야. 우리만 외톨이처럼 이곳에 있는 거야. 밤새 눈이 우리를 뒤덮으면 아침이 되어도 눈에서 벗어날 수 없을 거야. 아니면 집에 들른 우리의 신비스러운 은인이 도둑이라서 우리를 베어 버릴 수도 있고. 당신에게 무기라도 있어? 아니잖아, 봐. 당신의 태평함이 나를 두렵게 만들어, 나도 전염되니까. 그 태평함 때문에 내 머리가 뒤죽박죽이 되어 버렸어.」

「도대체 당신이 원하는 게 뭐지? 내가 어떻게 하면 좋을까?」

「나도 뭐라고 대답해야 할지 모르겠어. 나를 계속 복종하도록 붙잡아 줘. 내가 당신을 맹목적으로 사랑하는 자기 사람이라는 것을, 판단하지 않는 종이라는 것을 끊임없이 내게 상기시켜 줘. 오, 당신에게 말할게. 우리의 가까운 사람들, 당신 식구들과 내 식구들은 우리보다 수천 배는 나아. 그러나 과연 그게 문제일까? 사랑의 은사는 다른 모든 은사와 매한가지야. 그건 위대할 수 있지만 축복 없이는 발현되지 않는 거야. 하늘에서 서로 입을 맞추도록 우리를 가르친 후, 나중에 서로에게 그 능력을 시험해 보도록 동시대의 아이들로 살게끔 우리를 보내셨지. 그 어떠한 관점도, 정도도, 높음도 낮음도 상관치 않는 일종의 공존의 면류관, 모든 존재의 동일한 가치 인정, 이런 것이 전부 기쁨을 주는 정수가 됐어. 하지만 매 순간 우리를 매복해 기다리는 이 야만적인 부드러움 안에는 뭔가 아이처럼 길들여지지 않는, 허용되지 않는 것이 있어. 그건 독단적이고 파괴적인 힘인데, 집안의 평안에 적대적인 거야. 그것을 두려워하고 믿지 않는 게 내 의무이고.」

그녀는 두 팔로 그의 목을 감싸 안고 눈물을 억누르며 말을 마쳤다.

「우리가 서로 다른 상황에 있다는 걸 알겠어? 당신에게는 구름 너머로 날아가라고 날개가 주어졌지만, 나 같은 여자에게는 땅에 달라붙어 위험으로부터 새끼들을 보호하라고 날개가 주어진 거야.」

그는 그녀가 하는 말이 무척 마음에 들었지만, 지나친 감상에 빠지지 않으려고 그런 내색을 하지 않았다. 그는 절제하며 이렇게 지적했다.

「야영과 같은 우리의 삶은 정말로 부자연스럽고 신경질 나지. 당신 말이 전적으로 옳아. 하지만 이런 삶을 만들어 낸 건 우리가 아니야. 정신없이 이리저리 떠도는 건 모두의 숙명이고, 시대의 정신이야.

나도 오늘 아침에 비슷한 생각을 했어. 온갖 노력을 기울여 여기 더 오래 있고 싶어. 내가 작업을 얼마나 그리워하는지 말로 다 할 수 없어. 내가 말하는 건 농사일이 아니야. 예전에 우리는 이곳에서 농사일에 혼신을 기울였고 성공을 거두었지. 그렇지만 지금 또다시 그 일을 반복할 기운은 내게 없어. 다른 게 내 마음을 차지하고 있어.

삶은 모든 방면에서 점차 정상화되어 가고 있어. 어쩌면 언젠가는 책을 다시 출판할 수 있게 될 거야.

나는 이런 생각을 해봤어. 삼데뱌토프에게 유리한 조건으로, 그러니까 내가 의학 입문서나 무슨 예술 서적, 예를 들어 시집을 쓰는 걸 담보로 그가 반년 동안 우리를 먹여 살린다는 계약을 할 수는 없을까 하고. 아니면 뭐든 유명한 세계적인 외국 작품을 번역하는 건 어떨까. 나는 외국어들을 잘하잖아, 얼마 전에 광고를 봤는데, 외국 작품만 출간하는 페테르부르크의 대형 출판사 광고가 있더군. 그런 종류의 일은 아마도 돈이 되는 교환 가치가 있을 거야. 그런 종류의 일을 하면 행복할 수 있을 것 같아.」

「내게 상기시켜 줘서 고마워. 나 역시 오늘 뭔가 비슷한 걸 생각했었어. 그런데 나는 우리가 여기 오래 머물 거라는 믿음이 없어. 반대로 우리를 어디론가 멀리 데려갈 것 같은 예감이 들어. 하지만 아직까지는 우리가 이 상황을 처리할 수 있으니까, 부탁할게 하나 있어. 앞으로 며칠 동안만이라도 나를 위해 밤에 몇 시간을 할애해서 내게 여러 날에 걸쳐 기억으로 읽어 준 글들을 기록해 줘. 그 글의 절반은 분실되었고, 다른 절반은 기록되지 않았잖아. 나는 당신이 나중에 모두 잊어버려서 전부 사라질까 봐 걱정이 돼. 그런 일이 자주 있었다고 당신이 얘기했잖아.」

8

하루가 끝날 무렵 모두가 빨래를 하고 충분히 남은 뜨거운 물로 목욕을 했다. 라라는 카텐카를 목욕시켰다. 유리 안드레예비치는 깨끗이 씻어 행복한 기분으로 창가의 책상 앞에 앉았는데, 그가 등지고 있는 방에서는 향기로운 냄새를 풍기는 라라가 목욕 가운을 입고 털이 부숭한 수건을 터번처럼 돌려 젖은 머리를 올리고는 카텐카를 눕혀 잠잘 준비를 하고 있었다. 곧 집중할 수 있으리라는 예감에 흠뻑 젖어 유리 안드레예비치는 일어나는 모든 일을 총체적이면서도 섬세해진 배려의 장막을 통해 파악하고 있었다.

잠든 척하던 라라가 진짜로 잠든 건 새벽 1시였다. 그녀와 카텐카가 갈아입은 잠옷과, 바꾼 침대보 위의 레이스는 깨끗하게 다림질되어 빛을 발하고 있었다. 라라는 그 시절에도 어떻게 해서든 용케 시트에 풀을 먹이고 있었다.

행복으로 가득 차 생명의 숨결로 달콤하게 호흡하는 복된 정적이 유리 안드레예비치를 감쌌다. 램프 불빛이 하얀 종이 위에 노란빛으로 떨어졌고, 잉크병 안의 잉크 표면에 황금빛 반점이 되어 떠다녔다. 창밖으로 추운 겨울밤이 푸르스름했다. 유리 안드레예비치는 바깥이 훨씬 더 잘 보이는, 불이 꺼진 추운 옆방으로 건너가 그곳에서 창밖을 내다보았다. 보름달빛이 계란 흰자나 하얀 풀 반죽처럼 손에 만져질 것 같은 끈적임으로 눈 덮인 들판을 조이고 있었다. 얼어붙은 밤의 화려함은 이루 말할 수 없이 아름다웠다. 의사의 마음에 평화가 찾아들었다. 그는 밝고 따뜻하게 데워진 방으로 돌아와 글을 쓰기 시작했다.

쓴 글자의 외양이 손의 생생한 움직임을 전달할 수 있도록 신경을 쓰고, 또 영혼을 잃고 벙어리가 되어 무기력하게 될까 봐 걱정하며 그는 간격이 넓은 필체로 가장 명확하고 기억이 잘 나는 시 「부활의 별」과 「겨울밤」, 그리고 그와 비슷한 종류의 상당히 많은 다른 시들을 상기하며 기록해 나갔는데,

이전 버전에서 벗어나 점점 더 좋아진 이 시들은 훗날 잊히고 소실되어 나중에 어느 누구에 의해서도 발견되지 않았다.

그 후 완성해서 손을 뗀 작품에서 언젠가 시작했다가 버려둔 작품으로 넘어가 그 작품들의 톤에 이입되어 그 뒤를 이어 적기 시작했지만, 그 자리에서 완성하겠다는 희망은 조금도 품지 않았다. 그리고 그 시들과도 헤어지고는 몰입해서 새로운 시로 옮겨 갔다.

가볍게 흘린 두세 연과 그 자신도 놀란 몇 개의 비유를 적고 나자, 그는 작업에 사로잡혀 영감이라고 불리는 것이 다가옴을 느꼈다. 창작을 좌지우지하는 힘의 상호 관계가 마치 뒤집어지는 것 같다. 우선권을 쥔 것은 사람과 표현을 찾게 되는 그 사람의 영혼의 상태가 아니라, 그가 표현 수단으로 쓰고 싶은 언어가 된다. 아름다움과 의미의 고향이자 저장소인 언어가 스스로 인간을 위해 생각하고 말하고, 외적인 소리의 울림이 아니라 자신의 내적 흐름의 돌진과 위력이라는 면에서 음악이 되어 버린다. 그러면 강의 격류가 자신의 움직임으로 바닥의 돌을 반들반들하게 만들고 방앗간의 바퀴를 돌리듯 힘차게 흐르는 언어가 자신의 법칙의 힘을 받아 도중에 운율과 압운, 수천 개의 다른 형식과, 더 중요하지만 아직까지 사람들이 알아채지 못하고, 고려하지 못하고, 또 이름도 붙이지 못한 구성을 창조해 낸다.

그런 순간이면 유리 안드레예비치는 중요한 작업을 완성하는 것은 그 자신이 아니라 그보다 더 위에 있는 것, 그의 위에 존재하며 그를 조종하는 그 무엇이라고, 그것은 이른바 세계적인 사상과 시의 상태라고, 미래에 오게끔 예정되어 있는 것이자 순서에 따라 시의 역사적 발전에서 임박해 있는 다음 단계라고 느꼈다. 그리고 그는 자신을, 시가 그 움직임에 들어설 수 있도록 하는 계기이자 지지대일 뿐이라고 느꼈다.

그는 자신을 향한 비난, 자신에게 느끼는 불만족으로부터 벗어났고, 자신이 하찮다는 느낌에서도 일시적으로 해방될 수 있었다. 그는 어둠에 눈이 익숙해지자 주변을 둘러보았다.

그는 눈처럼 새하얀 베개 위에 잠들어 있는 라라와 카텐카의 머리를 보았다. 시트의 깨끗함, 방의 깨끗함, 그들 윤곽의 깨끗함이 밤과 눈, 별과 달의 깨끗함과 합쳐지며 똑같이 의미심장한 파고가 되어 의사의 심장에 스며들었고, 존재가 장엄하도록 깨끗하다는 느낌에 그는 떨 듯이 기뻐하며 울지 않을 수 없었다.

〈주여! 주여!〉 그는 이렇게 속삭일 뻔했다. 〈이 모든 것이 내게 주어지다니! 내가 뭐라고 이렇게 많은 것을? 어떻게 당신은 나를 자신에게 다가가도록 허락하시고, 이 비할 데 없이 소중한 당신의 땅, 이 당신의 별들 아래 이 무모하고 유순하고 운 없고 아무리 봐도 싫증나지 않는 여인의 발아래 있게 하셨습니까?〉

유리 안드레예비치가 책상과 종이에서 눈을 든 것은 새벽 3시였다. 머리를 쓰며 온전히 몰입했던 집중력에서 벗어나, 그는 행복하고 강하고 평온한 모습으로 현실로 돌아왔다. 창밖으로 펼쳐진 먼 공간의 정적 속에서 그는 처량하고 구슬픈 소리를 들었다.

그는 창밖을 내다보기 위해 불이 밝혀지지 않은 옆방으로 갔다. 그가 글을 쓰는 동안 강한 서리가 유리에 끼는 바람에 그것을 통해서는 바깥을 전혀 볼 수 없었다. 유리 안드레예비치는 방문 밑으로 바람이 들어오지 않도록 바닥에 둘둘 감아 둔 양탄자를 끌어내고 어깨에 모피 외투를 걸치고는 현관 입구로 나갔다.

활활 타고 있는 하얀 불꽃이 보름 달빛에 그림자가 지지 않은 눈을 에워싸며 그의 눈을 부시게 했다. 처음에 그는 아무것도 분간할 수 없었고, 아무것도 보이지 않았다. 그러나 1분 후 그는 거리가 먼 탓에 약하지만 느릿느릿하게, 마치 태속에서 흐느껴 우는 듯한 울부짖음을 명확히 들을 수 있었고, 그때 계곡 너머 들판 끝에서 짧은 길이의 선(線) 이상은 되지 않는 네 개의 쭉 뻗은 그림자를 알아볼 수 있었다.

늑대들은 나란히 서서 주둥이를 집 쪽으로 두고 머리를 든 채 달 혹은 미쿨리친 집 창문에서 반사되는 은빛 낙조를 향해 길게 울부짖었다. 늑대들은 몇 분 동안 꼼짝도 하지 않고 서 있었지만, 유리 안드레예비치가 늑대라는 것을 알아차리자마자 의사의 생각이 전해진 듯 개처럼 꼬리를 내리고 들판에서 천천히 물러났다. 의사는 그들이 어느 방향으로 숨었는지 미처 알아내지 못했다.

〈좋지 않은 소식이야!〉 그는 생각했다. 〈큰일이군. 어딘가 바로 옆 아주 가까운 곳에 늑대들의 서식지가 있는 건 아닐까? 어쩌면 심지어 계곡에 있을지도 몰라. 정말 무서운 일이다! 더 큰일인 건 삼데뱌도프의 말 사브라스카가 아직 마구

간에 있다는 거다. 아마도 저것들이 말 냄새를 맡았는지도 모른다.〉

그는 라라를 놀라게 하지 않으려고 때가 될 때까지 그녀에게 말하지 않기로 결심하고, 방 안으로 들어가 바깥문을 잠근 다음, 집의 차가운 반쪽에서 따뜻한 반쪽으로 이어 주는 중간 문을 닫고 그 틈과 구멍을 메운 후 책상으로 다가갔다.

램프는 조금 전처럼 선명하고 반갑게 타고 있었다. 그러나 그는 더 이상 글이 써지지 않았다. 진정할 수가 없었다. 늑대와 또 다른 위협적이고 복잡한 일 외에는 머릿속에 아무것도 떠오르지 않았다. 게다가 그는 피로를 느꼈다. 그때 라라가 잠에서 깼다.

「당신은 여전히 따뜻하게 타고 있군, 내 선명한 촛불님!」 그녀가 자다가 일어나 촉촉하게 잠긴 목소리로 조용히 속삭이며 말했다. 「잠깐 이리 가까이, 옆에 앉아 봐. 내가 무슨 꿈을 꾸었는지 얘기해 줄게.」

그러자 그는 램프를 껐다.

9

조용하지만 정신이 하나도 없는 가운데 또 하루가 지났다. 집에서 어린이용 썰매가 발견되었다. 모피 외투를 입고 얼굴이 발갛게 달아오른 카텐카가 작은 정원에 있는 눈을 치우지 않은 오솔길에서 크게 웃으며 썰매를 탔다. 의사가 그 길을 삽으로 다진 후 물을 부어 얼음 언덕을 만들어 주었던 것이다. 그녀는 얼굴에 한껏 미소를 머금고 끝없이 다시 언덕을 오르며 끈에 묶은 썰매를 위로 끌고 갔다.

꽁꽁 얼어붙은 날씨였고, 강추위는 눈에 띄게 더 심해졌다. 마당은 햇살이 가득했다. 눈은 정오의 빛 아래서 노란빛을 발했고, 일찍 찾아든 저녁의 오렌지 빛 노을이 눈의 노란 꿀 빛에 스며들었다.

어제 빨래와 목욕을 한 탓에 온 집안에 습기가 가득했다. 창은 부서지기 쉬운 성에가 잔뜩 끼었고, 증기로 인해 눅눅해진 벽지는 천장에서 바닥까지 물결 모양의 검은 줄무늬로 뒤덮였다. 방들은 어둡고 안락하지 못했다. 유리 안드레예비치는 장작과 물을 나르고, 끝까지 하지 못한 집 점검을 하며 계속해서 새로운 물건을 발견해 냈고, 아침부터 끊임없이 생기는 집안일에 바쁜 라라를 도와주었다.

다시 한창 이런저런 일을 열심히 하다가 서로 손이 닿기라도 하면 그들은 한 손을 다른 손에 그대로 두었고, 옮기려고 들었던 무거운 물건을 목적지까지 가져가지도 못하고 바닥에 내려놓았으며, 의식을 흐리게 하는 억누를 수 없는 다정한 마음이 발작처럼 그들을 사로잡아 무장 해제시켜 버렸다. 또다시 모든 것이 그들 손에서 떨어지고 머리에서 빠져나가 버렸다. 다시 몇 분이 가면 그렇게 몇 시간이 흘렀고, 늦은 시간이 되었다. 그러면 두 사람은 관심 없이 버려진 카텐카나 물과 모이를 주지 않은 말이 생각나서 깜짝 놀라 정신을 차리고는, 부랴부랴 놓친 일들을 만회하고 바로잡기 위해 달려가면서 양심의 가책을 느끼며 괴로워했다.

의사는 불면증으로 인한 두통에 시달렸다. 마치 취한 듯 달콤한 안개가 머리에 낀 것 같았고, 온몸이 쑤시는 듯 노곤했다. 그는 중단된 밤의 작업으로 돌아가기 위해 초조한 마음으로 저녁을 기다렸다.

그 자신을 가득 채우고 주변의 모든 것을 뒤덮고, 그의 생각을 휘감는 안개처럼 몽롱한 상태가 그를 대신하여 사전 작업의 절반을 해주었다. 그 몽롱함이 모든 것에 포괄적인 모호함을 부여하며 최종적인 구현의 정확성에 앞서는 식으로 진행되었다. 첫 번째 초안이 희미한 것과 마찬가지로 하루 종일 짓누르는 무위가 노동의 밤에 필수 불가결한 준비 단계였던 것이다.

피로하고 노곤했지만, 건드리지 않고 바꾸지 않은 채 내버려 둔 것은 하나도 없었다. 모든 것이 변화를 겪어 다른 모습을 띠었다.

유리 안드레예비치는 바리키노에 보다 오래 정착하고자 하는 꿈이 실현되지 않을 것이고, 그가 라라와 헤어질 시간이 가까워졌다는 것을, 그녀를 잃는 것은 피할 수 없으며, 삶의 동기와 어쩌면 삶 자체도 잃어버릴 수 있다고 느꼈다. 괴로운 마음이 그의 심장을 아프게 했다. 그러나 저녁을 고대하는 마음과 모든 이가 함께 울게 만들 법한 표현으로 그 애수를 쏟아 내고자 하는 열망이 그를 더욱 괴롭혔다.

하루 종일 그의 머리에서 떠나지 않은 늑대는 이미 달빛 아래 눈 위에 서 있던 늑대가 아니라 늑대에 대한 테마가 되었고, 의사와 라라를 파멸시키거나 바리키노에서 그들을 내쫓겠다는 목표를 세운 적대적인 힘의 대표가 되었다. 이 적개심의 시상이 발전하여 저녁 무렵에는 큰 힘을 발휘하며, 마치 슈타마에서 대홍수 이전의 괴물의 흔적이 발견되고 계곡에서 의사들의 피를 탐하고 라라를 갈구하는 용이 누워 있는 듯했다.

저녁이 되었다. 어제처럼 의사는 책상 위에 램프를 밝혔다. 라라와 카텐카는 어제보다 더 일찍 잠자리에 들었다.

밤에 쓴 글은 두 부류로 나뉘었다. 낯익은 글은 새롭게 수정해서 정서해 깨끗하고 예쁜 글씨체로 기록되었다. 새로운 글은 간략하게 마침표를 찍으며 알아보기 힘든 글씨체로 휘갈겨 쓰여 있었다.

이 아무렇게나 휘갈긴 글자들을 검토하면서 의사는 여느 때처럼 실망감을 느꼈다. 밤에는 이 초고가 그에게 눈물을 흘리게 했고, 몇 군데의 난데없이 멋진 글로 그를 몹시 놀라게 했는데, 당시에는 좋아 보였던 성공적인 문구가 그를 멈추게 하고 지나치게 두드러지는 과도함으로 그의 마음을 슬프게 했다.

그는 일반적으로 통용되며 익숙한 형태 아래로 사라지고 약해져서 외적으로 드러나지 않는 독창성을 꿈꾸었고, 평생 독자와 청자가 스스로 어떤 방식으로 이해하게 되었는지 알지 못하는 사이에 내용을 습득하게 유도하는 절제되고 소박한 언어를 탁마하는 데 열중했다. 그는 평생 어느 누구의 관심도 끌지 못하는 눈에 띄지 않는 문체에 마음을 쏟았고, 그가 아직 그 이상에서 멀다는 생각 때문에 두려움을 느꼈다.

어제의 초고에서 그는 혀짤배기소리에 이를 정도로 단순하고, 순수함에서 자장가에 근접한 수법으로 사랑과 공포와 애수와 용기가 뒤섞인 기분을 표현하고 싶었다. 그래서 그 기분이 언어와는 별개로 자연스럽게 저절로 흘러나오기를 원했다.

그런데 다음 날이 되어 그러한 시도를 검토해 본 결과, 그는 따로 떨어진 시구를 하나로 묶을 수 있는 내용적인 구상이 부족하다는 것을 발견했다. 유리 안드레예비지는 이미 쓴 것을 다시 살펴보면서 용감한 예고리[12]에 대한 전설을 서정적인 양식으로 서술하기 시작했다. 그는 널찍한 광활함을 제공해 주는 5음보격으로 시작했다. 내용과는 상관없이 운율 자체에 내재한 조화가 거짓되고 진부한 가락으로 그의 신경을 거슬렀다. 그는 산문에서 장광설과 씨름하듯 휴지부가 있는 과장된 운율을 버리고 연들을 4음보로 제한했다. 글을 쓰는 작업은 더 어려워졌지만 더 매혹적으로 변했다. 작업은 더 생기를 띠었지만, 여전히 쓸데없는 다변이 시 속에 스며들었다. 그는 시행들을 더 짤막하게 쓰려고 안간힘을 썼다. 단어들은 3음보에 빼곡하게 밀어 넣었고, 졸음의 마지막 흔적마저 글 쓰는 이에게서 사라지면서 그는 완전히 잠에서 깨어나 불타오르듯 흥분했다. 그러자 시행들의 좁은 간격이 저절로

---

12 예고리는 러시아의 구두 서사시 전통에 나오는 성 게오르기의 이름이다. 용을 죽이는 게오르기의 이미지가 모스크바의 러시아 문양에 그려져 있다. 제물로 바쳐진 공주를 구하기 위해 긴 창으로 용을 살해한 성 게오르기는 그가 그리스도의 이름으로 용을 무찌르면 기독교로 개종하겠다고 한 약속대로 도시민에게 기독교로 개종할 것을 요구한다.

그 시행을 무엇으로 채울지 알려 주었다. 겨우 명명된 대상들은 언급된 틀 안에서 진실로 또렷하게 자신을 드러냈다. 쇼팽의 발라드 중 하나에서 말이 앞뒤 굽을 같은 방향으로 딛는 소리가 들리듯이, 시의 표현에서 말발굽 소리가 그에게 들렸다. 승리자 게오르기는 말을 타고 초원의 무한한 공간을 질주했고, 유리 안드레예비치는 그 자리에 가장 적절하게 나타나는 단어와 시행을 겨우겨우 기록해 가며 열광적으로 서둘러 글을 써 내려갔다.

그는 라라가 침대에서 일어나 책상에 다가온 것을 알아차리지 못했다. 발꿈치까지 내려오는 긴 잠옷 차림의 그녀는 실제보다 더 가냘프고 마르고 키가 커보였다. 유리 안드레예비치는 그녀가 창백하게 놀란 모습으로 옆에 서 있으리라고는 예견하지 못했기 때문에 깜짝 놀랐다. 그녀는 팔을 앞으로 뻗고 속삭이며 물었다.

「들려? 개들이 짖고 있어. 두 마리나 돼. 아, 너무 무서워, 이건 정말 좋지 않은 징조야! 아침까지 기다렸다가 떠나자, 떠나자. 한시라도 더 이상은 이곳에 있고 싶지 않아.」

설득한 지 한 시간이 지나자, 라리사 표도로브나는 안심하고 다시 잠이 들었다. 유리 안드레예비치는 현관 계단으로 나갔다. 늑대들이 어젯밤보다 더 가까이 왔다가 더 재빨리 사라졌다. 유리 안드레예비치는 또다시 그들이 어느 쪽으로 사라졌는지 미처 분간하지 못했다. 그들이 한 무리로 서 있었으므로 몇 마리인지 미처 셀 수도 없었다. 그가 보기에 늑대가 더 많아진 것만 같았다.

10

그들이 바리키노에 머문 지 열사흘째가 되었지만, 처음과 상황이 달라진 것은 아무것도 없었다. 주중에 나타났다가 사라진 늑대들이 전날 저녁에도 마찬가지로 짖어 댔다. 그들을 또다시 개로 착각한 라리사 표도로브나는 좋지 않은 징조라며 놀라서는, 다음 날 아침 떠날 차비를 차렸다. 그녀는 우울한 근심의 발작과 평정심이 교차되었는데, 하루 종일 자신의 마음을 토로하는 데, 그리고 용납하기 어려울 정도로 과도하고 쓸데없는 애정 표현을 사치스럽게 누리는 데 익숙하지 않은 부지런한 여자에게는 자연스러운 일이었다.

모든 것이 똑같이 되풀이되었고, 그래서 전에도 몇 번 그랬듯이 둘째 주의 첫날인 그날 아침에 라리사 표도로브나가 다시 돌아가려고 짐을 싸기 시작했을 때는, 그사이 휴식을 취했던 일주일 반의 시간은 전혀 존재하지 않았던 것처럼 생각되었다.

음울한 회색빛의 흐린 날로 인해 어두워진 방은 다시 눅눅해졌다. 강추위가 누그러들고, 낮은 먹구름으로 뒤덮인 어두운 하늘에서는 금방이라도 눈이 쏟아질 것만 같았다. 장기적인 수면 부족에서 오는 정신적이고 육체적인 피곤함으로 인해 유리 안드레예비치는 원기를 잃었다. 머리는 여러 가지 생각으로 뒤죽박죽이었고, 몸은 약해져서 추위를 심하게 느꼈다. 추위로 인해 몸을 움츠리고 손바닥을 비비면서 그는 라리사가 어떤 결정을 내릴지, 그녀의 결정에 따라 자기는 어떻게 해야 할지 알 수 없어서 불도 때지 않은 방 안을 서성거렸다.

그녀는 갈피를 잡지 못했다. 이제 그녀는 두 사람 다 이렇게 무질서하게 자유롭지 않을 수 있다면, 그리고 무엇이든 엄격한, 영구하게 제정된 질서에 강제로라도 복종할 수 있다면, 그들이 직장에 다닐 수 있다면, 그들에게 직무가 부여될 수 있다면, 현명하고 정직하게 살 수만 있다면 인생의 절반이라도 내놓을 수 있을 것 같았다.

그녀는 여느 때처럼 하루를 시작하고, 침대를 정리하고, 방을 치우고 나서 의사와 카탸에게 아침 식사를 차려 주었다. 그 후에는 짐을 싸서 의사에게 말을 매어 달라고 부탁했다. 떠나겠다는 그녀의 결심은 확고부동했다.

유리 안드레예비치는 그녀를 말리려고 하지 않았다. 며칠 전에 그들이 사라진 직후 체포 분위기가 최고조에 달한 도시로 다시 돌아간다는 것은 미친 짓이나 다름없었다. 그러나 그 자체로 위협적인 것이 가득한 이 무시무시한 겨울의 황야에 무기도 없이 그들 홀로 남는다는 것은 더욱 현명하지 않은 일일 터였다.

더구나 의사가 이웃 창고에서 긁어모아 온 마지막 건초 한 아름도 거의 끝나 가고 있었고, 새 건초를 마련할 방안도 보이지 않았다. 물론 이곳에 더 오래 안착할 가능성이 있다면, 의사는 주변을 둘러보고 말 사료와 식료품을 보충하는 데 신경을 더 썼을 것이다. 그러나 짧은 기간의 확실치 않은 거주를 위해 탐사에 나설 가치는 없었다. 그는 모든 것을 포기하고 말에 썰매를 매러 나갔다.

그는 썰매에 말을 매는 데 서툴렀다. 삼데뱌토프가 그에게 방법을 가르쳐 주었다. 그러나 유리 안드레예비치는 그의 가르침을 잊어버렸다. 그는 미숙한 솜씨로 필요한 모든 조치를 취했다. 끝에 쇠붙이를 단련해 단 가죽끈으로 수레 채와 멍에를 잇고, 한쪽 수레 채에 그 끝을 몇 번 감아 매듭을 만들어 조였다. 그 후 말의 옆구리에 한 다리를 지탱하고 집게발처럼 양옆으로 갈라지는 멍에를 단단히 조였다. 나머지 작업을 다 마친 후 그는 말을 현관 입구로 몰고 가서 묶어 놓은 뒤, 라라에게 떠나도 된다고 말하러 갔다.

그는 극도의 혼란 상태에 있는 그녀를 보았다. 그녀와 카텐카는 떠날 복장이었고, 모든 짐이 꾸려져 있었지만, 라리사 표도로브나는 손을 꼭 쥐고 눈물을 억누르며 잠시만 앉자고 유리 안드레예비치에게 청하고는, 안락의자에 몸을 던졌다가 일어나곤 했다. 그러고는 노래하듯 고음의 호소하는 어조로 〈그렇지 않아?〉라는 탄식으로 자기 말을 스스로 가로막으며 서로 연결되지 않는 이런저런 말을 아주 빠른 말투로 내뱉었다.

「내 잘못이 아니야. 어쩌다가 이렇게 됐는지 나도 모르겠어. 하지만 과연 지금 떠날 수 있을까? 곧 어두워질 거야. 길을 가다가 밤을 맞게 되겠지. 딱 당신의 그 무시무시한 숲에서 말이야. 그렇지 않아? 당신이 명하는 대로 할게, 내 뜻대로 결정을 내리지 않을게. 뭔가가 나를 주저하게 만드네. 마음이 편치 않아. 당신이 생각하는 대로 해. 그렇지 않아? 왜 당신은 입을 다물고 단 한마디도 하지 않는 거야? 우린 오늘 아침 내내 빈둥거렸는데, 무슨 일에 하루의 절반을 날렸는지 알 수가 없어. 내일은 더 이상 이런 일이 반복되지 않을 거야, 우리가 좀 더 조심스럽게 굴겠지? 그렇지 않아? 어쩌면 하루 정도 더 있어 볼까? 내일 좀 더 일찍 일어나서 동틀 무렵에, 아침 6시나 7시에 떠나도록 하자. 어떻게 생각해? 당신은 벽난로를 피우고 이곳에서 하루 저녁 글을 더 쓰고, 하룻밤을 더 묵도록 해. 아, 그러면 비할 데 없이 매혹적이겠어! 왜 아무 대답도 하지 않는 거야? 또 내가 뭔가를 잘못했구나, 난 불행한 여자야!」

「당신은 과장하고 있어. 해가 질 때까지는 아직 멀었어. 아직은 많이 일러. 하지만 당신 원하는 대로 해. 좋아. 남기로 하자. 다만 마음을 진정시켰으면 좋겠어. 자 봐, 당신이 얼마나 흥분했는지. 짐을 풀고 외투를 벗자. 봐, 카텐카가 배가 고프다고 하잖아. 뭘 좀 먹자. 당신 말이 옳아, 지금 출발하는 건 준비가 너무 덜 됐고 급작스러워. 다만 흥분하지 말고, 제발 울지 좀 마. 이제 내가 불을 피울게. 그러기 전에 말에 장비를 채우고 현관 계단에 썰매를 묶어 놓은 게 얼마나 다행이야. 마지막 장작을 가지러 예전 지바고 창고에 다녀올게, 그렇지 않으면 이곳에 더 이상 장작개비가 없을 거야. 당신 울지 좀 마. 내가 곧 돌아올게.」

11

　창고 앞 눈 위에는 예전에 유리 안드레예비치가 왕복하면서 썰매가 몇 바퀴 회전한 흔적이 나 있었다. 문지방 옆의 눈은 짓밟혀서 어제 장작을 끈 흔적이 어지럽게 남아 있었다.

　아침부터 하늘에 잔뜩 끼어 있던 구름이 흩어졌다. 하늘이 맑게 갰다. 추위가 맹위를 떨쳤다. 여러 거리에서 이 장소를 둘러싸고 있는 바리키노 공원은 창고 쪽으로 가까이 뻗어 있어 마치 의사의 얼굴을 들여다보며 그에게 무언가를 상기시키려는 것 같았다. 이번 겨울에 눈은 헛간의 문턱보다 더 높게 깊은 층을 이루며 쌓여 있었다. 창고의 문설주가 내려앉았는지, 꼭 창고 전체가 한쪽으로 기운 것 같았다. 쓸려 모인 눈이 그 지붕에서 거대한 버섯 모자처럼 거의 의사의 머리 위까지 드리워졌다. 지붕의 처마 바로 위에는 이제 막 태어난 젊은 초승달이 마치 눈에 날을 박은 듯 떠올라 그 절단면을 따라 회색 열기로 타올랐다.

　아직 낮이었고, 아주 밝았음에도 불구하고, 의사는 늦은 저녁에 자기 삶의 어둡고 울창한 숲에 서 있는 것 같은 느낌이었다. 그러한 어둠이 그의 영혼에 드리워져 그는 서글펐다. 그리고 그의 얼굴과 거의 같은 높이에서 눈앞에 떠 있는 젊은 달은 이별의 전조이자 고독의 형상이었다.

　유리 안드레예비치는 피곤함으로 인해 쓰러질 것만 같았다. 창고의 문지방 너머 썰매로 장작을 던지며 그는 한 번에 평소보다 적게 장작개비를 모아 안았다. 얼어붙어 눈으로 둘러싸인 큰 덩어리를 팔에 안으니 장갑을 끼었는데도 얼얼했다. 아무리 빨리 움직여도 그의 몸은 따뜻해지지 않았다. 뭔가가 그의 내면에서 멈추더니 끊어져 버렸다. 그는 자신의 기구한 운명이 이 세상에서 무슨 가치가 있겠느냐고 저주하며, 저 그림처럼 아름답고 서글프고 순종적이고 순박한 여인의 생명을 지켜 달라고 하느님께 기도했다. 달은 여전히 창고 위에서 타올랐지만 몸을 따스하게 해주지 않았고, 빛났지만 빛을 비추어 주지 않았다.

갑자기 말이 자기를 데려온 쪽으로 몸을 돌리더니, 머리를 들고 처음에는 조용히 소심하게, 나중에는 더 큰 소리로 확신에 차서 울기 시작했다.

〈녀석이 왜 저러지?〉 의사가 생각했다. 〈뭐가 기뻐서 저러는 거지? 무서워서 저런다고는 생각할 수 없는데. 무섭다고 말이 울지는 않아, 그건 어리석은 말이야. 만약 말이 늑대 냄새를 맡았다면, 바보처럼 자기 소리를 내서 늑대에게 알려 줄리 없지. 그리고 참 명랑해 보이잖아. 집 생각이 나서 저러는 거야, 집에 가고 싶은 거야. 기다리렴, 곧 가마.〉

쌓아 놓은 장작 외에도 유리 안드레예비치는 불쏘시개로 쓸 나뭇조각과 장화 목처럼 둥글게 말린 채 장작에서 통째로 떨어져 나온 자작나무 껍질을 모은 뒤 장작더미를 멍석으로 덮어 끈으로 묶었고, 썰매와 나란히 걸어서 장작을 미쿨리친 창고로 끌고 갔다.

말이 또다시 울었는데, 어디선가 저 멀리 다른 쪽에서 선명하게 들리는 말 울음소리에 응답하는 것이었다. 〈저건 누구의 말일까?〉 의사는 심장이 두근거림을 느끼며 이렇게 생각했다. 〈바리키노가 텅 비었다고 생각했는데. 이건 우리가 잘못 알았다는 말이로군.〉 그들에게 손님이 있고, 말 울음소리가 미쿨리친 현관 계단 쪽 정원에서 들린다는 생각이 떠오르지는 않았다. 그는 우회로를 택해 뒤쪽을 지나 공장 건물 쪽으로, 집을 가리는 언덕 뒤로 사브라스카를 끌고 갔기 때문에 집의 정면을 볼 수 없었다.

그는 서두르지 않고(그가 서두를 이유가 있었겠는가?) 장작을 창고에 넣고, 말을 푼 썰매를 창고에 두고는 텅 비어 냉기가 도는 마구간으로 말을 데려갔다. 그는 바람이 덜 들어오는 오른쪽 구석 칸에 말을 세워 두었고, 남은 건초를 한 아름 창고에서 가져와 기울어진 격자 여물통에 부어 주었다.

그는 불안한 마음으로 집을 향해 걸어갔다. 현관 계단 옆에는 폭이 아주 넓고 편리한 좌석이 달린 농부 썰매와 마구가 채워진 살찐 검은 말이 서 있었다. 말처럼 매끈하고 살찐 낯선 사내가 질 좋은 반코트를 입고 말 옆구리를 톡톡 두드리며 말굽 뒤쪽 털을 살피면서 말 주변을 서성였다.

집에서는 시끄러운 소리가 들렸다. 유리 안드레예비치는 엿듣고 싶지도 않았고, 뭐든 들을 수 있는 상황도 아니었기 때문에, 자기도 모르는 사이에 발걸음을 늦추다가 얼어붙은 듯이 멈춰 서버렸다. 정확히 무슨 말을 하는지 식별할 수는 없었지만, 그는 코마롭스키와 라라, 카텐카의 목소리를 들을 수 있었다. 아마도 그들은 입구 옆 첫 번째 방에 있는 모양이었다. 코마롭스키와 라라가 다투고 있었고, 대답하는 소리로 미루어 보아 그녀는 흥분해서 울며 격하게 그에게 반박하는가 하면, 그의 말에 동의도 하는 모양이었다. 유리 안드레예비치는 일종의 불가항력적인 느낌으로 코마롭스키가 그 순간 자기 얘기를 하고 있음을 알았다. 아마도 그가 믿을 수 없는 사람이고(〈양다리를 걸치고 있다〉라는 말이 유리 안드레예비치에게 얼핏 들렸다), 누가 그에게 더 소중한지, 가족인지 라라인지 알 수 없다고, 의사를 믿었다가는 그녀가 〈닭 쫓던 개〉가 될 것이기 때문에 라라가 그를 신뢰해서는 안 된다는 얘기인 것 같았다. 유리 안드레예비치는 집 안으로 들어갔다.

첫 번째 방에 정말로 바닥까지 닿는 모피 코트를 입은 코마롭스키가 외투도 벗지 않고 서 있었다. 라라는 깃을 당겨 호크를 고리에 걸려고 카텐카의 코트 위쪽 끝을 붙잡고 있었다. 그녀는 이리저리 몸을 움직이지 말라고, 몸을 빼지 말라고 외치며 딸에게 화를 냈고, 카텐카는 불만을 토로했다. 「엄마, 그만, 목 졸려 죽겠어.」 모두가 떠날 채비를 하고 옷을 갖춰 입은 모습으로 서 있었다. 유리 안드레예비치가 들어갔을 때, 라라와 빅토르 이폴리토비치는 앞다퉈 그를 맞으러 달려 나왔다.

「어디 갔던 거야? 얼마나 찾았는데!」

「안녕하십니까, 유리 안드레예비치! 최근에 그렇게 거친 말을 서로 주고받았는데도 나는 보다시피 초청받지 않고 다시 두 사람에게 왔소이다.」

「안녕하십니까, 빅토르 이폴리토비치.」

「어디를 그렇게 오랫동안 갔던 거야? 이 사람이 무슨 말을 하는지 들어 봐, 그리고 어서 당신과 나를 위해 결정을 내려 줘. 시간이 없어. 서둘러야 해.」

「왜 이렇게 서 있죠? 앉으십시오, 빅토르 이폴리토비치. 어디 갔다가 오냐고 하다니, 라로치카? 당신도 알잖아, 장작을 가지러 간 거, 그 후에는 말을 돌보았지. 빅토르 이폴리토비치, 제발 앉으십시오.」

「당신은 놀라지 않았어? 어째서 놀랐다고 말하지 않는 거야? 우리는 이 사람이 떠났고, 우리가 이 사람 제안을 받아들이지 않은 걸 안타까워했잖아. 그런데 이 사람이 당신 앞에 서 있는데도 놀라지 않네. 하지만 이 사람이 가져온 소식은 더 놀라워. 이이에게 얘기해 주세요, 빅토르 이폴리토비치.」

「라리사 표도로브나가 어떻게 이해했는지는 모르겠지만, 내 생각을 말씀드리겠소. 일부러 떠났다는 소문을 퍼뜨리고, 나는 우리가 다룬 문제를 다시 새롭게 생각할 시간을 선생과 라리사 표도로브나에게 주려고 며칠 더 남았던 거요. 성숙하게 생각하다 보면 덜 경솔한 결정에 도달할 수 있지 않을까 해서 그렇게 한 거요.」

「하지만 더 이상 미룰 수가 없대. 지금이 떠나기에 가장 편한 시간이래. 내일 아침에, 여기서부터는 빅토르 이폴리토비치가 당신에게 얘기하는 것이 더 낫겠어.」

「잠깐만, 라로치카. 용서해 주십시오, 빅토르 이폴리토비치. 어째서 모피 코트를 입은 채로 서 계신가요? 옷을 벗고 앉읍시다. 진지하게 나눌 이야기니까요. 이렇게 갑작스럽게 결정을 내리면 안 되죠. 죄송합니다, 빅토르 이폴리토비치. 우리의 논쟁은 정신적으로 아주 미묘한 문제를 건드리고 있습니다. 이런 문제를 다룬다는 것은 우습고 또 불편한 일입니다. 저는 선생과 떠날 생각을 단 한 번도 한 적이 없습니다. 라리사 표도로브나는 다른 문제입니다. 우리의 근심이 서로 달라지는 드문 경우에만 우리는 우리가 한 존재가 아니라 둘이라는 것, 두 개의 개별적인 운명을 지닌 존재라는 것을 떠올리게 됩니다. 저는 라라가 특히 카탸를 위해 우리의 계획을 더 깊이 숙고할 필요가 있다고 생각합니다. 그리고 라라도 그렇게 끊임없이 고민하며 자꾸만 그 가능성으로 회귀하고 있고요.」

「하지만 당신이 떠난다는 조건하에서만이야.」

「우리가 헤어지는 걸 상상하는 건 둘 다에게 똑같이 힘든 일이야. 하지만 어쩌면 애를 써서라도 그런 희생을 감수해야 할지도 몰라. 왜냐하면 내가 떠난다는 건 상상할 수도 없으니까.」

「하지만 당신은 아직 아무것도 모르잖아. 우선 들어 봐. 내일 아침에…… 빅토르 이폴리토비치!」

「아마도 라리사 표도로브나는 내가 벌써 알려 준 정보를 말하는 걸 거요. 지금 유랴틴의 가도에서 극동 정부의 관용 열차가 증기를 뿜으며 기다리고 있소이다. 기차는 어제 모스크바에서 도착했고, 내일 출발할 거요. 이건 우리 교통부 소속 기차요. 열차의 절반은 국제 침실 차량으로 구성되어 있소.

나는 이 열차를 타고 가야 하오. 내 동료들을 위한 좌석이 내게 배정되었소이다. 우리는 편리 시설이 갖추어진 객차를 타고 가게 될 거요. 이런 기회는 더 이상 오지 않을 거요. 나는 선생이 헛말을 하지 않는 분이고, 우리와 떠나지 않겠다는 결정을 번복하지 않으리라는 것을 압니다. 선생은 결심이 확고한 사람이라는 걸 알고 있소. 하지만 아무리 그래도 말이오. 라리사 표도로브나를 위해 결심을 꺾어 주시오. 선생 없이는 떠나지 않겠다고 하는 소리를 들으셨잖소. 우리와 함께 갑시다, 블라디보스토크가 아니라면 유랴틴이라도 갑시다. 거기서 또 봅시다. 그러려면 서둘러야 하오. 분초를 다투는 일이오. 내가 운전을 잘 못 해서 사람이 나와 함께 왔소. 다섯 명이 내 농민용 썰매에 다 타기는 힘들 거요. 만일 내가 잘못 알고 있는 게 아니라면, 삼데뱌토프의 말이 선생에게 있잖소. 그 말을 타고 장작을 가지러 갔다고 했으니. 아직 말을 풀지 않았소?」

「아니요, 풀었습니다.」

「그럼, 어서 말을 썰매에 매시오. 내 마부가 도와줄 거요. 그런데 아시오. 제길, 두 번째 썰매는 악마나 줘버리고. 어떻게든 내 썰매를 타고 갑시다. 다만 제발 서두릅시다. 손에 짚이는 대로 여행에 가장 필요한 물건만 챙기시오. 집은 이 모습 이대로 잠그지 말고 내버려 둡시다. 아이의 생명을 구해야 할 것 아니요. 자물쇠를 채우지 맙시다.」

「무슨 말인지 이해를 못 하겠군요, 빅토르 이폴리토비치. 내가 마치 떠나기로 동의한 것처럼 말씀하시는군요. 라라가 그렇게 원한다면 안심하고 떠나십시오. 집에 대해서는 걱정하지 마시고요. 내가 남지요, 떠나고 나면 내가 치우고 문도 잠그겠습니다.」

「무슨 말을 하는 거야, 유라? 당신 자신도 믿지 않는 이 무슨 말도 안 되는 헛소리야. 〈만일 라리사 표도로브나가 결심했다면〉이라니. 저 사람도 자기가 라리사 표도로브나의 여행에 참여하지 않는다면 내가 그런 결정을 내릴 생각이 전혀 없다는 걸 알고 있어. 그런데 〈내가 집을 치우고 모든 걸 챙기겠습니다〉라니 이게 무슨 말이야?」

「그러니까 전혀 생각을 바꾸지 않겠다는 말이로군요. 그럼 다른 걸 요청하겠소이다. 라리사 표도로브나가 허락한다면 몇 마디 선생에게 할 말이 있소이다, 만일 가능하다면 단둘이서 말이오.」

「좋습니다. 만일 꼭 그게 필요하다면 부엌으로 가시죠. 반대하지 않지, 라루샤?」

12

「스트렐니코프가 체포되었고, 최고형을 받아 판결이 집행되었다고 하오.」

「정말 끔찍한 일이군요. 그게 사실입니까?」

「그렇게 들었소. 난 그걸 확신하고 있고요.」

「라라에게 이야기하지 마십시오. 미쳐 버릴 겁니다.」

「물론이오. 그래서 내가 선생을 다른 방으로 부른 거요. 남편이 총살형을 당했으니, 라라와 딸은 직접적으로 위험에 처해 있는 거요. 내가 저들을 구할 수 있게 해주시오. 선생은 우리와 동행하기를 단호하게 거절하는 거요?」

「이미 말씀드렸잖습니까. 물론입니다.」

「그러나 선생이 없으면 라라는 가지 않을 거요. 어떻게 해야 할지 모르겠소. 다만 선생이 다른 식으로 도와줬으면 좋겠소. 거짓으로 말만이라도 양보할 마음이 있는 척해 주시오, 설득당한 척 좀 해달란 말이오. 난 선생의 작별 인사를 상상도 하지 못하겠소. 여기 이 자리에서든, 역에서든, 유랴틴에서든, 설사 당신이 정말로 우리를 배웅하러 간다고 해도 말이오. 라라가 당신 역시 간다는 것을 믿게끔 할 필요가 있단 말이오. 만일 지금 우리와 함께 가지 않는다면, 시간이 조금 흐른 후에라도 가겠다고, 내가 선생에게 새로운 가능성을 제공하고, 선생은 그 가능성을 이용하겠다고 약속해 주시오. 라라에게 거짓된 맹세라도 해야 한단 말이오. 하지만 내 입장에서 이건 빈말이 아니오. 진심으로 약속하지만, 선생이 원한다고만 하면 어느 때건 선생을 여기서 우리 쪽으로 오게 해서 아무 데나 선생이 원하는 대로 갈 수 있게 해주겠소. 라리사 표도로브나가 선생이 우리를 배웅하는 거라고 확신을 해야 한단 말이오. 온 힘을 다해 그런 확신을 주란 말이오. 이를테면 말에 마구를 채우러 가는 척하고, 그 마구를 채우는 동안 당신이 우리를 따라올 때까지 기다리지 말고 얼른 길을 떠나라고 설득하란 말이오.」

「파벨 파블로비치가 총살당했다는 소식에 너무 충격을 받아 정신을 차릴 수 없군요. 댁의 말을 따라잡기가 힘들어요. 하지만 댁의 말에 동의합니다. 스트렐니코프가 처형당했다면, 이곳 우리 논리에 따르면 라리사 표도로브나와 카탸의 생명 역시 위험에 처한 거지요. 우리 중 누군가가 자유를 잃게 된다면, 결과적으로 어떻게 되든 언젠가는 헤어지게 될 겁니다. 그렇다면 댁이 우리를 헤어지게 하고, 저들을 어디론가 멀리 세상 끝으로라도 데려가 주십시오. 내가 지금 댁에게 이런 말을 한다는 것은, 어쨌든 모든 일은 벌써 댁이 원하는 대로 되고 있다는 뜻이겠지요. 아마 나도 어쩔 수 없게 되어 자존심이고 자부심이고 다 내팽개치고 저 여자와 저 여자의 목숨을, 내 식구들에게 가는 해로(海路)와 나 자신의 구원을 댁의 손에서 얻으려고 굴욕적으로 댁에게 기어가게 될지도 모릅니다. 그러나 이 모든 걸 생각할 시간을 좀 주십시오. 댁이 전해 준 소식이 너무 충격적입니다. 너무 고통스러워서 생각하고 판단할 능력을 앗아가 버렸단 말입니다. 어쩌면 댁 말대로 하는 게 평생 괴로워하게 될, 완전히 치명적이고 되돌릴 수 없는 실수를 저지르는 일인지도 모르지만, 내 힘을 다 빼놓는 희뿌연 고통 속에서 내가 지금 할 수 있는 유일한 일은 기계적으로 댁의 말에 맹목적으로 동의하고 나약하게 복종하는 겁니다. 라라의 행복을 위해 제가 겉보기에만 지금 말을 매러 간다고, 곧 따라갈 거라고 말하겠지만, 저는 여기 혼자 남겠습니다. 한 가지 사소한 부탁이 있습니다. 곧 밤이 될 텐데 지금 어떻게 떠나려고 하십니까? 숲길이고 주변에 늑대가 있으니 조심하십시오.」

「알고 있소. 소총과 권총이 있소이다. 걱정하지 마시오. 참 맹추위에 대비해 술을 조금 가져왔소. 충분한 양인데. 나눠 드릴까, 원하시오?」

13

〈내가 무슨 짓을 한 거지? 내가 무슨 짓을 한 거야? 내주었어, 포기했어, 양보했어. 뒤따라가야 해, 쫓아가야 해, 돌려놓아야 해. 라라! 라라!〉

들을 수 없을 것이다. 바람이 반대 방향이다. 아마도 큰 소리로 이야기를 하고 있겠지. 명랑하고 마음이 편할 만한 충분한 근거가 있으니까. 라라는 속아서 길을 잘못 들었다는 걸 의심조차 하지 않는다.

아마도 이런 생각을 하고 있을 거야. 이런 생각을 하겠지. 모든 일이 자기 바람대로, 더 이상 좋을 수 없을 정도로 순조롭게 진행될 거라고. 몽상가에 고집쟁이인 자기의 유로치카가 마침내 마음을 누그러뜨렸으니 창조주께 영광이라고, 자기와 함께 어딘가 확실한 장소로 가게 될 것이라고, 법률과 질서의 보호 아래 있고 우리보다 더 똑똑한 사람에게 가게 될 것이라고 생각하겠지. 심지어 자기 고집대로, 성질대로 한다고 완고하게 굴어 내일 기차에 타지 않는다면, 빅토르 이폴리토비치가 그 사람을 데리러 다른 썰매를 보낼 것이고, 얼마지나지 않아 그 사람이 자기들에게 올 거라고 생각하겠지.

지금 그가 흥분해서 서두르느라 떨리는, 뒤죽박죽으로 말을 듣지 않는 손으로 사브라스카에게 마구를 채우고, 쏜살같이 즉시 흔적을 쫓아 내달릴 것이라고, 숲에 들어가기 전 들판에서는 자기를 따라잡을 거라고 생각할 거야.

아마도 라라는 이렇게 생각할 거야. 라라는 심지어 제대로 작별 인사도 하지 않았다. 사과 조각이 목에 걸린 것처럼 고통을 삼키려고 애쓰며 유리 안드레예비치는 손을 흔들고는 등을 돌리고야 말았다.

의사는 한 팔에 모피 외투를 걸치고 현관 계단에 서 있었다. 모피 외투 소매에 끼우지 않은 자유로운 손으로 그는 천장 바로 아래에 있는 예리하게 깎아 만든 기둥 측목을 마치 목을 조르듯이 부여잡았다. 그의 온 의식은 멀리 있는 공간의 한 지점에 집중되어 있었다. 그곳에는 산으로 올라가는 작은 길이 있어 각각 떨어져서 자란 몇 그루의 자작나무 사이에 일정 구간이 조각난 것처럼 열려 있었다. 그 순간 저물 준비를 하는 낮은 햇빛이 그 열린 공간으로 떨어지고 있었다. 전속력으로 달리는 썰매는 얼마 전에 숨어들었던 깊지 않은 골짜기를 벗어나 곧 그 빛이 비치는 구역 안으로 나올 터였다.

「안녕, 안녕.」 그 순간을 고대하며 의사는 가슴에서 헐떡이며 나올락 말락 하는 이 소리를 저녁의 추운 공기에 내뱉으며 소리 없이, 정신없이 되뇌었다. 「안녕, 유일하게 사랑하는 사람이여, 영원히 잃어버린 사람이여!」

「간다! 간다!」 썰매가 자작나무를 한 그루씩 지나며 화살처럼 아래로 내려오자, 그는 창백해진 입술로 맹렬하게, 매

몰스레 속삭였다. 썰매는 속도를 줄이더니, 오, 기쁘게도 마지막 자작나무 옆에 멈춰 섰다.

오, 그의 심장이 얼마나 뛰던지, 오, 얼마나 뛰던지, 그의 다리에 맥이 풀렸고, 흥분한 나머지 어깨에서 흘러내리는 모피 외투처럼 온통 흐물흐물해지는 것 같았다! 〈오, 주여, 저 여인을 내게 돌려보내시려는 겁니까? 무슨 일이 일어난 걸까? 저 멀리 해가 지는 지평선에서 무슨 일이 일어나고 있는 걸까? 어떻게 된 걸까? 어째서 저들은 서 있는 걸까? 아니다. 사라졌다. 데려갔다. 떠나고 말았다. 다시 한번 작별 인사를 하기 위해 집을 보려고 잠시 세워 달라고 부탁한 게 틀림없다. 아니면 유리 안드레예비치가 벌써 떠났는지, 그들의 뒤를 따라 달리고 있는지 확인하고 싶었던 걸까? 떠났다. 떠나 버렸다.

만일 시간을 맞출 수 있다면, 만일 태양이 더 일찍 지지 않는다면(어둠 속에서는 그들을 알아볼 수 없을 것이다), 그들은 다시 한번, 이번에는 지난번 밤에 늑대들이 서 있었던 계곡 저쪽 편에 마지막으로 나타날 것이다.〉

그리고 바로 그 순간이 왔다가 지나가 버렸다. 짙은 진홍빛 태양이 다시 한번 눈 더미의 푸른 선 위에 둥근 모습을 드러냈다. 눈은 태양이 물들이는 파인애플처럼 달콤한 맛을 탐욕스럽게 빨고 있었다. 그리고 곧 그들이 나타나 돌진하며 내달렸다. 〈안녕, 라라, 저세상에서 만납시다, 내 사랑, 안녕, 내 기쁨, 잘 가요, 헤아릴 수 없고, 소진될 수 없는, 영원한 내 기쁨이여.〉 그리고 그들은 사라졌다. 〈나는 당신을 더 이상 볼

수 없을 거야. 절대로, 살아서는, 더 이상은 절대로 당신을 볼 수 없을 거야.〉

그러는 사이에 날이 어두워졌다. 눈에 부서진 진홍색과 청동색의 저녁노을이 맹렬하게 타올랐다가는 스러졌다. 공간의 부드러운 재색이 점점 더 연하게 변하는 연보랏빛 어스름 속으로 빠르게 가라앉았다. 갑자기 백묵처럼 변하는 창백한 분홍빛 하늘을 따라 길 위에 손으로 그린 레이스처럼 가녀리게 선 자작나무가 부드럽게 드러나며 그 회색빛 연기와 뒤섞였다.

마음의 슬픔이 유리 안드레예비치의 감수성을 더 예민하게 만들었다. 그는 열 배나 더 예리하게 모든 것을 잡아냈다. 주변 세계는, 심지어 공기마저 드물게 유일성의 특징을 획득했다. 저녁은 모든 것에 공감하는 증인처럼 전례 없는 관심을 품으며 숨 쉬고 있었다. 마치 지금까지 단 한 번도 해가 진 적이 없고, 홀로 남겨져 고독에 빠진 사람을 위로하듯 오늘 처음으로 저녁이 된 것만 같았다. 지평선을 등에 지고 작은 언덕을 두른 숲은 그냥 허리춤의 파노라마로 서 있는 것이 아니라, 마치 공감을 토로하기 위해 땅에서 솟아 그 자리에 자리를 잡은 것만 같았다.

의사는 귀찮게 따라다니는 동정심 많은 군중을 뿌리치듯 그에게 닿은 노을빛에 〈고맙지만, 됐어〉라고 속삭일 기세로 그 시간의 엄청난 아름다움을 거의 뿌리치다시피 했다.

그는 세상을 등지고 닫힌 문 쪽을 향해 얼굴을 돌린 채 현관 계단에 한참 동안 서 있었다. 〈나의 선명한 태양이 졌구나.〉 무언가가 그의 내면에서 이런 말을 되풀이했다. 그는 이 모든 말을 연속적으로 내뱉을 힘이 없었고, 목구멍의 경련이 그 말을 끊어 버렸다.

그는 집 안으로 들어갔다. 그의 내면에서 두 종류의 독백, 이중 독백이 일어나서 완성되었다. 하나는 자신을 상대하는 무미건조하고 사무적으로 보이는 독백이었고, 다른 하나는 라라와의 관계에서 무한하게 흘러나오는 독백이었다. 그의 생각은 이렇게 흘러갔다. 〈이제 모스크바로 가자. 우선적으로 해야 할 일은 살아남는 것이다. 불면증에 굴복하면 안 된다. 자려고 누우면 안 된다. 피곤해서 죽은 듯 쓰러질 때까지 밤마다 혼이 나가도록 일하자. 그리고 또 할 일이 있다. 이제 밤에 괜히 몸이 얼지 않게 침실에 불을 때도록 하자.〉

하지만 그는 또 이런 독백을 하기도 했다. 〈내 잊을 수 없는 아름다운 여인이여! 내 구부린 팔꿈치가 당신을 기억하는 한, 내 팔과 입술이 당신을 느끼는 한, 나는 당신과 함께 있으리라. 뭐든 훌륭하고 오래 기억될 당신을 위해 눈물을 흘리리라. 부드럽고 또 부드러운, 아프게 슬픈 묘사로 당신에 대한 추억을 기록하리라. 이것을 다 할 때까지 이곳에 남으리라. 그 후에 떠나리라. 이렇게 당신을 표현하리라. 바닥까지 바다를 뒤집어 놓는 무시무시한 폭풍 이후에 가장 강한 파도가 가장 멀리까지 밀려와 모래에 흔적을 남기듯 당신의 모습을 종이에 새겨 넣으리라. 파도는 경석, 병마개, 조개껍질, 수초, 그러니까 바다가 바닥에서 들어 올릴 수 있는 가장 가볍고 무게가 나가지 않는 것을 바닷가에 던져 구불구불하게 굴절된 선을 만들어 놓는다. 가장 높이 밀려드는 파도가 해변을 따라 멀리까지 들어오며 무한한 경계선을 그려 놓는다. 그렇게 삶의 폭풍이 당신을 내게 밀어붙였으니, 나의 긍지여. 내가 당신을 그런 모습으로 그리리라.〉

그는 집으로 들어와 문을 잠그고 모피 외투를 벗었다. 라라가 아침에 열심히 청소하고 갔지만, 서둘러 떠나는 바람에 다시 어질러진 방으로 들어가, 그는 휘저어 놓아 정돈되지 않은 침대, 바닥과 의자에 아무렇게나 널브러진 물건을 보고, 마치 어린아이처럼 침대 앞에 무릎을 꿇고 온 가슴을 딱딱한 침대 구석에 붙이고, 축 늘어진 깃털 이불 끝에 얼굴을 파묻은 채 어린아이처럼 약하고 서럽게 울기 시작했다. 그가 운 시간은 길지 않았다. 유리 안드레예비치는 일어나 얼른 눈물을 닦고, 놀라고 산란한 마음과 피곤해서 퀭해진 시선으로 주변을 둘러보고는 코마롭스키가 주고 간 술병을 낚아채 뚜껑을 열고 유리잔에 반 잔을 채운 뒤 눈과 섞어서는, 조금 전에 하염없이 흘린 눈물과 거의 비슷한 정도의 만족감을 느끼며 그 혼합물을 천천히 탐욕스럽게 벌컥벌컥 들이켰다.

14

유리 안드레예비치에게 뭔가 어리석은 일이 일어났다. 그는 천천히 미쳐 가고 있었다. 그는 아직 한 번도 그렇게 이상한 삶을 살아 본 적이 없었다. 그는 집을 치우지 않았고, 자신을 돌보지 않았으며, 밤을 낮으로 삼고 살며, 라라가 떠난 이후 날짜가 어떻게 흐르는지 세지도 않았다.

그는 술을 마시고 그녀에게 바치는 글을 썼지만, 그의 시와 기록 속의 라라는 단어의 삭제와 교체가 진행됨에 따라 진정한 원형으로부터, 즉 카탸와 함께 여행 중에 있는 살아 있는 카텐카의 엄마로부터 점점 더 멀어져 갔다.

유리 안드레예비치는 표현의 정확성과 힘을 고려해서 삭제해 나갔지만, 사실은 개인적으로 겪은 일과 거짓이 아니라 실제로 일어난 일을 지나치게 솔직하게 드러내지 않아야 한다는 내적 절제의 요구에 부응한 결과였고, 기록된 일을 직접 겪은 참여자에게 상처를 주지 않고 그를 다치지 않게 하기 위해서였다. 그러다 보니 삭여지지 않고 분출되는 지극히 중요한 감정이 시(詩)에서 배제되고, 피를 흘리며 아픔을 일으키는 감정 대신 개인적인 경우를 모든 이에게 익숙한 보편적인 일로 끌어올리는, 평온해진 넓음이 시에 나타났다. 그가 그럴 목적으로 그랬던 건 아닌데, 그 넓음 자체가 길 떠난 이가 개인적으로 그에게 보낸 위로로, 멀리서 보낸 그녀의 인사로, 꿈에 나타난 그녀로, 혹은 그의 이마에 닿은 그녀 손의 접촉으로 다가왔다. 그리고 그는 시에 새겨진 고결한 흔적을 사랑했다.

라라를 위한 이 애가(哀歌) 이후에 그는 여러 시간에 걸쳐 일어난 온갖 사건, 자연과 일상적 생활을 다룬 서툰 장면도 마저 휘갈겨 썼다. 이런 작업을 하는 동안, 전에도 언제나 그랬듯이 개인적인 삶과 사회적인 삶에 대한 수많은 생각이 그를 한꺼번에 덮치곤 했다.

그는 자신이 역사, 즉 역사 과정이라고 부르는 것을 일반적으로 통용되는 방식과는 전혀 다르게 상상한다고 생각했다. 그에게 역사는 식물 왕국의 삶과 비슷한 것으로 그려졌다. 겨울에 눈 덮인 침엽수림의 헐벗은 잔가지는 노인의 사마귀 위에 난 가냘픈 털처럼 빈약하고 가련하다. 봄이 되면 단 며칠 사이에 숲이 변하면서 구름까지 자라나고, 이파리에 덮인 수풀 안에 보이지 않게 숨을 수 있을 정도가 된다. 이러한 변화는 신속성에서 동물의 동작을 능가하는 움직임으로 달성된다. 왜냐하면 동물은 식물처럼 그다지 빨리 자라지 않으므로 그 움직임을 결코 엿볼 수 없기 때문이다. 숲은 움직이지 않으므로 우리가 숲을 불시에 덮쳐 몰래 장소를 바꾸는 걸 감시할 수도 없다. 우리는 언제나 움직이지 않는 숲을 본다. 그리고 그러한 부동성에서 우리는 영원히 자라고 영원히 변화하는, 자신의 변화를 추적당하지 않는 사회의 삶, 역사를 만난다.

톨스토이는 나폴레옹과 같은 통치자와 사령관이 선봉장의 역할을 한다는 것을 부정하지만, 이 생각을 끝까지 밀고 나가지 못했다.[13] 그는 동일한 생각을 했지만, 그 생각을 아주 명료하게 말하지는 못했다. 그 누구도 역사를 만들 수 없고, 풀이 어떻게 자라는지를 볼 수 없는 것처럼 역사는 보이지 않는다. 전쟁, 혁명, 황제, 로베스피에르[14] 등은 역사에 유기적인

<hr />

13 『전쟁과 평화』에 나타난 역사관을 이야기하고 있다.
14 Maximilien de Robespierre(1758~1794). 프랑스 혁명가로 루이 16세의 처형을 주장한 급진파의 우두머리였다.

자극을 주는 사람이요 발효용 누룩이다. 혁명을 일으키는 사람은 활동적인 사람, 단편적인 광신도, 자제의 화신들이다. 그들은 몇 시간 혹은 며칠 만에 낡은 질서를 전복시켜 버린다. 대변혁은 몇 주씩, 몇 년씩 지속되고, 사람들은 변혁을 이끈 정신에 성물처럼 수십 년, 수 세기 동안 절을 한다.

라라를 위해 애가를 지은 후 그는 오래전 멜류제예보에서의 여름 역시 애도했는데, 혁명은 하늘에서 지상에 내려온 당시의 신, 그 여름의 신이었고, 그 여름에 사람들은 각자 미쳐 있었으며, 각자의 삶은 상위 정치의 정당성을 증명하기 위한 설명이자 실례가 아니라 그 자체로 존재했던 것이다.

여러 다양한 이야기를 이리저리 적은 후 그는 다시 예술은 언제나 아름다움을 섬기고, 아름다움은 형식을 소유하는 행복이며, 형식은 존재의 유기적 열쇠이고, 존재하기 위해 살아 있는 모든 것은 형식을 소유해야 하며, 그러므로 예술, 그중에서도 비극적인 예술도 존재의 행복에 대한 이야기임을 점검하고 기록했다. 이러한 사색과 기록 역시 눈물 가득한 아주 비극적인 행복을 그에게 가져다주었고, 그로 인해 그는 지쳐서 머리가 아팠다.

안핌 예피모비치가 그를 보러 왔다. 그도 보드카를 가져와서 안티포바와 딸, 코마롭스키가 떠났다고 알려 주었다. 안핌 예피모비치는 철로를 따라 궤도차를 타고 왔다. 그는 말을 충분히 잘 돌보지 못했다고 의사를 책망하고는, 한 사나흘 정도 참아 달라는 유리 안드레예비치의 부탁에도 불구하고 말을 데리고 떠났다. 그 대신 그는 이 시기가 지나면 본인이 직접 들러 의사를 바리키노에서 완전히 데리고 나가겠다고 약속했다.

유리 안드레예비치는 글을 쓰고 일하는 데 몰두하다가도 문득 떠난 여인이 너무 생생하게 떠올라 여리고 날카로워진 상실감으로 인해 괴로워해야만 했다. 언젠가 어린 시절에 새들이 지저귀는 멋진 여름의 대자연 속에서 돌아가신 어머니의 목소리가 그의 귓가에 울렸던 것처럼, 라라에게 익숙해지고 그녀의 목소리에 친숙해진 그의 청각이 가끔 그를 속이곤 했다. 〈유로치카〉라는 환청이 옆방에서 그에게 들렸던 것이다.

그 한 주 동안 다른 환각이 그에게 떠오르곤 했다. 그 주가 끝나 갈 무렵 밤에 그는 문득 용의 계곡이 집 아래 있는, 말도 안 되는 무시무시한 꿈을 꾸고 잠에서 깨어났다. 그는 눈을 떴다. 문득 계곡의 바닥에서 빛이 번쩍이더니, 뭔가가 우지끈하며 누군가가 쏜 총성이 울려 퍼졌다. 그렇게 평소와 다른 사건이 일어난 후 1분 있다가 의사는 다시 잠들었고, 아침에는 모든 게 꿈이었다고 결론을 내렸다.

15

그러던 어느 날 조금 늦은 시간에 이런 일이 일어났다. 의사는 마침내 이성의 소리를 경청하게 되었다. 그는 무슨 일이 있어도 자살할 마음이 확고하다면 효과가 더 빠르고 덜 고통스러운 방법을 찾을 수 있었을 텐데, 라고 자신에게 말했다. 안핌 예피모비치가 그를 데리러 나타나면 그는 곧바로 이곳을 떠나리라고 다짐했다.

황혼이 지기 전 아직 날이 밝을 때, 그는 누군가가 뽀드득대며 눈 위를 걷는 소리를 들었다. 누군가가 대범하고 결연한 걸음걸이로 조용히 집을 향해 걸어오고 있었다.

이상하군. 누구일까? 안핌 예피모비치는 말을 타고 올 텐데. 텅 빈 바리키노를 지나가는 사람은 없을 텐데. 〈나를 데리러 왔군.〉 유리 안드레예비치는 이렇게 결론을 내렸다. 〈소환하거나 도시로 호출하는 거겠지. 아니면 체포하려는 것이든지. 그렇지만 나를 뭐에 태워 데려가지? 그렇다면 두 사람이 왔을 텐데. 이건 미쿨리친, 아베르키 스테파노비치구나.〉 그는 기뻐하며 걷는 모양을 보고 눈에 보이는 대로 손님을 짐작했다. 아직 수수께끼 같은 인물은, 문에 있으리라고 기대한 자물쇠를 찾지 못해 자물쇠가 끊어진 문 옆에서 잠시 머뭇거리다가 걸어 들어와서는 마주치는 문들을 주인인 양 활짝 열었다가 조심스럽게 자기 뒤로 닫으며, 집을 잘 아는 사람의 몸짓과 자신 있는 걸음걸이로 직진했다.

이 이상한 사람은 입구를 등지고 책상 앞에 앉은 유리 안드레예비치와 마주쳤다. 그가 의자에서 일어나 낯선 사람을 보려고 문 쪽으로 얼굴을 돌리는 사이, 그 사람은 벌써 문턱에 얼어붙은 듯이 서 있었다.

「누구를 찾으시나요?」의사의 입에서 답변이 꼭 필요치 않은 질문이 무의식적으로 튀어나왔지만, 대답이 뒤따르지 않아도 유리 안드레예비치는 놀라지 않았다.

들어온 사람은 잘생긴 얼굴에 건강하고 늘씬한 남자로 짧은 모피 재킷과 모피 바지를 입고, 따뜻한 염소 가죽 장화를 신고, 어깨에 가죽 띠가 달린 소총을 두르고 있었다.

의사에게는 단지 미지의 사나이가 등장했다는 것이 아니라, 그가 등장한 시점이 의외였다. 집 안의 물건과 여러 흔적을 본 유리 안드레예비치는 이 만남을 예견하고 있었다. 들어온 사람은 분명 집에서 발견한 식료품의 소유자였다. 그의 외모는 의사가 본 적이 있는지 낯이 익었다. 아마 방문객도 집이 비어 있지 않으리라고 예견했던 것 같다. 그는 사람이 있는 것에 그다지 놀라지 않았다. 어쩌면 사람들이 안에서 누군가를 만날 수 있을지 모른다고 말해 주었을 수도 있다. 어쩌면 그 자신이 의사를 알고 있었는지도 모른다.

〈저 사람이 누구더라? 누구더라?〉 유리 안드레예비치는 고통스럽게 기억을 더듬었다. 〈주여, 제발, 내가 어디서 저 사람을 보았더라? 이게 가능한 일일까? 오래전 어떤 해인지 무더운 여름날 아침이었는데. 기차역 라즈빌리예. 좋은 일을 기대할 수 없는 정치 위원의 객차. 개념의 명료함, 직선적인 면, 원칙의 엄격함, 올바름, 올바름, 올바름. 스트렐니코프!〉

16

그들은 러시아에서 오직 러시아 사람만이 대화를 나누는

방식으로, 특히 공포에 질려 괴로워하는 사람들이, 그리고 당시에 모든 사람이 그랬듯이 놀라서 실성한 사람들이 대화를 나누듯이 그렇게 오랫동안, 꼬박 몇 시간이나 대화를 나누었다. 저녁이 되었다. 어두워졌다.

스트렐니코프는 모든 사람과 대화를 나눌 때 말을 불안하게 많이 하는 편이기는 했지만, 이번에는 뭔가 자기 나름의 다른 이유 때문에 쉬지도 않고 말을 이어 갔다.

그는 고독을 피하기 위해 아무리 말을 해도 지치는 법 없이, 온 힘을 다해 의사와 꼬리에 꼬리를 물며 대화를 이어 갔다. 그는 양심의 가책 혹은 그를 따라다니는 슬픈 추억이 두려웠던 걸까, 아니면 자신에게 품은 불만족 때문에 괴로웠던 걸까? 그 불만족 때문에 사람이 견딜 수 없고 증오스러워 수치심 때문에 죽고 싶었던 걸까? 아니면 혼자 있고 싶지 않게 만드는 뭔가 무섭고 취소할 수 없는 결정과 실행을 의사와의 수다와 만남으로 되도록 미루려고 한 걸까?

아무튼 스트렐니코프는 나머지 모든 것에 대해서는 점점 더 솔직하게 마음을 토로하는 데 열중했는데도 자신을 괴롭히는 어떤 중요한 비밀만큼은 숨기고 있었다.

그것은 그 시대의 병이자 그 시대의 혁명적 광기였다. 머릿속에 있는 모든 것은 말과 외적인 발현과는 사뭇 달랐다. 그 누구의 양심도 깨끗하지 않았다. 각자가 근거를 가지고 자신이 모든 일에 잘못이 있다고, 자신이 숨겨진 범인이자 드러나지 않은 사기꾼이라고 느꼈다. 구실이 생기기만 하면 자기를 비하하는 생각이 극단까지 사람들을 떠들썩하게 몰아갔다.

사람들은 환상에 빠져 있었고, 두려움의 작용 때문이 아니라 파괴적이고 병적인 유혹에 이끌린 결과, 형이상학적 무아경 상태와 한번 시작되면 멈출 수 없는 자기 심판의 열정에 사로잡혀 자신에 대해 온갖 나쁜 말을 해댔던 것이다.

당시 대단한 군인이자 때론 군사 재판관이었던 스트렐니코프는 죽음 직전의 구두, 혹은 글로 쓴 진술을 얼마나 많이 읽고 들었겠는가. 이제 그 자신이 비슷한 자기 폭로의 발작에 사로잡혀 자신의 모든 것을 재평가하고 모든 것을 결산하며 열의에 차 정신이 나간 듯 모든 것을 이지러진 왜곡의 눈으로 바라보고 있었다.

스트렐니코프는 고백에서 고백으로 건너뛰면서 뒤죽박죽으로 이야기를 전개해 나갔다.

「그건 치타 근처에서 얻은 겁니다. 이 집의 저울과 상자를 가득 채운 불가사의한 물건을 보고 놀라셨지요? 그건 적군(赤軍)이 동시베리아를 점령했을 때 시행한 군 징발 때 가져온 겁니다. 물론 나 혼자서 이곳으로 가져온 건 아닙니다. 사는 동안 제 주변에는 늘 언제나 충성스럽고 헌신적인 사람들이 많았습니다. 이 초, 성냥, 커피, 차, 필기구 등등은 일부는 체코 군대 자산이고, 또 일부는 일본과 영국 군대의 자산입니다. 기가 막힌 일 아닙니까, 그렇지 않나요? 〈그렇지 않나요?〉라는 말은 제 아내가 자주 쓰는 말이지요, 아마도 눈치채셨을 겁니다. 이런 말을 바로 해야 할지 잘 몰랐는데, 이제 솔직히 말하죠. 저는 아내와 딸을 만나러 왔습니다. 두 사람이 이곳에 있는 것 같다는 말을 제가 너무 늦게 전달받았어요.

그래서 늦었습니다. 온갖 비방과 고발을 통해 선생이 아내와 가깝다는 것을 알게 되었고, 사람들이 처음으로 내게 〈의사 지바고〉라는 이름을 말해 주었을 때, 불가사의하게도 최근 몇 년 동안 제 앞을 스쳐 간 수천 명의 사람들 중에서 심문을 받으러 제게 왔던 같은 성의 의사가 떠올랐습니다.」

「그 의사를 총살하지 않은 것이 아쉽지 않으시던가요?」

스트렐니코프는 이 지적에 주의를 기울이지 않았다. 어쩌면 상대방이 끼어들어 그의 독백을 가로막았다는 것조차 알아채지 못한 것 같았다. 그는 멍하니 자기 생각에 빠져 말을 이었다.

「물론 저는 아내 때문에 선생을 질투했고, 지금도 질투하고 있습니다. 다른 수가 있겠습니까? 이런 장소들에서 숨어 지낸 건 최근 몇 달뿐인데, 동쪽에 있는 제 다른 은신처들이 발각되었거든요. 저들은 거짓된 음해로 저를 군사 재판에 회부해야만 했습니다. 그 결말은 쉽게 짐작할 수 있죠. 전 아무것도 잘못한 일이 없습니다. 앞으로 상황이 좋아지면 무죄를 증명하고 명예를 회복할 수 있으리라는 희망을 가졌습니다. 그래서 체포되기 전에 미리 사람들의 시야에서 사라져 당분간 숨어서 떠돌아다니며 은둔하기로 결심했습니다. 결국에는 목숨을 건졌을지도 모르죠. 그런데 제 신뢰를 샀던 젊은 사기꾼이 저를 속였습니다.

겨울에 저는 도보로 시베리아를 건너 서쪽으로 갔고, 몸을 숨긴 채 굶주림에 시달렸습니다. 눈 더미에 파묻혀 지내고, 멈춰 선 눈 덮인 기차에서 밤을 보냈는데, 당시에는 시베리아 철도선 위에 눈 덮인 열차들이 끝없는 사슬처럼 줄지어 서 있었지요.

그렇게 방랑 생활을 하던 중 어떤 어린 부랑자와 만나게 되었는데, 공개 처형을 할 때 다른 사형수들과 함께 열에 서 있다가 죽지 않은 파르티잔인 듯했습니다. 그 아이는 시체 더미에서 기어 나와 한숨을 돌리고 기력을 회복한 후, 나중에 저처럼 여러 짐승과 곰의 굴을 떠돌기 시작했다더군요. 최소한 그아이는 그렇게 말했습니다. 악당에, 사악한 십 대 낙오자로 실업 학교 2학년 때 능력이 안 돼서 쫓겨난 놈이었습니다.」

스트렐니코프가 더 자세히 설명하면 할수록 의사는 소년이 누구인지 더 잘 알 수 있었다.

「이름이 테렌티이고 성은 갈루진이었지요?」

「맞습니다.」

「그렇다면 파르티잔과 총살형에 대한 얘기는 모두 사실입니다. 그 아이가 꾸며 낸 얘기가 아닙니다.」

「소년의 유일한 장점은 어머니를 죽도록 숭배하는 것이었지요. 아버지는 인질로 잡혀 사라졌습니다. 아이는 어머니가 감옥에 있고 아버지와 똑같은 운명이 되리라는 것을 알고, 어머니를 빼내기 위해 무슨 짓이든 하기로 결심했습니다. 소년은 자수하러 읍의 체카에 가서 시키는 대로 하겠다고 했고, 체카는 거물을 내주는 대가로 소년의 모든 죄를 용서해 주기로 했습니다. 소년은 제가 피신해 있던 장소를 가르쳐 주었습니다. 저는 그 아이가 배신할 걸 미리 짐작하고 제때에 도망쳤고요.

동화에나 나올 법한 노력과 천신만고 끝에 시베리아를 지나 저에 대해 속속들이 잘 아는 이곳까지 왔습니다. 저들이 이곳에서 저와 마주치리라고는 기대하지 않을 테고, 제가 이렇게까지 과감하리라고는 생각지 못할 테니까요. 실제로 제가 이 집과 이곳 근처에 있는 다른 은신처에 숨어 있는 동안 치타에서 저를 수색했습니다. 하지만 이제 끝입니다. 이곳에서 제 흔적을 찾아냈거든요. 들어 보세요. 이제 날이 저무는군요. 벌써 오래전부터 잠을 잘 이루지 못했기 때문에 좋아하지 않는 시간이 다가오고 있습니다. 이게 얼마나 고통스러운지 당신도 아시지요. 만일 제 초를 아직 다 태우시지 않았다면 ─ 정말 훌륭한 스테아린 초 아닙니까? 그렇지 않나요? ─ 조금만 더 이야기를 나눕시다. 당신 몸이 버틸 수 있을 때까지 이 호사를 누리고 초를 태우며 이야기를 나눕시다.」

「초들은 그대로 남아 있습니다. 첫 곽만 조금 태웠을 뿐이에요. 이곳에서 발견한 등유를 밝혔으니까요.」

「빵은 있나요?」

「없습니다.」

「뭘 먹고 지냈습니까? 어리석은 질문을 했군요. 감자를 먹었겠지요. 압니다.」

「맞습니다. 감자는 원이 없을 만큼 있으니까요. 이곳 주인들은 경험도 많고, 저장도 할 줄 아는 사람들이에요. 감자 저장하는 하는 법을 알았고요. 모두 지하 창고에 잘 저장되어 있더군요. 썩지도, 얼지도 않았습니다.」

갑자기 스트렐니코프는 혁명에 대해 얘기하기 시작했다.

17

「이 모든 게 당신과는 거리가 멀죠. 당신으로서는 이해하기 힘들 겁니다. 다른 환경에서 자랐으니까요. 도시 근교의 세계, 철도 선로와 노동자 막사의 세계이지요. 더러움과 협소함, 가난, 노동하는 남성의 타락, 여성의 타락. 조롱하듯 징벌을 당하지 않는 타락, 마마보이들, 반혁명적인 학생들, 상인들의 뻔뻔함이 있었지요. 그들은 농담을 하거나 경멸을 담은 분노를 폭발시키며 강탈당한 자, 모욕당한 자, 유혹당한 자의 눈물과 하소연을 외면했습니다. 무엇에도 수고하지 않고, 아무것도 추구하지 않으면서, 세계에 아무것도 기여하지도 남기지도 않는 대단한 기생충들의 총집합이었단 말입니다!

하지만 우리는 삶을 군사의 진군으로 받아들였고, 사랑하는 이를 위해 돌을 굴렸지요. 우리가 그들에게 준 것이 슬픔 말고는 아무것도 없어도 우리는 적어도 그들을 괴롭히지 않았습니다. 왜냐하면 우리가 그들보다 더 큰 수난자였기 때문입니다.

그러나 이야기를 계속하기 전에 당신에게 한 가지 말해야 할 것이 있습니다. 이건 중요한 문제입니다. 생명이 당신에게 소중하다면 지체하지 말고 즉시 이곳을 떠나서야 합니다. 저에 대한 검거망이 좁혀지고 있고, 그게 어떻게 끝나든 저들은 선생을 제 일에 엮을 겁니다. 우리가 대화를 나누었다는 사실만으로도 선생은 제 일에 얽혀 든 거니까요. 더구나 이곳에는 늑대가 많습니다. 며칠 전에 총을 쏘아 늑대들을 쫓아냈어요.」

「아, 총을 쏜 사람이 당신이었군요?」

「맞습니다. 물론 그 소리를 들으셨지요? 다른 은신처로 가는 중이었는데, 도착하기도 전에 여러 징후를 보고 그곳이 발각되었다는 것을 깨달았습니다. 아마도 그곳 사람들은 죽었을 겁니다. 저는 이곳에 오래 있지 않을 겁니다. 하룻밤만 머물고 내일 떠날 겁니다. 그러니 제가 계속 말할 수 있게 해주세요.

그러나 고급 마차에 아가씨를 태우고 비싼 모자에 각반 달린 바지를 입은 트베르스카야-얌스카야의 멋쟁이들이 모스크바에만, 러시아에만 있겠습니까? 거리, 저녁의 거리, 이 시대 저녁의 거리, 경주마, 평범한 말은 어디에나 있는 겁니다. 시대를 하나로 합치는 것이 무엇일까요, 역사의 한 구간에서 19세기를 구성하는 것이 무엇일까요? 사회주의 사상의 탄생입니다. 혁명이 일어났고, 자기희생적인 젊은이들이 바리케이드에 올라갔습니다. 사회 평론가들은 돈의 짐승 같은 파렴치함에 재갈을 물리고 가난한 사람들의 인권을 수호하느라 골머리를 앓았습니다. 마르크스주의가 나타났습니다. 마르크스주의는 악의 근원이 어디에 있는지, 그것을 치유할 방법은 어디에 있는지 살폈습니다. 마르크스주의가 시대의 막강한 힘이 되었습니다. 이 모든 것이 더러움도, 빛나는 거룩함도, 타락도, 노동자 지구도, 전단지와 바리케이드도 있었던 트베르스카야-얌스카야의 시대였습니다.

아, 김나지움 학생이었던 라라는 얼마나 아름다웠는지 모릅니다! 당신은 상상도 할 수 없을 겁니다. 라라는 여학생 친구들을 만나러 브레스트 철도 노동자들이 세 들어 사는 집에 자주 들렀었습니다. 처음에 이름이 몇 차례 바뀌기 전에는 그 철도를 그렇게 불렀지요. 현재 유랴틴 재판소의 일원인 제 아버지가 당시 역 구간의 선로 감독이었습니다. 저는 그 집에 자주 가서 라라를 보곤 했지요. 라라는 어린아이에 소녀였지만, 그 얼굴과 눈동자에서 이미 시대의 불안, 그 조심스러운 생각을 읽을 수 있었습니다. 시대의 모든 테마, 모든 눈물과 아픔, 모든 충동, 축적된 복수심과 긍지가 라라의 얼굴과 자태에, 라라의 소녀다운 수줍음과 파격적인 몸매의 혼합에 쓰여 있었습니다. 라라의 이름으로, 라라의 입술로 시대를 고발할 수 있었습니다. 동의하세요, 그게 하찮은 일은 아니지 않습니까. 이건 일종의 소명이고 지정된 것입니다. 선천적으로 그것을 소유해야 하고, 그에 대한 권리를 가져야만 하는 것이죠.」

「라라에 대해 정말 말씀을 잘하시는군요. 당시에 저도 라라를 보았는데, 지금 묘사하신 그 모습 그대로였습니다. 김나지움 학생인데도 라라 안에는 아이답지 않은 비밀스러운 여주인공의 모습이 뒤섞여 있었습니다. 라라의 그림자가 조심스러운 자기방어의 몸짓으로 벽에 드리워져 있었죠. 전 그런 모습의 라라를 보았습니다. 그런 모습으로 기억합니다. 정말 놀라울 정도로 표현을 잘하셨습니다.」

「선생도 봤고 기억하고 계시군요? 선생은 그것을 위해 무엇을 하셨습니까?」

「그건 전혀 다른 문제입니다.」

「그렇군요, 그런데 보십시오, 19세기의 모든 것, 즉 파리에서의 모든 혁명, 게르첸[15]부터 시작된 몇 세대에 걸친 러시아인의 이민, 계획되어 실행되지 못한, 또 실행된 황제 암살과 살인, 세계의 모든 노동자 운동, 의회와 유럽 대학에서의 모든 마르크스주의, 새로운 사상의 모든 시스템, 추론의 새로움과 빠름, 빈정거림, 연민의 이름으로 만들어진 대용(大勇)의 무자비함, 이 모든 것을 자기 속에 흡수해서 종합적으로 표현한 사람이 레닌입니다. 자행된 모든 일에 복수하기 위해 옛것을 무너뜨리려고요.

그와 나란히 전 세계의 눈앞에 돌연 러시아의 거대한 형상이 인류의 불행과 고난을 대신해 타오르는 속죄의 촛불처럼 지울 수 없이 강렬한 모습으로 떠올랐습니다. 그런데 왜 제가 당신에게 이런 말을 하는 것일까요? 당신에게는 이 모든 말이 요란한 꽹과리,[16] 공허한 소리에 불과할 텐데요.

그 소녀를 위해 저는 대학에 갔고, 그 소녀를 위해 선생이 되어 당시에는 전혀 알지 못했던 유랴틴이라는 도시로 일하러 왔습니다. 저는 라라에게 유익한 사람이 되려고, 라라에게 제 도움이 필요하면 바로 옆에 있어 주려고 수많은 책을 탐독했고, 다량의 지식을 습득했죠. 결혼 생활 3년 만에 다시

15 Aleksandr Gertsen(1812~1870). 러시아의 서구주의 작가이자 사회 평론가. 〈러시아 사회주의의 아버지〉라고 불린다. 1847년에 아버지의 유산을 물려받은 후 러시아를 떠나서 다시 돌아오지 않았다.

16 『신약 성경』, 「고린토인들에게 보낸 첫째 편지」 13장 1절 〈내가 인간의 여러 언어를 말하고 천사의 말까지 한다 하더라도 사랑이 없으면 나는 울리는 징과 요란한 꽹과리와 다를 것이 없습니다〉에 나오는 내용이다.

라라의 마음을 얻으려고 전쟁에 나갔고, 그 후 전쟁이 끝나 포로 생활에서 돌아온 다음에는 저를 죽은 사람으로 생각하는 것을 이용해 전혀 다른 가명을 쓰고 혁명에 모든 것을 바쳤습니다, 라라가 겪은 모든 일을 완전히 갚아 주려고요. 슬픈 기억을 씻어 주고, 과거로 더 이상 돌아가지 않으려고요, 트베리스카야-얌스카야 거리가 더 이상 존재하지 않게 하려고요. 그리고 두 사람, 라라와 딸은 바로 곁에, 바로 이곳에 있었습니다! 두 사람에게 달려오고 싶은 마음, 두 사람을 보고 싶은 마음을 억누르느라 얼마나 용을 썼는지 모릅니다! 그러나 저는 제 인생의 과업을 먼저 끝까지 완수하고 싶었습니다. 오, 단 한 번만이라도 두 사람을 볼 수 있다면 무엇인들 내주지 않을까요! 라라가 방에 들어오면, 마치 창이 활짝 열린 것처럼 방 안은 빛과 공기로 가득 채워졌었습니다.」

「당신에게 라라가 얼마나 소중한 존재였는지 알겠습니다. 그런데 실례지만, 라라가 당신을 얼마나 사랑했는지 혹시 알고 계십니까?」

「죄송합니다. 뭐라고 말씀하셨지요?」

「라라에게 당신이 얼마나 소중한 사람이었는지, 라라에게 당신은 세상에서 가장 소중한 사람이었다는 것을 상상하실 수 있습니까?」

「그걸 어떻게 아시나요?」

「라라가 직접 제게 그렇게 말했습니다.」

「라라가요? 당신에게요?」

「네.」

「죄송합니다. 제 요청이 실행 불가능하다는 건 알지만, 무례한 부탁이 아니라면, 또 가능하시다면 라라가 무슨 말을 했는지 정확하게 좀 전해 주십시오.」

「기꺼이 그렇게 해드리죠. 라라는 당신을 자기가 본 사람 중에서 필적할 만한 사람이 없을 정도로 모범적인 사람이라고, 진실성의 높은 경지에서 유일한 사람이라고 했습니다. 그리고 한 번만이라도 지구 끝에 선생과 함께 살았던 집의 환영이 나타난다면 그게 어디든, 세상 끝이라도 그 분지방에 도달하기 위해 무릎으로 기어서라도 갈 거라고 하더군요.」

「죄송합니다. 만일 그게 당신에게 건드려선 안 될 결례가 아니라면 언제, 어떤 상황에서 라라가 그런 말을 했는지 말씀해 주시겠습니까?」

「라라는 방을 청소하고 있었습니다. 나중에는 양탄자를 털려고 바깥으로 나갔고요.」

「용서하십시오, 어떤 양탄자인가요? 여기 두 개가 있는데요.」

「조금 더 큰 저 양탄자입니다.」

「라라 혼자 털기에는 힘에 부쳤을 텐데요. 도와주셨습니까?」

「네.」

「당신이 양탄자의 반대편 끝을 붙잡고, 라라는 그네를 타듯이 팔을 높이 흔들며 몸을 뒤로 젖혔겠지요, 날아다니는 먼지를 피해 고개를 돌리고 얼굴을 찡그리며 웃었겠지요? 그렇지 않나요? 라라의 버릇을 아주 잘 알고 있지요! 나중에 두 사람이 마주 걸어서 양탄자를 처음에는 두 겹으로 나중에는 네 겹으로 겹쳤겠지요? 그러면 라라가 장난을 치며 이런저런 농담을 던졌겠지요? 그렇지 않습니까? 그렇지 않나요?」

그들은 자기 자리에서 일어나 각기 다른 창으로 가서 서로 다른 쪽을 보기 시작했다. 잠시 침묵이 흐른 후 스트렐니코프는 유리 안드레예비치에게 다가왔다. 그는 두 손을 붙잡아 자기 가슴에 쥐고서 조금 전처럼 서두르며 말을 이었다.

「용서하십시오, 제가 뭔가 가슴 깊이 소중한 것을 건드렸다는 걸 이해합니다. 그러나 가능하다면 또 묻겠습니다. 떠나지만 마십시오. 저를 혼자 내버려 두지 마세요. 저는 곧 떠날 겁니다. 생각해 보세요, 6년 동안 헤어져 있었고, 6년 동안 상상할 수 없을 만큼 참았습니다. 아직 자유가 완전히 쟁취되었다고 생각지 않았던 거지요. 우선은 자유를 쟁취한 후 제 두 손이 풀리면 온전히 두 사람의 것이 되자고 생각했습니다. 그런데 제 모든 계획이 수포로 돌아갔습니다. 내일이면 전 체포되겠지요. 당신은 그 람에게 식구나 다름없이 가까운 사람입니다. 어쩌면 당신은 언젠가 라라를 보게 될지도 모릅니다. 저는 체포될 것이고 변호할 기회도 주지 않을 겁니다. 곧 질책과 욕설로 입을 틀어막고 곧 제게 달려들겠지요. 어떻게 일이 진행되는지 제가 모를까요?」

18

마침내 그는 제대로 푹 곯아떨어졌다. 침대에 눕자마자 어떻게 잠이 들었는지 유리 안드레예비치는 오랜만에 처음으로 알아채지 못했다. 스트렐니코프는 그의 집에 남아서 밤을 보냈다. 유리 안드레예비치가 옆방에서 자도록 잠자리를 봐주었다. 다른 쪽으로 눕거나 바닥에 미끄러진 이불을 끌어 올리려고 잠시 깨어난 그 짧은 순간, 유리 안드레예비치는 건강한 잠으로 인해 원기가 회복되는 것을 느끼며 달콤한 잠에 다시 빠져들었다. 밤의 후반부에 그는 어린 시절의 여러 장면이 짧게 교차되는 꿈을 꾸었는데, 어찌나 명료하고 세세하고 풍부하던지 쉽게 현실이라고 받아들일 수 있을 정도였다.

예를 들면 꿈에 엄마 방의 벽에 있던 이탈리아 연안을 그린 수채화가 갑자기 바닥에 떨어지면서 유리가 깨졌고, 그 소리가 유리 안드레예비치를 잠에서 깨웠다. 그는 눈을 떴다. 아니, 이건 뭔가 다른 것이었다. 그것은 아마도 안티포프, 라라의 남편인 파벨 파블로비치, 스트렐니코프라고 부르는 자가, 바크흐가 말하듯이 슈타마에서 늑대를 놀라게 하는 소리겠지. 오, 아니다, 이 무슨 헛소리인가. 물론, 그림이 벽에서 떨어졌다. 액자가 조각난 채 바닥에 흩어져 있는 것을, 그는 돌아와서 계속 이어지는 꿈에서 확인했다.

그는 지나치게 오래 잔 탓에 두통을 느끼며 잠에서 깨어났다. 그는 자신이 누구이고, 어디에 있으며, 어떤 세상에 있는지를 곧바로 깨닫지 못했다.

문득 그는 기억이 났다. 〈스트렐니코프가 우리 집에서 하룻밤을 보냈지. 벌써 늦었군. 옷을 입어야겠어. 아마도 그 사람은 벌써 일어났을 테지, 만일 아직 자고 있다면 깨워서 함께 커피를 마셔야겠다.〉

「파벨 파블로비치!」

아무 대답이 없었다. 〈아직 자고 있나 보군. 깊이 잠든 모양이야.〉 유리 안드레예비치는 서둘지 않고 옷을 입은 다음 옆방으로 갔다. 책상 위에 스트렐니코프의 높은 군모가 놓여 있었지만, 그는 집에 없었다. 〈아마도 주변을 산책하는 모양이야.〉 의사는 이렇게 생각했다. 〈모자도 쓰지 않고. 몸을 단련하는가 보군. 오늘 바리키노의 삶에 종지부를 찍고 도시로 가야 할 텐데. 늦었어. 또다시 너무 늦잠을 잤어. 매일 아침 이러는군.〉

유리 안드레예비치는 난로에 불을 붙인 후 물통을 들고 물을 길러 우물로 갔다. 현관 계단에서 몇 걸음 떨어지지 않은 곳에 권총 자살한 스트렐니코프가 머리를 눈 더미에 박고 길을 제멋대로 가로지른 채 누워 있었다. 그의 왼쪽 관자놀이 아래로 눈이 붉은 피 웅덩이에 젖어 붉은 덩어리로 뒤엉켜 있었다. 한쪽으로 뿜어져 나온 작은 핏방울들이 얼어붙은 마가목 열매와 비슷한 붉은 공이 되어 눈과 뭉쳐져 있었다.

제15부

종장

1

이제 남은 것은 유리 안드레예비치가 사망하기 전 마지막 8~9년 동안의 그다지 복잡하지 않은 이야기를 마저 하는 일이다. 그동안 그는 의사로서의 지식과 기술을 잃어버렸고, 작가로서의 기능도 상실한 채 점점 더 쇠약지고 해이해졌다. 잠시 잠깐 의기소침과 감퇴에서 벗어나 생기를 되찾고 업무에 복귀하는 일도 있었지만, 그는 잠깐 타올랐다가는 다시 자기 자신과 세상의 모든 것에 대한 장기간의 무관심 상태에 빠져들었다. 그 기간에 그는 지병인 심장병이 악화되었는데, 스스로에게 진단을 내렸어도 그 병이 얼마나 위중한지는 잘 몰랐다.

그는 소비에트 시대 중 가장 이중적이고 허위에 가득 찬 네프[1] 시대 초기에 모스크바로 돌아왔다. 그는 파르티잔 포로

1 〈신경제 정책Novaya ekonomicheskaya politika〉의 준말이다. 1921년 3월 21일 칙령으로 작은 규모의 사적 기업과 상업을 허용한 정책이다. 모든 시장 경제를 완전히 없애 버리려고 한 전시 공산주의로 인해 황폐해진 소비에트의 경제를 살리기 위해 취한 것으로, 농부들에게 잉여 농산물의 판매가 허

상태에서 유랴틴으로 돌아왔을 때보다 더 여위고 털이 더 무성하며 야만적인 모습이었다. 또다시 여행하는 중에 값나가는 옷가지를 하나씩 모두 벗어 빵과, 벌거벗지 않으려고 닳아빠진 옷가지와 덤으로 교환했다. 그는 길에서 두 번째 모피 외투와 양복 한 벌을 다시 빵과 바꿔 먹었고, 모스크바 거리에 나타났을 때는 회색 털모자와 각반 차림에 마지막 단추까지 다 뜯어져서 냄새나는 죄수복으로 변해 버린 낡은 병사 외투를 입고 있었다. 그런 자림이었어노 그는 광장과 가로수길, 수도 기차역에서 무리 지어 쏟아져 나오는 헤아릴 수 없이 많은 적군 병사들과 전혀 구별되지 않았다.

그는 모스크바에 홀로 온 것이 아니었다. 그와 마찬가지로 온몸에 병사 옷을 휘감은 잘생긴 농부 청년이 그의 뒤를 어디나 따라다녔다. 그런 모습으로 그들은 당시에 무사히 살아남은 모스크바의 살롱에 나타났다. 유리 안드레예비치가 어린 시절을 보낸 모스크바의 살롱에서는, 당시 티푸스가 아직 창궐하고 있었으므로 여행한 후 목욕을 했느냐는 민감한 질문을 미리 던진 다음, 그와 그의 동반자를 함께 받아들여 주었다. 유리 안드레예비치가 처음 나타난 며칠간 그들은 그의 친지들이 모스크바에서 해외로 떠나게 된 사정을 얘기해 주었다.

두 사람 다 사람들을 꺼렸으며, 수줍음이 더 심해져서 자기들만이 유일한 손님이라서 침묵할 수 없고 직접 대화를 이어

용되었다. 1928년에 제1차 5개년 계획과 농촌의 집단 농장화가 시작되면서 이 정책은 스탈린에 의해 폐지된다.

가야만 하는 상황을 피하곤 했다. 사교 모임이 열리면 이들은 통상 지인들 사이에 두 멀대 같은 모습으로 나타나, 어딘가 눈에 잘 띄지 않는 구석에 처박혀서는 사람들의 대화에 끼지 않고 말없이 저녁을 보냈다.

젊은 친구를 동반하고 볼품없는 옷을 입은 키 큰 의사는 평범한 민중 출신의 진리를 찾는 구도자 같았고, 그의 뒤를 끊임없이 따르는 동반자는 그에게 맹목적으로 충성하는 순종적인 제자이자 추종자 같았다. 이 젊은 동반자는 과연 누구였을까?

2

유리 안드레예비치는 여행의 마지막 구간인 모스크바 근처에서 기차를 탔지만, 그보다 훨씬 더 길었던 그 이전의 구간은 걸어서 이동했다.

그가 지나온 시골 풍경은 숲속의 포로 상태에서 도망쳤던 시기에 시베리아와 우랄에서 봤던 것보다 조금도 나을 것이 없었다. 다만 당시에는 그 지역을 겨울에 지났다면, 지금은 여름의 끝이자 따뜻하고 건조한 가을이었으므로 다니기가 훨씬 수월했을 뿐이다.

그가 지나온 마을의 절반은 적의 습격이 지나간 것처럼 텅비고 들판도 추수되지 않은 채 버려져 있었는데, 그것은 사실 전쟁과 내전의 결과였다.

9월 말, 2~3일 동안 그의 여정은 가파르고 높은 강둑을 따라 이어졌다. 유리 안드레예비치를 맞이해 흐르던 강이 그의 오른편에 오게 되었다. 왼쪽에는 추수되지 않은 들판이 길에서 바로 구름이 첩첩이 쌓인 지평선까지 드넓게 펼쳐져 있었다. 주로 참나무, 느릅나무, 단풍나무로 이루어진 우거진 숲이 그 들판을 가끔씩 가로막곤 했다. 숲은 깊은 골짜기를 이루며 강으로 달려와, 절벽과 가파른 내리막으로 길을 가로질렀다.

추수되지 못한 들판에서 호밀이 잘 익은 이삭을 품고 있다가 저절로 기울어지며 이리저리 쏟아 냈다. 유리 안드레예비치는 죽을 만들어 먹을 수 없는 특별히 어려운 경우에는 이삭 한 줌을 입에 털어 넣고 어렵사리 이로 부수어 먹었고, 그런 방식으로 목숨을 부지했다. 위는 씹기도 어려운 생 낱알을 잘 소화시키지 못했다.

유리 안드레예비치는 살면서 다갈색, 밤색, 오래되어 색이 어두워진 금색의 호밀을 한 번도 본 적이 없었다. 제때 추수하면 호밀은 보통 색이 훨씬 더 밝다.

불 없이 타오르는 불꽃 색깔의 들판, 소리 없이 큰 소리로 도와달라고 고함치는 들판은 차가운 평온함으로 이미 겨울로 돌아선 하늘을 끝에서부터 감싸고 있었다. 하늘에는 얼굴에 드리워진 그림자처럼 가운데는 검고 양옆으로는 흰색인, 눈을 머금은 층층의 긴 구름이 끊임없이 흐르고 있었다.

모든 것이 느리고 고르게 움직였다. 강이 흐르고 있었다. 길이 강을 향해 나 있었다. 그 길을 따라 의사는 걸었다. 구름이 그와 함께 한 방향으로 길게 떠가고 있었다. 그러나 들판은 부동자세로 있지 않았다. 들판을 따라 뭔가가 움직였고, 들판은 혐오감을 불러일으키는, 보채듯 포복하는 자그마한 것들에 사로잡혀 있었다.

들판은 지금까지 유례가 없을 정도로 놀랄 만한 수의 쥐들로 득시글댔다. 의사가 들판에서 밤을 보내느라 밭 사이의 좁은 길에 누울 때면 쥐들이 의사의 얼굴과 팔을 왔다 갔다 하고 그의 바지와 소매 사이로 기어 들어와 돌아다녔다. 셀 수 없이 번식하고 포식해서 포동포동하게 살이 오른 쥐 떼들이 낮에는 길 위에서 발밑을 이리저리 뛰어다녔고, 밟히면 미끌미끌한 진창처럼 뭉클대며 찍찍거렸다.

야생 개가 된 무시무시한 털북숭이 잡종 개들은 서로 시선을 교환하며 언제 의사에게 달려들어 물어 죽일지 합의한 듯, 어느 정도 거리를 유지하며 한꺼번에 의사의 뒤를 어슬렁거리며 쫓아오곤 했다. 그들은 죽은 짐승을 먹고 들판에 득실대는 쥐 떼도 마다하지 않았는데, 멀리서 의사를 바라보며 계속해서 뭔가를 기다리는 듯 확신에 차서 그의 뒤를 따라왔다. 그런데 이상하게도 그들은 숲에는 들어오지 않고 숲이 점점 가까워짐에 따라 차츰 뒤떨어지더니, 마침내 뒤돌아 사라져 버렸다.

그 당시에 숲과 들판은 완전히 대조적이었다. 사람이 없는 들판은 사람이 없으므로 저주를 받은 듯 텅 비었다. 사람의 손에서 벗어난 숲은 자유롭게 풀려난 수감자처럼 자유를 누리며 아름답게 피어났다.

사람들, 주로 시골 아이들은 호두가 다 익을 때까지 기다리지 못하고 녹색일 때 깨부수어 먹었다. 당시 언덕과 계곡 경사면의 숲은 그 누구의 손도 닿지 않은, 먼지가 끼고 가을 햇빛에 퇴색한 황금빛의 까끌까끌한 이파리로 뒤덮였다. 그 이파리에서 마치 매듭이나 댕기로 묶인 듯 호두가 두 알, 세 알씩 한데 뭉쳐 자라서 불쑥 돌출되어 있었다. 잘 익은 호두들은 줄기에 아직 붙어 있기는 했지만 곧 떨어질 것만 같았다. 유리 안드레예비치는 길을 걸으며 이 호두를 끝없이 이로 뜯어 우두둑 까먹었다. 그의 주머니는 호두로 가득 채워졌고, 배낭도 호두로 가득했다. 일주일 동안 호두는 그의 주요 식량이었다.

의사에게 들판은 심각한 병에 걸려 열병을 앓는 상태이고, 숲은 건강을 회복해 안색이 좋아진 상태인 것 같았다. 숲에는 하느님이 살고, 들판에는 악마의 비웃음이 꿈틀대는 것만 같았다.

3

걸어서 여행하던 바로 그때 의사는 완전히 불타서 주민들에게 버림받은 한 마을에 들어간 적이 있었다. 화재가 나기 전, 마을은 강 건너편 길을 따라 집이 한 줄로 늘어서 있었다. 강 쪽에 세워진 집은 없었다.

마을에는 겉만 검게 그을린 집 몇 채만이 간신히 남아 있었다. 그러나 그 집들도 텅 빈 채 사람이 살고 있지 않았다. 나머지 집은 잿더미로 변했고, 그 숯 밖으로 연기에 그을린 벽난로 굴뚝의 검은 기둥이 위로 튀어나와 있었다.

강 쪽 낭떠러지에는 마을 주민들이 맷돌을 채취하느라 생긴 구멍이 여기저기 나 있었는데, 이전 시기에 주민들은 맷돌을 채취해 그 소산으로 먹고살았다. 아직 다 만들어지지 않은 물레방아 바퀴 세 개가 마을 오두막의 제일 끝에 있는, 성한 집 중 하나인 오두막 맞은편에 누워 있었다. 그 집도 나머지 집들처럼 비어 있었다.

유리 안드레예비치는 그 집으로 들어갔다. 조용한 저녁이었지만, 의사가 오두막에 들어가자마자 바람이 그 속으로 들이닥치는 것 같았다. 바닥에는 건초와 삼 부스러기 더미가 사방으로 나뒹굴었고, 벽에는 떨어진 벽지 조각들이 너덜너덜했다. 오두막 안의 모든 것이 움직이며 쉬쉬 소리를 냈다. 주변의 다른 장소와 마찬가지로 우글대는 쥐 떼가 찍찍거리며 오두막 전체를 뛰어다녔다.

의사는 오두막에서 나왔다. 들판 너머로 해가 지고 있었다. 일몰은 반대편 강가를 따뜻한 황금빛 노을로 물들였고, 강가의 관목들과 작은 웅덩이는 생기 잃은 빛으로 반사되며 강의 중간까지 뻗어 있었다. 유리 안드레예비치는 길을 건너 풀에 널브러진 맷돌 중 하나에 쉬려고 앉았다.

절벽 아래에서 밝은 갈색 머리 하나가 불쑥 올라왔고, 뒤를 이어 어깨와 손이 보였다. 누군가가 오솔길을 따라 강에서 물을 채운 물통을 들고 올라오는 중이었다. 그 사람은 의사를 보고는 절벽의 선 위로 허리까지만 몸을 내밀고 멈춰 섰다.

「물 좀 드시겠어요, 좋은 분이시죠? 나를 내버려 두면 나도 댁을 건드리지 않을게요.」

「고맙군. 물을 좀 마십시다. 이리로 나오게, 두려워하지 말고. 내가 왜 자네를 건드리겠나?」

절벽에서 올라온 물 긷는 남자는 어린 소년이었다. 그는 맨발이었고, 누더기 차림에 머리카락도 덥수룩하게 자라 있었다.

다정스럽게 말을 건넸지만, 그는 여전히 의사를 날카로운 시선으로 불안하게 노려보았다. 이유는 알 수 없지만 소년은 이상하게도 흥분했다. 그는 불안한 모습으로 물통을 땅에 내려놓고는 갑자기 의사에게 달려오더니 길 중간에 멈춰 서서 중얼거렸다.

「아니야…… 아니야…… 이건 아니야, 그럴 리 없어, 헛것을 보는 거야. 죄송합니다만, 한 가지 물어봐도 될까요. 꼭 아는 분인 것 같아서요. 맞아! 맞아! 의사 아저씨죠?」

「그러는 자네는 누구인가?」

「못 알아보시겠어요?」

「모르겠는데.」

「모스크바에서 선생님과 함께 수송 열차를 탔잖아요, 같은 객차에요. 노역자로 징용되어 끌려가고 있었어요. 호송병을 붙여서요.」

소년은 바샤 브리킨이었다. 그는 의사 앞에 무릎을 꿇고 그의 손에 키스하며 울기 시작했다.

불탄 마을은 바샤의 고향 마을인 베레텐니키였다. 그의 어머니는 이미 세상을 떠났다고 했다. 마을을 징벌하며 불태울 때 바샤는 돌이 패여 만들어진 지하 동굴에 숨었지만, 그의 어머니는 바샤를 도시로 끌고 갔다고 생각하고는 슬픔에 넋이 나가 지금 의사와 바샤가 이야기를 나누고 있는 바로 그 펠가강에 몸을 던졌다. 바샤의 여동생인 알렌카와 아리시카는 정확한 정보는 아니지만, 다른 군의 고아원에 있다고 했다. 의사는 바샤를 데리고 모스크바로 왔다. 함께 여행하며 바샤는 여러 끔찍한 이야기를 유리 안드레예비치에게 해주었다.

4

「이건 작년 가을에 뿌린 곡식이에요. 막 파종을 마쳤는데, 불행한 일이 일어났어요. 폴랴 아주머니가 떠났을 때지요. 팔라샤[2] 아주머니를 기억하세요?」

「아니, 전혀 모르는 사람 같은데. 누구지?」

「어떻게 모르실 수 있으세요? 펠라게야 닐로브나요. 우리와 함께 갔잖아요. 탸구노바요. 솔직한 사람으로 통통하고 피부가 하얀 아주머니요.」

「아, 그 머리 타래를 계속 꼬았다가 풀었다가 한 사람?」

「땋아 늘인 머리, 그 머리! 네, 맞아요! 바로 그분이요. 땋은 머리요!」

「아, 기억이 난다. 잠깐. 난 그분을 시베리아의 한 도시 거리에서 만난 적이 있어.」

2 폴랴와 팔라샤 모두 펠라게야의 애칭이다.

「그런 일이 가능하다니! 팔라샤 아주머니를요?」

「무슨 일이야, 바샤? 왜 미친 사람처럼 내 손을 흔드는 거냐? 그만, 손이 떨어져 나가겠다. 여자아이처럼 얼굴을 붉히는군.」

「그곳에서 어떤 모습이었어요? 어서 말씀해 주세요, 어서요.」

「내가 봤을 때는 건강하게 잘살고 있었어. 바샤에 대해 말하던데. 내 기억으로는 바샤 집에 있었다던가, 잠시 묵었다던가 하던데. 잊어버렸어, 헷갈리는군.」

「그렇고말고요, 그렇고말고요! 우리 집, 우리 집에서 살았어요! 엄마가 아주머니를 친동생처럼 좋아했어요. 조용하고. 일도 잘하고. 손재주가 좋았어요. 아주머니가 우리 집에 있는 동안 우리 집은 없는 게 없었어요. 그런데 베레텐니키 사람들이 못살게 굴며 아주머니를 내쫓았어요. 온갖 말로 중상모략을 해서 조용히 살게 내버려 두지를 않았어요.

하를람 그닐로이라는 농부가 마을에 살았는데요. 폴랴의 마음을 얻으려고 애를 썼어요. 코가 무너진 하리쟁이였죠. 하지만 아주머니는 그 아저씨를 거들떠보지도 않았어요. 그 때문에 아저씨가 나한테 이를 간 거예요. 우리에 대해, 나와 폴랴에 대해 온갖 말을 해댔어요. 자, 그러니 아주머니가 떠났지요. 그런데 그 아저씨가 단단히 화가 났어요. 그래서 모든 일이 시작되었어요.

이곳에서 멀지 않은 곳에서 무서운 살인 사건이 일어났어요. 부이스키 가까이에 있는 숲속 작은 농장에서 외로운 과

410

부가 살해를 당한 거예요. 숲 근처에서 혼자 살았거든요. 그 아주머니는 짧은 목에 고무줄이 달린 남자 장화를 신고 다녔어요. 사나운 개가 사슬에 묶여 농장 주변 철조망을 따라 어슬렁거렸죠. 이름이 고를란이었어요. 도와주는 이 없이 토지와 경작을 혼자 감당했어요. 그런데 아무도 예기치 못할 때 겨울이 와버린 거예요. 눈이 일찍 내린 거죠. 과부는 미처 감자를 캐지 못했어요. 베레텐니키에 와서 도와달라고 하더군요. 일정 양을 삯으로 가져가든지, 값을 지불하겠다고요.

제가 그 과부의 감자를 캐주겠다고 자원했어요. 농장에 가보니, 그 과부 집에 벌써 하를람이 있는 거예요. 저보다 먼저 부탁해서 데려왔던 거죠. 그런데 과부가 제게 말을 하지 않았어요. 그렇다고 해서 싸울 건 없잖아요. 함께 일을 했죠. 날씨가 제일 안 좋을 때 감자를 캤어요. 눈에, 비에, 진흙탕에, 진창에. 우리는 감자를 캐고 또 캐서 감자 잎과 줄기를 태우고, 따뜻한 연기에 감자를 말렸죠. 다 캐고 나니 과부가 양심껏 우리에게 계산을 해주었어요. 하를람은 보냈는데, 저한테는 눈짓을 하면서 아직 제게 부탁할 일이 있다고, 나중에 들르든지, 아니면 지금 남아 달라는 거예요.

다음 날 과부 집에 갔죠. 그 과부가 하는 말이, 국가의 식량 징발에 쓸데없이 많은 감자를 내주고 싶지 않다는 거예요. 너는 착한 청년이니 고발하지 않으리라는 걸 안다고 하더라고요. 보라고, 나는 너한테 숨기는 게 없다고. 내가 직접 구덩이를 파서 저장을 하고 싶지만, 마당이 어떤지 좀 보라고 하더라고요. 너무 늦게 시작했지, 겨울이니까. 혼자서는 할 수가 없다, 그러는 거예요. 내게 구덩이를 파다오, 후회할 일은 없을 거다. 건조시킨 후 거기에 집어넣자, 이러는 거예요.

그래서 제가 숨겨 두는 구덩이에 맞게 아래는 넓고, 위는 항아리처럼 목 부분이 좁게 구덩이를 파주었어요. 구덩이를 연기로 말리고 따뜻하게 만들어 줬죠. 눈보라가 제일 몰아칠 때요. 감자를 충분히 숨기고 흙으로 덮어 뒀어요. 벌레 한 마리도 머리를 디밀지 못하도록 말이죠. 그리고 아시다시피, 구덩이에 대해서는 입을 꼭 다물었고요. 단 한 사람에게도 말하지 않았어요. 심지어는 엄마나 여동생들에게도 말하지 않았지요. 정말로 그렇게 했어요!

그렇게 했는데요. 한 달이 지난 후 농장에 강도가 든 거예요. 부이스키를 거쳐 지나온 사람들이 말하기를 집 대문이 활짝 열려 있고, 깨끗하게 강탈을 당했는데, 과부는 흔적도 없고, 개 고를란은 사슬을 끊고 도망갔다는 거예요.

그리고 또 시간이 흘렀어요. 겨울에 첫 해빙이 되면서 새해 즈음에 성 바실리 축일[3] 저녁에 소나기가 내렸어요. 언덕에서 눈이 쓸려 내려가면서 땅 위의 눈까지 녹았어요. 고를란이 달려와서 앞발로 감자를 넣은 구덩이 자리의 눈 녹은 데를 다짜고짜 파기 시작하는 거예요. 땅을 파면서 흙을 위로 헤치는데, 구덩이에서 고무줄이 묶인 장화를 신은 여주인의 발이 불쑥 튀어나오는 거예요. 얼마나 끔찍한 일이겠어요!

3 카이사레아의 성 바실리(330~379)는 중요한 정교 신학자이자 지금까지도 쓰이고 있는 예배문의 저자이다. 성 바실리 축일은 그가 사망한 날인 1월 14일이다.

베레텐니키 마을 사람들 모두가 과부를 불쌍하게 생각하며 애기했어요. 하를람이라고는 아무도 생각하지 않았지요. 어떻게 생각할 수 있겠어요? 그게 가당키나 해요? 만일 그 사람 짓이었다면 그렇게 민첩한 사람이 베레텐니키에 남아서 마을을 그렇게 우쭐대며 다닐 수 있었을까요? 쏜살같이 어디론가 멀리 도망을 쳤겠지요.

마을의 부농 선동자들이 농장에서 악행이 벌어진 것을 좋아했어요. 마을을 분탕질하자고 생각한 거죠. 도시 사람이 무슨 짓을 교묘하게 해치웠는지 봐라, 이런 거였지요. 이게 저들이 너희들한테 주는 교훈이고 위협이다. 곡식을 숨기지 말고 감자를 묻지 마라, 라는 뜻이다. 그런데 바보 같은 사람들이 똑같은 일을 반복하고 있다, 숲의 강도, 그 강도가 농장에 나타났다고 헛소리를 한다. 사람들이 단순하다는 거지! 당신들의 수가 도시 사람보다 많은데, 그 사람들 말을 듣고 있다. 그자들은 너희한테 그것만 요구하는 게 아니라, 굶어서 죽게 만들 거다. 마을 사람들아, 좋은 일이 일어나기를 바란다면 우리를 따르라. 우리가 지혜를 가르쳐 주마. 너희들의 소중한 것을, 나중에는 모아 놓은 모든 것을 갈취하러 올 것이다. 너희들은 여분이 없다고, 한 톨도 남은 것이 없다고 해라. 무슨 일이 생기면 갈퀴를 잡아라. 누가 세상에 맞설 수 있겠는가, 봐라, 조심해라. 노인들이 웅성이기 시작했고, 호언장담을 하며 모임을 가졌어요. 하리쟁이 하를람은 그걸 바랐던 거죠. 잽싸게 도시로 가서 미주알고주알 일러바쳤어요. 마을에서 이런 일이 일어나는데, 어째서 그렇게 앉아서 보고만 있는 거요? 그곳에 빈농 위원회를 보내야 하오. 명령만 내리면 내가 순식간에 형제들 사이를 벌려 놓겠소. 그렇게 말하고는 정작 자기는 우리 마을에서 달아나 더 이상 코빼기도 보이지 않았어요.

그 이후에 일은 저절로 일어났어요. 아무도 일을 몰래 꾸민 사람도 없었고, 누구의 탓도 아니었어요. 도시에서 적군을 파견했지요. 출장 재판이 섰죠. 곧바로 나를 잡으러 왔어요. 하를람이 소문을 퍼뜨렸던 거죠. 노역을 피해 도주했다고, 마을 폭동을 선동했다고, 과부를 죽였다고 나를 잡은 거예요. 감옥에 갇혔어요. 감사하게도 마루청을 뜯어내고 도망칠 수 있었죠. 그리고 지하에 있는 동굴에 숨었고요. 내 머리 위에서 마을이 불탔어요. 내 머리 위에서 엄마가 얼음 구멍으로 몸을 던지는 걸 전 보지 못했어요. 몰랐어요. 모든 게 저절로 일어난 거예요. 적군에게 독립된 오두막을 내주었고, 병사들이 술을 마셨는데, 인사불성이 되도록 마신 거예요. 밤에 불을 조심성 없이 다루다 보니 집이 탔고, 그 집에서 옆집으로 불이 번진 거예요. 불이 시작된 집 사람들은 뛰쳐나왔지만, 도시에서 온 사람들은 산 채로 모조리 타죽고 말았어요, 아무도 그 사람들에게 불을 지르지 않았지만요. 이곳에 오래 살았던 우리 마을 사람들을 불에 탄 우리 베레텐니키의 폐허에서 내쫓은 사람은 아무도 없었어요. 자기들 스스로 또 무슨 일이 일어날까 봐 무서워서 도망친 거예요. 또다시 탐욕스러운 선동가들이 교사한 거죠. 열에 한 사람은 총살을 당할 거라고요. 그 후로 아무도 본 적이 없어요. 사방으로 흩어져서 어디서든 유리 방랑하고 있겠지요.」

5

의사는 네프의 초기인 1922년 봄에 바샤를 데리고 모스크바로 돌아왔다. 따뜻하고 맑은 날이 계속되었다. 구세주 성당의 황금빛 둥근 지붕에 반사되는 태양의 반점이 사각형으로 쪼갠 돌로 포장된 광장 위에 떨어졌고, 그 돌들 틈새로 풀이 자랐다.

개인 사업에 대한 금지가 해제되고, 엄격한 제한하에 자유로운 상거래가 허용되었다. 고물 시장에서는 고물상들의 상품 유통의 한계 내에서만 거래가 이루어졌다. 그들이 하는 소규모 거래는 투기를 발생시키고 악용되기에 이르렀다. 사업가의 시시한 사업들은 전혀 새로운 것을 만들어 내지 못했고, 황폐화된 도시에 아무런 물질적인 도움이 되지 못했다. 판 물건을 열 차례에 걸쳐 목적도 없이 재판매해서 재산을 축적한 사람도 있었다.

가정 내에 아주 소박한 도서관을 소유한 사람들은 자신의 책장에 있던 책들을 어느 한 곳에 끄집어 내놓았다. 그들은 도시 소비에트에 도서 협동조합 상점을 열고 싶다는 신청서를 제출했다. 상점에 필요한 이러저러한 장소를 청구했다. 그들은 혁명의 첫 몇 달 사이에 텅 비어 버린 신발 창고나 문을 닫은 화원의 온실을 이용할 수 있었고, 그런 장소의 넓은 천장 아래에서 자신의 빈약하고 우연하게 얻은 도서들을 팔 수 있었다.

예전에, 어렵던 시절에 금지를 무시하고 하얀 빵을 구워 팔던 교수 부인들은 이제 그 시절 내내 자전거 가게라고 등록된 장소에서 공공연하게 빵을 팔았다. 그들은 이정표를 바꾸고[4] 혁명을 받아들인 후 〈네〉 혹은 〈좋아요〉 대신 〈동감이다〉라고 말하기 시작했다.

모스크바에서 유리 안드레예비치는 이렇게 말했다.

「바샤, 무슨 일이든 해야 할 거야.」

「저는 공부하고 싶어요.」

「그거야 당연한 일이지.」

「또 꿈이 하나 있어요. 기억 속 엄마의 얼굴을 그리고 싶어요.」

「아주 좋은 생각이다. 그럴 것 같으면 그림을 그릴 줄 알아야 해. 언제 그림을 그려 본 적은 있니?」

「아프락신에서요, 아저씨가 보지 않을 때 목탄으로 장난을 쳐봤어요.」

「그랬구나. 좋은 때를 봐서 시도해 보자꾸나.」

바샤는 그림에 대단한 소질을 보이지는 않았지만, 실용적인 분야에서 충분히 활동할 정도의 평균 수준은 되었다. 유리 안드레예비치는 알음알이를 통해 그를 예전의 스트로가노프

---

4 백군 쪽 러시아 이민자 사이의 자유주의자들이 프라하에서 『이정표의 변경』이라는 논문 모음집을 냈다. 이들은 체념하듯 10월 혁명과 소비에트 권력을 받아들이고 이민자들에게 러시아로 돌아갈 것을 제안했다.

전문학교 일반 교양학부에 입학시켰고, 나중에 그를 인쇄 기술 학부로 옮겨 주었다. 그곳에서 그는 석판 인쇄 기술, 인쇄와 제본 기술, 그리고 서적의 장정 미술을 배웠다.

의사와 바샤는 힘을 합쳤다. 의사는 한 페이지마다 아주 다양한 문제를 다룬 소책자를 썼고, 바샤는 학교에서 시험 대신 점수를 받는 작업의 형태로 그 책자를 인쇄했다. 소량으로 발행된 책은 둘 다 아는 지인들이 새로 연 책방에서 유통되었다.

책자들은 유리 안드레예비치의 철학, 그의 의학적인 관점에 대한 기술, 건강과 건강하지 않음에 대한 규정, 변이설과 진화에 대한 사상, 유기체의 생물학적 기초로서의 개인에 대한 사상, 외삼촌이나 시무시카와 비슷한 역사와 종교에 대한 사유, 의사가 가봤던 푸가초프 반란의 장소들에 대한 스케치, 유리 안드레예비치의 시와 단편소설을 담고 있었다.

책은 이해하기 쉬운 대화 형식으로 이루어졌지만, 대중적인 작가들이 내세우는 목적과는 거리가 멀었다. 왜냐하면 그 안에는 논쟁적이고 충분히 확인되지 않아 독단적이지만, 언제나 생생하고 독창적인 견해들이 담겨 있었기 때문이다. 소책자는 이리저리 유통되었다. 애호가들은 이 책자들을 높이 평가했다.

당시에는 모든 것이, 그러니까 시작(詩作), 번역 예술이 전문 분야가 되었고, 이 모든 것에 대한 이론적 연구가 이루어지고, 또 이를 위한 연구소들이 만들어지고 있었다. 다양한 종류의 사상 회관, 예술 사상 아카데미가 창설되었다. 유리 안드레예비치는 이런 속 빈 기관들 절반에서 정규 의사로 일했다.

의사와 바샤는 오랫동안 사이좋게 지내며 함께 살았다. 이 시기에 그들은 여러 집을 전전했는데, 절반은 파괴된 거처로 다양한 이유 때문에 살기 어렵고 불편한 곳들이었다.

　　모스크바로 온 즉시 유리 안드레예비치는 십체프에 있는 옛집에 들렀는데, 그가 알아본 바에 따르면 그의 친지들은 모스크바를 지나갈 때도 이 집을 더 이상 찾아온 적이 없었다. 그들의 추방은 모든 것을 바꿔 놓았다. 의사와 그의 식구들에게 확보된 방들에는 다른 사람들이 서주했고, 그 자신과 식구들의 소유물 중 남아 있는 것은 아무것도 없었다. 사람들은 위험한 지인이라고 생각해서 유리 안드레예비치를 외면했다.

　　마르켈은 승승장구하여 더 이상 십체프에 살고 있지 않았다. 그는 무치노이 고로도크의 관리자로 전근을 갔고, 그곳에서 직책의 조건에 따라 가족을 위한 관리자의 아파트를 받을 수 있었다. 그러나 그는 흙바닥과 수도(水道), 자리를 다 차지하는 거대한 러시아식 벽난로가 있는 낡은 수위실에서 사는 걸 더 좋아했다. 겨울이 되면 온 도시 건물의 수도관과 난방 장치가 터졌지만, 수위실만은 따뜻하고 물이 얼지 않았기 때문이다.

　　그 무렵 의사와 바샤의 사이가 소원해졌다. 바샤가 놀랄 만큼 성장했던 것이다. 말하고 생각하는 것이 펠라강 옆 베레텐니키에서 맨발에 머리가 엉클어진 소년과는 전혀 딴판이었다. 혁명이 선언하는 진리의 명백함과 자명성이 그를 매료시켰다. 충분히 이해되지 않는 의사의 추상적인 언어가 그에게는 자신의 약함을 의식하기 때문에 회피하는, 비난받기 마땅한 불의의 목소리로 여겨졌다.

의사는 여러 기관을 돌아다녔다. 그는 두 가지 목적을 위해 애쓰고 있었다. 하나는 가족의 정치적인 변호와 그들이 합법적으로 고향에 돌아오게 하는 것이었고, 다른 하나는 해외여행용 여권을 받아서 아내와 아이들을 보러 파리로 갈 수 있게 허락을 받는 것이었다.

바샤는 그가 이 일을 얼마나 냉담하게 활기 없이 하는지를 보고 놀랐다. 유리 안드레예비치는 지나치게 일찍 미리부터 이제까지의 노력이 허사로 돌아갈 것이라고 보았고, 지나치게 확신을 가지고 거의 만족한다는 듯이 앞으로의 시도도 헛될 것이라고 선언했다.

바샤는 점점 더 자주 의사를 비난했다. 의사는 그의 정당한 비난에 기분 나빠하지도 않았다. 그러나 그와 바샤의 관계는 망가져 버렸다. 마침내 그들은 절교하고 헤어지고 말았다. 의사는 바샤와 함께 쓰던 방을 바샤에게 넘기고 무치노이 고로도크로 이사했다. 그곳에서 막강한 권한을 가진 마르켈은 그에게 스벤티츠키의 예전 아파트 구석에 방을 하나 마련해 주었다. 아파트의 구석방은 스벤티츠키의 낡아서 쓸 수 없는 목욕탕과 창문이 하나뿐인 방, 그리고 그 방 바로 옆에 한쪽으로 기울어진 부엌으로 구성되어 있었다. 그 부엌에는 반쯤 무너져서 내려앉은 뒷문이 달려 있었다. 유리 안드레예비치는 그곳으로 옮겼고, 이사 후 의사 일을 그만두었으며, 완전히 지저분한 몰골로 변해 지인들과는 만나지도 않고 궁핍하게 살기 시작했다.

6

회색빛 겨울의 일요일이었다. 벽난로의 연기가 기둥을 이루어 지붕 위로 바로 올라가지 않고, 검은 줄기가 되어 작은 통풍창 바깥으로 뭉게뭉게 나가고 있었다. 금지했는데도 사람들은 작은 난로의 양철 연통을 그쪽으로 계속 냈던 것이다. 도시의 일상은 여전히 제대로 돌아가지 않았다. 무치노이 고로도크의 주민들은 씻지 않은 꾀죄죄한 몰골로 다녔고, 부스럼으로 고통스러워했으며, 추워서 떨다가 감기에 걸려 힘들어했다.

일요일이면 마르켈 시차포프의 가족은 모두 한자리에 모였다.

시차포프 식구들은 식탁 앞에 앉아 식사를 했다. 예전에 동틀 무렵 아침마다 배급표를 보고 빵을 규정에 따라 배급할 때는, 그 식탁에서 건물 전체의 주민들에게 나눠 줄 빵 쿠폰을 가위로 잘게 자르고, 분류하고, 세고, 종류에 따라 꾸러미나 종이에 싸서 빵 가게에 가져갔다. 나중에 빵 가게에서 돌아와서는 그 식탁에서 빵을 자르고, 재단해서 부스러기를 흘리며 저울에 달아 주민들에게 일정량씩 나누어 주곤 했었다. 지금은 모든 것이 전설이 되었다. 다른 회계 방식으로 식품의 배급 제도가 교체되었다. 식구들은 긴 식탁 앞에 앉아 맛있게 음식을 먹었고, 그래서 쩝쩝대고 씹고 후루룩 마시는 소리가 요란했다.

수위실의 절반은 뒤쪽 한가운데에 우뚝 솟은 넓은 러시아

벽난로가 차지했고, 판자 침대 위에는 누비이불의 끝이 늘어
져 있었다.

입구 앞쪽 벽에는 작동하는 수도관의 꼭지가 세면대 위로
튀어나와 있었다. 수위실의 양옆으로는 침대 겸용 긴 의자가
있고, 그 아래로는 가재도구가 든 자루와 궤짝들이 놓여 있었
다. 왼쪽은 부엌 식탁이 차지하고 있었다. 식탁 위 벽에는 못
을 박아 끼워 둔 식기용 선반이 걸려 있었다.

벽난로가 뜨끈뜨끈하게 타고 있었다. 수위실은 무더웠다.
마르켈의 아내 아가피야 티호노브나가 소매를 팔꿈치까지
걷어붙이고 서서, 깊이 들어가는 집게로 필요에 따라 벽난로
안에 냄비들을 더 가까이 모아 놓거나, 더 널찍하게 떼어 놓
곤 했다. 땀에 젖은 그녀의 얼굴은 날름거리는 벽난로의 열기
가 뿜는 빛에 밝아졌다가, 준비하는 고기 수프의 증기에 번
갈아 가며 뿌예졌다. 단지를 옆으로 밀어 놓은 후 그녀는 철
판 위에 놓인 파이를 깊숙한 곳에서 끄집어냈고, 한번 흔들어
위쪽 빵 껍질을 아래로 가게 뒤집더니 발갛게 익도록 잠시 뒤
로 밀어 넣었다. 유리 안드레예비치가 양동이 두 개를 들고
수위실로 들어왔다.

「맛있는 음식 냄새로군.」

「어서 오세요. 앉으세요, 함께 식사하세요.」

「고맙지만 식사를 했네.」

「뭘 드시는지 알아요. 앉아서 뜨거운 음식 좀 드세요. 사양
할 것 없어요. 작은 단지에 구운 감자가 있어요. 죽과 파이도
있고요. 밀로 만든 죽이에요.」

「아니, 정말로 괜찮아. 고맙군. 이렇게 자주 와서 미안하네, 마르켈, 내가 자네 아파트의 온기를 떨어뜨리는군. 한꺼번에 물을 조금 더 많이 모아 두고 싶네. 스벤티츠키의 집에 있는 아연 칠한 욕조를 광이 나도록 닦은 후 전부 물로 채우고 물통도 채우려고 하네. 이제 다섯 번만 더 하겠네, 어쩌면 열 번을 더 올지도 모르겠군. 나중에는 더 이상 괴롭히지 않겠네. 이렇게 다녀서 미안하군. 자네 집 말고는 갈 데가 없어서 말이야.」

「마음대로 가져가세요, 아까울 거 없어요. 시럽은 없지만 물은 원하는 대로 있어요. 공짜로 가져가세요. 팔지 않아요.」

식탁에 앉은 사람들이 웃음을 터뜨렸다.

유리 안드레예비치가 다섯 번째와 여섯 번째 물통에 물을 채우려고 세 번째로 들어가자 벌써 어조가 약간 바뀌었고, 대화도 전혀 다르게 오갔다.

「사위들이 누구냐고 묻는데요. 말해 줘도 믿지를 않아요. 주저하지 말고 물을 길어 가요. 다만 바닥에 물을 흘리지는 마시오, 얼빠진 양반. 봐요, 문지방에 물이 흥건하잖아요. 봐요, 문지방에 물이 철벅거리기 시작했잖아요. 얼어붙으면 쇠꼬챙이로 얼음을 떼러 댁이 오지는 않을 거잖아요. 문을 더 꼭 닫으시오, 멍청한 양반. 바람이 불어 열린단 말이오. 사위들한테 댁이 누구인지 말을 해줘도 믿질 않네. 댁한테 돈이 얼마나 많이 들었는데! 공부하고 또 해도 그게 다 무슨 소용이람?」

유리 안드레예비치가 다섯 번째인가 여섯 번째로 들르자, 마르켈은 얼굴을 잔뜩 찌푸렸다.

「다시 한번 부탁하지만, 이것으로 끝이오. 염치가 좀 있어야지. 저기 우리 작은딸인 마리나가 댁을 비호하지 않았다면, 아무리 댁이 고결한 사람이라 해도 거들떠도 안 보고 문빗장을 걸어 버렸을 거요. 마리나를 기억하기나 하오? 저기 탁자끝에 있는 검은 머리 아이오. 저것 봐, 완전히 얼굴이 새빨개졌네. 저분을 모욕하지 마세요, 아빠, 라고 말하지요. 도대체 누가 댁을 건드린다는 건지. 주 전신국에서 전신수로 일하는데 외국어를 알아요. 저 애 말이 댁이 불행한 사람이라는군. 댁을 위해서는 불에라도 뛰어들 기세인데, 그 정도로 댁을 동정하고 있소. 댁이 잘못된 게 내 탓이라는 듯 군단 말이오. 시베리아로 달아나지 말았어야지, 그 위험한 시기에 집을 버리지 말았어야지. 자기들 잘못이야. 우리는 미동도 하지 않고 꼬빡 앉아서 굶주림을, 백군의 봉쇄를 견뎌 냈고 온전하게 살아남았잖소. 자기 자신을 탓해야지. 톤카[5]를 지키지 못해서 그녀도 해외에서 유랑하고 있잖소. 나랑 무슨 상관이람. 댁의 일이오. 따지지는 말고, 내가 묻겠는데, 어디다가 쓰려고 물을 그렇게 가져가는 거요? 스케이트를 탈 빙판을 만들려고 마당이라도 빌린 거요? 에이, 댁한테 어찌나 화가 나는지, 꼭 암탉 새끼 같군.」

또다시 식탁의 사람들이 웃음을 터뜨렸다. 마리나는 불만스러운 시선으로 식구들을 둘러보더니 얼굴을 붉히고는 무슨 말인가를 그들에게 하려고 했다. 유리 안드레예비치는 그녀의 목소리를 듣고 놀랐지만, 그 소리의 비밀에 대해서는

5 안토니나의 애칭이다.

아직 잘 이해하지 못했다.

「집 안에 청소할 게 많잖아, 마르켈. 청소를 해야 하잖아. 마룻바닥 말이야. 나는 빨래도 하고 싶다네.」

식탁에 앉은 사람들은 놀랐다.

「하는 행동이 아니라 그런 말을 하는 게 부끄럽지도 않나, 자기가 중국인 세탁부라도 된다는 건지 알 도리가 없군!」

「유리 안드레예비치, 허락하신다면 딸을 보내 드리리다. 딸이 가서 빨래도 하고 청소도 해드릴 거예요. 만일 필요하다면 옷도 고쳐 드릴 거예요. 딸아, 다른 사람들이 뭐라고 하든 무서워하지 마라, 다른 사람들과는 달리 섬세한 분이시다. 파리 한 마리도 잡지 못할 분이지.」

「아니요, 무슨 말씀이오, 아가피야 티호노브나. 마리나가 나를 위해 구정물에 손을 더럽히는 데 동의할 수 없어요. 마리나가 내 하녀인가요, 뭐? 혼자 할 수 있어요.」

「선생님은 손을 구정물로 더럽힐 수 있는데, 저는 왜 안 되나요? 정말 완고한 분이시네요, 유리 안드레예비치, 왜 거절하세요? 손님으로 불러 달라고 요청해도 쫓아내실 거예요?」

마리나는 가수가 될 소질이 있었다. 그녀는 높은 톤과 힘이 있는, 노래하는 듯이 깨끗한 목소리를 가지고 있었다. 마리나는 큰 소리로 말하지는 않았지만, 말할 때면 필요 이상으로 세게 말했고, 그게 마리나와는 잘 어울리지 않아서 그녀와 별개라는 생각이 들었다. 마치 목소리가 다른 방에서 들려와 그녀의 등 뒤에서 나는 것 같았다. 그 목소리는 그녀의 방패이자 수호천사였다. 그런 목소리를 가진 여성에게 상처를 주거나 그녀를 슬프게 하고 싶은 사람은 아무도 없을 것이다.

그 일요일의 물 운반으로 인해 의사와 마리나 사이에 우정이 싹텄다. 그녀는 살림을 도와주러 그의 집을 자주 방문했다. 어느 날 그녀는 그의 집에 남아 더 이상 수위실로 돌아오지 않았다. 그렇게 그녀는, 유리 안드레예비치가 첫 번째 아내와 이혼 상태가 아니었으므로 신분 등록소에 등록되지 않은 그의 세 번째 아내가 되었다. 그들 사이에 아이들이 생겼다. 시챠포프 부부는 딸을 의사 부인이라고 부르는 데 적잖은 자부심을 느꼈다. 마르켈은 유리 안드레예비치가 마리나와 혼인하지 않는다고, 결혼 등록을 하지 않는다고 투덜댔다. 〈당신 뭐야, 멍청이가 된 거야?〉라고 아내가 그에게 반박했다. 「안토니나가 살아 있는데, 그게 가능하겠어? 중혼인데?」 「당신은 바보야.」 마르켈이 대답했다. 「톤카를 왜 생각하는데. 톤카는 없는 거나 마찬가지잖아. 톤카를 보호해 줄 만한 법은 전혀 없다고.」

유리 안드레예비치는 스무 개의 장 혹은 스무 통의 편지로 된 소설이 있듯이, 그들이 가까워진 건 물 스무 통이 만든 로맨스라고 가끔 농담처럼 말하곤 했다.

마리나는 이 시기에 생긴 의사의 이상한 괴벽, 자신의 몰락을 의식하는 전락한 사람의 변덕, 지저분함, 그가 만드는 무질서를 다 용서해 주었다. 그녀는 그의 까탈, 예민함, 짜증을 다 참아 냈다.

그녀의 희생적인 사랑은 한참 동안 더 계속되었다. 그들은 그의 잘못이 자초한 자발적인 궁핍으로 떨어졌고, 그 기간 동안 그를 혼자 남겨 두지 않기 위해 그녀는 자신이 그렇게도 소중하게 생각했던 일을 그만두었지만, 그 비자발적인 휴직 이후 직장에서는 다시 그녀를 받아 주었다. 그녀는 유리 안드레예비치의 공상에 복종하여 돈을 벌기 위해 그와 함께 남의 집에 가기도 했다. 두 사람은 여러 층에 사는 아파트 거주민들에게 돈을 받고 장작을 패주었다. 특히 네프 시대 초기에 부자가 된 몇몇 투기업자와, 정부와 가까운 과학과 예술 분야의 사람들은 자기가 들어가 살 집을 짓고 필요한 물품을 갖추기 시작했다. 어느 날 마리나와 유리 안드레예비치는 겨울용 부츠를 신고 거리에서 톱밥을 묻혀 오지 않으려고 양탄자 위를 조심스럽게 걸으면서 장작들을 아파트 주인의 서재로 옮겨 주고 있었다. 주인은 모욕적일 정도로 독서에 집중하느라 장작 패는 부부에게 시선조차 주지 않았다. 그들과 협상하고, 일을 처리하고, 삯을 지불해 준 사람은 여주인이었다.

〈저 돼지 같은 자는 무엇을 저렇게 열심히 읽는 거야?〉 의사는 호기심이 들었다. 〈연필로 뭘 저렇게 열심히 표시를 하는 거야?〉 장작을 들고 책상 주변을 돌다가 그는 어깨 너머로 책을 들여다보았다. 책상 위에는 예전에 바샤가 만든 두 권짜리 유리 안드레예비치의 도서 출판물이 놓여 있었다.

7

마리나와 의사는 스피리도놉카에 살았고, 고르돈은 바로

옆 말라야 브론냐에서 방을 빌려 살고 있었다. 마리나와 의사 사이에 두 딸, 캅카와 클라시카[6]가 태어났다. 카피톨리나, 그러니까 카펠카[7]는 일곱 살이었고, 얼마 전에 태어난 클라브디야는 6개월이었다.

1929년 초여름은 무더웠다. 지인들은 모자도 쓰지 않고 재킷도 없이 두세 거리를 건너 서로의 집을 방문하곤 했다.

고르돈의 방은 이상한 구조로 되어 있었다. 언젠가 예전에 그 방은 위층과 아래층의 두 구획으로 나뉜 재봉사의 최신 유행 양장점이 자리 잡았던 곳이었다. 두 층 모두 거울이 달린 진열장이 통으로 거리를 향해 나 있었다. 진열장의 유리에는 황금빛 글씨로 재봉사의 이름과 그가 하는 일의 종류가 쓰여 있었다. 진열장 뒤 안쪽에는 아래층에서 위층으로 올라가는 나선 모양의 계단이 있었다.

이제 이곳은 세 구역으로 나뉘어 있었다.

양장점 안에 마루를 추가로 깔아서 1층과 2층 사이에 중2층이 만들어졌고, 거주용 방에는 어울리지 않는 이상한 창이 달리게 되었다. 창은 높이가 1미터로 마룻바닥과 같은 높이에 있었는데, 황금색 글자의 흔적들로 뒤덮여 있었다. 글자들 사이의 공간을 통해 방 안에 있는 사람들의 다리가 무릎 높이까지 보였다. 그 방에는 고르돈이 살았다. 그의 집에는 지바고와 두도로프, 마리나가 아이들을 데리고 앉아 있었다. 성인들과는 달리 아이들은 창틀 안에 온몸이 다 들어갔다. 곧

6 클라브디야의 애칭이다.
7 캅카, 카펠카는 카피톨리나의 애칭이다.

마리나는 딸들을 데리고 나갔다. 세 남자만 남게 되었다.

그들 사이에 여름에 어울리는 나태하고 느긋한 대화가 이어졌는데, 그 대화는 정의 햇수를 헤아릴 수 없는 학교 동창들 사이에서나 오갈 수 있는 것이었다. 그런 대화들이 보통 어떻게 진행되겠는가?

자기를 만족시킬 만한 충분한 이야깃거리를 가진 누군가가 있기 마련이다. 그런 사람은 자연스럽고 조리 있게 말하고 생각한다. 이곳에서 그럴 수 있는 사람은 유리 안드레예비치뿐이었다.

그의 친구들은 표현 수단이 부족했다. 말재주가 없었던 것이다. 부족한 단어장을 보충하려고 대화를 나누며 이리저리 방을 거닐고 담배를 말고 팔을 흔들었지만, 몇 번이나 똑같은 말을 반복했다(《친구, 그건 정직하지 않은 거야, 그건 바로 정직하지 않은 거야, 맞아, 맞아, 정직하지 않은 거지》).

그들은 소통 방식의 이런 과도한 극적 효과가 열정적이고 넉넉한 성격을 전혀 의미하지 않으며, 그와는 반대로 불완전함과 결핍을 표현할 뿐이라는 것을 깨닫지 못했다.

고르돈과 두도로프는 훌륭한 교수 집단에 속했다. 그들은 좋은 서적, 좋은 사상가, 좋은 음악가, 어제도 오늘도 항상 좋은, 그냥 좋기만 한 음악에 둘러싸여 인생을 보냈다. 그러나 그들은 평균적인 취향에서 오는 재앙이 저속한 취미에서 오는 재앙보다 더 나쁘다는 것을 몰랐다.

고르돈과 두도로프는, 그들이 지바고에게 퍼붓는 비난조차도 친구에 대한 충심과 그에게 영향을 미치고 싶다는 소망에서 우러나온 것이 아니라, 자유롭게 생각하고 자기 뜻대로 대화를 할 줄 아는 능력의 부재로 인한 것임을 알지 못했다. 질주하는 대화의 수레는 그들이 전혀 원하지 않는 방향으로 그들을 이끌고 갔다. 그들은 대화의 방향을 틀 줄 몰랐고, 결국에는 무언가를 덮쳐 그것과 부딪치지 않을 수 없었다. 그들은 전력 질주하다가 설교와 훈계로 유리 안드레예비치에게 상처를 주었다.

그는 그들이 열심을 내는 동기, 그들이 보여 주는 동정의 불안정함, 그들의 논의의 메커니즘을 명확히 꿰뚫어 보고 있었다. 그러나 그들에게 이렇게 말할 수는 없는 일이었다. 〈친애하는 친구들이여, 자네들과 자네들이 속한 계층, 자네들이 좋아하는 사람과 권위 있는 자들의 광휘와 예술도 얼마나 절망적으로 평범한지! 자네들 안에 유일하게 살아 있고 선명한 점은 자네들이 나와 한 시대에 살고 있고, 나를 알고 있다는 것이라네.〉 그러나 친구들이 비슷한 인정을 할 수 있게 된들 그게 무슨 의미가 있겠는가! 그들을 괴롭히지 않기 위해 유리 안드레예비치는 고분고분하게 그들의 말을 들었다.

두도로프는 얼마 전에 첫 유형 기간을 다 채우고 돌아왔다. 일시적으로 박탈당했던 시민권도 돌려받았다. 그는 대학에서 자리도 돌려받고 강의할 수 있는 허락도 받았다.

지금 그는 유형 생활 때 자기가 가졌던 느낌과 영혼 상태를 친구들에게 말하고 있었다. 그는 가식 없이 진실하게 그들과 이야기를 나누었다. 그의 지적은 비겁함이나 한 걸음 비켜난 자의 고려에서 나온 것이 아니었다.

그는 기소 이유, 수감되었을 때와 출옥 이후 그에 대한 대우, 특히 검사와 눈을 맞댄 대화가 그의 뇌리에 새로운 바람을 불어넣었고, 정치적으로 그를 재교육시켰다고, 많은 점에서 새로운 시각이 열렸고 인간으로서 자신이 성장했다고 말했다.

두도로프의 의견은 그 진부함으로 인해 고르돈의 마음에 들었다. 그는 공감한다는 듯이 인노켄티에게 고개를 끄덕이며 그의 말에 동의했다. 두도로프가 말하고 느낀 것의 진부함이 특별히 고르돈의 마음에 감동을 주었던 것이다. 그는 진부한 감정의 모방을 그들 간에 존재하는 인간으로서의 보편성이라고 생각했다.

인노켄티의 고결한 말은 시대정신이었다. 그러나 순응을 보여 주고 속이 뻔히 들여다보이는 그들의 위선에 유리 안드레예비치는 폭발해 버렸다. 자유롭지 못한 인간은 언제나 자신의 부자유를 이상화한다. 중세에도 그랬고, 예수회[8]도 언제나 그런 점을 이용했다. 유리 안드레예비치는 소비에트 인텔리겐치아의 최고 업적이라고 하는, 아니 시쳇말로 시대의 정신적 상한선이라고 하는 이들의 정치적 신비주의를 참을 수 없었다. 유리 안드레예비치는 논쟁하고 싶지 않아 이러한 느낌도 친구들에게 숨겼다.

그러나 그의 흥미를 끈 것은 전혀 다른, 인노켄티의 감방 친구이자 티혼파[9] 성직자였던 보니파티 오를레초프에 대한

8 1534년 로욜라에 의해 설립된 남자 수도회. 반종교 개혁 운동에 중요한 역할을 감당하며 적극적으로 과학, 교육, 선교 활동을 했다. 근검, 순종, 순결, 로마 교황에 대한 순종이 이들의 중요한 핵심 서원이다.

9 Tikhon(1865~1925). 본명은 바실리 벨라빈이며, 1917년에 러시아 정

이야기였다. 체포당한 사람에게는 여섯 살배기 딸 흐리스티나가 있었다. 사랑하는 아버지의 체포와 그 후의 운명은 그녀에게 충격이었다. 〈우상 숭배자〉, 〈선거권 상실자〉 같은 단어들이 그녀에게는 불명예의 오명으로 여겨졌다. 그녀는 언젠가 선량한 부모의 이름에서 그 오명을 지우리라고 아이다운 뜨거운 마음으로 다짐했었나 보다. 그토록 어린아이가 자신에게 부여한 목표는 그녀의 내면에서 꺼지지 않는 결의로 불타올라 지금까지도 그녀를 열렬한 공산주의에서 가장 반박할 수 없다고 여긴 모든 것의 아이다운 추종자로 만들었다.

「나는 이만 갈게.」 유리 안드레예비치가 말했다. 「화내지 마, 미샤. 방이 숨이 막히는군, 바깥이 무더워. 바람을 좀 쐬어야겠어.」

「봐, 바닥에 있는 통풍창이 열려 있는데. 미안, 우리가 담배를 많이 피웠어. 네가 있을 때는 담배를 피우면 안 된다는 걸 계속 잊는군. 방 구조가 이렇게 어리석은 게 내 탓은 아니야. 내게 다른 방을 좀 찾아 줘.」

「자, 이제 난 갈게, 고르도샤.[10] 이야기는 충분히 나눴어. 내 걱정을 해줘서 고마워, 친구들. 내가 변덕을 부리는 게 아니야. 이건 병이야, 심장 혈관 경화야. 심장 근육의 벽이 닳아서

교회의 총대주교로 선출된다. 1721년 표트르 대제의 개혁에 의해 총대주교 자리가 사라지고 교회가 국가의 통제 안에 들어간 이후 처음으로 이 자리에 티혼이 올라간 것이다. 볼셰비키는 자신들에게 반기를 든 티혼을 반기지 않았고, 1922년부터 1923년까지 그를 감옥에 가둔다. 러시아 정교회는 그를 1989년에 성인으로 추대한다.

10 고르돈의 애칭이다.

얇아졌는데, 어느 멋진 날 끊어져서 터져 버리겠지. 아직 마흔도 안 됐는데. 나는 술꾼도 아니고 한량도 아닌데 말이야.」

「참 일찍 장송곡을 부르는군. 어리석은 짓이야. 더 오래 살거야.」

「요즘에는 미세한 심장 출혈이 빈번해졌어. 그게 다 치명적이지는 않아. 생존하는 경우도 있지. 이건 가장 새로운 시대의 질병이야. 나는 그 원인이 정신적 질서에 있다고 봐. 우리 중 대다수가 항구적이고 체계화된 허위를 요구받거든. 매일 느끼는 것과는 다르게 자신을 표현한다는 게 건강에 영향을 미치지 않을 수 없지. 좋아하지 않는 것을 위해 분골쇄신하고, 불행을 가져다주는 것을 기뻐해야 하니 말이야. 우리의 신경 시스템은 공허한 소리나 허구가 아니거든. 그 시스템은 섬유질로 이루어진 물리적인 육체야. 우리의 영혼은 공간에서 자리를 차지하고, 입속의 치아처럼 우리 속에 자리 잡고 있어. 벌을 받지 않고 영혼에 끝없이 폭력을 행사할 수는 없는 일이야. 자네의 유형 얘기를 듣는 게, 그러니까 유형에서 자네가 어떻게 성장했고, 유형이 자네를 어떻게 재교육시켰는지를 듣는 게 내게는 힘들었어. 인노켄티, 그건 말이 승마장에서 스스로를 어떻게 조련시켰는지를 얘기하는 거나 마찬가지야.」

「나는 두도로프를 옹호하겠어. 넌 그냥 사람들의 말에서 멀어져서 그래. 그 말들이 너한테 와닿지 않게 된 거지.」

「그럴 수도 있겠지, 미샤. 여하튼 미안해, 나를 놓아줘. 숨쉬기가 힘들어. 제발, 과장하는 말이 아니야.」

「잠깐만. 그건 구실일 뿐이야. 솔직하고 진솔한 대답을 하기 전까지는 보내 주지 않을 거야. 네가 변해야 하고 고쳐야 한다는 데는 동의하지 않니? 그와 관련해서 넌 어떻게 하겠다는 거야? 넌 토냐와 마리나와의 관계를 분명하게 정리해야 해. 그들은 살아 있는 존재이고, 괴로워하고 느낄 줄 아는 여성들이지, 네 머릿속에서 제멋대로 결합된 육체 없는 관념들이 아니란 말이야. 더구나 너처럼 쓸모없이 소멸되는 건 부끄러운 일이야. 너는 몽상과 게으름에서 깨어나 정신을 차려야 해. 정당화될 수 없는 오만을 부리지 말고, 맞아, 맞아, 그 용납하기 어려운 교만을 좀 떨지 말고 주변의 실정을 좀 잘 파악하고 직장에 나가 실질적인 일을 해야 해.」

「좋아, 자네에게 대답하지. 나도 최근에 그런 쪽으로 생각을 자주 해, 그래서 부끄러운 기색 없이 자네들에게 약속할 수 있어. 내 생각에는 모든 게 다 잘될 것 같아. 아주 곧 그렇게 될 거야. 두고 봐. 아니, 정말이야. 모든 게 나아질 거야. 나는 정말 미칠 정도로 살고 싶고, 산다는 건 언제나 앞으로, 더 높은 곳으로, 완성을 향해 돌진하고 그걸 얻어 내는 걸 의미해.

고르동, 나는 네가 예전에 항상 토냐의 수호자였던 것처럼 마리나를 수호해 주니 기뻐. 하지만 나는 두 사람과 사이가 좋지 않았던 적이 없어, 그게 누구든 그 누구와도 싸운 적이 없어. 너는 처음에, 나는 마리나에게 하대를 하는데, 마리나는 나에게 존대한다고 나를 비난한 적이 있지. 마리나가 나를 이름과 부칭으로 부르는데,[11] 내가 그걸 전혀 문제 삼지 않는

11 러시아어에서는 공식적인 자리에서 혹은 존칭으로 상대를 부를 때 이

다고 말이야. 하지만 이 부자연스러움의 바탕에 깔린 더 깊은 난센스는 이미 오래전에 모두 사라졌고, 우리는 서로 평등하게 대하고 있어.

다른 유쾌한 소식을 하나 전해 줄게. 파리에서 다시 내게 편지를 보내기 시작했어. 아이들이 다 컸고, 프랑스 또래 아이들 사이에서 아주 자유롭게 잘 지낸다는군. 슈라는 그곳 초등학교를 졸업했고, 마냐[12]는 초등학교에 입학한다는군. 나는 내 딸을 전혀 몰라. 아무리 프랑스 국적을 받았다고 해도, 나는 어쩐지 식구들이 곧 돌아올 것이고, 알 수 없는 방법으로 모든 게 해결되리라는 믿음이 생겨.

여러 징조로 봐서 장인어른과 토냐는 마리나와 딸들에 대해 아는 것 같아. 내가 직접 그 이야기를 편지로 쓰지는 않았어. 이 상황이 아마 다른 경로를 통해 식구들에게 들어간 것 같아. 알렉산드르 알렉산드로비치는 물론 아버지의 입장에서 기분이 상하셨지, 토냐 때문에 마음이 아프신 거야. 그러니 서신 교환이 거의 5년 동안 중단된 이유가 설명되는 거지. 모스크바에 돌아온 후에도 식구들과 한동안은 편지 왕래가 있었거든. 갑자기 내게 답신을 보내지 않더군. 모든 게 중단되었지.

바로 얼마 전부터 다시 그쪽에서 편지를 받게 됐어. 식구들 모두로부터, 심지어는 아이들로부터도 말이야. 따뜻하고 상

름과 부칭으로 부른다. 부칭은 아버지의 이름에 남성의 경우 대개 〈-오비치(예비치)〉, 여성의 경우 〈-오브나(예브나)〉를 붙여 만든다.
12 마리야의 애칭이다.

냥한 편지를. 뭔가 부드러워졌어. 어쩌면 토냐에게 어떤 변화가 생겼는지도 모르지, 새로운 남자 친구라든지, 누가 알겠나. 모르겠어. 나 역시 가끔 식구들에게 편지를 쓰고 있어. 그런데 정말 내가 더 이상은 힘들겠어. 나갈게, 그렇지 않으면 호흡 곤란이 오겠어. 잘들 있게.」

다음 날 아침 마리나가 혼비백산해서 고르돈의 집으로 달려왔다. 집 안에 아기를 맡길 사람이 없어서, 한 아이는 이불에 둘둘 말아 한 손에 안아 가슴팍에 붙인 채, 다른 손으로는 버티며 고집을 부리는 카파[13]의 손을 잡아당기고 있었다.

「유라가 여기에 있나요, 미샤?」 그녀는 목청을 돋우어 물었다.

「어제 집에서 자지 않았나요?」

「아니요.」

「그러면 인노켄티 집에 있을 겁니다.」

「거기도 갔다 왔어요. 인노켄티는 대학에 강의하러 갔어요. 하지만 이웃들이 유라를 알아요. 그곳에 오지 않았대요.」

「그렇다면 그 친구가 어디 있다는 겁니까?」

마리나는 꽁꽁 싼 클라샤[14]를 소파에 내려놓았다. 그녀는 히스테리를 일으켰다.

---

13 카피톨리나의 애칭이다.
14 클라브디야의 애칭이다.

8

고르돈과 두도로프는 이틀 동안 마리나의 곁을 떠나지 않
았다. 그들은 마리나를 혼자 내버려 두지 않고 교대하며 지켰
다. 그 사이사이에 그들은 의사를 찾으러 다녔다. 그들은 의
사가 들를 수 있다고 생각되는 모든 곳을 둘러보았고, 무치노
이 고로도크와 십체프 집에도 가봤으며, 그가 한때 일하러 다
닌 사상 회관과 이념의 집도 모조리 늘러 알아봤고, 그들이
조금이라도 알고 있고 주소를 찾을 수 있는 그의 옛 지인이라
면 모두 찾아가 봤다. 수색은 아무 소득이 없었다.

비록 거주 등록도 되어 있고, 재판을 받은 적도 없지만, 동
시대의 관점에서 보자면 모범적이지 않은 사람을 권력 기관
에 굳이 상기시킬 필요는 없다는 생각에, 경찰에 신고하지는
않았다. 극단적인 경우에만 그의 흔적을 찾는 데 경찰을 끌어
들이기로 했다.

사흘째 되는 날 마리나, 고르돈, 두도로프는 각자 다른 시
간에 유리 안드레예비치로부터 편지를 받았다. 그들은 그로
말미암아 겪은 불안과 공포로 인해 유감스러운 마음이 가득
했다. 그는 자신을 용서해 달라고, 그리고 걱정하지 말라고
간청하면서, 거룩한 모든 것을 걸고 아무 소용도 없을 테니
그를 찾는 수색을 그만두어 달라고 애원하고 있었다.

그는 가능한 한 빨리 자신의 삶을 완전히 바꾸기 위해 일
에 전념할 목적으로 잠시 동안 혼자 시간을 보내고 싶다고,
어느 정도 새로운 분야에서 자리를 잡고, 변화가 일어난 후

에 옛날로 돌아가지 않으리라는 확신이 들면 자신의 비밀 은 신처에서 나와 마리나와 아이들에게 돌아갈 것이라고 그들 에게 알려 왔다.

그는 고르돈에게 보낸 편지에서, 마리나를 위해 그의 명의 로 송금을 하겠다고 알려 왔다. 그는 마리나에게 자유를 주고 직장에 돌아갈 여지를 주기 위해 아이들에게 유모를 붙여 달 라고 부탁했다. 그는 통지서에 명기된 금액 때문에 마리나가 도둑을 맞을까 봐 걱정이 되어 그녀의 주소로 직접 돈을 보내 는 것이 조심스럽다고 설명했다.

곧 의사의 자산 규모와 친구들의 기준을 훌쩍 뛰어넘는 고 액의 돈이 도착했다. 아이들을 위해 유모를 고용했다. 마리나 는 다시 전신국에 나가게 되었다. 그녀는 오랫동안 안심하지 못했지만, 과거 유리 안드레예비치의 괴벽에 익숙해진 나머 지 마침내는 이 엉뚱한 짓에도 순응하게 되었다. 유리 안드레 예비치의 부탁과 경고에도 불구하고 친구들과 그와 가까운 이 여인은 계속해서 그를 수색했지만, 그의 예언이 옳았다는 것만 확신하게 될 뿐이었다. 그들은 그를 발견할 수 없었다.

9

한편, 그는 그들의 집에서 몇 걸음 떨어지지 않은 곳, 엎어 지면 코 닿을 데, 그들이 찾아 헤맨 곳 중에서 가장 가까운 곳 에서 살고 있었다.

제15부 종장 **437**

사라진 날, 그는 땅거미가 지기 전 아직 환할 때 고르돈의 집에서 나와, 스피리도놉카에 있는 자기 집으로 가려고 브론나야 거리 쪽으로 가고 있었다. 그는 그 거리에서 백 걸음도 채 가지 않아 맞은편에서 오는 이복동생 옙그라프 지바고와 마주쳤다. 유리 안드레예비치는 그를 3년 넘게 보지 못했고, 그에 대해 아무것도 알지 못했다. 옙그라프는 얼마 전에 도착해서 모스크바에 우연히 머물게 된 것이었다. 평상시와 마찬가지로 그는 마치 하늘에서 뚝 떨어진 것처럼 나타났고, 이것저것 물어봐도 말 없는 미소와 농담으로 심문에서 벗어나는 바람에 아무것도 알아낼 수 없었다. 한편, 세부적인 일상 얘기는 건너뛰고 유리 안드레예비치에게 두세 가지 질문을 던진 그는 당장에 그의 모든 슬픔과 무질서를 정확히 파악하고는, 구불구불한 골목의 좁은 모퉁이를 몇 번 도는 사이에 그들을 앞지르거나 마주 보고 오는 혼잡한 보행자들 속에서 어떻게 형을 돕고 구할 수 있을지 실질적인 계획을 곧바로 세워 버렸다. 유리 안드레예비치의 실종과 은거는 옙그라프의 생각이자 그의 발상이었다.

그는 예술 극장과 나란히 있는, 아직 카메르게르스키라는 명칭을 간직한 골목에서 유리 안드레예비치의 방을 구해 주었다. 그는 그에게 돈을 마련해 주었고, 학문 활동 영역을 활짝 열어 줄 병원 같은 좋은 직장에 의사로 채용될 수 있게끔 이리저리 힘을 써주었다. 그는 삶의 전 영역에서 형의 후원자로서의 역할을 다했다. 마침내 그는 파리에 있는 형의 가족의 불안한 상황에 종지부를 찍어 주겠다고 약속했다. 유리 안드레예비치가 그들에게 가든지, 그들이 직접 그에게 오게 하든지 하겠다는 것이었다. 옙그라프는 그 모든 일을 자기가 직접 도맡아 전부 해결해 주겠다고 약속했다. 동생의 지원은 유리 안드레예비치에게 날개를 달아 준 셈이었다. 예전에도 늘 그랬듯이 그의 막강한 힘은 여전히 풀리지 않는 수수께끼로 남았다. 유리 안드레예비치는 그 비밀을 감히 파고들 시도조차 하지 않았다.

10

방은 남향이었다. 방의 창문 두 개가 극장 맞은편 지붕을 향해 나 있었고, 그 지붕 뒤 오호트니 위로 여름의 태양이 높이 떠올라 골목의 포장도로에 그림자를 드리우고 있었다.

유리 안드레예비치에게 그 방은 작업실 이상이고, 서재 이상이었다. 활발한 활동이 이루어졌던 이 시기에 그의 계획과 구상은 책상에 쌓아 올린 노트에 다 담기지 못할 정도였고, 생각하고 꿈꾸던 형상들은 수많은 미완성 그림들이 예술가의 화실 벽에 얼굴을 돌린 채 가득 쌓이는 것처럼 구석구석 공기 중에 떠돌았으니, 의사가 사는 방은 정신의 향연장이자 광기의 곳간이자 계시의 창고였다.

다행히 병원 당국과의 교섭은 지연되었고, 직장에 가는 기간은 무기한 연기되었다. 갑작스럽게 연기된 시간을 이용해 그는 글을 쓸 수 있었다.

유리 안드레예비치는 이미 쓴 글, 그러니까 그가 기억하는 토막글과 어디선가 엡그라프가 찾아서 그에게 가져다준 토막글을 정리했는데, 일부는 그의 친필로, 일부는 누군가에 의해 재인쇄된 것이었다. 자료가 무질서하다 보니 유리 안드레예비치가 본래적으로 가진 천성보다 더 많은 정력을 소비해야만 했다. 그는 곧 그 작업을 던져 버리고 완결되지 않은 글을 복원하는 것에서, 신선한 초안에 몰두해 새로운 글을 창작하는 것으로 넘어갔다.

그는 바리키노에 처음 머물던 시기에 급히 쓴 기록처럼 짧은 수필을 초안으로 집필했고, 저절로 떠오르는 시의 경우 시작, 끝, 중간 구절을 가리지 않고 번갈아 기록해 나갔다. 그는 때때로 몰려오는 생각을 미처 감당하지 못해 신속한 속기로 단어의 첫 문자와 약자를 따라잡지 못할 때가 있었다.

그는 서둘렀다. 상상력이 힘을 잃고 작업이 지연되면 종이 가장자리에 그림을 그려 상상력을 재촉하고 채찍질했다. 거기에는 숲속 빈터와 중간에 〈모로와 베트친킨. 파종기. 탈곡기〉라는 광고 기둥이 서 있는 시내의 교차로가 그려졌다.

소논문과 시들은 하나의 주제였다. 이들이 그리는 대상은 도시였다.

11

훗날 그의 종이에서 이런 기록이 발견되었다.

모스크바로 돌아왔던 1922년에 나는 모스크바가 황폐해지고 반쯤은 파괴된 것을 보았다. 모스크바는 혁명의 첫 몇 해를 겪은 후 그렇게 변했고, 지금까지도 그런 모습으로 남아 있다. 모스크바의 인구는 줄어들었고, 새로운 건물은 세워지지 않고, 낡은 건물도 재건되지 않는다.

하지만 그런 모습으로도 모스크바는 거대한 도시이자 진실로 현대적인 새로운 예술에 영감을 주는 유일한 존재로 남아 있다.

블로크, 베르하렌,[15] 휘트먼 같은 상징주의자들의 작품에서 보이는 양립할 수 없지만 제멋대로인 듯 나란히 놓인 사물과 개념의 무질서한 열거는 절대로 문체상의 변덕스러움이 아니다. 그것은 삶에서 찾아내고 자연에서 베낀 인상의 새로운 구성이다.

그들이 자신들의 시행을 따라 형상의 열을 몰아가듯 19세기 말의 사무적인 도시 거리 자체가 떠가며 우리 옆으로 자신의 군중, 마차, 승용 마차를 몰아가고, 그 후 이어지는 세기 초반에는 시내 철로, 교외 철로, 지하 철로의 객차를 몰아간다.

이런 조건에서는 그 어디에서도 목가적인 단순함을 찾아볼 수 없다. 그 단순함의 거짓된 자연스러움은 문학적인 모방이자 부자연스러운 뽐내기이고, 시골이 아니라 아카데미 도서관 서고에서 가져온 문어적인 질서의 현상이다. 오늘날의 정신에 자연스럽게 부합하고 생생하게 형성된 살아

15 Émile Verhaeren(1855~1916). 벨기에의 상징파 시인이다.

있는 언어는 도시주의의 언어이다.

나는 인구 밀도가 높은 도시의 교차로에 살고 있다. 햇빛에 눈이 멀 정도인 여름의 모스크바는 마당에 깔린 아스팔트 열기에 뜨거워지고, 상층 거주지 창틀에 일광이 부서지고, 먹구름과 가로수 길의 개화로 숨을 쉬며, 내 주변을 맴돌고 내 머리를 도취시키는데, 내가 자신의 영광을 위해 다른 사람의 머리도 도취시키기를 원한다. 그 목적으로 모스크바는 나를 양육하고 내 손에 예술을 쥐어 준다.

밤이고 낮이고 벽 뒤에서 끊임없이 소음을 내는 거리는 현대의 정신과 긴밀히 연결되어 있다. 그것은 마치 이제 막 시작된 서곡이 어두움과 비밀에 찬 장막, 아직 내려진 채 풋라이트의 빛을 빨갛게 받은 장막과 맺는 관계와 같다. 문과 창문 뒤에서 멈추지 않고 끊임없이 움직이며 윙윙 울리는 도시는 우리 각 개인의 삶으로 들어가는 무한히 거대한 서곡이다. 바로 그런 특징으로 나는 도시에 대해 쓰고 싶다.

보존된 지바고의 시 노트에서는 이에 관한 시를 찾아볼 수 없다. 어쩌면 〈햄릿〉이라는 시가 이런 부류에 속하는 것이 아닐까?

12

8월 말 어느 날 아침, 유리 안드레예비치는 가제트니 거리

길모퉁이에 있는 정거장에서 전차에 올라탔는데, 대학에서 쿳린스카야 거리를 향해 니키츠키 거리를 따라 위로 올라가는 차량이었다. 그는 당시 솔다텐콥스카야라고 불리던 봇킨스카야 병원으로 처음 출근하는 중이었다. 그의 입장에서 보면 이것은 거의 직무상 첫 방문이었다.

유리 안드레예비치는 운이 좋지 않았다. 그는 연속으로 불운이 쏟아지는 불량 차에 탑승한 셈이었다. 철로의 낙수 홈통에 바퀴가 빠진 수레가 전차를 막으며 차량을 지체시켰다. 차량의 바닥이나 지붕에 있는 절연체가 망가지는가 하면, 잠깐 동안 합선이 일어나기도 하고, 지지직 소리가 나면서 무언가가 타기도 했다.

궤도 전차 기사는 스패너를 손에 들고 멈춰 선 차량의 앞문으로 나가서는 차량을 빙 둘러서 바퀴와 뒷문 디딤판 사이에 있는 부품을 수리하기 위해 그 사이로 깊숙이 들어가 쪼그리고 앉았다.

이 운이 나쁜 차량은 전 노선의 통행을 방해했다. 이 차량에 의해 이미 멈춰 선 전차와 새롭게 도착한 전차가 점차 줄줄이 밀리며 거리를 가득 메웠다. 차량의 꼬리는 승마 훈련장까지 이르렀고, 그 이상으로 더 뻗어 나갔다. 뒤 차량에 있던 승객들은 시간을 벌 수 있지 않을까 하는 마음에 고장이 나서 이 모든 일을 일으킨 앞 차량으로 옮겨 탔다. 한창 무더운 아침에 사람들로 가득 찬 전차 안은 숨이 막힐 정도로 비좁았다. 니키타 대문에서 나와 포장도로를 따라 달리는 승객들의 무리 위로 검보랏빛 먹구름이 하늘을 향해 점점 더 피어오르고 있었다. 뇌우가 밀려오고 있었다.

유리 안드레예비치는 창가에 몸을 완전히 딱 붙인 채 왼쪽의 1인용 의자에 앉아 있었다. 그의 자리에서는 음악원이 위치한 니키타 거리의 왼쪽 인도가 잘 보였다. 다른 생각을 하느라 관심이 무뎌진 채 그는 그 방면으로 걷는 사람과 차를 타고 가는 사람들을 어쩔 수 없이 단 한 사람도 놓치지 않고 보지 않을 수 없었다.

아마포로 카밀리와 수레국화를 수놓은 밝은색 밀짚모자를 쓴 나이 든 회색 머리의 귀부인이 몸에 꼭 붙는 연보라색 구식 원피스를 입고 헐떡거리며, 손에 든 납작한 봉지로 부채질을 하면서 이쪽 인도를 따라 천천히 걸어가고 있었다. 그녀는 꽉 끼는 코르셋을 입고 무더위에 지칠 대로 지쳐서 땀을 뻘뻘 흘리며 레이스 손수건으로 젖은 눈썹과 입술을 닦고 있었다.

그녀의 행로는 전차가 가는 노선과 평행을 이루었다. 유리 안드레예비치는 수리한 전차가 자리에서 움직여 그녀를 앞질렀기 때문에 벌써 몇 번이나 그녀를 시야에서 놓쳤다. 새로운 손상이 전차를 멈추게 해서 귀부인이 전차를 따라왔을 때, 그녀는 몇 번이나 그의 시선에 다시 돌아왔다.

유리 안드레예비치는 여러 시간에 출발해서 서로 다른 속도로 달리는 기차들의 시간과 순서를 맞추는 학교 다닐 때의 과제가 기억났다. 그는 그 문제들을 해결하는 일반 공식을 기억해 내고 싶었지만 아무 소용이 없자, 그런 시도를 끝까지 밀어붙이지 않고 그 회상에서 보다 더 복잡한 다른 사유로 옮겨 갔다.

그는 서로의 옆에서 다른 속도로 움직이며 나란히 발전하는 몇몇 존재에 대해서, 그리고 살면서 누구의 운명이 다른 이의 운명을 앞지르는가, 누가 누구보다 더 오래 사는가에 대해 생각하기 시작했다. 삶의 경기장에서 상대성의 원리와 비슷한 어떤 것이 그에게 떠올랐지만, 완전히 혼란에 빠져 그는 그 접근을 내던져 버리고 말았다.

번개가 치고 천둥이 울렸다. 불운한 전차는 쿳린스카야 거리에서 동물원 거리로 가는 내리막길에서 또 한 번 멈춰 섰다. 연보라색 옷을 입은 귀부인이 잠시 후 창틀에 나타났고, 전차를 지나 멀어지기 시작했다. 굵은 빗방울이 인도와 포장도로와 귀부인 위로 떨어졌다. 먼지 낀 돌풍이 이파리를 스치고 나무들 사이를 지나가며 귀부인의 머리에서 모자를 벗기고 그녀의 치마를 들추려다가는 갑자기 가라앉았다.

의사는 기력을 잃게 만드는 메스꺼움의 발작을 느꼈다. 그는 무기력에서 겨우 벗어나 자리에서 일어나 창을 열려고 창틀에 있는 끈을 급하게 위아래로 당기려고 했다. 그러나 그의 힘에 부치는 일이었다.

사람들이 의사에게 창틀이 빈틈없이 나사로 고정되어 있다고 소리쳤지만, 발작과 싸우며 일종의 불안에 사로잡힌 그는 그 외침이 자신을 향해 하는 소리라는 것을 알아차리지 못하고 그 의미도 파악하지 못했다. 그는 계속해서 같은 시도를 했고, 다시 위아래, 자기 쪽으로 틀을 빼려고 하다가 문득 몸속에서 이제까지 겪어 보지 못한 돌이킬 수 없는 통증을 느끼고는 속에서 뭔가가 터졌다는 것을, 그가 뭔가 치명적인 짓을 저질렀다는 것을, 이제 모든 것이 끝났다는 것을 깨달았다. 그 시간에 열차가 움직이기 시작했지만, 프레스냐 거리를 따라 아주 조금 지난 후에 다시 멈춰 섰다.

비틀거리면서도 초인적인 힘을 발휘하여 좌석들 사이에 운집해 통로를 꽉 막고 있는 승객들 사이를 겨우 비집고 나온 유리 안드레예비치는 뒤쪽 출입문까지 이르렀다. 사람들은 길을 내주지 않으며 그에게 으르렁거렸다. 공기의 유입으로 인해 소생하는 것 같았고, 어쩌면 모든 게 끝난 것이 아니며 몸이 나아진 것 같다는 느낌이 들었다.

그는 다시 욕설과 발길질, 미움을 불러일으키며 뒤쪽 출입문에서도 군중을 헤치고 나갔다. 사람들의 큰 소리에 아랑곳하지 않고 그는 북새통 사이를 헤치고 포장도로에 멈춰 선 전차의 계단을 내려가 한 발, 또 한 발, 다시 한 발을 내딛고는 돌바닥 위에 쓰러져 다시 일어나지 못했다.

주변이 떠들썩해지면서 말소리, 싸우는 소리, 조언하는 소리들이 울려 퍼졌다. 몇 사람이 출입문에서 아래로 내려와 쓰러진 사람을 둘러쌌다. 사람들은 곧 그가 더 이상 숨을 쉬지 않고, 그의 심장이 멈췄다는 것을 확인했다. 시신 주변에 모여 선 무리에게 인도를 걷던 사람들이 다가왔다. 어떤 이는 쓰러진 사람이 차에 깔린 것이 아니라 그의 죽음과 차량은 아무 상관이 없다는 데 안도감을 느꼈고, 어떤 이는 실망했다. 군중은 더욱 많아졌다. 무리 지어 서 있는 사람들에게로 연보라색 옷을 입은 귀부인이 다가와 잠시 서서는 죽은 사람을 보고 대화 소리를 잠시 듣더니 그 자리를 떠났다. 그녀는 외국인이었지만, 어떤 사람은 시신을 전차에 실어 병원으로 옮겨야 한다고 조언하고, 또 어떤 사람은 경찰을 불러야 한다고 말한다는 것을 알아들었다. 그녀는 사람들이 어떤 결론에 도달했는지 기다리지 않고 계속해서 자기 갈 길을 갔다.

연보라색 옷을 입은 귀부인은 멜류제예보에서 헌신적으로 일하던 아주 나이 많은 스위스인 마드무아젤 플레리였다. 그녀는 12년 동안 자기 고향으로 돌아갈 권리를 서면으로 얻기 위해 사방팔방으로 애쓰고 있었다. 얼마 전에야 그녀의 탄원은 성공을 거두었고, 그녀는 출국 비자를 얻기 위해 모스크바에 온 것이었다. 그날 그녀는 돌돌 말아 리본으로 묶은 서류로 부채질을 하며 비자를 받으려고 스위스 대사관에 가던 길이었다. 그녀는 앞으로 걸어가며 열 번이나 전차를 앞질렀고, 전혀 눈치채지 못한 채 지바고의 삶을 앞질렀으며, 그보다 더 오래 살았다.

13

복도로 난 문을 통해 방의 한구석이 보였고, 방에는 책상이 비스듬히 놓여 있었다. 끝이 아래쪽으로 점점 좁아져서 거칠게 속을 깎은 통나무배처럼 보이는 관은 책상에서 문 쪽으로 놓여 있고, 그 끝에 고인의 발이 있었다. 그 책상은 유리 안드레예비치가 이전에 글을 쓰던 책상이었다. 방에 다른 사람은 없었다. 원고들은 상자에 넣어 치워 두었고, 관을 책상 위에 올려놓았다. 머리맡에 베개가 높이 부풀어 있었고, 관 안에 누운 시체는 마치 높은 지대 위에 놓인 산처럼 보였다.

수많은 꽃이 시신을 둘러쌌고, 당시에는 희귀한 흰 시클라멘, 시네라리아가 병과 바구니에 가득 꽂혀 있었다. 꽃들이 창으로 들어오는 빛을 가로막았다. 빛은 드리워진 꽃들 사이로 고인의 밀랍 같은 얼굴과 손, 관의 나무와 관을 감싼 천으로 새어 나왔다. 책상에는 이제 막 흔들리기를 멈춘 듯이 밋진 당초무늬 꽃 그림자가 드리워져 있었다.

당시에는 화장터에서 죽은 자를 태우는 풍습이 널리 퍼져 있었다.[16] 아이를 위해 연금을 받고자 하는 희망과 어린아이의 미래를 걱정하는 마음, 마리나의 직장 생활에 해를 주고 싶지 않은 마음에 장례는 교회장이 아닌 시민장으로 제한하기로 했다. 담당 기관에 신고를 하고, 당국의 대표자들을 기다리는 중이었다.

그들을 기다리는 사이에 방 안은 텅 비어서, 마치 옛 주민이 나가고 새 주민이 이사하는 사이에 비워진 집 같았다. 이 고요함을 깨는 것은 까치발로 예의 바르게 걷는 발걸음과, 작별 인사를 하며 발을 질질 끄는 소리뿐이었다. 사람들이 많지 않았지만 생각했던 것보다는 훨씬 많았다. 거의 무명으로 살았던 사람의 죽음에 대한 소식은 놀라울 정도로 빠르게 이들

16 화장은 정교회의 풍습이 아니었지만, 혁명 이후 도입되었다. 그러나 지바고의 지인들은 집에서 꽃으로 둘러싸고 관을 열어 시신을 보여 주는 옛 풍습을 따르고 있다.

의 주변으로 퍼져 나갔다. 그가 사는 동안 여러 시기에 죽은 자를 알았고, 여러 시기에 그가 잃었고, 또 잊었던 제법 많은 수의 사람들이 모였다. 그의 학문적 사상과 영감은 그를 한 번도 보지 못했지만 그에게 매력을 느껴 온 미지의 사람들을 많이 만들었다. 그들은 처음으로 그를 보고 그에게 마지막 작별 인사를 하기 위해 찾아왔다.

아무 예식이 없어서 채워지지 않는 적막함이 거의 손에 만져질 듯한 상실감으로 공기를 짓누르던 그 시간에, 꽃들만이 찬송과 예식의 부재를 대신하고 있었다.

꽃들은 단순히 꽃을 피우며 좋은 향내를 내는 것뿐만 아니라, 마치 성가대의 합창처럼 그렇게 함으로써 부패를 촉진시키며 자신의 향기를 마음껏 발산하고, 그렇게 향기로운 힘을 모두에게 나누어 주며 뭔가를 완수하고 있는 듯했다.

식물의 왕국은 죽음의 왕국의 가장 가까운 이웃이라고 생각하기 쉽다. 이곳 푸성귀에 덮인 땅, 무덤의 나무들 사이, 화단에서 얼굴을 내민 꽃의 새싹들 가운데 어쩌면 우리가 분투하는 변형의 신비와 삶의 수수께끼가 집중되어 있는지도 모른다. 마리아는 무덤에서 나온 그리스도를 처음엔 알아보지 못하고 그가 묘지를 따라 걸어오는 정원사라고 생각했다(〈마리아는 그분이 동산지기인 줄 알고……〉[17]).

17 「요한의 복음서」20장 15절의 일부이다.

14

고인을 카메르게르스키에 있는 그의 마지막 거주지로 옮겼을 때, 그의 죽음에 대한 소식을 접하고 충격을 받은 친구들은 무서운 소식을 듣고 미치광이가 되다시피 한 마리나와 함께 정문을 통해 활짝 열린 아파트 안으로 뛰어 들어왔다. 마리나는 마룻바닥에 철퍼덕 주저앉아 오랫동안 정신을 차리지 못하고 좌석과 등받이가 있는 뒤주 끝에 머리를 처박았다. 주문한 관이 도착하기 전까지 현관 앞에 있던 뒤주에 죽은 자를 뉘었고, 그사이 지저분한 방을 치웠다. 그녀는 눈물을 비 오듯 쏟으며 속삭였고, 절반은 자신의 의지와 상관없이 곡을 하듯 입에서 튀어나오는 말들로 목이 메어 비명을 질렀다. 그녀는 민초들이 슬퍼하듯 아무도 거리껴 하지 않았고, 의식도 하지 못하면서 터무니없는 말을 이리저리 내뱉었다. 마리나가 시신에 꼭 매달리는 바람에, 사람들이 쓸데없는 가구를 치워 깨끗해진 방으로 고인을 옮기고 시신을 닦아 운송된 관에 눕히려고 했지만, 그녀를 떼어 낼 수가 없었다. 이 모든 게 어제 일어난 일이었다. 오늘은 격렬한 고통이 진정되어 멍하니 기운이 빠진 상태였지만, 그녀는 여전히 자각 없이 아무 말도 하지 못하고 자신을 의식하지도 못했다.

그녀는 아무 데도 가지 않고 어제의 남은 낮과 밤을 꼬박 이곳에 앉아 있었다. 사람들이 젖을 먹이라고 클라바[18]를 데려왔고, 카파도 어린 유모와 함께 데려왔다가 다시 데리고 나갔다.

18 클라브디아의 애칭이다.

그녀를 둘러싼 사람들은 그녀와 마찬가지로 몹시 슬퍼하고 있는 두도로프와 고르돈 같은 이들이었다. 마르켈이 긴 의자에 앉아 그녀의 곁에서 조용히 흐느껴 울며 귀가 멍해질 정도로 코를 풀어 댔다. 이곳 그녀에게 어머니와 언니들이 울면서 다가왔다.

그리고 모여든 사람들 가운데 유독 눈에 띄는 두 사람, 즉 한 남자와 한 여자가 있었다. 그들은 위에 열거한 사람들보다 죽은 이와 특별히 더 가깝다는 것을 내세우려 들지 않았다. 그들은 마리나와 그녀의 딸들, 고인의 친구들과 슬픔을 경쟁하지 않았고, 그들에게 우선권을 인정해 주었다. 이 두 사람은 아무것도 요구하지 않았지만, 죽은 이에 대한 그들만의 아주 특별한 권리를 가지고 있었다. 이 두 사람이 어떤 식으로든 부여받은 비밀스럽고 이해할 수 없는 전권을 건드리는 사람은 아무도 없었고, 아무도 전권을 앗아 가려고 다투지 않았다. 바로 이 사람들이 처음부터 장례와 장례 절차에 대한 문제를 떠맡은 것 같았는데, 아주 미동도 없는 평온한 마음으로 그 일을 처리해서 마치 그 일이 그들에게 만족감을 주는 것 같았다. 그들의 인품의 고결함이 모든 사람의 눈에 들어오면서 이상한 인상을 불러일으켰다. 그들은 장례식뿐 아니라 이 죽음과도 연관된 것처럼 보였는데, 그의 죽음을 가져온 장본인이거나 간접적인 원인자로서가 아니라 일이 일어난 후 이 사건에 대해 동의하고 받아들였기에, 그 속에서 중요한 가치를 보지 못하는 사람들로서 말이다. 그들을 아는 사람은 많지 않았고, 어떤 이는 그들이 누구인지 추측했지만, 대부분의 사람들은 그들에 대해 짐작조차 할 수 없었다.

그러나 호기심을 불러일으키고 탐색하는 듯한 좁은 키르기스 눈을 한 사람과 노력하지 않아도 아름다운 여인이 관이 있는 방으로 들어오면, 앉았거나 섰거나 방 안에서 움직이던 마리나를 포함한 모든 사람이 마치 약속이나 한 듯이 반발하지 않고 장소를 비워 주고 옆으로 물러났으며, 벽에 놓인 의자들과 등받이가 없는 의자에서 일어나서는 앞다퉈 복도와 현관으로 나갔다. 남자와 여자는 닫힌 문 안에 단둘만 남았다. 이들은 마치 조용한 가운데 아무 방해도 받지 않고 아무 걱정 없이 장례와 직접적으로 관련된 어떤 일과 긴요하고 중요한 일을 처리하도록 부름을 받은 두 조예 깊은 전문가 같았다. 지금도 마찬가지였다. 두 사람은 단둘이 남아 벽 옆에 있는 등받이가 없는 의자에 앉아 일과 관련된 이야기를 나누기 시작했다.

「뭘 좀 알아보셨어요, 옙그라프 안드레예비치?」

「화장은 오늘 저녁입니다. 30분 후에 의료 노동조합에서 나와 시신을 조합 사무실로 운구한답니다. 4시에 시민 장례식이 있을 예정입니다. 단 한 장의 서류도 제대로 된 게 없었어요. 노동 수첩은 기간이 지났고, 옛날 양식의 노동자 수첩은 교체되지 않았으며, 조합비도 몇 년 동안 지불되지 않았고요. 모든 일을 처리해야 했어요. 그러니 관료적 형식주의로 인해 지체된 거지요. 이제 시간도 얼마 남지 않았는데, 집에서 시신을 내가기 전에 모든 걸 준비해야 했습니다. 요청하신 대로 이곳에 혼자 있게 해드리겠습니다. 죄송합니다. 제 말

듣고 계시죠? 전화가 왔군요. 잠깐 실례하겠습니다.」

엡그라프 지바고는 의사의 낯선 동료, 학교 친구, 병원의 하급 종사자와 출판계 종사자로 가득한 복도로 나왔다. 그곳에는 마리나가 아이들을 두 팔로 안아 펼친 외투 자락으로 덮은 채(날이 추웠고 정문에서 바람이 들어왔다) 다시 문이 열리기를 기다리며 의자 끝에 앉아 있었다. 그 모습은 마치 체포당한 자를 만나러 온 여인이, 보초가 감옥의 면회실로 그녀를 들여보내 주기를 기다리는 모습 같았다. 복도는 사람들로 붐볐다. 모인 사람의 일부는 그곳에 자리를 잡을 수 없었다. 계단으로 나가는 통로는 열려 있었다. 수많은 사람이 서 있거나 이리저리 왔다 갔다 했고, 현관과 층계참에서 담배를 피웠다. 계단으로 내려갈수록, 거리에 더 가까울수록 사람들은 더 큰 소리로 자유롭게 이야기를 나누었다. 엡그라프는 웅성거리는 소리 덕분에 귀를 쫑긋 세우고 예의를 차려 손바닥으로 수화기를 가린 채 소리를 죽이고는, 전화로 아마도 장례의 절차와 의사가 죽은 정황에 대해 대답하는 것 같았다. 그는 방으로 돌아왔다. 대화는 계속 이어졌다.

「화장 후에 제발 그냥 사라지지 마십시오, 라리사 표도로브나. 중요한 부탁이 있습니다. 저는 당신이 지금 어디에 묵고 있는지도 모릅니다. 제가 부인을 어디서 찾아야 할지 모르게 두지는 마십시오. 가장 가까운 시일 내에 내일이든 모레든 형의 서류 문제를 해결하고 싶습니다. 부인의 도움이 필요합니다. 아마도 부인께서 가장 많은 것을 알고 계실 겁니다. 부인께서는 이르쿠츠크에서 오신 지 이틀밖에 되지 않았고, 잠시 모스크바를 들른 것처럼 무심코 말씀하신 것 같은데요. 이 아파트에 온 것도, 이곳에서 마지막 몇 달을 형이 살았다는 것도, 무슨 일이 일어났는지도 전혀 모르고 다른 목적으로 우연히 올라온 것이라고요. 부인의 말씀 중 일부는 제가 잘 이해하지 못했는데, 설명해 달라고 하지는 않겠습니다만, 사라지지는 말아 주십시오, 제가 부인의 주소를 모릅니다. 원고를 선별하는 요 며칠 동안 한 지붕 아래서나 서로 떨어진 장소에서, 어쩌면 한 선물 안에 있는 서로 다른 빙에서 함께 보내는 것이 제일 좋을 것 같습니다. 제가 장소를 마련할 수 있을 것 같습니다. 건물 관리인을 알거든요.」

「제 말을 이해하지 못했다고 말씀하시는데요. 이해하지 못할 게 뭐가 있을까요? 모스크바에 와서 물건을 보관소에 맡기고는 옛 모스크바를 걷는데, 절반은 알아볼 수가 없더라고요. 잊어버렸어요. 하염없이 걷고 또 걷다가 쿠즈네츠키 거리를 내려가서 골목을 따라 올라가는데, 문득 무서울 정도로 극도로 낯익은 카메르게르스키가 나오는 거예요. 총살당한 제 남편 안티포프가 이곳에서, 우리가 앉은 바로 이 방을 임대해서 산 적이 있었어요. 그래서 들어가 보자, 어쩌면 다행스럽게도 옛 주인들이 살고 있을지도 모른다고 생각했죠. 옛 주인들은 전혀 찾을 수 없었고, 모든 게 전혀 다른 모습이었어요. 저는 나중에 그다음 날, 그리고 오늘에야 물어물어 차츰차츰 모든 것을 알게 되었어요. 그런데 바로 이곳에 당신이 계시는 거예요. 제가 왜 이런 이야기를 하는 걸까요? 저는 마치 벼락을 맞은 것 같았어요, 거리로 난 문은 활짝 열려 있고, 방 안에는 사람들과 관이 있고, 관 속에 고인이 누워 있고. 그런데 그 고인이 누구였죠? 들어와서 다가갔다가 저는 미치는 줄 알았어요. 환영을 본다고 생각했어요. 당신이 모든 일의 증인 이시잖아요, 그렇지 않나요, 제가 왜 이런 이야기를 하는 걸 까요?」

「잠깐만요, 라리사 표도로브나, 제가 말을 끊겠습니다. 저는 벌써 부인께 말씀드렸습니다, 저와 형은 얼마나 놀라운 일이 이 방과 연관되어 있는지 전혀 의심조차 한 적이 없습니다. 예를 들면 언젠가 이 방에 안티포프가 살았다는 얘기 같은 거요. 그런데 부인 입에서 튀어나온 표현 하나가 더 놀랍습니다. 제가 말씀드리지요, 그게 어떤 표현인지, 죄송합니다. 안티포프에 대해, 스트렐니코프의 군사 혁명 활동에 대해 저는 한때 내전 초기에 수도 없이 많이, 거의 매일 들었습니다. 한 번인가 두 번 정도 개인적으로 만나기까지 했는데, 가족의 일로 그분이 저와 접촉점이 있으리라고는 전혀 예상도 하지 못했습니다. 실례합니다만, 어쩌면 제가 잘못 들은 것일 수도 있겠는데요, 부인께서 〈총살당한 안티포프〉라고 말씀 하신 것 같은데, 그렇다면 잘못 알고 계신 겁니다. 그분이 권총 자살하신 것을 정말 모르고 계셨습니까?」

「그런 말이 돌더군요, 하지만 저는 믿지 않아요. 파벨 파블로비치는 절대 자살할 사람이 아니에요.」

「하지만 그건 정말 완전히 확인된 사실입니다. 형의 말에 따르면 안티포프는 부인이 블라디보스토크로 가는 열차를 타러 유랴틴을 떠난 그 집에서 권총 자살을 했다고 하더군요.

부인이 딸과 떠난 직후에 일어난 일입니다. 형님은 자살하신 고인의 시신을 수습해서 묻어 주었답니다. 정말로 그 소식이 부인에게 전달되지 않은 겁니까?」

「아니요, 그렇게 말해 주는 사람들이 있기는 했어요. 그렇다면 그가 스스로 목숨을 끊었다는 것이 사실이라는 말이군요? 많은 사람이 그렇게 말했지만 저는 믿지 않았어요. 바로 그 집에서 그랬다고요? 정말 불가능한 일이에요! 얼마나 중요한 사실을 제게 말씀해 주셨는지 몰라요! 죄송한데요, 남편과 지바고가 서로 만났다던가요? 그렇게 말하던가요?」

「고인이 된 형의 말에 따르면 두 사람이 긴 대화를 나눴답니다.」

「정말인가요? 다행이에요. 그게 더 나아요(안티포바는 천천히 성호를 그었다). 이 얼마나 놀라운 일인가요, 하늘이 내려 주신 만남이군요! 다시 한번 그때 상황으로 돌아가서 자세히 물어봐도 될까요? 아주 사소한 일도 제게는 아주 소중합니다. 지금 저는 제정신이 아니에요. 그렇지 않은가요? 저는 너무 흥분해 있어요. 잠시 입을 다물고, 호흡을 가다듬고, 생각을 정리해야겠어요. 그렇지 않은가요?」

「오, 물론, 물론, 그렇게 하십시오.」

「정말 그렇지 않은가요?」

「물론입니다.」

「아, 제가 거의 잊어버릴 뻔했네요. 화장한 후에 저더러 떠나지 말아 달라고 하셨는데요. 알겠습니다. 그렇게 할게요. 사라지지 않을게요. 당신과 함께 이 방에 돌아와서 지시한 곳에 필요한 만큼 있을게요. 유로치카의 원고를 함께 보도록 하지요. 제가 도와드릴게요. 제가 어쩌면 당신에게 도움을 드릴 수 있을지 몰라요. 그게 제게는 위로가 될 겁니다! 저는 그이의 필체의 굴곡을 심장의 피로, 혈관 하나하나로 느껴요. 그 후 제게도 당신께 부탁이 있습니다. 당신의 도움이 제게 꼭 필요할 것 같아요, 그렇지 않나요? 당신은 법률가이거나, 하여튼 예전이나 최근이나 현존 질서를 아주 잘 아시는 분 같아요. 더구나 어떤 증명서를 가지고 어떤 기관에 가야 하는지를 아는 게 얼마나 중요한지 몰라요. 모든 사람이 이 부분을 잘 아는 건 아니니까요. 그렇지 않나요. 한 가지 무섭고 숨이 막힐 듯한 문제에 대해 조언이 꼭 필요합니다. 한 아이에 대한 이야기예요. 하지만 이건 나중에, 나중에 화장터에서 돌아온 후에 말씀드릴게요. 저는 평생 누군가를 늘 찾아다니지 않으면 안 되었어요, 그렇지 않나요. 말씀해 주세요, 상상으로라도 아이의 흔적, 양육을 위해 다른 사람 손에 맡겨진 아이의 흔적을 찾아야만 하는 경우에요. 혹시 소비에트 연합에 존재하는 전국 고아원에 대한 공동 기록물 보관소가 있나요? 버려진 아이들에 대한 전 국가적인 목록이나 등록이 진행된 적이 있나요, 시도된 적이 있나요? 지금 당장 대답하지 마시고요, 제발이요. 나중에, 나중에요. 오, 너무 무서워요, 무서워! 삶이 얼마나 무서운지 모르겠어요, 그렇지 않나요. 제 딸이 오면 앞으로 무슨 일이 일어날지 저도 모르겠지만, 당분간은 이 아파트에 올 수 있어요. 카튜샤에게 놀라운 재능이 발견되었어요, 한쪽은 연극적인 재능이고, 다른 한쪽은 음악적인 재능이에요. 카튜샤는 놀라울 정도로 온갖 사람의 흉내를 잘 내고 자기가 쓴 작품의 모든 장면을 잘 연기해 내요. 더구나 소리만 듣고도 오페라의 전 곡을 잘 따라 부른답니다. 놀라운 아이에요, 그렇지 않나요? 저는 그 아이를 받아 주는 연극 학교나 음악 학교의 예비 과정이나 초급 과정에 넣고 기숙사를 배정받으려고, 그래서 이곳에 왔습니다. 그 아이가 없는 사이에 모든 걸 조율한 다음 떠나려고요. 지금 모든 걸 말씀드릴 수 없겠죠, 그렇지 않나요? 하지만 이 이야기도 나중에 하고요. 지금은 마음이 진정될 때까지 기다리면서 입을 다물고 생각을 정리하고 두려움을 쫓아내 보도록 할게요. 더구나 우리는 무도하게도 유리의 지인들을 복도로 내쫓았잖아요. 사람들이 문을 두드린다는 느낌이 두 번이나 들었어요. 그런데 저쪽에서 뭔가가 움직이면서 시끄러운 소리가 나네요. 아마도 장례 기관에서 왔나 봐요. 제가 여기 앉아서 잠시 생각할 동안 문을 열고 사람들을 들여보내 주세요. 이제 때가 되었네요, 그렇지 않나요. 잠깐 서세요, 잠깐이요. 발판을 관 옆에 두어야겠어요, 그렇지 않으면 유로치카한테 팔이 닿지 않아요. 까치발을 하고 시도해 봤지만, 아주 어려웠어요. 마리나 마르켈로브나와 아이들에게도 꼭 필요합니다. 그뿐 아니라 예식을 치를 때도 필요하고요. 〈마지막 키스를 내게 해 다오〉[19]라고요. 더 이상 못 참겠어요, 못 참겠어. 너무 마음이 아파요. 그렇지 않나요.」

「이제 모든 사람을 들여보내겠습니다. 그러나 그러기 전

19 러시아 정교 장례식의 말미에 죽은 이의 목소리로 부르는 노래이다.

에 한 말씀 드리지요. 수수께끼 같은 말씀을 많이 하시고, 또 마음을 괴롭히는 질문을 많이 하셔서 저는 대답하기가 어렵습니다. 부인께서 한 가지는 아셨으면 좋겠습니다. 부인이 걱정하는 모든 문제를 해결하는 데 기꺼이 전심을 다해 도움을 드리도록 하겠습니다. 그리고 기억해 두세요. 어떠한 경우에도 절대로 절망하실 필요는 없습니다. 희망을 가지고 움직이는 것이 불행한 시기에 우리가 해야 할 의무입니다. 행동 없는 절망은 의무의 망각이고 파괴입니다. 이제 작별 인사를 하려는 사람들을 들여보내겠습니다. 발판에 관한 것은 부인 말씀이 옳습니다. 제가 찾아서 갖다 놓겠습니다.」

그러나 안티포바는 이미 그의 말을 듣고 있지 않았다. 그녀는 엡그라프 지바고가 방문을 여는 소리와 복도에서 방 안으로 무리가 들어오는 소리를 듣지 못했고, 그가 장례 주최자들 및 주요 문상객들과 이야기를 나누는 소리도 듣지 못했으며, 움직이는 사람들의 옷깃 스치는 소리와 마리나의 통곡 소리, 남자들의 기침 소리, 여인들의 눈물과 통곡 소리도 듣지 못했다.

단조로운 소리의 회전이 그녀를 뒤흔들며 어지럽게 만들었다. 그녀는 기절하지 않으려고 온 힘을 다해 자신을 제어했다. 그녀는 심장이 찢어질 것 같았고, 머리가 아팠다. 그녀는 고개를 숙이고 추측과 상상, 회상에 빠져들었다. 그녀는 그 속에 빠져 마치 일시적으로 몇 시간 동안 가라앉아 언제까지 살게 될지 알 수 없지만, 그녀를 수십 년은 늙게 만들어 노파가 되게 할 미래의 나이로 옮겨 간 것 같았다. 그녀는 상념에 빠져 마치 불행의 가장 깊은 곳으로, 가장 밑바닥으로 떨어진 것만 같았다. 그녀는 생각했다.

〈아무도 남지 않았다. 한 사람은 죽었고, 다른 사람은 자살했다. 죽었어야만 하고 죽이려고 했지만 총알이 빗나간 자만 살아남았다. 그자는 삶을 가장 불가사의한 범죄의 사슬로 변화시킨 낯설고 불필요하고 하찮은 존재이다. 이 평범하기 그지없는 괴물만이 우표 수집가들만 알 만한 아시아의 전설적인 막다른 골목을 안달하며 뒤지고 있을 뿐, 지인과 필요한 사람 중 남아 있는 사람은 아무도 없다.

아, 크리스마스 날 괴물 같은 속물에게 총을 쏘기 바로 직전에 바로 이 방의 어둠 속에서 나는 소년인 파샤와 대화를 나누었지. 지금 이곳에서 작별 인사를 나누는 유라는 당시에 내 삶에서 전혀 존재하지 않았다.〉

그리고 그녀는 크리스마스 때 파센카와 나눈 대화를 되살려 보려고 기억을 더듬었지만, 창턱에서 타오르며 유리창에 낀 얼음을 동그랗게 녹이던 촛불 외에는 아무것도 기억해 낼 수 없었다.

그녀는 지금 책상 위에 누운 사람이 마차를 타고 거리를 지나가다가 그 둥근 촛불을 봤다는 것을 생각이나 할 수 있을까? 바깥에서 보인 불길에서 어떤 시가 나왔을까? 〈책상 위에서 초가 탔다, 초가 탔다.〉 그의 숙명이 그의 삶에 들어왔던 것이다.

그녀의 생각이 흩어졌다. 그녀는 생각했다. 〈이 사람을 교회식으로 보내 주지 못하다니, 얼마나 안타까운지! 장례 의식이 얼마나 웅장하고 멋있는데! 대부분의 고인은 그런 예식을 받을 자격이 없지. 하지만 유로치카는 충분히 받을 만큼 고결한 사람인데! 이 사람은 그 모든 걸 받을 자격이 있는데, 《관 위에 흘리는 통곡이 할렐루야 찬송을 내도다》[20]라는 가사에 합당하고 그런 보상을 받을 만한데!〉

그녀는 길지 않은 시간이나마 그의 곁에 있었다는 생각이 들면 늘 그랬듯이, 자부심과 위로의 파도가 밀려오는 것을 느꼈다. 언제나 그에게서 배어 나오는 자유와 태평함의 기운이 그녀를 사로잡았다. 그녀는 앉았던 등받이가 없는 의자에서 천천히 일어났다. 뭔가 전혀 이해할 수 없는 일이 그녀에게 일어났다. 그녀는 잠시만이라도 그의 도움을 받아 그녀를 묶고 있는 고통의 소용돌이에서 바깥으로, 공기가 시원한 곳으로 나가서 예전처럼 해방이 주는 행복감을 경험하고 싶었다. 그녀가 꿈꾸고 있는 행복은 그와 작별 인사를 하는 행복, 혼자서 그 누구의 방해도 없이 그의 위에 엎드려 실컷 울 수 있는 기회와 권리라고 느껴졌다. 그녀는 성급하게 격정에 가득 차, 마치 안과 의사가 떨어뜨려 준 안약 때문인 듯 아프고 약해진 데다 눈물로 가득 차서 보이지 않는 시선으로 무리를 바라보았다. 모두가 움직이기 시작하여 코를 풀고는 옆으로 비켜서서, 마침내는 그녀를 닫힌 문 뒤에 홀로 남겨 두고 바깥으로 나갔다. 그녀는 걸으면서 재빨리 성호를 그으며 책상과 관으로 다가가서, 엡그라프가 놓은 발판 위로 올라가 천천히 시신에 커다란 성호를 긋고 차가운 이마와 손에 키스했다. 그

20 장례식이나 추도식에서 부르는 찬송곡이다.

녀는 차가워진 이마가 주먹을 쥔 손처럼 작아진 것 같다는 느낌이 살짝 들었지만, 그것에 주목하지 않았다. 그녀는 얼어붙은 듯 몇 초 동안 아무 말도, 아무 생각도 하지 못하고 관과 꽃들과 시신의 절반을 자신의 몸과 가슴과 영혼으로, 그리고 영혼만큼이나 큰 자신의 팔로 안고는 울지도 못하고 서 있었다.

15

억누른 통곡이 그녀의 온몸을 뒤흔들어 놓았다. 그녀는 할 수 있는 한 그 통곡에 저항해 봤지만, 그녀의 힘을 뛰어넘어 갑자기 눈물이 터지면서 뺨과 옷과 손, 그리고 자신이 몸을 붙이고 있는 관을 적셨다.

그녀는 아무 말도 하지 않았고, 아무 생각도 하지 않았다. 공통점이 있고, 지식이 있는 신뢰할 만한 일련의 사상들이 하늘에 뜬 구름처럼, 예전에 나누었던 밤의 대화 시간처럼 몰려왔다가는 그녀를 통과해 지나갔다. 바로 이러한 것들이 행복과 해방감을 가져다주곤 했다. 그것은 머리로서만이 아닌 서로를 북돋아 주는 뜨거운 지식이었다. 본능적이고 직접적인 것이었다.

그녀는 지금도 그러한 지식으로, 즉 죽음에 대한 막연하고 명료하지 못한 지식으로, 죽음에 대한 준비로, 죽음의 면전에서 느끼는 곤혹감의 부재로 가득 차버렸다. 그녀는 마치 이 세상에서 벌써 스무 번을 살면서 셀 수도 없이 유리 지바고를 잃었고, 그 상실의 경험을 그동안 마음에 너무 많이 쌓아 두어서 지금 이 관 옆에서 느끼고 행하는 모든 것이 제시간에 맞춘 시의적절한 일인 것만 같았다.

오, 얼마나 자유로운, 세상에 존재하지 않는 그 무엇과도 닮지 않은 사랑이었던가! 그들은 다른 이들이 어떻게 노래를 부르는지 생각해 보았다.

사람들이 흔히들 거짓되게 표현하듯이, 그들은 피할 수 없어서 〈정열에 휩싸여〉 서로를 사랑했던 것이 아니다. 그들은 주변의 모든 것이, 그러니까 그들 발밑의 흙이, 그들 머리 위의 하늘이, 구름이, 나무들이 그러기를 원했기 때문에 서로를 사랑했다. 그들의 사랑은 그들 자신보다도 어쩌면 주변 사람들의 마음에 더 들었을지도 모른다. 거리의 낯선 이들, 산책 길에 도열한 원경, 그들이 거주하고 만났던 방들이 그러했다.

아, 바로 이것, 바로 이것이 그들을 가깝게 만들고 하나로 묶어 주는 중요한 요소였다! 선물처럼 주어진 잊을 수 없을 정도로 행복한 순간에도 가장 고원하고 마음을 사로잡는 무언가가 그들을 결코, 결코 버린 적이 없었다. 그것은 세계의 전체적인 거푸집에 느끼는 큰 기쁨, 그들 자신이 모든 정경에 연루되어 있다는 느낌, 모든 멋진 풍경과 전 우주에 그들이 속해 있다는 감정이었다.

그들은 이 일체감으로만 호흡했다. 그러므로 인간을 나머지 자연 위로 높이는 것, 유행하는 인간 돌봄과 인간 숭배는 그들의 마음을 끌지 못했다. 정치로 변한 사회적인 삶의 거짓된 원칙은 그들에게 가련한 수제품으로 여겨졌고, 이해할 수 없는 것으로 남았다.

16

그녀는 격의 없이 활발하게 대화할 때의 단순하고 일상적인 말로 그와 작별 인사를 나누기 시작했는데, 그녀의 말은 현실의 틀을 부수지만 비극의 합창과 독백, 시어, 음악 등 여타의 조건이 흥분의 조건 하나로서만 정당화될 뿐, 아무 의미를 지니지 않듯 의미가 없는 것이었다. 그녀의 가볍고 편견 없는 대화에 실린 과도함을 정당화하는 이 경우의 조건은 그녀의 눈물이었고, 평소대로의 일상적인 그녀의 대화는 그 눈물 속에 빠져 허우적거리며 헤엄치고 있었다.

따뜻한 비에 엉클어진 비단같이 촉촉한 나뭇잎 사이로 바람이 사각거리듯, 이 눈물에 젖은 단어들 자체가 그녀의 상냥하고 빠른 속삭임 사이로 엉겨 들어갔다.

「또다시 우리는 이렇게 함께야, 유로치카. 하느님께서 또다시 만나도록 인도하셨네. 이 얼마나 끔찍한 일이야, 생각해 봐! 오, 견딜 수가 없어! 오, 주여! 나는 통곡하고 또 통곡해! 또다시 뭔가 우리 식이고, 우리가 익히 아는 방식이야. 당신이 떠나면 내 삶은 끝나. 또다시 뭔가 거대하고 돌이킬 수 없는 일이 일어난 거야. 삶의 수수께끼, 죽음의 수수께끼, 영감의 아름다움, 다 드러냄의 아름다움, 바로 이거야, 우린 이걸 이해했어. 지구를 다시 재단하는 유의 시시한 세계적인 논쟁은, 미안하지만 비켜 다오, 그건 우리 일이 아니니까.

안녕, 안녕, 내 사랑, 내 자부심이여, 안녕, 내 빠르고 깊은 강이여, 안녕. 내가 하루 종일 철썩이는 당신의 물결을 얼마나 좋아했는지 몰라, 당신의 차가운 물결에 뛰어드는 걸 내가 얼마나 사랑했는지 몰라.

기억나, 그때 내가 그곳 눈 덮인 곳에서 당신과 헤어졌던 일을? 당신은 나를 정말로 속었어! 오, 나는 알아, 나는 알았어, 내가 잘되기를 바라는 마음에 당신이 억지로 그랬다는 것을 알아. 그리고 모든 일이 허사로 돌아갔어. 주여, 내가 어떤 괴로움을 맛보고, 무슨 일을 겪었는지! 당신은 아무것도 몰라. 오, 내가 무슨 짓을 저질렀는지, 유라, 내가 무슨 짓을 저질렀는지! 나는 너무나 죄 많은 여자야, 당신은 상상도 하지 못해! 하지만 내 탓이 아니야. 난 당시 석 달이나 병원에 누워 있었어, 그중 한 달 동안은 의식도 없었지. 그 후부터 나는 사는 게 사는 게 아니었어. 안타까움과 괴로움 때문에 마음에 평안이 없었어. 하지만 말하지는 않을 거야, 중요한 일은 밝히지 않을 거야. 그걸 일일이 말할 수 없어, 그렇게는 못 하겠어. 내 삶의 그 지점에 도달하면, 내 머리카락은 끔찍함에 곤두서 버려. 심지어는 내가 완전히 정상이라고 장담하지도 못하겠어. 그러나 알아? 많은 사람이 그러는 것과는 달리 난 술은 마시지 않아, 그 길에 들어서지는 않았어. 왜냐하면 술에 취한 여자는 이미 볼 장을 다 본 것이니까, 그건 생각할 수도 없는 일이잖아, 그렇지 않아?」

그리고 그녀는 무슨 말인가를 더 하고는 흐느끼며 괴로워다. 갑자기 그녀는 놀란 듯이 고개를 들고 주변을 둘러보았다. 방 안에는 오래전에 사람들이 들어와 걱정스럽다는 듯이 움직이고 있었다. 그녀는 발판에서 내려와 비틀거리며 관에서 물러났다. 그녀는 손바닥으로 눈을 비벼 마저 흘리지 못한 눈물을 짜내 방바닥에 손으로 털어 내려고 하는 것 같았다.

남자들이 관으로 다가와 세 개의 천으로 묶은 다음 관을 들어 올렸다. 출관(出棺)이 시작되었다.

17

라리사 표도로브나는 카메르게르스키에서 며칠을 보냈다. 옙그라프 안드레예비치와 이야기가 오갔던 원고 정리는 그녀가 참여한 가운데 시작되었지만, 끝까지 완성하지는 못했다. 그녀가 옙그라프 안드레예비치에게 부탁했던 대화도 성사되었다. 그는 그녀에게서 뭔가 중요한 사항을 알게 되었다.

어느 날 라리사 표도로브나는 집에서 나갔다가 다시는 돌아오지 않았다. 아마도 그사이에 그녀는 거리에서 체포당했고, 어디인지는 모르지만 북쪽의 수도 없이 많은 공용 혹은 여성 수용소 어느 한 곳에서, 훗날 온데간데없이 소실된 명단 중에서 이름도 없는 번호로 잊힌 채 죽었든지 사라졌을 것이다.

제16부

에필로그

1

1934년 여름, 쿠르스크 만곡부의 돌파와 오룔의 해방[1] 이후 최근에 중위가 된 고르돈과 소령 두도로프는 각자 따로 자신의 부대로 돌아왔다. 고르돈은 모스크바로 직무상의 출장을 다녀온 후였고, 두도로프는 거기서 사흘 동안의 휴가를 보낸 후였다.

두 사람은 귀대 길에 만나 작은 도시인 체른에서 하룻밤을 보냈다. 이 도시는 퇴각하는 적들에 의해 완전히 소탕된 〈무인 지대〉로, 대부분의 거주지처럼 황폐화되기는 했어도 완전히 파괴되지는 않았다.

부서진 벽돌 더미와 작은 먼지처럼 으깨진 도로용 자갈로 뒤덮인 도시의 폐허 한가운데에는 상하지 않은 건초 저장소

---

1 1943년 7월에 소련의 결정적인 승리로 끝나 전쟁 기간 동안 러시아 군대가 공세를 유지할 수 있도록 해준 중요한 전투이다. 오룔 시는 1943년 8월에 해방되었다.

가 있었고, 그 위에 두 사람이 저녁부터 누워 있었다.

그들은 잠을 이루지 못했고, 밤새도록 이야기를 나누었다. 날이 샐 즈음인 새벽 3시경에 깜빡 잠이 들었던 두도로프는 고르돈이 부스럭거리는 소리에 깼다. 그는 물속에서 잠수하듯 부드러운 건초 속에서 허우적거리더니 속옷가지들을 보퉁이로 만들고, 안짱다리로 건초 더미 산 정상에서 기어 내려와 건초 저장소 문지방과 출입문을 향해 가기 시작했다.

「어디를 간다고 차비를 차리는 거야? 아직 일러.」

「강에 다녀올게. 옷가지를 빨고 싶어서.」

「이런 미친 녀석 같으니. 저녁에 부대에 가면 속옷 재봉사 탄카[2]가 갈아입을 옷을 내줄 거야. 어째서 그렇게 서두르는 건지.」

「일을 미루고 싶지 않아. 땀을 흘려서 더러워졌어. 무더운 아침이군. 빨리 빨아서 잘 짜면 햇볕에 순식간에 마르겠어. 목욕을 하고 옷을 갈아입을 거야.」

「아무리 그래도 알잖아, 거북한 일이야. 동의해, 아무리 그래도 넌 장교잖아.」

「시간이 일러. 주변 사람 모두가 자고 있어. 덤불 뒤로 가지 뭐. 아무도 보지 못할 거야. 더 자, 말하지 말고. 계속 잠이나 자.」

「나도 더 이상은 자지 못하겠어. 나도 함께 나갈게.」

그들은 이제 막 떠오른 무더운 태양열을 받아 빨갛게 달구어진 하얀 석조 폐허 옆을 지나 강으로 갔다. 예전에는 거리

2 타티야나의 애칭이다.

470

였던 땅 위의 가장 양지바른 곳에서 얼굴이 붉게 변한 사람들이 땀을 흘리고 코를 골며 자고 있었다. 이들은 대부분 집 없는 이 지역의 노인과 여인, 아이들이었고, 드물게는 혼자 낙오하여 자기 분대를 따라잡는 적군도 있었다. 고르돈과 두도로프는 그들을 밟지 않으려고 발밑을 계속 살피며 조심스럽게 잠자는 사람들 사이로 발걸음을 옮겼다.

「더 조용히 말해, 그렇지 않으면 전 도시를 깨우겠어, 그러면 내 빨래도 끝이야.」

그들은 반쯤 소리를 죽여 밤에 하던 대화를 계속 이어 갔다.

2

「이게 무슨 강이지?」

「몰라. 물어보지 않았어. 아마도 주샤강일 거야.」

「아니, 주샤강이 아니야. 다른 강이야.」

「그러면 모르겠는데.」

「모든 일이 일어난 건 주샤강에서였지. 흐리스티나의 일 말이야.」

「맞아, 하지만 강의 다른 장소였어. 어딘가 더 아래쪽. 흐리스티나를 교회에서 성인으로 모셨다고 하던데.」

「저쪽에 〈마구간〉이라는 이름의 석조 건물이 있었어. 실제로 명의상의 이름은 종마장의 국영 집단 농장 마구간이었는데, 이제는 역사적인 명칭이 되었지. 오래되고 벽이 두꺼운 건물이었어. 독일인이 마구간을 견고하게 만들어서 난공불락의 요새로 변모시켰지. 그곳에서 전 지역이 사정권에 들어왔기 때문에 우리의 진격이 저지를 당했어. 마구간을 점령해야만 했어. 흐리스티나가 기적적인 용맹과 재기를 발휘해 독일 구역으로 잠입해 들어가서 마구간을 폭파시키고 산 채로 붙잡혀 교수형을 당한 거야.」

「어째서 흐리스티나 오를레초바야? 두도로바가 아니라?」

「그때 우리는 아직 결혼한 사이가 아니었거든. 1941년 여름에 전쟁이 끝나면 결혼하자고 약속했었지. 그 후 나는 나머지 군대와 함께 이리저리 떠돌아다녔고, 우리 부대는 끝없이 이리저리 옮겨 다녔어. 그 이동 때문에 흐리스티나를 놓치고 말았고. 더 이상 그녀를 볼 수 없었지. 그녀의 용감한 행적과 영웅적 죽음에 대해서는 다른 사람들과 똑같은 방식으로 알게 됐어. 신문과 연대의 명령을 통해서 말이야. 사람들 말로는 이곳 어딘가에 그녀를 기리는 기념비가 세워질 거라고 하더군. 죽은 유리의 동생인 지바고 장군이 이 지역을 돌면서 그녀에 대한 정보를 모은다는 말이 있어.」

「흐리스티나 얘기를 해서 미안해. 너한테는 틀림없이 힘겨운 일일 텐데.」

「그게 문제가 아니야. 그나저나 실컷 수다를 떨었군. 널 방해하고 싶지 않아. 옷을 벗고 물에 들어가 할 일을 해. 나는 강가에 누워 줄기를 입에 물고 질겅질겅 씹으며 생각을 좀 할 테니, 어쩌면 잠깐 졸지도 몰라.」

몇 분이 지나 다시 대화가 재개되었다.

「빨래하는 법은 어디서 배운 거야?」

「필요하니 하게 됐지. 운이 나빴어. 우리는 형사 수용소 중에서도 가장 끔찍한 곳에 떨어졌거든. 살아남은 사람이 드물었어. 도착했을 때부터 얘기해 보면. 우리 조를 객차에서 끌어 내리더군. 눈 내리는 황야였어. 저 멀리 숲이 있었고, 경비병, 총구를 내린 소총, 양을 지키는 개들이 있었지. 그 무렵 여러 시간에 나누어 새로운 다른 무리도 뒤이어 실려 왔어. 들판 전역에 서로를 보지 못하도록 등을 안으로 두게 하고 넓은 다각형으로 서게 만들었어. 무릎을 꿇으라고 명령하는데, 총에 맞을까 봐 두려워서 감히 곁눈질도 못 했어. 끝없이 오랫동안 지속되는 굴욕적인 점호 절차가 시작되었지. 모두가 무릎을 꿇었어. 그러고는 일어났고, 다른 집단은 각 지점으로 흩어졌지, 우리에게는 이렇게 선포했어. 〈자, 이게 너희들 수용소이다. 잠잘 자리를 잡아라.〉 하늘이 뚫린 눈 덮인 들판 한가운데에 기둥이 있었는데, 그 기둥에 걸린 〈수용소 92 YA N 90〉이라는 명패 외에는 아무것도 없었어.」

「아니, 우리가 좀 더 나았군. 우리는 운이 좋았어. 난 첫 번째 감옥살이에 뒤이어 두 번째 감옥살이를 끝마쳤어. 다른 법조문으로 판결을 받고 조건도 달랐어. 풀려난 후에는 첫 번째 때 그랬던 것처럼 나를 복권시켜 다시 대학에서 강의할 수 있게 허락해 주더군. 전쟁이 일어나자 너처럼 처벌을 받은 사람으로서가 아니라, 완전한 권리를 지닌 소령으로 전쟁에 동원됐어.」

「맞아, 〈수용소 92 YA N 90〉이라는 숫자가 쓰인 기둥 빼고는 아무것도 없었어. 처음에는 엄동설한에 막사를 지으려고 얇은 나뭇가지를 맨손으로 꺾었어. 믿을 수 없겠지만, 그렇게 천천히 직접 집을 지었지. 나무를 패서 감옥을 만들고, 울타리를 세우고, 자기가 들어갈 작은 감방을 만들고, 경비용 망대를 세웠지. 모든 걸 우리가 직접 만든 거야. 벌목이 시작됐어. 숲을 베어 넘어뜨렸지. 여덟 명이 한 조가 되어 썰매에 마구를 채우고 가슴까지 눈에 빠지면서 통나무를 옮겼어. 전쟁이 발발했다는 것을 오랫동안 알지 못했지. 사람들이 숨겼던 거야. 그런데 갑자기 제안을 하더군. 형량을 사는 사람으로서 전선에 자원병으로 가라고 말이야, 끝없는 전투에서 몸이 성한 채 나오면 자유라고. 그 이후에 공격에 공격, 전기가 흐르는 뾰족한 철조망, 지뢰밭, 박격포탄과 폭격이 몇 개월간 지속되고 또 지속됐어. 이 부대에서 우리를 결사 대원이라고 부른 것도 무리는 아니야. 마지막 남은 한 사람까지 전부 전멸했으니까. 나는 어떻게 살아남았느냐고? 내가 어떻게 살아남았느냐고? 상상해 봐, 그 피비린내 나는 지옥은 끔찍한 수용소에 비하면 행복이었어. 무거운 삶의 조건 때문이 아니라 전혀 다른 이유 때문에.」

「그렇군, 친구, 산전수전을 다 겪었군그래.」

「그곳에서 세탁뿐 아니라 온갖 걸 다 배웠지.」

「놀라운 일이야. 징역을 산 사람들뿐 아니라 예전 1930년대의 삶과 관련해서도, 심지어 자유로울 때도, 심지어 대학 활동과 서적, 안락함 면에서 행운을 누릴 때도 전쟁은 정화의 폭풍이자 신선한 공기의 유입이자 해방의 바람이었지.

나는 집단 농장화[3]가 성공하지 못한 거짓된 조치였다고 생각해. 그런데 실수를 인정할 수 없었던 거지. 실패를 감추기 위해 공포심을 심는 온갖 수단을 써서 사람들이 판단하고 생각하는 것을 멈추도록 가르치고, 있지도 않는 것을 보도록 강요하고, 전혀 반대되는 것을 증명해야만 했어. 거기서 예조프시나[4]처럼 유례없는 잔혹함, 실행할 생각 없는 헌법의 공포, 선출 원칙에 근거를 두지 않는 선거의 도입이 나온 거지.

전쟁이 치열해졌을 때 전쟁의 실제적인 끔찍함, 실제적인 위험, 실제적인 죽음의 위협이 허구의 비인간적인 지배에 비하면 복이었던 거고, 안도감을 주었던 거야. 왜냐하면 죽은 문자의 마법 같은 힘을 제한시켜 버렸으니까.

감옥에서 너와 같은 처지에 있던 사람뿐 아니라 후방과 전선에 있던 사람 모두가 결정적으로 더 자유롭게 가슴 전체로 환호하며 숨을 내쉬었고, 진정으로 행복감을 느끼며 위협적인 전투의 도가니에, 치명적이면서도 구원을 가져다주는 전투에 몸을 던졌어.

전쟁은 수십 년간 이어진 혁명에서 특수한 고리야. 대변혁의 본성에 직접 내재한 원인이 작동하기를 멈췄어. 간접적인 결과들, 열매의 열매, 결과의 결과가 나타나기 시작했어. 재

3 농촌 개혁으로 1928년부터 1937년까지 진행되었다. 사적인 농장 경영을 철폐하고, 모든 소유권과 생산, 배분을 집단 농장에 귀속시켜 국가 산업 생산의 성장 및 산업화를 촉진시키고자 한 정책이다.

4 소비에트 정부와 공산당이 1937년부터 1938년까지 저지른 가장 흉악한 숙청 기간을 당시 내부 인민 위원부(비밀 경찰)의 수장이었던 니콜라이 예조프(1893~1940)의 이름을 따서 〈예조프시나〉라고 부른다.

난에서 얻은 강한 의지의 단련, 절제, 영웅주의, 거대하고 절망스러운 사건, 미증유의 사건을 맞을 준비가 된 마음이 나타났어. 이건 동화처럼 몹시 놀라운 자질이야. 이것들이 이 세대의 도덕적 색채를 만들어 내고 있지.

흐리스티나의 순교자적인 죽음, 나의 상처, 우리의 상실, 전쟁으로 인한 모든 피비린내 나는 대가에도 불구하고 이런 관찰이 나를 행복감으로 채워 줘. 내가 오를레초바의 죽음의 무게를 견딜 수 있는 것은, 그녀의 죽음과 우리 각자의 삶을 비추는 자기희생의 빛 덕분이야.

가련한 네가 헤아릴 수 없이 많은 시련을 감내하던 그 시절에 난 풀려났어. 그때 오를레초바가 역사학부에 입학했지. 그녀는 학문적 관심을 좇아서 내 지도하에 들어오게 됐어. 나는 이미 예전에 첫 수용소에서 풀려난 후, 그 멋진 아가씨가 아직 어렸을 때부터 그녀에게 관심이 있었지. 유리가 살아 있을 때의 기억이 나나, 내가 이야기한 적이 있었는데. 자, 그런데 그 아가씨가 내 강의 수강생 중 한 명이 된 거야.

당시는 학생들이 교수를 평가하는 풍습이 막 유행하기 시작할 때였어. 오를레초바는 열정적으로 그 일에 뛰어들었지. 왜 그렇게 나에게 맹렬하게 달려들었는지 하느님만 아실 일이야. 오를레초바의 공격이 어찌나 집요하고 전투적이고 부당하던지, 강의실의 다른 학생들이 때로 반발하고 일어나 나를 두둔하곤 했어. 오를레초바는 유머 감각이 뛰어났지. 그 아가씨는 벽보에 누구나 알아볼 수 있는 가짜 이름으로 나를 지칭하며 원하는 만큼 실컷 조롱했어. 그런데 정말 갑자기 완전히 우연한 기회에 그 고질적인 적대감이 오랫동안 감추어 왔던 풋풋한 사랑을 가장한 형태라는 게 드러났어. 나는 언제나 같은 방식으로 반응했고.

우리는 전쟁의 첫해인 1941년에, 그러니까 전쟁이 일어나기 바로 직전과 전쟁이 선포된 직후에 정말 멋진 여름을 보냈어. 몇 명의 젊은이들, 대학생과 여대생이 모스크바 근교 별장 지역에 머물렀는데, 그중에 오를레초바도 있었지. 나중에 우리 부대도 그곳에 주둔하게 됐어. 학생들이 군사 훈련을 받고, 교외 의용군 부대가 만들어지고, 흐리스티나가 낙하산 훈련을 받고, 독일군이 모스크바 상공에 첫 야간 포격을 하는 상황에서 우리의 우정은 싹이 트고 무르익었지. 네게 벌써 말하지 않았나, 그곳에서 우리는 약혼을 했고, 곧 우리 부대가 이동하기 시작하면서 헤어지게 되었다고. 그 이후로는 더 이상 그 사람을 보지 못했어.[5]

우리의 전세가 호전되고 독일인이 수천 명씩 항복했을 때, 나는 두 번이나 부상을 당해 두 번 다 병원에 누워 있었는데, 나를 고사포 포병 부대에서 제7 사령부로 옮기더군. 외국어에 대한 지식이 있는 사람이 필요했던 거야. 나는 너를 이 잡듯 뒤져서 겨우 찾아내서는, 출장을 보내 달라고 고집을 피웠지.」

「세탁부인 타냐[6]가 오를레초바를 잘 알았어. 두 사람은 전선에서 만나 서로 친구가 되었다던데. 그 아가씨가 흐리스티

---

5 오를레초바의 이야기는 파스테르나크의 기록물에 간직되어 있는 실제 인물 조야 코스모데먄스카야라는 여성의 이야기에 기반을 둔 것이다.

6 타티야나의 애칭이다.

나 얘기를 했어. 그런데 이 타냐라는 아가씨가 만면에 미소를 짓는 모습이 꼭 유리와 똑같지 않아, 너 그걸 알아채지 못했어? 들창코인데, 모난 광대뼈가 잠시 사라지면 얼굴이 매력적이고 사랑스러워지지. 그건 우리 나라에 아주 널리 퍼진 같은 유형의 얼굴이야.」

「네가 무슨 말을 하는지 알겠어. 하지만 난 그다지 관심을 기울이지 않았는데.」

「그런데 탄카 베조체레도바는 정말 야만적이고 추악한 별명 아닌가. 아무리 그래도 그게 성이 될 수는 없어. 뭔가 억지로 만들어 낸 왜곡된 성이야. 어떻게 생각해?」

「그건 탄카가 설명해 줬지. 이름 없는 부랑자 부모에게서 태어났대. 아마 아직 언어가 깨끗해서 오염되지 않은 어딘가 러시아 벽지에서 아버지가 없다는 의미에서 탄카를 베좃차야[7]라고 부른 것 같아. 이 별명을 이해하지 못하고, 귀에 들리는 대로 잡아채서는 전부 다르게 바꾸어 놓는 거리의 사람들이 그 의미를 자기 식으로 바꿔 질박한 광장 언어에 더 가깝게 변형시켜 놓은 거야.」

3

고르돈과 두도로프가 체른에서 밤을 보내며 대화를 나눈지 얼마 되지 않아 토대까지 완전히 파괴된 카라체프라는 도

7 〈아비 없는 자식〉이라는 뜻이다.

시에서 이런 일이 일어났다. 이곳에서 친구들은 소속 군대를 따라잡고, 주력 부대를 쫓아가던 소속 부대의 후진과 마주치게 되었다.

무더운 가을의 맑고 조용한 날씨가 연이어 한 달 이상 지속되었다. 구름 한 점 없이 푸른 하늘의 열기를 받은 브린시나의 비옥한 흑토는 오룔과 브랸스크 사이의 축복받은 지역에 있었는데, 햇빛을 받아 커피 초콜릿 색채로 거무스레했다.

가도의 경로와 합류하는 직선의 중심 거리가 도시를 가로지르고 있었다. 거리의 한편에는 박격포탄으로 폭파되어 거대한 건축물 쓰레기 더미로 변한 집들과 과수원에서 뿌리째 뽑혀 쪼개지고 불에 타 지면에 평평히 누운 나무들이 늘어서 있었다. 길 건너 다른 쪽에는 도시에 폭격이 있기 전부터 건물이 적어 파괴될 만한 것이 없었기에 화재와 포격의 피해를 덜 받은 황무지가 죽 펼쳐져 있었다.

예전에 건물이 잔뜩 들어섰던 쪽에는 피난갈 곳이 없는 주민들이 다 타지 않은 잿더미를 뒤적이며 뭔가를 파내서는 불에 탄 골목을 벗어나 멀리 있는 어떤 장소로 나르고 있었다. 어떤 사람은 얼른 토굴을 파고 잔디를 처소의 지붕 위에 덧바르기 위해 땅을 켜켜이 자르고 있었다.

건물이 많지 않은 반대편에는 천막들이 하얗게 덮여 있고, 화물 트럭과 온갖 종류의 업무를 보는 제2의 수송용 대형 화물 마차, 사단 사령부에서 떨어져 나온 야전 병원, 길을 잃고 놀라서 서로를 찾는 모든 종류의 격납고와 병참단, 식량 창고의 분과들이 빽빽이 서 있었다. 또 여기에서는 증원을 위한 보충 중대 소속의 비쩍 마르고 허약한 청소년들이 회색 군모와 무거운 회색 외투를 입고, 이질에 걸려 흙빛으로 변한 핏기 없는 야윈 얼굴로 짐을 풀고 원기를 북돋기 위해 누워서 잠을 잔 후 서쪽을 향해 천천히 걸어가고 있었다.

폭파되어서 절반은 잿더미로 변한 도시는 계속 불타올랐고, 저 멀리 작동이 지연된 지뢰가 묻힌 지역에서는 계속해서 폭발음이 들려왔다. 정원에서 땅을 파던 사람들은 발아래 지축이 흔들릴 때마다 작업을 자주 멈추고, 삽자루에 몸을 기댄 채 굽혔던 등을 펴고 폭발음이 들리는 방향으로 고개를 돌려 오랫동안 바라보며 휴식을 취하곤 했다.

공중으로 솟아오른 쓰레기의 회색, 검은색, 붉은 벽돌색, 희뿌연 주황색 구름이 처음에는 기둥처럼, 분수처럼, 나중에는 무거워진 퇴적물처럼 하늘로 치솟았다가 사방으로 번져 군모의 장식처럼 흩어지고 퍼지면서 다시 땅으로 가라앉았다. 일하던 사람들은 다시 작업에 착수했다.

빈터 쪽 초지 중 한 군데는 관목으로 에워싸였고, 거기서 자란 고목들이 그곳에 빼곡한 그림자를 드리우고 있었다. 이 식물 때문에 초지는 나머지 세계와 단절되는 바람에 따로 떨어져서 서늘한 어스름에 잠긴 지붕 덮인 마당 같았다.

그 초지에는 세탁부 타냐와 두세 명의 동료, 따라온 몇몇 동반자, 그리고 고르돈과 두도로프가 아침부터 타냐와 그녀에게 맡긴 연대 물품을 실어 갈 트럭을 기다리고 있었다. 물품들은 초지에 산더미처럼 쌓인 몇 개의 상자 안에 있었다. 타티야나는 상자를 지키느라 상자에서 한 발자국도 벗어날 수 없었지만, 다른 사람들은 가능성이 나타나면 떠날 기회를 놓치지 않으려고 상자 근처에 버티고 서 있었다.

기다림은 오래도록, 다섯 시간 이상 지속되었다. 기다리는 사람들이 할 일은 아무것도 없었다. 그들은 말하기를 좋아하고 온갖 풍파를 겪은 아가씨의 지치지 않고 지껄이는 소리를 듣고 있었다. 그녀는 이제 막 지바고 소장과 만난 이야기를 하고 있었다.

「물론이죠, 어제였어요. 저는 개인 자격으로 장군님에게 불려갔어요. 장군님, 지바고 소장님에게요. 이곳을 지나시다가 흐리스티[8]에게 관심이 있어서 묻고 다니시는 거더라고요. 흐리스티의 얼굴을 개인적으로 알고 눈으로 본 목격자를 찾고 계셨어요. 사람들이 장군님께 제 얘기를 전한 거지요. 친구라고요. 저를 불러오라고 명하셨고 소환해서 데려간 거였어요. 전혀 무서운 분이 아니었어요. 여느 사람과 다를 바 없더라고요. 눈이 가늘고 까맸어요. 제가 아는 대로 얘기했죠. 잘 듣더니 고맙다고 하시더라고요. 그리고 너는 어디 출신이고 어디서 왔냐고 묻더라고요. 자연스레 나는 이리저리 대답을 피했죠. 떠벌릴 게 뭐가 있나요? 집도 절도 없는 고아인데요. 그게 다인데요. 잘 아시잖아요. 소년원을 전전하고, 이리저리 떠돌아다니는 생활이요. 그분은 전혀 상관하지 않고, 부끄러워하지 말고 마음껏 말하라고 하시더라고요. 부끄러워할 게 뭐가 있느냐고요. 그래도 처음에는 수줍어서 한두 마디 하다가, 그 다음에는 조금 더 말하고, 장군님이 고개를 끄덕여 주시니까

8 흐리스티나를 의미한다.

용기가 나더라고요. 저는 할 말이 많거든요. 들었다면 믿지 못하셨을 거예요. 다 지어낸 이야기라고 하셨을 거예요. 아마 그분도 똑같으셨던 것 같아요. 제가 말을 다 마치니까, 장군님이 일어나서 오두막을 이리저리 거니시는 거예요. 그분 말씀이, 다행이다, 이 무슨 기적인가, 라고 하시더라고요. 그러고는 이렇게 말씀하셨어요. 지금은 시간이 없다. 하지만 곧 너를 찾을 테니, 걱정하지 마라. 너를 찾아서 다시 부를 것이다. 이런 말을 듣게 되리라고는 정말이지 생각지도 못했다. 너를 이대로 내버려 두지 않을 것이다. 이렇게 말씀하셨어요. 뭔가 한두 가지 더 세부 사항을 명확히 할 것이 있다. 장군님 말씀이 내가 네 삼촌으로 등록해서 너를 장군의 조카로 만들어 주마. 뭐든 원하는 대로 공부하도록 전문 대학에 보내 주마. 세상에, 정말이에요. 참 즐거운 농담을 하시더라고요.」

그때 폴란드와 서부 러시아에서 짚단을 옮길 때 사용하는, 옆단이 높고 길이가 긴 빈 짐마차가 들판으로 들어왔다. 옛날 용어로는 푸를레이트furleit라고 부르는 수송 마차 대열의 현역 병사가 마차에 매인 말 한 쌍을 몰고 있었다. 그는 들판으로 들어와 마차 앞좌석에서 뛰어내린 후 말을 풀기 시작했다. 타티야나와 몇 명의 병사를 제외하고는 모두가 마부를 둘러싼 후, 돈을 줄 테니 말을 풀지 말고 그들이 말하는 곳으로 데려다 달라고 부탁하기 시작했다. 병사는 말과 짐수레를 마음대로 할 권리가 없다고, 받은 명령서에 복종해야 하기 때문에 그럴 수 없다고 거절했다. 그는 마구를 푼 말들을 어디론가 데리고 가서 다시는 나타나지 않았다. 땅에 앉아 있던 사람들이 자리에서 일어나 들판에 남겨진 다른 텅 빈 짐 마차에 옮겨 앉았다. 마차의 등장과 마부와의 협상으로 인해 끊어졌던 타티야나의 이야기가 다시 재개되었다.

「네가 장군에게 한 말을…….」고르돈이 물었다. 「가능하다 면 우리에게 그대로 말해 보아라.」

「그럼요, 말씀드릴 수 있어요.」

그리고 그녀는 자신의 무서운 이야기를 그들에게 들려주 었다.

4

「저 정말 할 말 많아요. 아마도 저는 평민 출신이 아닌 것 같아요, 그렇게들 이야기하더라고요. 모르는 사람이 제게 얘 기해 주었던가, 아니면 제 스스로 마음속에 간직한 건가, 하 여간 제 엄마 라이사 코마로바는 백몽골의 비밀 러시아 장관 인 코마로프 동지의 아내였다는 말을 들었어요. 그 코마로프 라는 사람은 아버지도 아니었고, 피가 조금도 섞이지 않았다 고 보면 돼요. 물론 전 배움이 없는 아이예요, 엄마도, 아빠도 없이 고아로 자랐으니까요. 어쩌면 여러분에게는 제가 하는 말이 우스울지 모르겠지만, 전 제가 아는 것만 말하고 있어 요, 그러니까 제 입장을 이해해 주셨으면 해요.

맞아요. 그 모든 일이, 그러니까 앞으로 제가 여러분께 이 야기해 드릴 일은 시베리아의 다른 끝, 크루시치 너머 카자흐

공화국 쪽 중국 국경 근처에서 일어났어요. 우리, 그러니까 적군이 백군의 중심 도시로 가까이 다가왔을 때, 바로 그 코마로프라는 사람이 엄마와 자기 가족을 무료 특별 열차에 태워서 데려가라고 명했는데, 엄마가 놀라서 그들 없이는 한 발자국도 옮길 수 없다고 했대요.

코마로프 그 사람은 나에 대해서는 알지도 못했어요. 내가 이 세상에 있다는 것을 몰랐던 거예요. 오랫동안 헤어져 있는 사이에 엄마가 나를 낳았고, 누구든 그 사람에게 그걸 말할까 봐 죽도록 무서워했어요. 그 사람은 아이들을 끔찍하게 싫어해서 소리를 지르고 발을 굴렀어요. 아이는 그 사람에게 집에 있는 쓰레기나 골칫덩어리에 불과했거든요. 그 사람은 이건 못 참겠어, 라고 외치곤 했죠.

적군이 가까이 오자, 엄마는 나고르나야 대피역에 있는 전철수 아주머니 마르파를 데려오라고 사람을 보냈어요. 그곳은 도시에서 세 구간 떨어진 곳이었죠. 지금 설명해 드릴게요. 처음이 니조바야 역, 다음이 나고르나야 대피역, 그다음에는 삼소놉스키 고개였죠. 엄마가 어디서 전철수 아주머니를 알게 되었는지 전 지금에야 알겠더라고요. 제 생각에 전철수 아주머니는 도시에서 채소를 팔고 우유를 날랐어요. 맞아요.

이제 말씀드릴게요. 아마도 여기서 제가 모르는 뭔가가 있는 모양이에요. 엄마를 속인 거라는 생각이 들어요. 엄마에게 해야 할 말을 하지 않았다고요. 뭐라고 그럴듯하게 속였는지는 잘 모르겠지만, 아마도 잠시 동안이라고, 어수선한 일이 다 정리되는 이틀 동안이면 된다고요. 다른 사람 손에 영원히 맡기는 게 아니라고요. 영원히 양육을 맡기는 게 아니라고요. 엄마가 자기 친자식을 남에게 내줄 리 만무하잖아요.

자, 아이들에게 일어나는 일이라는 게 뻔하지요. 아주머니에게 다가가면, 아주머니가 과자를 주고, 좋은 아주머니니 무서워하지 마라 하지요. 나중에 얼마나 눈물을 흘리며 몸부림을 치고, 얼마나 아이 마음이 괴로워서 찢어지는지는 차라리 말하지 않는 게 나아요. 전 목을 매달고 싶었고, 어린 시절에 하마터면 미칠 뻔했어요. 전 아직 어린아이였거든요. 아마도 마르파 아주머니에게 제 양육비로 돈을 준 것 같아요, 많은 돈을요.

신호소 옆 농가는 풍족했어요, 암소도 있고, 말도 있고, 가금류도 다양했고, 원하는 만큼 텃밭을 가꿀 땅도 충분했고, 당연히 집도 공짜이고, 정부의 초소가 길 철도변에 있었어요. 고향 지역에서 기차가 올 때는 아래에서 위로 겨우겨우 오르막길을 기어올랐고, 여러분이 사는 라세야에서는 빠르게 굴러가서 브레이크를 밟아야 했어요. 숲이 듬성해지는 가을에는 아래쪽으로 작은 접시 위에 있는 것처럼 나고르나야 역이 보였고요.

저는 바실리 아저씨를 농촌 식으로 아빠라고 불렀어요. 아저씨는 명랑하고 착했는데, 지나치게 사람을 잘 믿고 술만 마셨다 하면 하도 자기 얘기를 많이 해서 온 동네가 다 알게 될 정도였어요. 처음 만난 사람한테도 속마음을 다 털어놓았죠.

전철수 아주머니한테는 엄마라는 말이 도저히 나오지 않았어요. 엄마를 잊지 못해서인지, 아니면 또 다른 이유가 있어서였는지는 모르겠지만, 그 아주머니 마르푸샤[9]는 무서운 여자였어요. 맞아요, 전 마르푸샤 전철수 아주머니를 마르푸샤 아주머니라고 불렀어요.

그렇게 시간이 흘렀어요. 세월이 갔죠. 얼마나 지났는지 모르겠어요. 전 그때 이미 깃발을 들고 기차로 달려 나갔어요. 말에서 마구를 풀거나 암소를 돌보는 건 일도 아니었죠. 마르푸샤 아주머니는 제게 실 잣는 법을 가르쳐 줬어요. 오두막 일은 말도 마세요. 바닥을 청소하거나, 치우거나, 뭐든 음식을 준비하거나, 반죽을 하거나, 이 모든 게 제게는 아무 일도 아니었고, 전 뭐든 다 할 줄 알았어요. 맞아요, 제가 얘기하는 걸 잊었네요. 전 페텐카를 돌봤어요, 다리가 약해서 세 살인데도 누워만 있고 걸어다니지를 못했어요. 전 그 페텐카를 돌봤어요. 그런데 몇 해가 흘러 왜 네 다리는 마비되지 않았느냐, 페텐카 다리가 아니라 네 다리가 마비되는 게 더 나을 뻔했다는 듯이, 마치 내가 페텐카 다리를 만져서 망가뜨렸다는 듯이 마르푸시카[10] 아주머니가 건강한 내 다리를 노려볼 때면 소름이 돋았어요. 세상에 악하고 무지몽매한 일이 얼마나 많은지 생각해 보세요.

이건 정말 시작에 불과했고요, 그다음에 어떻게 되었는지 들어 보시면 그야말로 탄식이 나올 거예요.

당시는 네프 시기로 1천 루블이 1코페이카 가치로 통용되었어요. 바실리 아파나시예비치는 아랫마을로 가서 암소를

9 마르파의 애칭이다.
10 마르푸샤의 지소형이다.

팔아 돈 두 자루를 가져왔어요. 케렌키 지폐라고 불렀는데, 아니다, 그게 아니라 레몬, 레몬이라 불렀어요. 아저씨는 술을 잔뜩 마시고 자기가 부자라고 온 나고르나야에 떠벌리고 다녔어요.

가을에 바람이 많이 불던 날로 기억하는데요. 바람이 지붕을 날려 보내고, 발이 쑥쑥 빠지고, 맞바람이 하도 불어서 기관차가 오르막을 오르지 못했어요. 위쪽에서 순례 중인 어떤 할머니가 내려오는 것이 보였어요. 바람에 치마와 스카프가 펄럭이며 날아갔죠.

그 할머니가 배를 붙잡고 신음하면서 집 안으로 들여보내 달라고 부탁했어요. 할머니를 벤치에 눕혔더니, 아야, 아야, 소리를 지르면서 배를 움켜쥐고는 죽겠다고 하는 거예요. 제발 자기를 병원에 데려다 달라고 자기가 돈을 지불하겠다고, 돈이 아까운 사람이 아니라고요. 아빠가 우달로이에 마구를 메고 노파를 수레에 실어서 젬스트보 병원에 데려갔어요. 우리 집 철로에서 15킬로미터 정도 떨어진 병원이었어요.

시간이 오래 걸렸는지, 짧게 걸렸는지, 전 마르푸시카 아주머니와 함께 자려고 누웠는데, 우달로이가 창 아래서 큰 소리로 울부짖고 마당으로 우리 수레가 굴러 들어오는 소리가 들렸어요. 어쩐지 너무 일렀어요. 마르푸샤 아주머니는 불을 켜고 윗도리를 걸치고는, 아빠가 문을 두드릴 때까지 기다리지 않고 직접 문고리를 열어젖혔어요.

문을 열었더니, 문지방에 아빠는커녕 시꺼멓고 무서운 낯선 농부가 서서 이렇게 말하는 거예요. 〈암소를 판 돈 내놔.

숲에서 네 남편을 끝장내 버렸다. 돈이 어디에 있는지 말하면 목숨만은 살려 주마. 말하지 않으면 어떻게 되는지 알지, 용서 없어. 꾸물거리지 마. 너랑 유유자적할 시간 없어〉 하는 거예요.

오오, 아저씨들, 소중한 동지들, 우리한테 무슨 일이 일어났을지 입장을 바꿔 생각해 보세요! 우리는 산 것도, 죽은 것도 아닌 채 부들부들 떨며 무서워서 아무 말도 하지 못했어요, 얼마나 윽박지르던지! 먼저 그자가 바실리 아파나시예비치를 죽였다고 직접 이야기했어요, 도끼로 쳐서 죽였다는 거예요. 두 번째 끔찍한 일은 우리가 신호소에 강도와 함께 있다는 거였죠. 강도가 우리 집에 있는 거였어요, 강도가 분명했어요.

그때 마르푸샤 아주머니가 순간적으로 이성을 잃은 게 보였어요. 남편 때문에 심장이 찢어졌던 거죠. 하지만 자제하고 겉으로 드러내서는 안 되잖아요.

마르푸샤 아주머니는 처음에는 그의 발에 매달렸어요. 제발 죽이지만 말아 달라고, 난 당신이 말하는 돈 얘기를 전혀 들은 적도, 아는 것도 없다고, 당신이 하는 말은 처음 듣는 거라고 하는 거예요. 그런데 그 악한이 몇 마디 말로 물러설 만큼 그렇게 단순한 사람이겠어요? 문득 그자를 꾀로 이겨야겠다는 생각이 아주머니의 머릿속에 떠오른 거예요. 〈알았어요, 당신 말대로 할게요. 마룻바닥 아래 돈이 있어요. 내가 문을 들어 올리면 지하로 내려가요.〉 그 흉악한 자가 아주머니의 계략을 꿰뚫어 보았어요. 〈아니, 주인인 네가 더 잘 알 것 아냐. 네가 들어가. 지하로 들어가든, 지붕 밑으로 들어가든, 어쨌든 나한테 돈만 가져와. 나를 속일 수 있다고는 생각하지 마라, 나를 갖고 장난치면 좋을 게 없어.〉

그러자 아주머니가 그자한테 말하는 거예요.〈맙소사, 뭘 의심하는 거예요. 나도 직접 갔으면 좋겠지만, 그럴 수 없어요. 위 계단에서 빛을 비춰 줄게요. 두려워하지 마세요, 댁이 믿게끔 내 딸을 함께 내려보낼게요.〉그건 나를 말하는 거였어요.

아아, 아저씨 동지들, 한번 직접 생각해 보세요, 나한테 무슨 일이 일어났을지, 내가 무슨 소리를 들었을지! 전 다 끝났다고 생각했어요. 눈앞이 캄캄해지고 다리가 후들거리면서 쓰러질 것만 같았어요.

바보가 아니었던 그 악한이 우리 둘을 똑바로 노려보더니 얼굴을 찌푸리다가 만면에 미소를 짓고는, 장난치는 것 같은데 뜻대로는 안 될걸, 하는 거예요. 나를 불쌍하게 생각하지 않는 걸 보고 친딸, 혈육이 아니라는 걸 안 거죠, 페텐카를 손으로 붙잡더니, 다른 손으로는 문고리를 잡고 좁은 통로 문을 열었어요. 불을 비춰, 그자가 이렇게 말하고 계단을 타고 지하로 내려갔어요.

전 마르푸샤 아주머니가 그때 벌써 미쳤다고, 그래서 아무것도 이해하지 못했다고, 이미 머리가 돌았다고 생각해요. 그 악한이 페텐카와 함께 바닥의 마루턱 아래로 내려가자, 아주머니는 그 통로의 문을 탕 닫고 자물쇠로 잠그고는 무거운 궤짝을 그 위에 옮기면서 제게 고갯짓을 하는 거예요, 무거워서 옮길 수가 없다고요. 아주머니가 궤짝 위에 앉자마자 아래에서 도둑이 아주머니에게 고래고래 소리를 지르고 문을 두드리면서 좋게 말할 때 문을 여는 게 나을 거다, 그렇지 않으면 네 페텐카를 죽여 버리겠다고 하는 거예요. 두꺼운 나무판자 때문에 소리가 잘 들리지는 않았지만, 무슨 소리를 하는지는 이해할 수 있었어요. 그자는 숲속의 짐승보다 더 흉악한 소리로 울부짖으며 공포를 자아냈어요. 맞아요, 네 페텐카를 죽여 버리겠다고 소리를 질렀어요. 아주머니는 아무것도 이해하지 못했어요. 앉아서 웃으며 제게 눈을 찡긋거리는 거예요. 실컷 떠들어 봐라, 난 궤짝 위에 앉아 있고, 열쇠는 내 손아귀에 있다고 말하는 것 같았어요. 전 마르푸샤 아주머니에게 별짓을 다 했어요. 귀에 대고 소리를 지르고, 궤짝에서 넘어뜨리며 밀어내리려고 했지요. 지하실 입구를 열어야 했어요. 페텐카를 구해야 했어요. 그런데 제가 어떻게 해요! 아주머니를 어떻게 할 수 있겠느냐고요?

그자가 바닥을 치는데, 시간은 가고, 아주머니는 궤짝에서 눈알만 굴리면서 듣지도 않고.

시간이 한참 지난 후에도, 오, 아저씨들, 오, 아저씨들, 살면서 산전수전 다 겪어 봤지만, 그런 괴로움은 잊을 수가 없어요, 앞으로도 살면서 영원히, 영원히 페텐카의 가련한 목소리가 들릴 것 같아요. 천사같이 착한 페텐카가 지하실에서 비명을 지르고 신음했어요. 그 저주받은 자가 페텐카를 괴롭히며 죽였던 거예요.

이제 어떻게 하지, 절반은 미친 노파와 그 살인강도를 어떻게 하지? 시간은 가는데. 이런 생각을 하고 있을 때, 창 밑에서 우달로이가 울부짖는 소리가 들렸어요. 마구를 차지 않은 우달로이가 내내 서 있었던 거죠. 우달로이가 마치 타뉴샤,[11] 어서 착한 사람들에게 뛰어가서 도와달라고 하자, 라고 말하고 싶은 듯 울부짖었어요. 창밖을 보니 새벽이었어요. 네 말대로 하자. 고마워, 우달로이, 네가 가르쳐 주는구나, 네 말이 맞다, 같이 가자. 그렇게 생각하는데 누군가가 숲에서 제게 말하는 것 같았어요. 〈잠깐만, 서둘지 마, 타뉴샤, 우린 이 일을 다른 방식으로 해결할 수 있어.〉 또다시 숲속에는 저 혼자만이 아니었어요. 마치 수탉이 친숙하게 울듯이 낯익은 기관차가 아래쪽에서 기적 소리를 내며 제게 응답했어요, 저는 기적 소리를 듣고 그 기관차를 알아봤어요. 그 기관차는 나고르나야에 언제나 서 있었는데, 화물 열차를 오르막으로 끌어올릴 때 사용되며 보조 기관차라고 불렸어요. 매일 밤 그 차는 그 시간에 옆을 지나가는데, 그 혼합 열차가 오고 있는 거였어요. 들어 보니, 아래쪽에서 낯익은 기관차가 나를 부르는 것 같았어요. 듣고 있으니 심장이 뛰었어요. 온갖 생물과 온갖 말할 줄 모르는 기계가 러시아어로 저와 이야기를 나누다니, 마르푸샤 아주머니처럼 저도 제정신이 아니라는 생각이 들었어요.

생각할 게 뭐 있나요, 기차는 벌써 가까이에 있고, 생각할 겨를이 없었어요. 아직 날이 환하게 밝지 않았기 때문에 램프를 낚아채고, 헐레벌떡 철로 한가운데로 들어가서 램프를 앞뒤로 흔들었어요.

11 타티야나의 애칭이다.

무슨 말을 더 할까요. 전 기차를 멈춰 세웠고, 감사하게도 기차는 바람 때문에 아주 조심스럽게 조용조용 조심하며 오고 있었어요. 기차를 멈춰 세웠더니, 아는 기관사가 기관실 창에서 몸을 쑥 빼고 물어봤어요, 그런데 바람 때문에 무엇을 묻는지 들리지가 않는 거예요. 전 기관사에게 외쳤어요, 철로 초소가 공격당했다, 살인이 일어났고 강도가 들어왔다, 강도가 집에 있다, 도와달라, 아저씨, 신속하게 도움이 필요하다. 제가 말하는 사이에 난방 화차에서 적군이 노반으로 하나둘씩 내려왔지요. 군용 기차였거든요. 적군이 노반에 내려와서 〈무슨 일이냐?〉고 물었어요. 밤에 가파른 오르막이 있는 숲속에서 기차가 무슨 일로 멈춰 서느냐는 거였죠.

전후 사정을 알게 된 적군이 지하실에서 강도를 끌어냈고, 악당은 페텐카보다 더 가느다란 목소리로 살려 달라고 빽빽거렸어요. 선량한 사람들이여, 죽이지 마세요, 다시는 안 그럴게요. 악당을 침목에 끌어내서 팔과 다리를 철로에 묶은 다음 기차가 그 위를 지나가게 했어요. 사형을 시킨 거지요.

전 옷을 가지러 집으로 돌아가지 않았어요. 너무 무서웠어요. 아저씨들, 저를 기차에 태워 주세요, 라고 간청했어요. 군인들이 저를 기차에 태워 데려갔어요. 그 후 거짓말 하나 안 보태고 부랑아들과 함께 지구 절반은 떠돌았을 거예요, 안 가본 데가 없어요. 어린 시절에 그런 슬픔을 맛본 후, 이렇게 기쁨과 행복을 누리게 된 거죠! 하지만 정말 온갖 재앙을 다 겪고 죄를 지었어요. 하지만 다음에 말씀드릴게요. 그때 철도에 근무하던 사람이 신호소에 내려가 국고를 처리하고 마르푸샤 아주머니도 맡아서 그녀의 삶을 정리해 줬대요. 아주머니는 나중에 미쳐서 정신 병원에서 죽었다고도 하고, 또 다른 사람은 나아서 정신 병동에서 나왔다고 하더라고요.」

이야기를 들은 후 고르돈과 두도로프는 오랫동안 말없이 초지를 이리저리 걸어다녔다. 잠시 후 트럭이 굼뜨고 육중한 모습으로 길에서 초지로 들어섰다. 트럭에 상자들을 싣기 시작했다. 고르돈이 말했다.

「저 아이, 저 세탁부 타냐가 누구인지 너도 알겠지?」

「오, 물론이지.」

「옙그라프가 저 아이를 돌봐 줄 거야.」 잠시 입을 다물었다가 이렇게 덧붙였다.

「벌써 이런 일이 역사에서 몇 번씩이나 일어났지. 이상적으로 고상한 목적으로 고안된 것이 조잡해지고 물화되어 버리는 거야. 그렇게 그리스가 로마가 되고, 러시아의 계몽이 러시아 혁명이 되었지. 블로크의 시 〈우리, 무서운 시대의 러시아의 아이들은〉[12]을 예로 들면, 곧 시대의 차이를 보게 될 거야. 블로크가 이 시를 썼을 때는 은유적인 의미에서 비유적으로 이해해야만 했었어. 아이도 진짜 아이가 아니라 아들, 후손, 인텔리겐치아라는 의미였지. 두려움도 두려운 것이 아니라 섭리적이고 아포칼립시스적인 것으로 여러 의미를 지녔었고. 그런데 지금은 은유적인 것이 문자 그대로의 것이 되

---

12 블로크가 1914년 9월 8일, 제1차 세계 대전 발발 당시에 쓴 시이다. 〈모호한 시대에 태어난 이들이여 / 그들의 길을 기억치 마라 / 우리, 무서운 시대의 러시아의 아이들은 / 아무것도 잊을 수 없다.〉

어 아이는 아이이고, 공포는 두려움이야. 바로 그게 차이야.」

5

5년 혹은 10년이 지난 어느 여름날 저녁에 그들, 그러니까 고르돈과 두도로프는 조용하고 끝없는 어스름이 내려앉은 모스크바 위 어딘가 높은 건물의 활짝 열린 창문 옆에 앉아 있었다. 그들은 옙그라프가 편찬한 유리의 저술을 이리저리 뒤적이고 있었다. 얼마나 여러 번 읽었던지, 그들은 책의 절반 정도는 거의 외울 지경이었다. 책을 읽던 그들은 이런저런 의견을 서로 나누며 상념에 젖어들었다. 책을 중간 정도 읽었을 때, 날이 어두워져서 인쇄된 내용을 분간하기 어렵게 되자 램프를 켜지 않을 수 없었다.

저 멀리 아래에 있는 모스크바는, 작가와 그에게 일어난 일 절반의 고향 도시인 모스크바는 지금 그들에게 사건이 일어난 장소가 아니라 그들이 그날 저녁에 거의 다 읽어 가는, 손에 든 노트 속 긴 이야기의 여주인공[13]인 것만 같았다.

전쟁 이후에 고대했던 광명과 해방이 생각했던 것처럼 승리와 함께 도래하지는 않았지만, 그래도 어쨌든 전쟁 이후에 자유의 전조가 공기 중에 떠돌며 이 시기의 유일한 역사적 내

---

13 러시아어 명사는 남성, 여성, 중성 명사로 나뉜다. 모스크바는 모음 -a 로 끝나는 여성형 명사이다. 그러므로 모스크바를 여주인공으로 표현하고 있다.

494

용을 구성하고 있었다.

창 옆에 선 늙은 친구들은 영혼의 자유가 도래했고, 그날 저녁에 미래가 감촉될 만큼 바로 아래 거리에 자리를 잡았으며, 그들 자신도 그 미래에 들어섰고, 이제 그 안에 있는 것 같은 느낌을 받았다. 이 거룩한 도시와 온 땅, 그날 저녁까지 살아 낸 역사의 참여자들과 자손들로 인해 느끼는 행복하고 감격스러운 평온함이 그들의 마음을 관통하여 주변 멀리까지 흘러넘치는 소리 없는 행복의 음악이 되어 그들을 안아 주었다. 그들의 손에 들린 작은 책자는 이 모든 것을 알고 있는 듯, 그들의 감정에 지지와 확증을 보내 주었다.

제17부

유리 지바고의 시

1. 햄릿

웅성거리는 소리가 잦아들고, 나는 무대로 나갔다.
문설주에 기대어 먼 메아리에서
내가 사는 동안
무슨 일이 일어날지 붙잡아 본다.

밤의 어스름이 손잡이 달린
수천 개의 쌍안경으로 나를 겨눈다.
할 수만 있다면, 아바 아버지여,
이 잔을 거두어 주소서.[1]

아버지의 완고한 뜻을 사랑하고

---

1 「마르코의 복음서」 14장 36절. 겟세마네 동산에서 십자가형을 받기 위해 체포되기 전에 예수 그리스도가 드리는 기도이다.

그 역할을 하기로 동의합니다.
그러나 지금은 다른 극이 진행 중이오니
이번만은 나를 면케 하소서.

그러나 막의 순서는 정해졌고
길의 끝은 피할 수 없다.
나는 혼자인데, 모두가 바리새주의[2]에 빠져 있다.
산다는 건 평원을 건너는 것이 아니다.[3]

2. 3월

땀에 흠뻑 젖도록 태양이 담금질하고
실성한 양 계곡이 무섭게 뛰논다.
건장한 외양간 처녀처럼
봄이 눈부시게 일을 해낸다.

하얀 눈이 힘을 잃고 빈혈을 앓으며
힘없이 퍼런 혈관을 드러낸다.
그러나 소 외양간에서는 생명이 넘실대고

2 예수 그리스도는 바리새인 및 사두개인과 많이 부딪친다. 바리새인은
예수 그리스도가 율법을 지키지 않는다고, 사두개인은 예수 그리스도가 부활
을 가르친다고 비난한다. 바리새인은 율법과 예식, 형식을 중시하는 유대교
종파였다.
3 러시아의 속담이다.

갈퀴의 톱날이 건강을 뽐낸다.

이런 밤들, 이런 낮과 밤들이여!
대낮에 파편처럼 떨어지는 물방울,
쇠약해지는 처마 밑 고드름
밤을 잊은 시냇물의 재잘거림!

마구간과 외양간 모두 문을 활짝 열어젖히고
비둘기는 눈 속에서 귀리를 쪼아 먹고
모든 생명의 근원이자 원인인
거름 더미는 신선한 향기를 내뿜는다.

3. 수난 주간에

아직 주위에 밤의 어둠이 깔려
아직 세상은 너무 일러
하늘에는 별들이 헤아릴 수 없고
별은 저마다 대낮처럼 밝구나,
대지가 가능하기만 하다면
「시편」 읽는 소리에 잠을 자다
부활절을 놓칠 수도 있으리.

아직 주위에 밤의 어둠이 깔려

아직 세상은 너무 이른 새벽,
광장은 교차로에서 골목까지
영원처럼 누워 있고
해가 밝아 따뜻해지기까지
아직 수천 년이 필요하리라.

아직 대지는 헐벗을 대로 헐벗어,
종을 치며
성가대에 자유로이 맞장구치기에는,
밤마다 입을 옷마저 없구나.

수난 주간 목요일부터
수난 주간 토요일[4]까지
파도가 꼬박 강기슭을 때리고
소용돌이를 일으킨다.

숲은 옷을 벗어 몸을 드러내고
그리스도의 수난 주간에
소나무 줄기는 기도하는 사람의 대오처럼
무리 지어 서 있다.

도시 안 작은 공간에는

---

4 예수 그리스도가 매장되어 그 육신이 무덤에 있는 것을 기억하는 날이다. 이날 예수 그리스도가 지옥에 가서 복음을 전한다.

집회라도 하는지
옷 벗은 나무들이
교회 철책 안을 들여다본다.

그들의 시선은 두려움에 싸여 있고
그들의 불안은 이해할 만하다.
정원은 담장 밖으로 나서고
지축은 흔들리고
저들은 하느님을 장례 치른다.

빛이 지성소의 성문[5] 옆으로 보이고
검은 스카프와 늘어선 촛불들,
눈물범벅의 얼굴들.
그리고 십자가 행렬이 성스러운 보(褓)[6]를 들고
그들을 향해 걸어 나온다.
정문 옆 자작나무 두 그루는
옆으로 물러나야만 한다.

행렬은 보도의 가장자리를 따라
교회 안마당을 둘러

5 정교회 성당에서 지성소를 구분하는 거대한 성상들의 벽에 두 짝으로
난 문을 일컫는다. 천국으로 들어가는 문을 상징한다.
6 관에 누운 예수 그리스도 혹은 영면한 성모 마리아를 그리거나 수놓은
거대한 천을 말한다. 예수 그리스도가 그려진 성스러운 보는 성금요일과 성토
요일 예배 때 사용된다.

거리에서 현관 안으로
봄, 봄의 대화를,
성체[7]의 풍미와 중독될 듯한
봄의 공기를 데리고 들어온다.

3월은 교회 앞뜰 불구자 무리에게
눈을 흩뿌린다,
마치 어떤 사람이 나와
언약궤를 들고 그것을 열어젖히고는
마지막 것까지 나눠 주듯이.

노랫소리는 새벽까지 이어진다.
그리고 실컷 통곡한 후
「시편」 혹은 「사도행전」의 노랫소리는
더 조용히 안으로부터
가로등 아래 빈터에 이른다.

그러나 한밤 피조물과 육신은 침묵하리라,
이제 곧 날씨가 좋아지면,
부활의 노력으로 죽음을
이길 수 있으리라는 봄의 소리를 들었으니.

---

7 러시아 정교회에서 예배 때 사용되는 누룩을 넣은 빵을 의미하며, 그리스도의 몸을 상징한다.

4. 백야[8]

아득한 옛일이 눈앞에 아른거린다,
페테르부르크 쪽 집
초원의 부유하지 않은 여지주의 딸
그대는 여학생, 쿠르스크 출신이다.

사랑스러운 그대는 숭배자들도 있었지.
그 백야에 우리 둘
창턱에 웅그리고 앉아
그대의 마천루에서 아래를 내려다본다.

꼭 나비 같은 가로등,
아침은 첫 떨림을 전하고
내가 그대에게 해준 이야기는
잠든 먼 곳을 닮았다.

끝없는 네바강 뒤
파노라마로 펼쳐진 페테르부르크처럼
우리 역시 신비에 대한 소심한 충성심에
사로잡혀 있다.

8 위도 48도 이상의 고위도 지역에서 여름에 해가 지지 않는 밤을 일컫는
다. 대체로 5월 말부터 7월 중순까지의 기간에 일어나는 현상이다.

이 봄날 백야에 나이팅게일은
저 멀리 울창한 밀림을 따라
요란한 찬미 소리로
사방 숲의 경계를 먹먹하게 한다.

미친 듯 새 짖는 소리 울려 퍼지고,
작고 연약한 새소리는
매혹적인 밀림 깊은 곳에
환희와 소란을 일으킨다.

맨발의 여 순례자처럼 밤이
울타리를 따라 그 자리로 가만히 들어오고
그 뒤를 따라 엿들은 대화의 흔적이
창턱에서 아래로 몸을 쭉 뻗는다.

들리는 담소의 메아리 속에
널빤지로 울타리를 친 정원에서는
사과나무, 벚꽃나무 가지들이
희끄무레한 꽃으로 옷을 입는다.

그리도 많은 것을 본 백야에
마치 작별 인사라도 하듯
환영처럼 흰 나무들이
무리 지어 길거리로 쏟아져 나온다.

5. 봄의 진창길

저녁노을의 불길이 스러지고 있었다.
깊은 송림의 진창길을 따라
말 탄 남자가
우랄의 작은 마을로 느릿하게 가고 있었다.

말은 비장(脾臟)을 흔들고,
딸깍대는 말발굽 소리를 따라
샘물 분화구 속의 물이
길을 가며 메아리쳤다.

말 탄 이가 말고삐를 내리고
천천히 갈 때
해빙기의 범람이
포효와 굉음 소리를 인근으로 날랐다.

누군가는 웃고, 누군가는 울고,
돌이 부싯돌에 부서지고
뿌리째 뽑힌 나무 등지가
소용돌이 속으로 빨려 들어갔다.

노을이 불탄 자리
멀리 검회색 가지 위에

꾀꼬리가 큰 경종처럼
광포하게 짖어 댔다.

미망인이 장식 모자 숙인 듯
계곡에 버드나무가 머리를 드리운 곳에
옛날 꾀꼬리−도둑이 그랬듯
꾀꼬리도 일곱 참나무에서 휘파람을 불었다.

이 격정은 어떤 재앙, 어떤 연인을
향한 걸까?
꾀꼬리는 수풀에 있는 누구에게
파편이 튀도록 큰 소총을 쏘는 걸까?

이제 그가 숲 도깨비인 양
탈옥수의 휴게지에서 나와
이곳 파르티잔 관문을 향해
말을 타든 걸어서든 나설 것 같았다.

하늘과 땅, 숲과 들판이
이 희귀한 소리를,
광기, 아픔, 행복, 고통의
이 골고루 나눈 몫을 포착했다.

6. 변명

생명이 그렇게 이유 없이 돌아왔다,
언젠가 이상하게 단절되었듯.
그때 그 여름날 그 시간처럼
나는 옛날의 그 거리에 있다.

같은 사람들, 같은 염려들,
황혼의 불꽃은 아직 식지 않았다,
당시 죽음의 저녁이
그 불꽃을 승마 연습장[9] 벽에 못 박았듯.

값싼 일상복을 입은 여인들이
예전처럼 밤에 반장화를 진흙투성이로 만든다.
훗날 함석지붕 밑 다락이
그들을 똑같이 못 박는다.

그리고 한 여인이 홀로 지친 발걸음으로
천천히 문지방을 넘어
반지하실에서 올라와
비스듬히 마당을 가로지른다.

9 모스크바 중심인 붉은 광장 근처에 위치하며 19세기 초반에 지어진 신
고전주의 양식의 거대한 사각형 건물이다. 원래 승마 아카데미를 위해서 지었
지만 나중에는 콘서트와 전시 공간으로 사용되었다.

나는 또다시 변명을 준비한다.
다시 내게는 모든 것이 다를 바 없다.
이웃 여자가 뒤뜰을 우회해
우리 둘만 남겨 둔다.

울지 마오, 부푼 입술을 찌푸리지 마오.
입술을 주름지게 오므리지 마오.
봄의 몸살로 말라붙은 딱지의
상처를 건드릴라.

내 가슴에서 손바닥을 치워라,
우리는 전류가 흐르는 전선.
저걸 봐라, 서로를 향해
우리를 또다시 무심코 던지니.

세월이 흘러, 당신이 결혼하면,
난잡함을 잊으리라,
여자가 된다는 것은 큰 걸음을 내딛는 것,
미치게 만드는 것은 영웅적인 행동.

나는 기적 같은 여인의 손
등, 어깨, 목 앞에서
하인의 충심을 품고
영원히 경배하리라.

그러나 아무리 밤이
애수의 고리로 나를 결박하려고 해도
세상에서 먼 곳으로의 끌림이 더욱 강하고,
결별을 향한 열정이 나를 유혹한다.

7. 도시의 여름

성급하고 열렬하게
소곤소곤 나누는 대화
머리카락은 위로 모아져
뒤통수에서 한 단으로 묶여 있다.

투구 쓴 여자가
무거운 빗 아래에서
땋은 머리 전체를
뒤로 젖힌 채 바라본다.

거리의 무더운 밤은
악천후를 예고하고,
행인들은 발을 질질 끌며
집으로 흩어진다.

날카롭게 단속적으로

천둥 치는 소리 들리고,
창에 단 커튼이
바람에 나부낀다.

침묵이 깃들지만,
예전처럼 찌는 듯 무덥고
예전처럼 하늘을
번개가 이리저리 뒤진다.

밤새 소낙비 내린 후
밝아 오는 무더운 아침이
가로수 길 웅덩이를
다시 마르게 할 때.

꽃이 다 지지 않은
영원히 향기로운 보리수가
잠을 설쳤는지
찌푸린 얼굴로 바라본다.

8. 바람

나는 죽었고, 당신은 살아 있소.
바람이 울며불며 하소연하며

숲과 산장을 뒤흔든다.
소나무 한 그루씩 따로가 아니라,
무한히 저 멀리 뻗은
나무 전체를 통째로,
마치 포구의 바다 표면에 뜬
돛단배의 선체를 뒤흔들듯.
이건 무모하게 용감해서도 아니고
목적 없는 분노 때문도 아니라,
그대에게 들려줄 자장가 노랫말을
애수에 휩싸여 찾으려 함이라.

9. 홉[10]

담쟁이넝쿨에 휘감긴 유약버들 아래서
악천후를 피할 피난처를 찾는다.
우리 어깨에 비옷이 덮여 있고
내 두 팔은 그대를 휘감는다.

내가 틀렸다. 이 대접 같은 관목은
담쟁이넝쿨이 아니라 홉 덩굴에 휘감겨 있었다.
그렇다면 이 비옷을 우리 밑에 널찍하게

10 홉이라는 식물 이름 말고도 러시아어에서 〈흐멜〉이라는 단어는 〈취기〉,
〈술기운〉이라는 뜻도 있다.

펴는 게 더 낫겠다.

10. 아낙의 여름

까치밥나무 이파리는 거칠고 헝겊처럼 질기다.
집 안에서 웃음소리 울려 퍼지고, 유리병 소리가 난다.
집 안에서 잘게 다지고 발효시키고 후춧가루를 뿌리고,
정향나무 꽃봉오리[11]를 피클에 집어넣는다.

숲은 풍자객처럼 그 소음을
가파른 비탈길에 내던진다.
태양에 바짝 마른 개암나무는
꼭 모닥불 열기에 그을린 것 같다.

이곳 길은 협곡으로 내려가고,
이곳 물속의 바짝 말라 늙은 나무 그루터기도,
모든 것을 이 골짜기로 내던지는
넝마장수 여자 같은 가을도 애처롭구나.

어떤 현학자가 생각하는 것보다
우주가 더 단순한 것도,
수풀이 물에 빠진 것처럼

11 약제 혹은 조미료, 향료, 양념으로 쓰인다.

모든 것에 끝이 오는 것도.

그대 앞에 모든 것이 태워지고
가을의 하얀 그을음이
거미줄처럼 창으로 뻗어 올 때
눈만 무의미하게 껌뻑이는 것도.

정원의 통로가 울타리에 뚫려
자작나무 마른 가지 안에서 사라진다.
집 안에 웃음소리, 살림하는 소란한 소리,
저 멀리에 똑같이 소란한 소리, 웃음소리.

11. 결혼

잔치에 온 손님들이
안마당 끝을 가로질러
아침 전에 신부의 집에
손풍금을 들고 건너왔다.

펠트 가죽을 입힌
주인의 방문 뒤로
1시부터 7시까지
수다 소리 잦아들었다.

새벽녘에 꿈에 잠겨
잠을 자고 또 자고 싶건만
손풍금은 결혼식장을 떠나며
또다시 곡조를 뽑았다.

손풍금 연주자가 잠에서 깨어나
다시 대형 손풍금을 들자,
박수 치는 소리, 반짝이는 목걸이,
나들이의 시끌벅적 왁자지껄 떠드는 소리.

그리고 다시, 다시, 다시
속요[12] 부르는 소리가 술잔치에서
침대에서 자는 이들에게
곧바로 들이닥쳤다.

그러나 눈처럼 하얀 여인 혼자만이
소음, 휘파람, 왁자지껄하는 소리 속에서
허리를 흔들며
다시 암컷 공작처럼 유유히 떠다녔다.

머리와 오른손을

---

12 러시아어로 〈차스투시카〉이다. 차스투시카는 4연의 경구로 이루어져
있다. 풍자적 내용을 담고 있으며, 아코디언이나 러시아 현악기인 발랄라이카
연주와 함께 불린다.

흔들며
포장도로를 따라 춤추며 달려간다,
암컷 공작, 암컷 공작, 암컷 공작처럼.

갑자기 놀이의 열기와 소음,
원무를 추는 발소리가
지옥으로 떨어지며
마치 물에 빠진 듯 자취를 감추었다.

시끄러운 안마당이 깨어났다.
담소 소리와 흩어지는 웃음소리에
일하는 소리 메아리가
뒤섞여 들어왔다.

무한한 하늘, 저 높은 곳으로
회청색 반점의 회오리처럼
비둘기장을 벗어난
비둘기가 떼를 지어 날아올랐다.

마치 결혼식에 뒤이어
잠결에 문득 생각난 듯
오래 살라는 기원을 담아
그들을 풀어 날린 것만 같았다.

삶은 역시 찰나에 불과하고,
그저 다른 이에게 선물을 주듯
우리 자신을 다른 이들 속에
용해시키는 것에 불과하다.

삶은 창문 깊숙이 아래로부터
폭발하는 결혼식일 뿐,
노래일 뿐, 꿈일 뿐,
회청색 비둘기 한 마리일 뿐.

12. 가을

식구들을 뿔뿔이 떠나보내고,
모든 친지가 흩어진 지 오래다.
마음과 자연 속 모든 것이
늘 외로움으로 가득하다.

사람 없이 황량한 숲속
바로 이곳 오두막에 너와 나.
노래 가사처럼 샛길과 오솔길
절반은 잡초가 자랐다.

이제 통나무 벽이 슬프게

우리 둘만 바라본다.
장벽을 치우리라 약속하지 않았으니,
우리는 노골적으로 파멸하리라.

우리는 1시에 앉고, 2시에 일어나리라,
나는 책을, 그대는 자수를 들고,
그리고 새벽녘에는 어찌 키스를
멈추게 될지 알아채지 못하리라.

더 화려하게 더 무분별하게
소란을 피우고 흩날려라, 이파리들이여.
어제 슬픔의 잔을
오늘의 애수로 뛰어넘으라.

애착, 동경, 매혹이여!
9월의 소음 속에서 스러지자꾸나!
온통 가을의 사각 소리에 파묻혀
죽거나 미치거나!

비단술을 단 잠옷 바람으로
내 품에 안길 때
수풀이 이파리를 벗어 던지듯
그대 또한 그렇게 옷을 벗어 던진다.

삶이 질병보다 더 구역질 날 때
그대는 파멸로 가는 발걸음의 축복,
아름다움의 근원은 용기,
이것이 우리를 서로 끌어당긴다.

13. 옛날이야기

먼 옛날 그 옛날에
동화 속 나라에
말 탄 기사가 가시덤불 가득한
초원을 헤치며 달렸다.

그가 서둘러 전장으로 달리자,
초지의 먼지 속에서
어두운 숲이 멀리서
그를 맞으며 자라났다.

가슴이 쑤시고
심장이 긁힌다.
늪을 두려워하라,
안장을 바짝 죄어라.

기사는 듣지 않고

전속력으로
숲속 작은 언덕을
날아가듯 질주했다.

그는 구릉을 돌아
바싹 마른 골짜기로 들어가,
초지를 지나
산 하나를 넘었다.

좁은 협곡으로 빠져
숲의 오솔길을 따라
짐승의 흔적과
짐승들의 물터로 나왔다.

호소에 귀를 막고
후각도 개의치 않고
물을 먹이려고 절벽에서
말을 끌어내려 시냇물로 내려갔다.

시냇물 옆에 동굴이,
동굴 앞에 얕은 여울이 있다.
마치 유황불이
입구를 밝힌 듯하다.

시야를 가리는
진홍빛 연기 속에서
침엽수림은
아득한 부름 소리로 가득 찼다.

그러자 소스라친 기사는
몸을 똑바로 펴고
골짜기에서 곧장
호소 소리를 향해 발걸음을 옮겼다.

기사는 용의
머리와 꼬리,
비늘을 보고
창을 꽉 잡았다.

용은 아가리에서 불꽃처럼
빛을 내뿜었고,
처녀 척추를 둘러
세 번 똬리를 틀었다.

뱀의 몸통은
채찍의 끝처럼
여인의 어깨를 목으로
어루만졌다.

그 나라의 풍습은
아름다운 포로를
숲의 괴물에게
먹이로 바치는 것.

그 나라의 주민은
이런 상납으로
뱀에게서
자신의 오막살이를 건졌다.

뱀은 이 공물을
고통의 희생물로 받아
그녀의 팔을 휘감고
후두를 비틀었다.

기수는 애원하듯
하늘 높이 바라보고,
싸우기 위해 창을
앞으로 기울여 붙잡았다.

닫힌 눈꺼풀,
높은 창공, 구름,
물, 얕은 여울, 강,
세월과 세기가 흐른다.

찌그러진 투구를 쓴 기사,
전투에서 쓰러진 기사,
말발굽으로 뱀을 짓밟은
충성스러운 말.[13]

나란히 모래 위에 누운
말과 용의 시신
기절한 기사,
망연자실한 처녀.

한낮의 창공이 환히 빛나고
푸른빛은 부드럽다.
그녀는 누구인가? 황녀인가?
대지의 딸인가? 공작 영양인가?

행복에 겨워
눈물이 강물처럼 흐르나,
영혼은 잠과 망각의
힘에 사로잡힌다.

정신은 돌아왔으나,
피를 많이 흘려
힘이 빠져

13 성 게오르기가 용으로부터 공주를 구하는 이야기를 시의 소재로 삼고 있다.

맥이 잡히지 않는다.

그러나 그들의 심장은 뛴다.
그녀인지, 그인지
정신을 차리려고 애써 보지만,
잠에 빠져든다.

감긴 눈꺼풀이,
높은 창공이, 구름이,
물이, 얕은 여울이, 강이
세월과 세기가 흐른다.

14. 8월

이른 아침 태양은
약속했던 대로 어김없이
커튼에서 소파까지
누런 오렌지색 비스듬한 빛줄기로 스며들었다.

나는 뜨거운 황톳빛으로
이웃 숲, 마을의 집,
내 침대, 젖은 베개와
책꽂이 뒤 벽 끝을 뒤덮었다.

난 어떤 이유로
베개가 살짝 젖었는지 생각해 보았다.
송별 인사를 하러 그대들이 차례차례
숲을 지나 내게로 오는 꿈을 꾸었다.

그대들은 무리 지어, 따로, 짝을 이루어 왔다,
문득 누군가 오늘이
구력으로 8월 6일,
그리스도의 현성용 축일[14]인 걸 기억해 냈다.

보통 불꽃 없는 빛이
이날 다볼산[15]에서 떠오른다.
전조처럼 뚜렷한 가을이
시선을 자신에게 고정시킨다.

그리고 그대들은 잘고 보잘것없고
헐벗어 떨고 있는 어린 오리나무 숲을 지나
찍어 만들어지는 당밀 과자처럼 달아오른,
생강처럼 붉은 묘지 숲으로 들어갔다.

---

14 「마태오의 복음서」 17장 1~8절, 「마르코의 복음서」 9장 2~8절, 「루가의 복음서」 9장 28~36절에는 예수 그리스도가 베드로, 요한, 야고보와 함께 산에 올라가 놀라운 모습으로 변신하여 아브라함과 모세와 함께 대화를 나누는 장면이 나온다. 이 사건을 기념하여 8월 6일(19일)을 기리는 축일이다.
15 예수 그리스도의 변모가 일어난 산이라고 알려져 있다.

조용해진 숲의 정상이
기품 있는 하늘의 이웃이 되었고,
저 멀리 수탉들 울음소리가
느릿하게 메아리쳤다.

숲속 묘지 한가운데
죽음이 토지 측량사처럼 서서
내 키에 맞춰 구덩이를 파려고
내 죽은 얼굴을 바라보았다.

나란히 있는 누군가의 평온한 목소리를
모든 이가 온몸으로 감지했다.
부패에도 영향을 받지 않은
예전의 내 예언적 목소리가 울려 퍼졌다.

〈안녕, 현성용 축일의 담청색과
둘째 구세주 축일[16]의 황금빛이여,
여성스러운 마지막 애무로
내 숙명적인 시간의 고통을 덜어 다오.

안녕, 침체기의 세월이여,

16 8월에는 예수 그리스도와 관련된 축일이 세 번 있다. 8월 6일 현성용
축일은 두 번째 구세주 축일이라고 불리고 구세주의 사과 축일이라고도 불린
다. 나머지는 8월 1일(14일)의 구세주의 꿀 축제와 8월 16일(29일)의 구세주
의 견과류 축제이다.

작별 인사를 합시다, 모욕의 심연에
도전장을 던지는 여인이여!
나는 그대의 전쟁터.

안녕, 곧게 뻗은 날개의 진동이여,
자유로운 고집의 비상이여,
말속에 드러난 세계의 형상이여,
창조여, 기적의 창조여.)

15. 겨울밤

온 세상에 눈보라가 휘몰아쳤다,
온 구석구석 휘몰아쳤다.
책상 위에서 초가 탔다.
초가 탔다.

여름에 날벌레가 불꽃에
떼를 지어 뛰어들듯,
눈송이가 마당에서
창틀로 날아들었다.

눈보라가 유리창에
잔과 화살 모양을 빚어내고,

책상 위에서 초가 탔다.
초가 탔다.

빛을 받은 천장 위에
그림자가 누웠다,
얽힌 팔, 얽힌 다리,
얽힌 운명.

두 켤레의 슬리퍼가
소리를 내며 바닥에 떨어지고,
작은 등잔의 촛농이 눈물처럼
드레스에 떨어졌다.

그리고 모든 것이 회색과 흰색
눈안개 속으로 사라졌다.
책상 위에서 초가 탔다.
초가 탔다.

구석에서 초에 바람이 불고
유혹의 열기가 천사처럼
십자 모양으로
두 날개를 들어 올렸다.

2월 한 달간 눈보라가 휘몰아쳤다.

쉴 새 없이
책상 위에서 초가 탔다.
초가 탔다.

16. 이별

한 사람이 문지방에서 바라보지만,
자기 집을 못 알아본다.
그녀의 출발은 도주와 같아
여기저기 황폐한 흔적을 남겼다.

방의 곳곳이 무질서하다.
그는 눈물 때문에,
편두통이 엄습해,
황폐의 정도를 가늠할 수 없다.

아침부터 무슨 소음이 귓전에 들린다.
그 소리는 기억 속에 있는 걸까, 아니면 환청일까?
그런데 왜 그의 머리에는
온통 바다 생각만 떠오를까?

창에 있는 성에 사이로
하느님의 빛이 보이지 않을 때,

출구 없는 애수는 두 배로
바다의 황량함을 닮았다.

그녀는 어떤 모습으로든
그에게 소중했다,
밀려오는 파도로 해안선이
바다에 가까이 가듯이.

폭풍 후 넘실대는 파도가
갈대를 가라앉히듯
그녀의 선과 모습이
그의 영혼 깊은 곳으로 들어왔다.

수난의 시대에, 있을 수 없는
일상의 시간에
그녀는 운명의 파도를 타고
밑바닥에서 그에게로 밀려왔다.

수도 없이 많은 장애물을 지나,
위험을 피해
파도는 그녀를 실어
바로 곁으로 데려왔다.

그리고 이제 그녀의 떠남은

강요된 것인지도 모른다.
이별이 그들 두 사람을 삼키고
애수가 뼛속까지 갉아먹으리라.

한 사람이 주변을 둘러본다.
그녀는 떠나는 순간
장롱 서랍을
모두 뒤집어 놓았다.

그는 배회하다가 해지기 전에
흩어진 옷가지와
패턴 견본을
서랍에 주워 담는다.

그러다 바느질감에 꽂힌
바늘에 찔려 그는 문득
그녀의 모습을 보고
가만히 눈물을 흘린다.

17. 만남

거리에 눈이 내리고
지붕 처마에 쌓인다.

다리를 풀러 나가니
문 뒤에 그대가 서 있다.

가을 외투를 입고 홀로
모자도, 덧신도 없이
그대는 흥분과 싸우며
젖은 눈을 씹고 있다.

나무와 울타리가 저 멀리
아지랑이 속으로 사라지고
눈 내리는 중에 그대 홀로
구석에 서 있다.

빗물이 머리 스카프에서
소매 뒤를 돌아 소맷부리로 흐르고
빗방울이
머리카락에서 반짝인다.

옅은 금발 머리채 덕분에
환하다. 얼굴,
머리 스카프와 자태,
그리고 그 외투가.

눈썹에 눈이 촉촉이 젖어

그대 눈동자에는 애수가,
그대 전체 모습은
한 조각인 듯 정연하다.

안티몬[17]에 잠긴
철인 듯
그대를 내 심장에
새겨 놓았다.

심장에 그 온화한 모습이
영원히 새겨졌으니,
세상이 몰인정해도
상관없었다.

그러니 이 모든 밤이
눈 속에서 갑절이 되고
나는 우리 사이에
경계를 지을 수 없다.

그러나 그 모든 세월이 흐른 후
악평만 남고,
세상에 우리가 없을 때,
우리는 어디서 온 누구란 말인가?

17 합금을 만드는 데 흔히 쓰이는 금속 원소이다. 백색의 광택이 난다.

18. 성탄 별[18]

겨울이었다.
초원에서 바람이 불었다.
언덕 비탈에 있는
동굴 속 아기는 추웠다.

황소의 호흡이 그를 데워 주었다.
가축들이
동굴 속에 서 있었고,
여물통 위로 따뜻한 아지랑이가 피어올랐다.

목동들은 모피 외투에서 침대 지푸라기와
수수 낟알을 털어 내고
잠결에 절벽에서
한밤중의 먼 곳을 바라보았다.

저 멀리 눈 덮인 들판과 묘지
담장, 비석,
눈 더미 속 수레 채,
묘지 위에 별이 가득한 하늘이 보였다.

18 예수 그리스도가 태어난 달 구세주의 탄생을 알리는 커다란 별이 떠올라, 동방 박사들이 그 별을 쫓아 예수 그리스도가 태어난 베들레헴의 구유를 찾아온다.

나란히, 예전에는 몰랐던 별 하나가
초소의 창틀에서
등화용 접시보다 더 수줍어하며
베들레헴으로 가는 길에 희미하게 빛났다.

별은 하늘과 하느님을 떠나
볏가리처럼 활활 타올랐다.
마치 방화(放火)의 반사광처럼,
불에 휩싸인 마을과 탈곡장의 화염처럼.

이 샛별로 인해 놀란
온 우주 가운데
별은 타오르는 짚과 건초 더미처럼
높이 솟아올랐다.

별 위로 노을이 점점 붉게 퍼지며
뭔가를 가리켰고
세 명의 동방 박사가
전례 없는 불꽃의 부름에 길을 재촉했다.

그들 뒤로 선물을 실은 낙타가 따랐다.
마구를 찬 당나귀들, 도토리 키 재듯
작은 당나귀들이 종종걸음으로 산을 내려갔다.

뒤에 오는 모든 것이 저 멀리서 떠올랐다,
다가오는 시대의 이상한 환영처럼,
시대의 모든 사상, 모든 꿈, 모든 세계,
미술관과 박물관의 모든 미래,
요정의 모든 장난, 동방 박사의 모든 행위,
세상의 모든 크리스마스트리와 아이들의 모든 꿈이.

밝혀 놓은 촛불의 모든 떨림, 모든 사슬,
형형색색 장식 줄의 화려함……
……초원에는 바람이 점점 더 매섭고 맹렬하게 불었다……
……모든 사과, 모든 황금빛 볼.

연못의 일부가 오리나무 꼭대기를 가렸지만,
그쪽 까마귀 둥지와 나무 꼭대기 사이로
못의 일부가 보였다.
목동들은 당나귀와 낙타가 제방을 따라 걷는 모습을
알아볼 수 있었다.
〈모두 함께 가서 기적에 절하자.〉
그들이 가죽옷을 여미며 말했다.

겨우겨우 눈길을 걷다 보니 더워졌다.
선명한 오솔길을 따라 맨발 자국이
운모판처럼 오막살이 뒤로 이어졌고
별빛을 받으며 양치기 개가

남은 양초의 불꽃같은 이 흔적에 짖어 댔다.

혹한의 밤은 옛이야기를 닮았다.
눈 쌓인 제방에서 누군가가
보이지 않게 계속 그들의 대열에 들어왔다.
개들은 어슬렁거리며 조심스럽게 주변을 살폈고,
목동에게 바짝 붙어 재앙을 기다렸다.

그 길을 따라, 그 지역을 지나
빼곡히 선 군중 사이로 몇 명의 천사가 걸었고,
육신이 없어 그들은 보이지 않았지만,
그들의 걸음은 족적을 남겼다.

바위 옆에 수많은 군중이 운집했다.
날이 밝았다. 삼나무 줄기가 도드라졌다.
〈누구신가요?〉 마리아가 물었다.
〈우리는 양치기 부족이고, 하늘의 대사입니다.
두 분께 찬송을 올리러 왔습니다.〉
〈모두 한꺼번에는 안 돼요. 입구에서 기다리세요.〉

날이 밝기 전 재 같은 회색빛 안개 사이로
소몰이꾼과 양치기가 서성였고,
보행자가 말 탄 기수와 서로 다투었으며
움푹 팬 통나무 물통 옆에서

낙타들이 울부짖고 당나귀들이 발길질했다.

날이 밝았다. 새벽은 재의 먼지처럼
마지막 별들을 넓은 하늘에서 쓸어 갔다.
마리아는 헤아릴 수 없이 많은 군중 속에서
동방 박사만 바위틈으로 들어오게 했다.

마치 깊은 나무 구멍에 깃든 달빛처럼
그는 온통 빛을 발하며 참나무 구유 안에 잠들어 있었다.
당나귀의 입술과 황소의 콧구멍이
그에게 양가죽 외투를 대신해 주었다.

그들은 외양간의 어스름 같은 그림자 속에 서서
말을 고르며 속삭였다.
문득 누군가가 어둠 속에서 팔로
동방 박사를 여물통에서 살짝 왼쪽으로 밀었다.
그가 돌아보자, 마치 손님인 양
성탄 별이 문지방에서 성처녀를 바라보고 있었다.

19. 새벽

그대는 내 운명에서 모든 것을 의미했다.
그 후 전쟁, 붕괴가 오고,

제17부 유리 지바고의 시 **539**

오래, 오랫동안 그대는
소식도, 기척도 없었다.

수많은 세월이 흐른 후
그대 목소리가 다시 내 마음을 흔들어 놓았다.
난 밤새도록 그대의 유언을 읽고
실신에서 깨어난 듯 소생했다.

나는 사람들에게로, 군중 속으로,
그들의 아침 생기 속으로 들어가고 싶다.
난 모든 것을 부수고
모두를 무릎 꿇릴 준비가 되어 있다.

그리고 나는 눈 덮인 이 거리로
얼어붙은 포장도로로
마치 처음 바깥에 나가는 사람처럼
계단을 타고 달려간다.

여기저기서 사람들이 일어난다, 불빛, 안락함,
차를 마시고, 서둘러 전차를 타러 간다.
몇 분이 흐르는 사이
도시의 모습은 알아볼 수 없다.

대문에서는 빼곡히 떨어지는 눈송이로

그물이 짜이고,
모두가 제시간에 맞춰 가려고
먹는 둥 마는 둥 서둘러 달려간다.

나는 마치 그들의 피부 속에 있었던 것처럼
그들 모두를 대신해 느끼고
눈이 녹듯 나 자신이 녹고
나 자신이 아침처럼 눈썹을 찌푸린다.

나와 함께하는 사람들은 이름 없는 사람,
나무, 아이, 안방샌님들이다.
난 이들 모두에게 졌고,
오직 여기에만 나의 승리가 있다.

20. 기적[19]

그는 미리 불길한 예감에 시달리며
베다니에서 예루살렘으로 걸어가고 있었다.

절벽 위 가시 많은 키 작은 관목이 바짝 시들었고,
근처 오막살이 위로 연기도 피어오르지 않고

---

19 「마태오의 복음서」 21장 18~22절, 「마르코의 복음서」 11장 12~23절
의 내용을 소재로 삼고 있다.

공기도 뜨겁고 갈대도 움직이지 않고
사해의 평온함도 흔들림이 없었다.

바다의 쓴맛에 겨룰 만한 비애에 휩싸여
그는 크지 않은 구름 떼와 함께
누군가의 숙소를 향해 먼지 낀 길을 걷고 있었다.
그는 제자들의 모임이 있는 시내로 가는 길이었다.

자신의 생각에 깊이 빠져서일까,
우울함에 젖은 들판은 쑥 냄새가 났다.
모든 것이 고요했다. 그 홀로 가운데 서 있는데,
그곳은 인사불성이 되어 꼼짝도 않고 누워 있었다.
모든 것이 뒤섞여 있었다. 따뜻한 날씨와 황야,
도마뱀도, 샘도, 시냇물도.

열매는 전혀 없고, 가지와 이파리만 무성한
무화과나무가 멀지 않은 곳에 우뚝 솟아 있었다.
그가 무화과나무에게 말했다. 〈무슨 이익을 보겠다고?
이렇게 멍하니 서 있는 게 내게 무슨 기쁨이 되겠느냐?

나는 목마르고 굶주리는데, 너는 열매를 맺지 못하는구나.
너와의 만남은 화강암과의 만남보다 기쁘지 않구나.
오, 얼마나 무례하고 무능한가!
죽는 날까지 그렇게 남으라.〉

번갯불이 피뢰침을 통과하듯
나무에 질책의 전율이 관통했다.
무화과나무는 완전히 재로 변했다.

그 순간에 이파리와 가지, 뿌리와 줄기에게
자유의 순간이 있었다면
자연의 법칙이 개입할 수도 있었을 텐데.
그러나 기적은 기적, 기적은 하느님.
우리가 혼란 속에 있을 그때 무질서 가운데
기적은 불시에 순간적으로 찾아든다.

21. 대지

모스크바의 저택으로
봄이 당돌하게 들이닥친다.
찬장 뒤에 있던 나방이 날아와
여름 모자 위를 기어다닌다,
모피 외투를 궤짝에 간수한다.

목조 이층 고미다락에는
꽃무와 계란 풀을 담은
꽃병이 서 있고,
방은 자유로 호흡하고

다락은 먼지 냄새를 풍긴다.

거리는 작은 창문턱과
허물없이 친하고
백야도, 석양도
강가에서 마주치게 되어 있다.

복도에서는 바깥에서
무슨 일이 일어나는지,
4월이 빗방울과 우연히 담소를 나누며
무슨 이야기를 하는지 잘 들린다.
4월은 인류의 슬픔에 대한
수천 가지 이야기를 알고,
울타리마다 노을이 식으며
금실을 자아낸다.

바깥 그리고 안락한 거주 공간에
격정과 공포의 혼합,
어디서나 공기 자체가 제정신이 아니다.
그 성긴 버드나무 잔가지도
이제 막 싹을 틔운 하얀 봉우리도,
창에도, 네거리에도
거리에도, 작업장에도.

안개 속 저 먼 곳은 왜 울고
부식토는 왜 썩은 냄새를 풍기는가?
거리(距離)가 권태를 느끼지 않도록,
도시 변두리 너머에
대지가 홀로 애수에 잠기지 않게
하는 것이 나의 소명이구나.

이를 위해 이른 봄에
친구들이 나와 만나고,
고통의 비밀스러운 기류가
존재의 냉기를 데우도록
우리의 연회는 작별,
우리의 잔치는 유언이다.

22. 불운한 나날[20]

그가 마지막 주에
예루살렘으로 들어갔을 때,
그를 맞아 호산나가 울려 퍼졌고,
사람들이 가지를 들고 그의 뒤를 쫓아 달렸다.

그러나 세월 점점 더 험해지고 혹독해져,

20 4복음서에 나오는 예수 그리스도의 일생을 모두 다루고 있는 시다.

마음은 사랑에 움직이지 않는다,
경멸하듯 눈썹을 찌푸리니,
바로 이것이 결어이자 끝이다.

하늘은 무거운 잿빛으로
안마당 위에 누워 있고,
그의 앞에서는 여우처럼 아첨을 떨지만
바리새인들은 증거를 찾는다.

성전의 어두운 세력으로 인해
그는 인간 쓰레기들의 재판에 넘겨졌다.
예전에 찬미하던 그 열정으로
그를 저주한다.

이웃 지역의 군중은
대문에서 엿보고
결말을 기다리며 서로 밀치고
앞뒤로 서로 쑥덕거렸다.

이웃끼리 속삭이는 소리,
사방으로 퍼지는 소문.
이집트로의 도주와 유년기는
이미 꿈처럼 회고되었다.

황야의 웅대한 비탈,
사탄이 전 세계의 왕국을 주겠다고
그를 유혹했던
그 절벽이 떠올랐다.

가나의 결혼 잔치도,
기적에 놀랐던 식탁도,
안개 속에서 육지를 걷듯
쪽배를 향해 걸어갔던 바다도.

오두막 가난한 자들의 모임도,
지하실로 초를 들고 내려간 일도,
부활한 자가 일어나자,
갑자기 놀라 촛불이 꺼진 일이……

23. 막달라 마리아 I

밤이 되자마자 나의 악마는 바로 그 자리에 서 있다.
과거에 대한 나의 응보이다.
남자들 변덕의 노예로
내가 미친 바보였고
온 거리가 내 은신처였던 때,
그 타락의 기억이 몰려와

내 심장을 후벼 판다.

아직 몇 분이 남았고,
죽음과 같은 고요가 도래하리라.
그러나 그 순간들이 지나가기 전
극에 다다른 내 삶을
나는 향유 옥합을 깨뜨리듯
그대 앞에서 깨뜨린다.

오, 내가 어디에 있든,
나의 스승이여, 나의 구세주여,
내 직업 망에 새로이
유인되어 온 방문객처럼
밤마다 탁자 옆에서
영원이 나를 기다려 주지 않는다면 어찌하리오.

그러나 나 모든 이 보는 앞에서
나무에 접붙여지듯
무한한 애수 가운데 당신과 하나 되었을 때,
죄와 죽음이,
지옥이, 유황불이 무엇인지 설명해 주오.

예수여, 내 무릎으로
당신의 두 발을 쉬게 할 때

나는 어쩌면 십자가의 사각 목재

안는 것을 배우는 거라오.

정신없이 당신의 몸에 매달리며

나는 당신의 장례식을 준비하는 거라오.[21]

24. 막달라 마리아 II

축일 전에 사람들은 집 단장을 합니다.

이 북새통에서 빠져나와

향유 병을 부어

당신의 순결한 발을 씻습니다.

샌들을 더듬어 찾지만 찾을 수 없습니다.

눈물이 앞을 가려 아무것도 보이지 않습니다.

풀어헤친 머리 타래가

눈으로 베일처럼 흘러내렸습니다.

나는 당신의 발을 옷자락으로 받치고

눈물로 적셨습니다. 예수여,

목에 걸린 목걸이로 발을 감싸고

외투에 파묻듯 머리에 파묻었습니다.

21 「마르코의 복음서」 14장 8절에서 예수 그리스도가 향유 옥합을 깬 여인에게 자신의 장례를 준비하는 것이라고 말한다.

마치 당신이 미래를 멈추게 한 듯
아주 자세히 미래를 봅니다.
이제 나는 시불라[22]의 예언적 투시로
예언할 능력을 갖게 되었습니다.

내일 성전에서 휘장이 떨어지면,
우리는 한쪽에 무리 지어 설 것입니다,
어쩌면 내가 불쌍해서
땅이 발아래서 흔들릴지도 모르지요.

호송대의 열을 정비하고
척후 기병대가 출발하겠지요.
마치 폭풍우 속으로 회오리바람이 올라가듯, 머리 위로
그 십자가가 하늘로 솟을 겁니다.

십자가에 못 박히신 이의 발 옆 땅 위에 몸을 던지고
실신하며 입술을 물어뜯으렵니다.
너무 많은 이를 안기 위해
당신은 십자가 양옆으로 팔을 펼치시겠군요.

누구를 위해 세상은 이다지도 넓고
이다지도 고통이 많고, 이다지도 권력이 있는가?
세계에는 이다지도 많은 영혼과 삶이 있는가?

22 고대 그리스에서 아폴론의 신탁을 받은 여자 예언자이다.

이다지도 많은 마을, 강, 수풀이?

그러나 사흘이 지나가고,
깊은 공허 속으로 떠밀려 가리니
그 무시무시한 기간에
나는 부활하기까지 자라나리라.

25. 겟세마네 동산

아득히 먼 별빛을 받아
길모퉁이는 무심히 환했다.
감람산 주변으로 길이 나 있고,
그 아래로 케드론강이 흐른다.

초지는 산 중턱에서 절벽으로 떨어지고
그 뒤로 은하수가 시작되었다.
회색 은빛 올리브나무는 저 멀리
허공에 발걸음을 내디디려 했다.

그 끝에 누군가의 동산, 분여지가 있었다.
벽 뒤에 제자들을 남겨 두고
예수는 그들에게 말씀하셨다. 〈내 마음이 죽도록 괴로우니,
여기 잠시 머물러 나와 함께 깨어 있으라.〉[23]

그는 반항하지 않고
대여받은 물건을 거절하듯
전능과 기적 행하는 능력을 포기하고,
지금은 우리처럼 필멸의 존재가 되었다.

밤의 먼 곳은 파멸과 무(無)의
끄트머리 같았다.
광활한 우주는 사람이 살 수 없지만,
동산만이 삶이 가능한 장소였다.

그리고 시작도 끝도 없이 텅 빈
이 검은 골짜기를 바라보며
이 죽음의 잔이 지나가도록
땀방울이 핏방울이 되도록 아버지께 간구했다.

죽을 듯한 피곤을 기도로 억누르고
그는 담장 밖으로 나왔다. 땅에는
제자들이 졸음에 사로잡혀
길가 잡초 위에 쓰러져 있었다.

그는 그들을 깨웠다. 〈주께서 너희를 나의 시대에
살기에 합당한 자로 여기셨건만, 너희는 죽은 듯 자고 있
구나.

23 「마태오의 복음서」 28장 38절이다.

552

인자의 시간이 도래했다.
그는 죄인들의 손에 자신을 내주리라.〉

이렇게 말하자마자 어디서인지 모르게
노예 무리와 부랑자 집단,
횃불, 검이 나타나고, 맨 앞에
입술에 배신의 입맞춤을 하는 유다가 있다.

베드로는 검으로 악한들에게 저항하여
한 사람의 귀를 잘랐다.
그러나 그는 듣는다. 〈싸움은 칼로 해결할 수 없으니,
검을 제자리에 집어넣어라, 이 사람아.

정녕 아버지가 나를 위해 날개 달린 천사 군단을
이곳으로 보내 주시지 않았겠는가?
그러면 적들은 내 머리털 하나도 건드리지 못하고
흔적도 없이 흩어졌을 것이다.

그러나 생명의 책이
모든 성물보다 더 귀한 페이지까지 이르렀으니,
이젠 쓰인 대로 성취되어야 하리라,
그대로 성취되도록 두라. 아멘.

세월의 흐름이 잠언과 유사하니

가던 중에 불붙을 수 있음을 너도 아노니,
그 두려운 위엄의 이름으로
자발적 고통을 감수하며 나 무덤으로 내려가리라.

무덤으로 내려가 나 사흘 만에 부활하리라.
뗏목이 강을 따라 흘러가듯
선단(船團)의 화물선처럼 수천 세기가
어둠에서 나와
심판을 받으러 내게 오리라.〉

시대의 바리새주의에 저항한 작가

보리스 파스테르나크는 1890년 2월 10일에 태어나 1960년 5월 30일에 파란만장한 생애를 마감한다. 그의 삶은 1905년의 격변, 제1차 세계 대전, 1917년의 두 번의 혁명, 스탈린 시대, 제2차 세계 대전, 흐루쇼프의 해빙기에 걸쳐 있다. 또한 그의 작품 세계는 20세기 러시아 역사에서 가장 격동기를 겪으며 작가로서의 삶과 역사, 예술에 대한 고뇌와 사유, 철학을 담고 있다.

보리스 파스테르나크는 톨스토이의 『전쟁과 평화』, 『부활』의 삽화를 그린 뛰어난 화가인 아버지 레오니트 파스테르나크와 뛰어난 피아니스트인 어머니 로잘리야 카우프만 사이에서 태어나 예술적인 분위기가 가득한 가정에서 자라났고, 어릴 때부터 음악과 미술에 재능을 보인다. 특히 알렉산드르 스크랴빈Aleksandr Skryabin의 영향하에서 1903년부터 1909년까지 작곡을 배운다. 그러나 자신의 진정한 소명이 어디에 있는지 탐구하던 중에 그는 모스크바 대학교 법률학부에 입학했다가 이듬해에 철학과로 전과해 수학한다. 신칸트

주의에 관심을 가지면서 1912년에 마르부르크 대학교에 가서 헤르만 코엔Hermann Cohen의 지도하에 여름 학기를 보내기도 한다.

파스테르나크는 상징주의 문학(블로크, 벨리 등), 입센, 릴케 등에 심취했고, 1909년에는 릴케의 작품을 번역하고 시와 산문에 기초한 자서전적인 작품을 쓴다. 그는 1914년 초에 블라디미르 마야콥스키Vladimir Mayakovskii와 만나게 되고, 보다 온건한 미래주의 그룹으로 알려진 첸트리푸가 Tsentrifuga에 들어가 첫 시집 『구름 속의 쌍둥이』(1914)를 발표한다. 전쟁기의 그의 시에는 마야콥스키의 영향이 눈에 띈다. 초기 시는 주제 면에서 도시적이고 상징주의적이며 자아-미래주의적 요소가 있음에도 불구하고, 파스테르나크 특유의 두운 조직, 운율과 리듬의 새로움, 단어의 다양성, 고상한 은유를 잘 드러내고 있다. 그는 제1차 세계 대전 시기에 다리 부상으로 징병이 거부되고, 사무 병사에 징발되어 우랄 지역으로 가게 된다. 잠시의 휴지기 후 1917년에 그는 시집 『장벽을 넘어서』를 발표한다. 이 시집은 자연을 보고 느끼는 파스테르나크의 뛰어난 감수성을 여지 없이 보여 준다. 폭풍과 추위 같은 극단적인 순간, 혹은 화려하게 만개한 시점에 자연의 본질을 잡아내는 능력에서 그는 타의 추종을 불허한다.

파스테르나크는 1917년 2월 혁명이 발발한 후 우랄에서 모스크바로 돌아온다. 이후 그는 대부분의 생애를 모스크바에서 보낸다. 1917년에 혁명적으로 들뜬 분위기에서 사라토프 지역을 여행하며 고조된 사랑의 경험이 1922년에 출간된 시집 『삶은 나의 누이』에 잘 표현되어 있다. 이 시집은 출판하기도 전에 사람들 사이에 전파되면서 파스테르나크는 그 시대의 중요한 시인으로 부상한다. 이 시집에서 그는 창조적인 삶-힘의 기쁨이 넘치는 발현으로서 사랑과 자연의 경험을 찬미하고 있다. 1923년에 출간된 시집 『주제와 변주』 또한 뛰어난 시들을 담고 있다. 이 시집들에서 파스테르나크는 자기 자신보다 자연, 사랑, 예술, 역사, 철학 같은 주제를 다루며 세계에 있는 대상에 많은 관심을 기울인다.

그는 가장 고양된 순간에 자신이 우주와 하나라는 인식을 전하고 있는데, 이러한 개인의 경험을 과도하게 개입시키지 않는 수법은 우주 안에 많은 현상이 등가적이라는 그의 믿음에 그 철학적 토대를 두고 있다. 『닥터 지바고』에서도 유리 지바고는 라라와 헤어진 후 글을 쓰면서 되도록 자신의 개인적인 경험을 빼고 일반성을 부여하기 위해 노력했다고 고백하고 있고, 개인의 삶이 역사와 우주와 등가성이 되는 중요한 사건으로 예수 그리스도의 삶에 대해 줄기차게 이야기한다. 초기 시에서 화려하고 폭발적인 이미지는 절제된 4행시와 구어적 관용구, 생략이 많은 문장과 연결되거나 대조되는 식이다. 1922년에 출간된 『류베르스의 어린 시절』은 여주인공인 어린 아가씨가 주변 대상에 대해 점차 깨달아 가는 과정과 성적인 면의 자각을 담아내는 소설이다.

초기에 파스테르나크는 2월 혁명의 분위기에 휩쓸렸고 볼셰비키에도 호감을 느꼈지만, 곧 그 호감은 싸늘하게 식어 버린다. 그는 정치가 인간의 최우선, 혹은 예술적인 관심이라고 생각하지 않고, 볼셰비키 방식의 전제성과 과도한 교조주의에 거부감을 느낀다. 『공중에 난 길』(1924)에서 그는 역사와 혁명의 힘이 개인의 관심과 소망에 얼마나 관심이 없는지를 잘 묘사하고 있다.

그러나 거대한 혁명의 국면에 영향을 받아 새로운 현실을 믿고, 그 안에 속하며, 또 그것에 응답하고자 하는 그의 소망은 작품에 변화를 가져온다. 서사시 『고상한 병』(1928)은 내정에 대한 사색을 담고 있는 작품으로, 관념론적인 지식인들은 〈저녁노을을 누리는 자기들만의 기쁨〉을 내세우려는 〈얼음 속의 음악〉이라고 묘사된다. 이들은 끈질긴 논리, 의지의 힘, 사건에 대한 장악력을 보여 주는 레닌의 모습에 크게 대비된다. 『1905년』(1926)과 『시미트 중위』(1927)는 모두 1905년의 혁명을 다루고 있다. 특히 『시미트 중위』에서 해군 반란을 일으키는 중위를 그리스도의 희생과 같은 것으로 조명한다. 1924년부터 1930년까지 집필하고 1931년에 출간된 『스펙토르스키』는 혁명 전후 젊은 시인의 삶을 다루는 시로 된 소설이다. 이 주인공은 저자 자신의 역사적인 수동성과 체념을 공휴하고 있다.

파스테르나크는 마야콥스키와의 친분으로 1923년에 〈예술 좌익 전선(LEF)〉에 들어가지만, 정치성이 강한 이들의 문학 노선에 공감할 수 없어서 금방 이들과 헤어진다. 그를 추종하는 문인들은 많았지만, 그는 프롤레타리아트 비평가들에게 〈부르주아적〉, 〈주관적인 관념주의〉, 〈개인주의〉, 〈난해함〉 등의 이유로 비난을 당한다. 1931년에 출간된 『안전 통행증』도 비슷한 비난을 당하는데, 이 작품은 작가의 예술적인 개성이 만들어지는 데 도움을 준 혁명 이전의 사건들과 개인들에 대한 기록이다. 이 작품에서 파스테르나크는 창조성을 현실 전체를 대신하는 〈에너지〉의 형태라고 제시한다. 이 에너지는 우연한 은유와 이미지를 쏟아 내는데, 그 기능은 시인의 참여가 없다고 하더라도 시인을 위해 상징적으로 대신 말하는 장치가 된다.

예브게니야 루리예와 함께했던 그의 첫 결혼은 1931년 그가 지나이다 네이가우스에게 빠지는 바람에 파탄이 나고, 그는 새 애인과 함께 캅카스로 여행을 간다. 결국 지나이다 네이가우스는 그의 두 번째 부인이 된다. 이 사랑과 여행을 통해 『제2의 탄생』(1932)이라는 시집이 나오게 된다. 이 시집에서 그는 〈전례 없는〉 새로운 단순성을 향한 갈망을 드러낸다. 또한 이 시집에는 시적이고 사회적인 사건과 화해하고자 하는 낙관주의가 암시되어 있지만, 시인의 진지하면서도 비극적인 소명에 대한 의식도 담겨 있다.

1932년에 모든 독립적인 문학 그룹들이 해산되고 소비에트 작가 동맹이 만들어지면서, 모두가 사회주의 원칙에만 맞추고 순응하라는 강요가 자행되기 시작한다. 파스테르나크는 공식적으로는 중요한 시인으로 대접받고, 그도 순진하게 그러한 공식적인 문학에 참여하려고 한다. 그래서 1934년에 제1차 전 소비에트 작가 동맹 회의에서 연설도 하고, 1935년에는 파리에서 개최되는 반(反)파시스트 〈문화 수호 대회〉에 소비에트 대표로 참석하기도 한다. 하지만 그는 〈정권의 시인〉이 되는 것의 위험성을 잘 알고 있었고, 개인적으로는 스탈린 독재에 의해 많은 탄압을 받는다. 결국 그는 1935년부터 작품을 출간하지 않는다. 그는 예술적 자유에 대한 권력의 침해를 날카롭게 비판하는 공개 발언을 하는데, 이후 이전에는 감언이설이거나 수위가 낮았던 그에 대한 비평이 공개적으로 적대적인 것으로 변한다.

1930년대 말, 만젤시탐을 비롯해 수많은 그의 동료 작가들이 수용소에서 사라진다. 그는 그루지야 시인들의 스탈린 찬미 시를 번역함으로써 스탈린의 비위를 맞추는데, 이것이 일정 정도 그의 자유를 지켜 내는 데 도움을 준다. 그는 제2차 세계 대전과 1940년대를 셰익스피어와 괴테의 작품을 번역하는 일에 바친다. 괴테의 『파우스트』와 실러의 『마리아 슈트어트』 번역은 명번역으로 인정받고 있다.

전쟁은 러시아에 사상적인 완화와 사기의 진작을 가져온다. 파스테르나크는 자신의 초기작을 재출간하고 『새벽 열차들 속에서』(1943), 『광활한 지구』(1945)를 출판한다. 이 시집들은 애국적인 주제를 담고 있지만, 진부하고 공식적인 수사학에서 벗어나 단순하고 자연스러운 언어로 직장과 전쟁터에서 일반인과 하나 되는 느낌을 불러일으키도록 지역의 하루하루 일상을 묘사하고 있다.

전쟁 이후 〈즈다노프주의〉가 천명되어 예술적 자유를 억압하기 시작하자, 파스테르나크는 다시 침묵을 강요당한다. 테러와 의심에 둘러싸인 그는 번역에 몰두하는 한편으로, 아무도 모르게 산문 소설을 쓰기 시작한다. 그 작품이 마지막 소설이자 그의 모든 예술 세계를 집대성하고 있는 『닥터 지바고』이다. 1918년부터 1939년 사이에 출판된 산문들의 테마, 성격화, 이름, 상황 등이 1955년에 완성되는 『닥터 지바고』에 재등장하고, 주인공인 유리 지바고는 작가 자신의 철학적, 예술적 신념을 그대로 전달하는 작가의 제2의 자아가 된다. 이 소설은 1905년부터 1950년대의 흐루쇼프 시대까지 격변의 20세기 전반기의 러시아 역사를 소설의 시대적 배경으로 모두 포괄하고 있지만, 실제로 소설에서 중심이 되는 시간은 1905년부터 1929년까지이고, 더 좁게는 1917년부터 1921년까지이다. 파스테르나크는 이 시대에 벌써 억압과 폭력, 영혼 없고 현실과 동떨어진 구호만이 난무하는 스탈린 시대의 전조가 이때부터 도처에 나타나기 시작했다고 고발하고 있다.[1]

주인공인 유리 지바고는 1917년에 일어난 두 번의 혁명에 대해 처음에는 긍정적으로 생각한다. 제정 시대에 소수에게 집중되었던 권력과 부, 그들이 누렸던 사치스러운 삶의 부도덕함, 코마롭스키로 대변되는 불의하고 약한 자의 약점을 이용해 자신의 부와 탐욕, 욕망을 채우는 기생적인 삶의 양태에 유리 지바고도, 라라도, 유리 지바고의 외삼촌 베데냐핀도, 파벨도, 유리 지바고의 장인인 알렉산드르 그로메코도, 니카

---

1 Barnes, Christopher, 'Pasternak' in *Handbook of Russian Literature* (ed. by Terras. V.) New Haven and London: Yale University Press, 1985, pp. 331~332와 Moser. Ch.(ed.) *The Cambridge of Russian Literature*, New York: Cambridge University Press, 1989, pp. 540~543의 내용을 정리한 것이다.

두도로프도, 미샤 고르돈도 모두 정당한 것이라고 받아들이지 않는다.

그러나 1917년 10월 혁명 이후 혁명의 양상이 내전으로 치닫고, 폭력과 살육, 이데올로기를 위해 그 어떠한 인간적이고 자연스러운 감정마저도 부정되고 파괴되는 현실을 보면서 유리 지바고의 생각은 변하게 된다. 혁명은 모든 평범한 일상의 삶을 멈추게 만든다. 가장 기본적인 땔 것, 먹을 것, 입을 것, 잘 곳이 사라지고, 〈아이들이 아이들이기를 멈추고〉, 블로크의 시구 그대로 〈무서운 시대의 러시아의 아이들〉의 시대가 된 것이다.

배신과 고발, 처형과 잔인한 학살이 진행되는 사이에 생명과 삶이 질식되어 멈춰 버린 상황에서 권력은 여전히 자신들의 이데올로기에 따라 〈올바른 방향성〉, 〈지향점〉만을 선전 선동하며 자신들이 생각하는 〈절대 선인 정치적 올바름〉의 실현을 위해 그러한 희생쯤은 하찮은 것으로 여긴다. 〈인간이 인간에게 늑대〉가 된 시대에 생명과 관련이 없는, 〈인간 인격〉에 대한 사랑과 존중, 보편적인 참 〈인권〉, 〈개인〉, 〈자유〉에 대한 존중이 없는 〈정치적 올바름〉은 생명이 없는 〈꽹과리처럼 공허하게 울리는 소리〉, 즉 헛된 〈구호〉에 불과한 것이었다.

『닥터 지바고』는 〈생명〉의 죽음으로 시작된다. 〈지바고〉라는 성은 〈살아 있는 자〉라는 뜻이다. 유리 지바고의 어머니의 장례식으로 시작되는 소설의 첫 장면은 〈살아 있는 자〉의 죽음이 시대에 들어왔음을 상징하는 장치가 된다. 그리고 또 소설은 유리 지바고의 〈죽음〉을 제일 말미에 묘사한다. 즉 진정으로 살고자 했고, 구호의 조각이 아니라 살아서 숨 쉬는 개인으로, 자유로운 예술가로 남고자 몸부림쳤던 유일하게 〈살아 있는 자〉의 죽음으로 소설은 막을 내리는 것이다. 그러나 소설의 말미에 나오는 〈유리 지바고의 시〉는 그의 영혼과 정신, 그의 자유가 죽지 않고 살아서 글로 후대에 영원히 살아남는다는 것을 강력하게 암시한다. 결국 〈살아 있는 자〉의 죽음은 영원한 죽음이 아니라, 예술을 통해 영원히 부활된다는 것이 이 작품 전체에 면면히 흐르는 중요한 사상이 된다.

유리 지바고의 장모인 안나 그로메코는 사망하기 직전에 지바고가 죽음에 대한 공포로 괴로워하는 것을 보고, 다른 사람들의 기억 속에 영원히 남게 되므로 영원히 살아가게 되는 것이라고 위로한다. 살아 있다는 것은 이미 부활을 예정하고 있다는 것이다. 기억 속의 유리 지바고는 미샤 고르돈과 니카 두도로프의 마음속에서 영원히 살아 있고, 그들의 손과 또 수많은 사람들의 손에 들려 있는 소책자들을 통해 영원히 살아서 부활하게 되는 것이다. 〈물질〉만이 모든 것의 토대라고 선언되고, 물질이 정신을 지배한다고, 인간 역시 〈물질〉에 불과하므로 물질의 소멸과 함께 인간도 소멸한다고 선언하는 〈유물론〉이 권력의 공식적 철학이었고, 모든 종교의 말살을 목표로 종교에 대한 탄압이 공공연하던 시대에 파스테르나크는 인간의 〈정신〉과 〈영혼〉, 〈의식〉이 보다 본질적인 것이고 불멸이며 영원한 것이라고 천명하고 있다.

영혼이 살아 있는 자로서 유리 지바고는 사실상 소설에서 대단히 무기력한 존재로 나온다. 그는 눈보라처럼, 폭풍처럼, 폭우처럼, 폭포처럼 파괴적으로 밀려오는 전쟁과 혁명과 내전에 휩쓸려 자신의 가족도, 가장 사랑하는 여인도, 헌신적인 세 번째 부인도, 자신의 아이들도 끝까지 지켜 주지 못하고 대단히 무기력하고 유약한 삶을 살아간다. 그는 어찌 보면 시대에 저항하지 않고, 다만 시대에 〈의미 있는 말〉, 살아 있는 생명과 삶, 일상을 그 자체로 존중해야 한다는 말을 자신의 시와 산문으로 남기는 예술가로서의 소명에만 충실하게 살았다고 할 수 있다. 이런 그의 모습은 예수 그리스도의 삶과 죽음, 부활과 등가선상에 놓이게 된다. 예수 그리스도와 동시대를 살았던 바리새파 사람들은 율법을 철두철미하게 지키고자 했던 유대인교 종파였다.

『신약 성경』을 보면 예수 그리스도는 바리새파 및 사두개파와 많은 논쟁을 벌인다. 이 작품에서는 주로 바리새파, 바리새주의에 대한 언급이 많다. 『신약 성경』에 따르면 이들은 화석같이 굳은 〈종교적 올바름〉을 추구하다가, 생명을 구하고 살리기 위해 병든 자를 〈안식일〉에 기적으로 치유하는 예수 그리스도를 율법을 무너뜨리는 자라고 맹비난한다. 예수 그리스도는 〈죽은 율법〉을 지키기 위해 안식일에 물에 빠진 아이의 생명을 구하는 것조차 〈죄〉로 여기는 바리새인들의 화석화된 믿음과 신앙에, 그리고 자신만이 옳다고 생각하는 그 독선적 사유에는 〈생명〉과 〈사랑〉이 빠졌다고 질책한다. 〈생명〉과 〈사랑〉을 위해서는 모든 인간적 판단과 정죄, 그럴듯한 〈구호〉를 뛰어넘는 〈기적〉과 〈자유〉가 필수적인 것이다.

파스테르나크는 예수 그리스도의 삶을 바리새주의와 로마 제국의 〈폭력〉과 〈구호〉가 난무하던 시대에 〈생명〉과 평범한 사람의 삶과 일상, 〈개인〉의 소중함을 인식하고, 그것을 위한 〈기적〉과 〈자유〉를 외치다가 고난을 당하며 죽지만, 결국에는 그 〈생명의 말씀〉으로 인해 부활한 존재로 조명하고 있다. 예수 그리스도의 삶은 비슷한 시대를 살아가는 유리 지바고의 삶과 마찬가지로 결국은 예술가의 삶이었다는 것이다.

유리 지바고와 예수 그리스도, 라라와 막달라 마리아를 등가적으로 조명하는 이 작품은 스탈린주의의 숨 막히고 우스꽝스러운 현실을 예수 그리스도가 살았던 시대와 대응 관계로 조명하는 미하일 불가코프Mikhail Bulgakov의 『거장과 마르가리타Master i Margarita』를 상기시킨다.

소비에트 권력이 러시아인에게서 아무리 러시아 정교의 종교성, 기독교적 세계관을 지우고 말살시키려고 노력했어도, 러시아인의 뿌리에 깊이 파고들어 러시아의 정신과 문화에 토양이 되어 준 종교적 세계관을 러시아인에게서 도려낼 수 없었다. 러시아가 소비에트 시대의 억압으로부터 벗어나 페레스트로이카를 통해 포스트 소비에트 시대를 열 수 있었던 이유도 바로 이 러시아의 정교성에 기반을 둔 〈정신〉의 힘, 〈생명〉과 〈자유로운 영혼〉에 대한 갈망이 깊은 향취로 러시아의 문학과 예술에서 살아남았기 때문으로 보인다. 파스테르나크나 불가코프 같은 작가들이 바로 그 러시아의 〈살아 있는 영혼〉의 생명력을 죽지 않게끔 후대에 전하는 소금과 빛의 역할을 했던 것이다. 그러므로 미하일 불가코프의 말대로,

또한 파스테르나크의 말대로 그들의 작품은 지금도 〈불멸〉로 남아 전 세계적으로 번역되며 아직까지 살아 있는 것이다.

라라의 남편 파벨 안티포프는 그 〈구호〉에 사로잡혀 희생양이 되고 만다. 유리 지바고가 파벨 안티포프를 비롯해 볼세비키에 공명하는 사람들에게 늘 느끼는 것은 주변에서 하는 그럴듯한 말과 구호에 무방비하고 무비판적으로 공명하는 태도와 그로 인한 독창성의 부재, 사유 능력의 부재, 자신의 자유를 스스로 포기하고 구호의 노예로 전락해 버리는 자의 비극성이다. 〈구호〉가 삶을 대신할 수 없는데도 모두가 〈같은 구호〉만을 외치며 삶을 그 구호에 복종시키라고 하는 것을 우리는 〈전체주의〉라고 부른다.

모두가 같은 소리를 외쳐야 한다고, 그것이 옳은 것이라고, 옳은 구호 앞이라면 일상생활 속에서 지켜져야 하는 양심, 생명, 윤리, 도덕, 규범, 자유의 소리는 무시되어도 상관없다는, 〈옳은 목표〉를 위해서는 폭력도 살인도 죽음도, 생명에 대한 실험도 모두 뛰어넘을 수 있다고 하는 사유는 인류에게 늘 무서운 결과를 가져왔다. 〈인간〉의 인간다움을 유지할 수 있도록 하는 최후의 보루인 〈양심〉을 이데올로기로 무디게 만들었을 때, 사람이 사람에게 저지르는 범죄는 이미 범죄가 아니라 당위로, 필연으로 여겨지며, 인간과 인간 사회를 파괴했던 것이다. 도스토옙스키는 바로 그 〈양심〉을 무디게 하는, 양심에 의거해 범죄를 범죄가 아니라고 인식하게끔 하는 인본주의적 이데올로기의 폭력성을 경계했다. 보리스 파스테르나크의 『닥터 지바고』는 이런 도스토옙스키의 전통을 계승하고 있다. 또한 톨스토이는 『전쟁과 평화』에서 역사는 특별한 한 개인과 영웅에 의해 진행되는 것이 아니라, 보이지 않는 사람들 한 사람 한 사람이 모여 거대한 바다나 숲처럼 생명을 이어 가는 것이라고 역설한다.

보리스 파스테르나크는 삶은 〈개조의 대상〉이 될 수 없다고, 삶 자체는 숲처럼 보이지 않게 서로 얼기설기 연결되어 거대한 대양처럼 바다처럼 밀리고 밀려나며 도도하게 흘러가는 것이라고 주장한다. 그렇기에 이 작품은 너무나도 많은 등장인물들의 우연한 만남으로 점철되어 있다. 등장인물들은 한 다리 건너, 두서너 다리만 건너면 서로 연결되어 있고, 우연히 만나 서로의 운명에 어떻게든 영향을 미치든지, 아니면 미치지 않고 스쳐 지나가더라도 서로 연결되어 살아간다. 즉 삶을 아무리 개조하고 기계적으로 재단하려고 해도 서로 엮여 있는 삶은 결코 〈개조〉의 대상이 될 수 없고, 삶은 여전히 자신의 방식대로 생명을 이어 가며 존재하는 것이라고 파스테르나크는 역설하는 것이다. 그에 따르면 결국 삶을 〈개조〉하려는 순간 〈삶〉은 파괴될 수밖에 없다.

보리스 파스테르나크는 1955년에 『닥터 지바고』를 소련의 문학 잡지 『깃발』(즈나먀)과 『새 시대』(노비 미르)에서 출간하려고 했지만 실패하고 만다. 소설이 10월 혁명을 거부하고 있고, 혁명과 정치의 테마를 하찮게 다루고 있다는 등의 이유로 출간을 거절당한 파스테르나크는 1956년 해빙의 물결에 힘입어 소련을 방문한 이탈리아의 출판사 펠트리넬리의 직원에게 원고를 넘긴다. 1957년에 『닥터 지바고』는 이탈리아에서 러시아어, 이탈리아어로 출간되고, 이후 영어, 독어, 프랑스어 등 수많은 언어로 번역된다. 1958년에 파스테르나크는 노벨상 수상자로 지명되는데, 그 이후 전 소비에트에서 반(反)파스테르나크 운동이 벌어진다. 그를 국외로 추방해야 한다는 위협과 그를 〈배신자〉, 〈유다〉, 〈인민의 적〉이라고 적은 피켓을 든 사람들이 그의 집을 둘러싼다.

결국 파스테르나크는 노벨상 수상을 거부하지 않을 수 없었고, 작가 동맹으로부터도 제명당한다. 국외 추방의 위협까지 받게 되는 상황에서 그는 작가로서 고국을 떠나서는 살 수 없다는 인식에 흐루쇼프에게 두 통의 탄원서와 사죄의 편지를 씀으로써 국외 추방을 면하게 된다. 이 탄원서와 사죄의 편지가 『프라브다』에 게재되자, 그에 대한 공격이 수그러든다. 그러나 이미 건강이 많이 상해 있던 파스테르나크는 그 후 1년 6개월 만에 세상을 뜬다. 결국 『닥터 지바고』는 소비에트 내에서 공식 출판되지 못하고, 사미즈다트(자가 출판)로 타이핑되어 독자들에게 비밀리에 읽히다가, 페레스트로이카 이후 1989년에 소련에서 단행본으로 출간된다.

정치적인 소수의 〈공식적인 구호〉가 난무하는 가운데, 평범한 일상을 살아가는 인간 개인에게 양심에 따라 〈자신의 생각〉을 자유롭게 표현할 수 있는 자유가 사라진다는 것은 그만큼 그 사회에 숨 쉴 수 있는 〈공기〉가 사라진다는 것을 의미한다. 〈구호〉와 〈바리새주의〉에 오염되지 않은 인간 본연의 〈양심〉에 따라 자유롭게 표현하고 말할 수 있는 자유는 곧 〈공기〉와도 같은 것임을 보리스 파스테르나크를 비롯해 소비에트의 수많은 작가들이 지금까지도 전 세계인에게 자신의 삶과 예술을 통해 절절하게 증언해 주고 있다.

보리스 파스테르나크의 산문은 시성과 산문성이 공존하는 독특한 텍스트이다. 자연과 일상생활에 쓰이는 사물들을 묘사할 때 얼마나 섬세하고 또 정밀한지, 외국인으로서 찾아야 하는 단어의 분량이 어마어마하다. 그의 색감이 풍성한 언어는 거의 번역 불가가 아닐까 싶다. 문법적으로 복잡한 문장, 추상성이 응집되어 있는 단순한 명사구로만 연결되는, 구문적으로는 단순하지만 의미적으로는 아주 복잡한 문장이 번갈아 나오는 그의 문체는 아주 까다로운 문장들의 연속이다. 그런가 하면 쉽게 번역할 수 있도록 단순하고 간단한 문장, 구어체, 대화체가 이어져서 숨통이 트이기도 했다. 어떤 때는 산문이 아니라, 그냥 그 자체가 시(詩)인 문장들을 만나면서 〈아름답구나, 시적인 산문이란 이런 것이로구나〉라고 경외감을 느낀 적도 적지 않았다. 원작의 풍부함을 전하기에는 한없이 부족한 번역자의 문학성과 예술성을 절감하면서 번역을 마무리한다. 부족하나마 파스테르나크의 정신과 세계관이 조금이라도 독자들에게 전달되기를 간절히 소망하며 펜을 놓는다.

번역 원본으로는 1957년 출간된 최초의 러시아어 판본인 Boris Pasternak, *Doktor Zhivago* (Milano: Feltrinelli Editore, 1957)를 사용했음을 밝힌다.

2022년 3월
홍대화

보리스 파스테르나크 연보

1890년 출생 1월 29일(신력 2월 10일) 모스크바 근교 페레델키노의 유대인 예술가 가정에서 태어남. 아버지는 화가로 페테르부르크 예술 아카데미 회원인 레오니트 오시포비치Leonid Osipovich이고, 어머니는 유명한 피아니스트인 로잘리야 이시도로브나Rozaliya Isidorovna(결혼 전의 성은 카우프만Kaufman)임. 파스테르나크 가족은 유명한 예술가들과 교류함. 이들의 가정에 화가 레비탄Isaak I. Levitan, 네스테로프Mikhail Nesterov, 폴레노프Vasilii Polenov, 이바노프Aleksandr A. Ivanov, 게 Nikolai Ge 등이 방문하고, 피아니트스 스크랴빈Aleksandr Skryabin과 라흐마니노프Sergei V. Rakhmaninov가 연주회를 열기도 함. 레프 톨스토이Lef Tolstoy도 방문함.

1898년 8세 아버지가 레프 톨스토이의 소설 『부활』의 삽화를 그림.

1900년 10세 릴케Maria Rainer Rilke의 두 번째 모스크바 방문 시 파르테르나크 가정을 방문함.

1901년 11세 1900년에 모스크바 제5김나지움에 입학하려고 했으나 출신에 따른 입학생 비율 초과로 실패하고, 1901년에 2학년으로 입학함.

1903년 13세 작곡가 스크랴빈의 영향을 받아 6년 동안 본격적으로 음악 수업을 받음. 소년 파스테르나크가 작곡한 두 편의 서곡과 포르테피아노를 위한 소타나가 남아 있음. 8월 6일(신력 19일)에 말에서 떨어져서 다리를 약간 절게 됨.

1908년 [18세] 모스크바 음악원에 입학하기 위해 준비하는 한편, 김나지움을 최우수 학생으로 졸업함. 자신에게 절대 음감이 없다는 것을 깨닫고 음악을 포기함. 모스크바 대학교 법률학부에 입학함.

1909년 [19세] 스크랴빈의 조언에 따라 역사인문학부 철학과로 옮김. 이때부터 릴케의 작품을 번역하고 자전적인 산문과 시를 쓰기 시작함.

1912년 [22세] 마르부르크 대학교에서 신칸트학파의 수장인 헤르만 코엔Hermann Cohen과 니콜라이 하르트만Nicolai Hartmann의 지도하에 반학기 동안 철학을 공부함. 코엔은 그에게 독일에서 철학을 계속 공부할 것을 권함. 첫사랑 이다 비소츠카야Ida Bysotskaya에게 청혼하지만 거절당함. 가족과 함께 이탈리아를 방문함. 독일에서 문학가이자 발명가인 모이세이 프레이젠베르크Moisei Freizenberg의 딸인 올가 프레이젠베르크Olga Freizenberg와 만나 오랫동안 우정을 나누고 서신을 교환함. 마르부르크 방문 이후 철학과 결별함. 가을에 귀국함. 모스크바 대학교 졸업 시험을 통과했으나 졸업장을 받으러 가지는 않음.

1913년 [23세] 모스크바 상징주의 문인 그룹과 교류하기 시작함. 율리안 안시모프Yulian Ansimov와 베라 스타네비츠Vera Stanevits의 문학 그룹과 함께 시집 『서정시*Lirika*』에 시를 발표함. 미완성 테제 『상징주의와 불멸성*Simvolizm and Bessmertie*』을 발표함. 모스크바에서 독일인 상인의 집에서 가정 교사로 일함.

1914년 [24세] 미래주의 문학 계열 그룹인 첸트리푸가Tsentrifuga에 들어가 마야콥스키Vladimir Mayakovskii를 만남. 리투아니아 시인 발트루샤이티스Valtrushaytis의 집에서 가정 교사로 일함. 다리 부상으로 군 징집에서 면제됨. 최초의 시집 『구름 속의 쌍둥이*Bliznetsa v tuchakh*』가 출간됨. 이때부터 스스로를 전문 작가로 생각하기 시작함.

1915년 [25세] 징집되는 대신 우랄에 있는 화학 공장 관리부에서 일함.

1916년 [26세] 모스크바로 돌아옴.

1917년 27세   시집『장벽을 넘어서*Poverkh Var'erov*』를 출간함. 러시아 혁명이 발발함.『삶은 나의 누이*Moya Sestra-zhizn'*』를 집필하기 시작함.

1918년 28세   소비에트 교육 인민 위원회에서 도서관 사서로 일함.

1921년 31세   부모인 레오니트 파스테르나크와 로잘리야 파스테르나크가 레오니트의 건강상의 이유를 들어 독일에 갈 수 있게 해달라고 루나차르스키*Anatorii Lunacharskii*에게 탄원함. 수술을 받은 후 부모와 여동생들은 소련으로 돌아오지 않고 베를린에 정착함. 러시아 망명 그룹 작가들과 활발한 서신 교환이 이루어짐. 특히 마리나 츠베타예바*Marina Tsvetaeva*와 서신 교류를 함. 릴케와도 서신 교류를 함.

1922년 32세   화가인 예브게니야 루리예*Evgeniya Lurie*와 결혼함.

1923년 33세   아내와 함께 베를린에서 보냄. 1917년 여름에 집필한 시집『삶은 나의 누이』가 출간됨. 9월에 아들 예브게니가 태어남. 시집『주제와 변주*Temy i variatsii*』가 출간됨. 마야콥스키의 예술 좌익 전선(LEF)에 들어감.

1924년 34세   서사시『고상한 병*Vysokaya bolezn'*』과 산문『류베르스의 어린 시절*Detstvo Lyuversa*』이 출간됨.『스펙토르스키*Spektorskii*』를 집필하기 시작함.

1925년 35세   네 편의 단편소설 모음집『공중에 난 길*Vozdushnye puti*』이 출간됨.

1926년 36세   운문 서사시『1905년』이 출간됨.

1927년 37세   운문 서사시『시미트 중위*Leitnant Shmidt*』가 출간됨. 1924년부터 1930년까지 집필된 작품들 모두 1905년 혁명, 1917년 혁명, 내전에 대한 기억을 담은 작품들임. 1927년에 예술이 소련 공산당의 정치 선전 선동의 도구가 되어야 한다는 의견에 동의할 수 없어 예술 좌익 전선과 결별함.

1928년 38세   『안전 통행증*Okhrannaya Gramota*』을 1930년까지 집필함.

1930년 40세   피아니스트 겐리흐 네이가우스Genrikh Neygauz 가족과 우크라이나 키예프 근교에서 여름을 함께 보냄. 가을에 겐리흐와 아내에게 지나이다를 사랑한다고 고백한 후 아내와 별거함.

1931년 41세   네이가우스의 아내인 지나이다와 티플리스로 여행을 감. 자서전적인 작품『안전 통행증』과 서사시『스펙토르스키』가 출간됨.

1932년 42세   첫 부인과 이혼하고 두 번째 부인 지나이다와 결혼함. 시집『제2의 탄생*Vtoroe rozhdenie*』을 출간함.

1934년 44세   1920년대 말에서 1930년대 초까지 아주 짧은 기간 동안 소비에트 정권으로부터 작가로서 인정받음. 5월에 만델시탐Mandel'shtam이 체포됨. 그를 위해 부하린에게 탄원하고 스탈린으로부터 전화를 받음. 8월에 모스크바에서 개최된 제1차 전 소비에트 작가 동맹 회의에서 연설함. 이 대회에서 부하린이 그를 소비에트에서 가장 훌륭한 시인이라고 칭함. 1933년부터 1936년까지 매해마다 한 권짜리 그의 전집이 출간됨.

1935년 45세   파리에 반(反)파시스트〈문화 수호 대회〉에 소비에트 대표로 참석함. 츠베타예바와 만남. 체포된 안나 아흐마토바Anna Akhmatova의 남편과 아들을 위해 스탈린에게 탄원 편지를 보냄. 그 편지 덕분에 두 사람이 풀려남. 12월에 아흐마토바 식구들을 신속하게 풀어 준 것에 감사하는 편지를 동봉한 번역집『그루지야 서정시*Gruzinskaya Lirika*』를 스탈린에게 보냄.

1936년 46세   1월에 스탈린 찬미를 담은 시 두 편을 발표함. 페레델키노로 이사해 사망할 때까지 그곳에서 살았음. 중반부터 그에 대한 정권의 태도가 바뀜. 그를〈삶에서 유리되었을 뿐 아니라, 시대에 맞지 않는 세계관을 지닌 작가〉로 비난하기 시작함. 주제나 사상의 변화를 요구함. 민스크의 소비에트 작가 동맹 회의에서 연설함. 카프카스로 두 번째 여행을 다녀옴.

1937년 47세   장교 요나 야키르Yona Yakir와 장성 미하일 투하쳅스키 Mikhail Tukhachevskii 숙청 시 작가 동맹 소속의 모든 작가들이 이들의 사형 지지 성명서에 사인하라는 요구를 받음. 파스테르나크는 자신의 가정은 톨스토이주의자라고 스탈린에게 직접 호소함. 곧 체포될 줄 알았는데, 스탈린이 처형 리스트에서 그의 이름을 지우며 〈이런 백치 성자는 내버려 두지〉라고 말했다고 함. 가장 친한 친구인 그루지야 시인 티치안 타비제Titsian Tabidze가 대숙청으로 처형당해 큰 충격을 받음.

1938년 48세　그의 둘째 아들 레오니트가 태어남. 이후 생존을 위해 주로 번역에 힘씀. 독일 나치 정권을 피해 가족들이 런던으로 이주함.

1939년 49세　무대에 올릴 「햄릿」을 번역 중에 메이에르홀트Meyerhold가 체포되고 그녀의 아내가 사살됨. 옥스퍼드에서 어머니가 사망함. 츠베타예바가 망명에서 돌아옴. 츠베타예바의 딸과 남편이 체포됨. 그녀의 일자리와 거주 문제를 도와줌.

1941년 51세　제2차 세계 대전의 발발로 11월에 치스토폴로 피난을 감. 번역 셰익스피어의 『햄릿』이 출간됨. 츠베타예바가 자살해서 큰 충격을 받음.

1942년 52세　치스토폴에서 많은 이들을 경제적으로 도와줌. 특히 탄압을 받은 츠베타예바의 딸 아리아드나 에프론Ariadna Efron을 도와줌.

1943년 53세　종군 기자로 최전선에 나가 병사들과 부상병들에게 자신의 시를 읽어 줌. 전쟁 전후에 쓴 네 개의 시 사이클을 담은 시집 『새벽 열차들 속에서Na rannykh Poezdakh』가 출간됨. 번역 『로미오와 줄리엣』이 출간됨.

1945년 55세　시집 『지구의 광활함Zimnoi prostor』이 출간됨. 옥스퍼드에서 아버지가 사망함. 번역 『오셀로』가 출간됨. 『닥터 지바고Doktor Zhivago』를 집필하기 시작함. 그루지야의 시인 바라타시빌리Baratashvili의 거의 모든 시와 서사시를 번역함.

1946년 56세　〈용감한 노동자〉 메달을 수여받음. 작가 동맹 제1서기인 파제예프로부터 비판을 받음. 10월 『노비 미르Novy Mir』 편집부에서 일하는 올가 이빈스카야Olga Ivinskaya를 알게 됨. 첫사랑인 이다 비소츠카야와 닮아서 사랑에 빠짐. 혼외 관계를 맺고, 이로 인해 아내인 지나이다 파스테르나크가 고통스러워함. 1946년부터 1950년까지 매년마다 노벨상 수상 후보자로 거론됨.

1948년 58세   번역 『헨리 4세』가 출간됨. 파스테르나크가 이빈스카야에게 『노비 미르』에서 사직하라고 권함. 이빈스카야에게 시 번역 방법을 전수함. 그녀에게 많은 시를 헌정함.

1949년 59세   번역 『오셀로』가 출간됨. 10월에 이빈스카야가 체포됨. 파스테르나크를 고발할 만한 내용을 자백하라고 반복적으로 심문을 받음. 파스테르나크와의 사이에 가진 아기를 유산함.

1953년 63세   최초의 심각한 심장 발작이 일어남. 번역 괴테의 『파우스트』가 출간됨. 1부 번역에 〈순수 예술〉이라는 반동적 사상이 들어 있다는 이유로 2부 번역 계약이 성사되지 않음. 파스테르나크는 괴테가 표현한 대로 초자연적 현상을 번역했는데, 『노비 미르』가 그것을 〈비이성적〉이라고 판단한 탓이라고 봄.

1954년 64세   잡지 『즈나먀Znamya』에 『닥터 지바고』에 수록될 시 열 편이 발표됨.

1955년 65세   오랜 친구 올가 프레이젠베르크가 사망함. 『닥터 지바고』를 완성함.

1956년 66세   『닥터 지바고』에 수록된 시 두 편과 『날이 맑아질 때Kogda razgulyaetsya』에 수록된 시 여덟 편이 발표됨. 『즈나먀』와 『노비 미르』에 『닥터 지바고』를 기고하지만, 사회주의 리얼리즘에 맞지 않고, 반(反)소비에트적 요소가 많다고 게재를 거부당함. 3월 이탈리아 공산당원인 세르지오 단젤로Sergio D'Angelo가 이탈리아 공산주의자인 밀라노의 편집자 펠트리넬리Feltrinelli로부터 서방 독자들에게 호소력 있는 작품을 찾으라는 위임을 받음. 『닥터 지바고』가 있다는 것을 안 단젤로가 페레델키노를 방문하여 작품을 기고할 것을 제안함.

1957년 67세   시선집 출간을 위한 편집 작업이 무산됨. 소련 공산당 위원회가 『닥터 지바고』의 이탈리아 출판 중지를 요구하는 전보를 강제로 보내게 함. 파스테르나크는 따로 출판하라는 전보를 보냄. 11월에 『닥터 지바고』가 이탈리아에서 출판됨. 이후 세계 각국의 언어로 번역됨.

1958년 [68세] 1958년에서 1959년 사이에 『닥터 지바고』 영어판은 『뉴욕 타임스』에서 26주간 베스트셀러 1위를 차지함. 10월 노벨 문학상 수상 자로 결정됨. 수상을 거부하도록 강요받음. 수상을 하러 노르웨이에 가는 경우 소련 입국을 허용하지 않겠다는 통보를 받음. 〈내가 속해 있는 사회 에서 이 상에 부여하는 중요성 때문〉이라고 밝히고 수상을 거부함. 작가 동맹에서 제명됨. 소련에서 대대적인 반(反)파스테르나크 캠페인이 벌어 짐. 흐루쇼프에게 탄원함. 실러의 『마리아 슈트어트』가 번역됨. 자서전적 인 에세이 『인간과 상황 *Lyudi b polozhenie*』이 국외에서 출간됨.

1959년 [69세] 서방에서 「노벨상 Nobelevskaya Premiya」이라는 시가 발 표됨. 이로 인해 검찰총장 루덴코에게 불려가 반역죄로 기소될 수 있다는 위협을 받음. 3월 그루지야로 마지막 여행을 다녀옴. 여름부터 알렉산드 르 2세의 농노 해방을 다루는 희곡 3부작 「눈먼 미녀 Slepaya krasavitsa」 의 집필을 시작하지만 완성하지 못함. 시집 『날이 맑아질 때』가 파리에서 출간됨.

1960년 [70세] 페레델키노에서 5월 30일 폐암으로 사망함.

열린책들 세계문학 **040 닥터 지바고** 하

옮긴이 홍대화 1965년 서울에서 태어나 고려대학교 노어노문학과를 졸업하고 동대학원에서 석사 학위를 받았다. 러시아 상트페테르부르크 대학교에서 문학 박사 학위를 받았으며, 경남대학교 인문과학연구소 연구 전임 강사를 역임했다. 현재 부산대학교, 경남대학교에서 강의 중이다. 논문으로 「보리스 파스테르나크의 소설 『닥터 지바고』의 구성과 상징체계」, 「도스토옙스키의 작품에 드러난 인간의 죄의 문제」 등이 있으며, 저서로 『혼자 배우는 러시아어』, 『도스또예프스끼』, 역서로 『러시아 희곡 1』(공역), 미하일 불가코프의 『거장과 마르가리따』(전2권), 레르몬토프의 『우리 시대의 영웅』, 『리곱스카야 공작부인』, 도스토옙스키의 『죄와 벌』(전2권), 『까라마조프 형제들』(전3권) 등이 있다.

지은이 보리스 파스테르나크 **옮긴이** 홍대화 **발행인** 홍예빈·홍유진
발행처 주식회사 열린책들 **주소** 경기도 파주시 문발로 253 파주출판도시
전화 031-955-4000 **팩스** 031-955-4004 **홈페이지** www.openbooks.co.kr
Copyright (C) 주식회사 열린책들, 2022, *Printed in Korea.*
ISBN 978-89-329-2239-3 04890 **ISBN** 978-89-329-1499-2 (세트)
발행일 2022년 4월 15일 세계문학판 1쇄

열린책들 세계문학
Open Books World Literature

각 권 8,800~15,800원